Sally
Morgan

# Ich hörte den Vogel rufen

*Zu diesem Buch*

Mit fünfzehn Jahren fällt Sal zum ersten Mal auf, daß Omas Hautfarbe schwarz ist. Wenn Schulfreundinnen sie selbst auf ihr fremdes Aussehen ansprechen, rät ihr die Mutter: »Sag ihnen, du bist aus Indien.« Bei der Suche nach ihrer Vergangenheit stößt Sal auf eine Mauer des Schweigens. Schließlich kann sie die Mutter, Großmutter und deren Bruder dazu bewegen, die wahre Geschichte ihrer Familie zu erzählen.

»Ein wunderbar heiterer Roman, der die verborgene Geschichte Australiens erzählt.« *Literatur-Report*

»Diese polyphone Biographie vermittelt aus dem Blickwinkel dreier Generationen ein Bild über die Lebenssituation der Ureinwohner Australiens.« *Frankfurter Rundschau*

»Sprachlich sehr gelungen und gewürzt mit außerordentlich viel Humor.« *Basler Zeitung*

*Die Autorin*

Sally Morgan, 1951 in Perth geboren, ausgebildete Psychologin und Biblothekarin, gilt als wichtigste Vertreterin der Aborigines-Literatur. Ihr erster Roman »Ich hörte den Vogel rufen« wurde in Australien zu einem mit zahlreichen Preisen ausgezeichneten Bestseller. Aus der Begegnung mit ihrem Großvater nach Aborigines-Genealogie entstand »Wanamurraganya – Die Geschichte von Jack McPhee«. Sally Morgan ist eine herausragende Malerin und Lithographin.

Von Sally Morgan ist im Unionsverlag außerdem lieferbar: »Wanamurraganya – Die Geschichte von Jack McPhee«.

*Die Übersetzerin*

Gabriele Yin studierte Theaterwissenschaften und Germanistik. Sie lebt in Australien, ist verheiratet und hat ein Kind. Übersetzungen australischer Literatur ins Deutsche, Herausgeberin von »Der mit der Sonne kam – Erzählungen und Gedichte von Aborigines« (dtv 1995). Seit 1993 arbeitet sie auch bei »Indigenart«, einer Gealerie für Kunst der Aborigines.

Sally
Morgan

# Ich hörte den Vogel rufen

Aus dem Englischen von
Gabriele Yin

Mit einem Nachwort von
Elisabeth Strohscheidt-Funken

Unionsverlag
Zürich

Die Originalausgabe erschien 1987
unter dem Titel *My Place* bei
Fremantle Arts Centre Press, Fremantle, Western Australia.
Die deutsche Erstausgabe erschien 1991
im Orlanda Frauenverlag, Berlin.

*Auf Internet*
Aktuelle Informationen
Dokumente über Autorinnen und Autoren
Materialien zu Büchern
*www.unionsverlag.ch*

Unionsverlag Taschenbuch 155
Diese Ausgabe erscheint mit freundlicher Genehmigung
des Orlanda Frauenverlags, Berlin

Rieterstrasse 18, CH-8059 Zürich
Telefon 0041-1 281 14 00, Fax 0041-1 281 14 40

Umschlaggestaltung: Heinz Unternährer, Zürich
Umschlagfoto: Bill Bachman
Druck und Bindung: Clausen & Bosse, Leck
ISBN 3-293-20155-5

Die äußersten Zahlen geben die aktuelle Auflage
und deren Erscheinungsjahr an:

2 3 4 5 - 02 01 00

*Für meine Familie*

Wie arm wären wir gewesen,
wenn wir die Dinge so belassen hätten,
wie sie waren. Wir hätten überlebt,
aber nicht als ganze Menschen.
Wir hätten nie unseren Ort gekannt.

Ich danke dem Aboriginal Arts Board of the Australian Council
und dem Australian Institute of Aboriginal Studies
für die finanzielle Unterstützung beim Schreiben dieses Buches.

Einige Personennamen in diesem Buch wurden geändert.
Teilweise wurden nur Vornamen genannt,
um die Persönlichkeitsrechte der Betreffenden zu wahren.

*Inhalt*

# 1

# Im Krankenhaus

Wieder im Krankenhaus. Das Echo meiner widerstrebenden Schritte in langen, leeren Fluren. Ich haßte Krankenhäuser und Krankenhausgerüche. Ich haßte die nackten Bohlen, die frisch poliert schimmerten, die staubfreien Fenstersimse und das Aufblitzen des glänzenden Chroms, das nach meiner verzerrten Gestalt schnappte, wenn wir vorübereilten. Ich war eine schmuddelige Fünfjährige in einer fremdartigen Umgebung.

Manchmal haßte ich Dad für sein Kranksein und Mum, weil sie mich zu diesen Besuchen mitnahm. Nur ab und zu nahm Mum Jill und Bill, meine jüngeren Geschwister, mit. Immer war ich diejenige, welche. Meine Anwesenheit gewährleistete, daß es keinen Streit gab. Mum hatte die Nase voll vom Streiten, gestrichen voll.

Ich seufzte schon im voraus, als wir das Ende des letzten Flurs erreichten. Wieder warteten diese Türen auf mich. Große, klotzige Türen mit dicken Glasscheiben in der oberen Hälfte. Sie schwangen in schweren Messingscharnieren, und wenn ich sie nach innen drückte, kam es mir vor, als drückten sie nach außen. Wenn nicht zusätzlich Mums beachtliches Gewicht geholfen hätte, wäre ich jedesmal der Länge nach hingefallen. Die Türen waren mit grünem Linoleum bezogen. Auf dem Linoleum waren weiße Kringel, und das Muster erinnerte mich an einen von Mums speziellen Kuchen, den Regenbogenkuchen. Sie gab ihm einen cremefarbenen Überzug mit rosa und schokoladenbraunen Kringeln. Ich fand sie wundervoll. Hinter den Türen gab es keine Wunder. Ich wußte, was dahinter war.

Ab und zu hüpfte ich unbeholfen hoch und versuchte, durch das Glas in die Station zu gucken. Doch obwohl ich groß war für mein Alter, wollte es mir nie ganz gelingen. Alles, was mir gelang, waren blaue Flecken an meinen Knubbelknien und verschmierte Fingerabdrücke am unteren Rand des Glases.

Manchmal tat ich so, als wäre Dad gar nicht richtig krank. Ich stellte mir vor, daß ich durch die Türen ginge und er mich anlächelte. »Natürlich bin ich nicht krank«, würde er sagen. »Komm und setz dich auf meinen Schoß und unterhalte dich mit mir.« Und Mum wäre da, lachend, und wir wären alle glücklich. Deshalb sprang ich hoch und versuchte, durch das Glas zu schauen. Ich hoffte immer, daß die Szenerie sich wie durch ein Wunder veränderte.

Unsere Ankunft in der Station war immer ein größeres Ereignis. Die Männer dort bekamen wenig Besuch. Wir waren genauso wichtig wie die Frau vom Roten Kreuz, die Süßigkeiten und Zeitschriften verkaufte. »Na, seht mal, wer da kommt!« riefen sie. »Ich glaube, sie ist größer geworden. Was meinst du, Tom?« »Na so was, daß wir dich wiedersehen, kleines Mädel.« Ich wußte, daß sie nicht wirklich überrascht waren, mich zu sehen; es war nur ein Spiel, das sie spielten.

Nach solch einem begeisterten Empfang versuchte Mum immer, mich zum Reden zu bewegen. »Sag guten Tag, Liebes«, ermutigte sie mich und gab mir rasch einen Stoß in den Rücken. Mein Schweigen war Mum peinlich. Meistens versuchte sie, mich zu entschuldigen, indem sie jedem erzählte, daß ich schüchtern sei. Dabei war ich eigentlich eher ängstlich als schüchtern. Ich hatte das Gefühl, als würde ich auseinanderbrechen, wenn ich überhaupt irgend etwas sagte. Da läge ich dann in Stücken auf dem Fußboden. Ich war voller geheimer Ängste.

Die Männer auf der Station gaben nicht so leicht auf. Sie setzten ihr Geplänkel fort in der Hoffnung, mich herumzukriegen. »Komm, Süße, komm her und sprich mit mir«, versuchte mich ein alter Mann zu überreden, indem er mir ein Sahnebonbon entgegenhielt. Meine Füße waren wie festgewachsen. Ich hätte mich nicht rühren können, selbst wenn ich es gewollt hätte. Dieser Mann sah aus wie ein Geist. Sein gestutztes Haar stand hoch wie die kurzen weißen Borsten einer Zahnbürste. Sein rechtes Bein unterhalb des Knies fehlte, und seine schlaffe Haut erinnerte mich an ein gerupftes Hühnchen. Er versuchte mich heranzulocken, indem er sich vorbeugte und mir zwei Bonbons hinhielt. Ich rechnete damit, daß er aus dem Bett fiele; ich war sicher, das würde er, wenn er sich noch weiter herauslehnte.

Ich sagte mir immer wieder, daß er nicht wirklich ein Geist sei, sondern nur ein alter Soldat. Mum hatte mir anvertraut, daß alle diese Männer alte Soldaten waren. Als sie es mir erzählte, hatte sie ihre

Stimme gesenkt, als sei es wichtig. Sie hegte eine Vorliebe für sie, die ich nicht verstand. Ich fragte mich oft, warum alte Soldaten etwas Besonderes waren. Allen diesen Männern fehlte ein Arm oder ein Bein. Dad war als einziger hier noch ganz.

Ich versuchte, keinen von ihnen direkt anzuschauen; ich wußte, es gehörte sich nicht, Leute anzustarren. Einmal saß ich ewig lange rätselnd vor einem Paar Holzkrücken, und Mum wurde ärgerlich. Ich versuchte mir vorzustellen, wie es wäre, so schief zu sein. Könnte ich mit nur einem meiner Affenarme oder -beine zurechtkommen? So nannte ich sie; sie waren nicht haarig, aber sie waren lang und dünn, und ich mochte sie nicht. Ich fand es schwierig, mir vorzustellen, daß einem so viele Teile fehlten und man dennoch leben konnte.

Der alte Soldat lehnte sich in sein Kissen zurück, und ich warf einen schnellen Blick auf Dad. Er stand auf seinem üblichen Platz neben seinem Bett. Er kam nie nach vorne, um uns zu begrüßen, oder rief uns zu wie die anderen Männer, und doch gehörten wir zu ihm. Sein Bademantel hing so locker um seinen schlaksigen Körper, daß er mich an die Drahtkleiderbügel erinnerte, die Mum im Garderobenschrank hängen hatte. Dad war nur ein Gerippe. Das Herz hatte ihn vor Jahren schon verlassen.

Sobald Mum ihr kleines Gespräch und ihre Scherze mit den Männern beendet hatte, gingen wir zu Dads Bett und dann hinaus auf die Veranda. Das war der schönste Platz, sich hinzusetzen. Es gab Tische und Stühle, und wir konnten in den Garten schauen. Leider wurden die Stühle schon nach wenigen Minuten unbequem. Sie bestanden aus einem Eisenrahmen, auf den als Sitz und Lehne einzelne Holzlatten in allen Regenbogenfarben genagelt waren. Wenn mir richtig langweilig wurde, beschäftigte ich mich damit, in Gedanken die Farben so zusammenzustellen, daß sie zueinander paßten.

Während Mum und Dad sich unterhielten, schnupperte ich die Luft. Es war ein klarer Frühlingstag mit blauem Himmel. Ich konnte das feuchte Gras riechen und die Kühle einer Brise fühlen. Es war so ein schöner Tag voller Zuversicht, daß mir zum Weinen zumute war. Der Frühling war immer ein bewegendes Erlebnis für mich. Oma ging es genauso. Gestern erst hatte sie mich früh geweckt, damit ich ihre neueste Entdeckung anschaute. Ich hatte tief geschlafen, aber irgendwie war ihre Stimme in meine Träume eingedrungen.

»Sally wach auf!«

Sogar in meinem Traum fragte ich mich, woher diese Stimme kam. Sie war schwach, aber hartnäckig, wie der Schein einer Taschenlampe an einem nebligen Abend. Ich wollte nicht aufwachen. Ich vergrub mich tiefer unter die Schichten aus Mänteln und Decken, die auf mir aufgetürmt waren. In meinen Träumen waren sie schwer, aber nicht warm. Ich umfaßte meine Füße mit den Händen, um sie zu wärmen. Manchmal glaubte ich, daß Kaltsein und Dünnsein zusammengehörten, denn ich war beides.

Jeden Abend rief ich: »Mum, mir ist kalt!« Und dann, um sie anzutreiben: »Mum, ich erfriere!«

»Sally, dir kann unmöglich kalt sein!« Oft kam sie dreimal an mein Bett. Sie hob den Mantel hoch, den ich über den Kopf gezogen hatte, und sagte: »Wenn ich noch mehr auf dich packe, erstickst du. Und die anderen wollen nicht die ganzen Mäntel auf sich liegen haben.« Ich teilte das Bett mit Billy und meiner Schwester Jill. Ihnen war nie kalt.

Ich wand meinen Hals aus dem haarigen Fuchskragen heraus, mit dem ein Mantel besetzt war, und erwiderte scharf: »Ich ersticke lieber, als daß ich erfriere!« Oma brauchte nur hinzuzufügen: »Es ist furchtbar, wenn einem kalt ist, Glad«, und Mum fügte sich und holte die alten, schwereren Mäntel, die im Garderobenschrank hingen.

Während ich so auf der Krankenhausveranda saß, lächelte ich, als ich mich daran erinnerte, wie Oma meinen verschlafenen Körper hin und her geschaukelt hatte, um mich aufzuwecken. Es dauerte einige Minuten, aber schließlich kam ich hervor, um Luft zu schnappen, und murmelte schläfrig: »Was ist los? Es ist so früh, Oma, mußt du mich denn so früh wecken?«

»Pst, sei still, du weckst die andern auf! Weißt du denn nicht mehr, daß ich dich früh wecken wollte, damit du wieder den Ochsenfrosch und den Vogel hören kannst?«

Der Ochsenfrosch und der Vogel, wie konnte ich die vergessen! In der ganzen Woche, seit Dad im Krankenhaus war, sprach sie von nichts anderem. Oma ermunterte mich, indem sie die obersten Mantelschichten von mir schälte. Zeitweise lag ich da wie eine feste, eingerollte Kugel. Unter mir war es warm, aber oben wurde mir nun, da die Mäntel und Decken weggenommen waren, schnell kälter. In einem plötzlichen Entschluß sprang ich aus dem Bett und zog fröstelnd einen alten, roten Pullover an. Dann folgte ich Oma barfuß hinaus auf die hintere Veranda.

»Setz dich leise auf die Stufen«, sagte sie zu mir. »Und sei ganz still!« Ich war solche Warnungen gewohnt. Ich wußte, daß wir nie etwas Besonderes zu hören bekamen, wenn wir nicht ganz still waren. Ich rieb meine Füße aneinander, um sie zu wärmen, und versuchte den Rest meines Körpers in dem unförmigen, roten Pullover unterzubringen. Ich zog die Ärmel über meine Hände, schlang meine Arme um die Beine und wartete.

Der frühe Morgen war Omas Lieblingszeit, in der sie immer neue Entdeckungen im Garten machte. Eine dicke Stummelschwanzechse, Schlangenspuren, Grashüpfer mit ungewöhnlichen Fühlern, unzählige Kreaturen, die sich aus ihren eigenen, einzigartigen Gründen ausgerechnet unseren Garten zum Wohnraum auserkoren hatten. Ich wünschte, daß der Frühling für immer andauerte, aber das geschah nie. Bald würde der Sommer da sein, und das Gras würde gelb und hart; sogar der sorgsam gepflegte Rasen am Krankenhaus würde nicht mehr so grün aussehen. Und die riesigen Kapuzinerkressen, die an unserem seitlichen Zaun und unter dem Zitronenbaum wucherten, würden verschwinden. Ich wäre nicht mehr auf der Jagd nach Wundern, und Oma weckte mich nicht mehr so früh und so oft auf.

Ich hatte den Ochsenfrosch gestern gehört, er war eines von Omas Lieblingstieren. Sie grub auch noch einen kleineren, braungescheckten Frosch aus, der unter der Erde lebte. Nachdem ich ihn mir angeschaut hatte, vergrub sie ihn wieder sicher an seinem Platz. Ich fröstelte, als eine frühe Morgenbrise plötzlich um meine nackten Beine wehte. Ich erwartete, daß der Ochsenfrosch an diesem Morgen wieder kam. Ich starrte auf den Flecken dunkler Erde, wo ich ihn zuletzt gesehen hatte. Er wird jede Minute herauskommen, dachte ich. Ich war aufgeregt, aber nicht bei dem Gedanken an den Ochsenfrosch. An diesem Morgen wartete ich auf den Vogel. Oma nannte ihn ihren speziellen Vogel, niemand außer ihr hatte ihn gehört. An diesem Morgen würde auch ich ihn hören.

»Quaak, quaak!« Das Geräusch schreckte mich auf. Ich lächelte. Das war der alte Ochsenfrosch, der uns wieder seinen Quark erzählte. Ich schaute in den Himmel. Es war ein kühler, diesiger Morgen mit der Aussicht auf einen warmen Tag.

Immer noch kein Vogel. Ich rutschte ungeduldig hin und her. Oma stocherte mit ihrem Stock in der Erde und sagte: »Er wird bald hier sein.« Sie sprach mit Gewißheit.

Plötzlich war der Garten von einem hohen, trillernden Ton erfüllt. Meine Augen suchten die Bäume ab. Ich konnte den Vogel nicht sehen, aber sein Rufen war da. Das Lied endete so plötzlich wie es begonnen hatte. Oma lächelte mich an. »Hast du ihn gehört? Hast du den Vogel rufen hören?«

»Ich hab ihn gehört, Oma«, flüsterte ich ehrfürchtig.

Was für ein wundervoller Moment war das gewesen. Ich seufzte. Jetzt war ich bei Dad; es war kein Platz für Wunder in Krankenhäusern. Ich biß die Zähne zusammen, drückte mein Kinn auf die Brust und schielte zu Mum und Dad. Sie schienen beide nervös zu sein. Ich fragte mich, wie lange ich meinen Tagträumen nachgehangen hatte. Mum reichte hinüber und tätschelte Dads Arm. »Wie geht es dir, Lieber?« Sie war immer daran interessiert, wie es ihm ging. »Wie soll's mir schon gehen!« Die Frage war dumm, es ging ihm nie besser.

Pelikanschultern, dachte ich, als ich beobachtete, wie er sich in seinem Stuhl vorbeugte. Die Spitzen seiner Schultern stachen hervor wie die eines Pelikans. Ich fragte mich, ob ich wohl auch solche Schultern hatte. Ich drehte meinen Kopf hin und her, um nachzusehen. Ja. Ziemlich dieselben, und meine Ellbogen waren auch spitz. Dad und ich hatten eine Menge gemeinsam.

Dads Finger umklammerten in regelmäßigen Abständen die Armlehnen seines Stuhls. Er hatte schlanke Hände für einen Mann. Ich erinnerte mich, wie jemand einmal gesagt hatte: »Dein Vater ist ein geschickter Bursche.« Hatte ich mein Zeichentalent von ihm? Ich hatte Dad nie zeichnen oder malen sehen, aber einmal sah ich einen Brief, den er geschrieben hatte, und der war wunderschön. Ich wußte, er hätte jetzt Schwierigkeiten, überhaupt irgend etwas zu schreiben. Seine Hände hörten nie auf zu zittern. Manchmal mußte ich sogar die Zigarette für ihn anzünden.

Mein Blick wanderte von seinen Händen die Arme hinauf zu seinem Gesicht. Mir dämmerte, daß er noch mehr abgenommen hatte, und diese Erkenntnis machte mir Herzklopfen. Dad fing meinen Blick auf; er war blasser, und seine Wangen waren deutlicher eingefallen. Nur die vertrauten haselnußbraunen Augen waren noch dieselben, verwirrt und feucht, und sie beobachteten mich. »Ich bastle etwas für dich«, sagte er nervös. »Ich gehe es holen.« Er verschwand in der Station und kehrte wenig später mit einer kleinen, blauen, ledernen Schultertasche zurück. Sie hatte kastanienbraune Lederbändchen rundherum, bis auf den letzten Teil des Riemens, der noch nicht ganz fertig war. Als er sie wortlos in meinen Schoß legte, sagte Mum fröhlich: »Ist das nicht geschickt von Dad, dir so etwas zu basteln?« Ich starrte auf die Tasche. Mum unterbrach meine Gedanken: »Gefällt sie dir nicht?« Ich saß in der Falle. Ich murmelte ein widerstrebendes Doch und ließ meinen Blick von der Tasche auf die große Rasenfläche gleiten. Ich wollte wegrennen und mich ins Gras werfen. Ich wollte mein Gesicht vergraben, so daß Dad es nicht sehen könnte. Ich wollte rufen: »Nein, ich finde nicht, daß Daddy geschickt ist. Jeder hätte diese Tasche machen können. Und er findet es auch nicht geschickt!« Als ich mich wieder umwandte, schauten Mum und Dad beide in die Ferne.

»Können wir jetzt gehen, Mum?« begann ich schuldbewußt. Hatte ich das wirklich gesagt? Meine Augen weiteten sich, als ich auf ihre Reaktion wartete. Dann bemerkte ich, daß sie gar nicht mich anschauten, sie starrten beide aufs Gras. Ich atmete mit einem tiefen und unauffälligen Seufzer befreit auf. Als ich das letztemal diese Frage laut gestellt hatte, war Mum böse und verlegen gewesen, und Dad hatte geschwiegen. Er schwieg auch jetzt. Diese traurigen Augen.

Die Besucherglocke klingelte unerwartet. Ich wollte hochspringen. Statt dessen zwang ich mich, stillzusitzen. Ich wußte, daß Mum es nicht mochte, wenn ich zu eifrig erschien. Endlich stand Mum auf, und während sie Dad fröhlich auf Wiedersehen sagte, wand ich mich langsam aus meinem Stuhl. Meine Beine müssen von hinten wie ein Zebrastreifen ausgesehen haben. Ich konnte die Abdrücke, die die harten Latten auf meiner Haut hinterlassen hatten, fühlen.

Als wir in die Station zurückkehrten, riefen die Männer: »Was? Geht ihr schon?« »Du warst nicht lange hier, kleines Mädel!« Der alte Soldat mit den Sahnebonbons lächelte. Er hielt die Süßigkeiten immer noch in der Hand. Sie machten alle eine große Schau und winkten zum Abschied, und gerade als wir durch die Türen in den leeren Flur gingen, rief eine Stimme: »Wir warten auf dich, kleines Mädel, bis zum nächsten Mal!«

Kräftiger, kühler Wind blies auf unserem Heimweg durch die Busfenster. Ich fragte mich immer wieder, ob ein Mensch denn innerlich verknittert sein könnte. Ich hatte Erwachsene nie über so etwas reden hören, aber ich fühlte mich, als ob ich von innen gebügelt werden müßte. Ich streckte mein Gesicht in den Wind und fühlte ihn durch meine Nasenlöcher und den Hals herabwüten. Mit kalter Schonungslosigkeit suchte er und fand meine widerspenstigen inneren Falten und warf sie hinaus auf die vorbeiziehende Straße. Ich schloß die Augen, entspannte mich und atmete aus. Und dann sah ich, wie eine kurze Erscheinung, Dads Gesicht vor mir. Diese traurigen, stillen Augen. Ich hatte ihn nicht getäuscht. Er hatte gewußt, was ich dachte.

Nach einigen Wochen kam Dad für eine Weile nach Hause, und bald darauf, im Januar 1957, erschien Mum mit einem neuen Baby in der Haustür. Ihr viertes. Ich war wirklich böse auf sie. Sie zeigte mir das weiße Bündel und sagte: »Ist das nicht ein wundervolles Geburtstagsgeschenk, Sally, daß du nun einen kleinen Bruder hast, der am gleichen Tag wie du geboren ist?« Ich war empört. So etwas zum Geburtstag! Und Dads Haltung konnte ich überhaupt nicht verstehen. Er schien sich tatsächlich zu freuen, daß David nun da war!

## 2

# Die Fabrik

Mum plapperte fröhlich, als sie mich den Asphaltweg hinunter durch den Haupteingang zu den grauen Holz- und Asbestbauten führte. Ein Blick genügte, und ich war überzeugt, daß all dies hier – genau wie das Krankenhaus – dazu da war, die Lebensgeister auszutreiben.

Nach einem Rundgang zu den Toiletten setzten wir uns auf die unterste Stufe der Veranda. Ich war mir sicher, daß Mum mich nie an einem so furchtbaren Ort zurücklassen würde. Also saß ich geduldig da und wartete darauf, daß sie mich mit nach Hause nehmen würde.

»Hast du dein Butterbrot?« fragte sie nervös, als ihr auffiel, daß ich sie anstarrte.

»Ja.«

»Und ein sauberes Taschentuch?« Ich nickte.

»Was ist mit deinem Kulturbeutel?«

»Hab ich.«

»Hm«, Mum zögerte. Dann schaute sie in die Ferne und sagte munter: »Ich bin sicher, daß es dir hier gefallen wird.«

Alarmglocken. Ich kannte diesen Ton, den bekam ihre Stimme immer, wenn sie darüber sprach, daß es Dad bald besser gehen würde. Ich wußte dann, daß es keine Hoffnung gab.

»Du willst mich hierlassen, stimmt's?«

Mum lächelte schuldbewußt. »Dir wird es hier bestimmt gefallen. Sieh mal all die anderen Kinder in deinem Alter. Du wirst Freunde finden. Alle Kinder müssen eines Tages in die Schule gehen. Du wirst doch älter.«

»Na und?«

»Na, du mußt zur Schule gehen, wenn du sechs bist; das ist Gesetz. Ich könnte dich nicht zu Hause behalten, selbst wenn ich wollte. Jetzt sei nicht albern, Sally, ich bleibe bei dir, bis es klingelt.«

»Wieso klingelt?«

»Nun, sie klingeln, wenn es Zeit ist, sich aufzustellen und in den Unterricht zu gehen. Und später klingeln sie, wenn ihr nach Hause gehen dürft.«

»Dann soll ich also den ganzen Tag lang auf irgendwelches Geklingel hören?«

»Sally«, erwiderte Mum wütend, »sei nicht so blöd. Du wirst hier etwas lernen. Sie bringen dir Rechnen bei. Und du magst doch Geschichten, oder? Sie werden dir Geschichten erzählen.«

In diesem Augenblick kam eine große Frau mittleren Alters mit Haaren in Farbe und Form von Makkaroni aus dem ersten Klassenzimmer des Blocks. »Darf ich um Ihre Aufmerksamkeit bitten?« sagte sie laut. Alle hörten sofort auf zu reden. »Mein Name ist Miss Glazberg.«

Aus meiner günstigen Perspektive auf der unteren Stufe schaute ich langsam an ihren langen, dicken Beinen hinauf und unter ihren weiten Rock. Mum tippte mir auf die Schulter, und ich mußte mich umdrehen. Sie fand mich bei weitem zu neugierig.

»Es wird gleich klingeln«, informierte die große Frau die Mütter, »und wenn das geschieht, möchte ich, daß Sie die Kinder anweisen, sich in einer geraden Reihe auf dem Schulhof aufzustellen. Ich hoffe, ihr habt das auch gehört, Kinder, ich werde überprüfen, wer am geradesten steht. Und ich sähe es gerne, wenn die Mütter zügig und leise fortgingen, sobald die Kinder aufgestellt sind. Auf diese Art habe ich genug Zeit, sie zur Ruhe zu bringen und kennenzulernen.«

Ich starrte Mum an.

»Ich komme mit dir zur Aufstellung«, flüsterte sie.

Es klingelte plötzlich, laut und erschreckend. Ich umklammerte Mums Arm. Langsam führte sie mich zu der Stelle, wo die anderen Kinder sich zu sammeln begannen. Sie nahm meine Hände von ihrem Arm, aber ich griff ihren Rock. Schon gingen einige andere Mütter fort und winkten. Ein kleiner Junge vor mir fing an zu weinen. Plötzlich war mir auch nach Weinen zumute.

»Komm jetzt, das geht hier nicht«, sagte Miss Glazberg, als sie Mums Kleid aus meiner Umklammerung befreite. Ich hielt die Augen gesenkt und schnappte nach einem anderen Teil von Mum.

»Ich muß jetzt gehen, Liebes«, sagte Mum verzweifelt.

Miss Glazberg wand meine Finger von Mums Oberschenkel und sagte: »Sag deiner Mutter auf Wiedersehen!« Es war zu spät, Mum hatte sich umgedreht und war in die Sicherheit der Veranda geflohen.

»Mum«, rief ich, als sie die letzte Stufe erklomm. »Mum!«

Sie drehte sich rasch um und winkte und fiel dabei hart auf die oberste Stufe. Ich hatte kein Mitleid mit ihrem verwundeten Knöchel oder den Tränen in ihren Augen.

»Mum!« schrie ich, als sie davonhumpelte. »Komm zurück!«

Entgegen Miss Glazbergs eindringlichen Aufforderungen, den anderen Kindern hineinzufolgen, stand ich wie angewurzelt auf dem Schulhof, schrie und umklammerte sicherheitshalber meinen getüpfelten Plastikkulturbeutel und mein Pausenbrot.

Als das zweite Trimester begann, hatte ich lesen gelernt und war die beste Vorleserin in meiner Klasse. Lesen eröffnete mir neue Horizonte, aber es schaffte auch ein Verlangen, das die Schule nicht stillen konnte. Miss Glazberg sah keinen Grund, mir ein neues Buch zu geben, solange die anderen Kinder meiner Klasse noch mit dem alten kämpften. Jeden Tag mußte ich dieselben Abenteuer von Nip und Fluff durchstehen, und jeden Tag wurden meine Augen vom hinteren Teil des Klassenraums angezogen, wo eine kleine Bücherei untergebracht war.

Ich nervte Mum so lange mit meinem Lesen, bis sie schließlich ihren Mut zusammennahm und die Lehrerin nach einem neuen Buch für mich fragte. Es war sehr mutig von ihr. Ich war ganz stolz, denn ich wußte, daß sie es haßte, die Lehrerin wegen irgend etwas anzusprechen.

»Es tut mir leid, Liebes«, sagte Mum an jenem Abend, »deine Lehrerin sagte, daß ihr erst in der zweiten Klasse ein neues Buch bekommt.«

Bei uns zu Hause gab es zwar nicht viele Bücher, aber reichlich alte Zeitungen, und so versuchte ich diese zu lesen. Eines Tages fand ich Dads Klempnerhandbücher in einer Kiste in der Waschküche. Ich konnte mir einiges von den Bildern zusammenreimen, aber die Wörter waren zu schwierig.

Gegen Ende des zweiten Trimesters gab Miss Glazberg bekannt, daß alle Eltern an einem Abend in die Schule kommen und sich unsere Arbeiten anschauen würden. Dann teilte sie anstelle des üblichen Packpapiers saubere, weiße Rechtecke aus, die stumpf auf der einen und glänzend auf der anderen Seite waren. Ich starrte ehrfurchtsvoll auf mein Papier; es war wunderschön und rief geradezu nach einem schönen Bild.

»So, Kinder, ich möchte, daß ihr alle euer Bestes gebt. Ihr sollt ein Bild von eurer Mutter und eurem Vater malen, und nur die besten werden am Elternabend ausgestellt.«

Ich hatte keinen Zweifel daran, daß meines zu den wenigen auserwählten gehören würde. Mit großer Konzentration und Entschlossenheit saß ich über meinem Blatt und zeichnete meine Eltern. Ich hielt den Arm über mein Werk, so daß es niemand abmalen konnte. Plötzlich tippte eine Hand auf meine Schulter, und Miss Glazberg sagte: »Laß mich deines mal sehen, Sally.« Ich lehnte mich auf meinem Stuhl zurück.

»Du meine Güte!« murmelte sie und griff sich ans Herz. »Ach du meine Güte! O nein, meine Liebe, so nicht! Bestimmt nicht!«

Bevor ich sie davon abhalten konnte, nahm sie mein Blatt und eilte zu ihrem Pult. Ich beobachtete bestürzt, wie meine großbusige, brustwarzige Mutter und mein gutausgestatteter Vater raschelnd in ihrem Papierkorb verschwanden. Ich war verletzt und beschämt, und die Kinder um mich herum kicherten. Es war mir nicht in den Sinn gekommen, daß wir unsere Eltern angezogen zeichnen sollten.

Bei Beginn des dritten Trimesters hatte ich ein aktives Mißfallen an der Schule entwickelt. Ich war gelangweilt und einsam. Wenn die anderen Kinder mit mir sprachen, fand ich es schwierig zu antworten.

Dad schien sich auch nicht sehr für meine Schule zu interessieren. Er fragte mich nie, wie es mir erginge oder ob ich irgendwelche Probleme hätte. Der direkteste Kontakt, den Dad mit meiner Bildung hatte, war ein brutales Zusammentreffen mit meinem schwarzen Schreibstift.

Ich saß auf unserem alten Samtsofa und spitzte den Stift für die Schule. Gerade als ich beschloß, mit der rasierklingenscharfen Spitze zufrieden zu sein, kam Dad herein und machte Anstalten, sich auf meine Lehne zu setzen. Ohne nachzudenken, stellte ich meinen Stift mit der Spitze nach oben auf und beobachtete, wie sich der blaue Hintern senkte. Bei der Berührung sprang Dad schmerzerfüllt hoch und fluchte lauthals. Als er herumfuhr, erwartete ich, daß er mich schlagen würde. Zu meiner völligen Überraschung konnte er nur hervorstoßen: »Geh in dein Zimmer!«

»Warum, um alles in der Welt, hast du das getan, Sally?« fragte Mum, als sie mich den Flur hinuntergeleitete, der vom Wohnzimmer in das Zimmer führte, das ich mit Jill und Billy teilte. Ich wußte es wirklich nicht. Neugierde über Ursache und Wirkung, nehme ich an.

Mir wurden gewisse Privilegien zugestanden, da ich nun in der Schule war. Das beste war, daß ich länger als die anderen aufbleiben und mit Dad zu Abend essen durfte. Er liebte Meeresfrüchte aller Art. Er hatte einen Kumpel mit einem Boot, und wenn es einen guten Fang gab, bekamen wir Langusten. Fleischige, weiße Langusten und Tomaten in Essig waren Dads Lieblingsessen. Zuerst konnte ich den Geschmack von Essig nicht ausstehen, aber nach und nach gewöhnte ich mich daran. Ich paßte aber auf, daß ich nicht zuviel aß, denn ich wußte, wie sehr Dad Langusten mochte. Es war eine glückliche Zeit, Langusten und Tomaten, Dad und ich.

Ich wußte, daß einige von Dads Vorlieben eine Hinterlassenschaft des Krieges waren. Diese hier stammte aus der Zeit, als italienische Partisanen ihn vor den Deutschen beschützten. Ich wußte alles über den Krieg. Dad hatte mir von seinen Freunden Giuseppe und Maria und ihrer Tochter Edmea erzählt. Er hatte mir die Internationale auf italienisch beigebracht. Ich fand mich sehr klug, daß ich in einer anderen Sprache singen konnte.

Wir hatten eine schöne Zeit. An manchen Abenden versteckte Dad Schokolade in den tiefen Taschen seines Overalls, und wir durften sie herausangeln. Manchmal lachte und scherzte er, und wenn er fluchte, wußten wir, daß er es gar nicht so meinte.

Dad schlitterte herein und heraus aus unserem Leben. Er war oft für einige Tage bis zu einem Monat im Krankenhaus. Die längste Zeit, die er ohne Unterbrechung zu Hause verbrachte, waren drei Monate; meist blieb er viel kürzer. Wenn er aus dem Krankenhaus zurückkam, war er zunächst so mit Medikamenten vollgepumpt, daß er uns kaum um sich haben mochte. Dann schien es ihm für eine Weile ganz gut zu gehen, aber bald verschlechterte sich sein Zustand rapide. Er blieb in seinem Zimmer, trank viel und konnte kaum mit uns reden. Und bald kam er wieder ins Krankenhaus.

Dad war Klempner von Beruf, aber oft hatte er keine Arbeit. Jedesmal wenn er aus dem Krankenhaus kam, mußte er versuchen, einen neuen Job zu finden. Mum hatte das einzige regelmäßige Einkommen mit ihren Halbtagsjobs, meist als Putzfrau.

Wenn Dad glücklich war, wünschte ich mir, daß er sich nie veränderte. Er sollte für immer so bleiben, aber davor stand immer der Krieg. Gerade wenn alles einmal ganz gut aussah, kam der Krieg dazwischen und überwältigte uns. Der Krieg hatte nie geendet für Dad. Er lebte Tag und Nacht mit ihm. Merkwürdig, denn er hatte mir erklärt, wie wichtig es war, frei zu sein, und ich wußte, daß Australien ein freies Land war, aber Dad war nicht frei. Es gab etwas in seinem Kopf, das einfach nicht wegging. Manchmal hatte ich den Eindruck, daß er, wenn er hätte aufstehen und vor sich selber davonlaufen können, genau das getan hätte.

Einer der Gründe, warum ich so unglücklich in der Schule war, lag wahrscheinlich darin, daß ich mir Sorgen machte, was zu Hause passierte. Manchmal war ich so müde, daß ich nur noch den Kopf auf das Pult legen und schlafen wollte. Nachts schlief ich nur gut, wenn Dad im Krankenhaus war. Dann gab es keinen Streit.

Ich hielt Wache, wenn Mum und Dad sich stritten, ebenso wie Oma. Ich schloß ein geheimes Abkommen mit mir. Blieb ich wach, war ich meiner Eltern Schutzengel; schlief ich aber ein, so verlor ich meine Macht. Ich machte mir Sorgen, daß eines Nachts etwas Furchtbares geschehen könnte und ich nicht wach wäre, um es zu verhindern. Ich war davon überzeugt, daß nur ich zwischen ihnen stand, ich und ein schrecklicher Abgrund.

Während einiger Nächte versuchte ich herauszufinden, worüber sie stritten, aber nach einer Weile wurden ihre Stimmen ununterscheidbar und verschmolzen in ungezügelter Wut. Dann nahm ich Zuflucht zu meinem Kopfkissen. Ich zog es mir fest über den Kopf und versuchte, den Lärm zum Verstummen zu bringen.

Ich war dankbar, daß Dad Mum nicht verprügelte. An einem Abend jedoch stieß er sie so, daß sie hinfiel. Ich hatte lange aufbleiben dürfen und hockte auf dem Küchenboden und guckte um den Türpfosten, um zu sehen, was passiert war. Mum lag da wie ein Häufchen Elend. Ich fragte mich, warum sie nicht aufstand. Ich schaute zu Dad hoch; er war so groß, er schien gar kein Ende zu haben. Er fuhr sich mit der Hand durchs Haar, blickte auf mich hinab und stöhnte. Unterdrückt fluchend drängte er sich grob an Oma vorbei und torkelte in sein Zimmer an der hinteren Veranda. Er tat mir leid. Er haßte sich selber.

Oma eilte in die Diele und beugte sich zu Mum hinunter. Als sie ihr aufhalf, gab sie teilnahmsvolle Laute von sich. Keine Worte, nur Laute. Ich glaube, so erinnere ich mich an Oma in diesen frühen Jahren – lauernd, in der Erwartung, daß etwas passiert.

Ich saß noch eine Zeitlang auf dem Küchenboden, dann schlich ich leise in Mums Zimmer. Ich preßte meinen Rücken gegen den kalten Putz der Wand und sah zu, wie Oma Mum mit großem Aufwand in ihre Decken einpackte. Omas Augen blickten ängstlich, und ihre volle Unterlippe war vorgeschoben. Das sah ich oft. Ansonsten zeigte sie nie viel Gefühl.

Ich versuchte mir Worte auszudenken, die alles wiedergutmachen würden, aber meine Lippen waren wie zusammengeklebt. Schließlich sagte Oma: »Wenn du nichts zu sagen hast, geh ins Bett!«, und ich flüchtete.

3

# Ich bin beim Militär

Die Aufgabe, ein weiteres Mitglied unserer Familie zum ersten Schultag zu begleiten, fiel auch im folgenden Jahr wieder Mum zu. Ich war froh, daß Jill mit der Schule anfing; ich war mir sicher, daß ich mit ihr zusammen nicht mehr so einsam wäre.

Als wir an jenem Morgen auf die Grüppchen von Kindern und Eltern trafen, die in Richtung Schule gingen, beobachtete ich Jill neugierig. Sie schien weder aufgeregt noch verzagt bei der Aussicht, von zu Hause fort zu sein. Ich schrieb ihre Ruhe ihrer Unwissenheit zu und war mir sicher, daß sie, wenn die Schule erst mal in Sicht käme, in Tränen ausbrechen würde.

»Hat die Schule nicht einen wunderschönen Garten, Jill?« bemerkte Mum, als wir um die letzte Ecke bogen und uns dem Eingang näherten.

»Ja, solche Rosen haben wir auch.«

Ich kniff die Augen zusammen und schaute sie an, keine Träne in Sicht.

Na denn, dachte ich, abwarten, bis Mum uns verläßt, dann wird's schon losgehen.

Mum brachte mich an die Tür zu meiner neuen Klasse, nahm dann Jills Hand und sagte: »Komm, ich zeige dir die Toiletten.«

»Kommst du auch, Sally?« fragte Jill.

»Nee, die hab ich letztes Jahr schon gesehen. Frag Mum, ob sie dir die Jungentoiletten zeigt, da war ich noch nie drin.«

»Sei nicht dumm, Sally. Jilly will die Jungentoiletten gar nicht sehen.«

»Doch, will ich!«

Ich beobachtete, wie Jill einige Minuten später von ihrer Toilettentour zurückkehrte. »Und was mache ich jetzt?« fragte sie, als sie mir über die Veranda entgegentrottete.

»Tja, jetzt mußt du aufs Klingeln warten. Da vorne ist deine Klasse. Geh und setz dich mit Mum auf die Stufen. Sie wird bei dir bleiben, bis es klingelt, aber sie wird nicht den ganzen Tag hier sein.«

»Okay.« Ich schaute ihr prüfend ins Gesicht. Armes Kind, dachte ich, sie hat es immer noch nicht begriffen. Jill ging zurück und ließ sich auf die Verandastufe plumpsen. Ich beobachtete, wie Mum sie genauso anlächelte, wie sie mich ein Jahr zuvor angelächelt hatte. Jill grinste zurück. Mum hatte sie tatsächlich davon überzeugt, daß sie gerne in die Schule gehen würde. Sie war manchmal so leichtgläubig.

Ein paar Minuten später klingelte es laut. Mum winkte und schickte sich an, fortzugehen. Ich erschrak zutiefst, als Jill ruhig ihren Platz in der Reihe einnahm, die sich vor ihrer Klasse formierte. Kurz bevor Mum völlig außer Sichtweite geriet, sah ich sie einen ängstlichen Blick auf die Erstkläßlerreihe werfen. Jetzt, Jill, jetzt! dachte ich. Jetzt war der perfekte Augenblick gekommen! Aus irgendeinem Grund spürte Jill mein Interesse, drehte sich um und winkte mir fröhlich zu. Ich stöhnte verzweifelt auf. Sie war augenscheinlich dümmer, als ich befürchtet hatte. »Mum geht jetzt!« rief ich aus, aber sie war zu beschäftigt, mit dem Jungen vor ihr zu schwatzen, um antworten zu können.

Ich beobachtete mit einer Mischung aus Neid und Überraschung, wie sie mit den anderen Kindern redete. Sie waren ihr alle fremd, und doch schien sie irgendwie zu ihnen zu passen. Nun wußte ich, daß Jill und ich, was die Schule anging, nie übereinstimmen würden.

Meine Tagträume wurden plötzlich von einer tiefen, brummigen Stimme unterbrochen, die rief: »Du dort, mit den langen Zöpfen, komm her und paß auf!« Ich schämte mich sehr. Ich war so damit beschäftigt gewesen, Jill zu beobachten, daß ich nicht mitbekommen hatte, wie meine Klassenkameraden sich aufgestellt hatten.

Meine neue Lehrerin begann langsam die Reihe abzugehen und sorgfältig jeden ihrer vierzig Schützlinge zu inspizieren. »Steht gerade! Bauch rein, Brust raus, Kopf hoch!« Sie tippte leicht mit ihrem Holzlineal gegen mein Kinn. Ich versuchte, ihren Anweisungen Folge zu leisten, lehnte mich aber dabei so weit nach hinten, daß ich beinahe umfiel.

Wir gingen leise in die Klasse, und die Anwesenheit eines jeden wurde pflichtgemäß in das Klassenbuch eingetragen. Als das beendet war, richtete sich unsere Lehrerin zu ihrer vollen, flachbrüstigen Höhe von Einsachtzig auf und sagte: »Ich … bin Miss Roberts.« Abgesehen von ihrer Pause nach dem ›Ich‹ sprach sie schnell und sehr, sehr deutlich.

»Jetzt, Kinder, gebe ich … einige Lesebücher aus. Ihr seid mucksmäuschenstill, während ich … dies tue. Dann wollen wir sehen, ob ihr alle Sachen mitgebracht habt, die ihr dabeihaben sollt.«

Ich lächelte, es würde letztlich doch nicht so schlimm werden, mein neues Buch war auf dem Weg. Ich wartete gespannt, während Miss Roberts eine Reihe nach der anderen entlangging. Als sie schließlich an mein Pult gelangte, platzte ich fast vor Aufregung. Sie legte das Buch auf mein Pult, und ich konnte nicht anders als laut aufstöhnen. Irgendwie hatten es Dick, Dora, Nip und Fluff geschafft, in die zweite Klasse versetzt zu werden. Sie taten mir leid. Keiner von ihnen lebte in der Nähe eines Sumpfes; auch wilde Vögel, Schlangen oder Echsen fanden keine Erwähnung. Sie gingen bloß immer in Spielzeugläden oder spielten Ball mit Nip. Ich stellte mich resigniert auf ein weiteres Jahr der Langeweile ein.

Es gab keinen Vergleich zwischen Miss Roberts und meiner Lehrerin in der ersten Klasse. Wenn es Mum unangenehm gewesen war, Miss Glazberg anzusprechen, so versetzte es sie regelrecht in Angst und Schrecken, wenn es um Miss Roberts ging.

»War Miss Roberts mal beim Militär, Mum?« fragte ich sie eines Nachmittags.

»Was für eine seltsame Frage, wie kommst du denn darauf?«

»Na, sie benimmt sich manchmal wie ein Mann.«

»Wann denn?«

»Wenn wir uns vor der Schule aufstellen. Sie läßt uns nicht reingehen, wenn wir nicht stocksteif dastehen. Sie pikst einen in den Magen und sagt: ›Bauch rein, Brust raus, Augen geradeaus!‹ Dad hat mir erzählt, daß sie das beim Militär auch so machen.«

Mum lachte; sie glaubte offensichtlich, ich würde wieder übertreiben. In der folgenden Woche jedoch vertraute sie mir bei einer Tasse Tee an, daß Miss Roberts wohl tatsächlich beim Militär gewesen war. Eine der Putzfrauen an der Schule hatte ihr das erzählt. Ich fand diese Information sehr interessant. Dad hatte oft vom Militär erzählt. Er war zu sehr Nonkonformist, um sich problemlos in das Armeeleben einzufügen. Jetzt verstand ich, wie er sich fühlte. Ich hatte es auch nicht gerne, wenn mir gesagt wurde, was ich tun sollte. Seitdem sang ich immer, wenn wir in die Klasse einmarschierten, leise eine alte Soldatenweise, die Dad mir beigebracht hatte:

*Ich bin beim Militär*
*Ich ging, um eine Kuh zu melken*
*Die Kuh ging durch, ich haute ab*
*Ich war beim Militär*

Jill, Billy und ich liebten derbe Lieder. Wir marschierten oft um den Hof herum und sangen. Bill schlug auf seine alte Blechtrommel, und Jill und ich taten so, als ob wir Trompete spielten. Ich konnte das Wecksignal spielen. Ich zog ein Stück Papier fest über einen Kamm und blies darauf. So produzierte ich einen hohen, furzenden Ton, den ich dann in eine erkennbare Melodie manipulieren konnte. Ich lernte viele Melodien auf meinem Kamm zu spielen, aber das Wecksignal mochte ich am liebsten.

Am Ende des ersten Trimesters hatte ich ein Zusammentreffen mit Miss Roberts, das jede Zuversicht, die ich für den Rest des Schuljahres hätte haben können, zunichte machte.

Unsere Schulbänke bestanden aus einem schweren Metallrahmen mit Holzlatten als Sitz und Lehne. Das stellte sich als unvorteilhaft für mich heraus, denn eines Tages, nachdem ich, wie mir schien, stundenlang versucht hatte, mit ausgestrecktem Arm Miss Roberts' Aufmerksamkeit auf mich zu lenken, konnte ich nicht verhindern, daß ich mir in die Hose machte. Miss Roberts war in die Korrektur unserer letzten Arbeiten vertieft und hatte meinen verzweifelt herumfuchtelnden Arm nicht bemerkt. Aber eines von den Mädchen neben mir – sauber, ohne Zahnlücke und mit glänzendem Haar – begann leise zu leiern: »Du hast dir in die Hose gemacht, du hast dir in die Hose gemacht!«

»Hab ich nicht«, bestritt ich heftig. »Das ist bloß Wasser unter meinem Stuhl.«

»Ach ja, und warum hast du dann die ganzen Taschentücher draufgepackt?« Sie hatte mich erwischt.

Mittlerweile hatten die meisten Kinder um uns herum zu kichern begonnen. Miss Roberts hob ihre hornumrahmten Augen und sagte streng: »Ruhe bitte!« Sie starrte uns einige Sekunden an, offensichtlich in der Erwartung, daß ihr adlerhafter Blick seine übliche Wirkung zeige. Als das letzte Kichern erstarb, schob sie ihren soliden Holzstuhl zurück, atmete tief und sagte:

»Ich ... habe etwas bekanntzugeben.«

Wir waren sehr beeindruckt von Miss Roberts' Gebrauch des Wörtchens ›Ich‹. Während des ganzen Trimesters war ich davon überzeugt, daß Miss Roberts sogar wichtiger war als die Schulleiterin.

»Ich ... habe eure Arbeiten zu Ende korrigiert.« Nach dieser Aussage herrschte völliges Schweigen. Unter Miss Roberts' Herrschaft hatten unsere wöchentlichen Tests große Bedeutung erlangt. Wir warteten alle bange darauf, wer diesmal durchgefallen war.

»Ich ... muß alle eure Bemühungen loben. Alle, außer Rrrodneys.« Sie rollte stets das R, wenn sie Rodney sagte. Man hätte denken können, er sei ihr Lieblingsschüler, bei dem Maß an Aufmerksamkeit, das sie ihm schenkte. Tatsächlich traf das Gegenteil zu, er konnte ihr nichts recht machen.

»Rrrodney«, fuhr sie fort, »wie oft habe ich dir erklärt, daß wir Gesäß sagen und nicht Hintern!«

Rodney grinste, und wir giggelten, wurden aber sofort von Miss Roberts' empörtem Blick gestoppt. Sie hatte eine Abneigung gegen alles, was nur im geringsten derb war. Ich empfand eine widerwillige Bewunderung für Rodney. Er schrieb nun seit drei Wochen Hintern; er war ganz mein Fall.

»Nun«, sagte sie auf eine Art, die uns alle kerzengerade sitzen und ganz aufmerksam werden ließ, »wo ist Sally, hm?« Mit leicht gesenktem Kopf schaute sie in der Klasse herum, um mein unscheinbares, braunes Gesicht in einem Meer von vierzig wissenden Lächeln auszumachen. »Ach, da bist du, meine Liebe.« Ich hatte mich hinter das Mädchen vor mir gekauert und meine Hand zwischen die Beine gestopft, um weiteres Tröpfeln zu verhindern.

»Sally hat es zum ersten Mal in diesem Jahr geschafft, eine Eins zu schreiben. Darüber hinaus ist sie in dieser Woche die einzige, der das gelungen ist.« Sie machte eine Pause und schaffte somit Gelegenheit, die Größe meiner Leistung wirken zu lassen. Alle wußten, was als nächstes passieren würde, und Miss Roberts sagte, indem sie das Prusten und Kichern als Eifer mißdeutete: »Nun, komm her, Sally. Komm nach vorne und halt dein Heft hoch. Ich ... kann dir versichern, daß die Klasse gespannt darauf ist, deine Arbeit zu sehen.«

Miss Roberts wartete geduldig, als ich mich vorsichtig erhob. Ich zog schnellstens den nassen Teil meines Kleides so weit nach hinten, wie ich konnte, und hielt ihn fest zusammengeknüllt in meiner linken Hand. Mit zusammengepreßten Knien und meinem linken Ellbogen in einem ungewöhnlichen Winkel hinter meinem Rücken bewegte ich mich ruckhaft voran. Glücklicherweise schaute Miss Roberts gerade voller Erstaunen in mein Heft und war daher nicht mit dem Anblick meines verrenkten Körpers konfrontiert.

»Ich ... möchte, daß du es hochhältst, so daß die ganze Klasse es sehen kann. Sieh mal, wie gespannt sie darauf sind, eine Arbeit zu sehen, die hundert Prozent richtig ist!«

Ich umklammerte mein Heft mit der rechten Hand und beugte mich so weit wie möglich von Miss Roberts weg, damit sie meinen Zustand nicht riechen könne. Meine verunglückte Erscheinung mußte sie alarmiert haben, daß etwas nicht stimmte, denn sie fuhr mich ungeduldig an: »Halt das Heft mit beiden Händen! Und laß dein Kleid herunter, wir interessieren uns nicht für deine Unterhosen!«

Eine Welle des Kicherns schwappte durch die Klasse. Als ich den weiten Rock meines blauen Baumwollkleides herunterstrich, blähten sich Miss Roberts große und empfindliche Nasenlöcher heftig, und sie schnaubte angewidert.

Sie griff meinen Ellbogen, beförderte mich zurück zu meinem Pult, deutete auf die anstößige Pfütze und verlangte zu wissen: »Und woher kommen all diese Taschentücher?« Sie riß den Deckel meines Pults auf und kreischte: »O nein! Da sind ja noch mehr!« Ich schämte mich so sehr. Es war offensichtlich, daß sie nicht wußte, wo zu beginnen mit ihrer Anklage – mit dem Haufen dreckiger Taschentücher, dem überquellenden Behälter des Bleistiftanspitzers, der Sammlung vertrockneter Orangenschalen oder dem alten Apfelrest, der bräunlich und kurz vorm Verschimmeln war.

Sie schüttelte fassungslos den Kopf und murmelte: »Du schmutziges, schmutziges Mädchen.« Dann zerrte sie mich wieder nach vorn und schob mich aus der Tür.

»Hinaus mit dir, und komm nicht wieder herein! Du setzt dich dort hin und trocknest!«

Ich saß alleine und naß auf der harten Holzbank.

Mit meiner Einstellung zur Schule ging es nach diesem Zwischenfall noch schneller bergab. Ich fühlte mich so anders als die anderen Kinder in meiner Klasse. Sie waren die blitzblanke Brigade und ich die schmuddelige Übeltäterin.

*4*

# Trinkende Männer

Zu Hause wurde es auch nicht gerade besser. Dad trank mehr, als er aß, und blieb sehr dünn. Er hatte aufgehört, sich überhaupt noch um Arbeit zu bemühen, und er war mehr im Krankenhaus als zu Hause. Vorbei waren die Tage, als er uns kuschelige Küken zum Spielen mit nach Hause brachte. Es gab eine Zeit, in der er nicht am Schaufenster einer Tierhandlung vorbeigehen konnte, ohne ein halbes Dutzend Küken zu kaufen. Er trug immer noch seinen blauen Lieblingsoverall, aber er versteckte nicht mehr diese winzigen Schokoladentäfelchen in seinen tiefen Taschen. Jetzt versteckte er nur sich selber. Wenn er zu Hause war, kam er nie aus seinem Zimmer. Sein einziges Interesse schien die Kneipe zu sein.

Seine Stammkneipe war das Raffles. Es lag am Ufer des Swan und bot einen südländischen Anblick. Dad war beliebt im Raffles, wo sich eine große Gruppe ehemaliger Soldaten traf. Es war wie ein Klub. Nach ein paar Bieren im Raffles mit seinen Kumpeln war Dad bald in einer anderen Welt. Er vergaß uns und Mum und wurde einer von den Jungs.

Wir Kinder fuhren oft mit Dad zur Kneipe. Während er sich in der Bar unterhielt, saßen wir gelangweilt und vergessen im Auto. Im Sommer war es am schlimmsten. Dad kurbelte stets die Fenster hoch und schloß sämtliche Türen ab für den Fall, daß uns jemand stehlen wollte. Er verbot uns strikt, auszusteigen. Diese Vorsichtsmaßnahme bedeutete, daß wir an heißen Sommerabenden beinahe erstickten.

Eines Abends konnte ich es im Auto nicht mehr aushalten. Dad war seit Ewigkeiten fort, und ich hatte alle Hoffnung aufgegeben, daß er mit den üblichen Tüten Pommes frites zurückkehren würde. Irgendwie gelang es der süßen, reinen Luft vom Fluß her, die gläserne und metallene Abschottung zu durchdringen. Wie ein Fetzen aus wogendem Nebel in der Nacht umwehte sie Schultern und Kopf und lockte mich hinaus.

»Laßt uns unten am Fluß spielen«, sagte ich plötzlich. »Dad bringt uns doch keine Pommes. Er wird nicht merken, daß wir weggegangen sind.«

»Wir sollen aber im Auto bleiben«, sagte Jill und schaute mich zweifelnd an. Zwei Trimester in der Schule, und sie war eine richtige Kleinkrämerin geworden.

»Hör mal, Jill, es hat doch keinen Sinn, hier rumzuhängen und zu hoffen, daß er mit irgendwas zurückkommt. Er hat uns doch wieder vergessen. Ich gehe jedenfalls, ob du mitkommst oder nicht.«

Die Vorstellung, im Wasser planschen zu können, überwältigte Billy; er sprang mit mir hinaus. Jill folgte widerwillig. Wir schlängelten uns rasch durch den überfüllten Parkplatz und hinunter zum sandigen Ufer. Wir spritzten und lachten und bauten Sandburgen, dekoriert mit Tang und Stöcken.

Als wir gerade einen ausgetüftelten Burggraben konstruierten, überragte uns eine große Figur von oberhalb des Strandes.

»Verdammt noch mal, was macht ihr Blagen da unten? Ich hab euch doch gesagt, ihr sollt im Wagen bleiben!« Dad kam drohend näher, und wir erstarrten.

Plötzlich schrie ich: »Was glaubst du denn, was wir da machen sollen? Die ganze Nacht im Auto sitzen? Du warst schon ewig weg, und du hast uns keine Pommes gebracht!« Ich hielt abrupt inne, mit weitgeöffnetem Mund. Woher kam mein plötzlicher Mut? Ich hatte oft entrüstete Gedanken, aber in der Regel behielt ich sie für mich. Jetzt war's passiert.

Glücklicherweise war Dad genauso überrascht wie ich. Er blieb stehen und schaute auf uns herunter. Sein Blick fiel auf die drei planlosen Sandburgen und den Anfang eines komplizierten Bewässerungssystems. Ohne ein weiteres Wort geleitete er uns zum Auto und fuhr uns nach Hause.

Am nächsten Abend blieb ich zu Hause bei Mum. Ich fand, daß die Chancen, sich eine Tüte Pommes frites zu verschaffen, zu gering waren. Billy und Jill bestanden darauf, Dad zu begleiten. »Die können sich wieder auf die totale Langeweile gefaßt machen«, sagte ich zu Mum, als wir ihnen zum Abschied winkten.

An diesem Abend kam Dad früh nach Hause. Er war wütend. Augenscheinlich war Jill so gelangweilt gewesen, daß sie in der Bar nach Dad gesucht hatte. Jemand hatte sie auf die Theke gestellt und gefragt: »Na, zu wem gehört die hier?« Das war sonst überhaupt nicht Jills Art, und es war in Dads Augen eine unverzeihliche Sünde. Die Kneipe war sein Bereich. Er fühlte sich von Jill vor seinen Kumpeln bloßgestellt.

Die Brüder meines Vaters waren genauso große Trinker, und sie waren stolz darauf. Der einzige, der anders zu sein schien, war Onkel John. Er war bedeutend jünger als Dad, und wir Kinder mochten ihn ganz gerne. Er hatte immer einen Witz für uns parat und trank nie soviel wie die anderen. Aber selbst abgesehen von unseren Verwandten, schienen wir nur von trinkenden Männern umgeben zu sein. Nicht einer von Dads Kumpeln war ein Mäßigkeitsapostel. Ich war immer erstaunt, wieviel ein richtiger Mann trinken konnte. In der Tat schien Trinken die Lieblingsbeschäftigung von allen zu sein, mit denen wir zusammenkamen. Dads Kumpel, vor allem ehemalige Soldaten, brachten ihre Frauen meistens nicht mit zu uns. Aber die wenigen Frauen, die einbezogen wurden, konnten gut mithalten.

Ich erinnere mich nur an eine Gelegenheit, als unser Opa zu uns kam, um bei einer Arbeit auszuhelfen. Nahe beim Haus wuchsen einige hohe Eukalyptusbäume, die Dad fällen wollte. Er sagte, sie wären eine Feuergefahr. Opa bot an, ihm zu helfen. Ich saß auf den hinteren Stufen zur Veranda und beobachtete, wie die beiden die Bäume hinaufkletterten. Ich war traurig, daß die Bäume fallen sollten. Sie waren groß und schön, und ich hatte Elstern in ihnen nisten sehen.

»Gut, Paps«, rief Dad, als er seine Säge anlegte. »Du nimmst dir den Ast an deiner Seite vor, und ich gehe diesen hier an.«

»Okay, Bill.« Opa schwitzte wie ein Affe, und er hatte seit mindestens einer halben Stunde nichts mehr zu trinken gehabt.

»Jesses! Ich könnte ein Kaltes vertragen, Bill«, murmelte er, während er sägte.

Plötzlich krachte es, dann ein berstendes Geräusch, gefolgt von einem Schrei. Opa und der Ast, auf dem er gesessen hatte, lagen auf dem Boden.

Dad ließ seine Säge fallen, kletterte herunter und brüllte: »Doch nicht den Ast, auf dem du sitzt, du blöder Idiot!«

Für den Rest des Nachmittags arbeitete Dad alleine. Opa saß drinnen, erholte sich und trank Bier. Als Dad ihn schließlich nach Hause fuhr, war er zu betrunken, um noch irgendeinen Schmerz zu fühlen.

Dads Familie kam oft zum Weihnachtsessen zu uns. Ich fand eigentlich die zwei Tage vor Weihnachten viel aufregender. Mum und Oma backten Kuchen und kochten Pudding, putzten das Haus richtig gründlich und bereiteten die Füllung für die Hühner vor. Ich war wirklich aufgeregt, denn wir aßen nur einmal im Jahr Huhn, und ich mochte es furchtbar gerne.

Am vierundzwanzigsten Dezember schritt Dad mit einer Axt bewaffnet zum Hühnerstall. Er sah immer sehr entschlossen aus, und ich saß jedesmal da und glaubte, daß er es in diesem Jahr bestimmt fertigbrächte. Ungefähr zehn Minuten vergingen, dann kam er zurückstolziert, mit sauberer Axt und ohne Hühner. Der Krieg hatte ihm das Töten verleidet. Er ging an mir vorbei und übergab die Axt Oma, die geduldig an der hinteren Veranda wartete. »Jesses, Daisy, ich kann es nicht. Du mußt ran.«

Oma war alles andere als begeistert von dieser Aufgabe. Sie hatte eine besondere Beziehung zu Vögeln und zu den Hühnern, die wir hielten, aber sie wußte auch, daß wir zu arm waren, um ihren feineren Gefühlen Beachtung schenken zu können. Innerhalb weniger Minuten kam sie mit zwei schlaffen Hühnern und blutiger Axt zurück. »Komm, Sally, Zeit, sie auszunehmen.«

Sie breitete Zeitungspapier auf dem alten Tisch aus, der auf unserer hinteren Veranda stand, und wir begannen mit der Arbeit. Ich rupfte gerne Hühner, weil ich Federn sammelte. Jill kam vorbei und schaute uns angewidert an. Manchmal stieß ich meinen blutigen Arm in ihre Richtung, um ihr Angst einzujagen, und sie lief schreiend hinein zu Mum.

»Pah, die hat keinen Mumm in den Knochen.«

»Aber diese Hühner haben was drauf auf den Knochen, drum mach weiter mit deiner Arbeit, und laß die arme Jill in Ruhe!«

Einmal zu Weihnachten erzählte uns Opa die Geschichte seiner Familie. »Jaja«, seufzte er, während er noch ein Bier herunterkippte, »die Männer der Milroys waren immer schon große Spieler und Trinker.«

Ich beobachtete neugierig, wie er sich eine Träne aus dem Auge wischte. Wenn man Opa ein paar Bier gab, heulte er über alles und jedes.

»Früher ging es uns recht gut. Wir hatten ein Geschäft in Albany, eine Imbißstube. Jesses, man konnte schnelles Geld machen damals mit all den Kerlen, die ins Land kamen. Sobald die Segelschiffe festgemacht hatten, rannten die Pensionsbesitzer, Kneipiers und wer noch immer runter zum Hafen und versuchten, den Fisch an Land zu ziehen. ›Her zu mir!‹ rief einer, ›Ein Freigetränk zu jedem Essen und Bonbons für die Kleinen!‹ ein anderer. ›Doppelte Portionen Pudding für alle Männer. Was immer ihr wollt, wir haben es!‹ Tja, die Leute waren rauh und schlagfertig damals, aber das Geschäft ging gut. Alle machten ein Vermögen, bis auf den letzten Mann. Alle, außer deinem Urgroßvater, der kam nie an der nächsten Kneipe vorbei!«

Ich nehme an, es überrascht nicht weiter, daß ich schon früh ein starkes Interesse am Trinken und Rauchen entwickelte. Ich war eine Meisterin im Zigarettendrehen; ich gab sie dann Dad, um sie anzuzünden. Ich konnte in nur wenigen Sekunden ein Glas Bier ohne Schaum eingießen. Dad ermutigte mich, einen Schluck aus seinem Glas zu nehmen, Mum protestierte vergebens. Wenn sie sich zu oft über die gleiche Sache beschwerte, strengte Dad sich besonders an, sie zu ärgern. Er war ein rebellischer Mann.

Glücklicherweise dauerte es nicht lange, und mir wurde schlecht vom Biergeschmack. Ich fand, es schmeckte genau so, wie ich mir den Geschmack von Urin vorstellte. Und die Tatsache, daß ich einige von Dads Kumpeln Pisse dazu sagen hörte, verstärkte meinen Eindruck nur noch. Ich beschloß, daß ich diese Tradition nicht weiterführen würde.

An dem Tag, als Onkel Frank in unser Leben trat, hatte ich das Gefühl, eine verwandte Seele gefunden zu haben. Er schneite eines

Tages einfach aus heiterem Himmel herein, und Dad freute sich sehr, ihn zu sehen.

»O Gott«, stöhnte Mum auf, als sie die braune Papiertüte sah, die lässig unter Franks muskulösen Arm geklemmt war. »Das ist ja genau, was Bill brauchen kann – noch mehr Schnaps.«

Bei Dads aufleuchtenden Augen wurde mir klar, daß er im Gegensatz zu Mum der Meinung war, es sei in der Tat genau das, was er brauchte. Mum behandelte die beiden wie Luft. Sie hatte die trinkenden Männer um sich herum einfach satt.

»Ihr Kinder geht nach hinten und spielt!« kommandierte sie, als Dad und Frank sich auf der vorderen Veranda niederließen. »Er hat ein furchtbares Vokabular«, flüsterte Mum Oma zu, »ich möchte nicht, daß die Kinder so etwas zu hören bekommen.«

Ich spitzte sofort die Ohren. Was für ein furchtbares Vokabular?

»Raus mit dir, Sally«, wiederholte Mum.

»Okay, okay, ich geh ja schon«, seufzte ich, während ich die Stufen der hinteren Veranda hinuntersauste. Ich brauchte nur wenige Sekunden, um ums Haus herumzulaufen, wo ich mich glücklich wieder zu den trinkenden Männern gesellte.

Innerhalb weniger Minuten war ich völlig fasziniert von Frank. Er gebrauchte so viele Wörter, die ich nie zuvor gehört hatte, und sie klangen alle aufregend. Ich hätte alles darum gegeben, so wie Frank reden zu können.

»Junge Dame«, sagte Frank, als er sein Glas austrank, »weißt du, daß dieser Mistkerl hier mir während des Krieges das Leben gerettet hat?«

»Jesses, fang doch nicht wieder damit an, Frank«, stöhnte Dad.

Ich lehnte mich wißbegierig vor in der Hoffnung, daß Frank weitererzählen würde.

Plötzlich steckte Mum ihren Kopf aus der Haustür. »Sally, du kommst sofort rein!« Ich grinste sie an und wandte mich Frank wieder zu. »Sally«, flüsterte sie entschlossener, »komm jetzt rein!«

Dad haßte es, wenn Mum flüsternd in der Tür stand. Er wußte, daß sie wegen der Nachbarn ihre Stimme senkte, und so sagte er laut: »Sie bleibt hier, verdammt noch mal!« Dad scherte sich den Teufel darum, was die Nachbarn dachten. Mum gab sich geschlagen und verschwand hinter der Tür.

»Ach, dein Vater ist ein alberner Kerl; der mag's immer nicht, wenn ich die Geschichte erzähle. Aber dir erzähl ich sie!« Frank zeigte mit seinen braunen, schwieligen Fingern auf mich.

»Wir zwei armen Hunde steckten in 'nem Kriegsgefangenentransport, der in die Lager gehen sollte. Auf 'nem italienischen Kahn war das, und dann bum! erwischte uns so ein verdammtes englisches U-Boot genau am Arsch! Gott verdammt noch mal, das werde ich nie vergessen. Na ja, jedenfalls blieben wir oben und strandeten an der griechischen Küste. Ich konnte mich nicht rühren, ich war an der Brust verwundet. Ich dachte mir, Frank, jetzt gibst du den Löffel ab. Und weißt du, was dann passierte?«

»Nein, was denn?« flüsterte ich.

»Dieser Hundesohn«, er deutete mit dem Daumen auf Dad, »packte mich auf seine Schulter, zerrte mich rauf aufs Deck und schleppte mich an die Küste. Allmächtiger: ich war nicht gerade ein Leichtgewicht. Ich gab verdammt acht, daß ich noch einen Blick auf dieses Gesicht warf, bevor ich ohnmächtig wurde. Einen solchen Kerl würde ich nicht so schnell wieder vergessen.« Frank warf seinen besoffenen, lockigen Kopf zurück und brüllte vor Lachen.

»Jesses, Frank«, sagte Dad, »du warst so voller Blut, ich dachte, du wärst schon tot!«

Daraufhin lachten sie beide. Ich fand sie so stark. Warum nur war ich dazu verdammt, ein Mädchen zu sein?

Danach besuchte Frank uns regelmäßig. Ich hörte ihm immer gerne zu, wenn er von den verrückten Sachen erzählte, die im Hafen von Fremantle vor sich gingen. Er brachte immer etwas mit, das zufällig aus den Kisten gefallen war. Ich dachte, daß er seine Muskeln all den Kisten verdanken mußte, die er ständig hievte. Er redete immerzu davon, Kisten beiseite zu schaffen. Er hatte den dicksten und braunsten Bauch, den ich je gesehen habe. Er war fest wie eine Trommel; ich bin sicher, daß man eine Melodie darauf hätte spielen können.

Eines Tages sagte ich zu Mum: »Wie kommt es, daß Frank so einen dicken Bauch hat? Ist das von seiner Arbeit an den Kais?«

Mum lachte. »Ich weiß nicht, wahrscheinlich ist es eher vom vielen Essen und von den Krügen voll Bier, mit denen er es runterspült.«

Ich hatte Onkel Frank bald sehr gern, aber ich zeigte meine Zuneigung nie. Onkel Frank zu küssen wäre gewesen wie ein Reibeisen zu küssen; er hatte jede Menge rauher Ecken.

Wie Frank war auch Dad ein Mann, dem es Spaß machte, das Schicksal herauszufordern. Ich glaube, das gab ihm ein Gefühl von Macht, was er normalerweise nicht besaß.

Ich werde nie vergessen, wie er im September jenes Jahres mit uns zu einem Picknick nach Roleystone fuhr. Es war das einzige Picknick mit ihm, an das ich mich erinnern kann. Bei seinen Aufenthalten außerhalb des Krankenhauses war er selten imstande, weit zu fahren, selbst wenn er es gewollt hätte. Das ganze Jahr über hatte Mum uns versprochen, daß Dad mit uns zu einem Picknick hinausfahren würde. Die Maiferien verbrachten wir damit, im Sumpf zu spielen und Dad im Krankenhaus zu besuchen. Jetzt hatten wir schon die Hälfte der Augustferien hinter uns, und wir hatten alle Hoffnung aufgegeben, daß das Picknick je stattfinden würde. Daher waren wir sehr überrascht, als Dad eines sonnigen Samstagmorgens sagte:

»Okay, auf geht's ins Grüne!«

Wir hatten zu der Zeit einen alten 1948er Fordbus. Unser altgedienter Studebaker stand aufgebockt in der Auffahrt. Er gehörte zu den Dingen, zu deren Reparatur Dad nicht gekommen war. Der Bus war ein Geschenk von einem von Dads früheren Arbeitgebern. Wenn Dad nüchtern war, war er ein guter Arbeiter, und er war ihm als Anerkennung für eine gute Arbeit gegeben worden.

Der Bus hatte hinten keine Türen, sondern war völlig offen. Das Dach war mit Isolierwolle ausgestopft, und weiche, flockige Stücke hingen aus der zerrissenen Bespannung heraus. Im Sommer war der Wagen toll, weil er eine Brise hereinließ, aber im Winter war das Dach wie ein Schwamm, das den Regen aufsog, und vollgesogene Klumpen Isolierwolle fielen uns in den Schoß. Während wir unsere Beschwerden nach vorne brüllten, saß Mum trocken und warm in der Fahrerkabine und kicherte.

Sie hatte mir einmal anvertraut, daß sie schon früh in ihrem Leben gelernt hatte, über schwierige Situationen zu lachen, aber ich fand diese Lebenseinstellung nicht tröstend, wenn es um stinkende, nasse Isolierwolle ging.

Die Straßen bei Roleystone waren schmal, steil und kurvig, und zum Picknick in die Hügel zu fahren, war kein lahmer Familienausflug, sondern ein richtiges Abenteuer.

Sobald wir unsere Brote mit Dosenfleisch gegessen und Mums

Kuchen in uns hineingestopft hatten, rannten wir johlend in den Busch. Wir verbrachten Stunden damit, Kiesel, Insekten, Steine und wilde Blumen zu sammeln. Wir wußten, daß Oma uns, wenn wir nach Hause kamen, fragen würde, was wir gefunden hatten. Sie liebte den Busch und ließ sich immer einige unserer Schätze aushändigen, von denen sie glaubte, sie könnten eine besondere Bedeutung haben.

Allzubald rief Mum uns zurück zum Wagen. Wir spielten noch ein bißchen länger, aber als wir Dad hupen hörten, wußten wir, daß er es ernst meinte. Billy, Jill und ich sprangen in den hinteren Teil des Wagens, während Mum ihren üblichen Platz vorne einnahm. Sie hielt unseren kleinen Bruder David auf dem Schoß.

Es dauerte nicht lange, bis wir mitbekamen, wie schwierig es für Dad war, auf dem winzigen Stück Asphalt zu manövrieren. Vor ihm lag ein rauher, unbefestigter Weg, ein felsiger Abgrund an der einen Seite und ein dichtbewachsenes Tal auf der anderen. Wir hielten uns alle krampfhaft fest, als er zum Tal hin bis an den Rand des Asphalts zurücksetzte.

In unserem plötzlichen Schrecken drückten wir uns so dicht an die Fahrerkabine, wie wir konnten. Ohne Hintertüren, die uns hätten aufhalten können, fürchteten wir, daß ein scharfes Bremsen von Dad uns in die Vergessenheit hinauskatapultieren könnte.

Zu unserem Entsetzen bremste Dad überhaupt nicht. Statt dessen kam er dem Abgrund näher und näher. Vielleicht waren die Räder auf sicherem Untergrund, aber wir fühlten uns, als ob wir in der Luft hingen. Noch schlimmer war, daß der hintere Teil des Wagens sich nun neigte und es somit schwieriger wurde, sich festzuhalten. Wir begannen zu schreien.

»Haltet die Klappe, ihr verfluchten Blagen!« brüllte Dad, als er seinen Kopf aus dem Seitenfenster reckte. Er rollte ein paar Zentimeter weiter, und wir schrien lauter.

»Um Gottes willen, Bill, halt an! Wir rollen über den Rand!« kreischte Mum und griff seine Schulter. Sie hatte Angst vor der Tiefe. Ihre offensichtliche Panik spornte uns zu noch größeren Anstrengungen an. Wir quetschten unsere Gesichter an das kleine Fenster, das den hinteren Teil von der Kabine trennte, und brüllten so laut und so lange, wie wir konnten.

»Bill, bitte!«

»Hör zu, Glad, du dämliches Weibsstück, ich weiß, was ich tue!«

»Bill, stop! Meinetwegen kannst du dich selber umbringen, wenn du Lust hast, aber du wirst nicht den Rest von uns auf dein Gewissen laden!«

Jetzt hatte Dad genug. Er zog die Handbremse und rief: »Raus mit euch, verdammt noch mal!«

Wir kraxelten eiligst in Sicherheit und stellten uns in eine nahe Wasserrinne. Wir beobachteten hilflos, wie Dad fortfuhr, sich in den unvermeidlichen Tod zu manövrieren. Die Hinterräder rollten vom Asphalt und drehten auf dem losen Boden durch. Dann heulte der Motor plötzlich auf, während der Wagen vorwärts sprang und Dad ein elegantes Wendemanöver ausführte. Mit selbstzufriedenem Blick ließ er uns einsteigen.

Mum war den ganzen Heimweg über still. Dad pfiff vor sich hin.

## *5*

## So tun als ob

Wir schrieben neunzehnhundertneunundfünfzig, und ein weiterer Milroy kam in die Schule. Billys anfängliche Reaktion war ähnlich wie meine; er haßte es. Jeden Morgen, wenn wir zur Schule aufbrachen, blieb Billy schluchzend zurück. Wie er es schaffte, geradeaus zu gehen und nicht zu stolpern, war mir immer ein Rätsel, denn während sein Körper in Richtung Schule stapfte, blieb sein Gesicht rückwärts unserem Haus zugewandt.

Er wußte, daß Mum hinter dem Vorhang stand und uns beobachtete, und wenn er richtig mitgenommen aussähe, würde sie vielleicht schwach werden und ihn zurückrufen. An manchen Tagen begann er sein Schluchzritual so früh, daß sein Gesicht, wenn wir das Haus verließen, rot und verquollen war und seine Nase schnoddrig und schniefend. Das war im allgemeinen zuviel für Mum. Sie ließ ihn dann nur bis zu unserem Briefkasten gehen, bevor sie ihn zurückrief.

Billys Niedergeschlagenheit zog sich nie bis zur Pause und zum Mittagessen hin. Er war die Art von Junge, zu dem die anderen Jungen aufschauten, daher fehlte es ihm nie an Freunden. Billy war genau wie Dad, besonders wenn es um Freundschaft ging.

Auch Oma hatte eine Schwäche für Billy. Sie unterstützte ihn in seiner Abneigung gegen die Schule. »Laß ihn heute zu Hause, Glad«, bat sie, wenn Billy mit seiner Heulübung begann, »das Kind fühlt sich nicht wohl.«

Billy kam zugute, daß er nicht gesund aussah. Ich versuchte mehrmals, seinen jämmerlichen Blick nachzuahmen, aber ohne Erfolg. Nach ein paar erbärmlichen Versuchen wurde offensichtlich, daß was für Billy galt, bei mir nicht klappte. Ich mußte auf stärkere Täuschungsmittel zurückgreifen. Ich fand heraus, daß ein leichter Hauch von Puder, den ich zuerst in meinen Händen verrieb und dann leicht auf das Gesicht klopfte, Wunder wirkte.

»Mir ist furchtbar schlecht, Oma«, stöhnte ich, als sie in mein blasses Gesicht starrte. »Ich glaube, ich muß mich übergeben.« Oma schnappte einen leeren Topf und beugte mich darüber. Nachdem ich einige würgende Töne von mir gegeben hatte, richtete ich mich auf und sagte: »Es hat keinen Zweck, es ist wieder runtergerutscht.«

»Geh und leg dich wieder hin«, wies Oma mich an, »ich schicke deine Mutter rein.«

Innerhalb weniger Minuten stand Mum an meinem Bett und schaute extrem skeptisch. »Sally, bist du wirklich krank?«

Oma unterbrach sie. »Natürlich ist sie krank, Glad, sieh dir doch ihr Gesicht an.«

»Ich tu nicht nur so, Mum, ehrlich. Ich fühl mich richtig mies. Vielleicht geht's mir mittags besser, und Oma kann mich dann in die Schule schicken.«

»Sei nicht albern, Sally«, widersprach Oma, die an meinem Köder anbiß, »du kannst nicht in die Schule gehen, du würdest umkippen.«

»Na gut«, gab Mum nach, »du kannst zu Hause bleiben, aber du ißt nichts und bleibst im Bett.«

Jill kam herein, nachdem Mum und Oma gegangen waren, und sagte: »Du bist unmöglich. Du bist doch nicht wirklich krank?«

»Bin ich wohl! Hau ab, du machst mich erst recht krank. Muuum, sag Jill, sie soll weggehen, sie macht es nur noch schlimmer.«

»Komm raus da, Jilly. Laß Sally schlafen.« Jill warf mir einen empörten Blick zu und ging.

Sobald Jill und Billy unterwegs zur Schule waren und Mum zu ihrem Halbtagsjob in Boans' Blumenabteilung aufgebrochen war, rief ich Oma zu: »Ich fühl mich ein bißchen besser, Oma. Meinst du, ich kann was essen?« Oma schlenderte mit ihrem alten Küchenhandtuch über der Schulter herein und sagte: »Oh, du bist immer noch ganz weiß, Sally. Ich glaube, du ißt nicht genug. Deine Mutter kann nicht erwarten, daß es dir besser geht, wenn du nichts ißt. Du bleibst hier, und ich bringe dir ein paar Toasts und 'ne heiße Tasse Tee.«

Nach sechs oder mehr Lagen Toast mit Marmelade und zwei Bechern Tee sagte ich zu Oma: »Puh, es ist stickig hier drin, Oma.«

»Ja, das stimmt, geh und setz dich nach draußen. Es gibt nichts Besseres als ein bißchen frische Luft, wenn einem schlecht ist.«

Oma sprach danach nur noch mit mir, um mitzuteilen, daß das Mittagessen fertig sei. Ich verbrachte den ganzen Tag draußen, spielte meine üblichen Spiele und kletterte auf die Bäume.

Ich saß auf den Stufen der hinteren Veranda und inspizierte mein Versteck voll kleiner Steine, die ich gesammelt hatte, als Mum von der Arbeit zurückkehrte.

»Wie geht's Sally?«

»Hm, ihr geht's gut«, brummte Oma. Und dann fügte sie mit einem Kichern hinzu: »Hat den ganzen Tag in dem Baum dort gesessen.«

Mum kam heraus. »Eine weitere wundersame Heilung, wie, Sal?«

»Tja, ich weiß nicht, was das war, Mum, aber ich hoffe, ich bekomme es nicht wieder.«

»Hoffe mal nicht zu sehr.«

Außer daß ich verschiedene Methoden lernte, eine Krankheit vorzutäuschen, passierte nichts Besonderes mit der Schule. Meine Lektionen schienen sich nicht auf das wirkliche Leben zu beziehen. Ich fragte mich oft, wie meine Lehrerin sich so sehr für die Summen interessieren konnte, die ich falsch herausbekam, und so wenig für die Spiele außerhalb der Schule und ob Dad aus dem Krankenhaus kam oder nicht.

Das Beste an der Schule war, daß die zweite und die dritte Klasse im gleichen Raum saßen. Das bedeutete, daß ich mehr von Jill sah und wir nahe beieinander sitzen konnten. Eines Nachmittags fragte die Lehrerin, ob Kinder in der Klasse seien, die in einer fremden Sprache singen könnten.

Vier Kinder hoben sofort die Hand, darunter Jill und ich. Nach der Aufforderung der Lehrerin standen die beiden ersten Kinder auf und sangen nacheinander Frère Jacques. Dann waren Jill und ich an der Reihe. Wir waren beide sehr schüchtern und verlegen und gingen mit gesenkten Augen nach vorne. Wir hakten uns ein und sangen, indem wir schwungvoll die Arme vor- und zurückwarfen, lauthals die Internationale auf italienisch.

Mrs. White war ebenso verdutzt über unseren plötzlichen Ausbruch von theatralischem Talent wie der Rest der Klasse. Wir scheuten normalerweise jede Form von öffentlicher Zurschaustellung.

»Reizend, Mädels«, sagte sie schließlich, »reizend.«

Dad war zu der Zeit im Krankenhaus, daher konnten wir ihm nicht erzählen, was wir aufgeführt hatten, aber wir wußten, daß er stolz auf uns gewesen wäre.

Immer wenn Dad im Krankenhaus war, taten Mum und Oma ihr Bestes, um uns ein schönes Zuhause zu bereiten. Wir durften länger aufbleiben, und wir mußten nicht darauf achten, leise zu sein. Es war viel entspannter. Manchmal kratzte Mum sogar genug Geld zusammen, um Jill, Billy und mir einen Besuch im örtlichen Freilichtkino zu spendieren. Das Kino faszinierte uns. Wir liebten die buntgestreiften Segeltuchsitze, die großen Scheinwerfer und die riesige weiße Leinwand. Es war ein magischer Ort, wir waren sogar in den Pausen aufgeregt.

Aber einen der besten Abende dort hatten wir, als Mum für die Unterhaltung sorgte. Nachdem wir unsere drei Pennies Eintritt bezahlt hatten, gingen wir vor und zurück, um vier leere Plätze zu finden. Mum meinte, wir müßten schon Glück haben, welche zu finden, denn sie verkauften immer mehr Karten, als sie Plätze hatten. Wir hatten Glück; Billys scharfe Augen erspähten vier wunderbare Plätze.

»Da drüben, Mum«, rief er. »Guck mal, da drüben.«

Mum schaute in die angegebene Richtung und seufzte: die freien Plätze waren in der Mitte des zentralen Blockes und beinahe unmöglich zu erreichen. Die Sitzreihen waren so eng, daß es sogar schwerfiel, durchzukommen, wenn sie leer waren. Nur ein Narr oder ein sehr beherzter Mensch käme auf die Idee, sich dort hinsetzen zu wollen, wenn alle umgebenden Plätze besetzt waren und wenn zudem eine aus der Gruppe eine Frau im achten Monat war.

»Es muß noch woanders was geben«, sagte Mum hilflos, während sie im überfüllten Kino umherschaute.

»Gibt es nicht, Mum«, sagte ich nüchtern. »Wenn wir zusammensitzen wollen, muß es dort sein.«

Als wir uns über die verschiedenen Arme und Beine, die in unseren Weg ragten, vorkämpften, entschuldigte Mum sich ununterbrochen: »Es tut mir leid, es tut mir furchtbar leid. Bitte entschuldigen Sie …« Als wir die leeren Sitze erreichten, war Mum hochrot und erschöpft. Es wurde dunkel, und wir grinsten alle, als wir Mum aufatmen hörten. Sie reagierte, indem sie uns einen warnenden Blick zuwarf, der besagte: Haltet die Klappe und schaut euch den Film an!

Als wir mitten in einem neuen Bericht über die Königinmutter waren, verschwand Mum. Wir hörten einen plötzlichen Riß, gefolgt von einem dringlichen, glucksenden Geräusch. Alles, was wir sehen konnten, waren ihre verzweifelt rudernden Arme und Beine. Wir fummelten in der Dunkelheit herum und schafften es, ihre Hände zu greifen. Wir versuchten es mit der alten Hauruckmethode, aber ohne Erfolg. Ein mitfühlender Typ vor uns lehnte sich über das harte Metallgeländer, das die Reihen voneinander trennte, und half uns. Während er zog, drückten wir Mums Füße auf den Boden in der Hoffnung auf die Hebelwirkung. Statt dessen bewirkte unser vorgetäuschtes Ächzen und Stöhnen bei Mum einen Lachkoller, was nicht gerade hilfreich war.

Die Wochenschau lief weiter, aber das letzte Winken der Königinmutter wurde völlig ignoriert. Eine Dame holte freundlicherweise den Manager und kam zudem mit dem Rausschmeißer zurück. Als sie Mum erreichten, war sie eine bebende, giggelnde Masse, und wir waren nahe der Hysterie. Zum Ende der Wochenschau war Mum frei. Verlegen, aber frei. Man stellte ihr einen harten Metallstuhl zur Verfügung und eine kleine Flasche Zitronenlimonade als Entschädigung. Mum tröstete sich mit der Tatsache, daß wenigstens das Licht nicht angeschaltet werden mußte.

Am Anfang der dritten Klasse entwickelte ich meine unfehlbare Zeig-mir-was-du-ißt-Methode, um herauszufinden, aus welchem Teil von

Manning meine Klassenkameradinnen kamen. Ich wußte, daß ich aus dem wilden Teil kam, wo es Teenagerbanden namens Bodgies und Widgies gab und wo nahezu niemand sich um seinen Garten kümmerte. Es gab jedoch auch eine andere Seite von Manning, die ich nicht bemerkt hatte, bevor ich zur Schule ging. Die Bewohner dort nannten es lieber Como. Die Häuser waren ähnlich wie bei uns, aber in einem besseren Zustand. Die Gärten waren sauber und ordentlich, und ich hatte gehört, es gab dort Teppiche auf dem Fußboden.

Die Kinder aus Como hatten immer völlig andere Pausenbrote als die Kinder aus Manning. Sie brachten kleingeschnittenen Salat in Plastikbehältern mit. Ihr Kuchen war ordentlich in Butterbrotpapier eingewickelt, und sie hatten echten Sirup in einer richtigen Flasche dabei. Es gab ein Kind in unserer Klasse, dessen Eltern so reich waren, daß sie ihm Speckbrote zum Mittagessen mitgaben. Im Gegensatz dazu tranken die Kinder aus Manning Wasser aus dem Brunnen und hatten ihre klebrigen Marmeladenbrote in braunen Papiertüten.

Normalerweise bereitete Oma unsere Brote zu. Sie machte sie sehr ordentlich und schnitt manchmal sogar die Kruste ab. Ich war davon überzeugt, daß dadurch unsere Brote etwas ganz Besonderes waren. Es gab allerdings Gelegenheiten, da übernahm Mum das Broteschmieren. Ihre Pausenbrote ragen in meiner Erinnerung wie ein Fanal der sozialen Beschämung heraus. Mit ein paar heftigen Hieben konnte sie vom nichtsahnenden Brotlaib die ungewöhnlichsten Scheiben absäbeln. Diese wurden dann mit dicken Stücken harter Butter und Klümpchen Marmelade oder Hefepaste zusammengeklebt. Oder mit beidem, wenn sie vergaß, das Messer zwischendurch zu säubern. Wir waren immer erleichtert, wenn Oma wieder die Aufgabe des Brotemachens übernahm.

Im April jenes Jahres wurde meine jüngste Schwester Helen geboren. Ich merkte, daß ich mich für sie interessierte. Wenigstens hatte sie soviel guten Geschmack bewiesen, nicht an meinem Geburtstag zur Welt zu kommen. Wir waren nun fünf; ich fragte mich, wie viele Kinder Mum noch in dieses Haus quetschen wollte. In der Schule hatte mir jemand erzählt, daß Babys unter Kohlblättern gefunden werden. Ich war froh, daß wir keinen Kohl anpflanzten.

Unser Haus schien jedes Jahr kleiner zu werden. In meinem

Zimmer hatten wir zwei einzelne Betten mit einem Stück Seil zusammengebunden und eine große, doppelte Holzwollmatratze daraufgepackt. Jill, Billy und ich schliefen dort, manchmal auch David, und oft genug auch Oma. Ich liebte diese Matratze. Immer wenn ich darauf lag, stellte ich mir vor, in einem Bett aus Federn zu versinken, genau wie eine Märchenprinzessin.

Die Kinder in der Schule waren erstaunt darüber, daß ich mir ein Bett mit meiner Schwester und meinem Bruder teilte. Ich erzählte ihnen nie von den Zeiten, wenn wir fünf hineinzwängten. Alle anderen in meiner Klasse hatten ihr eigenes Bett, einige sogar ihr eigenes Zimmer. Ich betrachtete sie als benachteiligt. Ich konnte das glückliche Gefühl von warmer Sicherheit nicht erklären, das ich empfand, wenn wir alle zusammengekuschelt waren.

Außerdem fand ich einige ihrer Verhaltensweisen ihren Geschwistern gegenüber schwer zu verstehen. Sie schienen sich nicht richtig zu mögen, und ich traf sie nie zusammen an in der Schule. Wir waren ganz das Gegenteil. Billy, Jill und ich sprachen immer miteinander auf dem Schulhof, und wir gingen oft zusammen nach Hause. Wir hielten unsere Familie für die wichtigste Sache der Welt. Eines der Mädchen in meiner Klasse sagte einmal vorwurfsvoll: »Ach, ihr hängt doch zusammen wie die Kletten.« Du hast recht, dachte ich, das tun wir.

In der Schule hatten die Kinder angefangen zu fragen, aus welchem Land wir kämen. Das verwirrte mich, denn bisher hatte ich geglaubt, wir seien alle gleich. Wenn wir darauf bestanden, daß wir aus Australien kamen, erwiderten sie: »Ja, aber was ist mit euren Eltern? Ich wette, die kommen nicht aus Australien.«

Eines Tages, als Mum das Geschirr abwusch, sprach ich sie darauf an.

»Was soll das heißen, wo wir herkommen?«

»Ich meine, aus welchem Land. Die Kinder in der Schule wollen wissen, aus welchem Land wir kommen. Sie nehmen an, daß wir keine Australier sind. Sind wir Aussies, Mum?«

Mum schwieg. Oma grunzte irgendwie ärgerlich, stand dann vom Tisch auf und ging hinaus.

»Sag schon, Mum, was sind wir?«

»Was sagen die Kinder in der Schule?«

»Irgendwas. Italiener, Griechen, Inder.«

»Sag ihnen, du bist aus Indien.«

Ich wurde richtig aufgeregt. »Wirklich? Indien!« Es klang so exotisch. »Wann sind wir hergekommen?« fragte ich noch.

»Vor langer Zeit«, antwortete Mum. »Schluß jetzt mit den Fragen. Du erzählst nur, daß du aus Indien bist.«

Es war gut, endlich eine Antwort zu haben. Und sie genügte unseren Spielkameraden. Sie konnten glauben, daß wir Inder waren; sie wollten nur nicht, daß wir vorgaben, Australier zu sein, wenn es doch nicht stimmen konnte.

*6*

# Nur ein Traum

Als ich achteinhalb war, wurde der Krankenwagen vor unserem Haus zur Gewohnheit. Er kam mit heulender Sirene die Straße heruntergerast und hielt abrupt an unserem Gartentor. Die Krankenwagenfahrer wußten, wie mit Dad umzugehen war; sie waren sehr entschlossen, aber behutsam. Meistens taumelte Dad unbeholfen, aber alleine heraus mit den Pflegern an beiden Seiten, die ihm nur scheinbar eine Stütze boten. Bei anderen Gelegenheiten, etwa als sein linker Lungenflügel zusammengefallen war, wurde er auf einer Trage mit grauen Decken hinausgetragen.

Jill, Billy und ich akzeptierten sein Kommen und Gehen mit der unschuldigen Selbstbezogenheit von Kindern. Wir zweifelten nie daran, daß er zurückkäme.

Dad haßte es im Krankenhaus; er war der Meinung, daß die Oberpsychiater keine Ahnung hätten. Er war es leid, ruhiggestellt zu werden. Das sollte ihm helfen, aber das tat es nie. Ich hörte ihn Mum erzählen, wie er eines Nachts im Krankenhaus schreiend aufgewacht war. Er dachte, er wäre wieder in Gefangenschaft. Er hatte Dreck im Mund und einen Gewehrkolben im Rücken. Er versuchte aufzustehen, aber er konnte sich nicht rühren. Bald kam die Nachtschwester, leuchtete ihm mit der Taschenlampe in die Augen und sagte: »Sind wir wieder ganz durcheinander, Mr. Milroy? Es ist nur ein Traum, wissen Sie. Kein Grund zur Aufregung.«

Dad lachte, als er Mum erzählte, was die Schwester gesagt hatte. Nur ein Traum, dachte ich. Ich war noch ein Kind, aber ich wußte, das war kein Traum.

Wenn es Dad richtig schlecht ging und Mum und Oma das Schlimmste befürchten mußten, war unsere einzige Möglichkeit eine mitternächtliche Nacht-und-Nebel-Flucht in Tante Graces Haus. In anderen Nächten wurden wir fünf in ein Zimmer eingeschlossen, und manchmal legte Mum Helen und David, die Kleinsten der Familie, im Laderaum des Busses schlafen. Ich war so neidisch. Ich beschwerte mich heftig bei Mum: »Das ist nicht fair! Die kriegen immer die Abenteuer. Warum kann ich nicht im Bus schlafen?«

»Ach, sei nicht albern, Sally. Du verstehst das nicht.« Sie hatte recht. Ich begriff nie, daß die Kleinen, wenn wir das Haus plötzlich verlassen mußten, am schwierigsten leise aufzuwecken waren.

Tante Grace war eine Witwe, die hinter uns wohnte. Oma hatte sechs Latten aus dem hinteren Zaun herausgebrochen, so daß wir einfach von unserem Garten in ihren rennen konnten. Es blieb mir ein Rätsel, warum wir nur nachts ein Refugium brauchten. Ich brachte Dads Anfälle mit der Dunkelheit in Verbindung und verstand nie, daß er bis zur Dämmerung so vollgetankt mit Alkohol und Drogen war, daß er absolut unberechenbar wurde.

Oft wurden wir leise im Dunkeln geweckt und in Graces Haus geschafft.

»Sally, wach auf! Steh auf, aber sei ganz leise.«

»Ach, nicht schon wieder, Oma.« Wir hatten zwei schlechte Wochen hinter uns.

»Deine Mutter wartet im Garten. Du gehst hinaus, während ich Billy und Jill wecke.«

Ich ging schnell durch die Küche, huschte über die Veranda und in den Schatten, wo Mum mit den Kleinen stand.

Mum wiegte Helen, um sie zu beruhigen, und David lehnte halb schlafend gegen ihre Beine. Ich schüttelte ihn an der Schulter. »Noch nicht, wach auf, wir gehen gleich.« Oma schlurfte die Stufen hinab mit Billy und Jill, und schon waren wir auf dem Weg.

»Keinen Mucks jetzt, Kinder«, sagte Mum, »und bleibt beisammen!«

Wir folgten der Schattenlinie bis zum Ende unseres Gartens. Gerade als wir uns der Lücke im hinteren Lattenzaun näherten, stieß Dad die Tür seiner Schlafkammer auf und wankte wild fluchend auf die Veranda. O nein, dachte ich, er hört, daß wir weggehen, er wird kommen und uns holen! Wir duckten uns und versteckten uns hinter ein paar Büschen. »Bleibt unten und seid ganz still«, flüsterte Mum. Ich betete, daß Helen nicht weinte. Ich atmete kaum, denn ich war sicher, daß Dad mich sonst hören würde. Es wäre furchtbar, wenn mein Atmen ihn zu unserem Versteck führte. Ich erinnerte mich an all die Geschichten, die Dad mir aus seinen Lagern erzählt hatte. Pferdekopfsuppe. Sie bekamen Pferdekopfsuppe, mit Fell und allem. Die Männer kämpften um das Auge, weil es das einzige Stückchen Fleisch war. Ich zitterte und wußte nicht, ob aus Nervosität oder vor Kälte. Dann fiel mir ein, wie die Deutschen Dad nackt ausgezogen und gezwungen hatten, stundenlang im Schnee zu stehen. Seine Füße waren immer kalt, bestimmt deswegen.

Mein Herz hämmerte. Plötzlich verstand ich, wie es für Dad und seine Freunde gewesen sein mußte. Sie hatten sich genauso gefühlt wie ich jetzt. Allein und voller Angst. Aus irgendeinem Grund hörte Dad auf zu brüllen und zu fluchen. Er blickte hinaus in die Dunkelheit des Gartens, drehte sich dann um und schlurfte zurück in sein Zimmer.

»Jetzt, Kinder«, sagte Mum. Man mußte es uns nicht zweimal sagen. Mit ungewöhnlicher Geschwindigkeit hechteten Billy, Jill und ich durch das Loch in Sicherheit. Innerhalb von Sekunden waren wir um Graces Holzofen versammelt, rösteten Toast und warteten auf unsere Tasse Tee. Ich fühlte mich jetzt sicher. War ich wirklich nur einen Moment zuvor so voll schrecklicher Angst gewesen? Es war eine andere Welt.

Wir blieben nie lange bei Tante Grace, nur bis Dad wieder im Lot war. Vor unserer Rückkehr wurde ich hinübergeschickt, um mit ihm zu verhandeln. »Er hört auf dich«, hieß es. Ich glaube nicht, daß er das je tat. Nachdem Mum meine Geschwister auf Graces Wohnzimmerfußboden schlafen gelegt hatte, ging Oma mit mir zu dem Loch im Lattenzaun. Danach war ich auf mich allein gestellt. Eines Nachts sagte ich zu Oma, daß ich nicht gehen wolle, aber sie antwortete: »Du mußt, es gibt niemand anderen.«

Wenn ich richtig ängstlich war, blieb sie beim Loch stehen und beobachtete mich, bis ich die hintere Veranda erreicht hatte. Sie brauchte nicht lange zu warten, die Angst vor der Dunkelheit beschleunigte mein Fortkommen normalerweise um einiges. Mein Vater schlief in der Kammer an der Veranda, und das Licht brannte die ganze Nacht. Ich glaube, er mochte die Dunkelheit genausowenig wie ich.

Unser Haus erschien mir besonders bedrohlich. Es war von den verschiedensten gruseligen Schatten umgeben, und ich fragte mich, ob ich etwas Furchtbares vorfinden würde. Ich fand nur Dad, der auf seinem harten, schmalen Bett saß, umgeben von leeren Flaschen. Er wußte immer, wann ich kam, und öffnete leise die Schlafkammertür, wenn er das Knarren auf der hinteren Veranda hörte. Ich setzte mich auf meinen üblichen Platz am Fußende seines Bettes und baumelte mit den Beinen vor und zurück. Die graue Decke, auf der ich saß, war rauh, und ich zupfte nervös an ihr herum.

Dad saß mit hängenden Schultern da. Sein Haar, mit kalifornischem Haargel eingefettet, lockte sich nach vorne, eine widerspenstige Strähne fiel über seine Augenbrauen und verdeckte teilweise drei tiefe, parallele Falten. Sie waren kein Anzeichen von Alter, er hatte ein glattes Gesicht, abgesehen davon. Sie erinnerten mich an die Kerben in feuchter Erde, nachdem Oma ihren Spaten hineingestochen hatte. Es lag mir auf der Zunge zu fragen, wer hat deine Falten gegraben, Dad? Ich wußte, es würde ihn zum Weinen bringen. Wenn Dad lächelte, fältelten sich seine Augenwinkel; das war nett. Jetzt lächelte er nicht, sondern wartete nur.

»Dad, wir kommen alle zurück, wenn du wieder gut bist«, stellte ich sachlich fest. Ich hatte nichts von Mums natürlicher Diplomatie geerbt, aber ich spürte, daß Dad es haßte, allein zu sein, deshalb begann ich damit. Er antwortete mit seinem üblichen kurzen, trockenen Lächeln und gab mir dann seine übliche Antwort: »Ich laß euch alle zurückkommen, solange eure Großmutter nicht mitkommt.« Er hatte irgendwas gegen Oma.

»Du weißt doch, daß wir nicht ohne sie zurückkommen, Dad«, sagte ich entschlossen. Wir wußten beide, daß Mum dem nie zustimmen würde. Wie sollte sie alleine mit ihm fertigwerden? Und außerdem, wohin sollte Oma denn gehen?

Dad strich sich mit der Hand durchs Haar. Das war eine charakteristische Geste: er dachte nach. Er griff hinter sich unter das Bett und zog drei ungeöffnete Packungen Pommes frites hervor. Langsam legte er sie, eine nach der anderen, in meinen Schoß. Ich konnte die spitze Ecke einer Packung durch den Baumwollstoff meines dünnen Sommerkleides in den Oberschenkel piken fühlen. Mir lief plötzlich das Wasser im Mund zusammen.

»Du kannst sie alle haben«, sagte er ruhig, »wenn du bei mir bleibst.«

Dad schaute mich an, und ich schaute die Pommes an. Sie waren ein seltener Genuß. Ich schluckte das Wasser im Mund herunter und gab sie ihm widerstrebend zurück. Wir verstanden beide, daß dies Bestechung war. Ich war überrascht, daß Dad versuchte, mich zu bestechen. Ich wußte, daß er wußte, daß es falsch war.

»Ich habe mir immer gedacht, daß du deine Mutter lieber magst als mich.« Er meinte es nicht wirklich, das war nur ein weiterer Trick, um mich zum Bleiben zu bewegen. Ganz im Innern verstand er meine Entscheidung. Er langte hinüber und öffnete die Tür, und ich ging hinaus auf die Veranda. Klick! machte das Schloß, und ich war allein. Ich ging zur Gartentür und blieb stehen. Vielleicht würde er mich zurückrufen, wenn ich hier eine Weile wartete. Vielleicht würde er sagen: »Hier, Sally, nimm die Pommes, so oder so.« Es konnte nicht schaden zu warten. Ich hockte mich auf die kahle Veranda, die Zeit schien sehr langsam zu vergehen. Ich fröstelte, die Luft wurde kühler und feuchter.

Irgendein sechster Sinn muß ihm gesagt haben, daß ich noch da war, denn seine Schlafzimmertür öffnete sich plötzlich, und das Licht fiel heraus und beleuchtete meine kleine, zusammengesackte Gestalt. Dad baute sich vor mir auf und brüllte: »Was, zum Teufel, glaubst du, hast du hier zu suchen? Mach, daß du wegkommst!« Und er deutete in die Richtung von Tante Graces Haus. Ich schoß die drei hinteren Stufen hinunter und eilte den Pfad entlang, der in unser Gras getreten war. Mit unerwarteter Behendigkeit sprang ich durch das Loch im hinteren Holzzaun und erreichte in Null Komma Nichts keuchend die Tür von Tante Graces Waschküche.

Mum und Oma befragten mich ausführlichst darüber, was Dad gesagt hatte. Es war nie etwas Neues, er sagte jedesmal dasselbe. Sie nickten ernst mit den Köpfen, als ob alles, was ich sagte, von großer Bedeutung sei. Sobald ich ihnen alles wiedererzählt hatte, fragten sie mich, wie er mir vorgekommen sei. Ich fand diese Frage schwierig zu beantworten, denn Dad war zu ihnen aggressiver als zu mir. Schließlich ging ich ins Bett, und am folgenden Tag kehrten wir normalerweise nach Hause zurück. Ich nehme an, Dad hatte die ganze Geschichte weggeschlafen.

Es geschah nur einmal, daß Dad in unser Refugium eindrang. Wir saßen in Graces Küche und aßen Pommesbrote, als er unerwartet auf der Türschwelle stand. Niemand hatte ihn kommen hören, er konnte sich sehr leise bewegen, wenn er wollte. Wir waren alle fassungslos. Niemand war sich sicher, was nun passieren würde. Irgendwie wußte Dad auch nicht, was er tun sollte. Er schaute uns alle verzweifelt an, dann heftete sich sein Blick auf Mum. Ich hörte ihn etwas Undeutliches murmeln, aber Mum antwortete nicht. Sie stand einfach da, mit der Teekanne in der Hand. Sie war wie erstarrt. Ich glaube, ihr Mangel an Reaktion brachte ihn dazu, sich mir zuzuwenden.

»Nun gut, Sally, wen von uns liebst du am meisten? Such dir aus, mit wem du leben möchtest, mit deiner Mutter oder mit mir.«

Ich war so schockiert wie Mum. Ich wollte rufen: »Tu mir das nicht an, ich bin doch noch ein Kind!« Aber nichts kam heraus. Ich hatte Schwierigkeiten, meinen Mund zum Reden zu bewegen in jenen Tagen. Dad wartete noch einige Sekunden, dann murmelte er resigniert: »Ich wußte, daß du sie wählen würdest«, und ging so schnell wie er gekommen war. In jener Nacht tat Dad mir leid. Er war so verloren. Ich gab mir selbst die Schuld, daß ich zu jung war.

## 7

# Eine Veränderung

Mitten im vierten Schuljahr entdeckte ich plötzlich einen Freund. Unsere Lehrerin begann, jeden Mittwoch Geschichten von Pu dem Bären vorzulesen. Seitdem war ich mittwochs nie krank. Irgendwie war die Entdeckung Pus meine Rettung. Durch ihn kam ich mir normaler vor. Ich nehme an, ich fand mich in ihm wieder. Pu lebte in seiner eigenen Welt, und er glaubte an Magie, genau wie ich. Er war in keiner Sache besonders gut, aber nichtsdestoweniger mochten ihn alle. Ich war fasziniert davon, wie er aus allem ein Abenteuer machen konnte, sogar aus Spuren im Schnee. Und während Pu versessen auf Honig war, war ich versessen aufs Zeichnen.

Wenn ich kein Papier oder keine Stifte fand, angelte ich kleine Stücke Holzkohle aus dem Feuer, riß Streifen vom Papierrindenbaum in unserem Garten und zeichnete darauf. Ich zeichnete im Sand, auf dem Fußweg, auf der Straße, sogar an den Wänden, wenn Mum nicht hinschaute. Eines Tages gab mir ein Nachbar einen Packen Ölfarben, den er von einer unfreiwilligen Runde im Gefängnis mitgebracht hatte. Ich kam mir wie eine richtige Künstlerin vor. Meine Zeichnungen waren sehr persönlich. Ich haßte es, wenn mir jemand beim Zeichnen zuschaute. Ich konnte es noch nicht mal leiden, wenn Leute die fertigen Zeichnungen sahen. Ich zeichnete für mich selber, für niemand anderen. Eines Tages fragte mich Mum, warum ich immer traurige Dinge malte. Ich hatte es bis dahin nicht bemerkt, daß meine Zeichnungen traurig waren. Es erschreckte mich, wie meine Gefühle mich vom Blatt anstarrten. Danach wurde ich noch geheimnisvoller mit allem, was ich malte.

Dad zeigte nie irgendein Interesse an meinen Zeichnungen, er war völlig umfangen von seiner eigenen Welt. Er ging jetzt nicht mehr in die Kneipe; wir waren zu arm, um uns das Benzin leisten zu können. Es gab nie Geld für Spielzeug, Kleidung, Möbel, kaum genug fürs Essen, aber immer ausreichend für Dads Bier. Alles Wertvolle war versetzt worden.

Eines Tages war Dad so verzweifelt, daß er unsere Sparbüchsen plünderte. Ich werde nie unsere Bestürzung vergessen, als Jill und ich herausfanden, daß unsere kleinen blechernen Sparbüchsen mit einem Dosenöffner geöffnet und die hart errungenen Dreipennymünzen herausgenommen worden waren. Noch ärgerlicher war, daß er die Dosen am Boden geöffnet und sie dann zurück ins Regal gestellt hatte, als wäre nie an ihnen herumgefummelt worden. Wir steckten weiterhin unser Geld hinein, und er nahm es heraus. »Wer weiß, wie lange wir ihn versorgt haben!« beschwerte ich mich bei Mum. Ich war sehr verletzt. Wenn Dad mich gefragt hätte, hätte ich ihm den Inhalt bereitwillig ausgehändigt. Wie üblich sah Mum die lustige Seite der Angelegenheit.

»Wie kannst du das lustig finden?« fragte ich. »Das war ein mieser Trick!«

»Findest du es nicht wenigstens ein bißchen lustig? Es war doch so kindisch.«

Ich wußte, was sie meinte, aber ich fand es nicht lustig. Er war manchmal wie ein Kind; er besserte nie etwas ums Haus herum aus, er übernahm keinerlei Verantwortung. Ich war sehr enttäuscht von ihm.

Dad haßte es, arm zu sein, und ich konnte ihm das verzeihen, denn ich haßte es auch. Er liebte einen Luxus, den sich einfache Leute nie leisten können. Wenn er dazu in der Lage gewesen wäre, hätte er uns alles gegeben. Statt dessen ließen sein Verlangen nach Bier und seine Krankheit uns auf keinen grünen Zweig kommen. Ich wußte, daß Mum und Dad einmal Träume gehabt hatten. So hatte es nicht sein sollen.

In jenem Jahr sprengte Dads Liebe zum Luxus wirklich unseren Etat, vermittelte uns aber ebenso den Status der ersten Familie in unserer Straße, die einen Fernseher besaß. Als er ihn hereintrug, einen merkwürdig aussehenden Kasten auf vier spitzen Beinen, und versuchte, ihn durch die Eingangstür zu bugsieren, stürzten wir alle aufgeregt zu ihm. »Verdammt noch mal, aus dem Weg mit euch, Kinder!« brüllte er, als er in die Diele wankte. Fernsehapparate waren schwer damals. Nach einigem Hin und Her wurde das begehrte Objekt schließlich neben der Steckdose im Wohnzimmer abgesetzt.

Wir stellten uns ehrfürchtig hinter Dad auf und warteten auf unseren ersten Eindruck von diesem modernen Weltwunder. Wir wurden enttäuscht. Wir sahen lediglich weiße Flecken, die über einen grauen Bildschirm schossen, und hörten ein brummendes Geräusch. Während Mum auf die Steckdose drückte, fummelte Dad an dem Knopf für den senkrechten Bildlauf herum. Erst nachdem sie mehrmals auf den Apparat gehauen hatten, wurde Dad klar, daß die Leihfirma vergessen hatte, die Antenne mitzuliefern. Wir rannten alle nach vorn hinaus in der Hoffnung, daß der Lieferwagen, der den Fernseher gebracht hatte, noch in der Einfahrt stünde.

»Gottverdammte Scheiße!« fluchte Dad, als er die leere Straße entlangstarrte. Ich zuckte enttäuscht die Schultern und ging hinein. Die Antenne kam am nächsten Tag, aber sie machte nicht den Unterschied, den ich erwartet hatte. Graue, menschenähnliche Figuren wurden erkennbar und ihre Gespräche hörbar, aber sie beeindruckten mich nicht. Ich hatte das Gefühl, sie waren sich nicht ganz sicher, was sie da eigentlich sollten.

Im Juli bekamen wir überraschenden Besuch. Wir spielten fröhlich im Garten, als Mum uns hereinrief. Sie hatte eine gewisse Dringlichkeit in der Stimme. Was wohl los ist, dachte ich. Wir gehen doch nicht mitten am Tag auf Nacht-und-Nebel-Aktion. Auf dem Weg nach drinnen schaute ich in Dads Zimmer. Er lag auf seinem Bett und las eine alte Zeitung.

Als wir die Diele erreichten, blieb ich abrupt stehen. Mum grinste mich an und sagte: »Na, sag guten Tag, das sind deine Cousins und Cousinen.« Wie üblich bekam ich die Zähne nicht auseinander. Eine kleine Gruppe dunkler Kinder starrte mich an. Sie schienen auch schüchtern zu sein. Ich kam mir wie eine Idiotin vor.

In diesem Moment kam ein sehr großer, dunkler Mann herein und tätschelte mir den Kopf. Er hatte das breiteste Lächeln, das ich je gesehen hatte. »Das ist Arthur«, sagte Mum stolz, »er ist Omas Bruder.« Ich starrte ihn schockiert an. Ich hatte nicht gewußt, daß sie einen Bruder hatte.

Arthur ging zurück ins Wohnzimmer, und wir Kinder setzten uns zusammen auf den Fußboden, kicherten hinter vorgehaltenen Händen und starrten einander an. Mum schlüpfte in die Küche, um Tee zu machen. Ich sah flüchtig, wie sie in Dads Zimmer ging. Dann kehrte sie zurück, machte den Tee fertig und holte einige Kekse hervor. Ich half, sie herumzureichen. Mum sagte betont fröhlich zu Arthur: »Er schläft. Vielleicht wacht er auf, bevor ihr geht.« Ich wußte, daß sie log, aber ich verstand nicht, warum. Dad schlief nie leicht ein.

Nach einer Weile gingen sie. Ich war überrascht, Arthur englisch sprechen zu hören. Ich dachte, vielleicht kann er englisch und indisch sprechen, wohingegen die Kinder wahrscheinlich nur indisch sprachen. Ich kann mich nicht erinnern, sie wiedergesehen zu haben, solange ich ein Kind war, aber das Bild ihrer lächelnden Gesichter blieb tief in meinem Gedächtnis haften. Ich machte mir oft Gedanken über sie. Ich wünschte, sie brächten mir Indisch bei. Aber ich sagte nie etwas zu Mum. Ich wußte instinktiv, daß sie mir nichts erzählen würde, wenn ich sie fragte.

Dad schien krank und kränker zu werden. Bis zum Herbst war er schließlich mehr im Krankenhaus als zu Hause gewesen. Wenigstens schaffte er es, zu Jills Geburtstag Ende September zurückzukehren. Mum bat ihn an diesem Tag um einen besonderen Gefallen. Sie wollte, daß er in seinem Zimmer bliebe, solange die Party im Gange war. Es war die erste Party, zu der Jill ihre Freundinnen eingeladen hatte, und Mum wollte nicht, daß Dad sie verdarb, indem er betrunken herumlief. Zu meiner Überraschung stimmte er tatsächlich zu.

Wir waren mitten in einem Schlapp-hat-den-Hut-verloren-Spiel, als Dad erschien, mit Flasche und Glas in seiner rechten Hand. Ich beobachtete, wie er es sich auf der vorderen Veranda bequem machte und ein Bier einschenkte. Nach zwei Gläsern begann er zu grölen und Kommentare zu unserem Spiel abzugeben. Mum tauchte plötzlich hinter ihm in der Diele auf und begann verärgert zu flüstern: »Bill, komm rein, mach dich nicht zum Narren. Die Nachbarn werden dich hören.« Je dringlicher Mums Flüstern wurde, desto öfter füllte Dad sein Glas. Es machte ihm Spaß, Mum auf den Arm zu nehmen.

An einem Morgen einige Wochen später tauchte Dad früh aus seinem Zimmer auf. Wir waren fast mit dem Frühstück fertig. In der ganzen vorangegangenen Woche war er im Krankenhaus gewesen, daher waren wir überrascht von seinem fröhlichen Gesichtsausdruck. Oma stand am Tisch herum und bemühte sich, uns anzutreiben. Sie wußte, daß wir uns auf jeden Vorwand stürzen würden, um die Schule zu versäumen.

»Los, Kinder, ihr kommt zu spät«, murrte sie, als sie bemerkte, daß sich unser Eßtempo bis auf Null verlangsamt hatte.

»Ach, laß sie doch zu Hause bleiben, Dais«, sagte Dad. »Ich kümmere mich um sie.« Hatte ich richtig gehört? Ich erstarrte mit meinem letzten halben Marmeladentoast in der Hand. Es war nicht Dads Art, sich in irgend etwas einzumischen, was mit uns zu tun hatte. Ich hatte ihn Oma schon zuvor »Dais« nennen hören. Das war seine Art, sie zu becircen.

Oma war genauso überrascht wie ich. Sie wedelte mit ihrem schmutzigen Küchenhandtuch nach uns und murmelte mit ihrer grantigsten Stimme: »Sie müssen in die Schule gehen, Bill, sie können nicht zu Hause bleiben.« Ich spürte, daß sie verunsichert war, und unter niedergeschlagenen Wimpern beäugte sie Dad scharf.

»Nun gut, dann laß wenigstens Billylein hierbleiben, Dais«, bat Dad. Ich lächelte, er hatte sie wieder »Dais« genannt, wie konnte sie da widerstehen?

»Okay«, gab Oma schließlich nach, »nur Billy. Los mit euch Mädchen dann jetzt!«

Billy winkte uns zufrieden zu. Jill und ich murrten, während wir uns anzogen. Oma bevorzugte immer die Jungen der Familie, und jetzt tat Dad genau dasselbe.

Doch mittags hatten wir Billy völlig vergessen. Jill und ich waren aus dem Unterricht herausgeholt worden, um beim Bemalen von Vorhängen für den Elternabend zu helfen, der am Ende eines jeden Schuljahres stattfand. Wir waren mitten im Zeichnen einer schwarzen Schwanenfamilie, als die Direktorin herunterkam und sagte, daß wir früher nach Hause gehen könnten. Wir waren verblüfft, freuten uns aber, daß wir vor den anderen Kindern gehen durften.

Oma war nicht gerade glücklich, als sie uns den Fußweg entlangschlurfen sah. »Was macht ihr denn hier? Sie sollten euch doch länger in der Schule behalten.« Wir zuckten nur die Schultern, weder Jill noch ich hatten die leiseste Ahnung, wovon sie sprach.

»Geht nach draußen und spielt«, ordnete Oma brummig an. Jill raste sofort nach hinten, um mit Billy zu spielen, aber ich beschloß, erst etwas zu essen. Ich kam gerade aus der Küche, mein Butterbrot halb im Mund, als der vertraute Ton der Krankenwagensirene mich zur Eingangstür zog. Oma stand ungeduldig auf der Veranda, sie hielt ihre Hand vorm Mund. Als sie mich sah, drehte sie sich ärgerlich um und sagte: »Ich hab dir doch gesagt, du sollst nach draußen gehen und spielen!«

Zwei Krankenpfleger eilten den Weg herauf. Ein Fall von Tragbahre, stellte ich fest, als sie forsch vorbeiliefen. Einige Minuten später kehrten sie zurück, und ich schaute zu, wie sie Dad vorsichtig, aber rasch unseren verblichenen roten Fußweg hinuntertrugen. Diesmal konnte ich sein Gesicht nicht sehen.

Billy, Jill und David drängten sich hinter mich, gefolgt von Mrs. Mainwaring, unserer Nachbarin. Bevor ich wußte, was los war, geleitete sie uns ins Wohnzimmer und hieß uns setzen, da sie uns etwas Wichtiges zu sagen habe. Dann erst bemerkte ich Mum, die sich in den alten Korbstuhl in der Ecke gezwängt hatte. Oma stand neben ihr und gab ihr Männertaschentücher in die Hand. Mir schien, sie habe bereits mehr als genug.

»Warum weinst du, Mum?« fragte ich verwirrt. Sie hatte früher nie geweint, wenn er fortging. Dad war wie ein Bumerang. Mum schluchzte weiter. Ich versuchte sie zu beruhigen, indem ich zuversichtlich sagte: »Er kommt doch immer zurück.« Woraufhin sie völlig zusammenbrach und ihr Gesicht in einem graugestreiften Taschentuch verbarg.

»Bitte setz dich, Sally«, sagte Mrs. Mainwaring, »ich habe euch etwas mitzuteilen.« Ich gehorchte sofort. Sie war eine nette Dame mittleren Alters, und wir hatten ein wenig Ehrfurcht vor ihr. Ihr Haus war sehr ordentlich.

»Nun«, fuhr sie fort, »ich habe schlechte Nachrichten für euch.« Sie machte eine Pause und holte tief Luft.

»Er ist tot, nicht wahr?« Ich war sicher, ich hätte es laut gesagt. Aber das konnte nicht sein, denn alle ignorierten mich. »Er ist tot, nicht wahr?« wiederholte ich, aber immer noch keine Reaktion. Mein Herz hämmerte. Mrs. Mainwarings Lippen bewegten sich, aber ich konnte kein Wort verstehen. Er war tot. Ich wußte es, Dad war fort.

»So, Kinder, ich möchte jetzt, daß ihr alle in eure Zimmer geht.« Irgendwie gelang es diesem Satz, in mein taubes Hirn einzudringen. Ich schaute mich unter meinen Geschwistern um; niemand rührte sich. Ich verdrehte den Hals, um Mum anzugucken, aber sie mied meinen Blick. Wir schauten alle verständnislos drein, was sollten wir in unseren Zimmern machen? Mrs. Mainwaring zog schließlich jeden einzelnen von uns hoch und geleitete uns hinaus. Als ich die Schlafzimmertür schloß, sagte Jill: »Was sollen wir denn jetzt machen?«

Ich war schockiert. Es war nicht ihre Art, nicht zu wissen, was zu tun war. Mit dem überlegenen Selbstvertrauen einer Neunjährigen warf ich mich bäuchlings aufs Bett und sagte: »Ich nehm mal an, wir weinen am besten.«

Wir weinten schon ziemlich lange, wie uns schien, als sich unsere Schlafzimmertür langsam öffnete und Billys sommersprossiges Gesicht um die Ecke spähte.

»Ich geh nach draußen. Wer will mit mir spielen?«

»Du gräßlicher Junge«, knurrte ich, »begreifst du denn nicht, daß er tot ist?« Immerhin war er den ganzen Tag mit Dad zusammengewesen. Billy verschwand.

»Er versteht das nicht«, verteidigte Jill ihn wie üblich. »Er weiß noch nicht, was sich gehört.«

Wir lagen noch ein wenig auf unseren Betten. Ich begann die Fliegenflecke an der Decke zu zählen.

»Sally, ... glaubst du, wir könnten jetzt rausgehen und spielen?« fragte Jill zögernd.

»Du bist genauso schlimm wie Billy.«

»Na ja, wenigstens hab ich geweint. Das war nicht leicht, weißt du.« Jill legte den Arm über den Kopf. Ich beobachtete sie ruhig.

»Na, dann komm schon«, ließ ich mich erweichen. Und wir sprangen auf und liefen zu Billy in den Garten.

## 8

# Familie und Freunde

Ich war sehr überzeugt davon, daß Familien zusammenhalten sollten. So sehr in der Tat, daß ich ein geheimes Treffen mit meinen Geschwistern abhielt. Aus irgendeinem Grund hatte ich Angst, daß man uns in ein Waisenhaus stecken würde. Ich hatte gelesen, daß so etwas passierte, und ich hatte beschlossen, daß uns das nicht passieren würde. Wir versprachen einander, zusammen fortzulaufen, wenn sich so etwas abzeichnete.

Aber wir hätten uns keine Sorgen machen müssen. Zwei Wochen nachdem Dad gestorben war, informierte uns Mum, daß Billy jetzt der Mann im Haus war. Das war eine große Überraschung für mich, denn Billy war erst sechs Jahre alt. Aber Billy nahm Mums Mann-im-Haus-Geschichte sehr ernst. Er bestand zum Beispiel darauf, wenn irgend etwas kaputtging, daß es seine Sache war, es zu reparieren. Aber wenn

Billy etwas reparierte, endete alles damit, daß Mum Geld ausgeben mußte. So kam es, daß sie ihn, als er sich einmal versehentlich in der Toilette einschloß, einfach darin sitzen ließ.

»Ich bin sicher, er wird eines Tages ein großer Erfinder«, sagte Mum, nachdem sie ihn herausgelassen hatte. »Er interessiert sich so sehr dafür, wie die Dinge zusammenhängen.« Ich grinste nur und zählte die Uhr, den Toaster, Dads alte Armbanduhr und die aufziehbare Eisenbahn auf, die alle in Einzelteilen herumlagen. Mum lachte: »Na, an irgendwas muß er ja üben.«

Wann immer eine von uns Dads Tod erwähnte, sagte Mum: »Macht nichts, Billy ist jetzt der Mann im Haus. Er wird sich um uns kümmern, nicht wahr, Billy?« Es war ein altmodischer Gedanke; Billy war der älteste Sohn. Ich glaube, Mum wollte uns ein Gefühl der Sicherheit geben mit ihren Bemerkungen, aber sie verwirrte uns nur. Wir fragten uns, ob Billy besondere Kräfte besaß, von denen wir nichts wußten.

Einige Monate nach Dads Tod fand Mum das Ergebnis der gerichtsmedizinischen Untersuchung heraus. Das Urteil lautete Selbstmord. Mum regte sich sehr darüber auf. Sie hatte uns erzählt, daß der Krieg Dad getötet hätte. Sie hatte die Vorstellung in uns fest verankert, daß Dads Tod etwas zuzuschreiben war, das im Krieg seine Ursache hatte. In gewisser Hinsicht tat der Gerichtsmediziner der Familie einen Gefallen. Er führte Dads Selbstmord auf Kriegsnachwirkungen zurück, und das bedeutete, daß Mum problemlos eine Kriegswitwenrente zugesprochen bekam. Das war regelmäßiges Geld in einer Zeit, als wir es nötig brauchten.

Die Selbstmorddiagnose beunruhigte mich nie besonders. Obwohl ich mich, wie wahrscheinlich auch Mum, schuldig und ein bißchen verantwortlich fühlte. Aber ich wußte, daß keine von uns auch nur das geringste tun konnte, um Dad zurückzuholen, und größtenteils waren wir erleichtert. Die Angst war plötzlich aus unserem Leben verschwunden. Es gab keine mitternächtlichen Fluchtaktionen in Tante Graces Haus mehr, kein Krankenhaus, keine Krankenwagen. Wir waren allein, aber der Frieden war zurückgekehrt. Ich hatte immer noch Angst im Dunkeln, aber ich vergrub mich nicht mehr unter meinem Kopfkissen.

Durch Dads Tod kristallisierte sich vieles für mich heraus. Ich beschloß, daß ich, wenn ich erwachsen wäre, nie trinken oder einen Mann, der trinkt, heiraten würde. Beim Geruch von Alkohol, besonders Bier, wurde mir unweigerlich schlecht. Ich beschloß ebenso, daß ich nie arm sein würde. Nicht daß ich mich geschämt hätte, wie wenig wir besaßen oder wie wir lebten. Mir ging es nur so, daß ich mich nach Dingen sehnte, von denen ich wußte, daß sie nur mit Geld zu kaufen waren. Wie Zeichenpapier und Farben, Klavierunterricht, ein rosa Nylonkleid und Speckbrote.

Ich wurde auch sehr wählerisch, was die vielen Männer anging, die darauf aus zu sein schienen, sich mit unserer Familie anzufreunden. Da gab es einen Nachbarn, der uns immer unbedingt auf Ausflüge mitnehmen wollte, aber ich wußte, daß er sich nur für Mum interessierte, nicht für uns. Ich hatte von dieser Art Männer gehört; sie machen sich an die Mutter heran und werden dann heimlich, still und leise die Kinder los. Das war die einzige Zeit in meinem Leben, in der ich eine Hexe sein wollte. Ich hätte ihn liebend gern in einen Frosch verwandelt.

Mum knurrte mich mehrmals an, weil ich so grob zu ihm war. Das machte mich erst richtig wütend, denn ich war der Meinung, daß sie ihn nicht durchschaute, ich aber wohl. Ich beschloß, ein weiteres geheimes Treffen abzuhalten. Meine Geschwister erschraken sehr, als ich ihnen erzählte, wie unser Nachbar wirklich war. Wir stimmten darin überein, daß er zu gehen hatte. Und er ging! Wir sagten Mum klipp und klar, daß wir, wenn dieser Typ weiterhin nicht lockerließe, weglaufen würden. Helen und David begannen dabei zu weinen, denn ihnen wurde plötzlich klar, daß wir, wenn wir wegliefen, unsere Mutter zurücklassen würden. Als Mum sie endlich beruhigt hatte, nahm ich ihr das feierliche Versprechen ab, nie mehr zu heiraten. Sie stimmte dem recht glücklich zu, und das nahm mit Sicherheit eine Last von uns.

In den ersten Monaten sahen wir wenig von Dads Brüdern. Ein Onkel gab Mum einen seiner Meinung nach guten Rat. »Glad«, sagte er, »eine gutaussehende Frau wie du in deiner Lage, da gibt's nur eine Möglichkeit. Finde einen Kerl und lebe mit ihm. Wenn du Glück hast, nimmt er vielleicht auch noch die Kinder.« Ein anderer Onkel tauchte einige Wochen später auf und fuhr mit unserem einzigen Besitz, dem 1948er Fordbus, davon. Er meinte, daß Mum, weil sie keinen Führerschein habe, ihn sowieso nicht brauchen könne. Danach war Mum ziemlich niedergeschlagen. Das war sonst nicht ihre Art. Sie wußte nicht, wie sie sich durchsetzen sollte, sie war zu durcheinander. »Männer«, sagte sie zynisch zu uns, »sind nutzlos, zu nichts zu gebrauchen.«

Wenn Onkel Frank nicht gewesen wäre, hätten wir Mums Theorie wahrscheinlich zugestimmt. Sie war allerdings nicht besonders froh, als er auftauchte. Sie hatte genug von trinkenden Männern. »Tag, Glad«, sagte er, als sie die Eingangstür öffnete, »wollte nur was vorbeibringen. Wie geht's euch, Kinder?« grinste er, als wir hinter Mum im Flur auftauchten. »Na, ich geh lieber gleich wieder. Bis dann mal, Kinder. Wir müssen mal was zusammen unternehmen. Tschüß, Glad.« Mum lächelte und schloß die Tür.

»Was hast du da?« fragte Oma, während sie in dem Karton herumstocherte. »Huhn, was? Und Gemüse. Wer hat dir das denn gegeben?«

»Das war Onkel Frank, Oma«, sagte ich, »glaubst du, wir könnten das heute abend essen?«

Ich konnte kaum glauben, daß es ein richtiges Huhn war, so ein Luxus! Mum konnte es wohl auch nicht glauben. Ausgerechnet Frank – sie hatte gedacht, er wäre auch nur einer von diesen Säufern. Zu unserer Überraschung kam Frank in den folgenden Wochen immer mit solchen Paketen vorbei. Mum fand dann heraus, daß das Raffles Hotel eine wöchentliche Lotterie veranstaltete. Der Preis war immer eine Kiste Obst und Gemüse und ein frisches Huhn, und der Gewinner war immer Onkel Frank. Seine Glückssträhne sollte über zwölf Monate anhalten.

Frank war uns in vielerlei Hinsicht behilflich. Er machte Mum und seine Frau miteinander bekannt, und sie wurden gute Freundinnen. Tante Lorna hatte ein kleines Auto und fuhr mit uns zu Picknicks in den Busch. Sie packte stets ein köstliches Mittagessen ein. Und Frank ermutigte Mum, Fahrstunden zu nehmen. Er bastelte ein wenig an Autos in seiner Freizeit. Er sagte, er würde den Bus für Mum reparieren. Aus irgendeinem Grund hatte mein anderer Onkel ihn zurückgebracht. Mum meinte, sie habe gehört, daß ein paar Kerle ihm was erzählt hätten.

Ziemlich bald bekam Mum ihren Führerschein, und danach wechselten sie und Tante Lorna sich ab, mit uns in die Hügel zu fahren. Wir waren immer noch arm, aber Oma war geschickt genug, um mit dem wenigen, das wir hatten, lange auszukommen. Und was uns Kinder anging, für uns war es mehr denn je.

Seit Mum Auto fahren konnte, begann sie auch, den Großeltern regelmäßige Besuche abzustatten. Ich glaube, sie hoffte, daß sie sich für uns Kinder interessieren würden, aber das klappte nicht so ganz. Der einzige, auf den sie wirklich Wert legten, war Billy, und das nur, weil er Dad wie aus dem Gesicht geschnitten war. Großvater wollte Billy immer nahe bei sich haben, aber wir anderen wurden in den Hinterhof abgeschoben. Unsere Cousins durften drinnen bleiben, aber wir mußten nach draußen.

Draußen zu sein machte dort nicht viel Spaß. Es gab keinen Busch in der Nähe von Oma und Opa und keine alten Fahrräder oder irgendein Spielzeug. Wir verbrachten die Zeit damit, auf einem alten Holzklotz zu sitzen und mit den Fingern die sandige Erde zu durchkämmen. Dabei legten wir kleine, bräunliche Kiesel frei, die dicht unter der Oberfläche lagen und die wir sammelten. Ein anderes Mal unterhielten wir uns damit, uns hinter einem großen Busch zu verstecken und so zu tun, als ob wir in prähistorischen Zeiten wären. Wenn wir es müde wurden, Dinosaurier zu spielen, griffen wir auf endlose Runden von ›Alle Vögel fliegen hoch …‹ zurück.

Endlich kam Mum dann mit einem Tablett voller Getränke und einem Stück Kuchen für jedes von uns Kindern. Danach, so wußten wir, war es an der Zeit, nach Hause zu gehen.

Nicht daß unsere Großeltern uns nicht leiden konnten. In der Tat behandelten sie uns immer freundlich, auf ihre Art. Schließlich gehörte eine Hälfte von uns zu Dad. Da war aber die andere Hälfte, die sie beunruhigte.

Es dauerte nur ein paar Monate, bis die regelmäßigen Besuche aufhörten. Manchmal trafen wir Opa zufällig in der Stadt. Mum ging immer mit uns schaufensterbummeln. Opa weinte, wenn er Billy sah. Ich erinnere mich, daß er einmal tatsächlich versuchte, sich bei Mum für Omas Haltung zu entschuldigen. »Was kann ich tun, Glad? Du weißt, wie sie ist.«

Mum zuckte nur die Schultern. Als wir uns verabschiedeten, wischte sich Opa resigniert die Augen. Er war immer nett zu uns, aber Oma war die Herrin im Haus.

Glücklicherweise gelang es Mum irgendwie, den Fernseher zu behalten, nachdem Dad gestorben war. Es gab zwar eine Menge anderer Dinge, die wir weitaus nötiger brauchten, aber das TV tat mehr für uns, als warme Kleidung oder zusätzliche Betten je vermocht hätten. Es eröffnete uns einen Ausweg. Wir gewöhnten uns an, unsere Betten auf dem Boden im Wohnzimmer aufzuschlagen. Mum schürte das Feuer, und eingekuschelt unter unseren Mänteln und Decken wurden wir von Filmen aus den Zwanzigern, Dreißigern und Vierzigern bezaubert.

Abgesehen von romantischen Musicals à la Fred Astaire und Ginger Rogers, mochten wir Kriegsfilme besonders gern. Mum sagte oft: »Euer Vater hat dort gekämpft« oder »Ich erinnere mich, daß euer Vater mir davon erzählt hat.« Dadurch wurden die Filme wichtiger, als sie tatsächlich waren. Manchmal sah gar einer der Schauspieler wie Dad aus, und ich tat so, als sei er es, der einen früheren Teil seines Lebens auf dem Bildschirm auslebte. Es ging nie lange gut; das glanzvolle Heldentum, das in den Filmen dargestellt wurde, war zu verschieden von dem, was ich von Dad gehört hatte.

Wenn das Fernsehprogramm zu Ende war, machte Mum uns heißen, süßen Tee und Toast mit Marmelade oder Hefepaste. Wir schürten das Feuer aufs neue und erzählten Anekdoten und Geschichten bis in den frühen Morgen hinein. Manchmal sangen wir – das dauerte dann Stunden. Wir hörten erst auf, wenn wir einschliefen oder zu heiser waren, weiterzusingen. Ich werde diese Nächte nie vergessen; das offene Feuer, Mum und Oma, alle lachend und scherzend. Ich fühlte mich sicher. Ich wußte, wir standen allein gegen die Welt, aber ich wußte auch, daß ich es, solange ich meine Familie hatte, schaffen würde.

Ich hatte keine Ahnung davon, wie schwer das erste Jahr für Mum und Oma war. Mum war einunddreißig, als Dad starb, und sie hatte uns fünf Kinder aufzuziehen. Ich war neun Jahre, während Helen, die Jüngste, erst achtzehn Monate alt war.

Mum ließ uns nicht gern zurück, aber sie wußte, daß sie arbeiten gehen mußte, wenn wir irgendwie vorankommen wollten. Das muß ich Mum lassen, sie scheute die Arbeit nicht. Sie hatte mit ihrer Halbtagsarbeit immer etwas Geld hereingebracht in all den Jahren, die Dad krank war, aber nun lud sie sich mehr auf und nahm jeden nur möglichen Job an. Es war schwierig, eine Ganztagsstelle zu finden, deshalb nahm sie unzählige Teilzeitjobs an, von denen die meisten nur wenige Wochen dauerten.

Mum hatte eine alte Freundin, Lois, die uns finanziell aushalf. Lois war eine ältere Dame, von der wir nicht viel zu sehen bekamen, aber sie hatte sich mit Mum in deren Teenagerjahren angefreundet und sah in ihr, da sie selber keine Kinder hatte, so etwas wie eine Tochter. Sie hatte Dad nie gemocht, trug es Mum aber nicht nach.

Ich erinnere mich an eine Zeit, als wir wirklich verzweifelt waren. Mum und Oma unterhielten sich ständig im Flüsterton. Sie beschlossen, einen Brief an Alice Drake-Brockman in Sydney zu schreiben, um zu fragen, ob ihre Familie uns etwas Geld leihen könne. Sie waren sehr enttäuscht, als die Antwort kam, sie seien selber pleite und könnten uns nichts leihen. Oma war sehr bitter. Sie sagte, es sei ihr egal, ob sie bankrott wären, sie schuldeten ihr etwas. Ich wußte nicht, wovon sie sprach.

Außer dem guten Onkel Frank und Lois war der andere Retter unserer Familie der Soldatenbund. Alle vaterlosen Familien von ehemaligen Soldaten bekamen einen Beauftragten zugewiesen. Beauftragte waren im allgemeinen Herren mit gutem Ansehen, die eine Schwäche für Kinder hatten. Das System war nur so gut wie der jeweilige Beauftragte, und wir hatten viel Glück. Unserer stellte sich als ein freundlicher alter Mann mit nur einem eigenen Kind heraus. Sein Name war Mr. Wilson, aber wir kürzten das liebevoll zu Mr. Willie ab.

Mr. Willie gewöhnte sich an, mit uns an den Strand zu fahren und zu Picknicks und zum Grillen. Er hatte, fanden wir, ein richtig schickes Auto, und wir kamen uns immer als etwas ganz Besonderes vor, wenn wir darin durch die Gegend fuhren. Mr. Willie erzählte uns, daß er uns zu allen Ausflügen des Bundes mitnehmen würde, und er erklärte uns auch, daß wir alle am Anzac-Day-Marsch teilnehmen müßten, der einmal im Jahr zum Gedenken an die Kriegsopfer stattfand.

»Warum müssen wir marschieren?« fragte ich ihn eines Tages.

»Weil euer Vater Soldat war. Alle Kinder von Soldaten müssen marschieren. Die Menschen müssen an das Vermächtnis erinnert werden, das der Krieg hinterlassen hat. Und außerdem war euer Vater ein mutiger Mann, ihr solltet ihm zu Ehren mitmarschieren.«

Ich war nicht erpicht darauf, die Menschen an den Krieg zu erinnern, aber ich konnte seiner Argumentation in bezug auf Dad nicht widersprechen.

## *9*

## Die Tierwelt

Im Handumdrehen war unser Haus übervölkert von Haustieren. Katzen, Hunde, Wellensittiche, Kaninchen und natürlich die Hühner – jede herrenlose Kreatur fand ein Zuhause bei uns. Als unsere Katzenfamilie dreizehn Mitglieder zählte, beschloß Mum, daß dies zuviel sei, und fand ein anderes Heim für die Hälfte von ihnen. Dann lief mein weißes Kaninchen weg, einer der Hunde wurde überfahren, und eine andere Katze lief davon. Der Hund, den wir verloren hatten, war ein altes und geschätztes Familienmitglied gewesen. Ich fand, daß wir einen neuen Hund brauchten, um ihn zu ersetzen, deshalb überredete ich Mum, daß wir uns in den ansässigen Tierhandlungen umschauten.

»Wir kaufen keinen, Mum«, redete ich ihr zu, »wir gucken nur.«

»Keine weiteren Tiere, Sally.«

»Ich weiß, Mum, ich weiß. Aber können wir nicht einfach mal gucken gehen?«

»Na gut. Das ist dann ein Ausflug für euch Kinder.«

Eine Tierhandlung in der Nähe hatte sechs junge Kelpie-Mischlinge, die alle hinreißend waren. Wir kauerten bewundernd um den Käfig herum, während sie unsere Finger leckten und uns flehentlich anschauten.

»Den da«, sagte ich zu Mum und starrte auf das größte Hündchen. »Wir nehmen den da, Mum.«

»Ich kaufe keinen Hund, Sally. Ich habe kaum genug Geld, um alles zu füttern, was wir bereits haben, ohne dem noch was hinzuzufügen.«

»Dieser ist älter als die anderen«, unterbrach der Ladeninhaber. »Keiner scheint ihn zu wollen.« Er hätte nichts Besseres sagen können.

»Siehst du, Mum, keiner will ihn. Was soll denn aus ihm werden, wenn wir ihn nicht nehmen?«

»Ich werde ihn nicht kaufen.«

»Kann ich ihn aus dem Käfig nehmen und auf dem Arm halten, Mum, es könnte das einzige Mal sein, daß er geknuddelt wird.«

»Eine gute Idee, junge Dame«, sagte der Ladeninhaber begeistert, während er den Käfig öffnete.

Ich hob den kleinen Hund heraus, er war schlaksig und unbeholfen. »Ist er nicht wundervoll?« Ich hielt ihn Mum entgegen.

»Oh, mein Gott, guck dir die Größe seiner Pfoten an; die sind ja riesig.«

»Ich bin sicher, daß seine Mutter nur ein kleiner Corgi war«, sagte der Ladeninhaber schnell.

»Wohl eher ein Schäferhund. Nein, Sally, jetzt nicht mehr, wo ich seine Füße gesehen habe. Er wird ein großer Kerl, wenn er ausgewachsen ist.«

»Aber Mum, wir hatten noch nie 'nen großen Hund.«

»Bitte, Mum«, baten meine Geschwister. »Nun«, seufzte Mum, als der Hund sie leckte.

»Wär ein guter Wachhund, Mum«, sagte Billy.

»Ich laß ihn Ihnen zum halben Preis«, überredete sie der Ladeninhaber.

»Na gut«, stöhnte Mum. »Wir nehmen ihn.«

»Eine günstige Gelegenheit, Mum«, lächelte ich. Wir nannten den kleinen Hund Blackie, denn er war fast ganz schwarz.

Einige Wochen später nannten wir ihn Pinkel, weil er eine gewisse Tendenz hatte, die wir ihm augenscheinlich nicht abgewöhnen konnten. Eines Abends beschwerte sich Mum über den neuen Namen. »Ich komme mir albern vor, Pinkel zu rufen, wenn ich möchte, daß er zum Fressen kommt. Die Nachbarn lachen schon alle.« Deshalb rief Mum ihn daraufhin: »Hierher, Pinky, hierher, mein Junge«, während wir ihn weiterhin Pinkel riefen. Die Nachbarn lachten immer noch, aber in Mums Vorstellung machte es durchaus einen gewissen Unterschied.

Wilde Tiere durften wir nicht behalten. Echsen, Kaulquappen, Frösche, Flußkrebse und Insekten mußten lebend und wohlbehalten in ihre natürliche Umgebung zurückgebracht werden. Oma beeinflußte uns nachhaltig, wenn es um unser Verhalten gegenüber der Tierwelt ging.

Unser Leben drehte sich um sie, seit sie den Haushalt versorgte, während Mum drei verschiedenen Teilzeitjobs nachging – zwei in Blumenläden und einem Putzjob. Oma kochte, putzte, wusch, bügelte und stopfte, außerdem backte sie Holz und kümmerte sich um den Garten. Die Küche wurde zu ihrem persönlichen Bereich, und sie mochte es nicht, wenn wir Kinder dort eindrangen. »Verschwindet aus meiner Küche, Kinder!« rief sie und wedelte mit einem Küchenhandtuch nach uns. Sogar wenn wir ihr Hilfe anboten, schimpfte sie und schickte uns hinaus zum Spielen.

Oma förderte unser Interesse an der örtlichen Tierwelt, indem sie an jeder neuen Kreatur, die wir vom Sumpf nach Hause brachten, regen Anteil nahm. Frösche und Echsen schienen ihre Lieblingstiere zu sein.

Eines Nachmittags entdeckte ich eine große, dicke Stummelschwanzechse, die zusammengerollt unter einem rostigen Stück Blech lag, das an der Wand unseres Hühnerstalls lehnte.

»Jill, komm schnell her, schau, was ich gefunden habe!« Wir lagen beide bäuchlings auf der Erde und starrten in die glasigen Augen. Als Oma uns so fand, sagte sie: »Was stellt ihr denn schon wieder an?« Sie war der Meinung, wir stellten ständig etwas an.

»Hier ist 'ne Echse, Oma, 'ne Stummelschwanzechse, 'ne ganz tolle! Guck doch mal!«

»Holla, ist die dick!« rief Oma aus. »Also, Kinder, laßt sie in Ruhe. Sie kann hier leben, wenn sie will. Aber untersteht euch, ihr weh zu tun!«

»Natürlich tun wir ihr nicht weh«, sagte ich empört. Oma würde uns nie verzeihen, wenn wir absichtlich unfreundlich zu wilden Lebewesen wären.

»Können wir sie füttern, Oma?« fragte ich.

»Braucht ihr nicht, sie findet ihr Futter alleine.«

Ich fand das ein wenig gemein und beschloß, die Echse zu zähmen. Nach dem Abendessen schlich ich mit einem alten Stück Kuchen hinaus. Ich schob es unter das Blech und machte der Echse leise klar, wer es dort hingelegt hatte. Schließlich wollte ich nicht, daß sie sich mit jemandem anfreundete, die sich nicht die Mühe gemacht hatte, sie zu füttern.

Am nächsten Morgen war meine Freundin verschwunden. Oma kam, um nach ihr zu sehen, und fand mich mit verstörtem Gesicht im Sand hocken.

»Ist die Echse noch da?«

»Nee, sie ist weg. Was glaubst du, warum sie weggegangen ist? Ich wollte sie doch als Haustier.«

»Ich wette, sie versteckt sich weiter hinten. Sie will nicht, daß wir sie sehen. Paß auf, ich schiebe das Blech mal ein Stückchen weiter.« Ich kroch zurück, und Oma schob langsam das Blech zur Seite. Keine Echse.

»Wie kommt denn das hierher?« fragte Oma. Sie hielt das Stück trockenen gelben Kuchen in der Hand, das ich in der Nacht zuvor dort hingelegt hatte.

»Ich dachte, sie könnte hungrig sein«, antwortete ich schuldbewußt.

»Ich hab dir doch gesagt, daß sie ihr eigenes Futter finden kann. Jetzt hast du sie verscheucht.«

Oma erklärte mir, daß das nicht die richtige Nahrung für eine Echse war. Ich nickte nur. Ich war überzeugt, daß sie an Mums Kuchen geknabbert hatte und nun weggekrochen war, um zu sterben. Ich fühlte mich furchtbar; es war entsetzlich, die Vergiftung einer Echse auf dem Gewissen zu haben.

Seinen Höhepunkt erreichte das Jahr 1961, als ich eines Nachmittags spät nach Hause ging und zufälligerweise einen dringlichen Ruf aus dem nahen Busch hörte. Ich blieb abrupt stehen und horchte angestrengt. Da war es wieder, ein aufgeregtes Tschilp! Tschilp! Ich ging vorsichtig in den Busch, bis ich zu einer schmalen Lichtung kam. Dort lag am Fuße eines hohen, weißen Eukalyptusbaumes ein winziges Schlammlerchenjunges. Ich trat zurück und schaute hoch in die Zweige über mir. Zwischen den sich bewegenden Blättern konnte ich gerade den dunklen Umriß eines kleinen Nestes ausmachen. Ich wußte, daß ich keine Chance hatte, es dorthin zurückzubringen; es war viel zu hoch. Und selbst wenn ich es täte, würde die Mutter die menschliche Berührung an ihm riechen und es hinauswerfen. Ich hatte von Tieren gehört, die so etwas tun, und vielleicht waren Vögel genauso. Da gab's nur eines, ich mußte es mit nach Hause nehmen.

Als Mum die Wölbung an meiner Kleidertasche sah, seufzte sie: »O nein, was hast du denn da wieder drin?«

Ich zeigte ihr den Vogel. »Ich werde ihn Schlammi nennen«, sagte ich optimistisch. Ich wußte, daß Mum genug davon hatte, daß ich mit herrenlosen Tieren nach Hause kam.

»Keine Haustiere mehr, Sally. Ich habe es dir gesagt, keine Tiere mehr. Ihr Kinder bringt sie nach Hause, und ich bin diejenige, die sie schließlich füttert.«

»Aber es ist doch ein Junges. Ich verspreche, daß ich mich darum kümmere.«

»Was hast du da?« mischte Oma sich in den Streit ein.

»Es ist ein Schlammlerchenjunges, Oma, es ist vom Baum gefallen. Mum will es rausschmeißen.«

»Sally, das will ich nicht!«

»Heißt das, ich darf es behalten?«

»Na gut. Aber du mußt dich um das Vögelchen kümmern. Ich habe nichts damit zu tun.«

»Ach, du bist sowieso besser mit Hunden.« Mum hatte ein natürliches enges Verhältnis zu Hunden.

»Weißt du, Sally, mit dem Vogel könnte was nicht stimmen. Ich habe gehört, daß Mütter deshalb ihre Jungen rauswerfen. Vielleicht ist er nicht lebensfähig. Er ist sehr klein.«

»Ach was, er wird schon in Ordnung sein«, sagte Oma. »Ein bißchen was zu fressen, und paß auf, daß es ihm nachts warm ist, das ist alles, was er braucht.« Oma liebte Vögel, niemandem war es erlaubt, ein Wort gegen ihre Bantamhennen zu äußern. Sogar als ihr graurosa Lieblingskakadu Jills halbe Fingerspitze abbiß, war es Jills Schuld und nicht Cockys.

Ich entwickelte meine eigene Methode, Schlammi zu füttern. Ich plazierte ein kleines Stückchen Fleisch auf meiner Fingerspitze und steckte dann meinen Finger tief in seinen Hals hinein. Die Technik schien richtig zu sein, denn im Handumdrehen war er zu einem schönen, gesunden Vogel herangewachsen. Ich war seine Mutter, und er war mein Kumpel, und während unser größtes Abenteuer lediglich darin bestand, für einige Besorgungen zum Laden an der Ecke zu gehen, unternahmen wir in meiner Phantasie bei weitem aufregendere Eskapaden. Zu der Zeit verschlang ich gerade die Fünf-Freunde-Bücher, und Schlammi übernahm die Rolle von Timmy, Georges Hund.

Nachts schlief Schlammi auf einem Stuhl in meinem Zimmer. Jill mochte ihn nicht besonders.

»Setz ihn nicht genau neben mein Bett. Er könnte auf mich machen, und wenn ich schlafe, kann ich es nicht wegwischen.« Sie warf sich unter ihre Decken, während ich grollend ihre pummelige Figur studierte. Ich fragte mich, ob ich ihn dazu bringen könnte, auf sie zu machen. Ich schaute Schlammi an, der auf seinem üblichen Platz hockte, die Füße um den schmalen Querstab an der Stuhllehne nahe bei meinem Bett gekrallt. Ich beschloß, ihn lieber nicht zu ermutigen. Mum würde mir das nie verzeihen. Obwohl ich es immer als Unfall ausgeben könnte. Bei diesem Gedanken gähnte ich und kuschelte mich ein. »Nacht, Schlammi«, flüsterte ich. Er starrte mit ernstem Schnabel und dunklen Augen zurück. Ich wünschte mir oft, daß Vögel sprechen könnten. Ich überlegte, ob ich Schlammi Zeichensprache beibringen sollte. Meine Augen wurden schwer und fielen langsam zu. Ich lächelte. Schlammi hob zweimal seine rechte Klaue. Ja! Zweimal für Ja und einmal für Nein! Ich wußte, daß er es konnte. In dieser Nacht träumte ich von all den Tricks, die ich ihm beibringen würde. Was für eine Schau das wäre, Schlammi und ich, Stars!

Als ich am nächsten Morgen erwachte, war es still. Ich gähnte und reckte mich. Normalerweise störten Schlammis schrille, hungrige Schreie meinen Schlaf – nichts dergleichen an diesem Morgen. Ich schaute zu seinem Stuhl, Schlammi hing kopfüber. Ich lächelte ein wenig. Was er nur macht, dachte ich. Muß ein neuer Trick sein.

»Vögel haben nicht solche Tricks drauf, Sally«, erklärte Mum mir später. Mir ging es furchtbar; Schlammi hatte nicht steif kopfüber gehangen, weil er sich konzentrierte, sondern weil die Leichenstarre eingesetzt hatte. Er kam zu einer Gruppe ehemaliger Haustiere, die unter einem Feigenbaum in der hinteren Ecke unseres Gartens begraben waren. Es kam mir so vor, als ob etwas von meinem persönlichen Ansehen mit ihm gestorben wäre. Wenn ich jetzt Besorgungen im Laden an der Ecke machte, kommentierte niemand mehr die zahme

Schlammlerche, die balancierend auf meiner Schulter hockte. Jetzt war ich nur noch ein dürres Kind mit Zopf, schmuddeligen Kleidern und schmollendem Blick. Abenteuer, auch wenn sie nur in der Phantasie stattfanden, machten alleine einfach keinen Spaß.

Der Sumpf hinter unserem Haus war zu einem wichtigen Ort für mich geworden. Er war jetzt ein Teil von mir, ein Teil von dem, was meine Person ausmachte. Wenn ich im Sumpf war, verlor ich jedes Zeitgefühl. Ich wälzte mich in dem kleinen, schlammigen Bach, der sich auf dem Weg zu seiner Mündung in den Canning dahinschlängelte. Ich fing Flußkrebse, indem ich mich über ein altes Überlaufrohr hängte und mit meinen Fingern im Wasser plätscherte. Sobald die Krebse sich festbissen, erforderte es nur eine schnelle Drehung des Handgelenks, um sie an Land zu werfen, wo sie nach Luft schnappten. Ich stellte mir vor, ein Abenteurer zu sein, der immer neugierig war, was hinter der nächsten Wegbiegung lag oder hinter der Gruppe von hohen Eukalyptusbäumen, die ich in der Ferne erblickte.

Ich stellte mir den Sumpf gern als einen richtig wilden Ort vor. Jeden Sommer fingen unsere Nachbarn mindestens drei oder vier große Dugite und Tigerschlangen. Das war merkwürdig, denn bei allen meinen Beutezügen durch den Busch begegnete ich nie einer. Natürlich spürte ich, daß sie da waren, aber solange ich ihnen aus dem Weg ging, schienen sie damit zufrieden, von mir fernzubleiben.

Jill und ich hatten viel Spaß dort unten. Und wir schleppten ständig neue Funde nach Hause, um sie Oma zu zeigen. Sobald sie unsere Trophäen inspiziert hatte und wir diskutiert hatten, was sie waren und wie sie lebten, hieß sie sie uns wieder in den Sumpf zurückbringen.

Im Winter gab es keinen Anlaß, in den Sumpf zu gehen, denn unser Hinterhof war unweigerlich überschwemmt mit Wasser, das von Kaulquappen und kleinen Fischen wimmelte. Normalerweise stieg das Wasser nur bis gerade über den Knöchel an, aber nach einem richtig guten Regen ging es bis zur Hälfte der Wade. Solche Tage wurden mit freudigem Kreischen begrüßt, während wir ausgelassen herumplanschten, unsere Zehen in den schlammigen Boden gruben und uns gegenseitig mit Sand bewarfen.

»Wir brauchen keinen Swimmingpool, was, Mum?« lachte ich, als ich sie anspritzte.

»Nein, und wir haben nicht nur Wasser, sondern auch noch Fische!«

Oma hatte eine weniger optimistische Natur, besonders im Winter. Ihre Sicht der faßbaren Welt war eine sehr persönliche. Und wenn sie nicht draußen war, um Holz zu hacken oder welkes Laub zusammenzuharken, beobachtete sie das Wetter. Ihre Beschäftigung mit atmosphärischen Bedingungen basierte auf einer eher pessimistischen Auffassung hinsichtlich der Häufigkeit von Naturkatastrophen. Obwohl sie leidenschaftlich gern den Wetterbericht im Radio hörte, vertraute sie nie vollständig der Meinung der Meteorologen. Oma wußte, daß deren Vorhersagen nicht so zuverlässig waren wie ihre eigenen.

Täglich untersuchte sie den Himmel, die Wolken, den Wind und an besonders stillen Tagen die Reaktionen unserer Tiere. Manchmal blieb sie die halbe Nacht auf und prüfte die Bewegung eines bestimmten Sterns oder grübelte über die Bedeutung einer neuen Farbe nach, die sie bei Sonnenuntergang am Himmel gesehen hatte. Bei seltenen Gelegenheiten wurde Mum zur Beratung herangezogen. Es amüsierte mich immer, die beiden am Ende unseres Fußweges stehen zu sehen, mit wie flehend erhobenen Armen – Oma zeigte auf mehrere dubiose Wolkenformationen, und Mum nickte und murmelte: »Ja, ja, ich verstehe, was du meinst.« Dann testeten sie beide mit einem nassen Finger die Windrichtung. Omas üblicher Kommentar zu solchen Zeiten war: »Man kann nie wissen, Glad. Man kann halt nie wissen, was das Wetter bringt.«

Seit Dad tot war, hatte Oma verschiedene Notfallmaßnahmen entwickelt, um dem zu begegnen, was sie für wahrscheinliche Naturkatastrophen hielt. Im Falle von Erdbeben, unterwies sie uns, sollten wir zum Sportplatz gegenüber unserem Haus rennen und dabei die Strommasten meiden. Wenn wir das Pech haben würden, daß die Erde sich direkt vor uns auftäte, sollten wir so hoch springen, wie wir nur konnten, und hoffen, daß die Erde, wenn wir runterkamen, sich wieder geschlossen hätte. Während die Bedrohung durch ein Erdbeben von unserer Nachbarschaft als extrem gering eingeschätzt wurde, hatte Oma uns überzeugt, daß dies eine der Gefahren unseres täglichen Lebens sei. Ich hatte oft Alpträume, in denen ich mich im Schlafanzug zum Sportplatz rennen sah, während um mich herum Strommasten umkrachten.

Abgesehen von Erdbeben hatte Oma am meisten Angst vor Gewittern. Blitz und Donner, ihre alten Lieblinge, versetzten sie garantiert in Panik. Sie raste wie ein Wirbelwind durchs Haus, riß uns in ihre Arme und deponierte uns auf einem Haufen in der Diele. Dann hetzte sie auf die hintere Veranda und zog eine Kiste Feuerholz herein. Sie eilte zurück und stieß ein großes, splitteriges Stück Holz in jedes Paar widerwilliger Hände mit der rätselhaften Anweisung: »Kinder, untersteht euch, das loszulassen, sonst werdet ihr vom Blitz erschlagen!«

Wir hatten solche Angst, daß wir nicht wagten, uns zu bewegen. Während wir von panischem Schrecken ergriffen auf dem Boden saßen, eilte Oma von Raum zu Raum und schaltete das Licht aus, warf Bettücher über Spiegel, Geschirr, Besteck, die Badewanne und sogar das Küchenwaschbecken. Sobald das getan war, stürzte sie zum Stromzähler und drehte alle Sicherungen heraus. In Omas Vorstellung waren Blitze und Elektrizität dasselbe, beide gefährlich und völlig unzuverlässig. Sie drehte die Sicherungen heraus, weil dann die Elektrizität, inspiriert vom wütenden Sturm, nicht entweichen und uns schaden konnte. Sie warf die Bettücher über alles Glänzende, weil es allgemein bekannt war, daß Blitze nichts lieber mögen als eine glänzende Oberfläche.

Wenn wir Glück hatten, ging das Gewitter bald vorbei, aber es kam vor, daß wir den ganzen Nachmittag auf dem Fußboden saßen und unser Holzstück umklammerten.

»Können wir jetzt aufstehen?«

»Ihr bleibt still sitzen«, sagte Oma kurz angebunden und blickte uns finster an, während sie die Küchentür bewachte für den Fall, daß einer von uns versuchen sollte, die Freiheit zu erlangen. »Ihr Kinder wißt nicht, was Gewitter sind. Ich hab sie gesehen, oben im Norden. Schreckliche, schreckliche Dinge. Menschen wurden getötet.«

Als Mum von der Arbeit zurückkam, saßen wir immer noch dort; unsere Glieder waren fühllos vor Kälte. »Jetzt steht aber auf, Kinder«, sagte Mum empört und warf Oma einen bösen Blick zu. »Mein Gott, Oma, ich wette, du hast sie den ganzen Tag dort sitzen lassen, sie müssen steifgefroren sein.«

»Lieber kalt als tot.«

Mum drehte die Sicherungen wieder herein und zündete das Feuer an. Oma stürmte in einem Wutanfall in ihr Zimmer. Sie fand, daß Mum völlig ignorant war, wenn es um die Sicherheit von Kindern ging. »Dummer alter Dickkopf«, murmelte Mum, während sie uns Toast machte.

Als es Zeit fürs Abendessen wurde, hatte Oma sich beruhigt. Sie kam mürrisch aus ihrem Zimmer heraus und begann Kartoffeln zu schälen. Dabei beschwerte sie sich die ganze Zeit in einem leisen, monotonen Singsang über das Wetter. Dann wußten wir, daß alles wieder normal war.

## *10*

## Alleshelfer

Wir wußten nichts von Mums Geheimwaffe. Anscheinend hatte sie ihre Versuche aufgegeben, mit uns fertigzuwerden, und uns statt dessen in Gottes Hand gegeben. Mum war wohl auf ihre Art schon immer recht religiös, aber das nahmen wir erst richtig wahr, als wir älter wurden und nachdem Dad gestorben war. Sie war auch früher schon hin und wieder zu einer kirchlichen Versammlung gegangen, aber Dad war solchen Dingen gegenüber nicht sehr positiv eingestellt, und das wird sie entmutigt haben. Im Grunde genommen waren Religion und Spiritualität wohl eine private und persönliche Angelegenheit für Mum.

Sie ergänzte ihre Gebete, indem sie uns zu jeder nur vorstellbaren Versammlung mitnahm. Eines mußten wir Mum lassen, sie war nicht voreingenommen, wenn es um Religion ging. Wir besuchten die Katholiken, Baptisten, Anglikaner, die Christuskirche und die Adventisten des Siebten Tages. Am liebsten mochten wir die Adventisten. Eine unserer Nachbarinnen, Mrs. Brown, gehörte zu ihnen, und an jedem zweiten Wochenende unterhielt sie die Kinder aus der Nachbarschaft mit Filmen. Wir hatten nichts gegen die Filme, auch wenn die Inhalte sich nie veränderten. Fast jeder Film handelte vom Teufel.

Eines Abends erschienen Hunderte von flauschigen, weißen Engeln auf der Leinwand, die lächelten und auf großen, goldenen Wolken daherschwebten. Unglücklicherweise vermittelte der Ton, der diese Vision von Heiligkeit begleitete, den Eindruck eines wütenden Sturmes. Durch das Heulen des Windes und das Krachen des Donners tönten schwere Schritte und ein böses, heiseres Lachen. Wir brachen in Kichern aus. Mrs. Brown schaltete das Licht an und begann an dem Apparat herumzufummeln.

»So, ich glaube, ich hab's. Licht aus, bitte.«

Dieses Mal trat der Teufel auf. Er war hauptsächlich schwarz, bis auf sein rotes Gesicht und zwei kleine, rote Hörner. Sein langes, dunkles Cape umwogte ihn wie eine pralle Gewitterwolke. Blitze schossen spitz und gelb über die Leinwand und erleuchteten sein ehrfurchtgebietendes Antlitz. Die Regenwolken über ihm bebten, wogten und barsten, aber der Regen wurde zu zischendem Dampf, wenn er den Teufel erreichte, der leuchtendrote Flammen aus seiner großen Mistgabel schoß.

Wenn der Ton nicht gewesen wäre, hätten wir schreckliche Angst gehabt. Dies war die furchterregendste Kreatur, die wir je gesehen hatten. Doch jedesmal, wenn er seinen gehörnten, roten Kopf zurückwarf und ein wahrscheinlich gottloses Lachen ausstieß, konnten wir nur brausende, himmlische Stimmen hören, die »Halleluja, lobet den Herrn« sangen!

Jill nahm alle religiösen Unterweisungen ernst, und es gab nichts, was sie mehr fürchtete als den Teufel. Als wir eines Tages im Garten saßen und komplizierte Tunnel aus nassem Sand konstruierten, tauchte plötzlich ein schmaler, weißer Knochen von ungefähr der Größe eines Fingers auf, der nach oben zeigte. »Jill«, rief ich, »das ist der Finger des Teufels! Er kommt, um dich zu holen!« Jill warf einen Blick darauf und lief schreiend ins Haus.

Einige Minuten später kam Mum herausgestapft; sie war wütend. Jill versuchte wegzulaufen, aber Mum hielt sie mit festem Griff und versuchte, sie näher an den Teufelsfinger heranzuziehen. »Sally, du gemeines Biest! Sag Jill die Wahrheit, sag, daß das nicht der Teufel ist!«

Ich schaute auf den höckrigen, weißen Knochen vor mir und dann langsam zu Jill.

»Ist es wohl!« rief sie. »Er ist es!« Sie wand sich mit einem verzweifelten Ruck aus Mums Griff und rannte hinein. Mum zog den Knochen aus dem Boden, dann schaute sie mich an und brach in

Lachen aus. Sie war nie so nahe daran, mich zu verprügeln, wie in diesem Moment.

Jeden Abend, bevor wir ins Bett gingen, wollte Mum, daß wir das Vaterunser beteten. Jill hatte ein wunderbares Gedächtnis. Sie konnte eine lange Seite Text lesen und dann Wort für Wort aufsagen. Wir fanden sie alle sehr klug. Nachdem Mum Jills Gebet zugehört hatte, kam sie zu mir und setzte sich an das Fußende meines Bettes, um nun mich zum Beten zu bewegen.

Normalerweise steckte ich meinen Kopf unter die Decke und tat, als ob ich schliefe. Aber sie zog die Decke zurück und sagte: »Du bist an der Reihe, Sally.«

»Ich sag das Vaterunser nicht. Ich seh nicht ein, wozu das gut sein soll, Mum.«

Mum seufzte und sagte: »Na ja, vielleicht ist dir ja morgen abend danach.« Dann deckte sie mich zu und schaltete das Licht aus. Das Badezimmer war direkt gegenüber von unserem Zimmer, und dort brannte das Licht die ganze Nacht hindurch. Ich hatte zuviel Angst, um in völliger Dunkelheit zu schlafen.

»Du bist unmöglich, Sally«, flüsterte Jill, nachdem Mum gegangen war. »Jeden Sonntag fragen sie mich, warum du nicht zur Sonntagsschule kommst. Was soll ich denn bloß sagen? Ich kann ihnen nicht immer erzählen, daß du krank bist.«

»Ach, ist mir doch egal, was du sagst. Es geht sie sowieso nichts an.«

»Genau das ist das Problem mit dir; dir ist es einfach egal, was andere Leute denken. Du bist das einzige Kind in der Sonntagsschule, das zum Jahresende kein Buch bekommt, weil du nicht oft genug da warst. Ich schäme mich für dich.«

»Ach, halt die Klappe und schlaf«, murmelte ich und drehte mich auf die andere Seite. Ich wußte, daß ich sie verletzt hatte, ich konnte sie unter ihrer Decke schniefen hören. Es dauerte noch Jahre, bevor ich lernte, Kompromisse zu schließen.

Wenn Mum nicht für meine Gesundheit und mein Wohlbefinden betete, ging sie mit mir zum Arzt. Ich war meistens sehr unglücklich über meinen schwachen Körper. Wenn ich gekonnt hätte, wäre ich ihn gern losgeworden.

Während eines Besuches sagte der Arzt zu Mum: »Sie leben am

ungünstigsten Ort für dieses Kind. Gibt es denn gar keine Möglichkeit, daß Sie umziehen? Es wird ihr nicht besser gehen, solange Sie dort bleiben.« Ich schaute Mum hoffnungsvoll an, ich hatte immer reisen wollen. Mum schüttelte nur den Kopf und sagte: »Ich habe zu bleiben, wo ich bin.«

Sie hatte nur Sarkasmus übrig für seinen Rat. Auf dem Heimweg sagte sie: »Ich bin eine Witwe mit fünf Kindern. Was denkt er denn, wo ich hinziehen kann?«

»Mach dir keine Sorgen, Mum«, sagte ich zuversichtlich. »Ich werde überleben.«

»Ich bete dafür«, seufzte sie. Und sie betete. Ich sah sie nie beten, aber ich wußte, wenn es einen Wettbewerb gegeben hätte, wäre Mum die beste Beterin in unserer Nachbarschaft geworden.

Fast ein Jahr nachdem Dad gestorben war, bekam ich rheumatisches Fieber. Auf dem Schulweg mußte ich oftmals stehenbleiben und meine Brust halten, bis der Schmerz vorbeiging. Mum eilte zweimal mit mir zum Arzt, aber er blieb dabei, daß ich nur unter Wachstumsbeschwerden litte. Ich hatte keine Ahnung, daß Größerwerden solch eine Qual sein konnte. Nachts war es am schlimmsten. Ich rollte mich zu einer kleinen, festen Kugel zusammen und zwang den Schmerz zu verschwinden. Es tat zu weh, als daß ich hätte weinen können. Oma versuchte mir zu helfen, so gut sie konnte. Ich merkte an ihrem Gesichtsausdruck und den mitleidigen Tönen, die sie von sich gab, daß sie sich Sorgen um mich machte. Sie ermahnte mich, nicht in einer solch merkwürdigen Stellung zu schlafen, und zog dann sanft meine Arme und Beine gerade.

Sie verbrachte Stunden damit, nasse Handtücher und Leinenstreifen um meine Arme und Beine zu wickeln. Während der ganzen Zeit versicherte sie mir, daß der Schmerz gleich weggehen würde. Ich erinnere mich an zwei Nächte, als es mir besonders schlecht ging. Sie strich mit ihren Händen langsam die ganze Länge meines Körpers entlang, ohne mich zu berühren, und sagte: »Dir wird's bald besser gehen. Ich lasse nicht zu, daß dir was passiert.« Sobald die Bandagen und Handtücher getrocknet waren, wickelte sie sie vorsichtig ab und ging dann, um sie wieder naß zu machen. »Du bist sehr heiß, Sally«, sagte sie. »Es ist nicht gut für ein Kind, so heiß zu sein.« Als ich endlich einschlief, fühlte ich mich so steif wie eine Puppe aus Pappkarton. Wenn ich am nächsten Morgen aufwachte, war der Schmerz im allgemeinen fort, aber nicht für lange. Ich lernte eine wertvolle Lektion durch meine Krankheit. Ich erfuhr, daß ich im Innern stark war. Ich mußte es sein, wenn ich überleben wollte. Meine Krankheit legte sich irgendwann ohne ärztliche Behandlung.

Oma hatte viele Überzeugungen, was Gesundheit anbetraf, die sie an uns weitergab. Erst einmal war sie besessen von der Notwendigkeit einer gesunden Verdauung. Mum ging es genauso, aber ob aufgrund von Omas Einfluß oder ob sie bei ihren langen Aufenthalten auf der Toilette selbst zu der Überzeugung gekommen war, war schwer zu sagen.

Oma machte sich Sorgen, wenn jemand zu lange auf der Toilette blieb. Wenn Mum länger als zehn Minuten brauchte, äußerte Oma ihre Sorgen, indem sie an die Toilettentür klopfte und rief: »Glad, bist du da drin?« Mum antwortete unweigerlich: »Natürlich bin ich hier drin, du Nervensäge!«

»Jetzt werd nicht garstig zu mir, Glad«, konterte Oma. »Du wirst immer garstig, wenn du auf der Toilette sitzt. Ich wollte nur sehen, ob alles in Ordnung ist.«

»Was, zum Teufel, glaubst du denn, was mir hier drin passieren soll?«

»Du könntest ohnmächtig werden, Glad. Ich werde nie Mrs. Caulfield vergessen, die in der Toilette ohnmächtig wurde. Es dauerte Stunden, bis ihre Tochter sie fand. Du kannst von Glück sagen, daß du jemand hast, der nachschaut, Glad. Glad, bist du noch da?«

Mittlerweile war Mum so ärgerlich, daß sie heftig die Spülung betätigte und aus der Toilette rauschte, bereit, mit Oma zu zanken. Aber Oma hatte ein gutes Gespür für den richtigen Zeitpunkt; wenn sie hörte, daß die Kette gezogen wurde, ging sie schnell in ihr Zimmer und schloß sich ein.

Später verstand ich, daß die Zeit, die Mum auf der Toilette verbrachte, ihre einzige Möglichkeit war, Ruhe und Frieden zu finden. Wohin sonst konnte sie gehen mit fünf Kindern im Haus?

Sowohl Mum als auch Oma überzeugten uns davon, daß eine Menge Krankheiten durch Verstopfung verursacht wurden. Wir hatten nichts dagegen, mit ihnen in der Theorie übereinzustimmen, aber wenn ihre Manie sich in Form von regelmäßigen Dosen Rizinusöl ausdrückte oder wenn sie gar auf Laxetten verfielen oder auf das, was wir schnoddrig Glyzerinstangen nannten, so drückten wir uns. Es wurde immer schwieriger, uns zur Kooperation zu bewegen, und Mum befand schließlich, daß der Aufwand, erst unsere verschiedenen Verstecke ausfindig zu machen und uns dann dort regelrecht herauszuzerren, die Befriedigung nicht lohnte, die es ihr bereitete, uns alle vor der Toilette aufgereiht zu sehen.

In gewisser Weise waren Mum und Oma nicht so sehr Gesundheitsfanatikerinnen als vielmehr Krankheitsfanatikerinnen. Es bereitete ihnen großes Vergnügen, über die Entdeckung von Krankheiten mit unbekannten Ursachen zu lesen. Sie waren besonders an Tropenmedizin interessiert mit der Begründung, daß Australien sozusagen in Rufweite des Äquators liege und alles mögliche von dort herunterwehen konnte.

Während Mums und Omas Interesse an exotischen Krankheiten ein bißchen Aufregung in ihren täglichen Trott gebracht haben mag, hat es uns Kinder lediglich in Angst versetzt. Unsere Auffassung von normalen Kinderkrankheiten war eine Spur unausgewogen. Wir waren davon überzeugt, daß Lepra und Beulenpest in unserem Stadtteil übermäßig häufig vorkamen, und wenn wir uns mit Masern oder Windpocken ansteckten, fragten wir uns, wohin das führen könnte. Krankheiten waren ein großes Geheimnis, und wir wußten nicht, was sie verursachte oder wie sie zu heilen seien, und Omas düstere Andeutungen bestärkten unser ohnehin schwach ausgeprägtes Sicherheitsgefühl nicht im geringsten.

Oma brachte zuerst die Skeptikerin in mir zum Vorschein. Ich war Außenstehenden gegenüber argwöhnisch, besonders denen mit Autorität. Oma überzeugte mich, daß die meisten Menschen nicht vertrauenswürdig seien, besonders Ärzte. Seit Jahren hatte sie von den alten Heilmethoden geredet, die sie in früheren Zeiten anwandten. Ich wußte, daß die alten Methoden die besten waren.

Eines von Omas großen Allheilmitteln war Pfeffer. Sämtliche Wunden wurden mit Pfeffer bestreut und dann fest mit Streifen zugebunden, die aus einem alten, weißen Bettuch gerissen waren. Außerdem glaubte sie, daß das Essen einer Dose roter Bete Blutverlust ersetzen könne.

Während wir verschiedene kunterbunte Narben an unseren Armen und Beinen zur Schau trugen, Folge von Wunden, die im Hollywood-

Krankenhaus genäht worden waren, hatte Oma keine. Ihre Haut heilte stets weich und glatt.

Aber es gab zwei von Omas Gesundheitsmaßnahmen, die ich schwer zu akzeptieren fand. Die erste betraf Alka Seltzer. Sie verschrieb sich selber regelmäßig Alka Seltzer, weil sie davon überzeugt war, daß es den Sauerstoffgehalt des Blutes verbessere. »Versuch's mal, Sally«, sagte sie eines Tages zu mir. »Es reinigt dein Blut, und du bekommst 'nen klaren Kopf.« Ich nahm tatsächlich einen Schluck, aber der Geschmack war so übel, daß ich es sofort ausspuckte.

Die zweite Maßnahme betraf Kerosin. Oma war der Ansicht, daß es wunderbar helfe, um Schmerzen und Beschwerden loszuwerden und generell den Körper tipptopp zu halten. Als ich unter dem rheumatischen Fieber litt, bat Oma ständig, meine Arme und Beine damit einreiben zu dürfen. Ich weigerte mich standhaft, denn ich haßte den Geruch. Oma war so gewissenhaft mit ihren zweimal täglichen Kerosineinreibungen, daß wir befürchteten, bei ihrem ständigen Kettenrauchen könnte ein plötzliches Feuer eines Tages ihre Todesursache sein.

Omas Interesse an der Gesundheit beschränkte sich nicht auf die menschliche Spezies. Eines heißen Samstagnachmittags, als ich auf einem kratzigen, blauen Handtuch ausgestreckt lag und die Sonne genoß, wurde meinen betäubten Sinnen langsam klar, daß Omas ruhelose Bewegungen im Garten aufgehört hatten. Meine Neugierde überwand meine Lethargie, ich schaute unter meiner verschwitzten Armbeuge hervor und suchte sie mit schnellen Blicken.

Ich beobachtete, wie sie ganz ruhig am kleinsten Eukalyptusbaum in unserem Garten stand. Sie klopfte zweimal mit dem Knöchel gegen den Baumstamm und dann einmal mit ihrem Stock. Dann näherte sie ihren Kopf dem Stamm, als ob sie auf etwas horche. Nach einer längeren Pause schien sie zufrieden zu sein; sie versetzte der Erde mit ihrem Stock einen schnellen Stoß und ging dann weiter zum Papierrindenbaum.

»Oma«, rief ich, »was, um alles in der Welt, machst du da?«

Sie schreckte überrascht auf. Ich war so lange still gewesen, daß sie offenbar vergessen hatte, daß ich da war. Sie fuchtelte drohend mit ihrem Stock in meine Richtung und sagte ärgerlich: »Nichts mache ich. Schlaf weiter!«

»Mensch, Oma, ich hab doch gesehen, wie du an dem Baum rumgeklopft hast. Was hast du gemacht?«

Sie stieß ihren Stock in den Sand, drehte sich zu mir um und sagte: »Dir kann man nicht mehr trauen, Sally. Ich kann nicht mal mehr in meinem eigenen Garten herumgehen, ohne daß eines von euch Kindern mir nachspioniert.«

»Du weißt, daß ich nicht rumspioniert habe. Ich hab nur zufällig gesehen, was du gemacht hast; das ist alles. Erzählst du's mir jetzt oder nicht?«

Sie sah, daß ich nicht kampflos aufgeben würde, daher sagte sie schnell: »Na schön, ich hab nur nachgeprüft, ob's ihnen gutgeht, das ist alles. Keine Fragen jetzt mehr, ich hab zu tun!«

»Okay«, seufzte ich und vergrub meinen Kopf wieder im Handtuch. Ich hatte ihre Antwort überhaupt nicht verstanden. Was, um alles in der Welt, hatte sie gemeint, ob es ihnen gutgeht? Ich rätselte ein paar Sekunden lang über ihre Worte und tat sie dann ab. Es gab so vieles an Oma, was ich nicht verstand.

## *11*

## Vorwärtskommen

Zu Beginn des Jahres, als ich in die sechste Klasse kam, wurde Mum ein Job als Putzfrau in unserer Schule angeboten. Die Arbeitszeit war günstig, weil sie sich mit ihren beiden anderen Teilzeitstellen vereinbaren ließ. Aber sie akzeptierte den Job nicht gleich. Zuerst rief sie uns alle zusammen und fragte uns, ob es uns etwas ausmache, wenn sie ihn annähme.

»Was, um alles in der Welt, meinst du, Mum?« fragte ich.

»Na, ich möchte den Job nicht annehmen, wenn es euch Kindern etwas ausmacht. Ich dachte, es könnte euch bedrücken, was eure Freunde dann denken.«

Ohne zu zögern, antwortete ich: »Es würde uns nichts ausmachen,

Mum, wir fänden es prima, weil wir dich dann öfter sehen.« Mum lächelte mich an. Sie wußte, wie naiv ich war, daß ich nicht mitbekam, welch ein geringes Ansehen eine Putzfrau in der Schule hatte.

Nach der Schule halfen wir, die Tafeln zu wischen, die Papierkörbe auszuleeren und die Fußböden zu fegen. Mir machten die Tafeln am meisten Spaß, vor allem, weil ich dadurch an Kreide herankam. Bevor ich sie abwischte, kritzelte ich derbe Kommentare über die Schule quer über die ganze Wand. Das gab mir ein Gefühl von großer Macht.

Seit wir mehr Geld hatten, verwöhnte uns Mum, wo immer sie konnte. Das Verwöhnen drückte sich durch unbegrenzte Mengen von Süßigkeiten und Früchten aus anstelle von neuen Kleidern, Spielzeug oder Büchern. Sie hatte es im vergangenen Jahr geschafft, uns alle zur Landwirtschaftsschau mitzunehmen, die stets von einem großen Volksfest begleitet war. Und in diesem Jahr, sagte sie, würden wir es dank ihres neuen Jobs in großem Stil machen können.

Wie im Vorjahr war unsere erste Anlaufstelle auf der Schau die Bude unseres Onkels. Er betrieb eine Spielhalle auf dem Rummel, und wir hielten sie für einen magischen Ort. Während wir auf die Automaten starrten, schwatzte Mum mit dem Onkel und diskutierte eine Belanglosigkeit nach der anderen. Sogar als er sich unter dem Vorwand entschuldigte, einen der geldfressenden Automaten reparieren zu müssen, folgte Mum ihm und verbreitete sich über das Wetter oder einen gemeinsamen Bekannten, den sie seit Jahren nicht gesehen hatte. Schließlich fischte der Onkel fünf Zehnshillingscheine heraus und forderte uns alle auf, nun mal weiterzugehen. Mum konnte sehr langweilig sein, wenn sie es für angebracht hielt.

Wir kauften Kirmestüten voller Smarties, Kirschbonbons, Kartoffelchips und Milky Ways; an den Spiel- und Lerntüten mit allem möglichen klugen Zeug darin waren wir nicht interessiert. Mum bestand darauf, einen dieser Koffer voller Kekse für Oma zu kaufen. Oma fand ihn ganz wunderbar. Sie aß alle Kekse und benutzte den Koffer dann, um Sachen aufzubewahren.

In einer unserer Tüten fanden wir ein großes Paket Marshmallows, und Mum kam auf die glänzende Idee, sie über dem Feuer zu toasten. Genau wie die Fünf Freunde. Wir waren alle furchtbar aufgeregt; wir liebten es, etwas Neues auszuprobieren. Während Mum das Feuer schürte, sammelten wir Stöcke aus dem Garten. Ich säuberte meinen

Stock so gut ich konnte, steckte dann eilig ein Marshmallow auf ein Ende und hielt ihn nahe an die Holzkohlen. Es fing sofort an zu rauchen und wurde schwarz. Alle lachten. Jill bestand darauf, es auch auszuprobieren, aber ihr passierte dasselbe. Schließlich zwängte sich Mum zwischen uns mit ihrem Stock mit rosa und weißen Tupfern, einem Marshmallow für jeden von uns.

Wir warteten geduldig. Mum wird das schon schaffen, dachten wir. Sie kann alles, was sie sich vornimmt. Sekunden vergingen. Als sie plötzlich einen Schrei ausstieß, sprangen wir alle erschrocken auf.

»Au! Verdammtes, blödes Ding!« Sie ließ ihren Stock fallen und sprang hoch; sie hielt sich die Hand. Das unterste, den Holzkohlen nächste Marshmallow, war schneller als die anderen geschmolzen und das kurze verbleibende Stück des Stockes auf ihre Hand heruntergelaufen. Die zähe süße Masse war heiß und klebrig und blieb sogar haften, als Mum versuchte, sie zu entfernen, indem sie sie von einer Hand zur anderen strich.

Wir erstickten fast. Es war ein Kompromiß zwischen Husten und Lachen. Mums Pantomime brachte uns alle furchtbar zum Lachen, und der Stock mit den übrigen Marshmallows, den sie ins Feuer hatte fallen lassen, rauchte heftig. Vorsichtig langte ich hinüber und stieß ihren Stock mit meinem aus dem Feuer. Da lag er auf dem Holzfußboden, schwarz und klebrig. Mum zog sich in die Küche zurück; sie brauchte ein Messer, um das zerlaufene Marshmallow abzukratzen.

Eine Viertelstunde später kam sie mit einem Tablett voller Tee, Toast, Marmelade und Sardinen zurück. Bald lachten und scherzten wir alle wie immer an einem Sonntagabend.

Für Oma bedeutete Mums zusätzlicher Job, daß sie mehr Arbeit im Haus hatte, aber es bedeutete auch eine Flasche Brandy zweimal jährlich und einen angemessenen Betrag für Pferdewetten. Manchmal ließ Oma uns ein Pferd aussuchen, und sie brachte auch unsere Nachbarin dazu, eine Wette für uns abzuschließen. Es gab eine Regel bei uns, wenn es um Pferderennen ging: Setz nie auf dasselbe Pferd wie Oma, denn die gewinnen nie. Bevor wir ein Pferd aussuchten, fragten wir Oma, von welchen sie angetan sei. Das verringerte das Feld beträchtlich.

Außer Pferderennen liebte Oma Lotterien. Sowohl sie als auch Mum waren überzeugt davon, daß unsere Familie eines Tages zu viel

Geld kommen würde. Das war der Traum aller armen Leute, aber wir glaubten daran. Dieser Traum nahm in meiner Vorstellung eine solche Realität an, daß ich oft dachte, ach, es macht nichts, wenn ich keine Arbeit finde, wenn ich erwachsen bin, weil wir bis dahin wahrscheinlich sowieso im Lotto gewonnen haben. Billy dachte dasselbe. Jill war die einzige von uns, die überhaupt aufs Arbeiten aus zu sein schien.

Mehr Geld bedeutete für Oma auch, daß sie ihrem Kettenrauchen richtig frönen konnte. In der Tat ging sie dazu über, so beständig zu rauchen, daß ihre Haare vorn über der Stirn ihre Farbe veränderten. Während der Rest ihrer krausen Mähne hellgrau war, wurde nun die vordere Partie nikotingelb. Als wir sie darauf hinwiesen, war sie recht beglückt. »Das ist besser als Haarefärben«, kicherte sie, als sie in den Spiegel schaute. »Wenn ich es nur hinkriegte, daß es auch nach hinten zieht.«

Für uns waren Omas Zigaretten so etwas wie eine Erweiterung ihres Körpers. Sie hatte es bis zu der Fertigkeit gebracht, gleichzeitig zu reden und zu rauchen. Was immer Oma tat, die Zigarette blieb in ihrem Mundwinkel, als sei sie angewachsen. Und sie hatte die längste Asche in der ganzen Nachbarschaft. Ich wartete immer gespannt darauf, daß sie herunterfiel. Ich war mir sicher, daß sie nach einem weiteren Zug abfallen und ein Loch mehr in Omas Strickjacke brennen würde. Vier Züge später war sie aber immer noch da. Während das Rauchen und der Husten, den sie dadurch entwickelte, nun ein integraler Bestandteil ihrer Persönlichkeit waren, gab es zwei wichtige Gelegenheiten, bei denen sie nicht rauchte.

Die erste war abends im Bett. Lange Zeit war es eines ihrer größten Vergnügen gewesen, abends im Bett zu liegen und ein paar geruhsame Züge zu genießen. Eines Abends setzte sie jedoch ihre Matratze in Brand, und Mum, die den Rauch sah, kam hereingeeilt und kippte einen Kessel Wasser über ihr aus. Oma haßte es, naß zu werden, und so gab sie ihren abendlichen Glimmstengel auf.

Die andere Gelegenheit war im Sommer, wenn der trockene Busch, der den Sumpf umgab, sich in einem wütenden Buschfeuer entzündete. Oma rauchte nie, solange das Feuer noch brannte. Sie fand, daß es zur Hitze beitrüge. Buschfeuer waren damals eine reale Bedrohung für unser Haus. Wenn dicke, schwarze Rauchschwaden unsere Nachbarschaft einhüllten, klopften die Feuerwehrmänner an jedes Haus mit der

Nachricht: »Hören Sie, gute Frau, wenn der Wind nicht bald dreht, müssen Sie das Haus räumen.«

Oma reagierte immer gleich: »Wir gehen nicht fort! Dies ist das einzige Zuhause, das wir haben.« Wenn die Männer versuchten, sie zu überzeugen, zeigte sie auf den Gartenschlauch und sagte: »Ihr seid nicht die einzigen, die Wasser haben, wißt ihr.« Normalerweise versuchten sie dann, Oma zu erklären, wie leicht die Flammen von Dach zu Dach übergreifen können. Oma konterte, indem sie sie in den Garten führte, um ihnen zu zeigen, wie viele Schläuche sie hatte. Aber die sechs strategisch plazierten Schläuche bedeuteten den Feuerwehrmännern wenig. »Hören Sie, gute Frau«, wandten sie ein, »wenn der Wind nicht dreht, ist das Feuer bald bei Ihren Nachbarn und dann bei Ihnen, und Sie gehen in Flammen auf. Sie haben fünf Kinder hier, kann die nicht jemand für heute zu sich nehmen?«

»Wir haben niemand«, antwortete Oma mürrisch. »Außerdem sind sie in Ordnung, ich hab sie naßgespritzt.« Das stimmte, wir waren klatschnaß. Bei einem Anflug von Feuer im Sumpf stellte Oma uns der Reihe nach auf und spritzte uns mit dem Schlauch ab. Dann kamen die Hühner, Katzen, Hunde und Wellensittiche an die Reihe.

Mum fand Omas Vorsichtsmaßnahmen manchmal etwas verfrüht. »Gott, Oma, hast du sie jetzt schon naß gemacht?« beklagte sie sich. »Es hat noch nicht mal jemand die Feuerwehr gerufen!« Oma kniff die Augen zusammen und schaute Mum verständnislos angesichts solcher Dummheit an. Wenn Mum sich dann umdrehte, um ins Haus zu gehen, bespritzte Oma sie mit dem Schlauch.

Oma legte einen großen Vorrat Männertaschentücher an für den Fall eines Feuers. Sie machte sie naß und klebte sie uns auf Kopf und Gesicht. Wir konnten dann leichter atmen, wenn die Asche herunterregnete. Zu unserem Glück drehte der Wind immer, und irgendwie überlebten wir die Hitze, die Asche und die Rauchschwaden. Erst wenn das Feuer im Sumpf völlig erloschen war, entspannte sich Oma und zündete sich wieder eine Zigarette an.

Das sechste Schuljahr in der Grundschule war nicht schlecht für mich. Jill und ich wurden oft aus dem normalen Unterricht herausgeholt, um beim Malen und Entwerfen von besonderen Dingen für die Schule zu helfen. Außerdem mochte ich meinen Lehrer. Er war streng, aber sehr freundlich, und er kam gut mit Mum aus. Er hatte sich als Kind die Nase gebrochen, daher sah er etwas ungewöhnlich aus. Ich war beeindruckt, wie er über seine Nase scherzte und sich nie über deren merkwürdige Form zu sorgen schien. Er wies immer diejenigen in unserer Klasse, die zu Unfällen neigten, darauf hin, wie sie enden würden, wenn sie nicht aufhörten, Dummheiten zu machen.

In diesem Jahr wurde ich ganz unerwartet Vorsitzende des Rot-Kreuz-Clubs. Teil meiner Aufgabe war es, jüngere Kinder über Fragen der Verkehrssicherheit zu unterrichten. Es gab auch einen schriftlichen Test, den sie in ihrer Mittagspause ausfüllten. Wenn sie den Test bestanden, durfte ich sie mit einer ›Sicherheit geht vor‹-Urkunde belohnen. Jill nahm an dem Test teil und rannte weinend zu Mum, weil ich sie hatte durchfallen lassen. Es durften nur zwei Fehler passieren, und sie hatte untypischerweise drei gemacht. Mum war wütend. Sie war der Meinung, daß ich Jill hätte bestehen lassen sollen, einfach weil wir verwandt waren. Jill nahm am folgenden Test teil und bestand ihn. Ich atmete erleichtert auf. Ich war mir nicht sicher, wie lange ich Mums ›Blut ist dicker als Wasser‹-Gerede hätte widerstehen können.

In diesem Jahr wurde in der Schule eine Sicherheitswoche veranstaltet, und einige Parlamentsabgeordnete wurden dazu eingeladen. Als Vorsitzende des Rot-Kreuz-Clubs wurde mir die Ehre zuteil, sie durch eine Ausstellung in unserer Klasse zu führen. Am Freitag, kurz bevor es klingelte und wir nach Hause gehen durften, mahnte uns unser Lehrer noch einmal, am Wochenende vorsichtig zu sein und keine Unfälle zu bauen. Unglücklicherweise neigte unsere Klasse zu Unfällen. Es gab eine kleine Kerngruppe von Kindern, die immer den Bus zum Schwimmen verpaßten, ihre Knie auf dem Spielplatz aufschlugen oder ihre Finger in Schiebetüren quetschten. Wir schauten einander schuldbewußt an; alle fragten sich, wer diesmal die Sache vermasseln würde.

Ich war besonders vorsichtig am Wochenende, aber am Sonntag neckte Billy mich einmal zu oft. Ich beschloß, ihm eine Lektion zu erteilen. Wir rannten mehrmals ums Haus herum, Bills brüllendes Gelächter ging langsam in angstvolles Schreien über, als ich aufholte. Als wir zum vierten Mal um die Hausecke rannten, entschied Bill, daß er Mums Schutz brauchte. Er sprang auf die vordere Veranda, riß die Tür auf und schoß hinein; dabei schlug er mir die Tür vor der Nase zu. Ich rannte so schnell, daß ich nicht mehr stoppen konnte. Zu allem Unglück war die ganze Tür, bis auf den Holzrahmen, aus dickem, undurchsichtigen Glas. Ich prallte mit voller Wucht dagegen, krachte hindurch und landete mit einem dumpfen Aufschlag an der gegenüberliegenden Wand. Ich schrie, als ich auf meinen Arm hinunterschaute. Ein großes Stück Haut fehlte, und eine lange, pulsierende, blaue Ader trat hervor.

Mum kam herbeigerannt. Sie warf einen Blick auf die Unzahl kleiner Schnitte, die über meinen ganzen Körper verteilt waren, richtete ihren Blick dann auf die klaffende Wunde in meinem Arm und kreischte: »O Gott!« Sie wickelte ein Handtuch um den Arm und fuhr mich direkt ins Hollywood-Krankenhaus. Das heißt, so direkt sie konnte in ihrem Zustand; die Schockwirkung setzte ein. Als wir dort ankamen, legten sie uns beide auf eine Trage, und während sie mich nähten, erholte sich Mum. Eine Tasse Tee und zwei Butterkekse, und sie war wieder auf den Beinen.

Am Montag erschien ich mit dem Arm in einer großen, weißen Schlinge, ein paar Wundnähten und einem schlechten Gewissen in der Schule. Mein Lehrer schaute mich verächtlich an. Ich leitete den Rundgang durch die Sicherheitsausstellung trotzdem und versuchte, beim Gehen diskret den verletzten Teil meines Körpers von den Very Important Guests wegzudrehen. Ich glaube, sie fanden meine Bemühungen amüsant.

Für die Guy-Fawkes-Nacht in diesem Jahr hatten wir einen riesigen Vorrat an Feuerwerk in der Waschküche angelegt, von daher paßte es nur zu gut, daß wir auch ein besonders großes Freudenfeuer bauten. Wir brauchten den ganzen Tag. Wir sammelten alles Brennbare und warfen es auf einen großen Haufen in unserem Garten. Wir durchsuchten sogar den Sumpf nach trockenem Holz. Mum war sehr beeindruckt von unseren Anstrengungen, deshalb überließen wir ihr Ehre, es anzuzünden. Mit großer Feierlichkeit entzündete sie eine ganze Seite aufgerolltes Zeitungspapier, das sie dann fest in unseren riesigen Haufen stopfte. Anstatt mit dem üblichen plötzlichen Wumm belohnt zu werden, wenn das Feuer aufflammte, hörten wir nur ein leises, zischendes Geräusch. Sogar das Feuer an Mums Zeitung ging aus.

Und schon fingen wir alle an, uns zu beschweren und zu streiten, was wir falsch gemacht hatten. Schließlich sagte Mum, wir sollten still sein, und untersuchte unser Werk sehr genau. »Oma!« knurrte sie in unheilverkündendem Ton, während sie sich umdrehte. »Was hast du gemacht?«

Wir wandten uns alle zu Oma um. Wie üblich stand sie mit ihrem treuen Gartenschlauch in der Nähe. Sie kicherte schuldbewußt und wedelte mit dem Schlauch in unsere Richtung. Das brachte das Faß zum Überlaufen für Mum. »Wie konntest du das Freudenfeuer der Kinder wässern, nachdem sie den ganzen Tag daran gearbeitet haben? Eines kannst du mir glauben, ich werde dir nie mehr einen Schlauch kaufen, solange du lebst!«

Oma spritzte trotzig noch ein bißchen Wasser auf den Haufen. »Du hast keine Ahnung, Glad. Du weißt, wie schlimm die Feuer im letzten Sommer waren.«

»Was?« japste Mum erstaunt. »Du meinst die verdammten Buschfeuer? Das ist mehr als acht Monate her. Was hat das mit dem Feuer der Kinder zu tun?«

Während sie weiterstritten, seufzte ich und ließ mich ins Gras fallen. Ich weiß nicht, warum Mum überhaupt versuchte, vernünftig mit ihr zu reden. Nach Jahren des Zusammenlebens mit Oma hätte sie wissen müssen, daß es nicht wirklich eine Verbindung zwischen zwei Naturereignissen geben mußte, damit Oma es für nötig hielt, uns vor einer möglichen Gefahr zu beschützen. Der Abend wurde ein richtiger Hänger.

An diesem Weihnachten bekam Mum von ihrer alten Freundin Lois einen Hund geschenkt. Es war ein kleiner, reinrassiger Terrier. Als Bill zuerst hörte, daß wir noch einen Hund bekamen, wollte er ihn gern für sich haben. Er hatte Hunde immer gemocht und sehnte sich nach einem, der nur ihm allein gehörte. Er hatte die Nase voll von Familientieren. Als er jedoch den Hund sah, änderte er seine Meinung. Welcher selbstbewußte Achtjährige wurde auch schon gern mit einem Hund dieser Größe gesehen, der gerade mal seine Fersen ankläffte.

Aber Jill mochte unseren neuen Hund, und ihre Zuneigung beruhte auf Gegenseitigkeit. Tiger, wie sie ihn nannte, reagierte bald nur noch auf sie. Tiger kläffte jeden Morgen wütend von unserer Fensterbank herunter alles an, was sich bewegte. Ich beschwerte mich eines Morgens bei Mum, daß Jill ihn nie herausließ. Das war kein gesundes Leben für einen Hund. Mum sagte, sie habe Angst, daß er überfahren würde oder jemanden beißen könnte. Ich brüllte vor Lachen.

Aber aufgrund meiner Beschwerden und der Tatsache, daß Tiger seine Zeit im Haus damit verbrachte, herumzurasen und alles zu zerstören, was ihm in die Fänge kam, ließ Mum sich überreden. Tiger wurde seine Freiheit zugestanden, die er dazu benutzte, die Nachbarskatze anzugreifen. Als Mum es endlich schaffte, ihn einzufangen, war sie fix und fertig. Ich wurde mit Nichtachtung gestraft.

Wir waren wirklich erleichtert, daß Pinkel nicht bissig war. Er war zu einem großen, schönen Hund herangewachsen und hätte tatsächlich jemanden ernsthaft verletzen können, wenn es seiner Natur entsprochen hätte. Ohne irgendeine Aufforderung unsererseits hatte er sich viele hilfreiche Dinge ums Haus herum angewöhnt wie die Zeitung hereinzutragen und ganz allgemein das Haus in Ordnung zu bringen. Er teilte Bett und Napf mit unserer schwarzweißen Katze und hatte nie Ärger gehabt in seinem Leben: bis jetzt.

Tiger entschloß sich, seine Freiheit zu genießen, also stürmte er, sobald Mum früh am Morgen die Haustür öffnete, flink zwischen ihren Beinen hindurch und raste zum Sportplatz gegenüber. Dort traf er eine große Gruppe von Hunden aus der Nachbarschaft, die immer zusammen ihren Morgenspaziergang machten, und Tiger liebte es, hinter jedem herzusausen und seine scharfen kleinen Fänge in ihre Hinterbeine zu hauen.

Innerhalb von Minuten war die Meute fuchsteufelswild, und Mum schickte den treuen alten Pinkel zu seiner Rettung. Er erbellte sich seine Autorität über die Meute, packte dann Tiger am Genick und trug ihn nach Hause. Es war eine wunderbare Partnerschaft, aber ihr war ein frühes Ende bestimmt.

Eines Nachmittags überbrachte Mum Jill die traurige Nachricht, daß Tiger verschieden war. Jill nahm natürlich an, daß einer der größeren Hunde der Meute zuletzt doch Rache genommen hatte. Mum konnte sich ein Lachen kaum verbeißen, als sie erzählte, wie Tiger versucht hatte, ganz allein den Bus Nummer 37 anzugreifen. Es war ein Ende, das zu ihm paßte.

Mit all den zusätzlichen Jobs, die Mum auftat, floß das Geld richtig. Zumindest schien es uns so. Erstmal hatten wir eine unverhältnismäßige Menge zu essen, besonders im Winter. Wir kamen von der Schule zurück, naß bis auf die Haut, warfen unsere Taschen in die Diele und liefen dann direkt zum Holzofen in der Küche, wo wir unsere stinkenden Schuhe und Socken zum Trocknen an die offene Ofentür stellten. Ich schaffte es immer, mich am dichtesten ans Feuer zu drängen, und wenn Oma nicht hinschaute, steckte ich meine nackten Füße in den Ofen, eine Methode, die unweigerlich zu Frostbeulen führte.

»Eßt! Eßt!« kommandierte Oma, während sie riesige Stücke von Marmeladenkuchen und Fruchtpasteten vor uns auftischte. »Ihr Kinder müßt essen. Ich weiß, wie Hunger sich anfühlt, er ist furchtbar.«

Wir dachten nie viel darüber nach, warum Oma ständig vom Essen redete, und noch viel weniger überlegten wir, ob sie harte Zeiten gekannt haben mochte. Wir hatten keine Vorstellung davon, was es bedeutete, einen richtig leeren Magen zu haben. Sogar als Dad noch lebte, war immer irgend etwas da, um unseren Magen zu füllen. Oma hatte oft Kaninchen gekocht, und sie konnte gutes Brot backen. Jetzt hatten wir reichlich Essen, und Oma verbreitete den Eindruck, daß es nicht normal war, wenn man eine Zeitlang ohne Essen blieb. Während sie das Richtige zu tun glaubte, wenn sie versuchte, so viele Mahlzeiten wie möglich am Tag unterzubringen, führte das zu Eßgewohnheiten im späteren Leben, die nur schwer zu durchbrechen waren.

Wir lernten nicht nur viel, sondern auch schnell zu essen. Es war eine Frage der Berechnung. Dem Kind, das sein Abendessen zuletzt beendete, wurde oft ein Teil des Nachtischs geklaut, oder es verpaßte eine zusätzliche Backkartoffel, die im Ofen bräunte. Unsere Unterhaltungen waren völlig ungeregelt. Wenn wir sprachen, sprachen wir alle auf einmal, und wer die lauteste Stimme hatte oder die lustigste Geschichte, beherrschte den Tisch, auch wenn sein oder ihr Mund voll von Kartoffeln war.

Wir liebten nichts mehr, als uns an kalten Nachmittagen um den Holzofen zu setzen und Geschichten zu erzählen. Ein offenes Feuer war immer das Zentrum unserer Familienversammlungen. Wenn es nicht drinnen war, war es draußen im Garten. Und wenn es nicht der

Holzofen in der Küche war, war es der gemauerte offene Kamin im Wohnzimmer. Ein offenes Feuer hatte etwas an sich, das uns alle zusammenbrachte. Bei einem offenen Feuer fühlten wir uns sicher.

Unzählige Male, nachdem Oma mich früh geweckt hatte, um mir etwas im Garten zu zeigen, sagte sie: »Komm rein, wir zünden das Feuer an.« Ich knüllte Zeitungspapier zusammen, Oma schob das Anzündholz darüber und reichte mir dann die Streichhölzer. Ich zündete sie genauso an, wie sie es mir gezeigt hatte, indem ich das Streichholz von mir weg strich. Manchmal, wenn das Holz jung oder ein bißchen feucht war, halfen wir mit einem Spritzer Kerosin nach.

Wenn das Feuer brannte, reichte Oma mir die Toastgabel. Sie war aus zwei Stücken Draht zusammengedreht. Sie hatte drei lange Zacken und einen langen Griff mit einer Schlaufe am Ende, um sie an einen Nagel neben dem Ofen zu hängen. Der Nagel war vor zwei Jahren herausgefallen und nie ersetzt worden, daher ließen wir sie meistens auf dem Kamin herumliegen. Ich hielt sie für die Mistgabel des Teufels. Ich spießte eine Scheibe Weißbrot auf die Zacken und hielt sie in die Flammen. Wenn eine Seite angebräunt war, drehte ich sie schnell um und röstete die andere Seite. Eigentlich war es kein richtiger Toast, weil das Brot in der Mitte weich blieb, aber an einem kalten Morgen war es genausogut. Es war heiß, wurde mit schmelzender Butter und einer Unmenge Marmelade bestrichen und wärmte bald den leeren Magen. Wenn das Wasser im Kessel kochte, hatten wir schon mindestens sechs Scheiben gegessen.

Ziemlich bald kamen meine vier Geschwister herein und fragten nach ihrem Frühstück. »Was gibt's zum Frühstück?« nuschelte Jill, als sie mich den letzten süßen, klebrigen Tee aus meinem Becher herunterschlucken sah. »Nehme an, du hast den ganzen Toast aufgegessen.«

»Mach jetzt, Sally«, murmelte Oma. »Du ziehst dich für die Schule an und läßt Jill den Toast rösten.« Ich verließ immer nur widerwillig die Wärme des Feuers. Ich erhob mich langsam von dem kleinen, weißen Hocker und überließ Jill meinen Platz. Ich wußte, daß sie es haßte, Toast zu rösten, daher nahm ich mir Zeit. Sie war mir ein Rätsel; sie mochte es auch nicht, Hühner auszunehmen oder Holz zu hacken, und sie brachte es fertig, ihre Kleider sauber und ordentlich zu halten. Sie hatte einen angeborenen Ordnungssinn.

## 12

# Triumph und Fehlschlag

Die siebte Klasse war eine Mischung aus Erfolgen und Fehlschlägen. In diesem Jahr fing auch mein Bruder David mit der Schule an. David war ein ruhiger, freundlicher Junge mit viel Phantasie. Zu seinem Unglück halste ihm die Schule eine mittelalte Jungfer als Lehrerin auf. Sie war streng und unnachgiebig. David ließ sich leicht aus dem Gleichgewicht bringen, besonders wenn er sich bemühte, etwas richtig zu machen. Folglich geriet er ständig in die Bredouille wegen Kleinigkeiten wie verlorener Radiergummis, Bücher, Zeichnungen und Bleistifte. Das war natürlich nicht allein seine Schuld; unser Haus war so unorganisiert, daß es zum Problem werden konnte, sogar größere Gegenstände zu finden, geschweige denn die kleinen Dinge, die er in seiner Schultasche haben sollte.

Das bei weitem größte Trauma, das David erfuhr, war der periodisch auftretende Verlust seines schwarzen Schreibstifts. Er schien den größten Teil seines ersten Schuljahres damit zu verbringen, deswegen zu weinen, und alle zu Hause wußten, wenn er in Tränen ausbrach, daß die ersten Worte aus seinem zitternden Mund lauteten: »Mein schwarzer Schreibstift!«

Mum war empört über die rigide Haltung, die seine Lehrerin ihm gegenüber offenbar einnahm. Sie kaufte David zwei zusätzliche Reservestifte. David lebte jedoch in diesem Entwicklungsstadium mehr in seiner Phantasie als in der Realität. Er war so verträumt, daß er auch von den beiden anderen Stiften bald jede Spur verlor. Ich hatte bald keinen Überblick mehr darüber, wie oft er vom einen Ende des Schulgeländes zum anderen gelaufen kam, wo Jill und ich ihn wegen des neuesten Desasters trösten mußten. Es ging unweigerlich um den gefürchteten schwarzen Schreibstift.

In diesem Jahr, dem letzten in der Grundschule, entwickelte ich eine Allergie gegen Kreide. Bei einem meiner vielen Arztbesuche hatte

Mum naiv nachgefragt: »Glauben Sie, es könnte die Kreide sein, Herr Doktor? Sie scheint jedesmal einen Heuschnupfenanfall zu bekommen, wenn sie sich der Tafel nähert.«

Mum hatte sehr zu meinem Erstaunen immer noch nicht mitbekommen, daß ich allergisch gegen die Schule war, nicht gegen Kreide. Zu meiner noch größeren Belustigung redete der Arzt sich heraus. Er war für unseren Hausarzt eingesprungen, und dies war sein erstes Jahr außerhalb des Krankenhauses. Von so einer Allergie hatte er noch nie gehört, aber andererseits war alles möglich.

Die Kreideallergie stellte sich als eine wunderbare Vergünstigung heraus. Ich hielt mich nicht mehr lange beim Frühstück auf oder schlurfte widerwillig über den Fußweg, wenn es Zeit für die Schule war. Statt dessen ging ich fröhlich davon in dem sicheren Wissen, daß ich bereits am späten Vormittag wieder auf dem Heimweg sein würde. Meistens gelang es mir, die Schule gerade dann zu verlassen und an der Manning Road zu stehen, wenn Mum in ihrem alten Vanguard von ihrer frühmorgendlichen Runde in der Arztpraxis, ihrem neuesten Putzjob, zurückkam. War ich mal zu spät, parkte sie den Wagen an der Ecke und wartete auf mich.

Zu Beginn des dritten Trimesters erhielt ich einige Anerkennung, als ich mit dem begehrten Dick-Cleaver-Preis für Staatsbürger ausgezeichnet wurde. Die ganze Schule stimmte ab, und irgendwie gewann ich. Ich fragte mich, wen Jill bestochen hatte. Sie übte in den unteren Klassen einigen Einfluß aus. Mein Preis war, daß ich mir ein Buch in einer Buchhandlung aussuchen durfte. Als unser Direktor, Mr. Buddee, mich fragte, was ich im Sinn hätte, antwortete ich ohne zu zögern: »Ein Märchenbuch, bitte.« Er war wohl eher bestürzt, denn er meinte, ich solle noch einmal ein paar Tage darüber nachdenken. Ich blieb bei meiner Wahl, obwohl mein Klassenlehrer versuchte, mir etwas Angemesseneres einzureden. Meine Klassenkameraden fanden mich auch verrückt; sie verstanden es nicht. Aber ich wußte für mich, daß Märchen der Stoff waren, aus dem die Träume sind. Und ich liebte Träume.

Eines Morgens kündigte Mr. Buddee der Schulversammlung an, daß unsere Jahresabschlußfeier die größte sein würde, die wir je hatten. Wir waren alle aufgeregt, besonders als wir hörten, daß Theater, Tanz-

und Gesangsdarbietungen geplant waren ebenso wie Ausstellungen unserer Arbeiten. Der Schuldirektor war ein sehr künstlerischer Mann. Unter seiner Leitung hatten die Eltern zunehmend größere und glänzendere Vorführungen der Kinder und ihrer Arbeiten zu sehen und zu hören bekommen.

Ich war davon überzeugt, daß ich für nichts ausgewählt werden würde, weil ich unfähig war, meine Gliedmaßen zu koordinieren. Dabei wollte ich unbedingt an einer der Tanzdarbietungen teilnehmen. Daher kannte meine Freude keine Grenzen, als mein Lehrer mir mitteilte, daß ich sowohl beim »Tanz der schwarzen Schwäne« als auch beim Maitanz dabei wäre. Auch Jill war sehr aufgeregt, denn sie war für den »Tanz der Blätter« ausgesucht worden.

Scheinbar im Handumdrehen stand der große Abend vor der Tür. Zum Klang zweier Pianolas rauschten dreißig Paar schwarz angemalter Schwanenfüße über den Schulhof. Wir hielten die Köpfe steif, und unsere Arme und Beine schwebten im Gleichklang. Wir glitten wie Schwäne über einen See. Eine Gruppe bewundernder Mütter und Väter, die alle glaubten, die eigene Tochter wäre eine angehende Margot Fonteyn, schauten stolz zu. Das heißt, alle außer Mum. Sie gab sich vielen Illusionen hin, aber zu meinem Glück war diese nicht darunter.

Den Klang des Beifalls für den Schwanentanz noch im Ohr, wartete ich mit angehaltenem Atem darauf, nun den Maitanz zu beginnen. Mein übermäßiges Selbstbewußtsein sollte mein Verderben sein. Mitten in der zweiten Runde um den Maibaum bemerkte ich plötzlich, daß mein rotes Band an den anderen Mädchen zerrte und daß das Mädchen, das normalerweise vor mir war, nun zwei Reihen hinter mir tanzte. Ich verstand nicht, was passiert war. Hatte ich nicht anmutig und zart ein kompliziertes Muster gewebt? Ich schaute hoch und mußte zu meinem Entsetzen feststellen, daß ich in der Tat ein kompliziertes Muster gewebt hatte, so kompliziert, daß niemand ihm folgen konnte. Das gedämpfte Flüstern aus dem Publikum drückte nicht Bewunderung, sondern Verlegenheit aus.

Ich ließ mein krampfhaft gehaltenes rotes Band fallen, drängte mich durch die anderen Mädchen und floh. Ich konnte die Musik noch spielen hören, als ich mich beschämt in einem der dunklen Klassenräume versteckte. Ich hockte mich hin und machte mich so klein ich nur konnte. Ich betete, daß die Erde sich öffnen und mich verschlingen möge, so daß ich meinen Klassenkameradinnen und -kameraden nicht gegenübertreten müßte. Die Musik endete schließlich, und während ich mich gegen die harte Außenwand des Klassenraumes drückte, hörte ich Mrs. Oldfield, unsere Tanzlehrerin, vorbeidonnern und grollen: »Wo ist dieses Mädchen?« Ich war starr vor Schreck. Mrs. Oldfield war eine sehr kräftige Frau, sogar die Jungen in der Schule hatten Angst vor ihr. Wenn wir die Wahl hatten zwischen dem Rohrstock und Mrs. Oldfield, wählten wir immer den Rohrstock. Da gab es kein Vertun.

Nach ungefähr einer halben Stunde voller Schrecken in meinem Versteck fand mich Mum. »Sei nicht albern, Sally«, schimpfte sie, als sie auf meine zusammengesackte Gestalt herunterschaute. Nachdem sie mich ins Auto verfrachtet hatte, fuhren wir schweigend nach Hause. Jill hielt sich die Seite und starrte die ganze Zeit aus dem Fenster. Mum hatte ihr verboten zu lachen.

Während dieses letzten Jahres an der Grundschule bemerkte ich, daß Oma immer verschwand, wenn wir nach der Schule Freundinnen zum Spielen mit nach Hause brachten.

»Wie kommt es, daß Oma sich immer aus dem Staub macht, wenn unsere Freundinnen hier sind?« fragte ich Jill eines Tages.

»Weiß nicht.«

»Wieso fängt sie jetzt damit an, das hat sie doch früher nicht gemacht, oder?«

»Sie macht das seit Jahren.«

»Hab ich nie mitgekriegt.«

»Du kriegst sowieso nie was mit!«

Später am Tag stellte ich Mum dieselbe Frage, und sie führte es auf Omas Alter zurück. Das war nichts Neues für mich; in meinen Augen war Oma immer alt gewesen. Ich konnte mir allerdings nicht vorstellen, daß sie tatsächlich älter wurde. Sie war diese Art Mensch, die immer beim gleichen Alter stehenblieb.

Eines Tages ging ich mit einer meiner Freundinnen in die Küche, als Oma dort war und sich einen Tee kochte.

Sie war wütend auf mich. Nachdem meine Freundin gegangen war, sagte sie: »Du sollst doch keine Leute mit reinbringen, Sally. Du hast keinerlei Schamgefühl. Wir wollen nicht, daß sie sehen, wie wir leben.«

»Warum nicht?«

»Die Leute reden, weißt du, und wir wollen nicht, daß über uns geredet wird. Man weiß nie, was die alles sagen können!«

»Na gut, Oma«, stimmte ich zu. Es kam nicht oft vor, daß ich Freundinnen von der Schule mitbrachte; ich freundete mich nicht mit vielen an.

Am Ende des Jahres wurde mit unserer Klasse eine Reihe von Intelligenztests gemacht. Es hieß, sie seien ein sicherer Weg, unsere Intelligenz zu messen. Die Tests würden zeigen, auf welchen Zweig der High-School wir im folgenden Jahr geschickt würden. Es gab nur zwei Zweige: den Gymnasialzweig, der im allgemeinen mindestens zwei Kurse Mathematik und einen Naturwissenschaft beinhaltete und auf den Eintritt in die Universität oder andere Colleges der höheren Schulbildung vorbereitete, und den Handelszweig, was bedeutete, Stenographie und Schreibmaschine zu lernen und mit fünfzehn die Schule zu verlassen. Auf der Grundlage der Tests wurde empfohlen, daß ich den Handelszweig besuchen sollte.

Mr. Buddee interessierte sich persönlich für meinen Fall. Er konnte nicht verstehen, wie ich so gut in der Schule sein konnte, trotz all meiner Krankheiten, und so schlecht bei den Intelligenztests abschnitt. Eines Morgens bat er Mum zu einem Gespräch zu sich und erklärte ihr seine Bedenken, mich auf den Handelszweig zu schicken. Als ich in sein Büro gerufen wurde, saß Mum mit einem verblüfften Gesichtsausdruck neben Mr. Buddee. Sie hatte nie zuvor von Intelligenztests gehört, und ich glaube, sie befürchtete, man habe festgestellt, daß ich geistig zurückgeblieben sei. Vielleicht dachte sie auch, das könne einiges von meinem früheren Verhalten erklären.

Mr. Buddee fragte mich, ob ich am Tag der Tests krank gewesen sei; und auch, ob es irgend etwas gäbe, was ich dazu sagen wolle. Ich kam mir unglaublich dumm vor. Ich wollte meine Gefühle ausdrükken, aber immer wenn mich jemand direkt was fragte, bekam ich kein Wort mehr heraus.

Uns war ein Test nach dem anderen vorgelegt worden. Es gab Seiten mit komplizierten Zeichnungen und zahllosen Fragen über

Bauern und ihre Produkte. Es dauerte nicht lange, bis ich Bauer Jones und seine drei Söhne mit ihren zwei Scheffeln Weizen, fünf Säcken Navel-Orangen und drei Tonnen Granny Smiths für Schwachköpfe hielt. Wenn ich nicht gerade tagträumte, kreuzte ich einfach jede Multiple-Choice-Frage gleichzeitig bei a, b und c an.

Am Abend drängte ich Mum, mir zu erzählen, was Mr. Buddee gesagt hatte. Zuerst weigerte sie sich, aber nach einigem Drängen erklärte sie mir schließlich, was es damit auf sich hatte. Ich war schwer beleidigt, daß ich von einem albernen, langweiligen Test als dumm abgestempelt wurde. Gleichzeitig freute ich mich jedoch über die Aussicht, die Schule schon mit fünfzehn verlassen zu können. Für Mum kam das überhaupt nicht in Frage. Sie war entschlossen, mich unter allen Umständen auf die Universität zu schicken.

»Aber Mum, der einzige Ort, wo ich studieren möchte, ist die berühmte Kunstschule in Paris. Wenn ich das nicht kann, ist mir egal, was ich mache.« Mum war entsetzt. Sie protestierte und schimpfte, sie habe nun mal keinen Goldesel im Stall. »Würdest du deine Familie denn gar nicht vermissen?« fügte sie als Nachgedanken hinzu.

»Nee«, gab ich zurück, »ich wär zu beschäftigt mit Malen.«

Arme Mum. Sie hatte ein Herz so weich wie ein Schwamm und den biegsamsten Willen in der Nachbarschaft. Ich hatte sie jahrelang an der Nase herumgeführt. Sie hatte Besseres verdient.

*13*

# Heranwachsen

In der Schule waren wir wieder und wieder vor Fremden gewarnt worden. Fast jedes Jahr hatte uns die Polizei besucht, um Vorträge zu halten und Filme zu zeigen. Und Mum hatte uns immer wieder eingeschärft, uns nicht von Fremden einladen oder sogar mitnehmen zu lassen, besonders wenn sie uns Süßigkeiten anboten. Wovor uns nie jemand warnte, waren unsere Freunde und Verwandten.

Die Sommerferien nach meinem letzten Grundschuljahr verbrachten wir bei älteren Freunden von Dad. Wir nannten sie Onkel und Tantchen. Tantchen war eine nette, weißhaarige Oma mit einer Brille, die im Dunkeln schimmerte. Der Onkel war nicht so nett. Ich konnte ihn vom ersten Augenblick an nicht leiden. Er war klein, hatte gewelltes Haar, eine Nase in der Form einer roten Bete und ein gerötetes Gesicht. Er war ein Säufer und sehr freundlich zu Jill und mir; er tätschelte uns oft den Kopf oder die Schultern.

Eines Tages erzählte er uns von wunderschönem Schmuck, den er im Geräteschuppen aufbewahrte, der versteckt zwischen hohen Bäumen am hinteren Ende des Gartens lag. Es handelte sich um ein Silberkettchen und ein Armband mit blauen, emaillierten Vögeln. Solcher Schmuck war damals der letzte Schrei, daher gingen wir gern mit ihm in den Geräteschuppen. Wie versprochen, zeigte er uns seinen Schatz, packte ihn aber dann auf ein Regal, das zu hoch für uns war, um daran zu reichen.

Ich zerrte an Jills Arm. »Los, laß uns gehen«, flüsterte ich. Es war offensichtlich, daß wir nichts aus ihm herausholen konnten. Jill bewegte sich nicht. Ihre Augen hingen an dem Regal, auf dem er den Schmuck versteckt hatte.

»Geht noch nicht, Mädels«, überredete er uns. »Ich kann euch noch mehr zeigen.«

»Hör doch«, sagte ich eindringlich. »Ich kann hören, wie Mum uns zum Mittagessen ruft.« Ich griff Jills Arm, und wir rasten beide aus dem Schuppen und zurück zum Haus. Ich mochte es nicht, wie er uns anschaute.

Aber er war hartnäckig. Er gewöhnte sich an, Jill und mir hinterherzulaufen, sobald Mum nicht in der Nähe war. Eines Tages redete er auf uns ein und überzeugte uns davon, daß er uns tatsächlich den Schmuck geben würde, wenn wir mit ihm in seinen Schuppen gingen. Als wir dort waren, kletterte er auf die Bank und holte die Kette und das Armband herunter. Er zeigte sie uns noch einmal, aber anstatt sie uns wie versprochen zu schenken, packte er sie schnell in seinen Werkzeugkasten, klappte den Deckel zu und setzte sich darauf.

»Du hast gesagt, du würdest sie uns geben«, sagte ich argwöhnisch.

»Alles zu seiner Zeit«, lächelte er, »alles zu seiner Zeit.« Die Zähne und Finger unseres Onkels hatten sich aufgrund lebenslangen Rauchens verfärbt. Seine Zähne waren von der gleichen Farbe wie die kleinen, bräunlichen Kiesel, die wir an Omas Haus ausgegraben hatten. Seine Finger waren so fleckig, daß sie mich an Grillwürstchen erinnerten. Er begann leise auf uns einzureden, was für nette Mädchen wir doch seien. Ich wurde sehr nervös.

»Jill, ich glaube, wir sollten jetzt gehen«, sagte ich, während ich sie allmählich zur Tür schob. In diesem Augenblick hörten wir Billy aus einem anderen Teil des Gartens rufen: »Ji-ill, Ji-ill, komm und such mich! Ich hab mich versteckt!« Jill und Billy waren dicke Freunde. Sie rannte sofort davon und vergaß den Schmuck völlig.

Ich wollte ihr folgen, aber der Onkel packte meinen Arm. »Du bleibst bei mir«, sagte er. »Du kannst die Kette haben. Vielleicht gebe ich dir auch noch das Armband.« Ich ging rückwärts an die Wand. Er kam näher und versuchte, seine Hand in meine Hose zu stecken. Ich schubste ihn weg, er fiel hin und landete auf seinem Werkzeugkasten. Geschieht ihm recht, dachte ich. Ich stürzte davon. Danach kam er nie wieder auch nur in meine Reichweite. Ich warnte Jill, nie mehr mit ihm in den Schuppen zu gehen.

Ich hatte Angst um sie, und doch konnte ich nicht erklären, wovor ich Angst hatte. Sie mißachtete meine Warnung. Zweimal erwischte ich sie, wie sie schweigend hinter ihm hertrottete. Ich holte sie ein und lenkte ihre Aufmerksamkeit auf etwas anderes. Wir hatten die Rollen getauscht. Jill war immer körperlich stärker gewesen als ich und hatte stets meine Schlachten geschlagen. Jetzt war ich an der Reihe, auf sie aufzupassen.

In diesem Sommer traten die Anzeichen für den Beginn meines Erwachsenwerdens hervor. Ich war sehr gehemmt; nichts an meinem Körper schien mehr in der richtigen Proportion zu sein. Ich hatte lange Beine, lange Arme, und das Stück dazwischen war flach und dünn. Was ich jedoch am wenigsten an mir leiden konnte, war die mangelnde Pigmentierung auf bestimmten Hautflächen an meinem Hals und meinen Schultern. Ich knöpfte meine Blusen stets bis zum Kragen zu. Wenn der oberste Knopf zufälligerweise fehlte, zog ich den Kragen nahe an meinen Hals heran und befestigte ihn mit einer großen Sicherheitsnadel.

Mum muß bemerkt haben, wie gehemmt ich war, denn sie ging

mit mir zu einem Hautarzt, der aber nichts machen konnte und mich an eine Kosmetikerin verwies. Die Kosmetikerin gab mir einen Satz verschiedenfarbige Make-ups, die ich mischen sollte, um meine Flecken damit abzudecken.

Nach all den Mühen, die Mum auf sich genommen hatte, fand ich nicht den Mut, ihr zu sagen, daß ich gar nicht daran dachte, das Make-up jemals zu benutzen. Eigentlich war ich böse auf sie. Es war eine Sache, wenn ich eine Sicherheitsnadel in meinen Kragen steckte, aber eine ganz andere, wenn sie mich zu Spezialisten schleppte, mich sozusagen vor der Welt bloßstellte. Bei der ersten Gelegenheit packte ich das Make-up in Zeitungspapier und warf es in den Müll. Es war eine symbolische Geste. Ich beschloß, daß ich von nun an diesen Teil meines Körpers sichtbar machen würde, und wenn das Leute abstieß, so wäre es ihr Problem und nicht meines. Es war das erste Mal seit Jahren, daß mein Dekolleté Tageslicht zu sehen bekam.

Abgesehen von meinem Aussehen galt meine größte Sorge in diesen Ferien der High-School. Ich wünschte mir weiterhin, daß es sie gar nicht gäbe. Eine Zeitlang hatte ich sehr romantische Anwandlungen, daß ich davonlaufen wollte, um mich einem Zirkus anzuschließen. Ich kletterte in den kleinen Eukalyptusbaum hinter unserem Haus und saß dort stundenlang in Tagträume über das Zirkusleben versunken. Aber der Zirkus kam nie, und im Februar 1964 begann ich mit der High-School.

Ich kam mir furchtbar altmodisch vor. Ich hatte immer noch zwei lange Zöpfe auf meinem Rücken baumeln. Alle anderen Mädchen hatten kurze Haare, und sie waren viel reifer als ich. Auf unserer Schule waren ungefähr zwölfhundert Schülerinnen und Schüler. Ich fühlte mich verloren und eingeschüchtert.

Als wir am ersten Tag schweigend in einer Reihe standen und warteten, fragte ich mich immer wieder, in welchen Zweig sie mich denn nun stecken würden, den Handels- oder den Gymnasialzweig. Uns war erzählt worden, daß es vier Klassen im Gymnasialzweig geben würde mit den Bezeichnungen A bis D. Nur die besonders klugen Schülerinnen und Schüler waren in der A-Klasse zugelassen, alle anderen wurden in die übrigen Klassen eingeordnet, entsprechend ihrem unterschiedlichen Intelligenzgrad. Ich saß bedrückt da, als die Lehrer erst die A-Liste vorlasen, dann B und C. Am Ende der D-Liste war mein Name immer noch nicht gefallen. Meine Hoffnung begann zu steigen. Plötzlich kam ein anderer Mann, von dem ich später erfuhr, daß er der Rektor war, herüber und gesellte sich zu unserer Gruppe. Nach einem kurzen Gespräch mit einem der Lehrer rief er: »Ist hier eine Sally Milroy?«

Ich hob langsam die Hand.

»Du bist auch in der Gruppe D, los mit dir.« Ich wußte nicht, ob ich lachen oder weinen sollte. Ich haßte die Schule, und doch wollte ich andererseits nicht, daß die Leute dachten, ich sei ein Kind, das nichts im Kopf habe.

Mum war ekstatisch, als ich nach Hause kam. Offenbar hatte Mr. Buddee sie angerufen und ihr erzählt, daß er die Geschichte in Ordnung gebracht habe. Sie begrüßte mich aufgeregt: »Vielleicht wirst du ja Tierärztin.« Das war das Nächstbeste nach Ärztin.

»Ich hab's nicht mehr mit Tieren, Mum«, antwortete ich sarkastisch.

»Ärztin dann?« fragte Mum hoffnungsvoll.

»Die mag ich nicht.«

»Na dann, irgendwas, Sally, irgendwas. Du hast zuviel Talent, um es zu vergeuden.«

»Du, Mum«, sagte ich. »Kann ich was zu essen haben? Ich bin am Verhungern.«

»Hier gibt's Marmeladenkuchen«, rief Oma aus der Küche. »Laß das Kind in Ruhe, Glad. Sie muß was essen.«

Für Mum war das ein ziemlicher Dämpfer. Sie hatte wohl erwartet, daß ich genauso aufgeregt wäre wie sie. Als ich dasaß und mein riesiges Stück Marmeladenkuchen mampfte, bekam ich ein wenig Mitleid mit ihr. Sie hatte fünf Kinder, und sie schien all ihre Hoffnungen in mich zu setzen, die Schlimmste. Jill würde diejenige sein, die etwas erreichte, nicht ich. Ich seufzte und schnitt mir noch ein Stück Kuchen ab. Ich tröstete mich mit dem Gedanken, daß es noch vier Kinder in meiner Familie gab.

Wenigstens eines von denen müßte eine gute Chance haben, Arzt zu werden, besonders wenn Mum weiterhin drängte. Ich mochte mir nicht ausmalen, daß wir alle als Versager endeten.

Am Anfang des Schuljahres freundete ich mich mit einem Mädchen namens Steph an. Sie lebte sieben Häuserblocks von uns entfernt in dem Stadtteil, den sie Como nannten. Wir besuchten uns gegenseitig am Wochenende. Ich war fasziniert von Stephs Familie; sie waren alle so sauber und ordentlich. Ich liebte Stephs Zimmer, es war hauptsächlich in Lila tapeziert und kam mir vor wie direkt aus einem Hollywood-Filmstudio. Erstaunlicherweise war Steph genauso fasziniert von meinem Zuhause. Sie liebte die freie und ungezwungene Atmosphäre und die Geschichten und Witze.

Aber ich glaube, daß meine intensive Bewunderung für Stephs Zimmer mich irgendwie unzufrieden werden ließ. Mir wurde plötzlich klar, daß es eine ganze große Welt gab jenseits dessen, was ich kannte. Das machte mir angst. Manchmal, wenn Stephs Eltern mit mir sprachen, hatte ich ein richtiges Brett vor dem Kopf. Ich schien immer das Falsche zu sagen, deshalb sagte ich vor lauter Angst, sie zu verärgern, lieber gar nichts, was noch schlimmer war. Stephs Hund Tina hatte bessere Umgangsformen als ich.

In diesem Jahr nahm Mr. Willie uns wie üblich zum Marsch des Soldatenbundes mit. Es war der vierte seit Dads Tod, und ich konnte sie noch immer nicht ausstehen. Als ich den Kindern in der Schule erzählte, daß ich für den Soldatenbund marschierte, lachten sie sich alle kaputt. »Was für 'ne Langweilerin«, murmelte eine Mitschülerin. Ich wollte unbedingt so sein wie sie, aber ich schien irgendwie nicht aus dem richtigen Holz geschnitzt.

Sogar mein Versuch mit einer neuen Frisur scheiterte. Mum war unerbittlich in ihrer Weigerung, mich zum Friseur gehen zu lassen. Daher schnitt ich in meiner Verzweiflung einfach die beiden Zöpfe ab und behielt zwei stummelige, halbgeflochtene Haarbüschel zurück. Mum war es so peinlich, als sie sah, was ich getan hatte, daß sie mich zu einer Frau in unserer Straße brachte, die Leuten bei sich zu Hause die Haare machte. Ihre Bemühungen erbrachten nicht viel mehr als meine, aber wenigstens waren die Haare jetzt gleich lang. Oma war die einzige, die etwas Gutes zu sagen wußte. »Erinnert mich an früher, wenn ich dich so sehe, Sally«, sagte sie munter, »das nannten wir 'n Topfschnitt.«

Ich versuchte alles, was ich konnte, um den Anzac-Day-Marsch in diesem Jahr zu vermeiden, aber als Mum merkte, daß sie mich nicht überreden konnte, gewann sie Mr. Willie zur Unterstützung. Ich konnte dessen ›Dein Vater war ein mutiger Mann‹-Gerede nie widerstehen. Als Belohnung für meine letztliche Kapitulation sagte Mum, ich dürfe Dads große Orden tragen, während Billy die kleineren trug. Jill protzte mit zwei Orden von irgend jemandem aus dem Ersten Weltkrieg.

Mr. Willie verwöhnte uns besonders in diesem Jahr mit einem morgendlichen Imbiß in seinem Büro im obersten Stock eines Versicherungshochhauses. Das war damals das höchste Gebäude in Perth, und wir waren gespannt auf die Aussicht.

Es stellte sich dann heraus, daß wir von Mr. Willies Büro mehr beeindruckt waren als von der Aussicht. Es war geräumig, hatte einen weichen Teppich und einen ziemlich imposanten Schreibtisch, aber am meisten faszinierte uns sein kleiner Kühlschrank. Erst mal ging beim Öffnen der Tür das Licht an. Bei unserem passierte das nie. Dann war er voll von kalten Getränken und Kuchen, und wir waren sehr erstaunt, als wir merkten, daß dieser Kühlschrank allein zu seinem Gebrauch bestimmt war. Keiner von uns sagte etwas, aber wir schauten einander an, als wollten wir sagen: So leben also die reichen Leute, die haben alle ihren eigenen Kühlschrank.

Etwa in der Mitte des Jahres hatten Oma und ich unseren ersten größeren Streit. Ich kam eines Tages von der Schule nach Hause, meinen Kopf voll von Fakten aus dem naturwissenschaftlichen Unterricht, und fing gleich an, Oma zu informieren, daß Zwiebeln völlig nutzlos waren, wenn es darum ging, Keime abzutöten. Jahrelang hatte sie frischgeschnittene Zwiebeln überall ausgelegt, um unser Haus zu sterilisieren. Und dies war das erste Mal, daß ich offen eine ihrer Gesundheitsmaßnahmen kritisierte.

Oma war ärgerlich, sie sagte, daß mir die High-School zu Kopf gestiegen sei, dann warf sie mir vor, genauso dumm zu sein wie meine Mutter. Ich wies darauf hin, daß keine meiner Freundinnen je krank würde, obwohl sie ohne den Gestank von schimmelnden Zwiebeln lebten. Oma schlug zurück, indem sie versicherte, daß sie wahrscheinlich alle eines Tages tot umfielen und sich dann wünschen würden, sie hätten das mit den Zwiebeln gewußt.

Das brachte das Faß zum Überlaufen. Ich rannte in mein Zimmer, riß die Vorhänge auf und sammelte die Zwiebelviertel ein, die ordentlich auf meiner Fensterbank lagen. Bei zweien zögerte ich, sie aufzunehmen. Sie waren etwas schimmelig, und sie schauten mich an, als wollten sie sagen: Wenn du uns wegnimmst, bekommst du eine tödliche Krankheit, genau wie deine Großmutter sagt! Ich schnappte sie mutig mit meinen bloßen Händen und warf sie dramatisch in den Abfalleimer in der Küche. »Keine Zwiebeln mehr«, sagte ich ruhig, aber bestimmt zu Oma.

Ich versuchte, vernünftig zu bleiben bei der ganzen Sache. Schließlich studierte ich die Wissenschaften. Doch als Mum nach Hause kam, hatten wir uns wieder in den Haaren. Oma wußte genau, wie sie mich provozieren konnte. Ich müsse betrunken gewesen sein, als ich die Zwiebeln wegwarf. Ob ich heimlich von ihrem Brandy getrunken hätte? Ob ich nicht sähe, daß ich das Leben meiner Geschwister einem Risiko aussetzte? Wie sonst könnten wir für eine keimfreie Umgebung sorgen?

Mum stand nur da und beobachtete uns erstaunt. Oma erklärte schließlich, worum es ging. Ich stürmte zurück in mein Zimmer und schrie: »Es ist mir egal, was du sagst, Mum! Keine Zwiebeln mehr! Stephs Zimmer stinkt nicht so wie meins.« Mum stand auf meiner Türschwelle und blickte mich verständnisvoll an. Oma stellte sich hinter sie und hielt eine Handvoll frischgeschnittener Zwiebeln hoch, nur um mich zu ärgern. »Hier kommen sie, Sally«, brummte sie, »ich bringe sie jetzt rein.«

»Mum!« schrie ich.

»Also, vielleicht solltest du das jetzt erst mal lassen, Oma«, schlug Mum taktvoll vor. »Bring sie lieber ins Badezimmer.«

In den nächsten Tagen blieb mein Zimmer zwiebelfrei. Aber dann eines Tages, als ich auf meinem Bett lag, wehte ein starker zwiebeliger Geruch durch den Raum. Ich überprüfte meine Fensterbank, nichts. Plötzlich sah ich aus den Augenwinkeln ein kleines, gebogenes, weißes Objekt über den Rand meines Kleiderschrankes lugen. Ich schnappte mir den Besen aus der Küche und stieß es hinunter. Ich schimpfte und tobte über Omas neuerliches Eindringen, aber sie kicherte nur und paffte an ihrer Zigarette.

In der folgenden Woche ging sie dazu über, die Zwiebeln in die Schublade zu stecken, in der ich meine Unterhosen aufbewahrte. Auch Mum fand das lustig.

»Warte ab, bis sie die Zwiebeln in dein Korsett steckt«, murrte ich, »dann lachst du nicht mehr.«

»Sei bloß leise, Sally«, sagte Mum erschrocken. »Sie könnte dich hören. Bring sie nicht noch auf neue Ideen!«

Unsere Schlacht blieb für einige Wochen unentschieden, bis Mum ein Produkt names Medic entdeckte, das einen starken Krankenhausgeruch verbreitete. Es war eine kleine, blaue Sprühdose und besonders hilfreich für Leute, die unter Erkältungen und Grippe litten.

»Was für einen wunderbar sauberen Geruch das hat, Glad«, kommentierte Oma, als Mum etwas davon in der Küche versprühte.

»Ich dachte mir, daß du es mögen würdest«, lächelte Mum. »Deswegen habe ich es gekauft. Du weißt, wie schlimm dein Raucherhusten ist. Das wird dir das Atmen erleichtern.«

»Aah, das tut gut, Glad«, sagte Oma, während sie tief einatmete. »Ich kann fühlen, wie es meine Lungen reinigt.« Oma klopfte sich mit der Faust auf die Brust. »Donnerlittchen, das tut gut, das ist 'ne gute Medizin. Es riecht, als ob noch ein paar alte Heilmittel drin wären. So 'ne Medizin bekommt man nicht oft heutzutage.«

Seitdem roch mein Zimmer nach Medic. Meine Kleider und Decken rochen nach Medic. Oma sprühte Medic in die Toilette und ins Badezimmer. Das ganze Haus roch nach Medic. Ich mochte den Geruch nicht, aber ich wagte nicht, auch nur ein Wort der Kritik zu äußern. Medic war besser als Zwiebeln.

Als ich vierzehn wurde und das zweite Jahr zur High-School ging, wurde mir mehr und mehr bewußt, daß ich anders war als die anderen Kinder in der Schule. Ich hatte wenig gemeinsam mit den Mädchen in meiner Klasse. Sogar Steph veränderte sich. Sie jagte mich nicht mehr in die Spitze des Baumes in ihrem Garten, und sie fand, meine regelmäßige Abwesenheit von der Schule sei etwas, wofür es sich zu schämen galt.

Jill war jetzt auch in der High-School und hatte, wie erwartet, keinerlei Schwierigkeiten, sich hineinzufinden. Manchmal wünschte ich mir verzweifelt, ein wenig mehr wie sie zu sein. Für mich schien immer alles so schwierig. Sogar die kleine Helen war gleich in ihrem Element gewesen, als sie in diesem Jahr mit der Grundschule anfing.

»Vielleicht wird sie ja Ärztin«, sagte ich sarkastisch.

»Ja, vielleicht hast du recht«, antwortete Mum gedankenverloren. »Ich bin mir sicher, ihr könnt es alle zu etwas bringen, wenn ihr es euch in den Kopf setzt.«

»Ja, aber es sich in den Kopf zu setzen, das ist das Schwierige an der Sache.«

»Du könntest alles, wenn du nur wolltest.«

»Aber das ist es ja, Mum. Ich will nicht.«

Wenn ich mir andere Leute anschaute, wurde mir klar, wie abnormal ich war, oder wenigstens kam ich mir so vor. Keines meiner Geschwister schien von den Dingen geplagt, die mich plagten. Mir war zumute, als könne ich die Welt einfach nicht mehr verstehen. Es war furchtbar, ein Teenager zu sein.

Ein Grund für meine lebhafte Abneigung gegen die Schule war die Reglementierung. Ich haßte Routine. Ich wollte immerzu etwas Aufregendes und Neues machen. Ich wußte wirklich nicht, wozu es gut sein sollte, für Fächer zu lernen, die mich nicht interessierten. Ich hatte keine langfristigen Ziele, und mein einziges kurzfristiges Ziel bestand darin, die Schule zu verlassen, so schnell ich nur konnte.

Ich fand heraus, daß ich mit der Situation nur zurechtkommen konnte, indem ich soviel wie möglich schwänzte. Außerhalb der Schule hatte ich Zeit nachzudenken, und der Druck ließ nach. Es ging mir immer besser, wenn ich geschwänzt hatte. Ich begann mich zur Expertin im Fehlen zu entwickeln. Eine Methode war, einfach den Schulbus zu verpassen, der vor der Bücherei unseres Stadtviertels hielt. Ich ging mit Jill zur Haltestelle, und wenn sie dann mit ihren Freundinnen redete, machte ich mich aus dem Staub und versteckte mich hinter der Bücherei. Nachdem der Bus seine Passagiere eingesammelt hatte und abgefahren war, tauchte ich wieder auf und ging glücklich nach Hause. Meine Entschuldigung für Mum war, daß der Bus überfüllt gewesen sei und ich nicht mehr hineingepaßt hätte. Irgendwie glaubte sie mir entweder, oder sie akzeptierte es einfach.

Aber eines Morgens beschlossen Jill und ihre Freundinnen, ebenfalls zu schwänzen. Ich war nicht scharf darauf, ihnen zu helfen. Sie waren zu viele, und sie hatten es noch nie zuvor probiert. Jill war jedoch sehr erpicht darauf, daß ich sie alle einweihte, also stimmte ich zu. Wir fünf versteckten uns an diesem Morgen hinter der Bücherei, und als der Bus anhielt, gluckten wir vor uns hin. Unser Lächeln verwandelte sich jedoch bald in Bestürzung, als der Bus, anstatt loszufahren, an der Haltestelle stehenblieb. Bald kam ein älteres Mädchen zu unserem Versteck und sagte ärgerlich: »Ihr könnt genausogut wieder rauskommen. Der Fahrer fährt nicht ohne euch los.«

Jills Freundinnen schämten sich sehr. Der Versuch, die Schule zu schwänzen, war die abenteuerlichste Sache, die sie je unternommen hatten. Sie hatten alle panische Angst, daß die Geschichte ihren Eltern bekanntwürde. Wenigstens hatte ich diese Sorge nicht. Widerstrebend gingen wir zurück zum Bus, begleitet von den Buhrufen, dem Johlen und Gelächter von vierzig bereits wartenden Teenagern.

»Ihr solltet euch was schämen«, knurrte der Busfahrer, als wir einstiegen. »Von heute an werde ich jeden Morgen dort nachsehen.«

Während wir in die Schule fuhren, seufzte ich und schaute aus dem Fenster auf den vorbeiziehenden Busch. Das war das Problem, wenn Amateure beteiligt waren, du wurdest immer geschnappt. Ich beschloß, von nun an nur noch Jill mitzunehmen.

Es war relativ einfach, die Schule in der Pause oder über Mittag zu verlassen. Unsere Schule war an drei Seiten von Busch umgeben. Während ich den Lehrer, der Pausenaufsicht hatte, im Auge behielt, bewegte ich mich langsam in Richtung Busch. Sobald ich nahe genug war, drehte ich mich um und rannte, hockte mich hinter einen Baum und wartete, um zu sehen, ob mir irgend jemand folgte. Wenn die Luft rein war, ging ich die drei Meilen nach Hause. Dabei blieb ich in der Deckung des Busches und hielt mich abseits von der geschäftigen Manning Road. Ziemlich bald kamen ein paar andere Schüler auf dieselbe Idee. Manchmal begegneten wir uns im Busch, grinsten uns schuldbewußt an und eilten dann weiter. Wir taten so, als ob wir uns nicht gesehen hätten. Ab und zu ging Jill mit mir, aber ihrer Meinung nach war die Freude, der Schule zu entkommen, den langen Heimweg nicht wert. Einmal überredete mich Jill zu erlauben, daß ihre beste Freundin Robin uns begleitete. Ich fand das ein wenig riskant, denn Robins Vater war unser Mathematiklehrer. Tatsächlich fuhr dann ausgerechnet an diesem Morgen der Direktor die Manning Road entlang. Er entdeckte uns im Busch, sammelte uns ein und brachte uns zurück zur Schule. Die arme Robin bekam das meiste ab. »Ausgerechnet du!« schimpfte er sie aus. »Von den Milroys erwarten wir ja nichts anderes, aber von einem Mädchen wie dir …!«

Die Schule ging dazu über, strengere Regeln einzuführen. Sie versuchten, damit die hohe Fehlquote einiger Schülerinnen und Schüler zu senken. Mum wurde mehrmals der Sozialarbeiter, der sich um die Schulschwänzenden kümmerte, angedroht. Für sie war das genauso schlimm wie ein Anruf der Polizei. Deshalb wollte sie uns dazu überreden, den ganzen Tag in der Schule zu bleiben.

Sie war in einer schwierigen Lage, denn sie wollte einerseits, daß wir eine gute Erziehung bekamen und es zu etwas brachten in der Welt, aber sie hatte andererseits auch Verständnis für unsere Klagen, gelangweilt, müde oder unglücklich zu sein. Außerdem wußte ich, daß nicht der Tatbestand des Schwänzens sie aufregte, sondern daß wir ab und zu geschnappt wurden. Wenn wir geschnappt wurden, so lenkte das unweigerlich die Aufmerksamkeit der Schulangestellten auf uns, was auch bedeutete, daß sie in deren Augen an Gesicht verlor. Wie die meisten Menschen wollte wohl auch Mum, daß andere Leute, besonders die mit höherer Bildung, eine gute Meinung von ihr hatten. Nach einem Besuch beim Direktor war sie besonders ärgerlich. Er hatte ihr drei verschiedene Handschriftenproben gezeigt, die alle von ihr stammen sollten und entweder Jill oder mich für einen Vor- oder Nachmittag in der Schule entschuldigten. »Ihr müßt euch schon besser absprechen«, sagte sie verärgert. »Wenn ihr schon meine Mitteilungen fälscht, dann wenigstens alle im gleichen Stil.«

Je länger ich in der Schule blieb, desto schwieriger wurde ich und desto weniger unterstützte Mum mein Schwänzen. Sie hatte es satt, vom Büro des Direktors oder des psychologischen Betreuers angerufen zu werden. Sie tat mir leid. Ich hatte es selber satt, den Betreuer zu besuchen. Ich fühlte mich sehr in die Enge getrieben bei diesen Treffen, denn ich wußte, daß sie auf der Annahme beruhten, mit mir sei etwas nicht in Ordnung. Meiner Meinung nach war das völlig unbegründet. Dementsprechend tendierten meine Gespräche mit dem Betreuer dazu, recht kurz zu sein, vor allem wegen meiner mangelnden Reaktion. Mum wurde schließlich geraten, mir zu erlauben, die Schule früher zu verlassen und Verkäuferin zu werden.

Eines Tages jedoch ermutigte Mum tatsächlich Jill und mich, in der Schule zu fehlen. Ein wunderbarer Ausverkauf fand gerade statt, und sie sagte, wenn wir uns am Nachmittag wegschleichen könnten, würde sie uns ein paar neue Kleider kaufen. Der Ausverkaufstag war zufällig auch der Sporttag, was mich auf eine glänzende Idee brachte. Jill und ich spielten Softball an diesem Nachmittag, und wir hatten eine Freundin, die eine sehr gute Schlägerin war. Wir verabredeten, daß Dawn ein Prachtexemplar von einem Schlag über die Böschung hinausknallen sollte. Jill und ich hatten dafür gesorgt, daß wir Feldspielerinnen in der entsprechenden Gegend waren, und als der Ball vorüberflog, sprangen wir eifrig hinterher. Wir rasten die Böschung hinunter, griffen den Ball, warfen ihn zurück und rannten dann in Richtung von Mums Auto, das in einer Nebenstraße parkte.

Am folgenden Montag wurde Mum wieder einmal ins Büro des Direktors beordert und Jill und ich mit ihr. Nachdem er allein mit Mum gesprochen hatte, wurden wir hereingerufen.

»Das ist eine sehr ernste Angelegenheit, Mädels«, sagte der Direktor streng, »ich habe sogar in Erwägung gezogen, die Polizei zu rufen.«

Wir waren sprachlos. Er befahl uns, uns hinzusetzen. Ich schaute verstohlen zu Mum hinüber, aber sie starrte an die gegenüberliegende Wand.

»Also«, fuhr er fort, »ich habe mit eurer Mutter gesprochen, und ich weiß es zu würdigen, daß sie die schwierige Aufgabe hat, euch ohne die Hilfe eines Ehemannes aufzuziehen. Daher bin ich bereit, dieses Mal Nachsicht walten zu lassen. Du bist die Älteste, Sally, ich weiß, ich kann darauf zählen, daß du verantwortungsbewußt bist. Wenn du mir den Namen des jungen Mannes sagst, der dich und deine Schwester mitgenommen hat, ist die Sache damit aus der Welt.«

Ich fühlte, wie meine Augen sich plötzlich weiteten. Meine Mundwinkel begannen zu zittern, und mein Bauch zuckte. Aber ich schaffte es zu murmeln, daß ich nichts zu sagen hätte.

Dann wurde die Direktorin hereingerufen und hielt Jill und mir eine Rede, wie leicht man seinen guten Ruf beschmutzen könne.

Zehn Minuten später war Mum auf ihrem Heimweg und wir zurück im Unterricht. Ich war recht stolz auf mich. Der Direktor hatte beträchtlichen Druck ausgeübt, und ich war nicht umgefallen. Genau wie mein Dad im Krieg. Er war von der Gestapo über seine Freunde verhört worden, und er hatte sie nicht im Stich gelassen. Na, auch ich hatte Mum nicht im Stich gelassen. Menschenskind, war sie erleichtert!

## 14

# Recht merkwürdige Haustiere

Mum hatte im Laufe der Zeit eine Sammlung von ausgestopften Tieren, Reptilien und Vögeln, zusammengetragen. Am liebsten mochte sie zwei lange Schlangenhäute, von denen eine noch den ganzen Kopf mitsamt den Giftzähnen hatte, wenn auch ein wenig platt. Außerdem gab es einen irischen Fasan, einen Echidna, eine Schildkröte, einen Adler, acht Frösche, die verschiedene Musikinstrumente spielten, und unzählige Krokodile verschiedener Form und Größe.

Mum interessierte sich leidenschaftlich für die Welt der Natur und schaute begierig jede Fernsehsendung an, die sich mit Grausamkeit gegenüber Tieren beschäftigte. Sie saß in ihrem Lieblingssessel am offenen Kamin und beklagte schluchzend die Brutalität der Menschen. Die Tatsache, daß sie währenddessen von einer kleinen, aber wachsenden Sammlung von glasäugigen, ausgestopften Geschöpfen umgeben war, störte sie nie. Ihre Leidenschaft galt den Toten wie den Lebenden.

Eines Abends, als sie in eine Sendung über die Ausrottung des tasmanischen Tigers versunken war, schlich ich langsam im verdunkelten Raum herum. Mum bekam meine Bewegungen nicht mit, denn sie bestand immer darauf, im Dunkeln fernzusehen. Sie fand es dadurch mehr wie im Kino. Als ich schließlich zu meinem Stuhl zurückkehrte, hatte ich es geschafft, die Gesichter der gesamten Sammlung ihr zuzuwenden. Als der tasmanische Tiger endgültig verschwand, war Mum ziemlich aufgewühlt. Dementsprechend brach sie vollständig zusammen, als ich plötzlich das Licht anschaltete, auf die anderen Bewohner des Raumes zeigte und sagte: »Guck mal, Mum!« Der Anblick dieser glasigen, anklagenden Augen war zuviel für sie; sie floh in die Küche.

Nach ausgiebigem Schluchzen kam sie zurück, entschlossen, mich auszuschimpfen. Mittlerweile hatte ich mich in ihrem Sessel am Feuer niedergelassen und war in eine Quizsendung vertieft. Sie schleuderte mir entgegen: »Sally, du Biest, mach das nie …« Dann bemerkte sie, daß ihre gesamte Sammlung nun in einer kleinen Gruppe zusammenstand und sich am Feuer wärmte, und sie unterbrach ihre Tirade und fragte: »Was machen die denn da?«

»Den armen Dingern war kalt«, antwortete ich, ohne eine Miene zu verziehen.

Sie war zu großherzig, um den Witz der Situation zu ignorieren. Zwischen Ausbrüchen von »Du bist furchtbar!« kicherte sie unkontrolliert.

Mum schien gern merkwürdige Dinge zu besitzen, daher war niemand von uns überrascht, als sie eines Tages mit einem herumstreunenden Hund auftauchte, den sie davor bewahrt hatte, auf einer verkehrsreichen Straße überfahren zu werden. Für alle anderen Leute sah er aus wie eine zottelige, schwarze Promenadenmischung, aber in Mums Augen hatte Curly, wie sie ihn nannte, eine große Ähnlichkeit mit einem seltenen Bedlington-Terrier, über den sie in einer Frauenzeitschrift gelesen hatte.

Mums Meinung wurde von unerwarteter Seite unterstützt, von unserem Nachbarn. Er bezeichnete Curly als einen seltenen Anblick. Mum faßte diesen Kommentar fälschlicherweise als Kompliment auf. Als sie sich das nächste Mal mit unserem Nachbarn unterhielt, kam sie wieder auf Curly zu sprechen. »Er ist ungewöhnlich, nicht wahr?« sagte sie selbstgefällig.

»Da haben Sie einen Volltreffer gelandet, Glad«, nickte unser Nachbar zustimmend, »man gabelt schließlich nicht jeden Tag einen Hund auf, der aussieht wie eine Kreuzung zwischen einer Klobürste und einem Rohrreiniger!«

Mum war furchtbar aufgebracht, aber als sie uns davon erzählte, brachen wir alle in schallendes Gelächter aus. Ich stimmte dem Nachbarn zu. Ich hatte echte Zweifel an Curlys Reinrassigkeit, aber Mum hielt unbeirrbar daran fest. Ich versuchte sie darauf hinzuweisen, wie eng seine kleinen, schwarzen Augen zusammenstanden und wie sein ganzes Streben von niederster Natur war.

Nichts konnte Mums Enthusiasmus dämpfen. Was immer Curly an furchtbaren und peinlichen Aktionen vollführte, in Mums Augen war er immer noch ein prachtvoller Hund. Sie behauptete, seine Exzentrizität hinge mit seiner langen reinen Abstammung zusammen, so wie auch in der menschlichen Spezies diejenigen mit den besonderen Talenten manchmal eine ungewöhnliche Seite an sich hätten.

Eine seiner peinlichsten Angewohnheiten war das unübertreffliche Ritual, mit dem er Neuankömmlinge in unserem Haus begrüßte. Er richtete seine emsigen, engstehenden schwarzen Augen auf das auserkorene Opfer, rammte blitzartig seine nasse schwarze Nase in dessen Schoß und schnüffelte heftig. Mums anfängliche Reaktion auf dieses außergewöhnliche Verhalten war ein schamloses Lachen; sie war ja auch nie angegriffen worden.

Sie rechtfertigte seine Untaten, indem sie darauf hinwies, daß die Zahl der Mormonen, Zeugen Jehovas und Avonberaterinnen, die an unsere Tür klopften, deutlich abgenommen habe, seit Curly bei uns war.

Eines Abends kam Mr. Willie vorbei, um uns mitzuteilen, daß er bald nach Victoria umziehen würde. Es täte ihm leid, daß er uns verließe, aber er würde sicherstellen, daß wir einen netten Beauftragten an seiner Stelle bekämen. Wir waren alle sehr gemein zu Mr. Willie an diesem Abend, und nachdem er gegangen war, sagte Mum, daß sie sich unseres Verhaltens schäme. Sie verstand nicht, daß wir uns im Stich gelassen fühlten. Er hatte uns schließlich als seine zweite Familie bezeichnet.

Es dauerte nicht lange, bis unser neuer Beauftragter anrief und ankündigte, daß er in ungefähr einer Stunde bei uns vorbeischauen würde. Bedacht darauf, einen guten Eindruck zu machen, räumte Mum rasch das Haus auf. Das tat sie in ihrer üblichen Art, indem sie alle Kleider und andere Sachen, die auf dem Fußboden verteilt waren, in die Kleiderschränke und unter die Betten stopfte. Wenn sie für etwas keinen Platz fand, entzog sie es einfach dem Blick, indem sie die Tür schloß. Bei fünf Kindern, die nie selber aufräumten und immer irgendwelche phantasievollen Spiele spielten, die den Gebrauch von Bettüchern, Decken, Holzklötzen und Küchenutensilien einschlossen, war das ein praktischer Trick. Als sie damit fertig war, schaute es recht ordentlich aus, und niemand hätte vermutet, daß ganze Berge von Sachen versteckt waren.

Unser neuer Beauftragter kam pünktlich um sechs Uhr und klopfte laut an die Tür. Curly hatte gerade sein übliches Abendessen in Form von Currykoteletts beendet und war dabei, sich seinem Lieblingsdessert, warmen Haferflocken, großzügig mit Zucker bestreut, zuzuwenden, als er seine pelzigen, flohzerbissenen Ohren spitzte und zur Tür hechtete.

»Sally, halt ihn!« schrie Mum, während sie ein altes Geschirrtuch nach ihm schleuderte in dem vergeblichen Versuch, seinen rasenden Abgang zu stoppen. Als ich Curly schließlich einholte, sprang er an der Haustür hoch und winselte und jaulte in freudiger Erregung. Ich packte ihn am Genick und schleifte ihn durch die Diele in Mums Zimmer.

»Um Himmels willen, paß bloß auf, daß du ihn richtig einschließt, Sally!« flüsterte Mum eindringlich, während sie vorbeieilte. Ich versetzte Curlys Hinterteil einen schnellen Schubs mit dem Fuß und schaffte es, trotz seines Knurrens und seiner schnappenden Zähne, die Zimmertür in dem Moment zu schließen, als Mum zu unserem Gast sagte: »Hallo, bitte kommen Sie herein. Tut mir leid, daß ich Sie habe warten lassen; ich hatte das Klopfen nicht gehört.«

»Aber das macht doch nichts, Mrs. Milroy«, erwiderte unser Besucher höflich, »denken Sie sich nichts dabei.« Als er mich dann sah, fügte er hinzu: »Ach, das muß Ihre Tochter sein. Bei der Ähnlichkeit kann man sich nicht vertun, wie?«

»Ja«, antwortete Mum, während sie einen ängstlichen Blick auf ihre Zimmertür warf, »das ist meine älteste Tochter Sally.«

»Hallo«, lächelte ich. Meine Stimme war kaum zu hören bei Curlys wildem Winseln, Kratzen und Jaulen.

»Sie haben einen Hund, Mrs. Milroy? Ich habe selber einen. Ein netter kleiner Bursche, ein guter Kamerad. Sie brauchen Ihren doch nicht einzusperren, nur weil ich hier bin.« Mum lächelte höflich und schaute mich dann hilflos an: »O nein, nein. Das ist in Ordnung. Er ist gern da drin, nicht wahr, Sally?«

»Ja, doch«, murmelte ich, völlig erstaunt über Mums Kommentar. Ich starrte unseren verdutzten Gast mitleidig an. Ich konnte mir seinen Hund vorstellen: sauber, gepflegt und wohlerzogen. Nicht so ein ungekämmter, ungehobelter Bastard wie Curly mit einem Gehirn von der Größe einer vertrockneten Erbse.

»Kommen Sie, lernen Sie meine übrige Familie kennen.« Mum wechselte schnell das Thema und griff seinen Arm.

»Ja, natürlich, deswegen bin ich ja hier.«

Ich ging voran ins Wohnzimmer, wo meine Geschwister still warteten. Doch ich blieb abrupt stehen, als Mum kreischte: »O Gott!«

Irgendwie hatte Curly sich befreien können und stürmte in einmaligem Tempo aus dem Zimmer, durch die Diele und hoch zwischen die Beine und in den Schritt unseres Gastes. Unser Besucher, der nur ein kleiner Mann war, hüpfte auf die Zehenspitzen und drängte sich gegen die Wand. Mum packte verzweifelt Curlys verfilztes Fell und brüllte: »Aus, Curly, aus!« Ohne jegliche Wirkung. Er war außergewöhnlich stark für einen kleinen Hund.

»Hey, hey, hey«, prustete unser Opfer und sprang wiederholt in die Höhe als Reaktion auf Curlys schnüffelnde Nase.

»Du ekelhafter Hund, du bist einfach ekelhaft!« schimpfte Mum, während sie ihn mit einem letzten Ruck wegriß und fest unter ihren Arm klemmte.

»Ich weiß nicht, was in ihn gefahren ist«, sagte sie wenig überzeugend. »Er ist normalerweise so ein lieber Hund, er hat so etwas noch nie gemacht. Es tut mir furchtbar leid.« Mum entschuldigte sich noch, als sie Curly durch die Küche hinaus auf die hintere Veranda zerrte.

Zu seiner Ehrenrettung muß man sagen, daß unser Beauftragter, nachdem er seine Kleidung in Ordnung gebracht und sich wieder gefaßt hatte, tapfer weiterkämpfte. Er folgte mir ins Wohnzimmer und stellte sich feierlich meinen Geschwistern vor, die sich schnell wieder hingesetzt hatten. Dann ließ er sich vorsichtig und mit einem zittrigen Seufzer der Erleichterung auf unserem ramponierten grünen Sessel nieder.

»Und wie klappt's bei dir in der Schule, Jill?« erkundigte er sich höflich und drehte sich dabei ein wenig auf seinem Sessel um. Ein furzendes Geräusch ertönte. Jill brachte es fertig zu stammeln: »Oh, p …prima, …gut.«

Es wäre weniger peinlich gewesen, wenn unser Beauftragter seine Nervosität hätte beherrschen und stillsitzen können. Auch die geringste seiner Bewegungen war von verschiedenen furzenden Geräuschen begleitet. Das war eines der Risiken, die das Sitzen auf unserer Vinylsitzgruppe mit sich brachte. Wir hatten uns schon alle bei Mum darüber beschwert, aber nun, nach Curlys Angriff, schienen die Geräusche eigenartig angemessen. Die tapferen Bemühungen unseres Gastes um eine Konversation trafen auf wenig Entgegenkommen. Wir versuchten alle verzweifelt, unser Lachen zu unterdrücken, das herauszublubbern drohte, sobald wir den Mund aufmachten. Als Mum schließlich zurückkam, konnte sie sehen, daß die Dinge nicht zum besten standen, und sie brauchte nur wenige Minuten, um mitzubekommen, warum. Vier kurze Sätze, und sie entschuldigte sich unter dem Vorwand, Tee zu kochen. Wäre sie nur ein klein wenig länger geblieben, hätte sie ihren eigenen Verhaltenskodex verletzt und einen Lachanfall bekommen.

Eine Viertelstunde später kam sie ruhig mit einem Tablett voller dampfender Teetassen und einem Teller mit verschiedenen Keksen zurück. Sie stellte das Tablett auf den schmiedeeisernen Tisch, den sie auf dem Schulflohmarkt gekauft hatte, und fragte freundlich: »Möchten Sie einen Keks zu Ihrem Tee?« Dankbar für die Ablenkung antwortete unser Gast eifrig: »Ach ja, Mrs. Milroy, danke schön.« Er erhob sich sehr, sehr langsam von seinem Sessel und beugte sich vor, um ein Ingwerplätzchen zu angeln.

Plötzlich brach das Chaos aus. Curly war unbemerkt durch die Tür geschlüpft und schlug erneut zu. Ingwerplätzchen, Butter- und Schokoladenkekse flogen auf den Fußboden. Der heiße Tee aus den umgestürzten Tassen spritzte herum, weichte langsam die Kekse auf und hinterließ Flecken auf Mums Teppich. Mum sprang über den Tisch und brüllte: »Aaah, Curly, du verdammter blöder Hund! Hör jetzt auf!«

Unser Beauftragter war mehr oder weniger hilflos, denn er steckte zwischen dem Tisch und seinem Sessel, vor sich Curly, der schnüffelte, als ginge es um sein Leben. Der Akt des Sichaufrichtens gab Curlys hartnäckiger, schwarzer Nase zusätzlichen Vorteil. Der Gedanke, sich schnell hinzusetzen, war zu furchtbar für unseren Gast, um in Erwägung gezogen zu werden. Als Curly schließlich aus dem Weg geschafft war, hob und senkte sich seine pelzige Brust krampfartig wie bei einem seiner Asthmaanfälle. Mum klemmte ihn unter den Arm und ermahnte ihn: »Du bist ein Tier, Curly, nur ein Tier.« Sie hatte die Angewohnheit, stets das Offensichtliche festzustellen.

Sehr zu Curlys Enttäuschung kam der Gentleman nie mehr wieder. Nach einigen Wochen wurde uns mitgeteilt, daß uns ein anderer Beauftragter zugeteilt worden sei. Ob er von seinem Vorgänger über Curly gehört hatte, weiß ich nicht, jedenfalls besuchte er uns nur selten und zog statt dessen die Kommunikation per Brief oder Telefon vor.

15

# Eine schwarze Großmutter

Am 14. Februar 1966 änderte Australien seine Währung von Pfund, Shilling und Penny zu Dollar und Cent. Laut Mum und Oma war dies ein Schritt zurück in unserer Geschichte. »Es gibt nichts Besseres als das alte Geld«, behauptete Oma, und Mum stimmte zu. Sie waren beide schockiert, als sie hörten, daß unser neues Geld nicht den gleichen Silberanteil haben würde wie die alten Zwei- und Dreishillingmünzen und Sechs- und Dreipennystücke. Sie beeinflußten mich derart, daß ich in der Schule, als wir ein freies Thema für unseren Aufsatz wählen konnten, eine lange Arbeit darüber schrieb, wie das Land vor die Hunde gehen würde wegen des neuen Geldes.

»Das wird nichts, Glad«, sagte Oma eines Abends. »Wart's nur ab. Man kann so kein Geld machen, es wird anlaufen.«

Dann bemerkte ich, daß Oma ein Marmeladenglas mit einer Handvoll Zweishillingstücke auf dem Küchenregal hatte. Gegen Ende der Woche lief das Glas über von Pennys und Shillingen. Ich konnte meine Neugierde nicht länger beherrschen. »Wofür sparst du das, Oma?«

»Für gar nichts. Untersteh dich, das Geld auch nur anzurühren!«

Im Badezimmer trieb ich Mum in die Enge. »Also, Mum, warum hortet Oma das ganze Geld? Es muß doch bei der Bank abgegeben und für neues eingetauscht werden.«

»Erzähl bloß niemand von diesem Geld, Sally!«

»Warum nicht?«

»Sieh mal, das Geld wird eines Tages wertvoll sein. Wir sparen es für euch Kinder. Wenn es eine Menge wert ist, verkaufen wir es, und ihr Kinder bekommt den Gewinn. Ihr könntet es dann brauchen.«

Ich ging zurück in die Küche und sagte zu Oma: »Mum hat mir erzählt, was ihr vorhabt. Ich halte das für verrückt.«

»So so! Es interessiert uns nicht, was du davon hältst. Du wirst in einigen Jahren noch froh darüber sein. Jetzt hör mir mal zu, wenn irgend jemand von der Regierung hier vorbeikommt und nach dem Geld fragt, dann sagst du ihm, wir haben alles bei der Bank abgegeben. Wenn sie dich wegen dem alten Geld nerven, sagst du einfach, du weißt von nichts.«

»Oma«, lachte ich, »keiner von der Regierung wird hier vorbeikommen und danach fragen!«

»Ach, du glaubst es nicht? Du weißt nicht, wie die Regierung ist, du bist zu jung dafür. Eines Tages wirst du vielleicht mal dahinterkommen, was sie mit den Leuten machen. Wer für die Regierung arbeitet, dem ist nicht zu trauen. Du weißt nie, was die hinter deinem Rücken über dich erzählen. Laß dir das gesagt sein, Sally!«

Ich war oft verdutzt darüber, wie Mum und Oma mit Leuten von Ämtern umgingen; es war, als hätten sie Angst. Ich wußte, das konnte nicht der Grund sein. Warum, um alles in der Welt, sollte jemand Angst vor der Regierung haben?

Außer in Kunst und Englisch fiel ich in fast allen Fächern im zweiten Trimester meines dritten High-School-Jahres durch. Mum war empört über meine sieben Prozent in Geometrie und Trigonometrie.

»Du machst bald deine mittlere Reife. Wie, um alles in der Welt, willst du die bestehen?«

»Es ist mir egal, ob ich die bestehe oder nicht. Warum läßt du mich nicht von der Schule gehen?«

»Du verläßt die Schule nur über meine Leiche!«

»Was soll die ganze Bildung, wenn ich sowieso den Rest meines Lebens mit Zeichnen und Malen verbringe?«

»Du wirst nicht den Rest deines Lebens damit verbringen. Das hat keine Zukunft. Künstler verdienen erst Geld, wenn sie tot sind.«

»Mir auch recht.«

Ich gab es auf zu streiten und zog mich in mein Zimmer zurück. Mum nahm meine künstlerischen Ambitionen nie ernst. Nicht daß sie mein Zeichnen nicht ermutigt hätte. Als mir einmal langweilig war, ließ sie mich Bilder auf die Asbestplatten malen, die unsere hintere Veranda auskleideten. Oma fand das richtig gut: »Besser als wenn man die Wohnungsbaugesellschaft das machen läßt.«

Ich seufzte. Oma glaubte an meine Zeichnungen.

Am folgenden Wochenende kam Tante Judy zum Mittagessen. Sie war eine Freundin von Mum. Ihre Familie, die Drake-Brockmans, und unsere kannten sich seit Jahren. »Sally, ich möchte mich mit dir über deine Zukunft unterhalten«, sagte sie ruhig, als wir unseren Nachtisch gegessen hatten.

Ich starrte Mum an.

»Du weißt, daß du keine Künstlerin werden kannst. Die bringen es zu nichts in dieser Welt. Du solltest deiner Mutter nicht soviel Sorgen bereiten. Sie möchte, daß du in der Schule bleibst und das Abitur machst. Du kannst die Idee mit der Kunsthochschule vergessen, weil das einfach nicht in Frage kommt!«

Ich war außer mir vor Wut. Nicht über das, was Tante Judy gesagt hatte, sondern weil Mum den Nerv besessen hatte, jemanden von außerhalb der Familie dazu zu bringen, mit mir darüber zu sprechen. Mum lief den Rest des Nachmittags mit einem schuldbewußten Gesicht herum.

Aber es waren nicht nur Mum und Tante Judy, sondern auch mein Kunstlehrer in der Schule. Eines Tages hielt er eine meiner Zeichnungen vor der Klasse hoch und wies auf alles hin, was falsch daran war. Da war keine Perspektive; ich war die einzige, die keine Horizontlinie malte. Meine Figuren waren flach und schwebten in der Landschaft herum. Das Bild mußte auf die Seite gedreht werden, damit die andere Hälfte verständlich wurde. Er redete weiter und weiter. Nach zehn Minuten lachte die ganze Klasse, und ich kam mir sehr klein vor. Ich hatte immer geglaubt, daß Zeichnen mein einziges Talent wäre, und jetzt wußte ich, daß ich auch darin nicht gut war.

Bei dem Gedanken an den furchtbaren Tag war mir nach Weinen zumute. Ich war froh, allein in meinem Zimmer zu sein, denn plötzlich fühlte ich Tränen in meine Augen schießen und die Wangen herunterströmen. Ich beschloß, das Zeichnen aufzugeben. Ich hatte es satt, mit dem Kopf gegen die Wand zu rennen. Ich packte meine Sammlung von Zeichnungen und Bildern zusammen, schlich mich in den hinteren Teil des Gartens und verbrannte sie.

Als Mum und Oma herausfanden, was ich getan hatte, waren sie entsetzt. »Die ganzen schönen Bilder«, jammerte Oma, »für immer zerstört.« Mum starrte mich nur an. Ich wußte, was sie fühlte. Sie konnte nicht allzuviel sagen, schließlich war sie zum Teil für meine

Aktion verantwortlich. Es dauerte ungefähr einen Monat, bis Mum und ich das überwunden hatten. Sie betonte, daß sie, wenn ich die mittlere Reife machte, nicht unbedingt darauf bestehen würde, daß ich bis zum Abitur an der Schule bliebe. Und ich Idiotin glaubte ihr.

Am Ende des Schuljahres kam ich eines Tages früher nach Hause und fand Oma weinend am Küchentisch. Ich blieb wie angewurzelt in der Tür stehen; ich hatte sie nie zuvor weinen sehen.

»Oma, was ist los?«

»Nichts.«

»Warum weinst du dann?«

Sie hob ihren Arm und schlug hart mit der Faust auf den Tisch. »Ihr verfluchten Kinder wollt mich nicht. Ihr wollt, verdammt noch mal, 'ne weiße Großmutter. Und ich bin schwarz. Hörst du, schwarz, schwarz, schwarz!« Damit schob sie ihren Stuhl zurück und eilte hinaus in ihr Zimmer. Ich stand immer noch im Eingang. Ich konnte fühlen, wie die Riemen meiner schweren Schultasche in meine Schultern schnitten, aber ich war unfähig, sie abzusetzen.

Mit fünfzehn Jahren wurde mir zum ersten Mal Omas Hautfarbe bewußt. Sie hatte recht, sie war nicht weiß: Nun, dachte ich logisch, wenn sie nicht weiß war, waren wir es auch nicht. Was waren wir dann? Was war ich denn dann? Ich hatte nie zuvor gedacht, daß ich eine Schwarze sein könnte.

Als Jill und ich an diesem Abend unter einem Plakat von John, Paul, George und Ringo im Bett lagen, sagte ich: »Jill, hast du gewußt, daß Oma eine Schwarze ist?«

»Natürlich hab ich das gewußt.«

»Ich nicht; ich hab's gerade rausgefunden.«

»Das war mir klar. Du bist manchmal richtig blöd. Gott, du meinst immer, ich sei naiv, aber du kapierst manchmal überhaupt nichts.«

»Du weißt, daß wir keine Inder sind, nicht wahr?« murmelte Jill.

»Aber Mum hat es doch gesagt!«

»Schau dir Oma an, sieht die vielleicht indisch aus?«

»Ich hab nie richtig darüber nachgedacht, wie sie aussieht. Vielleicht kommt sie von 'nem indischen Stamm, von dem wir nichts wissen.«

»Ha! Das wird ja immer besser! Du wirst doch wohl wissen, was wir sind!«

»Nein, was denn?«

»Boongs, wir sind Boongs!« Ich konnte sehen, daß Jill bei dieser Vorstellung recht unglücklich war.

Es dauerte einige Minuten, bis ich genügend Mut gefaßt hatte, um zu fragen: »Was ist ein Boong?«

»Ein Boong, Mensch, ein Aborigine, ein Ureinwohner! O Gott, ausgerechnet Aborigine!«

»Oh.« Plötzlich verstand ich. In unserer Schule bedeutete es ein großes Stigma, Aborigine zu sein.

»Ich kann's einfach nicht glauben, daß du noch nie das Wort Boong gehört hast«, murmelte sie widerwillig. »Kriegst du denn nie mit, was die Kinder rufen? Wenn sie dich runtermachen wollen, sagen sie: ›Du bist doch bloß ein Boong!‹ Ehrlich, Sally, du bist dein ganzes Leben wie benebelt.«

Jill hatte recht, ich lebte tatsächlich in meiner eigenen Welt. Sie richtete sich viel mehr nach ihrer Umgebung. Es war ihr wichtig, in der Schule akzeptiert zu sein, weil sie gern dort war. Ich wollte sowieso am liebsten zu Hause bleiben.

»Weißt du, Jill«, sagte ich nach einer Weile, »wenn wir Boongs sind, und ich weiß noch nicht, ob das stimmt, aber wenn, dann können wir doch nichts dran ändern. Dann können wir's genausogut akzeptieren.«

»Akzeptieren? Kannst du mir vielleicht irgendwas nennen, was gut daran ist, ein Abo zu sein?«

»Hm, ich weiß nicht so viel über sie«, antwortete ich. »Sie mögen Tiere, oder nicht? Wir mögen Tiere!«

»Viele Menschen mögen Tiere. Schon mal was vom Tierschutzverein gehört?«

»Natürlich. Aber fühlen sich Abos nicht besonders mit der Erde verbunden oder so?«

»Herrgott, keine Ahnung. Alles, was ich weiß, ist, daß keine meiner Freundinnen sie mag. Ich hab nämlich zwei Jahre lang versucht, Lee davon zu überzeugen, daß wir Inder sind.«

Lee war Jills beste Freundin, und ihre Meinung war sehr wichtig. Aber Lee mochte Oma, also konnte ich nicht verstehen, was es nun ausmachen sollte.

»Erinnerst du dich noch an Susan?« fragte Jill und unterbrach meine Gedanken. »Ihre Mutter wollte nicht, daß sie sich mit dir traf, weil du einen schlechten Einfluß auf sie hättest. Sie ist der Meinung, alle Abos üben 'nen schlechten Einfluß aus.«

»Ach, das ist doch egal. Ich mochte Susan sowieso nicht so sehr.«

»Du verstehst das immer noch nicht«, stöhnte Jill ungläubig. »Es ist schrecklich, Aborigine zu sein. Keiner will dich kennen, nicht nur Susan. Du kannst Inder, Holländer, Italiener sein, alles, nur kein Aborigine! Ich nehme an, es ist okay für jemanden wie dich; dir ist es egal, was die Leute denken. Du brauchst niemanden, aber ich, ich brauche jemanden!«

Jill zog sich die Decke über den Kopf und tat, als ob sie schliefe. Ich wußte, daß sie weinte, aber ich hatte zu viel Neues im Kopf, mußte über zu viel nachdenken, um sie jetzt trösten zu können. Und außerdem, was hätte ich schon sagen können?

Omas Ausbruch über ihre Hautfarbe und Jills Behauptung, daß wir Aborigines seien, kündigten eine neue Phase in meiner Beziehung zu meiner Mutter an. Ich begann, sie ununterbrochen wegen unserer Herkunft zu löchern. Mum war eine harte Nuß und bestritt Jills Behauptung beharrlich. Sie erzählte mir sogar, daß Oma vor langer Zeit mit einem Schiff aus Indien gekommen sei. Sie war in der Tat so überzeugend, daß ich mich schließlich fragte, ob Jill wirklich recht hatte.

Wenn ich nicht Mum nervte, dann war ich damit beschäftigt, Oma zu nerven. Zu meiner Überraschung bemerkte ich, daß Oma schnell die Sicherung durchbrannte, wenn es um die Vergangenheit ging. Wenn ich versuchte, sie zu fragen, verlor sie entweder die Fassung und beschuldigte mich aller möglichen Dinge, oder sie schloß sich in ihr Zimmer ein und kam nicht eher wieder heraus, bis Mum von der Arbeit nach Hause kam. Es war eine Verschwörung.

Eines Abends kam Mum in mein Zimmer und setzte sich auf das Fußende meines Bettes. Ihr Gesicht besagte, daß es ernst war. Mit einer ungewöhnlichen Festigkeit in der Stimme sagte sie: »Sally, ich möchte mit dir reden.«

Ich ließ meinen Comic sinken. »Was gibt's?«

»Ich denke, das weißt du, stell dich nicht so dumm. Du wirst Oma nicht länger belagern. Sie ist nicht mehr die Jüngste, und deine Fragen machen sie krank. Sie weiß nie, wann du versuchst, sie reinzulegen. Es hat keinen Sinn, in der Vergangenheit zu wühlen; manche Dinge läßt du besser begraben. Hast du mich verstanden? Du wirst sie in Ruhe lassen.«

»Okay, Mum«, sagte ich leichthin, »aber nur unter einer Bedingung.«

»Welche?«

»Du beantwortest mir eine Frage.«

»Was für eine?« Arme Mum, sie war so eine arglose Seele.

»Sind wir Aborigines?«

Mum schnaubte vor Ärger und stürmte hinaus. Jill kicherte in ihrem Bett. »Ich weiß nicht, warum du nicht damit aufhörst. Warum nervst du sie immer weiter? Ich glaube, es ist besser, es nicht zu genau zu wissen, dann brauchst du dem Ganzen nicht ins Auge zu sehen.«

»Ich nerve sie weiterhin, weil ich die Wahrheit wissen will, und ich möchte sie aus Mums Mund hören.«

»Das ist verlorene Liebesmüh, sie werden es dir nie erzählen.«

»Eines Tages krieg ich sie soweit.«

Jill zuckte gutmütig die Achseln und wandte sich wieder ihrem Groschenroman zu.

Ich legte mich wieder hin und begann über die Vergangenheit nachzudenken. Waren wir Aborigines? Ich seufzte und schloß die Augen. Eine Szene leuchtete lebhaft vor mir auf. Ich war wieder ein kleines Mädchen, und Oma und ich hockten auf der Erde bei der hinteren Verandatreppe. »Das ist eine Fährte, Sally. Sieh sie dir an.« Ich beobachtete versunken, wie sie die Spuren eines Känguruhs zeichnete. »Und das hier ist eine Eidechse, und so sind Emuspuren. Siehst du, sie sind alle unterschiedlich. Du mußt sie alle kennen, wenn du was zu essen fangen willst.«

»Das ist wirklich gut, Oma.«

»Möchtest du, daß ich ein Bild für dich zeichne?«

»Okay.«

»Das sind Männer, siehst du, drei Männer. Sie sind sehr still, sie sind auf der Jagd. Das hier sind Känguruhs, sie horchen, warten. Sie hauen ab, wenn sie mitbekommen, daß wer kommt.« Oma verwischte das Sandbild mit der Hand. »Jetzt bist du dran«, sagte sie. »Zeichne was.« Ich griff eifrig nach dem Stock.

»Das sind Jill und ich. Wir gehen in den Sumpf.« Ich zeichnete einige Bäume und Büsche.

Ich öffnete meine Augen, und das Bild verschwand genauso plötzlich, wie es gekommen war. Hatte ich mich an etwas Wichtiges erinnert? Ich wußte es nicht. Das war das Problem, ich wußte nichts über Aborigines. Ich klammerte mich an einen Strohhalm.

Es dauerte nicht lange, und ich war zu sehr mit meinen Vorbereitungen für die mittlere Reife beschäftigt, um mich noch um unsere Herkunft zu kümmern. Zu dieser Zeit war die mittlere Reife die erste wichtige Prüfung in der High-School, und sie bestimmte in hohem Maße die Zukunft. Wenn du durchfielst, war die Schule für dich automatisch zu Ende, und du suchtest dir eine Arbeit. Wenn du bestanden hattest, wurde allgemein angenommen, daß du zwei weitere Jahre zur Schule gehen und auf die Universität hinarbeiten würdest.

Mum lag sehr viel daran, daß ich gut abschnitt, daher beschloß ich, mich ihr zuliebe anzustrengen und zu versuchen, die Fächer zu bestehen, in denen ich zuvor durchgefallen war. Zum ersten Mal in meinem Schulleben blieb ich abends spät auf und lernte. Es war harte Arbeit, aber Mum unterstützte mich, indem sie mir Tee und Kuchen brachte oder Toast mit Marmelade.

Nach jeder Prüfung fragte sie mich besorgt, wie es mir ergangen sei. Meine Antwort war immer: »Okay.« Ich wußte es nie wirklich. Manchmal dachte ich, ich wäre ganz gut gewesen, aber dann überlegte ich, daß ich nur an einen strengen Korrektor zu geraten brauchte und doch durchfallen konnte. Ich wollte nicht, daß Mum sich zu viele Hoffnungen machte.

Sehr zur Überraschung der ganzen Familie bestand ich jedes Fach und kam sogar einer Auszeichnung in Englisch und Kunst nahe. Mum war begeistert.

»Und, bist du nicht froh? Ich wußte, daß du es schaffen würdest. Mr. Buddee hatte recht.«

Der gute alte Mr. Buddee. Ich wußte nicht, ob ich ihn verfluchen oder ihm danken sollte. Als ich nun meine mittlere Reife hatte, merkte ich, es gab keine Hoffnung, daß Mum mich von der Schule abgehen lassen würde. Ich hätte willentlich durchfallen sollen, dachte ich. Dann hätte sie keine Wahl gehabt. Ich hatte mir in der Tat genau das überlegt, aber aus irgendeinem Grund brachte ich es nicht über mich. Ich nehme an, es war wieder mein Stolz.

## 16

# Wer sind wir?

Das vierte Jahr an der High-School war anders. Es sollte ein Übergangsjahr sein, in dem wir mehr wie Erwachsene behandelt würden und weniger wie schwierige Teenager. Sogar unsere Klassenstruktur sollte so sein, wie wir sie später an der Universität vorfinden würden. Ich war ein Jahr älter, aber ich war immer noch dieselbe Person mit denselben Problemen. Ich fand, daß dies auch auf die Schule zutraf. Die Veränderungen waren nur oberflächlich. Jedoch passierten mir einige beeindruckende und wichtige Dinge in jenem Jahr.

Eines Tages lief ich zufällig einem Mädchen über den Weg, mit dem ich seit den Zeiten der Sonntagsschule befreundet war. Sie lud mich zu einem Jugendtreffen ein, das in den Gemeinderäumen einer nahe gelegenen Kirche stattfinden sollte.

»Ach, nein danke, Sharon. Da komm ich nicht.«

»Sieh mal, es ist nicht so, wie du dir das vorstellst«, behauptete sie zuversichtlich. »Es hat nichts mit Religion zu tun. Es gibt chinesisches Essen und dann ein kleines Treffen, das ist alles.«

»Bist du sicher?«

»Absolut.«

»Okay, dann komm ich. Ich kenne noch ein paar, die chinesisches Essen mögen. Vielleicht bringe ich die auch mit.«

»Super. Bis dann.«

Ich kam zu dem Treffen mit sieben Mädchen aus unserer Nachbarschaft und zweien von der Schule. Das Essen war recht gut, und obwohl wir allgemein ignoriert wurden, hatten wir unseren Spaß. Als alle sich vollgestopft hatten, stand einer auf und sagte: »Wir haben Mr. McClean hier, der uns eine kleine Rede halten wird. Ich möchte, daß ihr alle ruhig seid, während wir hören, was er uns zu sagen hat.«

Oje, dachte ich. Jetzt geht's los. Ich wandte mich um und schaute zum Ende der Halle. Die Tür war geschlossen, und zwei ältere Herren standen davor. Ich saß in der Falle. Ich fühlte, wie sich mein Inneres zu einem Knoten verdrehte. Ich wußte, daß meine Freundinnen es mir nie verzeihen würden, wenn Mr. McClean sich als nur halb so langweilig herausstellte wie einige der Lehrer in der Sonntagsschule. Mr. McClean stand auf und lächelte uns allen freundlich zu. »Ich bin hier, um zu euch jungen Leuten über eure Zukunft zu sprechen«, sagte er. Eure ewige Zukunft, sprach ich lautlos mit Mr. McClean mit. Das hatte ich alles schon mal gehört. Es würde ein langer Abend werden.

Während er seine Rede hielt, begann ich an andere Dinge zu denken, wie an die neuen Kleider, die Mum mir versprochen hatte, die neueste Quizsendung im Fernsehen oder daran, wie es Jill nur immer fertigbrachte, auf unserer alten Tretnähmaschine im Handumdrehen ein neues Fähnchen hinzuzaubern.

Plötzlich sprach jemand zu mir. Ich wußte, es war nicht Mr. McClean. Ich schaute mich verstohlen um und versuchte zu sehen, wer es war. Alle Augen waren auf den Sprecher gerichtet, es war niemand Neues im Raum. »Wer bist du?« fragte ich im Kopf. Mit einer plötzlichen, furchtbaren Einsicht wußte ich, daß es Gott war.

»Was machst du denn hier?« fragte ich. Ich weiß nicht, warum ich so überrascht war. Immerhin waren dies ja Räumlichkeiten der Kirche. Er mußte es sein, denn seine Stimme schien von außen zu kommen und nicht aus mir heraus; sie transzendierte die Realität des Raumes. Ich konnte meine Umgebung nicht mehr sehen. Ich hatte eine Audienz bei ihm, den ich fürchtete. Die Vorstellungen, die ich mir bisher in meinem Leben von ihm aufgebaut hatte, begannen sich aufzulösen, und an ihre Stelle trat ein neues Bild. Eine Person von überwältigender Liebe, Toleranz und Humor. Was Oma richtige Klasse nennen würde. Innerhalb eines Augenblicks wurde ich zu einer Gläubigen.

Danach wurde ich Mitglied in der örtlichen Jugendgruppe. Ich war voller Ideen, wie die Treffen und Ausflüge, zu denen wir gingen, interessanter gestaltet werden könnten, aber es war schwer, ein Schema zu verändern, das seit Jahren funktionierte. Ich freundete mich mit einem Mädchen an, die ein paar Jahre älter war als ich. Sie war einigermaßen konservativ, aber weniger als die anderen Mädchen, die ich kennenlernte, und sie hatte einen großartigen Sinn für Humor. Ich konnte nie verstehen, warum die meisten Mädchen Witzereißen in der Kirche für nicht ladylike hielten. Gott sei Dank war Pat nicht so.

Eines Tages sagte sie zu mir: »Weißt du, keiner hier wird daraus schlau, warum du die Jugendgruppe so sehr magst und die Kirche nicht ausstehen kannst. Wo ist da der Unterschied?«

In Pats Augen gehörte eines ganz natürlich zum anderen, aber für mich war die Kirche sozusagen die Antithese der Jugendgruppe. Ich fühlte mich immer unwohl in der Kirche, alles war so formell, und die Spontaneität fehlte. Die Predigten waren voller Klischees und Dinge, die ich nicht verstand. Für mich war die Kirche wie die Schule, mehr an bürokratischen Regeln interessiert als am Kern der Sache.

Wahrscheinlich war Mum erleichtert, daß ich meine Energie endlich auf etwas lenkte, das sie für kreativ hielt. Bis dahin war sie sich nicht sicher gewesen, was aus mir werden würde. Nun hoffte sie, daß ich mit Unterstützung der Leute in der Kirche beginnen würde, ein produktiveres und weniger rebellisches Leben zu führen. Sie irrte sich.

Eines Abends fragte mich einer der Diakone, ob er mit mir sprechen könne. Ich war mit seiner Tochter befreundet, und er schien ein netter Mann zu sein, also stimmte ich zu.

»Du und Mary, ihr habt eine ganze Menge miteinander zu tun, nicht wahr?« fragte er.

»Ich denke schon, aber wir sind keine engen Freundinnen.«

»Nein, das weiß ich, aber ihr seht euch oft in der Jugendgruppe und in der Kirche.«

»Ja.«

»Nun, Sally«, lächelte er, »ich möchte dich um einen Gefallen bitten.«

»Klar, jederzeit.«

»Ich möchte gern, daß du aufhörst, dich mit Mary zu treffen.« Er lächelte wieder sein charmantes Lächeln.

»Warum?« Ich war echt verblüfft.

»Ich glaube, du weißt, warum.«

»Nein, weiß ich nicht.«

»Du hast einen schlechten Einfluß auf sie, das muß dir doch klar sein.«

Höre und staune, das war ein Zug meines Charakters, dessen ich mir nicht bewußt war.

»Was meinen Sie?« Ich wollte es ihn deutlich sagen hören.

»Dies ist Marys Abschlußjahr wie auch deines. Ich möchte nicht, daß sie mit dir zusammenkommt, weil sie schlechte Angewohnheiten von dir annehmen könnte.«

Aha, dachte ich. Er hat von meinem Schwänzen gehört.

»Wie ist es nach dem Schulabschluß?« fragte ich lammfromm. Ich fühlte, daß mehr dahintersteckte.

»Nein. Ich denke nicht. Es wäre wirklich besser, wenn du eure Freundschaft völlig abbrechen würdest. Du verstehst das doch, nicht wahr?« fragte er in einer unglaublich gewinnenden Art.

»O ja, ich verstehe das«, antwortete ich. Ich war überrascht, daß er sich so überaus höflich verhalten und doch so ein gemeiner Kerl sein konnte.

»Braves Mädel, ich wußte, daß du es verstehen würdest.« Er war erleichtert. »Ach, übrigens, ich kann doch auf dich zählen, daß du Mary nichts sagst, oder? Du wirst schon einen Weg finden, wie ihr die Geschichte beenden könnt, nicht wahr?«

Ich nickte, und er ging davon. Ich war verletzt und enttäuscht. Er war Diakon. Ich hatte zu ihm aufgeschaut. Zu meinem Glück hatte ich meinen Stolz, der mich wieder mal rettete. Ich beschloß, daß ich auf Leute wie ihn verzichten konnte.

Ungefähr zu dieser Zeit begann ich, meine Angewohnheiten und Gefühle genauer unter die Lupe zu nehmen. Ich schaute mir Mum und Oma an und bemerkte, daß ein Teil meiner Unfähigkeit, mit Autoritäten umzugehen, von ihnen herrührte. Sie standen vor einem völligen Rätsel, wenn es um die Arbeitsweise der Regierung oder ihrer Bürokratie ging. Falls Schwierigkeiten auftauchten, so brachten sie uns bei, sei es sehr viel effektiver, den bürokratischen Apparat zu umgehen oder ihm zuvorzukommen, statt ihn direkt anzugehen. Und wenn das nicht klappte, konnte man ihn immer noch ignorieren.

In diesem Sommer beschloß die staatliche Wohnungsverwaltung, allen Häusern in unserer Straße einen neuen Außenanstrich zu geben. Eine Entscheidung, die Oma in große Panik versetzte. Sie paßte auf, daß die Vorder- und Hintertür stets abgeschlossen waren, so daß sie nicht hereinkommen konnten, und sie verbrachte den größten Teil des Tages damit, hinter dem Vorhang zu stehen und Ausschau zu halten. Ich versuchte mit ihr zu diskutieren, aber ohne Erfolg. Die Tatsache, daß die Angestellten der Wohnungsverwaltung stets nur hier gewesen waren, um die Miete einzusammeln oder Routineinstandsetzungen vorzunehmen, bedeutete Oma nichts. Für sie war klar, daß sie kommen wollten, um uns zu überprüfen, und die Möglichkeit einer Räumung hing über unseren Köpfen wie ein Damoklesschwert. Ich dachte daran zurück, wie sie all die Jahre den Mietkassierern um den Bart gegangen war.

An jedem Zahltag vollführte Oma dasselbe Ritual. Sie stand früh auf und verbrachte den ganzen Vormittag damit, das Haus sauberzumachen, obwohl es ihr nie in den Sinn gekommen wäre, den Mietkassierer hereinzulassen. Es war nur ihre Art, die nervöse Spannung abzulassen. Dann spülte sie unsere beste Tasse und Untertasse und arrangierte eine Platte mit Keksen in verführerischer Zusammenstellung. Danach kramte sie nach einem Milchkännchen, das keinen Sprung hatte. Ihr letzter Handgriff war, auf der vorderen Veranda das Sitzkissen des Stuhls aufzuschütteln. Sie wollte, daß er es bequem hatte.

Und während der ganzen Zeit, in der Oma den Tee bereitete, knurrte sie leise: »Dieser verdammte Mietkassierer! Was glaubt er, wer er ist, meine ganze Zeit so in Anspruch zu nehmen? Weiß er denn nicht, daß ich zu arbeiten habe?« Natürlich war es ganz anders, wenn er kam.

»Da sind Sie ja«, lächelte sie. »Setzen Sie sich, Sie müssen müde sein. Daß Sie aber auch so weit laufen müssen!«

Warum tat sie das, fragte ich mich. Warum hatte sie Angst? Wir lebten doch in einem freien Land, oder nicht? Ich mußte noch einmal versuchen, mit ihr zu sprechen, ihr zu erklären, wie die Dinge funktionierten.

Nachdem Oma den Malern ein Frühstück mit allem Drum und Dran gemacht hatte, bedrängte ich sie im Garten, wo sie Laub zusammenharkte.

»Oma«, sagte ich argwöhnisch, »ich glaube, ich hab gerade kapiert, warum du die Mietkassierer seit Jahren wie Könige behandelst. Du wolltest sie bestechen, nicht wahr?«

»Ich weiß nicht, wovon du redest, Sally.«

»Weißt du wohl. Die ganzen Jahre lang hast du Angst gehabt, daß wir rausgeschmissen werden. Deshalb bist du dem Mietkassierer um den Bart gegangen. Du dachtest, wenn es hart auf hart kommt, könnte er ein gutes Wort für uns einlegen.«

»Das waren gute Männer, die über die Jahre hier die Miete eingesammelt haben, Sally. Mach die Mietkassierer nicht schlecht.«

»Du weißt, daß ich die Mietkassierer nicht schlechtmache, Oma, ich versuche nur, mit dir über das alles zu reden.«

»Reden, reden, das ist alles, was du tust. Arbeiten kennst du gar nicht.«

»Oma«, sagte ich mit vernünftiger Stimme, »ich glaube, du verstehst nicht, wie das ist mit dem Haus, das wir gemietet haben.«

»Was meinst du?« murmelte sie, während sie ihren Kopf gesenkt hielt und weiterharkte.

»Na, daß eine Familie nur dann rausgeschmissen wird, wenn sie sich nicht um das Haus kümmert. Zum Beispiel, wenn wir eine Wand einreißen würden oder alle Fenster kaputtmachen, könnten sie überlegen, uns rauszuwerfen, aber andernfalls lassen sie uns hier bleiben, solange wir die Miete zahlen.«

»Pah, du glaubst, du weißt alles, wie?« erwiderte sie bitter. »Du weißt gar nichts, Mädchen. Du weißt nicht, wie es ist für Leute wie uns. Wir sind wie diese Juden, wir müssen uns in acht nehmen.«

»Was meinst du mit Leuten wie uns? Wir sind wie alle anderen, oder etwa nicht? Ich wußte nicht einmal, daß du überhaupt von den Juden gehört hast, wie um alles in der Welt können wir sein wie sie?«

»Auf dieser Welt gibt es keine Gerechtigkeit. Wenn es nach diesem Land ginge, wären solche wie wir jetzt alle tot und vergessen.« Sie verstummte und wischte sich mit einem Männertaschentuch über den Mund. Ihre Augen waren müde und feucht.

»Oma«, fragte ich vorsichtig, »wer sind wir?«

Sie ging sofort in die Defensive. Sie schaute mich scharf an mit dem Blick eines Kaninchens, das Gefahr wittert. »Du versuchst wieder, mich reinzulegen. Ach, dir kann man nicht trauen. Ich bin nicht dumm, weißt du. Ich sage nichts. Gar nichts, verstanden!«

Ich war plötzlich sehr traurig. Die Schranken waren wieder errichtet. Gerade als ich dachte, daß ich nun endlich etwas erreichen würde. »Oma«, redete ich ihr zu, »ich versuche nicht, dich reinzulegen. Ich möchte nur wissen, wer wir sind, was für Leute wir sind, das ist alles.«

»Ich sage nichts. Ich sage nichts«, murmelte sie, während sie ihre Harke fallen ließ und sich die Ohren zuhielt.

Ich seufzte und ging zurück zum Haus. Ich war vollkommen aufgewühlt und wußte nicht, warum. Ich hatte nun akzeptiert, daß Oma dunkelhäutig war und daß unsere Herkunft von den meisten Australiern nicht geteilt wurde, aber ich hatte nicht akzeptiert, daß wir Aborigines waren. Ich wußte zu wenig, um mich dafür entscheiden zu können, und ich war zu durcheinander. Ich stellte fest, daß ich immer zu der gleichen Frage zurückkam: Wenn Oma eine Aborigine war, warum sagte sie es nicht einfach? Die Tatsache, daß Mum und Oma es fortwährend bestritten, ließ mich glauben, daß ich auf dem Holzweg war. Ich konnte keinen Grund dafür finden, warum sie etwas Falsches vorgeben sollten. Und Omas Bemerkung über die Juden hatte mich noch mehr verwirrt. Ich wußte eine Menge über die Juden wegen des Krieges und wegen Dad. In meiner Vorstellung war keinerlei Vergleich zwischen ihnen und uns möglich.

## *17*

# Mach was aus dir

Mum hatte immer hart und mit viel Elan gearbeitet, und nun stellte sich heraus, daß sie in bescheidenem Rahmen auch eine erfolgreiche Geschäftsfrau war. Es war jahrelang so gut für sie gelaufen als Floristin, daß sie 1967 mit Hilfe eines Kredits ihrer Freundin Lois in der Lage war, sich ein eigenes Blumengeschäft zu kaufen. Es ging wirklich bergauf, finanziell gesehen.

Aber ich bin sicher, daß Mum noch zufriedener gewesen wäre, wenn sie mehr Anhaltspunkte dafür gehabt hätte, daß ein wenig von ihrem Elan und ihrem Ehrgeiz auf ihre Kinder abfärbte.

»Du solltest etwas aus dir machen«, sagte Mum eines Abends zu mir, als sie sich darüber ausließ, wie gern sie mich mit einem guten Abschluß in der Tasche sähe. Sie hatte gespürt, daß meine Chance, durchzufallen, größer war als die, zu bestehen. Ich hatte die Nase voll von diesen Reden. Mum und Oma ritten ständig darauf herum, daß wir Kinder etwas aus uns machen sollten.

»Ich hab keine Ambitionen«, erwiderte ich hoffnungslos. »Ich kann mir eigentlich gar nichts richtig vorstellen.«

»Du hast eine Menge Talente, du hast sie nur noch nicht entdeckt.«

»Talente? Mein Gott, Mum, es gibt Wichtigeres als Talente. Ich fühl mich eben von all dem anderen in der Schule unter Druck gesetzt.«

»Das ist kein Grund, gleich dramatisch zu werden. Du hast doch ein gutes Leben, worüber machst du dir schon Sorgen?«

Wie konnte ich ihr sagen, daß es um mich ging, und um sie und Oma. Um die Summe all dessen, was ich nicht verstand über sie und mich. Um das Gefühl, daß ein lebenswichtiger Teil von mir fehlte und daß ich nie irgendwo dazugehörte. Nie etwas klären konnte.

Ich nehme an, es bereitet keine Überraschung, daß ich mein letztes Jahr an der High-School mit einer eher deprimierten Haltung begann. Das veranlaßte mich natürlich erst einmal, ziemlich viel zu schwänzen, was meine innere Suche, die ich scheinbar unbewußt angefangen hatte, sowohl unterstützte als auch behinderte.

Einmal unterhielt ich mich in der Mittagspause mit einem Mädchen aus meiner Klasse über unsere Familien. Als ich erwähnte, wie normal meine wäre, brach sie in Gelächter aus.

»Glaubst du wirklich, daß deine Familie normal ist?«

»Natürlich ist sie normal. Was ist denn ungewöhnlich an ihr?«

»Alles! Du hast die unnormalste Familie, der ich je begegnet bin. Versteh mich nicht falsch, ich mag deine Mutter, wirklich, aber wie ihr alle ans Leben herangeht, ist verrückt.«

Meine Klassenkameradin kicherte immer wieder, die ganze Mittagspause hindurch. Ich bat sie nicht, mir das genauer zu erklären, ich schämte mich zu sehr.

Nicht lange danach fehlte ich in der Schule aufgrund einer echten Krankheit, eines Anfalls von Sommergrippe. Während ich ausgestreckt bäuchlings auf meinem Bett lag und einen von Jills Groschenromanen las, drang nach und nach ein Gespräch in mein Bewußtsein, das Oma mit dem Mietkassierer auf der vorderen Veranda führte.

»Schauen Sie sich den wunderschönen blauen Himmel an und die bauschigen weißen Wolken da drüben«, sagte sie. »Ist es nicht wundervoll, was Gott erschaffen hat?«

Ich lächelte über ihren Ton, den sie immer anschlug, wenn sie fromme Leute beeindrucken wollte. Oma hatte eine sehr genaue Menschenkenntnis. Sie brauchte nur ein paar Minuten, um eine Person einzuschätzen und dann ihre Worte und ihr Verhalten entsprechend auszurichten.

»Ja, Oma, es ist wundervoll. Wissen Sie, ich habe den größten Teil meines Lebens auf dem Lande verbracht, und jetzt in der Stadt vermisse ich die Vögel und Tiere.«

»Ach ja«, unterbrach Oma eifrig, als sie bemerkte, daß sie mitten in einem bedeutsamen Thema war, »und schauen Sie die schwarze Krähe dort und die Elstern. Gott hat auch sie erschaffen.«

Der Mietkassierer folgte ihrem Beispiel und fügte hinzu: »Ja, und das Gras und die Bäume.«

»Das stimmt«, fuhr Oma fort, »und hier stehen wir, Sie und ich, zwei erwachsene weiße Menschen, und wir können so viel, aber das könnten wir nicht erschaffen!«

Meine anfängliche Reaktion auf Omas Bemerkung war ein leises, unkontrolliertes Lachen, doch innerhalb weniger Minuten war mein Amüsement in eine tiefe Traurigkeit umgeschlagen. Warum wollte sie weiß sein? Stellte sie Weiße wirklich mit der Macht Gottes auf eine Stufe, oder war das nur ein Versprecher? Mir wurde mit einem Mal klar, daß es Zeiten in ihrem Leben gegeben haben mußte, in denen sie sich umsah und den Beweis direkt vor Augen fand: Weiße konnten alles tun, was sie wollten.

Eines Tages öffnete ich auf ein Klopfen hin die Haustür und traf auf zwei gutgekleidete Damen mittleren Alters, die mich gütig anlächelten.

»Ist Oma da?« fragten sie höflich.

»Hm, sie ist hinten im Garten. Sie hat viel zu tun.«

»Ach so. Nun, meine Liebe, wir sind von den Zeugen Jehovas, und wir kommen jede Woche hierher und unterhalten uns ein wenig mit Ihrer Oma bei einer Tasse Tee. Sie ist eine wundervolle alte Dame, so großzügig und freundlich. Sie gibt uns jede Woche eine kleine Spende für unsere Kirche.«

»Tut sie das?«

»Ja. Nun, eine Art Spende. Wir geben ihr den Wachtturm und verkaufen ihr für wenig Geld auch noch einige unserer Broschüren. Sie sagt, sie liest sie so gerne.«

»So?«

»Wie dem auch sei, meine Liebe, wir wollen Sie nicht länger aufhalten.« Ich glaube, sie spürten, daß ich die Tür auch nicht ein bißchen weiter öffnen würde. »Werden Sie Ihrer Oma sagen, daß wir hier waren? Hier sind einige Broschüren für sie zum Lesen. Sie kann sie diesmal umsonst haben, weil sie so eine wunderbare alte Dame ist. Bitte geben Sie sie ihr mit den besten Grüßen.«

»Mach ich«, sagte ich, nahm die Broschüren und schloß die Tür.

Ich brachte sie nach hinten, wo Oma fleißig im Garten arbeitete.

»Oma«, sagte ich, als ob ich zu einem ungezogenen Kind spräche, »du hast diese Damen von den Zeugen Jehovas nicht irgendwie ermuntert, oder?«

Oma kicherte verschlagen. »Sie glauben, ich möchte eine Zeugin Jehovas werden, Sally.«

»Das hab ich gemerkt. Warum hast du ihnen erzählt, daß du ihre Zeitschriften liest?« Oma konnte weder lesen noch schreiben, auch wenn sie diese Tatsache gern verheimlichte.

»Ach, na ja. Das hab ich nur gesagt, damit sie mir ein paar mitbringen. Hast du welche bekommen?«

»Ja, allerdings hab ich ihnen keine Spende gegeben. Sie sagten, du könntest sie umsonst haben, weil du so eine wundervolle alte Dame bist.« Mein Sarkasmus war nicht zu überhören.

Sie grinste mich an und sagte dann: »Faß sie mal an, Sally.«

»Was soll ich anfassen?«

»Die Zeitungen.«

Ich schaute sprachlos auf die Broschüren in meiner Hand. »Sie fühlen sich weich an«, sagte ich.

»Stimmt!« grinste Oma triumphierend. Dann senkte sie die Stimme und flüsterte: »Sie geben das herrlichste Klopapier ab, Sally. Ich hab ganze Kisten davon in meinem Zimmer. Das spart deiner Mutter eine Menge Geld!«

Ich hatte mittlerweile gemerkt, daß Mum und Oma recht eigenartige Vorstellungen von Sparsamkeit hegten. Ich war nun daran gewöhnt, Männerpullover zu tragen und Schuhe, die an den Zehen mit Zeitungspapier ausgestopft waren. Als ich klein war, mußte Oma mit denselben Kleidungsstücken jahrein, jahraus zurechtkommen, und es hatte Zeiten gegeben, in denen die beiden auf ihr Essen verzichteten, bloß um uns füttern zu können. Daher hätte es mich nicht überraschen sollen, mit welcher Intensität sie alles horteten, was ihnen in die Finger kam. Anfänglich war das Horten eine praktische Notwendigkeit gewesen. Ich verstand das, aber war erstaunt, daß diese Tendenz sich verstärkte, als sich unsere finanzielle Situation besserte. In nicht allzu langer Zeit waren sie beide leidenschaftliche Sammlerinnen geworden.

Mum und Oma hatten sich immer gestritten, aber wenn sich die Auseinandersetzungen um ihre verschiedenen Vorratslager drehten, wurden ihre Bemerkungen recht scharf. Oma bezeichnete Mums Kollektion als kaputtes Gerümpel, während Mum Omas Zeug für völlig nutzlos hielt. Glücklicherweise gab es etwas, auf das sie sich einigen konnten: den Wert von Werkzeugen. Als Dad noch lebte, hatte er Werkzeuge gehortet, und nach seinem Tod hatten Mum und Oma das fortgesetzt, auch wenn sie nur wenig davon benutzen konnten. Oma liebte Werkzeuge. Sie gaben ihr einen gewissen Status, und Mum trug regelmäßig mit verrückten und wundervollen Geräten zu Omas wachsender Sammlung bei.

Eines Nachmittags kam sie von einer Versteigerung mit einer großen Sense zurück. Oma war sehr aufgeregt, sie fand sie besser als einen Rasenmäher.

»Das ist eine verdammt schlechte Idee, ihr so was zu kaufen«, schalt ich Mum. »Du weißt doch, daß sie nicht besonders gut sehen kann. Sie könnte sich ein Bein abhacken.«

Mum wischte meine Bedenken mit einer Handbewegung beiseite und behauptete, daß Oma mit einer Sense gemäht habe, als sie jünger war, es sei völlig sicher. Meine Neugier war geweckt. Ich versuchte, mir Oma als junges Mädchen vorzustellen, die eine Sense schwang. Wo könnte sie eine Sense benutzt haben und warum? Ich marschierte in den Hof, wo Oma eifrig im hohen Gras herumhieb.

»Ich höre, du hast so ein Ding benutzt, als du jünger warst«, bemerkte ich beiläufig.

»O ja«, erwiderte sie, während sie die Sense weiter um sich schwang. »Gut für Unkraut und Gras. Hielt den Garten in Ordnung.«

»Wessen Garten?«

»Was?«

»Wessen Garten?«

»Du hörst wohl nie auf, wie? Kommst hier angeschlichen und versuchst mich reinzulegen. Du hast dich noch nie für Gärten interessiert, Sally!« Sie drehte sich um und fuhr fort, auf das Gras einzuhauen. Unser Gespräch war beendet.

Am Ende des ersten Trimesters hielt unser Physiklehrer der Klasse eine kleine Rede.

»Es ist interessant«, sagte er, »wir haben noch zwei Trimester vor uns, und ich kann jetzt schon sagen, wer von Ihnen bestehen und wer durchfallen wird. Und ich rede nicht nur von Physik. In dieser Klasse werden die meisten bestehen. Dann gibt es ein paar, die auf der Kippe stehen, und eine, die auf jeden Fall durchfallen wird.« Er schaute mich mitleidig an. »Ich weiß nicht, warum Sie sich überhaupt noch herbemühen. Sie können genausogut jetzt schon das Handtuch werfen.«

Alle lachten. Ich war wütend. Bis dahin hatte es mir nichts ausgemacht, ob ich bestand oder nicht. Ich werde dir das Gegenteil beweisen, du Lump, dachte ich.

Während des zweiten Trimesters unternahm ich sporadische Versuche zu lernen. Sobald die Augustferien vorbei waren, begann ich ernsthaft. Es würde keine leichte Aufgabe sein. Mir fehlte das fotografische Gedächtnis meiner beiden Schwestern, und ich lag weit zurück mit meinem Lernpensum. Wie üblich versuchte Mum mich zu ermuntern, indem sie mir jeden nur denkbaren Snack brachte.

Anstatt vor jeder Prüfung ausreichend zu schlafen, hielt ich mich mit starkem Kaffee wach und versuchte, soviel zusätzliches Wissen wie möglich in meinen Kopf zu packen. Am Ende der Prüfungen wußte ich, daß ich Englisch, Geschichte und Wirtschaft bestanden hatte, ich hatte meine Zweifel bei Chemie, und ich war fast sicher, daß ich in Physik und Mathematik durchgefallen war.

Ich gestand Mum keine meiner Befürchtungen. Ich dachte mir, sie würde noch früh genug enttäuscht werden. Ich benötigte fünf bestandene Fächer für mein Abschlußzeugnis, und ich war mir nur bei dreien sicher. Es schien, als wäre all die harte Arbeit umsonst gewesen.

Mum ließ mich wissen, was sie für Teenager als angemessen empfand.

»Wo du jetzt deine Prüfungen beendet hast, solltest du ausgehen und ein bißchen was erleben.«

Ich wußte, daß sie es nicht normal für ein Mädchen meines Alters fand, so viele Abende zu Hause zu verbringen.

»Hör mal, Mum, kannst du endlich damit aufhören?« schrie ich sie an. Ich war leicht reizbar seit meiner Prüfung. »Ich möchte lediglich hier sitzen und in Ruhe gelassen werden!«

Arme Mum, sie hatte jetzt zwei Extreme in ihrer Familie. Auf der einen Seite mich, die Gebetskreise besuchte, und auf der anderen Seite Jill und Bill, die wie normale Teenager ihre Wochenenden damit verbrachten, Perth unsicher zu machen. Bill hatte gerade die mittlere Reife bestanden. An jedem Samstagabend kamen sie stockbetrunken nach Hause. Und es gelang ihnen jedesmal, Mum davon zu überzeugen, daß ihr Erbrechen von einer Lebensmittelvergiftung herrührte und nicht vom Alkohol. Ich schaute Mum nur traurig an. Ich wußte, daß sie innerlich nicht wirklich an eine Lebensmittelvergiftung glaubte. Sie wollte nur nicht der Möglichkeit ins Auge sehen, daß eines ihrer Kinder so werden könnte wie Dad.

Ich begann, mir gewaltige Sorgen über die baldige Veröffentlichung meiner Abschlußergebnisse zu machen. Die Ergebnisse erschienen jedes Jahr im West Australian, und ich fand das furchtbar, weil damit unsere Schande allgemein bekanntwerden würde. Manchmal wußten es sogar andere Leute eher als die Betreffenden selbst, ob sie durchgefallen waren oder nicht. Ich selbst konnte mit der öffentlichen Bloßstellung umgehen, aber was war mit Mum? Sie hatte immer den Nachbarn gegenüber damit angegeben, wie klug ihre Kinder seien. Es wäre ein Schlag ins Gesicht, wenn sie den Namen ihrer ältesten Tochter mit einem Häkchen für ›durchgefallen‹ gedruckt sehen würde.

Da gab es nur eines, ich mußte weg! Ich meldete mich freiwillig dazu, in einem kirchlichen Ferienlager für kleine Kinder auszuhelfen. Damit wäre ich von der Bildfläche verschwunden, wenn die Ergebnisse herauskamen. Das Ferienlager stellte sich als eine interessante Erfahrung für mich heraus. Ich war immer gern mit kleinen Kindern zusammen gewesen.

Ich mußte mich um eine Gruppe von zehn Kindern kümmern, und zwei von den Mädchen waren Aborigines. Sie sprachen mit mir über ihr Leben zu Hause und aus welchen Teilen des Landes ihre Mums und Dads gekommen waren. Ich schien mich ganz natürlich zu ihnen hingezogen zu fühlen. Das bedeutete nicht, daß ich mit den anderen nicht gut zurechtkam, aber mir schien es, als hätte ich eine besondere Einfühlung in die Aborigine-Mädchen.

Einige Tage bevor die Ergebnisse veröffentlicht werden sollten, rief Mum mich an, um zu hören, wie es mir ging, und um zu fragen, mit welchem Bus ich nach Hause käme.

»Ich komme nicht«, sagte ich entschlossen. »Sie haben nicht genug Helfer hier, deshalb bleibe ich noch.«

»Willst du denn nicht deine Ergebnisse in der Zeitung lesen?«

»Ich bin in Rockingham, Mum, nicht in Afrika. Die Zeitung gibt es hier unten auch.«

»Sally«, fragte sie argwöhnisch, »du bleibst doch nicht fort, weil du glaubst, daß du durchgefallen bist?«

»Tja …«

»O je, was soll aus dir nur mal werden?« jammerte Mum.

»Jetzt sei doch nicht so weinerlich, Mum«, flehte ich sie an. »Ich könnte auch bestanden haben.«

Wir legten beide zur selben Zeit auf. Straf mich Lügen, Gott, betete ich. Mum verdient etwas Erfolg im Leben. Meine Gebete wurden erhört, denn als die Ergebnisse herauskamen, erhielt ich ein langes, sentimentales Telegramm von Mum, worin sie meine überragende Intelligenz rühmte und mir auf die Schulter klopfte, daß ich fünf Fächer bestanden hatte. Als ich schließlich vom Ferienlager zurückkehrte, hatte sie sich in die Idee hinein gesteigert, daß ich zur Universität gehen und Ärztin werden würde. Sie war sehr enttäuscht über meine Entscheidung, nie mehr zu lernen. Ich sagte ihr, ich hätte genug davon, mir vorschreiben zu lassen, was ich mit meinem Leben anfangen sollte. Ich wollte arbeiten und Geld verdienen. Ich wollte unabhängig sein.

»Aber Sally«, protestierte sie, »du bist die erste in unserer Familie, die es so weit gebracht hat. Warum kannst du denn nicht zur Universität gehen … Warum denn nicht Ärztin oder Tierärztin werden? Als du klein warst, hast du dich doch so gern um kranke Tiere gekümmert.«

Ich holte Luft, um zu protestieren, aber Mum schnitt mir das Wort ab: »Ich weiß ja, daß du immer Angst hast, du müßtest kranke Schlangen behandeln, aber ich bin sicher, daß das nur selten vorkommt, und du kannst sie dann immer noch ruhigstellen.«

»Mum«, stöhnte ich, »kranke Schlangen sind mir scheißegal. Ich will einfach nicht studieren.«

»Das heißt, du hast das alles für nichts und wieder nichts gemacht? Deine Halsstarrigkeit schadet dir selbst am allermeisten. Du wirst es eines Tages bedauern, laß dir das gesagt sein!«

»Hör auf, dich zu beklagen. Du kannst von Glück reden, daß ich überhaupt so lange durchgehalten habe. Bist du nicht froh, wenn ein bißchen zusätzliches Geld reinkommt?«

»Ich habe mir nie Sorgen wegen Geld gemacht. All diese Arbeit ...«, klagte Mum.

Kurz darauf begann ich samstagnachmittags zum Basketball zu gehen. Nicht um zu spielen, sondern nur als Zuschauerin. Mittlerweile hatte ich mich, als Folge des Ferienlagers, mit einigen Mädchen aus anderen Kirchengemeinden angefreundet. Nachdem sie ihre Spiele beendet hatten, schlenderten wir herum und schauten dem Jungenbasketball zu. Schon seit einiger Zeit wußte ich von einem Mädchen aus einer Kirchengemeinde in der Nähe. Sie sei eine tolle Person und habe viel Humor. Ich war neugierig darauf, sie kennenzulernen. Erstens, weil ich noch nicht viele Mädchen mit Sinn für Humor getroffen hatte, und zweitens, weil ich einige Gespräche über sie mitgekriegt hatte, die endeten: »... aber sie ist ein toller Mensch« oder: »... ja, aber sie ist nett, nicht?«. Ich fragte mich, was mit ihr nicht stimme.

Als ich sie schließlich traf, war es mir klar. Ich kann mich an ihren Namen nicht erinnern, aber sie war eine sehr dunkelhäutige Aborigine. Wir freundeten uns an, und ich verbrachte gern die Samstagnachmittage mit ihr.

Eines Tages teilte sie mir mit, daß sie fortginge.

»Was heißt das, du gehst fort?« fragte ich, »wohin denn?«

»Ich gehe zurück zu meinen Leuten.«

»Deinen Leuten?« Ich war so dumm.

»Ja, ich gehe zurück, um bei ihnen zu leben. Ich möchte sie unterstützen, wenn ich kann.«

Ich war traurig, daß ich sie nicht mehr sehen würde. Und ich fragte mich, wer ihre Leute waren und warum sie Hilfe brauchten. Was war los mit ihnen? Ich war zu verlegen, um sie zu fragen.

## 18
# Das Arbeitsleben

Gegen Ende des Sommers 1969 gelang es mir, einen Job als Angestellte bei einer Regierungsbehörde zu ergattern. Es war ein unglaublich langweiliger Job. Ich hatte nichts zu tun. Ich bat meine Vorgesetzten, mir mehr Arbeit zu geben, aber sie sagten, es gäbe keine. Ich sollte lediglich die Kunst beherrschen, beschäftigt zu wirken, so wie sie. Zwei Wochen lang war ich sogar gezwungen, Überstunden zu machen; nicht, daß es irgend etwas zu tun gab, aber sie alle machten Überstunden und meinten, es sähe schlecht aus, wenn ich es nicht auch täte. In meiner Verzweiflung ging ich dazu über, Romane in Regierungsakten zu verstecken. Auf diese Art und Weise konnte ich an meinem Schreibtisch sitzen und lesen, ohne daß mir gesagt wurde: »Tu so, als wärst du beschäftigt, Mädchen, tu so, als ob!«

Ich langweilte mich so ausgiebig, daß ich eines Tages ein Schnittmuster für ein Kleid mit zur Arbeit nahm. Ich breitete es auf einem großen Tisch in unserem Büro aus und begann zuzuschneiden. Mein unmittelbarer Vorgesetzter stellte sich hinter mich.

»Sie schneiden ein Kleid zu?« fragte er ungläubig.

»Nun, ich habe nichts anderes zu tun«, erwiderte ich.

»Oje«, sagte er sanft, »ojemine!« und verschwand. Wenige Minuten später kehrte er mit dem Abteilungsleiter zurück.

»Was soll das? Was haben Sie vor, Mädchen?« fragte er ärgerlich. »In der letzten Woche haben Sie Drachen auf alle unsere Haushaltsordner gezeichnet, und nun das hier. Wissen Sie, was Sie da tun?«

»Ich schneide ein Kleid zu.«

»Jetzt werden Sie mal nicht frech, junge Frau! Packen Sie das weg. Was ist, wenn der Chef reinkommt, wie sieht das denn aus? Ich habe nichts dagegen, wenn Sie lesen, aber Sie können nicht zur Arbeit kommen und sich einbilden, hier nähen zu können.« Ich seufzte und packte meine Sachen zusammen.

Ich hielt es dort ungefähr sechs Monate aus, dann kündigte ich. Und ich hatte gedacht, daß die Schule langweilig wäre! Das war meine erste Erfahrung mit einer Anstellung, und es hatte mir kein bißchen gefallen. Aber es war eine wichtige Erfahrung, die mir etwas über mich aufzeigte, über das ich mir bisher nicht im klaren gewesen war. Irgend etwas Beliebiges zu tun, befriedigte mich nicht. Und ich war nicht faul.

Nach vier Monaten Arbeitslosigkeit beschloß ich, es sei an der Zeit, mich nach einer anderen Arbeit umzusehen. Ich hatte genug davon, zu Hause herumzusitzen und nichts zu tun zu haben. Ich fand einen Job als Laborassistentin. Irgendwie nahm mein neuer Arbeitgeber an, daß ich etwas von Physik und Chemie verstehen müßte, da ich es in der Schule gehabt hatte. Meine Arbeit bestand darin, Bodenproben aus verschiedenen Teilen Westaustraliens auf Zinn, Eisenerz und ähnliches zu analysieren. Aus Versehen warf ich meine ersten Proben weg, deshalb erfand ich in meiner Verzweiflung die Ergebnisse. Mein Chef war ziemlich aufgeregt. »Hm«, sagte er, als er meine Aufzeichnungen durchsah, »das ist nicht schlecht. Gut gut!«

Ich fühlte mich schuldig; ich stellte mir vor, daß sie auf der Basis meiner Analyse womöglich sofort zu bohren anfingen in der Hoffnung auf einen großen Fund. Danach wurde ich sorgfältiger.

Die Frauen, mit denen ich zusammenarbeitete, waren alle starke Persönlichkeiten. Unser Chef war fast nie da, daher dehnten wir unsere Mittagspausen aus und führten lange Gespräche über alles, was uns in den Sinn kam. Ich war sehr beeindruckt von der ganzen Gruppe. Sie waren die ersten Frauen, die ich traf, die tatsächlich etwas zu sagen hatten.

Zu meiner Freude hatten wir eine Engländerin, Joan, die es liebte, ihre Vorgesetzten auf den Arm zu nehmen. Eines Tages kam unser Chef gerade herein, als wir in einem verrückten Spiel, das wir erfunden hatten, durchs Büro rasten. Er schalt uns alle, besonders die älteren Frauen, daß sie kein gutes Beispiel für mich abgäben. Joan war nicht so leicht einzuschüchtern. Sie nahm einen schwarzen Filzstift von seinem Schreibtisch, malte einen kleinen Hitlerschnurrbart unter ihre Nase und sagte mit einem starken deutschen Akzent: »Ich gebe die Befehle hier!« Dann salutierte sie. Sie konnte von Natur aus gut Leute imitieren; es fiel uns schwer, nicht zu lachen. Unser Chef wußte, daß er sie nicht feuern konnte, denn sie war eine hervorragende Geologin.

Die anderen Frauen waren genauso interessant wie Joan. Eine von ihnen vertraute mir an, daß sie schizophren sei. Das war eine vertrauliche Mitteilung, die mir jedoch zu keiner Erkenntnis verhalf. Ich fragte mich nur, aus welchem Land sie denn wohl käme.

Eines Tages kehrte ich von der Mittagspause ins Büro zurück und fand alle außergewöhnlich bedrückt vor. Unser Büro sollte in eine andere Stadt verlegt werden. Niemand war davon begeistert, denn es bedeutete, daß die ganze Firma, anstatt kleinere Zweigstellen hier und da zu unterhalten, unter einem Dach sein würde. Wir würden alle spuren und uns benehmen müssen. Ich beschloß zu kündigen. Mein Chef bot mir eine Gehaltserhöhung an, wenn ich bliebe. Er sagte, ich sei die beste Laborassistentin, die er je gehabt hätte.

Die Entscheidung wurde mir aus der Hand genommen, als ich plötzlich eine Akne entwickelte aufgrund einer Allergie gegen die Chemikalien, mit denen ich umzugehen hatte.

Die letzte Zeit über, bis ich den Laborjob dann verließ, entwickelte ich ein Interesse an Psychologie. Ich hatte das Wort schizophren in meinem Lexikon nachgeschaut und herausgefunden, daß es schließlich doch keine Nationalität war. Ich war jetzt realistischer in bezug auf mich selbst. Mir wurde klar, daß die Chancen für mich, einen Job zu finden, in dem ich wirklich glücklich wäre, sehr gering waren. Ich mußte mehr lernen. Ich beschloß, mich für das nächste Jahr an der Universität einzuschreiben, zusammen mit Jill, die nach ihrem Schulabschluß unbedingt Jura studieren wollte.

*19*

# Häusliche Verbesserungen

Häusliche Verbesserungen waren eine langwierige Angelegenheit. Da ich nun älter wurde und mehr von der Welt gesehen hatte, fand ich, unser Haushalt sollte dem anderer Leute ähnlicher werden. Ich wollte durchaus nicht unseren Lebensstil verändern, ich hoffte nur, Mum überreden zu können, ein bißchen Geld auszugeben, um etwas modernen Komfort einzubauen. Sie zum Geldausgeben zu bewegen, war nicht schwierig, aber es war nahezu unmöglich, sie dazu zu bringen, es für etwas wirklich Praktisches auszugeben. Mit einigem konnte ich mich immer weniger abfinden. Wie dem rosa Holzofen im Badezimmer zum Beispiel und der Art, wie Oma unsere Kleider im Waschkessel kochte.

Der Kessel war insofern gut, als die Kleider immer sauber herauskamen, wenn auch eine Spur eingelaufen. Weitaus weniger gut war die Tatsache, daß durch Omas Kettenrauchen nach und nach in jedem Kleidungsstück zahllose Brandflecken und Löcher auftauchten. Sogar Mum hatte es satt. Sie ging so weit zu behaupten, daß Oma absichtlich Löcher in die Kleider brannte, die sie nicht mochte. In Anbetracht dessen, wie streitlustig Oma war, hätte ich es ihr schon zugetraut.

Der Gipfel war für mich, als ich eines Morgens ein schönes, neues Kleid anziehen wollte, das Mum mir in einem Secondhand-Laden gekauft hatte, und entdecken mußte, daß zwei beachtliche Brandlöcher den Teil direkt über der linken Brust zierten. Als ich meine Brust herausstreckte und Oma wütend den Schaden zeigte, lachte sie nur und sagte: »Die Farbe steht dir sowieso nicht!«

Dann kam Mum eines Abends verärgert und beschämt von der Arbeit zurück. »Sieh dir meinen Rock an!« Ich schaute an Mums Rock herunter. Ausgerechnet in der Mitte ihres Pos prangte ein beachtliches Loch. Aber das stellte sich schnell als Segen heraus, denn am folgenden Nachmittag kaufte Mum eine Waschmaschine nebst Schleuder und installierte sie in der Waschküche.

»Du benutzt den Kessel jetzt nur noch, um die Hundedecke auszukochen«, sagte sie ärgerlich zu Oma, »von nun an werden die Sachen in dieser Maschine gewaschen. Ich will keine Löcher mehr in meinen Kleidern haben.«

Oma benutzte die Maschine nur ungern. Sie wurde schließlich mit Strom betrieben, und Oma hatte Angst, daß sie sich, in Verbindung mit dem Wasser, einen tödlichen Stromschlag holen würde. Auch als ich ihr erklärte, daß alle Drähte isoliert seien und es völlig sicher sei, weigerte sie sich noch, die Maschine zu berühren. In ihrer Verzweiflung stellte Mum ihr schließlich ein Ultimatum: Benutz die Maschine oder hör auf zu rauchen, während du wäschst! Nun war für Oma der

Gedanke, das Rauchen wer weiß wie lange zu unterlassen, genauso schlimm wie sich ein Bein oder einen Arm abzuhacken. Sie erklärte sich bereit, es mit der Maschine zu versuchen.

Zu unserem Erstaunen tauchten aber bald nicht nur neue Löcher in unseren Kleidern auf, sondern die alten wurden auch noch größer. Mum war wütend. Sie schalt Oma, daß sie immer noch im Kessel wusch, doch zu unserer Überraschung behauptete Oma, sie habe die Waschmaschine benutzt. »Na, dann zeig mir mal, wie du das machst!« bat Mum argwöhnisch und begleitete Oma in die Waschküche.

Zehn Minuten später kehrte Mum zurück und warf sich kichernd neben mich auf das Sofa. Offenbar hatte Oma die Maschine benutzt, aber sie stand die ganze Zeit, während die Maschine vor sich hintuckerte, darüber gebeugt, um sicherzustellen, daß alles in Ordnung war. Hin und wieder tauchte sie den Stock, mit dem sie immer den Kessel umgerührt hatte, hinein, holte verschiedene Kleidungsstücke heraus und untersuchte genau, ob sie auch sauber waren. Dabei fiel dann die verhängnisvolle Glut herunter.

Der rosa Holzofen in unserem Badezimmer war mir seit Jahren ein Dorn im Auge. Jill, Bill und ich hatten Mum inständig gebeten, einen neuen Warmwasserbereiter zu installieren, aber Mum bestand hartnäckig darauf, daß sie sich das nicht leisten könne. Wir wußten, daß das nur eine Ausrede war, denn Mums Blumengeschäft lief gut, und da der Kredit nun abgezahlt war, ging es uns besser denn je zuvor.

Große Geschicklichkeit und Findigkeit waren erforderlich, um ein gleichbleibendes Rieseln des heißen Wassers aus der Dusche zu garantieren. Eigentlich ging es nur mit zwei Methoden. Die erste erforderte Teamwork. Eines geruhsamen Einseifens konntest du dich erfreuen, wenn jemand anders überredet werden konnte, den Ofen kontinuierlich mit Holzspänen und zusammengeknülltem Zeitungspapier zu füttern, während du duschtest. Die zweite Methode war bescheidener, aber weniger angenehm. Drei Eimer Holzspäne wurden neben dem Ofen plaziert. Sobald das Wasser aus der Dusche sich abkühlte, sprangst du nackt aus der Badewanne, paßtest dabei auf, nicht auf dem bloßen Zementboden auszurutschen, warfst ein paar Handvoll Späne in den Badeofen und sprangst wieder unter die Dusche.

Die Sache spitzte sich schließlich eines Samstagnachmittags zu, als ein Freund von mir fragte, ob er bei uns duschen könne, bevor wir am Abend ausgingen. Er kam aus einer wohlhabenden Familie aus Victoria und nahm aus irgendeinem Grunde wohl an, daß jedermanns Badezimmer gleich ausgestattet sei. Witzigerweise nahmen wir dasselbe an und begannen nüchtern die Arbeitsweise unseres Badeofens zu erklären. Ich beobachtete, wie das zutrauliche Lächeln meines Freundes sich langsam in Bestürzung wandelte und dann schnell wieder in ein schiefes Grinsen.

»Halt!« rief er. »Hört auf, mich auf den Arm zu nehmen!«

Der Kulturschock, den Jeff erfuhr, als er unseren Badeofen sah, reichte aus, um Mum voller Scham in das nächste Gasinstallationsgeschäft zu treiben.

Ich fand mich oft eingekeilt zwischen Omas streitsüchtiger Natur und Mums seltsamer Art, an häusliche Erneuerungen heranzugehen, wie zum Beispiel an dem Abend, als ich Mum half, unser Wohnzimmer neu zu tapezieren.

Aus einer Kiste mit Sonderangeboten in einem Tapetengeschäft hatte Mum acht Tapetenrollen mit schokoladenbraunem Paisleymuster erstanden. Es war nicht annähernd genug für alle Wände, aber Mum meinte, daß es besser sei, eine Wand mit Paisleymuster hervorzuheben als gar keine. Es würde unserem Zuhause ein bißchen Stil geben. Nachdem sie schon Geld für die Tapete ausgegeben hatte, war sie nicht mehr bereit, auch nur noch einen Cent für Kleister, Eimer, Rollen und eine Leiter zu bezahlen. Statt dessen zerrte sie einen großen Eimer mit Kleister aus der Waschküche hervor, den sie im Badezimmer anrührte. Unsere Leiter bestand aus drei Holzkisten, die an der Wand aufeinandergestapelt wurden, und was die Rollen anging, nun, wie Mum so treffend bemerkte, wozu hatten wir unsere Hände?

Mir wurde die zweifelhafte Ehre zuteil, mit jeder Bahn durchgeweichter, klebriger Tapete den ganzen langen Flur vom Badezimmer zum Wohnzimmer entlangzuhecheln, und im Wohnzimmer folgte dann ein Wahnsinnssprung auf die Holzkisten, wobei ich die Tapete gegen die Wand zu klatschen hatte mit dem Ziel, sie so nahe wie möglich an die Decke zu bringen. Mums Aufgabe war, die Tapetenbahn eilig unten anzudrücken, während ich sie oben hielt. Sobald sie den unteren Teil festgeklopft hatte, drückte ich den oberen Teil fest. Dann kletterte ich von den Kisten, und die ganze Prozedur begann von vorn.

Als drei Bahnen an die Wand gekleistert waren, war auch der ganze Flur mit Kleister und Stückchen von abgerissenem Paisleymuster tapeziert, und ich begann mich reichlich klebrig und allgemein skeptisch gegenüber der ganzen Sache zu fühlen. Unglücklicherweise war Mum niemand, die Fehler zugab. Sie trieb mich weiter an mit Bemerkungen wie: »Es ist wunderschön, Sally, du bist so geschickt!« oder »Heute abend haben wir das beste Haus in der Straße!«

Einmal kam Oma herein. Sie sah uns auf den Holzkisten balancieren, vollständig verdeckt von der Tapete, die irgendwie rückwärts über unsere Köpfe gefallen war, und kommentierte: »Ich leb in einem Irrenhaus! Ihr zwei seid die größten Idiotinnen, die ich kenne!« Mum ging an die Decke, und Oma ging kichernd fort. Sie war immer zufrieden, wenn sie jemanden geärgert hatte.

Gegen Mitternacht hatten wir die ganze Wand fertig. Es gab noch ein paar ungleichmäßige Stücke, die an den Enden überstanden, aber wir beschlossen, sie geradezuschneiden hätte bis zum Morgen Zeit.

Am folgenden Morgen gingen Mum und ich, unser Werk zu bewundern. Oma war schon im Wohnzimmer. Sie ging auf und ab und beäugte die Tapete, Curly auf ihren Fersen. Ab und zu leckte er an der Tapete. Ich glaube, er mochte den Kleister.

»Nun sag schon, Oma«, versuchte Mum es, »sieht doch gut aus, oder?«

Oma lächelte süffisant. »O ja. Ihr habt einen Teil in die eine Richtung und den anderen in die andere Richtung geklebt. Ihr seid wirklich geschickt, Glad.« Dann drehte sie sich zu Curly um und sagte: »Komm, mein Junge, ich geb dir deine Milch. Du willst doch nicht hier drinnen bei diesen Quatschköpfen bleiben.«

Oma hatte recht, das Muster war völlig durcheinander. Mum versuchte, ihren Stolz zu retten, indem sie murmelte: »Wir können ja behaupten, wir hätten es absichtlich so gemacht.«

Mum setzte im folgenden Monat ihre Bemühungen fort, das Haus auf den neuesten Stand zu bringen, als Cyril zu uns kam. Cyril war ein älterer Freund von mir, den ich in der Kirche kennengelernt hatte. Seit wir Kinder älter wurden, brachten wir oft Freundinnen und Freunde mit nach Hause. Oma war nicht glücklich über die Situation, aber Mum fand, daß es uns half, nicht auf die schiefe Bahn zu geraten, wenn sie unsere Freundinnen und Freunde willkommen hieß.

Cyril war Engländer, und er rühmte sich seiner Fähigkeit, mit dem australischen Klima zurechtzukommen. Im Sommer, während wir kalte Duschen, kühle Getränke und schattige Veranden genossen und sogar der Hund einen Eiswürfel in seiner Milch hatte, war Cyril in der Mittagssonne draußen, bekleidet nur mit ein paar weiten Shorts und Schnürschuhen. Omas Kommentare: »Komm rein, du dummer Kerl!« oder »Hm, glaubt wohl, er ist ein Blackfella!« blieben ungehört, während Cyril sich mit einer besonders heißen, schweißtreibenden Aufgabe beschäftigte.

»Du kennst ja das Sprichwort, Oma«, sagte ich zu ihr. »Nur verrückte Hunde und Engländer gehen in der Mittagshitze raus.« Ich mußte sie aufgerüttelt haben, denn mit einem Ruck riß sie die Jalousie hoch und rief Curly herein.

Als Cyril zu uns gekommen war, hatte er nur über Nacht bleiben wollen. Er hatte keinen festen Wohnsitz, sondern lebte überall dort, wo er ein freundliches Gesicht und einen Parkplatz für seinen VW-Bus fand. Am folgenden Morgen jedoch ergötzte er Mum und Oma mit Bemerkungen wie: »Ich weiß noch gar nicht, wohin ich fahre von hier aus« und »Ich mache mir Sorgen über das Klopfen an meiner Hinterachse, ich sollte wirklich nicht damit herumfahren.« Und da Mum und Oma selbst daran gewöhnt waren, sich durchzuschlagen, hätte es ihrer Natur widersprochen, ihm ein vorübergehendes Zuhause zu versagen.

Als praktisch veranlagter Mann versicherte Cyril Mum, daß er nicht länger als ein paar Tage brauchen würde, um herauszufinden, woher das Klopfen an der Achse kam. Und Mum, diese schlaue Frau, merkte im Geiste alle ums Haus herum anfallenden Arbeiten vor, die einen ganzen Mann erforderten.

Mums Vorschlag, eine Schiebetür mit Fliegendraht in den Wintergarten einzubauen, wurde eifrig aufgegriffen. Cyril haßte es, Geld auszugeben, und Mum liebte ein Schnäppchen, also war im Handumdrehen eine Schiebetür aus vierter Hand installiert, großzügig geflickt mit Blumendraht und psychedelisch blau angemalt mit Farbe von der örtlichen Müllkippe.

Aber der Vorteil des fliegenfreien Wintergartens mußte nun abgewogen werden gegen die Schwierigkeiten, die sich beim Hinein- und Hinausgehen ergaben. Die Schienen waren geneigt, so daß die Tür sich von alleine schloß, aber der schwere Holzrahmen machte es zu einem Wettlauf mit der Zeit, die drei Stufen herunterzurasen, ohne einen Arm oder ein Bein abgehackt zu bekommen. Omas Blutergüsse und Curlys Wimmern legten Zeugnis ab von Cyrils fehlgeschlagenem Einfallsreichtum. Cyril versuchte seinen Fehler zu korrigieren, indem er einen Stopper innerhalb der Schienen anbrachte und ein Gewicht an der Tür, um sie zu verlangsamen. Kein Gedanke daran, die Schienen neu einzupassen, schließlich war das grundlegende Prinzip gut. Zuletzt fand Oma die beste Lösung. Sie hielt die Tür mit zwei roten Ziegeln ständig geöffnet, und die Fliegen kehrten zurück.

Cyrils nächstes Projekt war das Seitentor. Mum war immer wieder vom Gemeinderat dazu ermahnt worden, die Hunde im Garten zu halten. Sie unterbreitete Cyril das Problem, und er ging sofort daran, das billigste und praktischste Tor der südlichen Hemisphäre zu konstruieren. Wochenlang geisterte er über Auktionen, Müllkippen, Schrottplätze und Secondhand-Läden auf der Suche nach Materialien. Eines Abends nach dem Essen entfaltete er eine ordentliche Zeichnung, wie er sich das Tor vorstellte. Ich schielte über seine Schulter auf den Entwurf. Das Tor war groß und ausgefallen, mit einem Wort pompös, und Mum liebte es sofort. Oma gelang es nicht, sich vorzustellen, wie er so etwas aus dem Haufen von Metallbetten und Drahtgestellen machen wollte, die er im Garten angehäuft hatte.

In den nächsten vier Tagen schnitt Cyril die verschiedenen Metallstücke, schweißte, erhitzte, formte und schweißte sie aufs neue. Das Endergebnis war 1,50 Meter breit und 1,70 Meter hoch und zeigte keinerlei Ähnlichkeit mit der ursprünglichen Zeichnung. Cyril erzählte Mum stolz, wie er seiner angeborenen Kreativität freien Lauf gelassen und das Design verändert habe, während er daran arbeitete. Ehrfürchtig starrte ich auf das Monstrum. Doch plötzlich packte mich die Verzweiflung, und ich wünschte mir, er fände schleunigst heraus, was das Klopfen in seiner Hinterachse verursachte, und verließe uns, bevor Mum ihn um irgend etwas anderes bitten konnte.

Bis zur Fertigstellung des Tores hatte sich sein Aufenthalt von zwei bis drei Tagen auf sechs Wochen ausgedehnt. Und seine Suche nach dem schwer faßbaren Klopfen hatte zu einer kompletten Demontage seines VW-Busses geführt, der in den verschiedenen Stadien der Auflösung über unsere Auffahrt verstreut lag. Uns war rätselhaft, wie er immer noch einen Platz zum Schlafen darin fand.

Kaum war ein mechanisches Problem gelöst, tauchte ein anderes auf. Cyrils Sorge um seine Hinterachse übertrug sich auf das Auspuffsystem, die Radlager und schließlich den Motor selber. Wir begriffen nach und nach, daß es sich um eine lebenslange Aufgabe handelte.

Mum bekam das meiste ab. Cyrils Worte: »Wenn man sich zum Beispiel meinen Bus anschaut …« waren mittlerweile für die übrige Familie das Stichwort, sich langsam davonzumachen. Mum war als einzige zu höflich dazu. Die Strafe für solche Höflichkeit waren lange Sitzungen mit Cyril, während deren er Mums technisch schwach ausgebildetem Hirn die Kompliziertheiten des modernen Maschinenbaus auseinandersetzte.

Oma hatte ihn ganz besonders satt. Angewohnheiten, die ihr zuerst witzig erschienen, wurden jetzt immer ärgerlicher. Sie fand heraus, daß sie eine grundsätzliche Abneigung gegen klassische Musik hegte. Eigentlich hatte sie klassische Musik nicht gekannt, bevor sie Cyril traf. Jetzt weckte er uns jeden Morgen, als sei er von einem missionarischen Eifer gepackt, mit lauten Ausbrüchen von Rom, pom, pom, pom! Rom, pom, pompom!

Oma beschloß, diese Leidenschaft müsse gezügelt werden, besonders vor sechs Uhr morgens. Anfänglich konterte sie seine Angriffe, indem sie ihr Kofferradio auf volle Lautstärke drehte. Das kam aber gegen seinen Stereokassettenrecorder mit vier Lautsprechern nicht an. Ich schlug Oma vor, Cyril direkt anzusprechen und ihn einfach zu bitten, die Musik leiser zu stellen. »Er kann nur nein sagen, und ich glaube nicht, daß er dazu Lust hat, denn er befindet sich auf unserem Territorium. Es ist ja nur fair, wenn er unsere Wünsche berücksichtigt.«

»Das kann ich doch nicht machen, Sally«, sagte sie erschrocken. »Man kann die Leute nicht um so was bitten.«

Es schien, als steckten wir in einer Sackgasse. Situationen wie diese waren in der Vergangenheit von Mum und Oma gelöst worden, indem sie einfach ihr Gegenüber zermürbten und somit jede Konfrontation vermieden, aber in Cyril trafen sie auf ihren Meister. In den nächsten Wochen spielte die Musik lauter als je zuvor, und Omas zunehmend militante Kommentare blieben ungehört.

Mir war klar, was Cyril anbetraf, daß »Unaufdringlichkeit« zu jenen Vokabeln gehörte, die er in seinem durchaus zerlesenen englischen Wörterbuch hartnäckig übersah – was mich überraschte, denn er schaute oft lange, komplizierte Wörter nach, um sie in seine Alltagssprache einzubauen. Diese Angewohnheit diente nicht der Qualität seiner Konversation, sondern lediglich dazu, sie zu verlängern.

Bald darauf beobachtete ich eines Nachmittags neugierig, wie Oma zu Cyrils halbfertigem VW-Bus schlurfte. Ich sah, sie war eine Frau mit einer Mission. Ich hörte zu, wie sie Cyril eine kurze Einführung in die Geheimnisse der Gesundheit von Tieren gab. Dann erwähnte sie Curly, ihren vierbeinigen Liebling. Ich sah Cyrils mitfühlendes Nicken, als sie Curlys Hörprobleme beschrieb.

»Na ja, so geht es einem, wenn man älter wird, Oma. Ich selber werde auch ein bißchen taub.«

Oma gab nicht auf, sondern vertraute ihm an, daß Curly noch vor einigen Monaten völlig in Ordnung gewesen sei. »Komisch, wie das so plötzlich gekommen ist. Ich mach mir Sorgen um ihn, Cyril. Wenn seine Ohren nicht bald besser werden, fürchte ich, daß er eines Tages die Autos nicht mehr hört, wenn sie ihn anhupen, und womöglich überfahren wird.«

Nun nahm Cyril es peinlich genau mit Konventionen, und er konnte nicht verstehen, wie jemand seinen Hund den Nachmittagsschlaf mitten auf der Straße halten lassen konnte. Daher erwiderte er: »Wissen Sie, Oma, es ist nicht richtig, daß er überhaupt draußen ist. Er hat keine Hundemarke.«

Oma hatte mittlerweile die Nase ziemlich voll und reagierte barsch: »Mach dir keine Sorgen über seine Hundemarke! Was ist mit seinen Ohren?«

»Nun, soll ich ihn für Sie zum Tierarzt bringen?« Der arme Cyril bemühte sich ja, aber er hatte immer noch nicht begriffen.

»Zum Tierarzt!« explodierte Oma. »Curly braucht keinen Tierarzt! Ich weiß, was ihm fehlt. Es liegt an deiner Musik. Rom, pom, pom, pom – jeden Morgen! Curly kann das nicht aushalten, er ist doch so klein: Er trinkt nicht mal mehr seine Milch.«

Während Omas Tirade andauerte, wurde Cyrils rotes Gesicht röter und röter. Um das Maß vollzumachen, kam Curly angetrottet, der gespürt hatte, daß über ihn geredet wurde, stellte sich neben Omas nackte Beine und schielte Cyril durch das Dickicht von schwarzen Haaren, das ihm über die Augen hing, schräg an. Das war genug für Cyril. Er wich langsam zurück, stolperte zwei Stufen hinauf und in seinen Bus. Ich hörte ihn ein Versprechen stottern, daß er die Musik leiser drehen würde. Oma lächelte, dankte ihm und schlurfte mit Curly an den Fersen die Einfahrt hinauf. »Was bist du für ein guter Hund! Jetzt kannst du deine Milch haben.«

Am Abend, sobald Oma sich zurückgezogen hatte, erzählte Cyril Mum von dieser Unterhaltung. Er hatte fast geendet, als er plötzlich bemerkte, daß Mum nicht in ihrer üblichen geselligen Art reagierte. Normalerweise lachte sie über alles, sogar über Dinge, die andere Leute gar nicht komisch fanden. Mums Lachen begann mit einem kleinen, ansteckenden Kichern und steigerte sich innerhalb weniger Momente zu einem ausgewachsenen Brüllen. Minuten von schweigsamem Kauen vergingen. Schließlich legte Mum ihr Besteck beiseite und sagte ernst: »Wie nett von dir, Cyril, daß du von jetzt an deine schöne Musik leise spielst. Ich hab mir auch seit einer Weile Sorgen über Curlys Ohren gemacht, vielleicht werden sie ja wieder besser mit der Zeit.«

Es dauerte sechs Monate, bis Cyrils Bus wieder vollständig zusammengeschraubt war. Eines sehr warmen Morgens arbeitete er fleißig an seinem Motor im Vorgarten. Oma war hin- und hergelaufen und hatte ihm kaltes Wasser zu trinken gebracht, um ihn bei der Stange zu halten. »Ich will keinen verrückten Engländer am Hals haben«, vertraute sie mir an. Cyril hatte eine kahle Stelle auf dem Kopf, und Oma machte sich Sorgen, daß die Sonne seinem Gehirn schaden könne.

Am Mittag stürmte Oma in mein Zimmer, unterbrach meine Tagträume und sagte ärgerlich: »Sieh dir an, was er jetzt gemacht hat! Geh und sag ihm die Meinung, Sally! Sag ihm, wir wollen derartiges nicht bei uns sehen!«

»Wovon redest du, Oma?«

»Es ist immer noch da«, murmelte sie, während sie durch meine Vorhänge spähte.

»Was ist immer noch da?« fragte ich, als ich hinter sie trat. Alles, was ich sehen konnte, waren der Bus und Cyrils verschwitzter, halbnackter Körper.

»Jetzt sieh dir an, wo er sein Hemd hingehängt hat, sieh doch!« Cyrils Hemd war fein säuberlich über den Rosenbusch zur Straße hin ausgebreitet. »Das ist widerlich!« sagte Oma, während sie ihn weiterhin durch den Vorhang anstarrte. »Denkt er vielleicht, das wäre 'ne Wäscheleine? Packt sein dreckiges altes Hemd dahin, wo jeder es sehen kann. Laß dir das gesagt sein, Sally, die Nachbarn werden noch denken, daß Blackfellas hier wohnen!«

Oma drehte sich um und stürmte hinaus. Ich hörte ein reißendes Geräusch, als sie Cyrils Hemd vom Rosenbusch zerrte. Dann stürmte sie wieder hinein und ließ Cyril zurück, der ihr mit offenem Mund nachstarrte. Er verließ uns in der darauffolgenden Woche.

*20*

# Eine neue Karriere

Mum war mindestens so überrascht wie erfreut, als ich im Februar mit der Universität begann. Aber während ich meine neuen akademischen Ambitionen in Sätzen wie: Ich will nie wieder arbeiten! formulierte, verstand Mum sie so, als ob ich es endlich doch noch zu etwas bringen wollte.

Ich fand die Universität ganz nach meinem Geschmack. Ich war erstaunt darüber, daß keiner der Dozenten überprüfte, ob alle zu den Veranstaltungen erschienen oder nicht. Sogar ein Tutorium zu verpassen, war keine Todsünde. Ich verbrachte lange Nachmittage in der Bibliothek und las Bücher, die in keinerlei Beziehung zu meinem Studium standen. Dann gab es Stunden im Café, wo der Sinn des Lebens diskutiert wurde, und Tage, an denen wir ausgestreckt unter den riesigen Palmen, die über den Campus verstreut wuchsen, in der Sonne lagen und darüber nachdachten, was für ein wundervolles Klima wir hatten.

Jill war pflichtbewußter als ich. Es war wohl ganz gut, daß wir nicht beide Geisteswissenschaften studierten, denn ich hätte sie bestimmt vom rechten Weg abgebracht. Ihr machte es Spaß, Jura zu studieren, und sie hatte einige neue Freundinnen und Freunde gefunden.

Ich studierte mit einem Stipendium für Kinder ehemaliger Soldaten, und wenn auch nie Geld übrigblieb, meine Bedürfnisse waren gering. Ich hatte nie der Leidenschaft gefrönt, allen Modetrends zu folgen, und abgesehen vom Fahrgeld für den Bus und vom Mittagessen hatte ich wenig Ausgaben.

Im Winter zur Universität zu fahren, empfand ich als Qual. Ich haßte die Kälte. Ich mußte mit zwei verschiedenen Bussen fahren und hatte selten Anschluß. An richtig nassen, stürmischen Tagen blieb ich deshalb zu Hause. Ich saß den ganzen Tag vor dem Feuer, guckte Fernsehen oder las mein neuestes Buch aus der Bibliothek. Oma brachte mir immer ein riesiges Mittagessen. Es erstaunte mich, daß sie nach all den Jahren immer noch versuchte mich zu mästen. Mein Bruder David und ich waren ihre einzigen Mißerfolge.

Der einzige Tag, an dem sie mir kein Mittagessen machte, war der Mietzahltag. Sie war immer ganz damit beschäftigt, hin und her zu eilen und das Frühstück für den Mietkassierer anzurichten, und kümmerte sich nicht um mich. Eines Morgens nahm sie es besonders genau. Ein neuer Mietkassierer stattete uns seinen Antrittsbesuch ab, und ich wußte, daß Oma ihn beeindrucken wollte.

Bald saß sie auf der vorderen Veranda und trank eine Tasse Tee mit ihm. An diesem Morgen ließen sie sich besonders lange Zeit. Ich nahm an, weil Oma ihm richtig um den Bart ging. Als sie wieder hereinkam, war der große Teller Kekse, den sie vorbereitet hatte, völlig leer. »Ach du meine Güte, die müssen ihm aber wirklich geschmeckt haben.«

Oma lächelte. Es war ein Triumph. »Er war begeistert. Der arme Mann war so hungrig, daß er sie alle aufgegessen hat! Er hat mich gefragt, was für 'ne Marke das wär, weil er sich welche kaufen wollte, aber ich wußte es nicht.« Oma drückte mir Papier und Bleistift in die Hand. »Schreib den Namen für mich auf. Die leere Packung ist dort auf der Anrichte.«

Ich ging zur vollgepackten Küchenanrichte und begann zwischen den verschiedenen Sachen herumzuwühlen, die kunterbunt durcheinanderlagen. »Hier ist nichts, Oma.«

»Ph! Deine Augen sind schlechter als meine. Dort, neben der Teekanne.«

»Was? Die hier?« Ich hielt mich an der Anrichte fest.

»Warum lachst du denn so?«

Mit wackeliger Hand hielt ich die leere Packung so nah ich konnte vor ihr Gesicht. Ihr Mund klappte erschrocken auf, als ihr Blick auf das halbzerrissene Bild eines Foxterriers fiel.

»Kein Abendessen für Curly heute«, keuchte ich.

Im Laufe der folgenden Monate stellte sich heraus, daß Omas Augen immer schlechter wurden. Manchmal verwechselte sie Salz mit Zucker oder Deodorant mit Fliegenspray. Während wir uns beschwerten, war Mum bereit, diese kleinen Fehler hinzunehmen, bis Oma eines Abends einen verhängnisvollen Irrtum beging.

Es war Freitagabend, und wie üblich war Mum auf dem Sofa vor dem Fernseher eingenickt. Sie zog es vor, auf dem Sofa zu schlafen statt in ihrem Bett, und behauptete, das Fernsehen sei eine entspannende und gute Gesellschaft. Sie hatte sich mit mehreren Lagen Schottenkarodecken völlig zugedeckt, und nur ihre krause Mähne aus schwarzem, lockigem Haar schaute hervor.

Eine ganze Weile nach dem Abendessen kam Oma mit einer wabbeligen Masse Hundefutter herein. Es war ein braunes Allerlei in Aspik, das aus Leberstückchen und anderen weniger erkennbaren Klumpen von zweifelhaftem Ursprung bestand. Ich beobachtete neugierig, wie Oma in der Tür stehenblieb und angestrengt ins Halbdunkel starrte. Ihre zusammengekniffenen Augen verweilten einen Moment auf mir. Ich weiß nicht, ob sie überhaupt meine Anwesenheit registrierte oder mich lediglich als Teil des großen grünen Sessels wahrnahm, in dem ich saß. Ich wollte gerade etwas sagen, als sie sich umdrehte, dann abrupt stehenblieb und das Sofa anvisierte. Sie beugte sich ein wenig vor, kniff angestrengt die Augen zusammen, machte dann zwei schnelle Schritte auf das Sofa zu und krächzte aufgebracht: »Da bist du ja, Curly, du dummer Hund. Hast du nicht gehört, daß ich dich gerufen habe?«

In diesem Augenblick hätte ich etwas sagen sollen; mein Sinn für Humor gewann jedoch die Oberhand.

»Jetzt komm schon, Curly«, knurrte Oma, »es hat keinen Zweck, Versteck zu spielen.« Sie ging etwas näher heran und streckte die Schale aus. »Los jetzt, friß das. Ich steh hier nicht die ganze Nacht!« Oma schob das Fressen weiter in – wie sie dachte – Curlys schwarzes, pelziges Gesicht.

Ich beobachtete verzückt, wie der Schottenkarohaufen, der Mum war, zu Bewußtsein gebracht wurde und sich langsam zu bewegen begann. Oma spürte, daß Curly nun endlich reagierte, und sagte: »Gut. Guter Hund. Komm jetzt und friß!«

Mit einem wilden Ruck tauchte Mum auf. Ihr krauses schwarzes Haar war voller kleiner Klumpen Fleisch und Aspik.

»Glad?« krächzte Oma ungläubig.

»Verdammt! Du bist wohl übergeschnappt!« prustete Mum. »Was zum Teufel soll der Quatsch?«

Ich brach in Lachen aus, und Oma, die begriff, daß ihr ein schrecklicher Fehler unterlaufen war, machte einen eiligen Abgang.

Erst nachdem Mum ihr Haar gewaschen und sich mit einer frischen Tasse Tee auf dem Sofa niedergelassen hatte, war sie in der Lage zu lachen. Dreimaliges scharfes Bellen an der Eingangstür ließ uns dann wissen, daß der widerspenstige Curly draußen war und dringend herein wollte. Ich öffnete die Tür, und er trippelte jaulend herein, ein sicheres Anzeichen für seinen Hunger. Oma steckte ihren Kopf zur Küchentür heraus und flüsterte:

»Ist das Curly, Sally?«

»Ich denke schon«, lachte ich, »es sei denn, Mum bellt auch.«

Oma gluckste und sagte dann: »Komm her, Curly, du ungezogener Junge. Wo bist du gewesen? Glad hätte beinahe dein Abendessen bekommen!«

»Sie hat das absichtlich getan, weißt du, Sally«, meinte Mum, als ich das Wohnzimmer wieder betrat. »Sie ist ein alter Teufel. Ihre Augen sind nicht so schlecht. Laß eine Fünfcentmünze auf dem Boden liegen, und ich wette, sie ist die erste, die sie aufhebt!« In der Woche darauf kaufte Mum Oma dennoch ein altes Fernglas. Oma war ganz aufgeregt. Urplötzlich konnte sie Dinge sehen, die anscheinend seit Jahren verschwommen gewesen waren.

Nach einem Trimester an der Universität fand ich es schwierig, zu Hause zu lernen. Abgesehen vom hohen Lärmpegel und vom allgemeinen Chaos hatte ich keinen Schreibtisch, und da ich auch selber schlecht Ordnung halten konnte, verlor ich ständig wichtige Notizen und Papiere, die ich mir dann von anderen fotokopieren mußte.

Als die Augustferien vor der Tür standen, wurde mir plötzlich klar, daß ich, wenn ich irgend etwas bestehen wollte, wirklich ein wenig arbeiten mußte. Das Problem war, ich hatte so viel versäumt, daß ich nicht wußte, wo zu beginnen. Meine ersten Versuche zu konzentrierter Anstrengung waren eher vergeblich, da ich meine Arbeit ständig unterbrechen mußte, um zu rufen: »Stell das Radio leiser!« oder: »Das Fernsehen ist zu laut!« oder: »Halt doch mal den Mund, ich versuche zu lernen!«

Nach einer Woche Brüllen und Streiten gelangte ich zu der Erkenntnis, daß es unmöglich war, meine Umgebung zu ändern. Ich beschloß statt dessen zu versuchen, mich selbst zu verändern. Ich merkte, daß ich, wenn ich mich ernsthaft anstrengte, im größten Chaos und bei höchstem Lärmpegel arbeiten konnte. Ich schaltete einfach ab und tat so, als ob ich allein im Haus wäre. Das war keine schlechte Leistung, denn unser Haus war immer voller Leute. Viele von den Freunden meines Bruders David ließen sich einfach auf dem Wohnzimmerfußboden nieder; sie blieben gern über Nacht. David hatte in diesem Jahr gerade mit der High-School angefangen. Wir Geschwister kamen nie auf die Idee, es Mum zu sagen, wenn eine Person mehr zum Abendessen da war. Wir nahmen einfach an, daß sie das, was sie hatte, ein bißchen strecken würde. Ich muß zugeben, daß ich eine der größten Übeltäterinnen war, aber Mum beklagte sich nie. Sie sagte uns immer: »Eure Freunde sind willkommen in diesem Haus.«

Meine Technik, die Prüfungen in diesem ersten Jahr zu bestehen, war einfach; ich paukte. Das Wissen, das ich erwarb, hatte später wenig Nutzen für mich, denn sobald die Prüfungen vorüber waren, strich ich es aus meinem Gedächtnis. Warum sollte ich mein Gehirn mit unnötigen Fakten und Zahlen vollstopfen? Ich bestand das Jahr mit einer Zwei und drei Dreien. Mum freute sich, aber drängte mich auch, noch mehr zu pauken, damit ich Einsen bekam wie Jill.

Mein Bruder Bill hatte ebenfalls eine wichtige Prüfung in diesem Jahr: sein Abschlußexamen. Unglücklicherweise hatte er keinen Erfolg. Er fand jedoch recht schnell eine Anstellung beim öffentlichen Dienst.

Ich beschloß, in meinem zweiten Unijahr nicht mehr zu Hause zu wohnen. Mum war sehr verletzt. Ich sei die erste, die das Familiennest verließe. Sie drängte mich, es mir noch einmal zu überlegen. Nach wochenlangen, tränenreichen Auseinandersetzungen gab sie nach und sagte, daß ich gehen könne, wenn die Stipendiumsstelle bereit wäre, für meine Unterkunft zu bezahlen. Glücklicherweise war sie das, und ich hatte mich bald in meinem eigenen kleinen Zimmer in der Currie Hall, einem gemischten Studentenheim gegenüber der Universität, eingerichtet.

Während meiner Teenagerjahre war Mum lange wegen meines mangelnden Interesses an Jungen beunruhigt gewesen. Ich hatte viele gute Freunde unter dem anderen Geschlecht, aber nie eine richtige Liebesgeschichte. Sie machte sich Sorgen, daß ich als alte Jungfer enden würde und sie als alte Dame ohne Enkelkinder. Aber als ich nun in einem gemischten College wohnte, begann sie sich plötzlich Sorgen zu machen, daß ich ein vielleicht unkontrollierbares Interesse entwickeln könnte und womöglich in eine allzu freizügige Gesellschaft geriete.

Es war schwer für Mum, mich erwachsen werden zu lassen. Sie besuchte mich oft in Currie Hall und verließ mich immer unter Tränen. Eines Abends hatten wir einen riesigen Streit, weil ich ihr keinen Abschiedskuß geben wollte. Ich fand, sie erwartete ein bißchen viel, wenn ich sie vor zehn männlichen Studenten, die am Ausgang des Gebäudes versammelt waren, küssen sollte. Ich hatte schließlich ein Image zu wahren. Schließlich bat ich Mum, lieber nicht mehr zu Besuch zu kommen, wenn sie es nicht ohne diese Tränenausbrüche schaffte. Es war zu anstrengend.

Mein zweites Jahr durchzustehen, fiel mir sehr schwer. Ich hatte eine große Abneigung gegen mein Hauptfach entwickelt. Ich war bestürzt, als ich bei unserem ersten Tutorium entdeckte, daß ein großer Teil unserer Laborarbeit darin bestand, weiße Ratten zu dressieren. Ratten gehörten zu den wenigen Tieren, die ich nicht mochte. Ich konnte es vermeiden, Fred, wie wir ihn tauften, anzufassen, indem ich zustimmte, statt dessen die Aufzeichnungen für die ganze Gruppe zu übernehmen. Nach einigen Sitzungen bemerkte der Tutor jedoch meine Abneigung und bestand darauf, daß auch ich mit Fred arbeitete. Er behauptete, es sei kinderleicht. Es gab jedoch eine gegenseitige Feindseligkeit zwischen Fred und mir, über die sich mein Tutor nicht im klaren war.

Geduldig zeigte er mir noch einmal, wie Fred zu handhaben sei. Dann plazierte er ihn wieder in dem Labyrinth und bestand darauf, daß ich seine Griffe nachmachte. Ich schaute auf Fred hinab, und er schaute zu mir hoch. Wir wußten beide, was folgen würde. Ich versuchte ihn hochzuheben, wie mir gezeigt worden war, aber in Sekundenschnelle hatte Fred sich umgedreht und seine Zähne in mein Handgelenk gehauen.

Etwas Gutes kam bei dieser Aktion allerdings heraus. Anscheinend war Fred nach jeder Sitzung mit mir dermaßen mitgenommen, daß der Tutor mich von der Arbeit mit ihm ausschloß, anderenfalls wäre es der folgenden Gruppe unmöglich gewesen, irgend etwas mit Fred anzufangen.

Abgesehen von Fred hatte ich die Nase voll davon, Statistik zu beherrschen. Ich war völlig blockiert, wenn es irgendwie um Mathematik ging. »Ratten und Statistik!« beschwerte ich mich eines Tages bei einem Kommilitonen. »Ich bin hierhergekommen, um etwas über Menschen zu lernen.« Ich war nicht die einzige Studentin, die Kritik übte. Viele beklagten sich, aber ohne Erfolg. Ich erreichte ein Stadium, in dem ich soweit war, die Universität verlassen zu wollen. Ich war jedoch mittlerweile mit Paul, einem Lehrer, befreundet, und er überredete mich, durchzuhalten.

Ich lernte Paul durch seinen Bruder kennen, mit dem ich seit vielen Jahren befreundet war. Bruce hatte sogar eine Weile bei uns gewohnt. Er war wie ein Bruder für mich und auch einer von Omas Lieblingen. Bruce ähnelte meinem Bruder Bill sehr. Oma verschwand nie, wenn Paul oder Bruce bei uns waren. Sie schien wirklich gern mit ihnen zusammen zu sein. Paul sagte einmal, daß Oma ihn an viele der alten Leute erinnerte, die sich oben im Norden um ihn gekümmert hatten. Ich nickte nur. Es kam mir damals nie in den Sinn, darüber nachzudenken, wer diese Leute sein könnten.

Innerhalb kurzer Zeit lernten Paul und ich uns gut kennen und verbrachten viel Zeit miteinander. Wir entdeckten, daß wir eine Menge gemeinsam hatten. Ich mochte seine künstlerische Seite, und er schien meinen Witz amüsant zu finden. Außerdem paßte er gut in unsere Familie. Paul hatte seine Kindheit im Nordwesten verbracht, meist lebte er in der Gegend von Derby. Seine Eltern waren Missionare wie auch seine Großeltern und viele seiner Verwandten. Als Paul dreizehn war, zog seine Familie nach Perth, wo seine Eltern ein Wohnheim für Missionskinder eröffneten, die in die Stadt kamen, um die High-School zu besuchen. Paul fand die High-School zunächst sehr schwierig, denn abgesehen von der normalen Umstellung, die alle Kinder durchzustehen hatten, und der Tatsache, daß er aus einer völlig anderen Umgebung kam, hatte er ein Sprachproblem. Er sprach nur Pidgin-Englisch.

Im Laufe meines dritten Jahres an der Universität hatten wir uns ineinander verliebt und beschlossen zu heiraten. Das war ein ganz schöner Schock für Mum, denn ich hatte ihr immer erzählt, Paul sei nur ein weiterer guter Freund. Damit hatte ich sie mir vom Leibe gehalten. Es dauerte einige Wochen, bis sie begriff, daß wir meinten, was wir sagten. Dann reagierte Mum etwas normaler: Sie geriet in Panik.

Ich trug zu ihrem Trauma noch bei, indem ich ihr erzählte, daß ich beschlossen hatte, in unserem Garten zu heiraten. Das veranlaßte sie sofort zu der Sorge, wie es ihr gelingen sollte, alle Hühner einzuschließen, damit sie meine Hochzeitsgäste nicht belästigten. Und außerdem gab es natürlich das Problem mit Curly. Mum zog ein Panikregister nach dem anderen im Laufe der folgenden Wochen. Die Einfahrt war zu sandig, das Gras zu stachelig und fast vertrocknet, sie hatte nicht genug Stühle oder Gläser oder Teller. Wieviel Essen würden wir brauchen, woher sollte sie es bekommen, wie viele Gäste würden kommen. Ich sagte ihr, daß wir nur etwa hundert Leute erwarteten. Ich dachte, das setze ihren Ängsten definitiv ein Ende, aber es verstärkte sie nur. Sie begann mir Fragen zu stellen wie: Sind das große oder kleine Esser, Trinker oder Nichttrinker, und so weiter. Zuletzt sagte ich ziemlich streng zu ihr: »Reiß dich zusammen! Du bist die Mutter der Braut, du mußt aufhören, dir Sorgen zu machen, und statt dessen endlich mit den Vorbereitungen anfangen. Nimm es als eine Herausforderung!« Das war der beste Rat, den ich ihr geben konnte. Mum liebte nichts mehr als eine Herausforderung.

Unser Hochzeitstag wurde für zwei Monate später festgesetzt, und während die Tage ins Land gingen, trat Mum richtig in Aktion. Jeden Morgen und Abend sprengte sie das Gras in dem Versuch, ihm die grüne Farbe zu entlocken, die normalerweise mit Rasen assoziiert wird. Als der entscheidende Tag jedoch näher rückte, wurde sie vom Garten, speziell von der Einfahrt, besessen. Irgendwie schob sich diese Einfahrt ins Zentrum all ihrer Sorgen. Eines Nachmittags wurde eine riesige Ladung Schotter auf dem Seitenstreifen vor unserem Grundstück abgeladen. Und drei Tage später traf eine meterhohe Zementwalze ein, die ungefähr eine Tonne wog. Inzwischen hatte Bill sich bereit erklärt zu helfen, den Schotter über die Einfahrt zu harken, aber als er die Zementwalze sah, schaute er Mum entrüstet an und fragte: »Was, zum Teufel, ist das denn?«

»Damit soll der Schotter planiert werden. Du weißt schon, damit es mehr wie Asphalt ist.«

Bill kratzte sich am Kopf und atmete hörbar aus. »Ja, und wie sollen wir das Ding hin und her ziehen?«

Mum ließ sich nicht abschrecken. »Sieh mal diese zwei Stangen da vorne. Ich dachte, ihr Jungs könntet euch dazwischen festschnallen und es hinter euch herziehen.«

»Liebste Mutter«, sagte er mit zusammengebissenen Zähnen, »wenn du glaubst, daß ich mich an dieses verfluchte Ding schnalle, dann hast du dich getäuscht. Tut mir leid, Sal«, sagte er, indem er sich zu mir umwandte, »nicht mal für dich.«

»Ist schon in Ordnung, Bill, es war Mums Idee.«

»O ja. Das ist recht offensichtlich, nicht?«

»Mein Gott, Bill, es würde dir nichts schaden.« Mum war beleidigt. »Du weißt, daß die Hochzeit bald ist, und ich mache mir Sorgen wegen der Einfahrt.« Bill ließ sich nicht überreden. Er hatte die Gabe, die Undurchführbarkeit von Mums Plänen gleich zu Beginn zu erkennen.

Als Mum am nächsten Tag an David herantrat, war dieser wohlwollender gesinnt. Nachdem sie ihn inständig gebeten hatte, versprach er, es zu probieren. Es waren ungefähr 38 Grad im Schatten, als er sich an die Walze schnallte. Mum feuerte ihn mit Gläsern kalter Limonade an und Sprüchen wie: »Du bist der einzige, der überhaupt etwas für mich tut, David«. Das hielt ihn für zwei Stunden bei der Stange. Als die Temperatur jedoch weiterhin anstieg, ließen seine Kräfte nach.

»Ich mach nicht mehr weiter, Mum. Bill hat recht, es ist eine verdammt blöde Idee!«

»Aber du kannst die Einfahrt doch so nicht lassen«, protestierte Mum, »sie ist völlig uneben.«

»Dann zieh du doch das Ding!« brüllte er. »Hast du irgendeine Vorstellung davon, wie schwer das ist?« Obwohl er erschöpft war, schaffte er es immer noch, laut genug zu werden, um Mum zum Schweigen zu bringen.

Die folgende Woche verbrachte Mum damit, mich zu bearbeiten. Jedesmal, wenn sie mich sah, erklärte sie mir detailliert, wie schlimm die Einfahrt sei, und deutete an, daß Paul vielleicht eine Runde übernehmen könnte.

Am folgenden Samstag nach dem Mittagessen führten wir ihn hinaus wie das Lamm auf die Schlachtbank. Mum, die wollte, daß er gleich anfing, postierte sich selber zwischen die Gurte und gab mit Grunzen und Stöhnen zu verstehen, was von ihm erwartet wurde. Paul schaute mich verzweifelt an. Ich schaute auf die Walze. Mum ging die Einfahrt hinunter und stampfte auf den unebenen Stücken herum, um sie herunterzutreten.

»Bitte«, bat ich, als sie fortfuhr, polternde Geräusche von sich zu geben.

»Okay«, lenkte er ein. Er zog sein Hemd aus, schnallte sich an die Walze und begann, sich langsam hinter Mum herzubewegen.

»Ach, Paul, das ist gut«, ermutigte Mum ihn. »Du machst es viel besser als David.«

Er arbeitete zwei Stunden lang bewundernswert. Aber schließlich wankte er schweißüberströmt herein und brach auf dem Sofa zusammen.

»Hör mal, Sal«, japste er, »es ist mir egal, ob die Leute dreckige Füße bekommen oder mit ihren Schuhen im Schotter steckenbleiben. Sie können sich ihre verdammten Knöchel brechen, wenn's nach mir geht. Ich zieh diese Walze nicht einen Zentimeter weiter.«

Gerade in diesem Augenblick kam Mum mit frischer Limonade herein. »Trink das, du bist ein dummer Junge, bei dieser Hitze zu arbeiten. Sei froh, daß du nicht völlig ausgetrocknet bist.«

Paul erstickte fast an seiner Limonade und sah Mum völlig erstaunt an.

»Es war nicht meine Idee, den Schotter zu planieren.«

»Du hast wunderbar gearbeitet, nicht wahr, Jill?«

Jill brach in Lachen aus und floh in die Küche.

»Das soll für jetzt genug sein, Paul«, sagte Mum freundlich. »Es ist zu heiß, um weiterzuarbeiten. Vielleicht könntest du es morgen fertigmachen?«

Pauls fassungsloses Schweigen reichte, um Mum Jill hastig folgen zu lassen.

»Ist sie immer so?« fragte er mich mitleidig. »Nein.«

»Na, Gott sei Dank.«

»Normalerweise ist sie schlimmer.«

*21*

# Sie gibt es zu

Mein Hochzeitstag, der 9. Dezember 1972, brach klar und sonnig an. Ich machte mich früh am Morgen aus dem Staub, um mir in der Stadt ein Hochzeitskleid zu kaufen. Ich fand einen indischen Kaftan, der mir gefiel; er war cremefarben mit goldener Stickerei im vorderen Teil. Ich freute mich über meinen Kauf, denn der Kaftan war hübsch und luftig. Es war jetzt schon klar, daß der Tag ein harter Brocken werden würde. Als ich nach Hause kam, zeigte das Thermometer beinahe 40 Grad.

Meine Tante Vi traf früh ein, um zu helfen. Tante Vi war eine enge Freundin Mums aus deren Teenagerjahren, sie waren beide Floristinnen. Obwohl sie über die Jahre nicht viel voneinander gesehen hatten, bewahrten sie sich ihre Freundschaft auf der Basis gelegentlicher Mittagessen oder Telefonanrufe. Mum hieß sie mit offenen Armen willkommen. »Ich kann Hilfe mit den Blumen gebrauchen«, sagte sie aufgeregt. Unsere Waschküche war voller Eimer mit Schnittblumen.

»Mum«, beschwerte ich mich, als ich versuchte, mich zwischen den Eimern zur Toilette durchzukämpfen, »du brauchst doch nicht so viele Blumen, und wozu um alles in der Welt sind denn diese hier?« rief ich, als ich einen riesigen Karton mit Plastikrosen entdeckte. Mum steckte ihren Kopf zur Waschküche herein und sagte ärgerlich: »Mach dir mal darüber keine Gedanken. Geh uns nur aus dem Weg, und kümmere dich um deine eigenen Angelegenheiten!« Nun wurde ich argwöhnisch. »Du hast doch nicht irgendwas Albernes vor, Mum?«

»Natürlich hat sie das nicht«, brummte Oma, als sie ihr zu Hilfe kam. »Jetzt beeil dich und geh aufs Klo, und dann raus mit dir. Wir haben zu tun.«

»Hör mal, Oma«, sagte ich. »Was immer du auch vorhast, sorge dafür, daß die Hühner eingeschlossen sind, ja? Und ich möchte nicht, daß Curly auch nur irgend jemandem in die Quere kommt.«

»Die Hühner sind kein Problem«, erwiderte sie. »Die picken gerade draußen rum, ich sperr sie schon ein, bevor jemand kommt. Und Curly kommt in mein Zimmer.«

»Warum duschst du jetzt nicht, Liebes«, unterbrach Mum, »du siehst so erhitzt aus.«

In diesem Augenblick trafen Pauls Eltern ein. Ich machte alle miteinander bekannt und dachte mir dann, daß Duschen nicht die schlechteste Idee war. Ich schlenderte in mein Zimmer, um meinen Bademantel zu holen und meine Sachen zusammenzusuchen. Als ich gerade zur Dusche gehen wollte, kam Bill herein. »Sal«, sagte er, »ich glaube, wir sollten uns kurz unterhalten. Es gibt etwas, das ich dir gern sagen würde.«

»Klar, Bill, was denn?«

»Ich wollte nur, daß du folgendes weißt. Wenn Paul dich jemals nicht richtig behandelt, dann laß es mich wissen. Ich bringe das dann in Ordnung.«

»Ich werd's mir merken, Bill«, sagte ich. »Aber Paul ist ein netter Kerl, ich glaube nicht, daß wir irgendwelche Probleme haben werden.«

»Klar, ich dachte nur, ich sag dir's lieber, okay?«

»Danke, Bill.« Bill ging, und ich konnte nicht anders, als an Mums Prophezeiung nach Dads Tod zurückzudenken, die schließlich in Erfüllung gegangen war. Bill war wirklich der Mann in unserem Haus. Ich fühlte, daß ich großes Glück hatte mit meiner Familie; sie war wundervoll.

Als ich erfrischt und sauber vom Duschen kam, fand ich Mr. Morgan in der Küche damit beschäftigt, Gläser zu stapeln. Mrs. Morgan war verschwunden, ebenso wie alle anderen. Ich schlenderte in den Garten und sah zu meiner Überraschung Mum, Tante Vi und Mrs. Morgan auf der Erde hocken. Sie waren umgeben von Eimern voller Schnittblumen.

»So ist es richtig, Margaret«, sagte Mum schmeichelnd zu meiner künftigen Schwiegermutter, »stecken Sie sie einfach rein. Keiner wird den Unterschied merken.«

»Ich geh nach vorn und mach dort weiter«, sagte Tante Vi, nahm zwei Eimer und schlurfte ums Haus herum. In diesem Augenblick trat Oma hinzu. »Ich hab die Plastikrosen in den Vorgarten gesteckt, Glad«, sagte sie. »Sieht wirklich schön aus. Man könnte sie für echt halten.«

O nein, schoß es mir durch den Kopf. Das darf doch wohl nicht wahr sein! Ich raste durchs Haus nach vorn. Knallige Rosen aller Formen und Farben, wo vorher kahle Erde gewesen war. Sie standen aufrecht, die Köpfe zur Sonne gewandt. Mum tauchte hinter mir auf. »Sally, was machst du denn hier?« fragte sie nervös.

»Mum! Wie konntest du nur?«

»Na, ich hab dir doch gesagt, daß ich mir Sorgen wegen dem Garten mache«, antwortete sie lahm.

»Das ist dermaßen peinlich! Und wie konntest du Margaret bitten, dir zu helfen? Was für eine Einführung in unsere Familie! Ehrlich, Mum, das ist eine der dümmsten Ideen, die du je hattest!«

»Aber der Garten sieht wunderschön aus. Keiner wird merken, daß sie alle ohne Wurzeln dastehen.«

»Es ist ein brandheißer Tag. Die lassen doch in einer halben Stunde die Köpfe hängen.«

»Lassen sie nicht. Oma läßt die Sprenganlage laufen, bis die Gäste eintreffen.«

»O Mum«, jammerte ich, »du änderst dich auch nie!«

Mittlerweile sah sie erhitzt, besorgt und extrem mitgenommen aus. Ich wurde weich. »Sieh mal«, sagte ich, »ich tu so, als ob ich die Blumen nicht gesehen hätte, aber bitte sorg zumindest dafür, daß Curly und die Hühner aus dem Weg sind. Ich will nicht, daß noch was passiert, okay?«

»Ja, Liebes.«

Danach schien alles glatt zu laufen. Die Hochzeitszeremonie war kurz und sachlich.

Nach der Zeremonie ging ich auf die Suche nach Oma. Ich machte mir Gedanken, ob sie mal wieder auf Tauchstation gegangen war, da der Garten voller Leute war, die sie als Fremde betrachtete. Mum hatte ihr schon erklärt, wie wichtig es sei, daß sie als Großmutter der Braut sich sehen ließe. Ich brauchte eine ganze Weile, um sie ausfindig zu machen. Zuletzt fand ich sie weinend hinter unserem alten Gartenschuppen.

»Oma, was ist los?«

»Ihr Kinder braucht mich nicht mehr«, schluchzte sie, »ihr seid jetzt alle erwachsen.«

»Doch, wir brauchen dich immer noch«, versicherte ich ihr. Sie schüttelte den Kopf und weinte weiter.

»Möchtest du, daß ich Mum hole?« fragte ich besorgt.

Sie nickte. Ich tätschelte ihren Arm und ging, um Mum Bescheid zu sagen. Sie machte sich auf, Oma zu trösten, und überredete sie, ins Haus zu kommen, wo sie sie mit einer Tasse Tee versorgte. Ich wußte nicht mehr weiter. Ganz egal, was ich tat, es schien immer das Verkehrte zu sein.

Der Rest des Nachmittags verlief ohne besondere Schrecknisse. Kleine Begebenheiten wie die, daß Hühner und Hunde wild durcheinanderjagten und einige Gäste sich betranken, schienen niemanden zu beeinträchtigen. Alle amüsierten sich ganz ausgezeichnet, und einige Leute erklärten, dies sei die ungewöhnlichste Hochzeit, die sie je gefeiert hätten. Mum nahm es als Kompliment. Es war fast Mitternacht, als die letzten Gäste schließlich gingen.

»Ich hab es doch ganz gut hinbekommen, Sally, oder?« fragte Mum selbstgefällig.

»Ja«, antwortete ich, »vielleicht solltest du in den Partyservice einsteigen.«

»Das hab ich mir auch schon gedacht!« Ich blickte sie ängstlich an. Wir lachten beide.

Kurz nach meiner Hochzeit erfuhr ich, daß ich alle Fächer außer Psychologie bestanden hatte. Das war keine Überraschung. Ich konnte die Arbeit in diesem Fach so wenig ausstehen, daß ich mich nicht damit abgegeben hatte, für die Prüfung zu lernen. Ich beschloß, im nächsten Jahr mein Hauptfach zu wechseln, aber Paul redete mir das aus. »Du wirst es wohl wiederholen müssen«, meinte er.

»Wiederholen?« Allein der Gedanke widerte mich an. Noch ein Jahr mit Ratten schien mir einfach unerträglich. Als ich mir jedoch meine Alternativen vor Augen führte, wurde mir klar, daß ich damit vom Regen in die Traufe käme. Außerdem hatte ich gehört, daß das dritte

Jahr Psychologie inhaltlich mehr mit Menschen zu tun hätte. Daher beschloß ich, durchzuhalten.

Gegen Ende der Sommerferien zogen Paul und ich in ein altes, heruntergekommenes Holzhaus in Süd-Perth. Die Toilette lag meilenweit draußen im Garten, nur eine Flamme am Gasherd funktionierte, die Warmwasserversorgung war schlechter als der alte Badeofen zu Hause, und das Haus war verseucht mit winzigen Sandflöhen. Nach einigen Wochen entdeckten wir auch noch, daß Ratten unter den Holzdielen lebten. Irgendwie schien uns das aber alles nichts auszumachen. Für uns hatte das Haus Charakter, und es war ein Abenteuer, für uns allein zu sein.

Ich entwickelte neue Fähigkeiten wie Kochen und Bettenmachen. Wenn ich bedenke, was für eine gute Köchin Oma war, hätte ich bei mir etwas mehr Talent vermutet. Ich war ein hoffnungsloser Fall. Oma hatte uns als Kindern nie erlaubt zu kochen, die Küche war ihre private Domäne. Und was das Helfen im Haus anging, so hatte ich davon auch nicht viel Ahnung.

Es hatte Versuche von Jill und mir gegeben, das Geschirr abzuwaschen, aber Oma hatte uns stets weggescheucht mit der Bemerkung: »Ihr bleibt mir aus meiner Küche!«

Aber ich muß Oma zugute halten, daß sie mir beibrachte, ein Feuer anzuzünden, Holz zu hacken, Hühner auszunehmen und mich um kranke Tiere zu kümmern. Ich merkte jedoch, daß ich diese Fertigkeiten jetzt nur selten gebrauchen konnte.

Nach einer Weile zog Jill zu uns, und dann noch zwei andere Freunde. Wir waren eine glückliche, kleine Gruppe. Unsere Abende waren meistens erfüllt von Bob Dylan, Gedichten und langen Diskussionen über aktuelle Weltprobleme. Es war eine sehr schöne Zeit in meinem Leben.

An dem Tag, als die Universität wieder begann, mußte ich mich regelrecht dorthin zwingen. Ich war davon überzeugt, wieder durchzufallen. Oft war ich nahe daran, mein Studium ganz aufzugeben, aber Paul überredete mich immer wieder, weiterzumachen. Er vermittelte mir den Eindruck, daß mein Verhalten in mancher Hinsicht sehr unreif war. Das war ein ganz schöner Schock. Ich hatte mich vorher nie für unreif gehalten.

Da Jill und ich jetzt wieder im gleichen Haus wohnten, führten wir oft lange Gespräche über unsere Kindheit. Und das Thema von Omas Herkunft kam jedesmal hoch.

»Wir werden es nie sicher wissen«, sagte Jill eines Abends. »Mum wird es uns nie erzählen.«

»Hm, ich könnte wieder anfangen, sie damit zu nerven. Wir sind jetzt älter, wir haben ein Recht darauf, es zu erfahren.«

»Was denkt Paul darüber?«

»Als ich ihn gefragt habe, ob er glaubt, daß Oma eine Aborigine ist, hat er nur gelacht und gesagt: ›Ist das nicht offensichtlich? Natürlich ist sie eine!‹« Paul war schließlich mit Aborigines aufgewachsen.

»Ich finde, wir können nicht davon ausgehen, bis wir es aus Mums eigenem Mund hören.«

»Das möcht ich erleben!«

Einige Wochen später schaute Mum zu einem ihrer üblichen Besuche vorbei, beladen mit dickmachendem Kuchen und eifrig bedacht, mir von ihrer neuesten Errungenschaft auf einer Auktion zu erzählen. Ich war in der Vergangenheit mit Mum zu so vielen Auktionen gegangen, daß ich wußte, wie viele Gegenstände, die auf den ersten Blick als guter Kauf erschienen, sich bei genauerer Betrachtung als reine Geldverschwendung herausstellten. Die Versteigerer waren schon so daran gewöhnt, daß Mum Sachen kaufte, für die sich sonst keine Käuferinnen fanden, daß sie ihr oft etwas zusprachen, ohne Gebote aus dem Publikum entgegenzunehmen. »Dies geht an Nummer eins-null-vier«, riefen sie, wenn ein Hammer ohne Griff oder eine Vervielfältigungsmaschine, die nicht vervielfältigte, zur Versteigerung anstanden. »Sie nehmen es doch, eins-null-vier, nicht wahr, Sie nehmen doch alles für einen Dollar.« Eins-null-vier war Mums ständige Bieternummer.

»Komm mit zum Auto, und sieh dir an, was ich gekauft habe«, sagte Mum aufgeregt. »Du wirst es nicht glauben.« Das war das Problem, ich konnte es nie glauben.

Während sie die hintere Autotür öffnete, sagte sie großzügig: »Du kannst dir nehmen, was du möchtest. Es gibt genug.« Mum kaufte immer en gros. Neben der üblichen Sammlung von rostigen Werkzeugen und anderem Krimskrams hatte Mum in der Tat etwas Sinnvolles gekauft: eine Kiste mit indischen Baumwollhemden. Obwohl sich dann herausstellte, daß noch sieben weitere Kisten abgeholt werden wollten – ungefähr einhundertundvierzig Hemden, alles in allem.

»Was wir nicht gebrauchen können, verkaufe ich auf dem Flohmarkt«, sagte Mum. Das war keine gute Idee: Mum kam stets mit mehr zurück, als sie mitgenommen hatte.

»Grrr. Daran will ich gar nicht erst denken. Komm und laß uns den Kuchen essen, den du mitgebracht hast.«

Wir gingen hinein und ließen uns in der Küche nieder, und ich machte einen Tee. Bald war Mum in entspannter und gesprächiger Laune. Nach einer Weile gab es eine kleine Gesprächspause, und ich sagte sehr beiläufig:

»Wir sind Aborigines, Mum, nicht wahr?«

»Ja, Liebes«, antwortete sie, ohne nachzudenken.

»Ist dir klar, was du gerade gesagt hast?« grinste ich triumphierend.

Mum legte ihr Stück Kuchen zurück auf den Teller und sah aus, als ob ihr gleich schlecht würde.

»Du nimmst das jetzt nicht zurück!« sagte ich schnell. »Es gibt zu viele dunkle Punkte in unserer Geschichte. Es wird Zeit, daß die Vergangenheit ans Licht kommt.« Nach ein paar Minuten angespannten Schweigens meinte Mum: »Warum sollt ihr Kinder es auch jetzt nicht wissen? Ihr seid alt genug, es ist schließlich nicht mehr so, daß ihr nichts begreift. Außerdem hat sich so vieles verändert.«

»All diese Jahre, Mum«, sagte ich, »wie konntest du uns all diese Jahre anlügen?«

»Ich war mit meiner Weisheit am Ende«, antwortete sie traurig.

Ich konnte nicht anders, ich mußte lachen. Im Handumdrehen kicherten wir beide unbeherrscht drauflos. Es war, als ob die Wand, die zwischen uns gestanden hatte, plötzlich zerbröckelte. Ich fühlte mich Mum näher denn je in den letzten Jahren.

# 22

# Ein Anfang

Ich war ganz aufgeregt über mein neues Erbe. Als ich Jill am Abend davon erzählte, antwortete sie: »Ich weiß nicht, warum du deswegen so 'nen Aufstand machst. Ich hab dir schon vor Jahren erzählt, daß Oma Aborigine ist. Die Tatsache, daß Mum es zugegeben hat, ändert gar nichts.« Manchmal war Jill so logisch, daß ich sie hätte ohrfeigen mögen.

»Jill, es bedeutet etwas, daß sie es zugegeben hat. Vielleicht erzählt sie uns jetzt mehr von der Vergangenheit. Möchtest du denn nicht mehr darüber wissen?«

»Doch, ich denke schon, aber da gibt's wahrscheinlich nicht viel zu erzählen.«

»Aber genau das ist es ja! Wir wissen's einfach nicht. Da könnten tonnenweise Geschichten sein, und wir haben keine Ahnung davon. Was für weiße Flecken mag es da noch geben?«

»Du hast schon immer zuviel Phantasie gehabt!«

»Ich werde ihr jedenfalls von jetzt an auf die Nerven fallen, bis sie uns die ganze Geschichte erzählt.«

»Sie wird dir nicht mehr erzählen.«

»Vielleicht nicht«, antwortete ich, »aber ich sehe es als einen Anfang. Vorher hatten wir gar nichts. Jetzt haben wir wenigstens einen Anfang.«

»Mum hat recht, du hättest zum Theater gehen sollen.«

Als Mum eine Woche später mit einem riesigen, schokoladegefüllten Biskuitkuchen vorbeischaute, war ich begeistert. Nicht wegen des Kuchens, sondern weil ich eine Neuigkeit hatte, die wie eine Bombe einschlagen würde, und ich war bestrebt, sie bald platzen zu lassen. Ich machte zur Abwechslung einen Kaffee und wartete, bis Mum halbwegs mit einem krümeligen Stück Biskuit fertig war, bevor ich sagte: »Ich habe mich für ein Aborigines-Stipendium beworben.«

»Was?!« Sie erstickte fast, knallte ihre Tasse auf den Tisch und spuckte den Biskuit aus.

»Es gibt ein Stipendium für Aborigines, Mum. Alle, die von Aborigines abstammen, sind berechtigt, es zu beantragen.«

»Aber Sally, das kannst du doch nicht machen«, kicherte Mum, als ob sie mit einem ungezogenen Kind spräche.

»Warum denn nicht?« fragte ich. »Oder willst du mir jetzt erzählen, daß Oma doch aus Indien ist?«

»Ach Sally, du bist furchtbar«, gluckste Mum, und dann fügte sie gedankenverloren hinzu: »Hm, warum eigentlich nicht? Oma hat ein hartes Leben gehabt. Warum sollten ihre Enkel nicht was davon haben?«

»Genau«, erwiderte ich.

Ich glaube nicht, daß Mum klar war, wie tief meine Gefühle gingen. Es ging mir nicht um das Geld, ich bekam immer noch mein anderes Stipendium. Ich wollte unbedingt etwas tun, um mich mit meinem neugefundenen Erbe zu identifizieren, und das war das erste, was mir einfiel.

Als mir ein Auswahlgespräch zu meinem Stipendiumsantrag zugesagt wurde, war Mum erstaunt. Ich glaube, sie hatte erwartet, daß ich nicht in die Auswahl käme. Sie machte sich große Sorgen, was ich denen erzählen würde. Mum machte sich immer Sorgen, was wir den Leuten erzählten. Als ob die Wahrheit nie ausreichend wäre oder es etwas zu verstecken gäbe. Seit dem Tag ihrer Geburt hatte sie Geschichten erfunden oder übertriebene Behauptungen aufgestellt. Das war ein Teil ihrer Persönlichkeit. Sie konnte sich kaum vorstellen, wie jemand auf eine andere Art durchs Leben kam. Daher war sie sprachlos, als ich auf ihre Frage nach meinem Gespräch antwortete: »Ich sage ihnen die Wahrheit.«

Ich hatte Erfolg mit meinem Stipendiumsantrag, und in den nächsten Monaten war ich Zielscheibe vieler Familienwitze. Wir waren alle scheu und verlegen mit unserer neuentdeckten Vergangenheit und wußten nicht so recht, was jetzt damit anzufangen sei. Und die Familie konnte sich nicht darüber einigen, ob ich nun richtig gehandelt hatte oder nicht. Wie es meiner Art entsprach, war ich geradewegs in die Sache hineingesprungen. Ich wollte etwas Positives tun. Ich wollte sagen: »Meine Großmutter ist Aborigine, und das ist auch ein Teil von mir.« Ich war mir nicht sicher, wohin meine Aktionen führen würden, und die Tatsache, daß Oma außerordentlich unbeeindruckt blieb von meinen Bemühungen, verwirrte mich zusätzlich in meiner ohnehin schwach ausgeprägten Identität.

»Hat Mum dir erzählt, daß ich das Stipendium bekommen habe, Oma?« fragte ich eines Tages.

»Ja. Was hast du denen erzählt?«

»Ich habe gesagt, daß wir Aborigines sind, aber daß wir damit aufgewachsen sind, was anderes zu glauben.«

»Was hast du denen von mir erzählt?«

»Nichts, also reg dich ab.«

»Du wirst denen nie was von mir erzählen, Sally, oder? Ich will nicht, daß Fremde was über unsere Angelegenheiten wissen, besonders die von der Regierung. Man kann nie wissen, was die damit anfangen.«

»Warum bist du so mißtrauisch, Oma?« fragte ich sanft. Sie ignorierte meine Frage und schlurfte in den Garten hinaus. Plötzlich überkam mich eine tiefe Traurigkeit. Ich wollte am liebsten weinen. »Reiß dich zusammen, Sal«, murmelte ich. »Du weißt doch nicht mal, worüber du eigentlich weinen willst!«

In diesem Jahr bemerkten Mum und ich langsam eine Veränderung an Oma. Nicht daß ein Wunder geschehen wäre, aber eben doch eine Veränderung. Ihre Interessen begannen sich über die Frage hinaus, wer in der Telefonzelle gegenüber unserem Haus stand, auszuweiten zu Fragen der Weltpolitik. Oma hatte sich schon immer, wenn sie konnte, jeden Abend die Nachrichten auf allen Sendern angesehen, aber jetzt begann sie, anstatt nur die Weltkatastrophen zu vermerken, sich für Nachrichten über Schwarze zu interessieren.

Wenn der Bericht traurig war, hielt sie sich die Hand vor den Mund und sagte: »Siehst du, was die mit schwarzen Leuten machen!« Auf der anderen Seite beschwerte sie sich, wenn es Schwarzen gutging: »Jetzt sieh dir an, wie die angeben. Was glauben die denn, wer sie sind. Sind doch auch bloß Schwarze, so wie ich.«

Ungefähr zu dieser Zeit wurde Nyoongah zu Omas Lieblingswort. Sie hatte den Namen der südwestaustralischen Aborigines in einem Fernsehbericht gehört, und er hatte ihr sofort gefallen. Für Oma waren nun alle Nyoongahs: Afrikaner, Burmesen, schwarze Amerikaner. Sie identifizierte sich mit ihnen. Auf eine Art waren das ihre Leute, denn sie hatten ihr Schwarzsein gemeinsam und die Unterdrückung, die die Hautfarbe so lange Zeit mit sich gebracht hatte. Es war eine kleine Veränderung, aber es war ein Anfang.

Eigenartigerweise bekam mein Leben dadurch einen neuen Sinn. Ich fragte mich, ob Oma vielleicht, weil Jill und ich diesen Teil von uns akzeptiert hatten, nun auch besser damit zurechtkam. Ich war bestrebt, soviel wie möglich über die Vergangenheit zu erfahren. Ich machte es mir zur Gewohnheit, von Mums allgemeiner Gutmütigkeit zu profitieren.

»Wo wurde Oma geboren, Mum?« fragte ich sie eines Tages.

»Ich weiß nicht. Irgendwo oben im Norden.«

»Hat sie dir je was von ihrem Leben erzählt?«

»Du weißt doch, daß sie nicht von der Vergangenheit redet. Sie sagt, sie kann sich nicht erinnern.«

»Glaubst du, sie kann sich erinnern?«

»Ich denke schon, aber sie glaubt, wir wollen bloß herumschnüffeln, wollen sie verletzen.«

»Mum, gibt es irgend jemand, der mir etwas über Oma erzählen könnte?«

»Nur Judy.«

»Wer? Tante Judy?«

»Ja.«

»Warum sollte sie was über Oma wissen?«

»Oma hat für ihre Familie gearbeitet.«

»Als was?«

»Ach, du weißt schon, Hausarbeit und so was.«

»Du meinst, sie war ihr Dienstmädchen?«

»Ja, ich glaub schon.«

»Wie lange hat sie für sie gearbeitet?«

»Ach, ich weiß nicht, Sally. Warum kommst du immer damit an? Können wir nicht einmal über was anderes reden?« Fast alle unsere Gespräche endeten so.

Erstaunlicherweise bestand ich Psychologie am Ende dieses Jahres, ich bekam sogar eine Zwei. Ich freute mich auf mein letztes Jahr, denn dann würde ein gehöriger Teil von Menschen handeln, und deswegen studierte ich ja schließlich Psychologie.

Mittlerweile hatten sowohl Jill als auch ich viele Freunde an der Universität. Unser ganzes Leben lang hatten die Leute uns gefragt, welche Nationalität wir hätten. Die meisten hatten angenommen, wir seien Griechen oder Italiener, aber wir hatten immer geantwortet, daß wir Inder seien. Wenn uns jetzt jemand fragte, sagten wir: »Aborigines.« Wir tauschten oft Geschichten aus über die neuesten Kommentare. Einige unserer Bekannten hatten gesagt: »Aha, ihr wollt das Stipendium wohl wegen des Geldes.« Zu dieser Zeit betrug das Stipendium für Aborigines mehr als das der meisten Studierenden. Wir schämten uns, wenn das jemand sagte, denn uns war bewußt, daß es so wirken mußte. Plötzlich bekannten wir uns statt zu Indien zu den Aborigines, und in ihren Augen gab es dafür wohl keinen anderen Grund als das Geld.

Manchmal sagte jemand: »Aber ihr habt Glück, man kann nicht sagen, was ihr seid. Ihr könntet als alles durchgehen.« Viele Studenten reagierten mit verlegenem Schweigen. Das war vielleicht die schlimmste Reaktion. Es war, als hätten wir etwas Verbotenes ausgesprochen. Andere murmelten: »Oh, das tut mir leid ...«, und wenn sie merkten, was sie da sagten, erstarben ihre Worte.

Bis dahin hatten wir, wenn wir überhaupt je darüber nachgedacht hatten, geglaubt, daß Australien das am wenigsten rassistische Land der Welt sei, aber jetzt wußten wir es besser. Ich begann mich zu fragen, wie es für Aborigines mit richtig dunkler Haut und charakteristischen Gesichtszügen war, wie reagierten die Australier auf sie? Wie hatten weiße Australier in der Vergangenheit auf meine Großmutter reagiert; war das der Grund für ihre Bitterkeit?

In der Mitte des Jahres 1973 erhielt ich eine kurze Nachricht vom Erziehungsministerium, die mich zu einem Gespräch mit einem höheren Beamten bat. Ich erstarrte vor Angst.

Zwei Tage später saß ich nervös im Wartebereich. Ich hatte Magenschmerzen. Ich bekam immer Magenschmerzen, wenn ich nervös war. Ich war schon früher zu Gesprächen gegangen, aber immer mit kleineren Beamten. Die Vorgesetzten befaßten sich normalerweise nicht mit den geringfügigen Angelegenheiten von Studenten, sie befaßten sich mit wichtigeren Dingen in der Verwaltung. Mehrere Leute gingen vorüber und schauten mich neugierig an. Ich war plötzlich sicher, daß etwas ganz und gar nicht stimmte.

»Sie können jetzt hineingehen«, sagte die Frau am Empfangspult plötzlich. »Danke«, lächelte ich und ging langsam in das Büro.

»Mrs. Morgan«, sagte der Beamte, während ich mich hinsetzte. »Lassen Sie uns gleich zur Sache kommen. Wir haben Informationen erhalten aus einer, wie uns scheint, sehr verläßlichen Quelle, daß Sie das Aborigines-Stipendium aufgrund von falschen Angaben bekommen. Diese Person, die eng mit Ihnen und Ihrer Schwester befreundet ist, hat uns erzählt, daß Sie überall auf dem Universitätscampus damit prahlen, wie einfach es sei, das Stipendium zu bekommen, sogar ohne Aborigine zu sein. Anscheinend haben Sie verkündet, daß jeder es bekommen könne.«

Ich war so verblüfft über die Unsinnigkeit der Anschuldigung, daß ich in Lachen ausbrach. Das war ein großer taktischer Fehler.

»Das ist nicht zum Lachen! Das ist ein sehr ernstes Vergehen. Haben Sie dieses Ministerium angelogen? Ich möchte hören, was Sie dazu zu sagen haben.«

Ich wurde sehr ärgerlich. Es war offensichtlich, daß ich bereits für schuldig erklärt worden war, und ich wußte, warum. Weil Jill und ich gut waren. Das Ministerium erwartete von keinem Aborigine, an der Universität gut klarzukommen. Sie hätten es für besser vereinbar mit unserer Herkunft gehalten, wenn wir beide ständig durchgefallen wären.

»Wer hat sich beschwert?«

»Das kann ich Ihnen nicht sagen. Wir haben Vertraulichkeit zugesichert.«

»Das war keiner unserer Freunde.«

»Die Person ist Student und kennt Sie beide sehr gut.«

»Aber das paßt nicht zusammen. Wenn sie uns gut kennen würde, wäre sie bei uns zu Hause gewesen und hätte meine Großmutter und meine Mutter kennengelernt, und dann hätte sie nie diese Beschwerde vorgebracht.«

»Ist das alles, was Sie zu sagen haben?«

»Sie haben mich offensichtlich schon für schuldig erklärt, was kann ich da noch sagen?«

»Ich hatte mehr von Ihnen erwartet. Sie scheinen nicht sehr bedacht darauf, ihre Unschuld zu beweisen. Verstehen Sie überhaupt, daß das ein äußerst ernstes Vergehen ist?«

Mittlerweile hatte ich genug. »Hören Sie«, sagte ich wütend. »Als ich dieses Stipendium beantragte, habe ich Ihren Leuten alles erzählt, was ich über meine Familie weiß. Es war deren Entscheidung, mir das Stipendium zu bewilligen, daher ist es ihre Schuld und nicht meine, wenn daran irgend etwas auszusetzen ist. Wie, glauben Sie denn, soll ich das beweisen? Wollen Sie, daß ich meine Großmutter und meine Mutter herbringe und sie vor Ihnen auf und ab spazieren lasse, so daß Sie sie alle mal anschauen können? Das werde ich auf gar keinen Fall tun, auch wenn Sie es von mir verlangen. Da verliere ich lieber meine Unterstützung. Mein Wort steht gegen das von demjenigen, der sich beschwert hat. Somit ist es an Ihnen zu entscheiden.«

Mein Herz klopfte wild. Es fiel mir sehr schwer, für mich einzustehen; ich war nicht daran gewöhnt, so direkt mit Autoritäten umzugehen. Kein Wunder, daß Mum und Oma lieber nichts mit Regierungsleuten zu tun haben wollen, dachte ich. Sie geben einem keine Chance.

Der Beamte blickte mich einige Minuten lang schweigend an und sagte dann: »Gut, Mrs. Morgan. Entweder Sie sagen die Wahrheit, oder Sie sind eine sehr gute Schauspielerin!«

Ich war überrascht, aber meine Unschuld war damit noch nicht anerkannt.

»Ich sage die Wahrheit«, erwiderte ich böse.

»Gut, dann können Sie jetzt gehen.« Ich wurde mit einem Kopfnicken entlassen, aber ich war nicht in der Lage, mich zu rühren.

»Ich bin mir nicht sicher, ob ich das Stipendium überhaupt noch möchte«, sagte ich. »Was ist, wenn sich jemand anders beschwert? Werde ich dann für die gleiche Sache wieder vorgeladen?«

Der Beamte dachte einen Moment nach und sagte dann: »Nein. Wenn sich noch einmal jemand beschwert, werden wir es ignorieren.«

Zufrieden verließ ich ihn und ging schnell zum Aufzug. Mir war schlecht, und ich war mir nicht sicher, wie lange meine Beine mich noch tragen würden. Eigentlich war es ganz gut, daß ich die Beherrschung verloren hatte, dachte ich. Anderenfalls hätte ich mich überhaupt nicht verteidigt. Es war die Vorstellung, daß Mum und Oma irgendwie in die Sache verwickelt werden könnten, die mich so aufgebracht hatte. Das Ganze schien so erniedrigend.

Sobald ich draußen war, erlaubte ich der Brise, die die Straße entlangwehte, die Spannung in meinem Gesicht zu lösen. Ich atmete tief durch, um mich zu beruhigen, und ging langsam zur Bushaltestelle. Und wenn ich nun zu schüchtern gewesen wäre, um mich zu verteidigen? Was wäre dann passiert? Ich hatte keinen Zweifel daran, daß sie mir das Stipendium entzogen hätten. Dann dachte ich, vielleicht mache ich es ja falsch. Der Entschluß, sich als Aborigine zu identifizieren, war nicht leicht gewesen. Niemand hatte Verständnis, so viele Leute rechneten das nur in Dollar und Cent aus, keiner verstand, warum es so wichtig war. Ich sollte das alles hinschmeißen, war mein nächster Gedanke. Paul unterstützte mich jetzt, ich konnte mein Studium auch ohne das Stipendium beenden. Das war es nicht wert.

Ich hätte am liebsten geweint. Ich konnte mich nicht ausstehen, wenn mir so zumute war. Ich weinte nie, und doch, seit diese Geschichte angefangen hatte, war mir oft nach Weinen. Ich konnte mich da nicht beherrschen. Manchmal wollte ich einfach losweinen, wenn ich Oma nur anschaute. Es war absurd. Es gab so vieles an mir, das ich nicht verstand.

Der Bus hielt an, und ich stieg ein und bezahlte. Dann ging ich durch den Bus nach hinten. Das schaffte ich so gerade. Meine Augen waren getrübt von nicht vergossenen Tränen, und wenn der Bus etwas länger gewesen wäre, wäre ich wahrscheinlich im Gang hingefallen. Ich wendete mich dem Fenster zu und schaute auf den vorbeiziehenden Asphalt. War ich unehrlich zu mir selber? Was bedeutete es wirklich, eine Aborigine zu sein? Ich hatte nie als Jägerin und Sammlerin vom Land gelebt. Ich hatte nie an den Korroboris, ihren Tänzen, teilgenommen oder Geschichten über die Traumzeit gehört. Ich hatte mein ganzes Leben am Stadtrand gelebt und allen erzählt, daß ich Inderin sei. Ich kannte fast keine Aborigines. Was bedeutete es für jemanden wie mich?

Auf halbem Weg nach Hause fühlte ich mich so niedergedrückt von all meinen Fragen, daß ich beschloß, alles aufzugeben. Ich würde das Ministerium anrufen und ihnen erzählen, daß ich aus dem Stipendium aussteigen wolle. Meine Familie interessierte es sowieso nicht, was ich tat. Sie wären wahrscheinlich froh, wenn ich nicht mehr so viel Wirbel machte. Sie könnten dann wieder zur Tagesordnung übergehen und so weitermachen wie bisher, müßten sich nicht mit einem verrückten Familienmitglied plagen, das nicht wußte, wer es war. Genau, das würde ich tun. Und zwar so schnell wie möglich. Ich war kein mutiger Mensch.

In diesem Augenblick sah ich auf einmal Oma vor mir stehen und mich anschauen. Ihre Augen waren traurig. »Ach, Oma«, seufzte ich, »warum mußt du denn ausgerechnet jetzt auftauchen?« Sie verschwand so schnell, wie sie gekommen war. Danach wußte ich, daß es aus irgendeinem Grund wichtig war, das Stipendium zu behalten. Wenn ich meine versuchsweise Identifikation mit der Vergangenheit jetzt leugnete, verleugnete ich auch sie. Ich mußte mich daran festhalten, daß eines Tages alles einen Sinn ergeben würde. Selbst wenn sich das als der Glaube einer Idiotin herausstellte – dann hätte ich eben damit zu leben.

Als ich Jill von meinem Gespräch erzählte, war sie überrascht. »Bin ich froh, daß du dort warst und nicht ich«, sagte sie. »Ich hätte so was nicht sagen können. Ich hätte sie in dem Glauben gelassen, daß ich schuldig bin. Ich kann nicht so für mich eintreten.«

»Ich weiß auch nicht, wie ich das auf einmal konnte«, antwortete ich. »Aber weißt du was? Ich bin unheimlich froh, daß ich es gemacht habe. Von jetzt ab werde ich mehr sagen und bestimmter sein.«

»Himmel hilf!«

»Was glaubst du, wer mir da was anhängen wollte?«

»Keine Ahnung. Es macht einen allerdings mißtrauisch.«

In den nächsten Wochen beobachteten wir unsere Freundinnen und Freunde genau und suchten nach irgendwelchen Anzeichen von Schuld und Verrat. Es gab keine. »Ich geb's auf«, sagte ich eines Mittags zu Jill. »Wenn wir weiterhin alle Leute beobachten, werden wir nie wieder jemandem trauen können. Wir vergessen es besser.«

Am Wochenende erzählte ich Mum, was passiert war. Sie regte sich sehr auf, viel mehr, als ich erwartet hatte. Sie nahm es als einen persönlichen Affront. Oma interessierte sich ebenfalls für die Vorgänge. Sie war nicht ärgerlich, nur sehr pessimistisch. »Du hättest das nicht tun sollen, Sally«, brummte sie. »Du weißt nicht, was sie jetzt machen. Sie könnten jemand hierher schicken. Regierungsleute sind so. Am besten man sagt gar nichts, sondern macht so lange mit, bis man weiß, woher der Wind weht. Du weißt nicht, was jetzt alles passieren kann, laß dir das gesagt sein.«

»Ach, sei nicht so blöd, Oma«, rief Mum. »Sie hat recht daran getan, sich zu verteidigen. Keiner wird zum Herumschnüffeln kommen. Die Zeiten haben sich geändert.«

»Du bist blöd, Glad«, grummelte Oma und schlurfte in ihr Zimmer, bevor Mum antworten konnte.

»Das wird dir heute abend zurückgezahlt, Mum«, seufzte ich. »Sie wird eine furchtbare Laune haben.«

»Ich weiß nicht, warum sie manchmal so ist«, sagte Mum. »Sie hat Angst. Sie hat ihr ganzes Leben Angst gehabt. Du kannst ihr erzählen, daß die Verhältnisse sich geändert haben, aber sie hört dir nicht zu. Sie glaubt, es ist immer noch so wie früher, als die Leute mit einem machen konnten, was sie wollten.«

»Konnten sie das, Mum?«

»Was?«

»Mit einem machen, was sie wollten?«

»Ach, weiß ich nicht. Ich möchte jetzt nicht darüber reden, Sally. Jetzt nicht.«

Mein Krach mit dem Erziehungsministerium hatte jedoch einige unerwartete Folgen. Mum fand plötzlich Verständnis für mein Anliegen, etwas über unsere Vergangenheit in Erfahrung zu bringen. Eines Tages sagte sie zu mir: »Du weißt doch, daß Oma auf der Corunna-Downs-Farm geboren ist, nicht wahr?«

»Ich habe sie von der Farm reden hören«, erwiderte ich, »aber jedesmal, wenn ich sie danach frage, kriege ich kein Wort mehr aus ihr raus. Weißt du noch, wie David diese Landkarte vom Norden hatte und ihr darauf gezeigt hat, wo Corunna Downs liegt? Sie war ganz aufgeregt, daß es auf der Karte war, nicht wahr? Trotzdem wollte sie immer noch nichts erzählen.«

»Ich weiß. Es regt mich manchmal auf.«

»Mum, wem hat Corunna Downs gehört?«

»Judys Vater.«

»Das wußte ich nicht. Wie hieß er?«

»Alfred Howden Drake-Brockman.«

»Komisch. Ich nehme an, deshalb sind Oma und Judy sich so nahe. Und weil Oma für ihre Familie gearbeitet hat.«

»Ja. Oma war Judys Kindermädchen, als sie klein war.«

»Erzähl mir mehr davon, was sie damals gemacht hat, Mum.«

»Ich erinnere mich, daß sie sehr schwer gearbeitet hat. Sehr, sehr schwer. Ach, ich will nicht mehr darüber reden. Vielleicht ein andermal.«

Dieses eine Mal akzeptierte ich ihre Entscheidung, ohne mich zu beschweren. Ich wußte jetzt, daß es ein anderes Mal geben würde.

Obwohl ich verheiratet war, sah ich meine Familie fast jeden Tag. Wir fühlten uns einander so stark verbunden, daß es mir unmöglich war, sie nicht sehen zu wollen. Gut, daß Paul jemand war, der sich nicht beschwerte.

Als ich Mum an einem Samstagnachmittag besuchte, bat sie mich, ihr mit Curly zu helfen. »Er hat mal wieder seine zänkische Laune«, sagte sie. »Er will nicht reinkommen. Sieh zu, was du da machen kannst.«

Ich beäugte Curly widerwillig von der vorderen Veranda aus. Er lag wie üblich in der Straßenmitte. Den ganzen Vormittag lang hatten Autos ihn vergeblich angehupt; Curly rührte sich für niemanden.

»Du wirst noch überfahren, Curl«, sagte ich mit einer bemüht vernünftigen Stimme, »du kommst besser rein.«

Immer noch keine Reaktion.

»Ich glaub nicht, daß er reinkommt, Mum«, sagte ich. »Ich wünschte, Paul wäre hier, dem gehorcht er immer.«

»Glaubst du, er wird taub auf seine alten Tage?« fragte Mum besorgt.

»Nee, nur dumm.«

»Er ist ein guter Hund, Sally«, protestierte sie. »Du solltest nicht so über ihn reden.«

»Ich glaube, du gehst besser rein, Mum«, riet ich. »Er wird nie auf mich hören, solange du hier stehst.«

Mum verschwand, und ich rief noch einmal nach dem flachen Bündel von schwarzem Fell, das auf der Straße lag.

»Curl, Mum ist jetzt weg. Wenn du jetzt nicht kommst, zerre ich dich rein.«

Curly hob ein wenig den Kopf und knurrte.

Ich wußte, was das zu bedeuten hatte. Sobald ich ihn berührte, würde er mich beißen. Das hatte ich schon einmal mitgemacht. »Hör zu, du verdammter Bastard«, rief ich.

Aber bevor ich meine Tirade fortsetzen konnte, stand Oma hinter mir und sagte: »Sag das nicht, Sally, das tut mir hier weh.« Sie klopfte sich auf die Brust. »Komisch, daß meine eigene Enkelin so was sagt. Ich hätte nie gedacht, daß du so werden könntest.«

»Du bist genauso schlimm wie Mum«, beklagte ich mich. »Ich darf überhaupt nichts sagen!«

»Ich bin so genannt worden«, antwortete Oma. »Man fühlt sich ganz elend hier innendrin.«

»Es hat keinen Zweck, daß du weitermeckerst, Oma«, gab ich zurück, ohne hinzuhören. »Er ist ein verdammter Bastard!«

»Nicht! Nicht!« sagte sie, als fügte ich ihr Schmerz zu.

»Oma«, argumentierte ich, »einer muß hart zu ihm sein, oder er wird eines Tages noch überfahren.«

»Von wem redest du, Sally?«

»Ich rede von Curly«, antwortete ich gereizt und hielt dann inne. »Wieso, von wem redest du denn?«

Oma starrte zum Sportplatz gegenüber unserem Haus. Gerade dort, wo der Asphalt endete und das Gras begann, saß ein kleiner Aborigine-Junge. Ich kannte ihn, denn er gehörte zu einem Haus um die Ecke. Er war ganz in sein Spiel versunken.

»Oma!« sagte ich schockiert. »Du hast doch nicht etwa geglaubt, daß ich den kleinen Kerl da einen verdammten Bastard genannt habe? Aber Oma, ich würde doch nie ein Kind so nennen. Das ist doch schrecklich, einen Menschen so zu beschimpfen. Wie konntest du annehmen, daß ich so was tun würde?«

»Ich hab gehört, wie sie so genannt worden sind. Das ist nicht richtig, die haben auch Gefühle.«

»Oma, hast du gesagt, daß du so genannt worden bist?« Sie hielt ihre Hand vor den Mund.

»Wer war das? Welcher dreckige Mistkerl hat so was zu dir gesagt?«

»Ich möchte nicht darüber reden, Sally.« Sie schüttelte den Kopf.

»Du bist mehr als einmal so genannt worden, nicht, Oma?« Sie ignorierte meine Frage und drehte sich um, um ins Haus zu gehen. Mitten in der Tür blieb sie stehen und sagte: »Sal?«

»Ja?«

»Versprich mir, daß du nie so was sagst. Wenn du einen kleinen Kerl siehst wie den da, denk an deine Oma.«

Ich nickte. Ich war den Tränen zu nahe, um antworten zu können.

Ich wünschte mir, ich könnte Erinnerungen wie diese aus ihrem Gedächtnis fortwischen. Sie sah so verletzlich aus, ganz anders als in ihrer normalen, lamentierenden Art. Bei solchen Gelegenheiten wurde mir klar, wie sehr ich sie liebte.

## *23*

# Ein Besucher

Nach meinem Studienabschluß begann ich ein Aufbaustudium in Psychologie am Westaustralischen Institut für Technologie.

Auch mein Bruder David hatte in diesem Jahr die Schule erfolgreich beendet, und so war Helen jetzt die einzige von uns, die noch zur Schule ging. Sie war in ihrem dritten Jahr an der High-School.

Mum und ich hatten viele kleine Gespräche über die Vergangenheit, aber sie waren nicht wirklich informativ; denn wir neigten dazu, immer nur über dasselbe zu reden. Manchmal versuchte Mum, Oma zum Reden zu bewegen. Eines Tages hörte ich Oma rufen: »Du redest seit neuestem ständig über die Vergangenheit, Glad. Ich hab die Nase voll davon. Das macht mich krank hier drinnen«, sie zeigte auf ihre Brust. »Mein Gedächtnis ist nicht gut, Glad, ich kann mich nicht erinnern!«

Mum gab leicht auf. »Sie war ihr ganzes Leben lang so«, beschwerte sie sich eines Tages bei mir, »sie wird sich nie ändern. Als ich klein war, habe ich oft nach meinem Vater gefragt, aber sie hat mir nie was erzählt. Zuletzt hab ich's aufgegeben.«

»Wer war dein Vater?«

»Ach, ich weiß es nicht«, erwiderte sie traurig. »Oma sagte nur, er war ein Weißer, der starb, als ich sehr klein war.«

Ich wurde auch traurig. Ich nahm mir fest vor, eines Tages herauszufinden, wer ihr Vater war. Sie hatte ein Recht, es zu wissen.

1975 wurde ich von einer Tochter, Ambelin Star, entbunden. Die ganze Familie war sehr aufgeregt, es war das erste Enkelkind. Mum weinte, als sie sie sah, Oma ebenso. Mum fing nun an, Spielzeug und Kinderbücher zu kaufen, anstatt Trödel zu sammeln.

Ich beendete mein Studium und beschloß, mich für eine Weile darauf zu konzentrieren, Hausfrau und Mutter zu sein. Ich fuhr fort, Oma wegen der Vergangenheit zu löchern, aber sie stellte sich immer mehr auf die Hinterbeine. Sie sagte, ich würde sie nicht lieben, niemand in der Familie habe sie je geliebt oder gewollt. Sie behauptete, Mum habe sich nie richtig um sie gekümmert. Sie wurde tatsächlich so durchweg zänkisch, daß sie uns nach und nach alle vertrieb. Alle in der Familie kamen an den Punkt, wo sie es möglichst vermieden, Oma zu treffen.

Paul und ich hatten zu jener Zeit die Nase voll vom Stadtleben, daher wollten wir es eine Zeitlang auf dem Land versuchen. Pauls Eltern lebten jetzt in Albany auf einer kleinen Farm, und so zogen wir für zwölf Monate nach Albany.

Jill war von der Universität abgegangen und half Mum in ihrem Blumengeschäft. Sie hatte eine Weile genug vom Studieren, ging aber später zurück und machte einen Abschluß in Geisteswissenschaften. Meine Brüder arbeiteten beide, Bill im Norden bei einer Bergbaugesellschaft und David in der Stadt bei einer Auktionsfirma. David arbeitete außerdem abends und nachts als Musiker in einer Rock'n'-Roll-Band. 1976 bestand Helen ihre Aufnahmeprüfung an der Universität, die das Schulabschlußexamen ersetzt hatte.

1977 trieben Geldmangel und fehlende Arbeitsmöglichkeiten Paul und mich zurück nach Perth, wo Paul ein Reinigungsunternehmen aufmachte. Er hatte seinen Lehrerjob gekündigt, als wir nach Albany zogen. Und ich war mit meinem zweiten Kind schwanger, wurde sehr krank und verbrachte viele Wochen im Krankenhaus.

Aus all diesen Gründen schien meine Suche nach der Vergangenheit von 1975 bis 1978 zum Stillstand gekommen zu sein.

1978 bekam ich mein zweites Kind, Blaze Jake, und eine Veränderung trat in unserer Familie ein. Omas Bruder Arthur erschien und kam bald regelmäßig zu Besuch. Er war darauf aus, Oma öfter zu sehen, nun da sie beide älter wurden. Und er mochte Mum sehr gern.

»Wer ist das?« fragte ich, als ich ihn eines Tages mit einem riesigen Teller voll Essen auf dem Schoß vor den Fernseher gepflanzt antraf.

»Du erinnerst dich doch bestimmt. Das ist Arthur, Omas Bruder. Als du klein warst, kam er uns zweimal besuchen, weißt du das denn nicht mehr?«

Ich ließ meine Gedanken zurückschweifen, und plötzlich sah ich ihn vor mir, wie er viele Jahre zuvor ausgesehen hatte. Groß und dunkel und mit einem breiten Lächeln. »Ist er ihr einziger Bruder?« fragte ich. »Keine anderen Verwandten irgendwo versteckt?«

»Nein«, lachte Mum. »Er ist der einzige, von dem ich weiß. Er ist ein lieber alter Kerl, ein richtiges Original. Ich glaube, Oma ist eifersüchtig auf ihn.«

»Das kann ich mir vorstellen! Toll, daß sie sich nach so vielen Jahren wiedersehen.«

»Es ist wundervoll«, sagte Mum mit Tränen in den Augen. »Ich habe ihm gesagt, er soll herkommen, so oft er will.«

»Mum«, fragte ich zögernd, »glaubst du, er könnte uns was von der Vergangenheit erzählen? Von Oma, meine ich.«

»Ich denk schon, wenn wir ihn zum Reden kriegen. Er erzählt wunderbare Geschichten. Geh und sprich mit ihm.«

Es dauerte eine Weile, bis ich Arthur näher kam. Er mochte Mum, aber ihrem Nachwuchs gegenüber war er auf der Hut. Er war sich nicht ganz sicher, was er von uns halten sollte und was wir von ihm hielten. Wenn er geahnt hätte, wie unsäglich neugierig wir auf ihn und seine Vergangenheit waren, hätte ihn das wahrscheinlich verjagt.

Aber bei einem dieser ersten neuerlichen Besuche verschaffte er uns überraschend ein lebhaftes Bild der Vergangenheit: ein paar alte Fotografien von Oma aus den zwanziger Jahren. Oma hatte sich immer geweigert, sich von uns fotografieren zu lassen, und es war aufregend, sie nun als junge Frau zu sehen. Oma selbst war überhaupt nicht beeindruckt.

Es wurde sehr schnell offensichtlich, daß Oma und Arthur Geschwister waren; sie stritten sich wie Hund und Katze. Wenn Arthur da war, verhielt Oma sich wie ein Kind. Sie war eifersüchtig, weil Mum ihn mochte und gern mit ihm zusammen war. Außerdem hatte sie Angst, was er uns alles erzählen könnte.

»Hört nich auf ihn«, sagte sie eines Tages, als er mitten in einer Geschichte von früher war, »er ist bloß ein dummer alter Mann, was soll er schon wissen? Er redet nur Stuß!«

»Legt sie schon wieder los?« sagte Arthur zu Mum. Er tat gern so, als ob sie nicht da wäre. »Du weißt, was mit ihr los ist, stimmt's?« flüsterte er. »Sie ist eifersüchtig.«

»Ach, du dummer alter Kerl«, brummte Oma, »für wen hältst du dich denn? Keiner interessiert sich für deine Geschichten. Du bist doch bloß ein dummer alter Blackfella.«

»Ha, da mußt du dir schon 'n besseres Schimpfwort für mich einfallen lassen«, lächelte er. »Ich bin stolz darauf, 'n Blackfella zu sein. Abgesehen davon, du bist doch selber 'n Blackfella, oder?«

Oma war wütend. Seit Jahren hatte niemand sie Blackfella genannt. Sie beugte sich zu ihm herunter und sagte: »Ich mag ja ein Blackfella sein, aber ich bin nich so wie du. Ich zieh mich ordentlich an, und ich weiß, wie man's richtig macht. Sieh dich doch an, ein ausgewachsener Mann, und deine Hosen sind mit 'nem Stück Strick zusammengehalten! So wirst du mich nich rumlaufen sehen.«

»Raus mit dir!« konterte er und drohte ihr mit der Faust. »Laß uns in Ruhe, wir wollen uns unterhalten.«

Oma schlenderte hinaus, aber nach einer Viertelstunde kam sie zurück, um mitzubekommen, was er erzählte. »Du bist doch 'n richtiger Schaumschläger«, beschwerte sie sich, während sie in der Wohnzimmertür stehenblieb. »Bla, bla, bla. Du kriegst deinen Mund wohl überhaupt nich mehr zu.«

»Du tust mir leid«, erwiderte Arthur, »wirklich, du hast mein Mitgefühl. Du hast für niemand ein gutes Wort übrig, nich mal für deine eigene Tochter. Ich sag dir eins, das ist 'ne Warnung, eines Tages nehm ich mir 'ne junge Frau. Die bring ich her, und dann wagst du nich mehr, so mit mir zu reden.«

Oma lachte immer, wenn Arthur davon sprach, sich eine junge Frau zu nehmen, die sich im Alter um ihn kümmern sollte. »Dich will doch keine haben«, krakeelte sie. »Junge Mädchen sind schlau heutzutage, wenn die dich kommen sehen, rennen die doch wie der Wirbelwind. Wer will schon 'nen dummen alten Blackfella wie dich, du hast ja nich mal Geld.«

»Du weißt ja nich, was ich hab«, erwiderte Arthur. »Ich hab mein Land in Mukinbudin, das ist mehr, als was die meisten Blackfellas haben.«

»Dein Land, dein Land«, äffte Oma ihn nach. »Ich will nichts mehr hören von deinem Land. Ich wette, die Känguruhs fressen deine ganze Ernte.«

Das war nun der Gipfel für Arthur. Omas Bemerkung hatte gesessen, und sie wußte es. Er hatte ihr erzählt, daß er einen Teil seines Landes nicht abgeholzt hatte, damit die wilden Tiere ungestört leben konnten, und jetzt benutzte sie diese vertrauliche Mitteilung gegen ihn.

»Ich erzähl dir nichts mehr, gar nichts«, sagte er. »Wir ignorieren sie einfach. Sag ihr, sie soll gehen, Glad«, fügte er zu Mum gewandt hinzu. »Wir wollen sie hier drinnen nich haben. Sie ist zu lange mit Whitefellas zusammengewesen!«

»Hör mal, Oma«, sagte Mum in ihrer Laßt-uns-vernünftig-sein-Stimme, »Arthur ist dein einziger Bruder, und jedesmal, wenn er kommt, brichst du einen Streit vom Zaun. Ihr werdet beide alt, es wird Zeit, daß ihr euch vertragt. Er hat keine Lust, sich die ganze Zeit deine Spitzen anzuhören.«

Oma war fest entschlossen, nicht weich zu werden. »Und wir wollen seine Geschichten auch nich hören«, sagte sie nachdrücklich. »Er redet immer wieder dasselbe. Er ist nich der einzige, der es schwer hatte im Leben.«

»Nein, ist er nicht«, antwortete Mum, »aber er redet wenigstens darüber. Du erzählst uns ja doch nichts. Jedesmal, wenn wir dich was über die Vergangenheit fragen, wirst du grantig. Wir sind deine Familie, wir haben ein Recht darauf, was zu erfahren.«

»Glad, du redest ständig über die Vergangenheit. Du und Arthur, ihr gebt ein gutes Paar ab. Ihr wißt nich, was ein Geheimnis ist.«

»Das ist keine Frage von Geheimnissen«, wandte Mum ein. »Du scheinst dich deiner Vergangenheit zu schämen, und ich weiß nicht, warum. Mein ganzes Leben lang hast du mir nie was erzählt, und ich konnte mich nie irgendwo zugehörig fühlen. Mein ganzes Leben lang wollte ich eine Familie haben, aber du erzählst mir noch nicht mal was über meine eigene Großmutter. Geh jetzt und laß Arthur erzählen, er erzählt wenigstens mal was.«

Oma öffnete den Mund, um etwas zu erwidern, aber Arthur schnitt ihr das Wort ab, indem er sagte: »Wenn du nich gehst, Daisy, sag ich ihnen deinen Aborigine-Namen.«

Oma war wütend. »Das tust du nich!« zischte sie.

»Wohl würde ich das«, sagte Arthur. Oma wußte, wann sie geschlagen war, sie stürmte davon.

»Wie heißt sie?« fragten Mum und ich aufgeregt, als sie weg war.

»Nein, den Namen kann ich euch nich sagen«, antwortete er. »Nich daß ich es nich gerne täte, aber Daisy soll ihn euch selber sagen. Von ihr könntet ihr 'ne Menge erfahren, sie weiß mehr über manche von unsern Leuten als ich.«

»Aber sie wird nichts erzählen, Arthur«, erwiderte Mum. »Manchmal kommt es mir vor, als ob sie glaubt, sie wäre weiß. Sie schämt sich für ihre Familie.«

»Ach, sie war zu lange mit Whitefellas zusammen. Die haben sie dazu gebracht, daß sie sich schämt; das ist es, was die Weißen mit einem machen. Warum sollten wir uns schämen, wir sind schon länger hier als die. Du siehst keinen schwarzen Mann das Land umgraben und die Geister aufschrecken. Der weiße Mann hat ja keine Ahnung.«

Ich hörte danach noch vielen Gesprächen zwischen Mum und Arthur zu. Wenn er zu einem Besuch vorbeikam, rief Mum mich an und sagte: »Er ist hier!«, und ich eilte zu ihnen.

An einem solchen Nachmittag ging ich hinaus in den Garten und fand Oma und Arthur unter einem Eukalyptusbaum sitzen, in ein Gespräch vertieft. Und es klang mir sehr nach einer fremden Sprache. Ich setzte mich leise auf die Stufen und hörte zu. Ich betete, daß sie mich nicht sähen.

Nach ein paar Minuten sagte Oma: »So schlecht sind meine Augen nun auch wieder nich, Sally. Ich kann dich sehen, wie du uns nachspionierst.«

»Ich spioniere nicht«, verteidigte ich mich. »Unterhaltet euch nur weiter, laßt euch von mir nicht stören.«

»Wir sagen keinen Ton mehr«, gab Oma zurück. »Hast du gehört, Arthur, kein Wort mehr!«

In diesem Moment brachte Mum ein Tablett mit dem Nachmittagstee heraus. Nachdem sie ihnen Tee und Kuchen hingestellt hatte, folgte ich ihr ins Haus.

»Mum«, sagte ich aufgeregt, »hast du das gehört? Sie sprechen in ihrer eigenen Sprache!«

»Was! Oma auch?«

»Ja! Und nicht nur ein paar Wörter, sie redet drauflos, als hätte sie immer so gesprochen. Ich hätte nicht gedacht, daß sie sich nach all den Jahren so gut daran erinnert.«

»Sally, bist du sicher, daß du dir das nicht eingebildet hast?«

»Nein! Ehrlich, Mum, ich hab's gehört!«

»Aber es muß Jahre her sein, seit sie ihre eigene Sprache gesprochen hat. Komisch, daß sie sich nach so langer Zeit daran erinnert.«

»Das ist ein Hoffnungsschimmer, Mum«, sagte ich. »Sie hätte sie leicht vergessen können; eine Sprache muß man sprechen, damit man sie behält. Das kann nur heißen, daß es ihr wichtig ist. Vielleicht wird sie doch noch eine stolze Schwarze.«

»Gibst du eigentlich nie auf?«

»Wo Leben ist, da ist Hoffnung, Mum.«

In den folgenden Wochen brachte ich immer, wenn ich Oma traf, das Thema auf ihre Sprache. Sie war zunächst sehr abweisend und verlor die Beherrschung, aber allmählich überlegte sie es sich anders. Eines Tages sagte sie: »Hey, Sally, weißt du, was goombo ist?«

»Nee, was denn?« grinste ich.

»Pipi, Pipi.« Oma kicherte und ging davon.

Sie sagte mir danach noch viele Wörter, aber ich konnte sie nie dazu bewegen, einen ganzen Satz für mich zu sprechen. Es würde noch lange dauern, bis ich gelernt hatte, mit dem wenigen zufrieden zu sein, das sie freiwillig gab.

*24*

# Wo ein Wille ist

»Ich schreibe ein Buch.« Das war Anfang 1979, eine gute Zeit für Entschlüsse.

Mum erschrak zuerst. »Neuer Plan mal wieder, wie?« meinte sie dann sarkastisch. Sie war an meine verrückten Ideen schon gewöhnt.

»Diesmal ist es nicht nur ein Plan, Mum«, sagte ich entschlossen. »Diesmal führ ich ihn aus.«

»Soll es ein Kinderbuch werden?«

»Nee. Ein Buch über unsere Familiengeschichte.«

»Du kannst doch kein Buch über unsere Familie schreiben«, stieß sie hervor. »Du weißt doch gar nichts!«

»Tja, aber ich finde es raus!«

»Wie?«

»Ich weiß nicht. Irgendwie.«

»Na, von Oma brauchst du erst gar keine Hilfe zu erwarten, du weißt, was für ein alter Dickschädel sie ist. Erst seit Arthur öfter kommt, rutschen ihr ab und zu mal ein paar Brocken raus.«

»Wo ein Wille ist, ist auch ein Weg, Mum«, erwiderte ich unbekümmert. »Und ich hab einen starken Willen.«

»Ach, Sally«, stöhnte sie. »Ich wünschte, du würdest nicht immer mit diesen neuen Ideen ankommen. Du machst alle wild, und dann führst du es doch nicht durch. Ich werd mir jedenfalls keine Gedanken über dein Buch machen. Du wirst das Interesse daran bald verlieren.«

»Wetten, daß nicht?«

In der folgenden Woche nahm Mum mich etwas ernster, als ich eine Schreibmaschine kaufte und zu tippen begann. Als sie meine abgehackte Zweifingertechnik beobachtete, sagte sie: »Bei der Geschwindigkeit brauchst du ein Leben lang für eine Seite.«

»Brauche ich nicht. Ich bring mir bei, richtig zu tippen. Es ist nur eine Frage der Übung. Ich werd schon schneller werden.«

»Was schreibst du da überhaupt?«

»Ich halte fest, was ich weiß. Es ist nicht viel, aber es ist ein Anfang. Dann werde ich versuchen einzufügen, was ich nicht weiß, und ich erwarte, daß du mir dabei hilfst.«

»Ich kann dir nicht helfen. Ich weiß nichts.«

»Du glaubst nur, daß du nichts weißt. Ich bin mir sicher, daß dir so einiges einfallen wird, wenn du mal in versteckten Winkeln deines Gedächtnisses kramst.«

»Es hat keinen Zweck, auf mich zu zählen, Sally.«

»Du bist manchmal genauso schlimm wie Oma! Du mußt mir helfen, du bist meine Mutter, es ist deine Pflicht.«

»Du brauchst nicht gleich so dramatisch zu werden. Du weißt doch, daß ich dir helfen würde, wenn ich könnte.«

»Aber du kannst es, Mum. Du hast dein ganzes Leben mit Oma

verbracht. Du mußt mir doch etwas über sie erzählen können. Was dir unwichtig vorkommt, ist vielleicht ein richtig guter Anhaltspunkt für mich. Zum Beispiel, warum sind Oma und Judy sich so nahe?«

»Das hab ich dir doch schon erzählt, Oma war Judys Kindermädchen. Judy war ziemlich krank als Kind, ich nehme an, das hat sie einander nahegebracht.«

»Wie kam es, daß Oma ihr Kindermädchen war und nicht jemand anders?«

»Ach, weiß ich nicht. Ich hab dir doch erzählt, daß Oma von der Farm kommt, die Judys Vater gehört hat.«

»Ja, stimmt«, sagte ich langsam. »Weißt du was, ich glaube, ich werde mit Judy sprechen. Ich weiß nicht, warum ich da nicht schon früher dran gedacht habe. Da siehst du, du hast mir schon einen Anhaltspunkt geliefert!«

»Meine Güte, ich glaube nicht, daß das ein besonderer Anhaltspunkt ist. Judy wird dir nichts erzählen; sie und Oma lieben ihre Geheimnisse.«

»Kann ja nicht schaden, es zu versuchen.«

»Was willst du sie fragen?«

»Ach, ich werde sie nach der Farm fragen und warum sie Oma mit nach Perth genommen haben. Ich werde sie auch nach Ivanhoe fragen.« Ivanhoe war ein prächtiges altes Haus in Claremont, das am Ufer des Swan lag, wo Oma die meiste Zeit ihres Arbeitslebens verbracht hatte.

»Neulich bin ich zur Battye-Bücherei gegangen, Mum.«

»Wozu?«

»Es ist eine historische Bücherei. Westaustralische Geschichte. Ich wollte was über Aborigines lesen.«

»Oh«, sagte Mum begeistert, »hast du was Interessantes gefunden?«

»Das kannst du wohl sagen. Ich fand so einiges, worüber man sich schämen muß.«

»Du meinst, wir müßten uns schämen?«

»Nein, ich meine, Australien sollte sich schämen.« Mum setzte sich. »Erzähl mir, was du gelesen hast.«

»Na ja, als Oma jünger war, galten Aborigines als unterdurchschnittlich intelligent und als unfähig, die gleiche Schulbildung zu erwerben wie die Weißen. Weißt du, die Viehwirtschaft wurde auf dem Rücken von Sklaven aufgebaut. Aborigines wurden gezwungen zu arbeiten, und wenn sie es nicht taten, holten die Farmbesitzer die Polizei. Ich habe immer gedacht, daß Australien anders sei als Amerika, Mum. Aber wir hatten hier auch die Sklaverei. Die Leute sind zwar nicht versteigert worden wie die Schwarzen in Amerika, aber trotzdem waren sie persönlicher Besitz.«

»Ich weiß«, sagte Mum mit Tränen in den Augen. »Sie wurden ganz furchtbar behandelt. Ich weiß, daß ...« Sie unterbrach sich. »Ich sollte mal lieber gehen, Sal, ich muß morgen früh arbeiten.«

»Was wolltest du gerade sagen?«

»Nichts.«

»Doch, da war was.«

»Es war nichts, Sally, wirklich nichts. Du machst aus einer Mücke einen Elefanten.«

»Nein, Mum, du machst den Elefanten zur Mücke.«

»Ich möchte jetzt nicht darüber reden. Vielleicht später. Du mußt mir Zeit lassen. Wenn ich dir helfen soll, mußt du mir Zeit lassen.«

Ich sah, daß Mum ziemlich erregt war. »Okay, ich gebe dir soviel Zeit, wie du willst, solange du mir versprichst, mir zu helfen.«

»Ich versuche es«, seufzte sie und fügte hinzu: »Du scheinst fest entschlossen zu sein.«

»Das bin ich.«

»Ich bin mir nicht sicher, ob es klug ist. Du weißt nicht, wen du kränken könntest. Du mischst dich irgendwo ein, und du hast kein Taktgefühl. Du könntest dich in tiefem Wasser wiederfinden.«

»Ich kann schwimmen.«

»Wenn du mit Judy reden willst, regst du nur Oma auf. Sie wird älter. Wenn sie herausfindet, daß du ein Buch schreiben willst, wird sie sich furchtbar aufregen, und sie wird mir das Leben zur Hölle machen. Kannst du die Vergangenheit nicht begraben bleiben lassen? Das würde niemandem weh tun.«

»Mum«, erwiderte ich. »Es hat schon so vielen weh getan. Es hat mir und dir und Oma, uns allen, weh getan. Ich meine, so viele Jahre habe ich den Leuten erzählt, ich wäre Inderin! Ich habe ein Recht darauf, meine eigene Geschichte zu kennen. Wo wir gerade dabei sind, du bist nie dazu gekommen, mir zu erzählen, warum du uns angelogen hast. Über diese Indiensache.«

»Ach, jetzt laß uns nicht damit anfangen. Ich hab genug für heute.« Mum erhob sich eilig. »Besuch Judy, wenn du willst, aber reg Oma nicht auf.«

»Möchtest du mit mir kommen, wenn ich zu ihr gehe?«

»Nein.«

»Ich dachte nur, ich frage dich. Ach ja, eines wollte ich dir doch noch erzählen. Ich habe kürzlich eine Kopie deiner Geburtsurkunde besorgt.«

Mum setzte sich eilig wieder hin. »Wie hast du das denn gemacht? Ich wußte gar nicht, daß das überhaupt geht.«

»Es ist ganz einfach. Du beantragst sie beim Standesamt. Ich habe gesagt, daß ich sie für unsere Familiengeschichte brauche. Ich habe auch versucht, die von Oma und Arthur zu bekommen, aber die haben keine. Aborigines hatten zu der Zeit wohl selten Geburtsurkunden.«

»Sally ...«, fragte Mum zögernd, »was sagten sie, wer mein Vater war? Stand das auf der Urkunde?«

»Das war offengelassen, Mum, tut mir leid.«

»Einfach offengelassen?« murmelte Mum langsam. »Einfach offengelassen! Das ist furchtbar, als ob sich keiner zu mir bekennen will.«

Ich hatte mir nicht vorgestellt, daß es Mum so mitnehmen würde. Ich kam mir wie ein Ungeheuer vor. Sie hatte ihr ganzes Leben lang gewußt, daß Oma nicht verheiratet war. »Es tut mir wirklich leid, Mum«, sagte ich sanft. »Ich habe deine Urkunde besorgt, weil ich dachte, sie könnte uns Anhaltspunkte liefern, aber das war nichts. Außer daß du im King-Edward-Gedächtnis-Krankenhaus geboren bist. Das ist ungewöhnlich, ich hätte nicht gedacht, daß sie zu der Zeit Aborigine-Frauen da reinließen.«

»Was, da bin ich geboren?«

»Ja. Mit Sicherheit.«

»Na, wenigstens hast du etwas rausgefunden, Sally.«

»Du hast Oma doch gefragt, wer dein Vater war?«

»Ja.«

»Vielleicht weiß Judy es ja.«

»Ziemlich sicher sogar«, seufzte Mum. »Aber sie wird es dir nicht erzählen. Ich hab sie mal gefragt, und sie sagte bloß: ›Es steckt im Blut‹, was immer das heißen sollte.«

»Ich wette, du hast sie nie direkt gefragt. Du redest zu viel um den heißen Brei herum. Warum treibst du sie nicht in die Enge und sagst: ›Judy, ich möchte wissen, wer mein Vater war, und ich gehe hier nicht eher weg, bis ich es herausgefunden habe.‹«

Mum grinste. »Das könnte ich nicht, dazu bin ich nicht mutig genug. Außerdem bin ich ihm sowieso völlig egal, sonst hätte er bis jetzt schon mal Kontakt aufgenommen. Und wenn Oma Hilfe brauchte, war auch nie jemand da. Er kann kein besonders toller Mann sein.«

»Weißt du, Mum, mal ganz logisch betrachtet, muß das jemand gewesen sein, der mit den Leuten von Ivanhoe was zu tun hatte.«

»Meinst du?«

»Doch. Das muß so sein. Hat da mal irgendein unverheirateter Typ gewohnt?«

»Nein. Jack Grime hat einige Jahre dort gelebt, aber der kann es nicht gewesen sein.«

»Warum nicht?«

»Er gehörte zu den oberen Kreisen, ein englischer Gentleman. Sein Neffe ist jetzt einer von den Tierärzten der Queen.«

»Oho, vielleicht solltest du dir besser einen Corgi zulegen so wie sie!« Mum lachte.

Einige Tage später rief ich Tante Judy an. Ich erklärte ihr, daß ich ein Buch über Oma und Arthur schriebe und dachte, daß sie mir vielleicht helfen könnte. Wir verabredeten, daß ich zum Mittagessen vorbeikommen würde, und sie sagte, sie könne mir erzählen, wer Omas Vater war.

Ich war überrascht. Ich hatte erwartet, auf mehr Widerstand zu treffen. Vielleicht wollte ich auf Widerstand treffen, denn das entfachte mein Gerechtigkeitsgefühl. Ich war ganz aufgeregt nach unserem Telefongespräch. Würde ich wirklich erfahren, wer mein Urgroßvater war? Wenn ich Glück hatte, würde ich sogar etwas über meinen Großvater herausfinden. Ich war so voller Optimismus, daß ich dreimal in die Luft sprang und Gott mit hocherhobenem Daumen signalisierte, alles liefe bestens.

Der Tag für mein Mittagessen mit Tante Judy war gekommen. Es war ein zu schöner Tag, als daß irgend etwas hätte schiefgehen können. Mum hatte sich bereit erklärt, mich nach Cottesloe zu bringen, wo Judy jetzt wohnte, und sich während unseres Gesprächs um die Kinder zu kümmern.

»Kann ich nicht mitkommen, Mum?« quengelte Amber, als wir vor Judys Haus hielten.

»Tut mir leid, Amber«, antwortete ich, »das hier ist privat.« Ich sprang voller Schwung und Elan aus dem Auto. »Wünsch mir Glück, Mum.«

Beim Mittagessen plauderten wir über Diät, gesunde Ernährung und die Bakterien in den meisten Eissorten, dann sagte Tante Judy: »Weißt du, ich glaube, ich habe einige alte Fotos von deiner Mutter, an denen du interessiert sein könntest. Ich muß sie mal heraussuchen.«

»Großartig! Das wäre mir wirklich sehr lieb.«

»Ich erzähle dir, was ich über die Farm weiß, aber es ist nicht viel. Weißt du, eine Verwandte von uns hat kürzlich ein Buch veröffentlicht, und die Fakten sind alle falsch. Du solltest dafür sorgen, daß du es richtig hinbekommst.«

»Deshalb bin ich hier. Ich möchte nichts veröffentlichen, was nicht stimmt.«

Nach dem Mittagessen zogen wir uns auf die bequemeren Sessel im Wohnzimmer zurück.

»So, meine Liebe«, sagte Tante Judy, »was würdest du gerne wissen?«

»Tja, zuerst einmal wüßte ich gern, wer Omas Vater war und dann auch ein bißchen über ihr Leben in Ivanhoe.«

»Nun, das ist kein Problem. Meine Mutter hat mir erzählt, daß Omas Vater ein geheimnisvoller Mann war. Er war ein Typ namens Malteser Sam, der Koch von Corunna Downs. Angeblich kam er von einer wohlhabenden maltesischen Familie; ich denke, er könnte der jüngere Sohn gewesen sein, ein Taugenichts. Meine Mutter sagte, er habe immer erzählt, daß er eines Tages nach Malta zurückginge, um Anspruch auf sein Erbe zu erheben. Das Problem war, daß er trank. Er sparte sich das Geld für die Reise zusammen, und dann ging er auf eine große Sauftour und mußte wieder von vorn anfangen. Er unterhielt sich viel mit meinem Vater Howden. Er war stolz darauf, daß Oma seine Kleine war.«

»Ist er je nach Ivanhoe gekommen und hat Oma dort besucht?«

»Ja, ich glaube, er kam einmal. Anscheinend war er betrunken und wollte Oma mit sich nehmen. Oma hatte Angst, sie wollte nicht mit ihm gehen, daher sagte meine Mutter, er solle zurück nach Malta gehen und seine Angelegenheiten in Ordnung bringen. Wenn er sein Erbe hätte, könne er Daisy mitnehmen. Wir haben ihn nie wiedergesehen. Ich weiß nicht, was aus ihm geworden ist. Oma wollte nicht mit ihm gehen, mittlerweile waren wir ihre Familie.«

»Hast du Malteser Sam je getroffen?«

»Du meine Güte, nein. Ich war ja nur ein Kind. Meine Mutter hat mir die Geschichte erzählt.«

»Wie alt war Oma, als sie nach Perth kam?«

»Ungefähr fünfzehn oder sechzehn.«

»Und was waren ihre Aufgaben in Ivanhoe?«

»Sie hat sich um uns Kinder gekümmert.«

»Tante Judy, weißt du, wer Mums Vater ist?«

»Deine Mutter weiß, wer ihr Vater ist.«

»Nein, sie weiß es nicht. Sie will es wissen, und Oma erzählt es ihr nicht.«

»Ich bin mir sicher, daß ich deiner Mutter einmal erzählt habe, wer ihr Vater ist.«

»Sie weiß es nicht, und sie würde es wirklich gern wissen. Es ist sehr wichtig für sie.«

»Na, ich weiß nicht, ob ich es dir erzählen soll. Man kann nie wissen mit diesen Dingen.«

»Mum wollte, daß ich dich frage.«

Tante Judy hielt inne und schaute mich einige Sekunden lang ruhig an. Dann sagte sie langsam: »In Ordnung, jeder weiß, wer ihr Vater ist. Es war Jack Grime. Alle sagten, daß Gladdie ihm wie aus dem Gesicht geschnitten ist.«

»Jack Grime? Und Mum ähnelt ihm, ja?«

»Wie ein Ei dem anderen.«

»Wer war Jack Grime?«

»Er war Engländer, ein Ingenieur, sehr, sehr klug. Er lebte bei uns in Ivanhoe, er war ein Freund meines Vaters. Er mochte deine Mutter sehr. Als sie als Floristin gearbeitet hat, ging er hin und wieder vorbei, um sie zu besuchen. Wir konnten ihm immer anmerken, wenn er bei ihr gewesen war, er hatte dann einen bestimmten Gesichtsausdruck. Er sagte: ›Ich bin bei Gladdie gewesen.‹, und wir nickten nur.«

»Hat er je geheiratet und weitere Kinder gehabt?«

»Nein. Er war ein sehr gutaussehender Mann, aber er hat nie geheiratet, und soweit ich weiß, gibt es keine anderen Kinder. Er hat den Rest seines Lebens in Sydney verbracht, er war ungefähr sechsundachtzig, als er starb.«

»Sechsundachtzig? Das kann ja dann noch nicht lange her sein. Wenn er Mum so gern mochte, sollte man annehmen, daß er ihr etwas in seinem Testament hinterlassen hätte. Nicht unbedingt Geld, nur ein Zeichen, um auszudrücken, daß er zu ihr stand. Schließlich war sie sein einziges Kind.«

»Nein, da war nichts. Er war kein wohlhabender Mann, es gab kein Geld zu hinterlassen. Kennst du Roberta?«

»Ja, Mum ist ein paarmal mit ihr zum Essen ausgegangen.«

»Nun, sie ist die Tochter von Jacks Bruder Robert. Sie ist Gladdies Cousine.«

»Mum weiß das nicht. Weiß es Roberta?«

»Ja, doch. Sie fragte mich vor einem Jahr, ob sie deiner Mutter etwas sagen sollte, aber ich fand, daß wir es besser dabei belassen sollten.«

»Vielleicht könnte Mum mit ihr reden.«

»Ja, das kann sie.«

»Kannst du mir etwas über Omas Mutter erzählen?«

»Nicht viel. Ihr Name war Annie, sie war eine ausgesprochen gutaussehende Frau. Sie war eine gute Schneiderin; mein Vater hat ihr beigebracht zu nähen. Sie konnte alles mögliche entwerfen.«

Unser Gespräch dauerte noch eine weitere halbe Stunde. Ich dachte immerzu, hat Mum gelogen? Wußte sie doch, wer ihr Vater war? War sie doch dagegen, daß ich in der Vergangenheit herumwühlte, so wie Oma? Ich hatte eine letzte Frage. »Tante Judy, ich habe neulich mit Arthur, Omas Bruder, gesprochen, und er sagte, daß sein Vater auch dein Vater war, Alfred Howden Drake-Brockman. Ist es nicht möglich, daß er auch Omas Vater war?«

»Nein, das habe ich noch nie gehört. Ich habe dir erzählt, was ich weiß; wer Omas Vater ist. Ich bin sicher, daß Howden nicht Arthurs Vater war; ich weiß nicht, wer es war.«

»Arthur hat mir auch von seinem Halbbruder Albert erzählt. Er sagte, daß Howden auch dessen Vater war.«

»Tja, Albert lief unter dem Namen Drake-Brockman, daher kann das wohl sein, aber bestimmt nicht bei den anderen beiden.«

»Gut. Vielen Dank, Tante Judy. Ich denke, ich werde jetzt besser gehen. Mum kann jeden Moment hier sein. Sie holt mich ab.«

»Weißt du, mit wem du reden solltest? Mit Mum-mum. Sie lebt noch und ist besser beieinander denn je.« Mum-mum war der Kosename für Tante Judys Mutter Alice.

»Sie muß inzwischen über neunzig sein«, sagte ich. »Glaubst du, sie würde mit mir reden?«

»Ja, ich glaube schon, aber du mußt nach New South Wales fliegen, sie wohnt in einem Altersheim in Wollongong. Du könntest bestimmt bei June wohnen.«

June war Judys jüngere Schwester, Oma war auch ihr Kindermädchen gewesen.

»Ich denke darüber nach, Tante Judy. Vielen Dank.«

»Schon gut, meine Liebe.«

Ich ging zum vorderen Tor hinaus, und gerade als ich es öffnete, kam Mum vorgefahren.

»Wie war es?« fragte sie neugierig.

»Gut«, antwortete ich. »Mum, bist du sicher, daß du nicht weißt, wer dein Vater ist? Du hast mich schon mal angelogen.« Es war dumm, so etwas zu sagen. Mum ging sofort in die Defensive.

»Natürlich weiß ich nicht, wer mein Vater ist, Sally. Hast du es also doch nicht rausgefunden?« Sie war enttäuscht. Ich schämte mich, daß ich an ihr gezweifelt hatte.

»Doch, Mum, ich hab's rausgefunden. Es war Jack Grime, und Roberta ist deine Cousine.«

»O Gott, ich kann's kaum glauben!« Sie war sprachlos.

»Kannst du dich an irgendwas von ihm erinnern, Mum? Es heißt, du würdest ihm sehr ähnlich sehen.«

»Nein, ich kann mich kaum an etwas erinnern, außer daß er eine große, goldene, glänzende Taschenuhr trug. Ich fand sie wundervoll.«

»Judy sagte, daß er dich besucht hat, als du als Floristin gearbeitet hast. Kannst du dich daran erinnern?«

»Ja, er kam ab und zu vorbei, aber das taten alle möglichen Leute. Ich war ein freundliches Mädchen. Manchmal ging ich mit ihm zum Mittagessen nach Ivanhoe; das war, als Oma nicht mehr dort war.

Wenn ich mir vorstelle, daß ich mit meinem eigenen Vater zu Mittag gegessen habe!«

Mich überfiel eine große Traurigkeit. Meine Mutter war fünfundfünfzig Jahre alt, und sie hatte gerade erst erfahren, wer ihr Vater war. Das schien nicht fair zu sein.

»Mum, willst du Oma irgendwas davon erzählen?«

»Jetzt nicht, vielleicht später, nachdem ich in Ruhe darüber nachgedacht habe. Du sagst bitte auch nichts, ja?«

»Nein, mach ich nicht. Weiß sie, daß ich bei Judy war?«

»Ja, sie wußte, daß du hingehst. Sie hatte die ganze Woche schlechte Laune. Hast du noch mehr rausgefunden?«

»Judy sagt, daß jemand namens Malteser Sam Omas Vater war. Daß er aus einer reichen maltesischen Familie kam und Oma mit sich nehmen wollte.«

»Malteser Sam? Was für ein ungewöhnlicher Name. Ich hab nie irgend jemanden von ihm reden hören. Arthur kommt morgen abend, ich werde ihn fragen, was er davon hält. Du weißt doch, was er sagt, wer Omas Vater ist, nicht wahr?«

»Ja, ich weiß. Judy ist nicht seiner Meinung.«

Am folgenden Abend plauderten Mum und ich mit Arthur. Nach dem Abendessen sagte ich: »Ich habe neulich Judith Drake-Brockman besucht, Arthur.«

»Wozu denn das?«

»Ach, ich dachte, sie könnte mir was über Corunna Downs und über Oma erzählen.«

»Wenn du was über Corunna Downs wissen willst, dann kommst du zu mir. Ich kenne alle Leute von dort.«

»Ich weiß.« Ich hielt inne. »Kann ich dir eine Frage stellen?«

»Frag, was du willst.«

»Judy hat mir erzählt, daß Omas Vater jemand namens Malteser Sam gewesen ist. Hast du je von ihm gehört?«

»Was hat sie gesagt?«

Arthur hörte manchmal etwas schlecht, daher wiederholte ich meine Frage.

»Hör nich auf sie«, sagte er dann. »Sie hat nie auf der Farm gelebt, woher will die das wissen?«

»Na, sie hat die Geschichte von ihrer Mutter Alice, die die Geschichte von ihrem Mann Howden hat, und der sagte, daß Annie es ihm anvertraut habe.«

Arthur warf den Kopf zurück und lachte. Dann schlug er mit der Faust auf die Sessellehne und sagte: »Jetzt hör mir mal zu! Daisy hat denselben Vater wie ich. Daisy ist meine einzige richtige Schwester. Albert ist unser Halbbruder, sein Vater war auch Howden, aber von 'ner andern Frau.«

»Du nimmst also an, daß er euch beide gezeugt hat.«

»Zum Donnerwetter ja! Willst du das Wort von weißen Leuten gegen dein eigen Fleisch und Blut setzen? Ich hab keine Papiere, um zu beweisen, was ich sage. Keiner hat sich damals drum gekümmert, wie viele Blackfellas geboren wurden oder wie viele starben. Ich weiß es, weil meine Mutter Annie es mir erzählt hat. Sie sagte, daß Daisy und ich zueinander gehören. Jetzt stell nich das Wort von weißen Leuten über meins.«

Arthur hatte uns beide fast überzeugt, aber er wich unserem Blick aus. Mum und ich wußten, daß das kein gutes Zeichen war. Da war etwas, das er uns nicht erzählte. Deshalb fragte ich noch einmal: »Bist du dir sicher, Arthur?«

»Und wie! Was diesen Malteser Sam angeht, vergiß nich, daß Alice Howdens zweite Frau war. Und die waren früher recht sittenstreng. Bevor die weißen Frauen kamen, hat sich unser Vater zu uns bekannt. Wir trugen seinen Namen. Aber später, nachdem er seine erste Frau Nell geheiratet hatte, hat er unsere Namen geändert. Ich werd dir das eines Tages erzählen. Er wollte uns nich mehr haben. Die waren doch richtig verknöchert damals. Kein weißer Mann will schwarze Kinder rumlaufen haben, die seinen Namen tragen. Und Howdens Eltern waren fromme Leute; ich wette, die bekamen überhaupt nichts mit von irgendwelchen schwarzen Kindern, die zu ihnen gehörten.«

Wir lachten. Arthur war wie Mum; er sah immer die witzige Seite der Geschichte.

Als wir uns schließlich beruhigt hatten, sagte er: »Mensch, wenn ihr Daisy irgendwie dazu bringen könntet zu reden. Sie könnte euch so viel erzählen. Ich weiß, daß sie ihre Geheimnisse hat, aber abgesehen davon könnte sie euch viel erzählen.«

»Sie wird nicht reden, Arthur«, seufzte ich. »Du weißt doch eine Menge über Oma, kannst du uns nicht was erzählen?«

Er war einen Moment still und dachte nach. Dann sagte er: »Ich würde gerne, wirklich, aber dann würde ich ihr Vertrauen mißbrauchen. Bestimmte Dinge über sie kann ich nich erzählen. Das wär nich richtig. Aber sie könnte euch alles erzählen, was ihr wissen wollt. Wißt ihr, Howden war ein einsamer Mann. Ich weiß noch, wie wir uns eines Nachts in Ivanhoe zusammen einen angetrunken haben und er mir all seine Probleme erzählt hat. Er ging nachts oft runter in Daisys Zimmer und redete mit ihr. Mehr kann ich nich sagen. Ihr müßt sie selber fragen.«

»Aber Arthur, was ist, wenn sie uns nichts erzählt?«

»Dann kann ich's auch nich. Es gibt Dinge, die entweder Daisy selbst erzählt oder gar keiner. Mehr kann ich nich sagen.«

Als er gegangen war, erörterten Mum und ich alles stundenlang. Wir waren sehr verwirrt, wir spürten, daß die stückchenweisen Informationen nicht die ganze Wahrheit waren.

»Sally«, sagte Mum und unterbrach meine Gedanken, »weißt du noch, daß Arthur anfänglich, als er uns besuchen kam, gesagt hat, Albert sei sein richtiger Bruder?«

»Ja, aber das war, bevor er uns besser kannte.«

»Schon, aber erinnerst du dich, wie er fast flüsterte, als er uns die Wahrheit über Albert erzählte? Er wollte niemandem in Alberts Familie weh tun, und er liebte ihn so sehr, daß ich annehme, er dachte, es macht nichts aus.«

»Ja, ich weiß. Du glaubst also, da ist irgendwie noch was mit Omas Eltern?«

»Schon möglich.«

»Es gibt eine andere Möglichkeit. Howden mag ihr Vater gewesen sein, aber es könnte noch etwas geben, ein Geheimnis, das er für sich behalten möchte, das irgendwie mit dem Ganzen zusammenhängt. Vielleicht hat er uns deshalb nicht in die Augen geschaut.«

»Ja, das kann auch sein. Aber ich weiß nicht, warum er uns nicht die Wahrheit erzählen sollte, denn er weiß, wieviel uns das bedeutet. Ich glaube nicht, daß wir je hinter die ganze Geschichte kommen. Ich glaube, wir werden uns mit Vermutungen zufriedengeben müssen.«

»Es macht mich so traurig, wenn ich mir vorstelle, daß niemand sich zu unserer Familie bekennen will.«

»Ich weiß, Mum, aber sieh es mal so, rein logisch ist es möglich, daß er ihr Vater war. Wir wissen, daß er mit Annie schlief; und Arthur sagte, daß er, sogar als er schon mit seiner ersten Frau verheiratet war, noch mit Annie schlief; er kann sie also gezeugt haben.«

»Ja, es ist möglich.«

»Ja, und das ist alles, woran wir uns halten können – Möglichkeiten. Jetzt sagt Judy allerdings, daß Jack Grime dein Vater war, aber vielleicht war er's nicht. Er lebte in Ivanhoe zu der Zeit, als du geboren bist, aber das muß deswegen nicht unbedingt heißen, daß er dein Vater ist, oder?«

»O Gott, Sally«, lachte Mum, »laß uns nicht noch tiefer schürfen. Ich hab genug für heute.«

## 25

## Teil unserer Geschichte

Einige Tage später schaute ich bei Mum vorbei. Oma sagte mir, sie sei gerade zum Einkaufen gegangen und in ein paar Minuten zurück. Ich beschloß zu warten. Ich hatte nicht vor, Oma irgend etwas über meinen Ausflug zu Tante Judy zu erzählen; ich war nicht in der Stimmung, mich zu streiten. Ganz anders als sonst lief sie mir jetzt aber im Haus hinterher und sprach mit mir über alles mögliche, das ihr gerade in den Sinn kam. Mir wurde plötzlich klar, daß sie darauf aus war zu hören, was Judy mir erzählt hatte, aber ich beschloß, sie herumdrucksen und das Thema selbst zur Sprache bringen zu lassen.

Nachdem wir schließlich eine halbe Stunde über das Wetter, den Saftverkäufer und Curlys Arthritis geplaudert hatten, platzte sie heraus: »Also, was hat sie dir gesagt?«

»Wer?« fragte ich unschuldig.

»Du weißt doch, Judy. Mum hat mir erzählt, daß du sie besucht hast.«

»Möchtest du, daß ich dir erzähle, was sie gesagt hat?«

»Ist mir egal, wenn du willst.« Oma zuckte mit den Schultern. Wir setzten uns ins Wohnzimmer. Nachdem wir es uns bequem gemacht hatten, sagte ich: »Na, sie hat mir erzählt, daß du Kindermädchen in Ivanhoe warst.«

Oma brummte: »Hm, das und noch viel mehr.«

»Du hast immer schwer gearbeitet, Oma, nicht?«

»Immer viel zu schwer.«

»Judy hat außerdem gesagt, daß dein Vater jemand namens Malteser Sam war.«

»Was hat sie gesagt?« Oma schaute erstaunt.

»Sie sagte, daß dein Vater Malteser Sam genannt wurde, daß er dich in Ivanhoe besucht hat und dich mit sich nehmen wollte. Erinnerst du dich daran, daß dich dort jemand besucht hat?«

»Nur Arthur, aber da war ich schon älter.«

»Sonst keiner, bist du sicher?«

»Ich wüßte doch wohl, wenn ich Besuch gehabt hätte, oder? Ich bin nicht blöd, Sally, auch wenn ihr Kinder das vielleicht denkt.«

»Wir halten dich nicht für blöd.«

Oma preßte die Lippen zusammen und starrte auf den Kamin, dem wir gegenüber saßen.

»Oma«, sagte ich sanft. »War Malteser Sam dein Vater?«

Sie seufzte und murmelte dann: »Na, wenn Judy es sagt, dann muß es wohl stimmen.« Ich schaute sie scharf an, sie hatte Tränen in den Augen. Plötzlich wurde mir klar, daß sie verletzt war, und ich fühlte mich furchtbar, weil ich schuld daran war. Ich beschloß, das Thema zu wechseln. Ich erzählte von meinen Kindern und den neuesten Missetaten, die sie angestellt hatten. Wir kicherten, und dann sagte ich: »Hättest du nicht gern mehr Kinder gehabt, Oma?« Sie zuckte mit den Schultern und schaute weg.

»Ich glaub, ich geh mal lieber in den Garten, Sal,« sagte sie. »Die Blätter müssen zusammengeharkt werden.«

Sie ließ mich allein und verwirrt im Wohnzimmer zurück. Was verbarg sie? Warum konnte sie nicht einfach ehrlich zu uns sein? Sie wußte doch bestimmt, daß wir ihr nichts übelnehmen würden. Sie wußte doch bestimmt, daß wir sie liebten? Ich schluckte den Kloß hinunter, der sich in meinem Hals bildete. Eines war sicher: wenn diese Geschichte vorüber war, würden Mum und ich mehr als unseren Anteil an Tränen vergossen haben.

Als Mum vom Einkaufen zurückkam, fragte sie: »Hast du mit Oma gesprochen?«

»Ja, aber nur über Malteser Sam. Ich glaube nicht, daß sie ihn für ihren Vater hält, aber sie sagt nichts dazu. Sieh zu, ob du sie vielleicht später zum Reden bewegen kannst.«

»Mein Gott, was ist sie für ein alter Dickkopf!«

»Ich weiß, aber das mit Malteser Sam hat sie aufgeregt. Laß es lieber noch ein bißchen ruhen, bevor du sie darauf ansprichst.«

»Weißt du was, ich nehme mir ein paar Tage frei und mache es ihr schön gemütlich. Und wenn sie dann in guter Stimmung ist, frag ich sie danach.«

Drei Abende später sagte Mum dann ganz ruhig, nachdem sie einen großen Braten gegessen hatten: »Geh noch nicht Fernsehgucken, Oma. Ich möchte mit dir reden. Bleib ein bißchen bei mir sitzen.«

»Ich red nicht über die Vergangenheit, Gladdie. Es macht mich krank, davon zu sprechen.«

Mum ließ trotz dieses Protestes nicht locker und sagte: »Ich möchte dir nur eine einzige Frage stellen. Dann kannst du machen, was du willst. In Ordnung?« Oma blieb sitzen. »Also, du weißt doch, daß Sally versucht, ein Buch über unsere Familie zu schreiben?«

»Ja. Und ich versteh nicht, warum sie unsere Angelegenheiten vor allen Leuten ausbreiten will.«

»Warum sollte sie nicht ein Buch schreiben?« sagte Mum fest. »Über Leute wie uns ist noch nie was geschrieben worden; die Geschichte berichtet immer nur über den weißen Mann. Nichts über Aborigines und was sie durchgemacht haben.«

»Also gut«, murmelte sie. »Was willst du wissen?«

»Na ja, du weißt doch, wenn man ein Buch schreibt, dann muß es die Wahrheit sein. Man kann keine Lügen in einem Buch bringen. Das weißt du doch, Oma, nicht?«

»Das weiß ich, Glad«, nickte Oma.

»Gut. Ich möchte wissen, was du glaubst, wer dein Vater war. Ich weiß, daß Judy sagt, es war Malteser Sam, und Arthur, es war Howden. Aber ich bin nicht daran interessiert, was die sagen. Ich möchte wissen, was du sagst. Kannst du mir sagen, Oma, wer es deiner Meinung nach wirklich war?«

Oma war einige Sekunden lang still, und dann sagte sie sehr langsam mit zusammengepreßten Lippen: »Ich … glaube, mein Vater war … Howden Drake-Brockman.«

Das war ein kleiner, aber wichtiger Sieg. Nicht so sehr wegen der Neuigkeit, sondern deshalb, weil es Oma endlich möglich war, ihrer Familie eine Information anzuvertrauen, die ihr wichtig war.

Mum gab Oma eine Woche Zeit, sich zu erholen, bevor sie sie wegen Jack Grime ansprach. Sie hatte versucht, mehr Zeit zu Hause zu verbringen und behutsam über die Vergangenheit zu reden. Eines Abends sagte sie schließlich: »Oma, ich weiß, wer mein Vater war.« Oma schwieg. »Es war Jack Grime, nicht?« Schweigen. »War er es, Oma?«

»Judy hat dir das erzählt, oder?«

»Ja.«

»Nun, wenn sie's sagt.«

»Aber war er's, Oma?«

»Ich hab Jack wirklich geliebt.«

»Was ist dann passiert, Oma? Erzähl mir, was passierte. Warum wurde nichts daraus?«

»Wie hätte es denn? Er war wohlhabend, höhere Gesellschaft. Er verkehrte mit den reichen, weißen Leuten, und ich war nur ein schwarzes Dienstmädchen.«

Oma ignorierte Mums Bitten, ihr mehr zu erzählen, und verschwand in ihrem Zimmer. Sie ließ Mum allein und in Tränen zurück.

Als Mum und ich später darüber sprachen, meinte Mum: »Weißt du, wahrscheinlich war er ja mein Vater. Anscheinend hatte Oma eine Beziehung mit ihm. Wenn er es war, bin ich sehr bitter gegen ihn. Ich bekam nie eine Anerkennung oder ein Zeichen der Liebe von ihm. Ich war nur eines der Kinder. Als er später mit Judys Familie in den Osten gezogen ist, hat er nie geschrieben. Es gab keinen Abschied, und ich habe nie wieder was von ihm gehört oder gesehen. Alles, woran ich mich erinnern kann, ist, daß er wunderschöne Geschichten erzählen konnte. Er war ein Kindheitsonkel, aber bestimmt kein Vater.«

Wir hofften, daß Oma uns mehr aus der Vergangenheit erzählen würde, besonders über die Leute, die sie auf Corunna Downs gekannt hatte. Mum war bestrebt, etwas über ihre Großmutter Annie und ihre Urgroßmutter zu hören, und ich wollte gern wissen, wie das Leben für die Leute damals war. Zu unserer großen Enttäuschung erzählte Oma uns nichts. Sie blieb dabei, daß wir, wenn wir etwas über die Vergangenheit herausfinden wollten, es ohne ihre Hilfe tun müßten. »Ich nehm meine Geheimnisse mit ins Grab«, sagte sie eines Tages dramatisch zu Mum und mir.

Während der nächsten Jahre setzte Arthur seine regelmäßigen Besuche fort und erzählte hie und da von Corunna. Manchmal sagte er zu Oma: »Daisy, komm und setz dich her. Erzähl deiner Tochter und deiner Enkelin von der Vergangenheit. Erzähl ihnen, was sie wissen wolln.«

Aber Oma blieb bei ihrer ablehnenden Haltung und bestand darauf, daß die Dinge, die sie wußte, Geheimnisse seien und nicht mit anderen geteilt werden sollten.

Arthur hielt dem immer entgegen: »Es ist Geschichte, das ist es. Wir reden hier über Geschichte. Du könntest auch mitreden, aber wahrscheinlich weißt du ja nich, was das ist.«

Oma haßte es, wenn Arthur irgendwie andeutete, daß sie unwissend sei, daher erwiderte sie unversöhnlich: »Du tust immer so, als ob du besser wärst als andre Leute. Dabei bist du das gar nich! Du bist nur 'n dummer alter Blackfella, das bist du!«

Arthur war wütend. Mit erhobener Stimme sagte er: »Du hast gut reden. Hier bin ich, über neunzig Jahre alt, ich kann die Zeitung lesen und auch meinen Namen schreiben. Ich bin gebildet! Nich wie du, du bist nur 'n unwissender Blackfella!«

Oma war zu Tode getroffen. Einige Sekunden lang fand sie keine Worte, dann rief sie: »Ich weiß nich, warum ich mich mit dir überhaupt abgebe! Du brichst immerzu Streit vom Zaun. Du weißt, daß sie mich zur Schule schicken sollten. Es ist nich meine Schuld, daß ich nich lesen und schreiben kann. Und es hat dir sowieso nichts gebracht. Ich hab dir zugehört, du kannst dir doch noch nich mal 'ne gute Geschichte ausdenken!«

Als Mum Arthur verabschiedet hatte, machte sie sich auf die Suche nach Oma. »Ich habe die Schnauze voll«, sagte sie ärgerlich. »Du bist doch diejenige, die den Streit vom Zaun bricht, du bist eifersüchtig. Dabei ist er dein eigener Bruder.«

»Er hätte das nicht zu mir sagen sollen«, antwortete Oma abweisend. »Ich kann nichts dafür, daß ich nicht lesen und schreiben kann.« Oma schaute traurig, und Mum fehlten die Worte. Erst jetzt wurde uns allen klar, wie tief sie von der ganzen Sache berührt war.

»Viele Leute können nicht lesen und schreiben«, sagte Mum sanft. »Auch weiße Leute. Es ist nicht so wichtig. Man wird dadurch nicht besser als irgend jemand anders.«

»Doch, wird man«, murmelte Oma. »Ich wollte immer lernen. Ach, geh, Gladdie, und laß mich in Frieden.« Danach vermieden wir es, das Lesen und Schreiben zu erwähnen. Wir wollten nicht, daß Oma dachte, wir schauten auf sie herab.

Als ich Arthur das nächste Mal sah, bat er mich, ihm etwas über das Buch zu berichten, das ich schrieb.

»Ich möchte die Geschichte meiner eigenen Familie schreiben«, erzählte ich ihm.

»Warum willst du das machen?«

»Nun, es gibt fast gar nichts, was aus persönlicher Sicht über Aborigines geschrieben wurde. Unsere Geschichte handelt ausschließlich vom weißen Mann. Niemand weiß, wie es für uns war. So einiges von unserer Geschichte ist schon verlorengegangen, weil die Leute zuviel Angst hatten, etwas zu sagen. Und dann gibt's 'ne ganze Menge, an das wir nicht rankommen, Arthur. Es gibt alle möglichen Akten über Aborigines, die weit zurückgehen, aber die Regierung will sie nicht freigeben. Zum Beispiel die alten Polizeiakten, die werden noch nicht mal von der Battye-Bibliothek verwaltet, sondern von der Polizei. Und die will sie nicht rausgeben! Es sind so viele Fälle vorgekommen, in denen die Polizei ihre Macht mißbraucht hat, als sie eigentlich Beschützer der Aborigines hätte sein sollen, daß es einen auch gar nicht wundert! Ich meine, unsere eigene Regierung verfolgte eine fürchterliche Politik gegenüber Aborigines. Tausende von Familien wurden auseinandergerissen, indem man ihnen die Kinder wegnahm. So was ist den Weißen nie passiert. Ich weiß, daß Oma nicht damit einverstanden ist, was ich tue. Sie denkt, daß ich nur Ärger machen will, aber das stimmt nicht. Ich möchte lediglich ein bißchen von der anderen Seite der Geschichte erzählen.«

Arthur schwieg einige Sekunden, dann sagte er nachdenklich: »Ich weiß, daß Daisy nich damit einverstanden ist. Ich glaube, sie ist 'ner Art Gehirnwäsche ausgesetzt gewesen. Ich sag dir, wie ich die Sache sehe, es ist ein Teil von unsrer Geschichte. Und jeder interessiert sich doch für Geschichte. Glaubst du, du könntest meine Geschichte in deinem Buch unterbringen?«

»Aber Arthur, liebend gern!«

»Dann ist das abgemacht. Hast du deinen Kassettenrecorder da? Wir nehmen den. Du hörst einfach zu, was ich zu sagen habe, und wenn du irgendwelche Fragen hast, unterbrichst du mich. Manche Sachen, die ich dir vielleicht erzähle, möcht ich allerdings nich in dem Buch haben. Ist das in Ordnung?«

»Ja, das ist okay. Ich bring nichts rein, was du nicht drinhaben willst.«

»Bevor wir anfangen, gibt's da noch was. Ich möchte meine Geschichte nich mit der von den Drake-Brockmans vermischt haben. Wenn du deren Geschichte auch noch schreiben willst, dann ohne mich. Laß die ihre eigene Geschichte schreiben.«

»Einverstanden.«

Es dauerte mehr als drei Monate, Arthurs Geschichte aufzunehmen. Wir gingen die gleichen Ereignisse wieder und wieder durch, und jedesmal fügte er weitere Details hinzu. Er hatte ein phantastisches Gedächtnis. Wenn er sprach, war es manchmal, als erlebe er alles noch einmal. Wir kamen uns sehr nahe. Es gab Zeiten, in denen ich mir Sorgen machte, daß ich ihn zu hart herannahm, aber wenn ich nachließ, sagte er: »Wir sind noch nich fertig, weißt du.« Er hatte immer meinen Kassettenrecorder im Blick. Ich mußte jedesmal überprüfen, ob er auch funktionierte. »Du willst doch nichts verpassen«, erinnerte er mich. »Die Batterien werden schwach.« Selbst wenn die Batterien neu waren, hatte ich sie zu kontrollieren.

Eines Abends nach einer langen Sitzung mit Arthur fiel ich erschöpft ins Bett. In jener Nacht hatte ich einen Traum. Ich wußte, daß er sterben würde.

»Was ist los?« fragte Paul mich am folgenden Morgen, als ich über meinen Cornflakes in Tränen ausbrach.

»Es ist wegen Arthur«, schluchzte ich. »Er wird sterben.«

»Aber Sally«, sagte Paul, »wie kommst du denn darauf?«

»Ich habe heute nacht davon geträumt.«

»Nur weil er alt ist, bedeutet das nicht, daß er bald sterben wird.«

»Doch, ich weiß es, er wird sterben.«

»Du und deine Intuition, du hast dich schon öfter mal getäuscht.«

»Diesmal nicht. Ich glaube, er weiß, daß er gehen muß, deshalb will er mit seiner Geschichte fertig werden.«

»Tja, wenn das so ist, kannst du doch nichts dagegen machen. Das beste ist, die Geschichte abzuschließen, wenn sie ihm offenbar so viel bedeutet.«

»Ja, ich weiß.« Später rief ich Mum an. »Mum, es ist wegen Arthur.«

»Ah ja, was gibt's denn?«

»Ich weiß nicht, wie ich es sagen soll, Mum.«

»Was ist los?«

»Ich habe letzte Nacht geträumt, er wird bald sterben. Wir müssen seine Geschichte zu Ende bringen.«

»Aber Sally, Arthur stirbt doch nicht. Die Ärzte haben ihm gerade wieder seine gute Gesundheit bescheinigt.«

»Doch, Mum, ich bin mir ganz sicher.«

»Bist du sicher, daß dein Traum nicht über Oma war? Sie ist diejenige, die sich nicht so gut fühlt.«

»Nein, Mum, es ist der alte Knabe. Und du weißt, wieviel ihm an seiner Geschichte liegt. Wir müssen alles andere fallenlassen und soviel Zeit wie möglich mit ihm verbringen. Paul sagt, er kümmert sich um die Kinder. Du mußt mich zu ihm bringen.«

»Ich wünschte, du hättest den Führerschein gemacht, als du jünger warst.«

»Ich mache ihn eines Tages. Abgesehen davon hält es dich fit.«

»Ich bring dich ständig irgendwohin.«

»Dein Leben wäre langweilig ohne mich, Mum.«

»Da hast du wahrscheinlich recht. Sally, glaubst du, er weiß es?«

»Ja. Achte mal auf sein Gesicht, wenn er das nächste Mal erzählt. Es hat so eine Art Glühen, als ob er etwas sähe, was wir nicht sehen können. Ein Stückchen Himmel vielleicht. Es ist, als ob er nicht mehr richtig hier wäre.«

»Komisch, daß du das sagst. Ich habe neulich abends bemerkt, daß er anders war. Er ist noch derselbe alte Arthur, aber doch irgendwie verändert.«

»Ja ...« Ich konnte Mums Stimme anmerken, daß wir, wenn wir dieses Gespräch noch etwas weiterführten, beide anfangen würden zu weinen.

So verbrachte ich also die nächsten Wochen damit, ständig alles aufzunehmen, was ich nur konnte. Wir waren beide froh, als wir fertig waren.

»Wir haben's geschafft«, lachte Arthur. »Wir haben's geschafft! Jetzt hab ich nichts mehr zu erzählen.«

»Ich kann's kaum glauben«, sagte ich. »Wir sind tatsächlich fertig.«

»Ich hab 'ne gute Geschichte, was?«

»Mit Sicherheit.«

»Glaubst du, die Leute werden das lesen?«

»Natürlich werden sie das, und sie werden es mögen. Wenn nicht, dann haben sie kein Herz.«

»Wenn du jetzt bloß Daisy zum Reden bringen könntest.«

»Ich glaube nicht, daß sie das je tun wird, Arthur.«

»Ach, sie ist zu sehr in ihren Gewohnheiten festgefahren. Sie ist komisch mit Geheimnissen. Sie weiß nich, was Geschichte ist.«

»Tja, ich hoffe weiterhin.«

»Was machst du jetzt, tippst du das alles ab?«

»Ja. Erst tippe ich alles zu Ende ab. Dann stelle ich's zusammen, denn wir haben überall irgendwelche Teile.«

»Ach, ich wollte mein ganzes Leben lang, daß das gemacht wird. Verschiedene Leute haben gesagt: ›Arthur, wir schreiben deine Geschichte auf!‹, aber dann ist nie jemand drauf zurückgekommen. Na ja, mir geht's sowieso besser ohne die. Es ist besser, wenn dein eigen Fleisch und Blut so was macht.«

»Ja, da hast du wohl recht. Du weißt doch, daß ich nach Sydney fliege, oder?«

»Ich hab davon gehört. Wieso fliegst du dahin?«

»Ich möchte Alice Drake-Brockman treffen, sie lebt noch, weißt du. Ich dachte, ich frage sie nach ihrer Zeit mit Oma und wer Mums Vater ist.«

»Glaubst du, sie wird sich an mich erinnern?«

»Das denk ich doch.«

»Grüß sie von mir.«

»Mach ich. Ich fahre nur für eine Woche. Wenn ich zurückkomme, können wir weiterreden.«

»Allerdings tun wir das. Aber du weißt doch, daß ich nach Mucka zurückfahre, oder?«

»Nein, ich dachte, du bleibst noch in Perth.«

»Ich sehne mich dorthin. Mein Zuhause, mein Land. Ich war zu lange fort. Kannst du das verstehen?«

»Ja.«

»Außerdem hab ich ja jetzt meine Geschichte erzählt. Du kümmerst dich drum, nich wahr?«

»Ja, natürlich, das mache ich.« Ich konnte nicht mehr sagen, ich hatte einen Kloß im Hals. Ich wußte, daß er auf seinem eigenen Land sterben wollte.

## *26*

## Verbindungen mit der Vergangenheit

»Bist du sicher, daß es klug ist, jetzt nach Sydney zu fliegen, Sal? Warum wartest du nicht, bis das Baby geboren ist?« Wir schrieben das Jahr 1982, und ich war im sechsten Monat schwanger mit meinem dritten Kind.

»Es ist zu wichtig, als daß ich warten könnte, Mum. Alice ist über neunzig Jahre alt. Woher willst du wissen, ob sie in drei Monaten noch lebt?«

»Schon, aber denk an deine Probleme, als du mit Blaze schwanger warst. Du hättest ihn beinahe verloren.«

»Es wird schon gut gehen, Mum, mach dir keine Sorgen.«

In der folgenden Woche flog ich nach Sydney und nahm von dort den Bus nach Wollongong. Tante June, Judys Schwester, und ihr Mann Angus holten mich vom Bus ab. Ich war sehr nervös. Als ich sie zum letzten Mal gesehen hatte, war ich ein Kind gewesen; jetzt war ich eine Frau mit einem Vorhaben. Ich hätte keine freundlicheren Gastgeber finden können. Sie taten alles, damit ich mich wie zu Hause fühlte. Wir tauschten viele lustige Anekdoten und Geschichten über Perth aus.

Alice Drake-Brockman lebte in einem nahe gelegenen Altersheim.

Sie war dreiundneunzig und bei bester Gesundheit. Tante June brachte mich zu ihr und erklärte, wer ich war und warum ich zu ihr gekommen war.

»Sie sehen Ihrer Mutter sehr ähnlich«, sagte Alice. »Sagen Sie, wie geht's Daisy?«

»Ihr geht's prima, obwohl sie natürlich auch älter wird. Ihre Augen sind nicht mehr allzugut.«

»Ich habe sie seit Jahren nicht mehr gesehen.«

»Ja, ich weiß.«

»Sie wollen also etwas über Corunna wissen, wie?«

»Ja, würde es Ihnen etwas ausmachen, wenn ich ein paar Fragen stellte?«

»Nein, nein, nur zu.«

»Können Sie mir sagen, wer Omas Vater gewesen ist, Alice?«

»Aber ja. Ihr Urgroßvater war ein Malteser; ich glaube, er kam aus einer wohlhabenden Familie, war aber der jüngere Sohn. Er sagte immer, er müsse nach Hause fahren und seine Angelegenheiten in der alten Heimat in Ordnung bringen. Er hatte gutes Blut in sich, aber er kam nie an der nächsten Kneipe vorbei. Einmal schaffte er es, glaube ich, bis nach Carnarvon, aber dort verpraßte er dann sein ganzes Geld und mußte zurückkommen.«

»Haben Sie je Omas Mutter kennengelernt?«

»Aber ja! Sie war eine geborene Schneiderin. Sie schnitt die schönsten Kleider auf dem harten Boden zu, mit Keulenärmeln und allem Drum und Dran. Sie konnte einfach alles entwerfen. Ich habe sie nicht allzugut kennengelernt, weil ich die Farm bald wieder verließ. Als ich ging, nahm ich Daisy mit. Annie hat kurz vorher zu mir gesagt: ›Nehmen Sie sie mit, Herrin, ich möchte nicht, daß meine Tochter heranwächst und einen Eingeborenen heiratet. Nehmen Sie sie mit.‹ Ich nahm Daisy auf ihre Bitte mit. Natürlich war es illegal, was ich tat, man durfte keine Eingeborenen nach Perth bringen. Der Magistrat sagte: ›Ich kann Ihnen keine Genehmigung geben, sie mitzunehmen, weil das gegen das Gesetz verstößt, aber der Kapitän kann ihr die Überfahrt nicht verweigern.‹ Sie war vierzehn Jahre alt, als sie mit mir kam, und hatte furchtbare Angst vor der See. Sie hatte noch nie ein Schiff gesehen, weil sie all die Jahre auf dem Lande verbrachte. Danach wurde ich eine bekannte Autorität in Eingeborenenfragen. Ich wurde im Herald zitiert. Ich sagte: ›Machen Sie einen Präzedenzfall aus mir.‹ Als ich strafrechtlich verfolgt wurde, fragten sie: ›Bekennen Sie sich schuldig oder nicht schuldig?‹ Mein Mann stand auf und sagte: ›Schuldig, Euer Ehren.‹ Sie fragten uns nach den Gründen, und ich erzählte ihnen, daß ihre eigene Mutter gesagt hatte: ›Lassen Sie meine Tochter nicht hier zurück, nehmen Sie sie mit.‹ Ich habe später noch andere Eingeborenenmädchen mit hergebracht. Ich habe sie angelernt und dann Freunde gefunden, die eine wollten. Ich habe so einige zur Verfügung gestellt.«

»Wie war es auf Corunna Downs damals?«

»Tja, da kann ich nicht allzuviel erzählen, weil ich nur einmal dort war. Nachdem mein Mann Corunna verkauft hatte, kaufte er Towera, aber das war ungefähr neunhundert Meilen entfernt. Als mein Mann auf Corunna war, wurden alle Schafzüchter aufgefordert, ihre Söhne in die Schule zu schicken. Ich nehme an, das war, als Albert und Arthur herunterkamen. Albert kam zurück, um auf Corunna zu arbeiten, aber Arthur lief fort. Er hatte eigene Pläne. Corunna Downs wurde von meinem Mann so benannt. Es gibt ein Gedicht mit dem Titel ›Corunna‹. Er las zu der Zeit gerade ein Buch mit den Eingeborenen, und darin stand ein Gedicht über Corunna; ich glaube, das liegt in Spanien, und so nannte er die Farm danach. Als ich nach Corunna kam, arbeiteten dort etwa vierzig Eingeborene für uns. Sonntagabends rollten wir das Klavier auf die Veranda. Es war kalt, und wir machten ein großes Lagerfeuer, um das die Eingeborenen herumsaßen. Wir lasen die Messe und sangen. Die Eingeborenen mochten das sehr gerne. Sie lebten für die Sonntagabende. Um neun Uhr war Schluß. Dann gaben wir allen Kakao und warme Rosinenbrötchen. Das war ihr Leben. Die Eingeborenen arbeiteten nicht gern. Man mußte mit ihnen mitarbeiten, wenn man wollte, daß sie etwas taten. Sie wollten lieber herumstromern. Sie konnten die Eintönigkeit der immer gleichen Arbeit nicht ausstehen. Wir wechselten ihre Jobs ständig ab. Daisy hatte dieselbe Tendenz. Wenn sie einer Arbeit müde war, sagte ich daher: ›Komm, lassen wir die Hausarbeit sein.‹, und wir gingen einkaufen.«

»Hat Oma ihre Mutter je wiedergesehen?«

»Ja. Ich schickte sie einmal zum Urlaub zurück mit Howden. Ich sagte: ›Nimm sie mit auf einen Urlaub; laß sie ihre Mutter besuchen.‹

Sie fuhr mit dem Schiff zurück. Sie sah ihre Leute wieder und war glücklich, aber mittlerweile waren wir ihre Familie geworden.«

»Was waren ihre Aufgaben in Ivanhoe?«

»Na ja, Hausarbeit und all so was. Sie konnte sehr gut mit Großmama umgehen, sie kam einfach leise herbei nach dem Mittagessen und zog ihr die Schuhe aus, wenn es an der Zeit war für ihren Mittagsschlaf. Sie war uns einfach ergeben. Keine weiße gelernte Krankenschwester hatte mehr Erfahrung. Sie wuchs damit auf, uns zu mögen, und wir waren ihre Familie; da gab es keine Diener. Das war eben einfach Familienleben. Sie konnte die Uhr nicht lesen, aber sie wußte die Zeit besser als wir. Sie kannte die Handschrift von jedem, der uns schrieb.«

»Warum hat sie Ivanhoe verlassen?«

»Warum? Die Polizei kam und nahm mir Daisy weg. Sie wurde während des Krieges dienstverpflichtet. Keiner durfte eine Haushaltshilfe haben; es war mir nicht erlaubt, sie zu behalten. Sie war eine wunderbare Köchin. Später hat sie ein kleines Haus nahe dem Ocean Beach Hotel gemietet. Ich habe ihr dann eine ganze Menge Möbel gegeben, Besen und Dinge, auf die ich verzichten konnte. So kam sie zurecht.«

»Können Sie mir sagen, wer der Vater meiner Mutter gewesen sein könnte?«

»Nein, das kann ich Ihnen nicht sagen. Er muß ein Weißer gewesen sein, vielleicht ein Landarbeiter von der Farm. Ich wußte überhaupt nichts davon, daß Daisy schwanger war. Eines Nachts sagte mein Mann zu mir: ›Ich glaube, du solltest besser aufstehen, Daisy scheint Schmerzen zu haben.‹ Sie schlief in einem Zimmer gleich neben unserem. Es war sein Ankleidezimmer; wir verwandelten es in ein Zimmer für Daisy. Sie stöhnte, und ich fragte: ›Was ist los, Daisy?‹ Sie sagte: ›Ich weiß nicht, Herrin, aber ich glaube, ich kriege ein Kind.‹ Ich hatte ja keine Ahnung. Sie trug immer lockere Kleider. Ich rief Betty, die war ungefähr sechzehn damals. Ich fragte: ›Betty, hast du davon gewußt?‹ – ›Ja natürlich, Mum‹, sagte sie. Also, ich war absolut unwissend. Ich fuhr schnell mit dem Auto ins Krankenhaus; ich wußte, daß Schwester Hedges da wäre. Ich erzählte ihr alles, und sie sagte: ›Hören Sie, warten Sie nicht, bis Sie eine Genehmigung bekommen. Gehen Sie nach Hause, packen Sie ein paar Sachen zusammen, und bringen Sie sie zur Entbindungsstation. Die können sie nicht ablehnen.‹ Also ging ich, packte einen Koffer und brachte sie ins Krankenhaus. Das Baby wurde einige Stunden später geboren, aber wir fanden nie heraus, wer der Vater war. Gladys war immer ein wunderhübsches Mädchen. Sie kam nach Parkerville, wir brachten sie da unter. Das war ein Heim, das von Nonnen der anglikanischen Kirche geführt wurde. Es war ein Wohlfahrtsheim für Kinder ohne Eltern; wir schickten Gladys dorthin. Sie wuchs mit den besten Manieren heran, die man sich nur wünschen konnte. Später, als sie dann alt genug war, fragte ich meine Floristin in Claremont: ›Würden Sie das Mädchen nehmen?‹ Sie sagten: ›Nein. Wir können keine Eingeborenen nehmen. Sie wissen doch, daß das verboten ist.‹ Ich sagte: ›Würden Sie sie probeweise nehmen, mir zuliebe? Ich kann den Gedanken nicht ertragen, daß sie irgendwo Dienstmädchen wird.‹ So stellten sie sie also probeweise ein, um mir einen Gefallen zu tun, und sie behielten sie als Mitglied ihrer Familie. Sie sah wie ein hübsches griechisches Mädchen aus. Mit ihr ist es ständig bergauf gegangen. Sehen Sie, sie war eben so gut erzogen worden von den anglikanischen Nonnen. Sie dort unterzubringen gelang mir nur, weil ich selbst eine alte Schülerin der Anglikanerinnen war, und das war schwierig genug.«

Als Alice zu Ende erzählt hatte, war ich ziemlich sprachlos. In meinem ganzen Leben hatte ich den Eindruck gehabt, daß Mum mit Oma in Ivanhoe gelebt hatte. Es war ein Schock für mich zu erfahren, daß sie in einem Kinderheim untergebracht worden war. Warum hatte sie uns das nicht erzählt? Ich beschloß, sie danach zu fragen, sobald ich zurückkam.

»Tja, es war sehr interessant, mit Ihnen zu reden«, lächelte ich. »Ich habe viel von Ihnen gehört in all den Jahren. Kann ich noch einmal wiederkommen, um mit Ihnen zu sprechen?«

»Wann immer Sie wollen, meine Liebe.«

Ich sprach danach noch einmal mit Alice, und sie erzählte mir ein bißchen mehr von Corunna Downs und früher. Ich war froh, diese Reise gemacht zu haben, auch wenn ich nicht besonders viele neue Informationen bekommen hatte. Während ich mit Alice sprach, wurde mir langsam klar, wie anders die australische Gesellschaft damals gewesen sein mußte. In den oberen Schichten gab es starke englische Traditionen.

Ich konnte verstehen, welche Auswirkungen diese Einstellung auf jemanden wie Oma hatte. Sie muß sich furchtbar fehl am Platze vorgekommen sein. Zugleich war ich mir bewußt, daß es unfair von mir wäre, Alices Haltung von meinem Standpunkt der achtziger Jahre aus zu beurteilen.

Bei meiner Rückkehr aus Sydney holte Mum mich vom Flughafen ab. »Was hast du rausgefunden?« war gleich ihre erste begierige Frage.

»Eine ganze Menge«, antwortete ich. »Ich bin wirklich froh, daß ich dort war. Ich hab nichts wirklich Aufregendes rausgefunden. Aber ich glaube, manchmal erfährst du mehr durch das, was die Leute nicht sagen, als durch das, was sie sagen.«

Auf dem Heimweg beschrieb ich Mum meine Reise in allen Einzelheiten. Ich erwähnte ihren Aufenthalt im Parkerville-Kinderheim nicht. Ich war mir nicht sicher, wie ich sie darauf ansprechen sollte.

Am nächsten Tag fuhr ich mit Paul und den Kindern für zwei Wochen nach Lancelin, einem kleinen Fischerort nördlich von Perth. Das war der erste richtige Urlaub seit langem. Als ich nach Perth zurückkehrte, fühlte ich mich frisch und bereit, Mum anzugehen. An meinem ersten Tag zu Hause schaute ich zu einem Besuch bei Jill vorbei. Jill lebte in Subiaco mit Helen zusammen und arbeitete noch in Mums Blumengeschäft. Ich trank ruhig eine Tasse Kaffee, als sie plötzlich sagte: »Du meine Güte, das habe ich ja ganz vergessen! Du weißt es noch nicht, oder?«

»Weiß was nicht?«

Sie zuckte hilflos die Schultern. »Das mit Arthur«, sagte sie. »Er ist tot. Er starb vor einigen Tagen. Er fuhr heim nach Mukinbudin, und anscheinend hat er einen Herzinfarkt gehabt und ist praktisch sofort gestorben.«

Ich wollte weinen, aber ich konnte es nicht. Ich war zu betroffen. Ich wußte, daß er sterben wollte, aber die Tatsache, daß ich nun nie wieder mit ihm reden konnte, war sehr schmerzhaft. Er stellte eine der wenigen Verbindungen dar, die ich zur Vergangenheit gehabt hatte.

Am Nachmittag sah ich Mum. »Du hast das von Arthur erfahren, nicht?« fragte sie.

»Ja, ich hab's gehört. Hast du ihn gesehen, bevor er nach Mucka fuhr?«

»Ja.«

»Wann?«

Mum sah ein bißchen verlegen aus. »Den Abend, kurz bevor du aus Sydney zurückkamst.«

»War er da noch in Perth?«

»Ja.«

»Ich wünschte, ich hätte ihn gesehen.«

»Er wollte dich auch sehen.«

»Warum, hat er das gesagt?«

»Ich glaube, er kam, um sich zu verabschieden. Er wußte, daß er in Mucka sterben würde, er wollte uns alle ein letztes Mal sehen. Er wollte dich wirklich gerne sehen, Sally. Ich sollte dich an dem Abend, als du zurückkamst, noch bei ihm vorbeifahren.«

»Aber Mum, warum hast du's nicht gemacht?«

»Du sahst so müde aus, als du aus dem Flugzeug stiegst, und ich machte mir Sorgen um das Baby. Ich wußte, daß er dich dazu bringen würde, lange aufzubleiben und mit ihm zu reden. Deshalb habe ich's dir nicht erzählt. Ich wußte, daß du sonst darauf bestanden hättest, hinzugehen.«

»Ach Mum, vielleicht wollte er mir was erzählen.«

»Das glaube ich nicht, Liebes. Es tut mir leid. Er wußte, daß du ihn magst und daß du dich drum kümmerst, daß die Leute seine Geschichte lesen. Er wußte das, also reg dich nicht auf.«

»Da hast du wohl recht. Wann ist die Beerdigung?«

»In zwei Tagen, kommst du?«

»Ja, ich komme. Ich hasse Beerdigungen.«

Ich ging mit meinem Bruder Bill und Mum. Ich konnte nicht mehr traurig sein. Ich wußte, daß er müde von diesem Leben war, und ich wußte, daß er glücklich war.

Als wir nach Hause kamen, beschrieben wir Oma das Begräbnis. Sie hatte nicht mitgehen wollen; sie haßte es, wenn die Leute sie anschauten. Oma weinte sich richtig aus, dann sagte sie: »Na ja, ich kann seinetwegen nicht allzu traurig sein. Er wollte ja gehen. Jetzt hab ich keinen Bruder mehr.« Danach erwähnte sie ihn nur noch selten.

Ungefähr eine Woche nach Arthurs Beerdigung beschloß ich, Mum wegen des Parkerville-Kinderheims anzusprechen. Sie hatte uns immer in dem Glauben gelassen, daß sie ihre ganze Kindheit in Ivanhoe verbracht hätte. Das war nicht ausgesprochen gelogen, sondern eher eine Unterlassungssünde.

Ich stellte die Frage beim Nachmittagstee. Mum war schockiert. Aber bevor sie ihre Sinne wieder beisammen hatte, sagte ich: »Du hast uns bewußt in die Irre geführt. In all den Jahren habe ich geglaubt, daß du in Ivanhoe mit Judy und June aufgewachsen bist. Warum, um alles in der Welt, hast du uns nicht die Wahrheit gesagt?« Das war wieder ein taktischer Fehler; wenn Mum nicht schon vorher in der Defensive gewesen war, so war sie es mit Sicherheit jetzt.

»Du machst ein großes Trara wegen nichts und wieder nichts«, antwortete sie. »Ich habe meine Ferien in Ivanhoe verbracht. Außerdem gibt's da nichts zu erzählen.«

»Aber Mum, hör mal zu, du redest doch mit mir, nicht mit irgendeinem Fremden von der Straße! Glaubst du, ich merke nicht, wenn du was verbirgst? Ich kenn dich zu gut. Ich möchte, daß du mir erzählst, wie es wirklich war.«

»Ich habe dir gerade gesagt, Sally«, antwortete sie ärgerlich, »daß es da nichts zu erzählen gibt. Daß du immer den Stier bei den Hörnern packen mußt. Wer hat dir außerdem erzählt, daß ich in Parkerville aufgewachsen bin?«

»Alice. Was glaubst du, wie das für mich war, es auf diese Weise zu erfahren? Ich war schockiert.«

»Du hast doch nichts zu June gesagt, oder?«

»Natürlich nicht, aber ich konnte an nichts anderes mehr denken. Du kannst von Glück reden, daß ich dich nicht angerufen und am Telefon beschimpft habe. Du sollst mir helfen mit diesem Buch, statt dessen hortest du deine eigenen kleinen Geheimnisse. Und du beklagst dich über Oma.«

»Okay, okay. Eines Tages erzähl ich dir davon.«

»Jetzt?«

»Nein, jetzt nicht. Und versprich mir, es den anderen nicht zu erzählen.«

»Das versprech ich dir nur, wenn du mir versprichst, es wirklich eines Tages zu erzählen. Ich meine bald, und nicht erst in zehn Jahren; bis dahin könnte ich tot sein.«

Es fiel mir schwer zu entscheiden, was ich als nächstes unternehmen sollte, um meiner Familiengeschichte auf die Spur zu kommen. Oma und Mum hatten sich verbündet. Seit Mum sich bedroht fühlte, fand sie, daß sie viel mehr mit Oma gemeinsam hatte, als sie sich je hätte träumen lassen.

Dementsprechend verbrachte ich die nächsten Monate damit, Arthurs Kassetten abzutippen und seine Geschichte zusammenzustellen. Es war mir sehr wichtig, seine Geschichte zu Papier zu bringen. Ich schuldete ihm viel. Er hatte mir soviel über sich und sein Leben erzählt und damit soviel über mein eigenes Erbe.

Als ich fertig war, rief ich Mum an. »Es ist fertig«, sagte ich, als sie ans Telefon kam.

»Was ist fertig?«

»Arthurs Geschichte.«

»Kann ich kommen und sie lesen?«

»Deshalb ruf ich dich an.«

# Arthur Corunnas Geschichte

*ca. 1893 bis 1950*

Mein Name ist Arthur Corunna. Ich kann nicht genau sagen, wie alt ich bin, weil ich's nicht weiß.

Vor einigen Jahren schrieb ich an Alice Drake-Brockman, die zweite Frau meines Vaters, und fragte, ob sie mein genaues Alter wüßte. Sie sagte, daß ich wohl um 1893 oder 94 geboren wurde. Später schrieb mir ihre Tochter Judy, daß ich auch noch früher geboren sein könnte. Auf irgendwas um den Dreh rum muß ich mich wohl einrichten. Wie dem auch sei, ich bin alt, und ich bin stolz darauf. Meine ersten Lebensjahre verbrachte ich auf der Corunna-Downs-Farm in der Gegend von Pilbara, das ist im Norden von Westaustralien. Wir nannten den oberen Teil der Farm, wo ich lebte, Mool-nya-moonya. Den unteren Teil, die äußere Farm, nannten wir Boog-gi-gee-moonya. Das Land meines Volkes ist überall dort, vom Condin bis nach Nullagine, mitten durch die Kimberleys.

Wenn meine Leute eine Weile auf der Farm gearbeitet hatten, wurde ihnen erlaubt, auf Wanderschaft zu gehen, wie wir das immer gemacht haben. Wir gingen jedesmal für mehrere Wochen von einem Platz zum andren und besuchten die Leute, die zu uns gehörten. Wir gingen immer nach Hillside, das war Dr. Gillespies Farm. Wir nennen unser Land Yabara, den Norden. Der Osten von Westaustralien, der ist anders. Den nennen wir Pukara.

Der Name meiner Mutter war Annie Padewani, und mein Vater war Alfred Howden Drake-Brockman, der weiße Farmbesitzer. Wir nannten ihn Good-da-goonya. Er lebte neun Jahre auf Corunna Downs, bevor er seine erste Frau, Eleanor Boddington, heiratete. Sie war vorher Gouvernante in der Gegend. Während er auf der Farm lebte, teilte er sich mit meinem Aborigine-Vater dessen zwei Frauen Annie und Ginnie.

Ginnie oder Binddiding, wie wir sie nannten, war eine kräftig gebaute Frau. Sie war älter und streitsüchtig. Sie kommandierte immer meine Mutter rum. Ich weinte um meine Mutter, wenn sie sich zankten. Ich rannte hin und griff ihren Rock und versuchte, sie vor Ginnie zu beschützen. Ginnie hatte nur ein Kind von Howden, meinen Halbbruder Albert.

Meine Mutter war klein und hübsch. Sie war sehr jung, als sie mich bekam. Ich war ihr erstes Kind. Dann bekam sie Lily von meinem Aborigine-Vater. Später kam Daisy. Sie ist meine einzige Schwester, die die gleichen Eltern hat wie ich. Ich war ein ganzes Stück älter als sie. Als sie mich von der Farm zur Mission holten, war sie noch ein Baby. Meine Mutter war mit anderen Kindern schwanger, aber die hat sie verloren.

Mein Aborigine-Vater war einer der Häuptlinge unsres Stammes. Er war ein Führer. Er brachte unsre Leute auf die Farm zum Arbeiten, und dafür gab man ihm ein Gewehr, Tee, Tabak und Zucker. Er war ein bekannter Mann, groß und mächtig. Viele Leute hatten Angst vor ihm. Manchmal ging er auf Wanderschaft bis runter nach Fremantle, dann rauf durch Leonora, Ethel Creek und zurück nach Corunna Downs. Viele Männer hatten Angst vor ihm, weil er ein Boolyahmann, ein weiser Mann, war.

Mein Onkel und mein Großvater waren auch Boolyahmänner. Seit Jahrhunderten waren die Männer in meiner Familie Boolyahmänner. Ich weiß noch, wie mein Großvater mich zu sich rief, als er im Sterben lag. Ich war noch ein Kind. Er sagte: »Du weißt, daß ich meine Kräfte nicht dazu benutzen kann, mich selber zu heilen. Ich werde meine Kräfte dir übergeben, und dann möchte ich, daß du mich heilst.« Er tat es, aber ich rannte weg und spielte, obwohl er nach mir rief. Ich war nur ein Kind, ich verstand das nicht. Mein Großvater starb. Erst Jahre später begann ich zu verstehen, was für Kräfte er mir da gegeben hatte.

Eines Tages sagte mein Onkel zu meiner Mutter: »Du brauchst dir nie Sorgen um Jilly-yung (das war mein Aborigine-Name) zu machen. Mach dir keine Sorgen um ihn, ich werde auf ihn aufpassen, wenn ich tot bin. Ich werde ihm immer nahe sein. Er mag nicht wissen, daß ich da bin, ich mag ein Vogel im Baum oder eine Echse auf dem Boden sein, aber ich werde ihm nahe sein.« Das war mein Onkel Gibbya. Er war mit Annies Schwester verheiratet.

Mein Onkel Gibbya war ein mächtiger Regenmacher. Er lebte nicht immer auf Corunna Downs. Als er eines Tages seine Leute dort besuchen kam, sagte Howden zu ihm: »Du kannst auf meiner Farm arbeiten, solange du Regen machen kannst.« Mein Onkel Gibbya sagte: »Ich werde es regnen lassen. Heute nachmittag um drei Uhr wird es regnen.« Howden schaute in den Himmel, der war blau und wolkenlos. Er schüttelte den Kopf. Später am Tag begannen sich weiße Wolken anzusammeln wie eine Herde Schafe, die langsam herankommt. Um drei Uhr regnete es. Mein Onkel bekam seinen Job. Er war der beste Regenmacher in der Gegend.

Auf der Farm wurde ich nicht Arthur genannt. Ich hatte meinen Aborigine-Namen, Jilly-yung; der bedeutete dummes kleines Kind. Als ich klein war, plapperte ich alles nach, was jemand sagte. Wiederholte es wie ein Papagei. Die Leute sagten: »Dummes kleines Kind! Jilly-yung!«

Ich liebte meine Mutter, ich mochte sie am liebsten von allen. Meine Mutter war immer gut zu mir. Wenn die andern gegen mich waren, stand sie auf meiner Seite. Sie erzählte mir immer Geschichten von der großen Schlange. Eine Schlange speziell für mich, mit wunderschönen Eiern. »Eines Tages«, sagte sie, »bist du groß genug, dir die Eier zu holen.« Ich gehörte zu der Schlange, und ich wollte gerne die schönen Eier von der Schlange sehn, aber sie brachten mich weg zur Mission, und dann war's vorbei damit. Es war ein großes Geheimnis. Wenn ich dort geblieben wäre, wär ich durch die Initiation gegangen, und dann hätte ich's erfahren. Ich wollte nicht initiiert werden. Ich hatte Angst.

Wenn wir auf Wanderschaft gingen, wir nannten das pink-eye gehn, trug mein Aborigine-Vater mich auf seinen Schultern, wenn ich müde war. Ich erinnere mich dran, wie wir einmal durch eine Schlucht gingen. Es war Nacht und sehr dunkel, als die Federfüße, die Ginnawandas, das waren auch weise Männer, kriegerische Männer, zu pfeifen begannen. Ich bekam Angst. Das Pfeifen bedeutete, sie wollten, daß man sagte, wer man war. Sie fingen an, entlang der Schlucht Feuer anzuzünden. Nachdem wir unsre Namen gerufen hatten, durfte unsre Familie durchgehn.

Eines Tages klaute ich eine Tomate aus dem Gemüsegarten. Ich hatte sie seit Tagen im Auge und beobachtet, wie sie groß und rund und rot wurde. Dann pflückte ich sie, und Dudley sah mich. Das war

Howden Drake-Brockmans Bruder, wir nannten ihn Irrabindi. Er befahl meinem Aborigine-Vater, mich zu verprügeln. Vielleicht hatte er auch ein Auge auf die Tomate geworfen.

Ich wurde mit einem Steigbügelriemen geschlagen. Ich wirbelte rum und rum und weinte und weinte. Ich war damals ja bloß ein Kind im Hemd. Mein Aborigine-Vater schlug mich nie, es sei denn, der Befehl wurde gegeben. Dann mußte er's machen, Befehl des Chefs. Ansonsten war er gut zu mir, daher hab ich's ihm nie nachgetragen.

Dudley Drake-Brockman war nicht wie Howden. Sie waren zwar Brüder, aber sehr verschieden. Dudley war ein kleiner, schmächtiger Mann. Er konnte nicht reiten. Er war grausam, und er mochte die Blackfellas nicht. Meine Leute sagten immer ngulloo-moolo über Dudley, was soviel heißt wie laß ihn krank werden. Wir wollten ihn da nicht haben. Zuletzt wurde er krank und starb.

Ich spielte oft mit Pixie, Dudleys Sohn. Wir kämpften auch, aber ich schlug ihn nie. Ich hatte Angst vor seinem Vater. Meine Mutter sagte immer zu mir: »Jilly-yung, schlag Pixie nie. Wenn er kämpfen will, gehst du weg.« Sie war eine kluge Frau.

Howden war ein gutaussehender Mann und sehr beliebt. Er konnte alle Pferde dort reiten, sogar die störrischen. Der alte Nibro hat mir das erzählt. Er half ihm, sie zuzureiten. Es gab ein großes, schwarzes Pferd, das er Corunna nannte. Er nahm es immer, wenn er ausritt, um die wilden Hunde, die Dingos, zu vergiften.

Ich erinnere mich daran, wie Howden immer allein in seinem Eßzimmer tanzte. Er tanzte Foxtrott und warf seine Beine rum, ohne Partnerin. Ich schaute oft zu. Damals gab's ein großes Eßzimmer mit einem riesigen Ventilator, den wir antreiben mußten, um die Leute zu kühlen, die hier aßen. Sie gaben uns eine Handvoll Rosinen dafür.

Wir hatten andre Jobs auf der Farm außer dem Ventilatortreiben. Für jede Dose voller Heuschrecken, die wir mit einer Rute töteten, bekamen wir 'n Lutscher. Und ich erinnere mich, wie ich mal Teerjunge bei den Schafscherern war. Damals wurde mit Klingen geschoren, nicht mit Maschinen, wie sie die heute haben. Der Schuppen war stinkheiß, und das Klick, Klick der Scheren machte ein rhythmisches Geräusch. Ich konnte nicht anders als einschlafen. Als nächstes weiß ich, daß ich eine geknallt bekam. Alle riefen: Teer! Teer! Und ich schlief! Wenn die Mädchen die Kuchenteller und die Eimer mit Tee rausbrachten, paßte ich allerdings auf, daß ich wach war. Das verschlief ich nicht.

Archie McGregor war einer der wenigen weißen Männer auf der Farm; er war mit Mr. Richards' Schwester verheiratet. Mr. Richards war ein hohes Tier in Marble Bar. Archie arbeitete an den Windmühlen und Pumpen. Wenn die Pumpen verstopft waren, mußte Archie in den tiefen Brunnen runterklettern und sie reparieren. Er war derjenige, der Albert und mir beibrachte, wie man Windmühlen baut. Diese Windmühlen waren furchtbar hoch, damit sie den Wind abkriegten. Ich dachte, er würde uns das alles beibringen, damit wir eines Tages helfen konnten, die Farm zu bewirtschaften. Ich hab mich geirrt.

Als Howden Eleanor Boddington heiratete, baute er ein andres Haus. Er blieb nicht bei Dudley wohnen. Er baute es selber, er war Tischler. Weißt du, er war auch ein Cowboy, denn er hatte diese zwei großen Pistolen. Er zog sie und feuerte Peng! Peng! auf einen Baum und versuchte, ihn zu treffen. Das waren alte Vorderlader, wie sie die Amis im Western immer haben. Man füllt das Schießpulver rein und ein bißchen Blei und danach das Geschoß. Dann drehte es sich und Peng! Peng! – einfach so. Er zielte meist auf den Baum hinten beim Klohäuschen. Die Kugeln prallten davon ab. Er war ein geschickter Mann, das kann ich dir sagen.

Auf der Farm verbrachte ich 'ne Menge Zeit mit meinem Bruder Albert und meiner Schwester Lily. Als wir Kinder waren, rannten wir rum und suchten Eidechsen. Wir steckten unsre Finger in Löcher im Boden oder in Bäumen. Einmal, als ich das machte, erwischte ich 'ne Schlange. Schlangen jagen nicht, um jemand zu beißen und zu töten. Sie machen, daß sie wegkommen. Man wird nur gebissen, wenn man auf sie tritt, sie wolln sich nur selber schützen. Die Leute versuchen immer, Schlangen gleich zu töten, wenn sie sie sehn. Sie sollten sie in Ruhe lassen. Wenn man ein Gewehr auf eine Schlange richtet, haut sie ab; die weiß, was man vorhat.

Albert war älter als ich, und sie begannen früh, ihn zu unterrichten. Mrs. McGregor, Archies Frau, war die Lehrerin. Sie brachte Albert bei, mit Kreide auf eine Schiefertafel zu schreiben. Er mußte englisch sprechen und die Sitten und Tischmanieren der Weißen lernen. Den andern Kindern wurde nichts beigebracht, nur Albert und später mir.

Sie gab uns auch so was wie Religionsunterricht. Wir lernten alles über die Heiligen. Sie hatte eine dicke Rolle mit bunten Bildern, die wir uns oft anschauten.

Ich ging immer überallhin mit meiner Mutter, bis sie mich einfingen, um mich zur Lehrerin zu schicken. Als ich hörte, daß sie hinter mir her waren, rannte ich weg. Ich wollte nicht unterrichtet werden. Außerdem dachte ich, daß sie mir abends kein Fleisch geben würden. Zuletzt fingen sie mich doch und steckten mich zu Albert und Mrs. McGregor.

Danach durfte ich nicht mehr wie ein Blackfella sprechen. Wenn ich es tat, schlug Dudley mich. Ich mochte meine Sprache, aber ich bekam 'ne gehörige Tracht Prügel, wenn ich sie sprach. Ich mußte englisch reden. Wenn ich auf der Veranda vom Haupthaus schlief, rief ich meiner Mutter in meiner eigenen Sprache zu: »Heb mir ein Stück Fleisch auf.«

Als sie mich holten, konnte Albert natürlich schon Englisch. Er lernte immer am Küchentisch. Eines Abends war der Koch ein bißchen spät dran mit unserm Abendessen. Albert sagte: »Geh und sag's ihm.«

»Was soll ich ihm sagen?«

»Sag ihm, er soll sich mit dem Fraß beeilen.«

»Gib mir eilig Essen!« rief ich. Ich hätte sagen sollen: »Beeil dich und gib mir das Abendessen!«, aber ich konnte das noch nicht. Jedenfalls kam der Koch und jagte mich in der Küche rum. Ich rannte zur Tür raus und der Koch hinterdrein! Er holte mich nicht ein, ich war zu schnell.

Das war typisch Albert. Er setzte immer mir die Sachen in den Kopf, er selber machte nie was verkehrt. Albert verlor zwei Finger wegen mir. Ich schnitt sie ihm ab in der Tankmaschine. Er steckte seine Finger rein und versuchte, das Zahnrad anzuhalten. Ich drehte den Griff und schnitt sie ihm ab. Die Maschine wurde benutzt, um Tanks herzustellen. Man legte ein flaches Stück Eisen rein und bog es rund wie 'n Bumerang. Man brauchte nur drei oder vier Platten, um 'n Tank zu bauen. Also so was, daß ich ihm die Finger abgeschnitten hab! Wir spielten nur rum; ich wußte nicht, daß er seine Finger da drin hatte.

Als wir unterrichtet wurden, schliefen Albert und ich auf der

Veranda vom Haupthaus. Unsre Betten standen Seite an Seite. In manchen Nächten machte ich ins Bett und kroch rüber in seins. Ich träumte, daß ich geschlagen würde, daher kämpfte ich im Bett, ich schlug um mich und schrie. Und wenn ich dann in mein Bett schaute, war es naß.

Obwohl Albert der Ältere war, hörte ich nie auf ihn. Ich war der Freche. Er war zu ängstlich, um irgendwas anzustellen, manchmal mußte man ihn beschützen.

Ich kannte alle Leute auf der Farm, das war 'n guter Klan. Da waren Hühnerauge, Wongyung und Mingibung. Sie waren die Hausmädchen. Sie brachten den Tee und kümmerten sich ums Haus. Dann gab es Tigerminnie; sie half Howden, die Dingos zu vergiften. Keiner konnte das so gut wie sie. Dann gab es Sarah, eine dicke Frau, die im Garten half. Sie baute Kürbis und Kohl für den Koch an und scheuchte die Vögel fort. Sie war ein Mischling wie ich. Als ihr Baby geboren wurde, war es fast weiß. Ein weißer Blackfella. Wir nahmen alle an, daß diese Babys entweder vom alten Fred Stream oder von Sam Moody, dem Koch, waren.

Wir nannten Sam Moody immer umgekehrt: Moody Sam, den launischen Sam. Er war ein Weißer und ein guter Koch. Er backte Brot, schnitt es in dicke Scheiben und gab es durchs kleine Küchenfenster den Eingeborenen. Oder auch Fleisch. Wir bekamen Brot mit einer Scheibe Fleisch. Und wir steckten unsre Kessel durchs Fenster rein und bekamen Tee. Wenn Moody Sam nicht kochte, bekamen wir Hammelscheiben, machten draußen ein Feuer und brieten sie selber. Für zusätzliches Fleisch fingen meine Leute Känguruhs und wilde Truthähne und Fische vom Bach. Wir gingen zum Bach runter und stellten uns hin, die Beine gebeugt und gespreizt, und dann fingen wir die Fische zwischen unsern Knien. Wir packten sie mit der Hand und warfen sie ans Ufer.

Ich glaube, der alte Fred Stream war Deutscher. Er nahm mich oft auf Fahrten nach Condin mit. Die Wolle von Corunna Downs wurde dort gelagert, um dann mit Segelbooten nach Fremantle gebracht zu werden. Die Lagerhäuser waren große Schuppen, und darin gab's auch noch viele andre Waren außer Wolle. Einmal erzählte Fred Stream mir, daß zwei Sättel dort lägen, einer für mich und einer für Albert.

Als wir sie rauszogen, hatten die Ratten die ganzen Riemen weggefressen. Diese Ratten fraßen einfach alles.

Ich weiß nicht, ob Condin heute noch benutzt wird, wo sie jetzt 'ne Eisenbahnlinie nach Port Hedland haben. Damals war sie erst geplant. Ich hin nie zurückgegangen, um mir die neue Eisenbahn anzusehn oder sonst irgendwas.

Auf dem Rückweg nach Corunna Downs kampierten wir auf der DeGrey-Farm. Du hättest all die hübschen Röcke sehn sollen, die zu unsrem Wagen gelaufen kamen. Rot, rosa und grün, alle Farben des Regenbogens. Die kamen auch, um mich zu sehn. Ich war nur ein kleiner Kerl, an mir war nicht viel dran damals.

Einige der Leute hatten ein paar Ferkel. Sie verkauften zwei an Fred Stream. Bevor wir Corunna Downs erreichten, schlug er einem den Kopf ab und kochte es in Asche. Ich fand ihn wirklich grausam, so 'n kleines Schwein zu essen! Ich konnte ihn nicht angucken, und ich konnt's nicht essen. Ich dachte ständig, also so was, so ein kleines Schwein zu töten. Es war doch noch ein Junges.

Am nächsten Tag kamen wir zu einem Süßwasserbrunnen und hielten, um die Tiere zu tränken. Ziegen rannten überall rum. Große, kleine, junge, alte. Fred Stream beobachtete die Ziegen, dann fragte er: »Willst du eine Ziege?« Ich sagte: »Nein!« Ich wollte nicht, daß er ein Ziegenjunges fing und tötete. Trotzdem trieb er ein Junges und 'n Bock zusammen, aber als wir nach Corunna Downs kamen, ließen wir sie laufen. Ich weiß nicht, was aus ihnen geworden ist. Ich könnte kein kleines Ziegenbaby von seiner Mutter wegnehmen. Ich bin da komisch. Ich komm nach meinem alten Großvater, ich bin weichherzig. Ich finde, man sollte überhaupt nichts seiner Mutter wegnehmen.

Ich erinnere mich an eine Geschichte, als ich sehr klein war. Es muß Weihnachten gewesen sein, denn es stand so viel Essen auf dem Tisch auf der Veranda. Alle möglichen Essenssachen waren auf dem Tisch aufgebaut. Ich dachte immer wieder, ich sollte mehr essen, ich sollte mehr essen. Ich sollte alles aufessen. Ich wußte, daß ich so'n Essen lange nicht mehr zu Gesicht bekommen würde. Ich starrte einfach nur drauf und dachte, was für 'ne Schande es wäre, wegzugehn und was übrigzulassen. Obwohl mir schon der Bauch weh tat, zwang ich mich dazu, noch mehr zu essen. Ein bißchen später erbrach ich alles wieder. Mein Bauch war geschwollen, und ich konnt's einfach nicht bei mir behalten! Weißt du, es muß Weihnachten gewesen sein, denn ich war fein angezogen in Hemd und Hose an dem Tag.

Es gab immerzu Korroboris auf Corunna. Man brauchte eine Sondergenehmigung, um dabei zuzuschaun. Wir gingen immer mit Howden. Ich war bis dahin noch nicht initiiert worden, weil ich noch zu jung war. Das passierte, wenn man vierzehn oder fünfzehn war. Ich wollte nicht initiiert werden. Ich sagte immer: »Laß nich zu, daß sie das mit mir machen, Mum.« Ich wollte nicht so beschnitten werden und all das. Für die richtig Schwarzen war es Pflicht. Ich war ein Mischling, daher konnte ich ausgenommen werden. Die Frauen wurden nur auf der Brust gekennzeichnet. Nur ein Schnitt, hier in der Mitte. Das war deren Zeremonie.

Damals wurden dir Frauen gegeben, wenn du noch ein Baby warst. Sie hatten die alte Dinah für mich ausgesucht. Die arbeitete im Garten. Sie ist tot jetzt und wartet wahrscheinlich im Himmel auf mich. Die hätte meine Mutter sein können. Später hätte ich wohl Helen Bunda zur Frau haben können. Sie war auch ein Mischling und hatte sehr geschickte Hände. Ihre Mutter war Nellie oder Moodgjera. Ihr Vater war ein Viehtreiber.

Es gab eine wundervolle Tierwelt auf Corunna Downs. Da war ein kleiner Vogel, ein Eichelhäher, wenn der dreimal rief, dann kam der Regen. Er irrte sich nie. Wenn er da war, gab's immer gut zu essen, aber wenn er weg war, Dürre! Und wenn die kleinen Frösche riefen, wußten wir auch, daß es regnen würde. Sie waren hübsch, weiß und braun mit schwarzen Flecken. Sie waren alle unterschiedlich, da war nicht einer wie der andere. Sie sprangen immer in den Kühlapparat, und wir mußten ihn saubermachen. Das waren alles einheimische Tiere. Wundervolle Geschöpfe. Damals gab's keine Insektizide, um Vögel zu töten. Deshalb wolln die Blackfellas ihr eigenes Land, damit kein Weißer rumpfuschen und alles kaputtmachen kann.

Wir alle dort, wir gehörten zusammen. Wir waren der Stamm, der die Farm am Laufen hielt. Die Drake-Brockmans machten das ja nicht alleine. Es gab nur 'n paar weiße Männer dort, die je nach Auftrag die Pumpen reparierten oder Brunnen bauten. Die Blackfellas machten den Rest.

Ich weiß noch, wie ich eingeborene Menschen mit Ketten um Hals und Hände hinter 'nem Polizisten hergehn sah. Sie liefen oft so über die Farm. Ich dachte immer, was haben die nur getan, daß sie so behandelt werden. Mir war zum Heulen zumute, nur vom Zugucken. Manchmal hörten wir, daß weiße Männer Blackfellas abknallten, so als Sport, als wären sie Tiere. Dann hatten wir alle Angst. Wir wollten nicht, daß uns das passierte. Ach ja, es war hart für schwarze Leute damals.

Eines Tages würde ich gerne nach Corunna Downs zurückgehn und mir angucken, was für Verbesserungen sie dort gemacht haben. Ich glaube, da war im Krieg 'ne Armeebasis. Als ich noch da war, schoben die Brockmans einen Hügel auf und steckten da einen Fahnenmast rein. Jedesmal, wenn Besucher kamen, hißten sie den Union Jack.

Ach, ich wünschte, ich wär nie dort weggegangen. Das war mein Zuhause. Manchmal wünscht ich, ich wär richtig schwarz wie 'n Pik-As geboren, dann hätten sie mich nie weggeholt. Sie nahmen nur Mischlinge. Sie nahmen Albert, und sie nahmen mich und Katie, unsre Freundin. Sie wurde nach Parkerville gebracht. Sie hatte 'ne große Puppe dabei, als sie ging, Albert hatte mich. Aber andre gingen auch. Ich war ungefähr elf oder zwölf.

Als ich wegging, weinte Lily sehr. Sie war noch klein, aber sie rannte weg und versteckte sich, keiner konnte sie finden. Ich war ihr Lieblingsbruder. Sie war Vollaborigine, richtig schwarz, daher wollten sie sie nicht haben. Daisy war noch ein Baby, sie verstand nicht, was vor sich ging.

Sie sagten meiner Mutter und den andern, daß wir bald zurückkämen. Wir würden nicht lange weg sein, sagten sie. Die Leute riefen: »Bring uns ein Hemd mit, bring dieses, bring jenes.« Sie kapierten nicht, daß sie uns nicht mehr wiedersehn würden. Ich dachte, sie wollten uns ausbilden, damit wir eines Tages helfen könnten, die Farm zu bewirtschaften. Ich hab mich geirrt.

Als sie mich holen kamen, klammerte ich mich an meine Mutter und versuchte, die Leute mit 'nem Fluch zu belegen. Ich wollte, daß sie sterben. Ich war zu jung, ich wußte nicht wirklich, wie das geht. Ich heulte und heulte, rief meiner Mutter zu: »Ich will nich gehn, ich will nich gehn!« Ich hatte sie so lieb, ich liebte sie. Ich rief: »Ich will bei dir bleiben.« Ich sah sie nie wieder.

Als wir Corunna Downs verließen, um zur Schwanen-Mission für Eingeborene und Mischlinge zu fahren, mußten wir erst mal durch Marble Bar und Port Hedland. Dann fuhren wir mit dem Schiff, der Ballara, weiter – ich, mein Bruder Albert, Pixie und Dudley Drake-Brockman. Albert und ich reisten im Zwischendeck. Manchmal schlich ich mich raus zum vorderen Ende des Schiffs, um zu sehn, was da so vor sich ging. Dudley Drake-Brockman erwischte mich jedesmal und rief: »Geh zurück, wo du hingehörst!«

Es war ein schöner Tag, als wir in Fremantle ankamen. Wir wurden direkt zur Mission gebracht; sie lag nah am Ufer des Swan in Guildford. Als erstes wurden wir getauft. Karionikus Burton und Sophie McKintosh, sie war wohl die Krankenschwester, waren unsre Paten. Wir wurden Corunna getauft, sie gaben uns nicht den Namen unsres Vaters. Damals bekam ich den Namen Arthur. Albert war immer Albert genannt worden, und so blieb's dabei.

Ich machte mir noch lange große Sorgen wegen meiner Mutter. Sie war immer so gut zu mir gewesen. Sie liebte mich. Albert schien's nicht so viel auszumachen. Ich glaube, er war zu ängstlich, als daß ihm irgendwas was ausgemacht hätte. Siehst du, wir konnten einfach nicht verstehn, warum sie uns weggenommen hatten. Wir gehörten doch nicht zu deren Familie. Und die Mission war für niemand die Familie. Sie nannten uns damals Insassen, uns Kinder, wir alle waren Insassen, wie im Gefängnis.

Wir fanden bald raus, daß es Schlägertypen in der Mission gab. Ich nehm an, die gibt's überall. Da war einer, der uns austesten wollte. Ich machte mir Sorgen wegen Albert; ich wußte, daß er sich nicht mal aus 'ner Papiertüte rauskämpfen konnte. Er war größer als ich, älter als ich, dennoch wußte ich, daß sie ihn verprügeln und wie ein Paket zusammenschnüren konnten. Ich mußte für ihn einstehn. Ich ging auf jeden los, der Albert verprügelte, und machte ihn fertig. Sie griffen mich nie wieder an, und sie lernten, auch Albert nicht anzurühren, weil er mein Bruder war.

Es gab einen Schläger dort, der jeden einschüchterte, nur mich nicht. Er bewarf mich mit Steinen und beschimpfte mich, aber er kam mir nie zu nahe. Als er doch mal handgreiflich wurde, hatte ich meine Faust als erster drin.

Ich war anders als Albert. Ich war auch anders gebaut. Ich konnte vom Pferd fallen oder alles mögliche machen, ich verletzte mich nie oder brach mir was, selbst wenn ich auf Steinen landete. Ich bin wie aus Gummi, mich kann man überall aufprallen lassen. Albert war überhaupt nicht so. Er war oft krank. Ich weinte um ihn, wenn er krank war. Er war mein Bruder.

Ein Mann, der in der Mission arbeitete, Mr. Ferguson, sagte über Albert und mich: »Diese Jungen sind gut erzogen worden. Sie bedanken sich für alles.« Wir bedankten uns sogar, wenn sie uns 'ne Tracht Prügel verpaßten.

Auf der Mission bekamen sie bald mit, daß ich gut arbeiten konnte. Ich war zuverlässig. Sie konnten mir jeden Job geben – ich machte ihn, egal, was passierte. Ich mußte zehn Sturmlampen säubern. Ich säuberte die Gläser, dann füllte ich sie mit Kerosin. Ich war der Postmann und auch der Milchmann. Ich lieferte Milch und Eier an Mr. und Mrs. Anderson in Guildford. Dann ging ich weiter zum Haus der Thompsons, gleich hinter der Bahnlinie, die kauften auch unsre Milch. Es gab jede Menge Leute, die was von der Mission kauften. Ich war der einzige, dem erlaubt wurde, die Briefe vom Postamt in Midland abzuholen. Sie schickten mich, weil ich am schnellsten laufen konnte.

Wenn die Oberschwester irgend 'ne Medizin brauchte, schickte sie mich. Sie gab mir 'n Brief für den Apotheker mit, Webb war sein Name. Einmal, als ich in der Apotheke wartete, begann eine Dame sich mit mir zu unterhalten; sie wartete auch. Sie erzählte mir, warum sie da war und was ihr fehlte. Dieses fehlte ihr, und jenes fehlte ihr. Ihr fehlte so vieles, daß ich erstaunt war, daß sie überhaupt noch lebte. Während der ganzen Zeit, wo sie redete, trank sie Limonade. Es war ein richtig heißer Tag. Sie erzählte mir ihre ganzen Probleme, und ich saß nur da und hörte zu und guckte auf ihre Limonade. Sie bot mir nicht einen einzigen Tropfen an.

Nachdem Albert und ich eine Weile dort waren, wurde die Mission von einem Mann namens Gouverneur Bedford besucht. Er war Engländer, ein grauhaariger Knabe. Nach seinem Besuch wurden die dunkleren Kinder von den helleren getrennt. Es gefiel ihm nicht, daß wir zusammenlebten.

Vor dem Besuch des Gouverneurs war nahe der Brücke und der

Ziegelei ein neues Missionshaus gebaut worden. Wir fanden, daß es wie 'ne Arche aussah, daher nannten wir es Arche Noah. Wir fanden das passend, denn wir waren alle zusammen dort, Weiß und Schwarz. Wir teilten uns gerne die Arche. Aber Gouverneur Bedford gefiel das ganz und gar nicht. Er trennte uns voneinander. Die Hellhäutigen mußten dahin gehn, wo die Mädchen waren, und die Mädchen zogen auf die westliche Seite der Mission.

Das Komische war, daß sie Freddy Lockyer zu den weißen Kindern steckten. Er hatte helle Haut und helles Haar, aber in Wirklichkeit war er ein weißer Blackfella. Er wollte nicht gehn, er wollte bei uns Schwarzen bleiben. Er gehörte zu uns, aber sie zwangen ihn zu gehn. Ich sagte zu ihm: »Du bist nich schwarz genug, um bei uns zu bleiben, du mußt gehn.« Er tat mir leid. Er war wirklich einer von uns.

Es gab immer 'ne Grenze zwischen Mädchen und Jungen. Sie hatten auf der einen Seite zu sitzen und wir auf der andern. Außer beim Spielen mußten wir die Grenze beachten und auf unsrer Seite bleiben. Wenn die Mädchen älter waren, wurden sie als Haus- und Dienstmädchen bei jedem in Dienst gestellt, der sie haben wollte. Sobald die Jungen in die Pubertät kamen, wurden sie ganz von den Mädchen getrennt und in ein nahe gelegenes Waisenhaus gesteckt. Die machten sich wohl Sorgen, daß wir ihnen nachstellen könnten.

Nach einer Weile liefen die größeren Jungen einer nach dem andern nach Moora weg. Sie wurden zurückgebracht, aber wenn sie das zweite Mal wegliefen, versuchte die Mission, Arbeit für sie bei den Farmern in der Umgebung zu finden. Mittlerweile hatten sie alle 'ne Menge gelernt. Ich war noch da, als schon fast alle älteren Jungen aus dem Waisenhaus weggerannt waren. Der einzige, der auch noch zurückblieb, war Pinjarra Frank.

Bob Coulson, ein Weißer, arbeitete auf der Mission. Er war schnell mit dem Hammer; ich hab ihn oft beobachtet. Wenn er 'ne Katze um den Hühnerstall rumschleichen sah, drängte er sie in die Enge und schlug ihr mit dem Hammer auf den Kopf. Eine Katze brauchte ihn nur anzugucken, und sie war weg vom Fenster.

Coulson war kein starker Mann, aber er hatte 'n Riecher wie der Teufel. Er war Soldat gewesen, und er zeigte uns oft sein Bajonett. Er war voller Tricks. Ich glaub, er hatte Angst, daß die Blackfellas ihn eines Tages angreifen könnten, deshalb zeigte er uns ständig sein Bajonett. Er lief immer mit aufgekrempelten Ärmeln rum, bereit zum Kampf.

Corunji war Coulsons Hund. Er war ein netter alter Hund. Wir gaben ihm ab und zu 'ne Scheibe Brot. Eines Tages gingen wir nach Guildford, um was auszuliefern, und Corunji folgte uns. Wir mußten 'ne Bahnlinie überqueren, und als ein Zug kam, begann der alte Corunji zu laufen und die Lokomotive anzubellen und zu jagen. Er muß dann ausgerutscht sein, denn sein Fuß kam unter die Räder, und sein Bein wurde abgeschnitten. Wir weinten alle: »Corunji, Corunji. Armer alter Corunji!« Wir rannten den Weg zurück zur Mission, um Coulson zu erzählen, was passiert war. Er nahm sein Fahrrad und radelte zur Bahnlinie, und wir alle folgten. Der arme, alte Corunji lag noch da und schaute uns an, als wollte er sagen: »Könnt ihr mir denn gar nich helfen?« Coulson stieg vom Fahrrad, ging zu Corunji rüber, legte ihm die Hand über die Schnauze, zog seinen Hammer und zerschlug ihm den Kopf. Dann stieg er auf sein Fahrrad und fuhr zurück zur Mission. Er ließ ihn einfach dort liegen. Der machte das mit seinem eigenen Hund. Wie gesagt, er war schnell mit dem Hammer. Ich konnte nicht anders als denken, wenn der das mit seinem eigenen Hund macht, macht er das eines Tages womöglich auch noch mit mir. Wenn er nicht hinguckte, beobachtete ich ihn. Ich traute ihm nicht mehr über den Weg nach der Sache.

Coulson hatte drei eigene Kinder. Einmal erzählte er uns, wie er seinen Sohn mit 'm Stock geschlagen hat, der mit Stacheldraht umwickelt war. Seine Töchter hießen Mabel und Audrey. Seine Frau war so 'ne altmodische Tante. Zumindest hab ich sie so in Erinnerung. An der war nichts Hübsches dran. Sie war nur 'ne einfache Engländerin. Wir hatten nicht viel mit ihr zu tun. Sie kümmerte sich bloß um das Haus und behielt die Mädchen im Auge. Abgesehen davon steckte sie ihre große Nase nirgendwo rein. Ich glaub nicht, daß sie sehr liebevoll zu ihren Kindern war. Die kamen immer und unterhielten sich mit uns.

In meinem vierten Jahr in der Mission schnappte Coulson mich und 'n paar andre Jungs außerhalb der Missionsgrenzen. Wir spielten auf 'm öffentlichen Picknickgelände am Fluß. Es war ein beliebter Ort, und wir hofften, Geld zu finden, das die Leute vielleicht verloren hatten. Als er uns fand, wurde er total wütend. Er befahl uns, zurück in unsern Schlafsaal zu gehn. Er sagte, er würde uns verprügeln. Du kannst dir vorstellen, was wir für 'ne Angst hatten. Er war so böse, wir hatten ihn noch nie dermaßen wütend gesehn. Wir hatten Angst, was er mit uns machen würde.

Wir gingen nicht zurück in den Schlafsaal, wir rannten den ganzen Weg nach Midland zur Polizeistation. Weißt du, damals wurden die Polizisten »Beschützer der Aborigines« genannt. Daher dachten wir, daß sie uns vielleicht in Schutz nehmen würden. Wir rannten in die Station und erzählten dem Polizisten, was Coulson mit uns vorhatte. Wir dachten, er könnte uns helfen, wir waren ja noch Kinder. Er hörte sich an, was wir zu sagen hatten, dann meinte er: »Geht zurück in die Mission! Geht mich nichts an, was mit euch passiert!« Wir wußten nicht, was wir tun sollten.

Als wir aus der Station kamen, sahen wir Coulson auf seinem Fahrrad die Straße runterkommen. Er entdeckte uns, trieb uns zusammen und begleitete uns zurück zur Mission.

Mittlerweile war er fast am Überkochen. Er schob uns alle in den Schlafsaal, schloß die Tür ab und befahl uns, uns auszuziehn. Als wir nackt waren, jagte er uns wie verrückt im Schlafsaal rum und zog uns 'n langen Rohrstock über Kopf und Körper. Es war ihm egal, wo er uns traf, er schlug und schlug, bis wir bluteten. Blut war einfach überall. Wir weinten. Einige der Jungs schrien: »Nich mehr, nich mehr! Nich mehr, Herr!« Er mochte es, wenn man ihn Herr nannte.

Ich war der einzige, der nicht schrie. Er kam rüber und schnappte mich und sagte: »Arthur, ich hab dich noch nie geschlagen, aber bei Gott, jetzt werd ich's dir geben!« Er schlug mich und schlug mich, aber ich weinte nicht. Er schlug mich fester und fester, meine Oberschenkel waren blutüberströmt, aber ich weinte immer noch nicht. Er war außer sich vor Wut, aber ich wollte ihm nicht die Befriedigung geben, mich zum Weinen zu bringen.

Danach beschloß ich wegzulaufen, sobald meine Wunden besser wären und ich wieder laufen könnte. Albert mochte dableiben, wenn er wollte, aber ich wollte nicht geprügelt und gehäutet werden. Ich bin jetzt wirklich alt, aber ich kann dir immer noch die Narben von diesen Prügeln zeigen. Es dauerte lange, bis meine Wunden heilten. Es ging mir schlecht.

Ich glaube, Coulson hatte ein schlechtes Gewissen, daß er mich so hart geschlagen hatte, denn später nahm er mich auf 'ne Bahnreise zu seiner Schwester und ihrem Mann mit. Sie hatten 'ne Fleischerei. Aber das war mir egal, ich traute ihm nicht. Ich war froh, daß ich nicht vor ihm geheult hatte. Ich freute mich, ihn loszuwerden, wenn ich weglief.

Pinjarra Frank und Tommy beschlossen, mit mir zu kommen. Ich wollte, daß Albert auch mitkam, aber er hatte zuviel Angst. Er glaubte, wenn wir wegrannten und geschnappt wurden, würde Coulson ihn so schlagen wie mich.

Wir erzählten allen Missionskindern, daß wir vorhatten, in Richtung Geraldton zu laufen. Andre Jungen waren in diese Richtung gegangen, daher klang unsre Geschichte einigermaßen wahrscheinlich. Wir erzählten niemand, daß wir tatsächlich planten, in Richtung Goldminen zu gehn. Es war ein guter Plan, denn somit mußten unsre Freunde, wenn ihnen Fragen gestellt wurden, nicht lügen. Sie konnten einfach sagen, was wir gesagt hatten.

Wir rannten tatsächlich davon. Ich muß damals so fünfzehn oder sechzehn gewesen sein.

Coulson blieb danach nicht mehr lange in der Mission. Er wurde rausgeschmissen. Ich nehm an, daß diese Anglikaner, die die Mission betrieben, langsam mitkriegten, daß die Jungen wegen der Art wegliefen, wie Coulson sie behandelte. Vielleicht haben ihnen die andern Kinder erzählt, was er mit mir gemacht hatte.

Es tat mir leid, Albert zurückzulassen. Nachdem ich weg war, hatte er niemand, der ihn beschützte, und er wurde wieder krank. Sie schickten ihn ins Krankenhaus. Dann kam Howden und nahm ihn mit zurück nach Corunna Downs. Dudley war mittlerweile tot. Soweit ich weiß, arbeitete Albert dort, bis alles an Foulkes-Taylor verkauft wurde. Danach kam Albert auf Dr. Gillespies Farm Hillside. Eine Menge Leute gingen nach Hillside. Sie wußten, daß Foulkes-Taylor ein harter Mann war.

Ich hab gehört, daß die Leute mich gesucht haben; ich hab gehört, daß Howden nach mir gesucht hat, aber ich war weg. Ich wollte nicht gefunden werden. Und ich wollte nichts mehr mit der Schule zu tun haben.

Mir ist allerhand passiert, nachdem ich die Mission verlassen hatte. Erst mal mußten wir die Bahnlinie überqueren, das war klar. Wir gingen und gingen, bis wir zu diesem großen Tunnel kamen, wo die Schienen drin verschwanden. Wir waren erstaunt, wir hatten so was nie vorher gesehn. Wir schauten alle rein, im Innern wurde es dunkler und dunkler, und am Ende war 'ne winzigkleine Öffnung. Ziemlich bald kam ein Zug vorbei, er fuhr geradewegs in den Tunnel. Wir riefen: »Halt! Halt!«, aber er fuhr trotzdem rein und kam auf der andern Seite ohne irgendwelche Probleme wieder raus. Wir haben lange darüber nachgedacht.

Wir liefen lange, nachdem wir die Bahnlinie überquert hatten. Wir waren sehr vorsichtig, um nicht gesehn zu werden. Schließlich kamen wir nach Parkerville und kampierten dort im Busch, um uns auszuruhn. Plötzlich tauchte aus heiterem Himmel ein Mann auf. »Was macht ihr denn hier?« brummte er. Wir sprangen auf, wie von Sinnen vor Angst. Wir erzählten ihm unsre Geschichte und zeigten ihm die Narben an unsern Beinen. Wir hatten nur kurze Hosen an, und man konnte sie gut sehn. Wir taten ihm leid. »Bleibt, wo ihr seid, Jungs«, sagte er. »Ich bring euch was, das ihr auf euerm Weg gebrauchen könnt.« Er kam mit etwas Brot und Schmalz zurück und einer Schachtel Streichhölzer, so daß wir nachts ein Feuer machen konnten, um uns warm zu halten. Danach gingen wir weiter, bis es dunkel war. Glücklicherweise kamen wir an einem alten, verlassenen Haus vorbei. Es fiel bald zusammen, aber es war besser als nichts. Wir holten ein paar alte, trockene Eukalyptusblätter und Äste aus dem Busch und machten ein Feuer. Dann richteten wir uns für die Nacht ein. Weiter unten am Hügel war ein bewohntes Haus, aber wir waren so vorsichtig gewesen, es zu meiden.

Wir waren gerade dabei einzuschlafen – es war 'ne kühle, klare Nacht –, als wir 'ne Frauenstimme hörten, die vom Wind hergetragen wurde. »Ich sag dir, Bill, da ist jemand in dem alten Haus, ich kann Rauch durchs Dach kommen sehen!« Wir schauten hoch, es gab kein Dach. Wir machten schnell das Feuer aus und rückten eng zusammen, bereit, loszurennen, wenn wir mußten. Dann wurde die Stimme des Mannes herbeigeweht:

»Halt 's Maul, Frau! Du kümmerst dich um alles, nur nich um deinen eigenen Kram!« Das Licht ging aus, und wir hörten nichts mehr. Wir zündeten das Feuer nicht wieder an, obwohl uns kalt war. Es dauerte lange, bis wir einschliefen.

Früh am nächsten Morgen machten wir uns auf den Weg zur Bahnlinie. Dort stand ein Güterzug. Ich nahm meine zwei Bumerangs und ging zum Lokführer. »Bitte, Mister«, sagte ich, »tauschen Sie meine zwei Bumerangs gegen 'ne Fahrt mit Ihrem Zug ein?« »Nein!« sagte er. Als der Zug losfuhr, sprangen wir aber doch auf einen halbvollen Waggon. Der Zug fuhr durch Northam, und wir landeten schließlich in Kellerberrin. Wir hatten keine Ahnung gehabt, wohin der Zug fuhr, aber auf dem Waggon zu sitzen, war weitaus besser als zu laufen.

Am Bahnhof von Kellerberrin entdeckte uns der Stationsvorsteher. Er kam angelaufen und zerrte uns runter. »Ihr seid die Jungen, die von der Polizei gesucht werden, nich wahr?« fragte er. Er hatte die Hand auf meiner Schulter, ich fragte mich, was er mit uns machen würde. Er schaute uns prüfend an, und dann sagte er: »Okay, Jungs, seht ihr das Gebäude da drüben, das ist die Polizeistation. Ihr geht jetzt rüber und meldet euch beim Wachhabenden. Er weiß dann schon, was mit euch zu tun ist.«

Er deutete noch einmal auf das kleine Gebäude, das ein Stück weiter an den Gleisen lag, und schickte uns los. Wir gingen langsam die Gleise entlang, wir waren uns nicht sicher, ob er uns beobachtete oder nicht. Als wir in die Nähe von einem Stückchen Busch kamen, drehten wir ab und rannten um unser Leben.

Niemand verfolgte uns, daher hielten wir nach 'ner Weile an. Wir waren mittlerweile fast am Verhungern. Wir fanden etwas schimmeliges Brot und 'ne alte Milchkanne. Wir aßen das Brot und kratzten raus, was im Innern der Kanne zurückgeblieben war, dann machten wir uns wieder auf den Weg. Wir folgten weiterhin der Bahnlinie. Als die Sonne unterging, erreichten wir Hines Hill. Inzwischen waren wir hundemüde. Wir setzten uns unten an einen Hügel, um uns auszuruhn. Plötzlich entdeckten wir einen großen Mann, der langsam den Hügel runter auf uns zu kam. Wir guckten gegen die Sonne und hatten Angst, daß er ein Polizist wäre, aber wir waren zu müde, um aufzustehn und wegzulaufen.

Er kam zu uns und sagte: »Was macht ihr hier? Woher kommt ihr?« Wir erzählten ihm unsre Geschichte, er guckte sich die Narben auf unsern Beinen an und schüttelte den Kopf. Er erzählte uns, daß er Farmer wär. Wir fragten ihn, ob er uns ein bißchen Mehl geben könnte, um Brot zu backen, und etwas Tee und Zucker. Er ging fort und kam mit dem Essen zurück. Er ermahnte uns, vorsichtig zu sein, die Polizei hätte nach uns gefragt. Nachdem er gegangen war, bauten wir ein Feuer im Busch. Wir hatten noch ein paar Streichhölzer, und wir wollten möglichst schnell unsre Bäuche füllen.

Als wir gerade unsern Brotteig machten, tauchte aus heiterem Himmel ein Mann auf und rief: »Was habt ihr hier zu suchen?« Es war der Stationsvorsteher von Hines Hill, er hatte unsern Rauch entdeckt und uns so ausfindig gemacht. Wir hatten Angst und waren müde und hungrig, wir hatten weder den Mut noch die Kraft, wegzulaufen. Wir erwarteten, er würde sagen, daß er uns bei der Polizei abliefern würde. Er kam näher und schaute an uns runter. »Wo habt ihr denn die Narben her?« Wir erzählten ihm unsre Geschichte, und er bekam Mitleid mit uns. »Macht das Feuer aus, Jungs«, sagte er. »Ich bring euch zu einem Freund von mir. Da gibt's was Besseres zu essen.«

Wir folgten ihm durch den Busch; wir waren zu müde, um uns darum zu kümmern, wohin er uns bringen würde. Wir landeten bei einem kleinen Haus. Es gehörte einem Pächter mit drei Töchtern. Er war Witwer. Sie setzten uns an den Tisch im Haus. Sie nahmen uns mit rein, einfach so! Das ist doch was, oder? Die Mädchen kicherten, als sie uns anschauten. Sie kochten 'ne dicke Mahlzeit, und wir durften soviel essen, wie wir wollten. Kannst du dir das vorstellen? Das war mit Sicherheit besser als unser Brot, und dann ließen sie uns sogar die Nacht dort schlafen.

Am nächsten Morgen beschloß Tommy, alleine weiterzugehen. Er kam von den Goldminen und wollte nach Hause. Er vermißte seine Leute. Pinjarra Frank und ich wußten nicht, was wir tun sollten. Wir dachten, wir gehn einfach immer weiter. Dann kam der Pächter zu uns und sagte:

»Jungs, wie wär's, wenn ihr zwei Wochen bei mir bleibt und mir mit den Zäunen helft? Ich kann euch nichts zahlen, aber ihr würdet euer Essen kriegen.« Das war uns genug. Wir hatten ja sonst kein Ziel.

Wir halfen mit den Zäunen und allem, was er sonst noch getan haben wollte. Aus den zwei Wochen wurde mehr als ein Monat, und wir waren immer noch da. Die Mädchen kochten uns gutes Essen. Sie durften mit mir spielen, aber nicht mit Pinjarra Frank. Er war richtig schwarz, und er arbeitete nicht so schwer wie ich.

Eines Tages kam ein Mann vorbei. Ein gutaussehender Mann mit ’nem großen Schnurrbart. Er kam in ’nem Einspänner, fein gekleidet. Als ich ihn zuerst kommen sah, dachte ich, er wär ’n Polizist, und wollte schon weglaufen. Er hielt vor dem Haus und sagte zum Pächter: »Ich suche einen Jungen, der reiten kann. Ich hab gehört, daß du hier zwei Jungen hast. Können die reiten? Ich hätte ein paar Jobs, wenn sie’s können.«

»Ich kann reiten«, sagte ich. Ich betete, daß das Pferd mich nicht abwerfen würde, sobald ich aufstieg. Der Pächter sagte: »Bleib bei uns, wir mögen dich. Laß Pinjarra gehen.« Er war ein guter Mann, dieser Pächter. Aber sein Haus war zu nah an der Bahnlinie, und in der ganzen Zeit dort hatte ich mich ständig umgeschaut und gefragt, wann die Polizei mich finden würde. Ich beschloß, mit dem Fremden mitzugehn. Sein Name war McQuarie.

McQuarie kletterte von seinem Einspänner und machte die zwei Pferde hintendran los. »Rauf mit euch«, sagte er. Pinjarra sprang auf, aber mir mußten sie ein Bein hochheben, ich war zu klein. Ich klammerte mich an die Zügel und die Mähne und betete von ganzem Herzen, daß ich nicht runterfallen würde. Fünfundzwanzig Meilen fuhr McQuarie mit seinem Einspänner, und fünfundzwanzig Meilen hüpfte ich hoch und runter, kaum im Sattel hängend. Hopp, hopp; hopp, hopp. Mein Hintern und die Innenseiten meiner Beine wurden ganz wund. Ich sagte mir ständig, daß der nächste Hügel der letzte wär, aber es kam immer noch einer. Wir ritten durch Waldgebiete, die für ’ne neue Siedlung abgeholzt wurden, dann über noch ’n Hügel, dann nach Nungarin. Die Sonne war mittlerweile untergegangen. Es war Zeit zum Abendessen. Das war mein erster Start im Leben.

Am nächsten Tag kam McQuaries Sohn Ernie zu mir und sagte: »Komm, ich führ dich rum. Ich hab gehört, du brauchst ein paar Reitstunden.« An diesem Tag lernte ich zu galoppieren, so daß mein Körper nicht so durchgeschüttelt wurde. Meine Beine und mein Hintern waren immer noch wund, aber ich gab nicht so leicht auf. Ernie nahm mich zu einer der Weiden mit, und wir hielten an einem See. Er zügelte sein Pferd, stieg ab und legte sich ins Gras. Ich tat dasselbe. Ich dachte, er würde mir was über die Weide erzählen. Er sagte nichts. Er zog sich den Hut über die Augen, holte 'ne Lage Tabak aus seinem Beutel und rollte sich 'ne große, dicke Zigarette. Dann rauchte er sie sehr langsam. Während der ganzen Zeit guckte er auf den See. Als er fertig war, setzte ich mich auf. Ich dachte, jetzt erzählt er mir aber was über die Weide. Er schaute mich nicht mal an, er legte sich einfach zurück, zog ein Buch aus der Tasche und begann zu lesen. Er blätterte jede Seite richtig langsam um, irgendwie absichtlich. Ich saß da und schaute auf den See. Wir blieben den ganzen Tag dort, redeten nicht, lagen nur da. Als es dunkel wurde, sagte er: »Okay, laß uns gehn.« Das waren die einzigen Worte, die er zu mir sagte. Wir ritten zurück zur Farm und aßen zu Abend.

Ich bekam mein Essen in der Küche. Die weißen Arbeiter saßen an einem Tisch, die schwarzen an einem andern. McQuarie und seine Familie aßen im Eßzimmer. In der Nacht schlief ich in der Erntemaschine. Ich hob den Deckel und kroch rein. Später bekam ich ein altes Schaffell als Matratze und manchmal auch 'ne Decke, wenn eine übrig war. Dann bauten sie einen Fußboden in die Scheune für Tanzfeste, und ich schlief dort mit den Pferden. Ich muß in dieser Scheune wohl mehr als zwei Jahre geschlafen haben.

Am folgenden Tag nahm Ernie mich zu 'ner andern Weide mit. Die war weiter draußen. Hin und wieder zügelte er sein Pferd, stieg ab und setzte sich auf den Boden. Er holte 'ne Lage Tabak raus und drehte sich wieder 'ne dicke, fette Zigarette. Wir taten dasselbe wie am Tag zuvor. Der dritte Tag war genauso, nur an 'nem andern Ort. Ich fand bald raus, daß Ernie nicht nur faul, sondern auch gierig war. Er teilte nie was. Nicht seinen Tabak, nicht sein Essen, gar nichts. Man konnte verhungern, und er bot einem nichts an. Später baute McQuarie einen Laden, und Ernie schlich rein und aß große Dosen Pfirsiche, während wir eigentlich die Grenzen abreiten sollten. Er hat mir nie auch nur einen Bissen angeboten. Er öffnete 'ne große Dose Pfirsiche und schaufelte sie mit 'nem Löffel in sich rein. Er lehnte sich gegen den Tresen, schaute mir direkt in die Augen und aß noch 'n paar.

Schließlich übernahm Ernie den Laden, und alle Farmer, die in der Nähe lebten, kauften auf Kredit, der nach der Ernte zurückzuzahlen war. Niemand zahlte seine Schulden, Ernie aß immer weiter, und der Laden ging pleite.

Was mich anging, so hatte ich beschlossen, mir nie wegen Essen Sorgen zu machen. Wenn ich den ganzen Tag draußen war und auf das Vieh aufpaßte, gaben sie mir nur ein Stück Brot und 'ne dünne Scheibe Schweinefleisch mit. Das Fleisch war so dünn, da konntest du durchgucken, wenn du's gegen die Sonne hieltst.

Nachdem ich 'ne Weile auf der Farm war, teilte McQuarie mir mit, daß ich jetzt ein Viehtreiber wäre. Von da an bekam ich meine Befehle von ihm. Er sagte, die Bedingungen für mich seien fünf Shilling im Jahr, Pferd, Sattel, Unterkunft und Verpflegung. Ich bekam die fünf Shilling zwar nie, aber ich machte mir sowieso noch keine Gedanken über Bezahlung. Ich hatte ein Zuhause.

Nach drei Jahren war ich der Hauptviehtreiber und überwachte das Vieh in der ganzen Gegend. Das waren Pioniertage damals. Nungarin wurde gerade abgeholzt, und es gab noch keine Bahnlinie, nur die Erdarbeiten. Wenn's mit dem Vieh nichts zu tun gab, verbrachte ich meine Zeit damit, Boab-Bäume auszugraben und weiteres Land für den Anbau abzuholzen. Oder ich übernahm Botengänge für McQuarie oder fuhr ihn und seine Freunde mit dem Einspänner durch die Gegend.

Ich lief die ganze Zeit unter dem Namen Marble. Ich dachte, das könnte mich vor der Polizei schützen, die suchten immer noch nach mir. McQuarie sagte mir: »Marble, wenn du je die Polizei hier siehst, versteckst du dich, und ich sag ihnen, daß sie statt dessen Pinjarra Frank nehmen sollen. Ich sag dir dann Bescheid, wenn sie gegangen sind.«

McQuarie war der Meinung, daß Pinjarra nicht so hart arbeitete wie ich. Tatsache war, daß sie ihn nicht wollten, weil er richtig schwarz war. Sie wollten mich. Obwohl Pinjarra älter war als ich, war ich sein Boß. Pinjarra war faul, und zuletzt warf McQuarie ihn raus.

McQuarie war ein guter Mann, er hat mich nie angeknurrt. Ich weiß noch, wie ich mal in der Scheune war, um einem Pferd die Scheuklappen anzulegen, und dazu auf die Krippe klettern mußte. Ich war immer noch so klein. Es dauerte lange, bis ich wuchs. McQuarie kam rein, sah mich und lachte. »Hey, Marble«, sagte er, »wann wirst du denn mal wachsen?« Ich sagte nichts. Ich bin wie ein Baum, der nie gewässert wurde. Ich dachte mir nur, tja, ich krieg eben nicht genug zu essen. Dick McQuarie, der andre Sohn, gab mir oft was zum

Anziehn. Die Sachen waren immer zu groß, aber ich rollte sie eben hoch, bis ich reinwuchs. Sie paßten mir jahrelang.

Manchmal bat mich McQuarie, einen Besucher rumzufahren oder jemand bei der Arbeit auszuhelfen. Damals wollte jeder mich haben. Ich erinnere mich an diesen Baird. Heute nennt man den Laden, den er in Perth hatte, Myers – den's jetzt überall gibt. Damals hieß er Bairds. Er kam mal nach Nungarin, um seinem Bruder beim Hausbau zu helfen. Ich brachte ihn und sein Werkzeug raus zum Bauplatz, und er begann sich für mich zu interessieren. Eines Tages sagte er: »Würdest du gerne mit nach Perth kommen, Marble? Ich kümmere mich um dich und gebe dir eine gute Schulbildung.« Ich dachte nur an die Prügel, die ich in der Mission bezogen hatte. Das nannten sie Schule. Niemand würde mich je wieder in 'ne Schule kriegen. Wenn er allerdings gesagt hätte: »Marble, was ist, wenn ich dich zurück nach Corunna Downs bringe?«, wäre ich womöglich gegangen, aber Schule, das hieß Prügel beziehn, auch wenn du nichts gemacht hattest. Hört sich komisch an, wenn ich da heute so drüber nachdenke. Wenn ich sein Angebot angenommen hätte, wär ich womöglich als Abteilungsleiter bei Bairds gelandet.

Ich beschloß, bei McQuarie zu bleiben. Er fragte nie: »Wie lange willst du bleiben?« Ich war mein eigener Boß. Er gab mir nie Geld, aber ich machte mir auch nie Gedanken deswegen. Ich wuchs ja erst heran, und es gab sowieso nichts, wofür ich hätte Geld ausgeben können. Ein Mann, den ich für McQuarie fahren mußte, war ein großer Siedler aus Victoria, Syd Stock mit Namen. Ich mußte ihn mit dem Einspänner zu seinen Brüdern nach Nungarin bringen. Eines Abends, wir saßen am Feuer, die Luft war richtig klar und ruhig, drehte er sich um zu mir und sagte: »Würdest du gerne mit mir nach Victoria kommen? Ich hab ein paar Farmen dort und Pferde und Einspänner. Du kannst auf einer meiner Farmen arbeiten.« Ich schaute ihn an, er war ein guter Mann. Die Art von Mann, die ich mochte. Dann sagte ich: »Nein. Ich möcht nich so weit weggehn vom Norden, da würd ich womöglich nie zurückkommen. Dies Land ist mein Zuhause.« Das mag wohl 'ne verpaßte Gelegenheit gewesen sein. Er war ein alter Mann, und er vertraute mir. Ich war jung damals, ohne Bindungen, einfach ein junger Arbeiter. Womöglich hätte er mir 'ne Farm gegeben. Ich weiß, daß er ein guter Mann war, weil er mich nie nach draußen schickte oder wegscheuchte wie die meisten weißen Männer, wenn wir in ein Hotel kamen. Wo er hinging, da ging auch ich hin. Er behielt mich immer bei sich. Behandelte mich wie seinesgleichen. Das war selten damals. Etwas, was du schätzen mußtest.

Damals schien mich jeder zu mögen. Ich konnte nicht ausmachen, warum. Ich guckte in den Spiegel, und was sah ich da? Mich. 'nen häßlichen Kerl wie mich. Was sahen die in mir? Aber jedesmal, wenn mich jemand bat, mit ihm zu gehn, sagte ich nein.

Eines Tages sagte Dick zu mir: »Komm, Marble, wir nehmen dich mit zur Pferdeschau nach Northam.« Sie gaben mir was Neues zum Anziehn und so. Sie übernachteten in der Kneipe ihrer Tante, dem Shamrock Hotel, und ich kampierte in der Pferdekrippe in der Nähe. Ich war nicht sehr groß. Ich saß auf den Bierkästen vor der Kneipe und aß mein Essen. Ich liebte die Pferdeschau. Es gab Karussells und alles mögliche, das ich noch nie gesehn hatte. Ich traf 'nen Kerl dort, Jack Gollan war sein Name. Er war Ansager bei den Rennen und besaß Pferdeställe in Northam. Er kam danach noch oft zu mir, um sich zu unterhalten. Er wollte auch, daß ich für ihn arbeitete.

Als ich zu den Schaurennen ging, das war das einzige Mal, daß ich den Boß um etwas Geld anhaute. Dick sagte zum Boß: »Gib mir etwas Geld«, und so sagte ich: »Mir auch, Boß.« Er gab mir 'ne Zehnshillingmünze. Als wir zu den Rennen kamen, gab ich sie einem Typen, der sie für mich auf den Gewinner setzen sollte. Ich hab die zehn Shilling nie wiedergesehn. Ich mußte von draußen zuschaun; sie sagten, ich hätte nicht genug Geld, um zu wetten und auch noch den Eintrittspreis zu zahlen. Drinnen hatten sie zwei große Töpfe mit Würstchen am Kochen, ich konnt sie riechen, und ich hatte großen Hunger. Mein Geld war weg, was konnt ich schon machen. Später kamen zwei Kerle aus New Norcia in 'nem Einspänner vorbei. Die nahmen mich mit zurück zur Kneipe.

Was die Ernten anging, so war 1911 ein gutes Jahr für fast jeden. Danach war's nie wieder so gut. Trockenheit schien einzusetzen. Guter Regen fiel nur an wenigen Orten wie Bruce Rock. Die Farmer dort kriegten fast 'n Sack pro Hektar, aber die hatten auch leichteren Boden. Wenn man auf schwerem Boden anbaute, pflügte sich's, als ob die Pferde vorne fehlten. Die Lage verschlechterte sich, und wir trieben dreihundert Stück Vieh weiter nördlich und versuchten, besseres Gras und Wasser zu finden.

Das war im Juli 1912; Bergleute fanden damals Gold in Paynes Find. Das war vielleicht ein Verkehr auf den Straßen. Als das wenige Wasser, das wir fanden, schließlich auch noch austrocknete, brachten wir das Vieh zurück nach Nungarin. Zuletzt mußten wir das meiste davon verkaufen. Wir arbeiteten weiterhin auf McQuaries Farm, aber die Lage wurde schlechter und schlechter. Das erste Mal ging McQuarie pleite, weil ihm jeder Geld schuldete. Alle Farmer in der Gegend standen bei ihm in der Kreide, und keiner von denen konnte seine Rechnungen bezahlen. Der Gerichtsvollzieher kam und versteigerte das Vieh und die Maschinen. Die andern Farmer kamen alle zusammen und einigten sich darauf, nicht gegen McQuarie zu bieten. Er kriegte Geld von seiner Schwester und bekam alles zurück für zehn Shilling oder ein Pfund. Der Gerichtsvollzieher wußte nicht, was er tun sollte. McQuarie war der einzige, der bot, die andern standen nur rum und guckten zu.

Danach brachte McQuarie die andern Farmer dazu, ihm zu helfen, ein zusätzliches Stück Land zum Anbauen abzuholzen. Er kriegte nicht viel heraus für diese Extraernte, gerade genug, um seine Rechnungen zu bezahlen. Jackatee und ich holzten dann noch mehr Land ab. Wir fällten große Boab-Bäume, gruben die Wurzeln aus und verbrannten sie. Dann pflanzten wir. Jackatee war ein guter Arbeiter. Er war richtig schwarz. Abends kochten wir unsern Tee im Busch und brieten Pfannkuchen auf der Gabel. Das war das einzige Essen, das wir hatten. Er war ein guter Freund, der alte Jackatee.

Wie dem auch sei, die Ernte war schließlich doch besser als die vorige, aber immer noch nicht gut genug, um McQuarie zu retten. Eine schlimme Dürre kam und machte ihn fertig. Es gab kein Wasser, kein Futter für die Tiere. Dick und ich mußten die arme, alte Bess erschießen. Sie war ein gutes Pferd, aber es gab nichts zu fressen für sie. Was es noch an Vieh gab, war in 'ner schlimmen Verfassung. Wir mußten sie mit Stöcken und 'ner Kette hochhieven, um ihre Wundstellen behandeln zu können. Dann ließen wir sie gehn. Arme Viecher. Es gab einfach kein Futter. Viele waren zu sehr mitgenommen, als daß wir ihnen hätten helfen können.

McQuarie sagte zu Dick: »Dick, du kannst auf der Farm bleiben. Es gibt ausreichend Samen und Dünger. Du könntest noch einmal anbauen.« Dick sagte: »Nee, nee, das mach ich nich, 's gibt Krieg. Ich zieh los und kämpfe.« Ernie ging auch. Sie hatten viel Glück, sie hätten ja erschossen werden können. Sie kamen beide am Ende des Kriegs zurück und wohnten bei ihrer Tante.

Ich blieb bei McQuarie, bis er völlig pleite war. Die Farmer schuldeten ihm immer noch Geld, und der Gerichtsvollzieher kam wieder. Dalgetys, dieser Landwirtschaftshandel, kaufte ihn auf. Die machten sich keine Gedanken darüber, daß da ein Mann auf dem Land kämpfte, die wollten nur ihr Geld. Und wenn das Land nicht fruchtete, wie es sollte, kauften sie einen auf. Ich ging schließlich zusammen mit Jackatee fort. Da war dann für mich auch nichts mehr zu essen da.

Wir gingen nach Nungarin und versuchten Arbeit zu finden. Wir hätten alles gemacht. Ein Typ sah uns auf der Straße und bat uns, ihm zu helfen, seinen Lastwagen abzuladen. Er gab uns drei Pennys. Drei Pennys, für die ganze Arbeit! Wir kauften ein bißchen Brot und aßen es. Wir waren fast am Verhungern. Dann kam 'ne große Ladung Sandelholz rein, und ein Ladenbesitzer kam rüber und fragte: »Wollt ihr das Sandelholz abladen?«

»Ja«, sagten wir. Wir waren verzweifelt, wir fragten nicht mal nach dem Lohn. Als wir zwölf Tonnen Sandelholz abgeladen hatten, gab er uns 'ne halbe Krone. Die trugen wir dann zurück in seinen Laden für ein paar Sardinen und Kekse, und damit war sie auch schon weg. Irgendwie scheint der Whitefella nicht zu wollen, daß der Blackfella auch nur einen Fuß auf den Boden kriegt in dieser Welt.

Ich hatte kein Geld, keinen Job. Ich war damals ungefähr zwanzig, einundzwanzig. Ich sah, daß ich nicht in Nungarin bleiben konnte. Ich beschloß, mich nach Goomalling aufzumachen. Zwei Freunde von mir wollten auch dorthin, Billy One Moon und Hunting Maggie. Hunting Maggie war blind. Billy war ihr Mann, und er geleitete sie an 'nem Stock durch die Straßen. Ich nannte sie Tante und Onkel. Ich war ein Fremder hier, und ich dachte, wenn andre Aborigines mich fragen, wer ich bin, könnte mir das etwas Schutz bieten.

Als wir drei oder vier Meilen aus Nungarin raus waren, hielt McQuarie hinter uns in seinem Einspänner. »Hey, Marble«, sagte er, »ich möchte, daß du mich nach Hines Hills fährst, und der Gerichtsvollzieher sucht 'n Jungen, der ihm hilft, das Vieh zusammenzutreiben.«

»Klar«, sagte ich. Ich erzählte meinen Freunden, daß ich sie später treffen würde. Als ich von Hines Hills zurückkam, trieb ich das Vieh zusammen. Das war kein Problem. Ich hatte es nur schwer mit meinem alten Pony. Es wollte bei mir bleiben. Es wollte nicht mit den andern in den Pferch gehn. Ich fand, McQuarie hätte ruhig sagen können: »Nimm es, Marble, es ist dein Pferd.« Aber er tat's nicht. Ich hab beinahe geweint, als ich es verließ.

Danach sagte der Gerichtsvollzieher: »Willst du noch einen Job?«

»Sicher«, sagte ich. »Ich hab ja keinen.«

»Gut«, sagte er. »Ich möchte, daß du die Schafe an der Kneipe bewachst, bis wir soweit sind, sie zu verladen.«

Während ich auf die Schafe aufpaßte, kam ein Mann zu mir und sprach mich an. »Wenn du damit fertig bist, für den Gerichtsvollzieher zu arbeiten, wie wäre es, wenn du mitkommen und für mich arbeiten würdest? Ich geb dir zehn Shilling in der Woche und Unterkunft und Verpflegung.«

»Einverstanden!« sagte ich. Das war das meiste, was mir je angeboten wurde. Nachdem sie die Schafe verladen hatten, gab mir der Gerichtsvollzieher dreißig Shilling. Das war mehr, als ich erwartet hatte. Ich packte meine Ausbeute und ging rüber zu Dick McQuarie. »Dick«, sagte ich, »wieviel willst du für dein altes Fahrrad haben?«

»Mein altes Fahrrad? Tja, laß mich überlegen. Dreißig Shilling würden reichen.«

Ich gab ihm meine dreißig Shilling und schob das Fahrrad über die Bahnlinie zu Hancocks Haus. Ein Einheimischer hatte das Fahrrad vor Jahren aus England importiert und an Dick verkauft. Es hatte weder Decken noch Schläuche. Aber das machte mir nichts aus. Ich hatte ein Fahrrad, und ich freute mich auf meinen neuen Job.

Von 1913 bis 1916 arbeitete ich für Hancock. In der ganzen Zeit bekam ich keinen Lohn, nur mein Essen, und ich arbeitete verdammt hart. Ich hab die zehn Shilling pro Woche, die er mir versprochen hatte, nie gesehn. Die meiste Zeit über war mir eiskalt. Wir lebten in einem alten Bretterverschlag. Es gab keinen richtigen Schlafplatz, und im Winter schnitt der Wind direkt durch einen durch. Dem konnte man nicht entgehn, egal, wo man auch saß. Ich besorgte mir alte Benzinkanister, füllte sie mit warmem Wasser, umwickelte sie mit Säcken und schnallte sie mir an die Füße. An meinen Füßen spürte ich die Kälte am meisten. Die waren wie Eis. Ich hatte nie Schuhe.

Die Kanister verschafften mir etwas Erleichterung. Ich kann dir sagen, es ist schwierig, in 'nem offenen Bretterverschlag warm zu bleiben.

Den größten Teil meiner Arbeitszeit verbrachte ich mit Abholzen, Säen und Ernten. Es war harte Arbeit, aber ich war dran gewöhnt. In der Zwischenzeit machte ich mir Lehmziegel für 'ne Hütte mit Schornstein und offenem Kamin. Ich trat den Lehm mit meinen bloßen Füßen, und wenn ein Stock meinen Fuß kitzelte, zog ich ihn raus. Wenn du das nicht tust, bricht der Ziegel. Die Ziegel häuften sich langsam an. Wir gruben ein Loch in den Boden, und ich baute einen Keller mit 'nem hübschen großen Schornstein drin, der viel Hitze abgeben konnte. Der Winter kam, und wir hatten alle Ziegel aufgebraucht, also schliefen wir im Keller. Der war mit Sicherheit wärmer als der Verschlag. Ich kam mir vor wie ein König in diesem Winter.

Als ich bei Hancock war, gelang es mir, Decken und Schläuche für mein Fahrrad aufzutreiben. Ich brachte das Fahrrad wieder richtig gut in Ordnung, ölte und pflegte es. In meiner Freizeit fuhr ich überall im Land rum, wohin meine Beine mich brachten. Die trampelten und trampelten, immer kräftig in die Pedale, wer weiß, wohin. Ich plante nie, an 'nen bestimmten Ort zu fahren. Ich fuhr am liebsten einfach so rum und sah mir das Land und den Busch an. Das war so meine Unterhaltung. Ich traf 'ne Menge unterschiedlicher Leute, wenn ich unterwegs war. Die meisten waren freundlich. »Tach«, sagten sie oder: »Morgen«. Es gab natürlich einige, die nicht daran interessiert waren, sich mit einem zu unterhalten, aber ich ließ mich nie ärgern. Ich liebte dieses Fahrrad, ich kam mir richtig toll vor.

Während meiner Zeit bei Hancock lernte ich einen Mann namens Davy Jones aus Wales kennen. Er arbeitete für die Transbahnlinie draußen auf der Nullarborebene und kam hin und wieder nach Nungarin, um nach seinem Land zu schaun. Das war in der Zeit, als Lord Kitchener angeordnet hatte, für den Fall eines Krieges alle Staaten mit Eisenbahnlinien zu verbinden. Auf diese Weise sollte jeder jedem helfen können. Während Davy für die Translinie arbeitete, versuchte das Landentwicklungsamt durchzusetzen, daß er die Rechte auf sein Land in Nungarin verwirkte. Deshalb besuchte er Hancock so oft. Davy konnte damals nicht schreiben, deshalb ließ er sich von Hancock die Briefe schreiben – Entschuldigungen und Begründungen, warum er weg war und wie er das Land bearbeiten würde, sobald die Translinie fertiggestellt wäre.

Er sprach nicht nur mit Hancock, sondern redete auch mit mir. Er schien wirklich freundlich zu sein. Eigentlich eher wie 'n weißer Blackfella. Manchmal, wenn wir drei zusammen waren, gab ich mächtig an. Ich war nicht groß, aber ich war stark und gut mit der Axt. Ich sagte zu Hancock und Davy: »Ich fälle diesen großen Baum da mit meiner Axt, bevor ihr zurück ins Lager kommt.« Das Lager war ungefähr sechs Meter entfernt. Sie lachten und gingen los, aber ich schaffte es immer. Ich konnte immer gut zupacken.

Gegen Ende der drei Jahre bei Hancock wurde mir klar, daß ich nicht vorankam. Die Hütte war mittlerweile gebaut, aber ich kriegte immer noch nichts außer meinem Essen, kein Geld. Ich erreichte gar nichts. »Hancock«, sagte ich eines Tages zu ihm, »wie ist's mit dem Geld, das Sie mir schulden?« Er wurde ganz still und schaute mich an. Es war im Jahr 1916, mitten im Winter, und wir hatten 'ne Überschwemmung. Nach einer Weile sagte er: »Marble, wenn du die hundert Hektar Land abholzt, die ich geplant habe, gebe ich dir zwölf Pfund, nicht mehr und nicht weniger!«

Er hatte schon alle möglichen Leute versucht dazu zu bringen, dieses Land abzuholzen. Keiner konnte es. Es war voller großer Stämme und Stümpfe, und mit der Überschwemmung dazu war das eher hundert Pfund wert und nicht zwölf. Das Problem war, daß er mich in der Hand hatte und das auch wußte. Wohin hätte ich gehn können, ich hatte kein Geld, kein Zuhause. »In Ordnung«, sagte ich, »ich holz dies Land für Sie ab, wenn Sie mich bezahlen. Drei Jahre lang hab ich für Sie gearbeitet und meinen Rücken krummgemacht, und Sie haben mir noch nie was bezahlt. Ich hab ja keine Wahl, ich muß bei Ihnen bleiben, oder ich krieg überhaupt nichts.«

Ich denke, daß er nicht geglaubt hat, ich könnte dieses Land abholzen. Er dachte, er hätte mich für drei weitere Jahre, die ich für ihn arbeiten und sein Haus bauen würde. Er kannte mich nicht. Ich arbeitete von drei Stunden vor Sonnenaufgang bis Sonnenuntergang und holzte und brannte das Land ab. Währenddessen wurde die Überschwemmung schlimmer, und die Bahnlinie wurde beinahe weggeschwemmt. Jeden Tag war ich völlig durchgeweicht. Meine Füße fühlten sich wie Eisblöcke an. Manchmal fiel der Regen so stark, daß ich die Hand nicht vor Augen den sehn konnte, aber ich machte weiter. Ich gab nicht auf, es war meine einzige Chance. Ich brauchte drei Wochen für den Job. Ich hab dieses Land alleine abgeholzt, als kein andrer Mann das wollte oder konnte.

Ich zeigte Hancock das Land und fragte ihn dann nach dem Geld. Er konnte nicht glauben, daß ich's geschafft hatte. Er dachte, er hätte mich geschlagen. Er gab mir das Geld nicht gleich, sondern ließ mich warten und warten in der Hoffnung, daß ich's vergessen würde. Er wußte, daß ich gehn würde, sobald ich das Geld hatte. Zuletzt fuhr er doch nach Perth und holte das Geld von der Bank. Dann nahm er davon fünfzehn Shilling pro Woche für Unterkunft und Verpflegung für die drei Wochen, die ich gebraucht hatte, um das Land abzuholzen.

Trotz der Überschwemmung war 1916 ein gutes Jahr für die meisten Farmer. Zuvor war 'ne Dürre gewesen, und Mais, Luzerne und gestampftes Futter waren von Argentinien importiert worden. Rings um Northam war nichts zu kriegen. Auch aus New South Wales nicht.

Als Micky Farrell hörte, daß ich Hancock verließ, bot er mir 'n Job an, zweihundert Tonnen Häcksel für fünfundzwanzig Shilling in der Woche wegzukarren. Es gab zwei Waggons und einen Dampfschneider und fünfzehn Männer bei dem Job, aber nur ich karrte die Sachen weg. Ich konnte ja zupacken. Der Job bei Micky dauerte nur zwei Wochen. Danach suchte ich wieder Arbeit. Mr. Williams gab mir 'n Job bei der Ernte. Ich bekam zwei Pfund in der Woche dafür. Als der Job zu Ende ging, wußte ich nicht, was ich machen sollte. Ich hoffte einfach, daß sich irgendwas ergeben würde. Dann traf ich Davy Jones wieder. Ich hatte ihn 'ne Weile nicht gesehn. Er erzählte mir, daß er aufgehört hätte, für die Translinie zu arbeiten.

»Marble«, sagte er, »warum kommst du nich und teilst dir meine Farm mit mir? Du kaufst Pferde und Geschirr und bearbeitest mein Land mit mir.«

»Einverstanden, Dave«, sagte ich, »das paßt mir gut.« Ich hatte ja nichts andres zu tun. Ich kaufte Pferde und Geschirr und tat mich mit Davy Jones zusammen.

Er wäre aufgeschmissen gewesen, wenn er mich nicht gehabt hätte. Er war ein Versager. Er hatte versucht, sein Land zu bestellen, aber zu spät angefangen. Er verbrachte seine ganze Zeit damit, für Micky Farrell oder Mr. Lochlan das Land zu bestellen, um etwas Geld zu verdienen. Aber wenn er dann frei war, um sein eigenes Feld zu bestellen, war die Saison fast zu Ende. Das heiße Wetter kam. Die Saat wuchs nur fünfzehn Zentimeter, bevor sie verbrannte, und das war's dann.

Als ich mit Davy anfing, bestellte ich fünfhundert Hektar mit meinem Gespann. Das war ein gutes Gespann, hart arbeitende Tiere. So hart wie ich. Ich kaufte Futter und tränkte sie und kümmerte mich richtig gut um sie. In dem Jahr hatten wir die beste Ernte im Bezirk. Ein Acker ergab zwölfeinhalb Sack auf den halben Hektar, ein andrer knapp neun Sack. Unser niedrigster Ertrag waren gut elf Scheffel pro Hektar. Danach ging's nur noch bergauf. Alle unsre Ernten waren Rekordernten, in eins durch bis 1923.

Aus Davy Jones wurde Mr. Davy Jones vom Nungarin-Bezirk. Er war jetzt unabhängig. Er mußte für niemand mehr arbeiten. Als er noch für die Translinie arbeitete, hatte er 'ne winzigkleine Geldbörse, die er bei sich trug. Da war sein ganzes Geld drin. Jetzt war Lloyds of London seine Bank. Er hatte Geld in den Taschen, und ich in meinen, aber nicht soviel. Es war sein Land, aber ich machte die ganze Arbeit. Das einzige, was ich besaß, war das Gespann. Mein Anteil war ein Viertel der Ernte, Davy bekam den Rest.

Ich sparte mein ganzes Geld, gab nie auch nur einen Penny aus. Ziemlich bald hatte ich genug zusammen, um mir selbst 'ne Farm zu kaufen. Ich kaufte 'ne nette, kleine Farm in Mukinbudin. Ich werde nie vergessen, wie ich Mucka zum ersten Mal sah. Es gab so gut wie gar nichts. Ein paar Häuser hier und da, aber mehr nicht. Später besaß ich den ersten Lastwagen dort, und ich fuhr Wasser für die Stadtleute im Umkreis von zehn Meilen. Sie hatten damals noch nicht mal 'ne Kneipe, erst Jahre später.

Ich hatte einen guten Namen im ganzen Distrikt. Jeder wußte, daß ich ein guter Arbeiter war. Später hab ich sechs Männer zum Abholzen beschäftigt. Ich bezahlte sie per Scheck. Ich war der einzige Farmer in der Gegend, der ein Scheckbuch hatte. Alle andern Farmer waren bei der Bank verschuldet, die hatten nichts mehr zu sagen über ihre Ernten. Alle waren neidisch auf mich, 'n schwarzer Mann, dem's besser ging als ihnen. Anfangs, als ich meine Farm kaufte, lachten sie mich aus. »Woher willst du das Vieh bekommen?« riefen sie. »Was weißt du schon von der Landwirtschaft?« brüllten sie. Die dachten, ich wüßte nichts. Ich hab ihnen das Gegenteil bewiesen.

Wie dem auch sei, es dauerte nicht lange, und ich bestellte meine eigene Farm und teilte mir die andre Farm mit Davy. Alles lief richtig gut für mich. Eines Tages kam Davy zu mir und sagte: »Hör mal, Marble, du hast jetzt deine eigene Farm in Mucka, wie wär's, wenn du es dabei beläßt, und ich gebe Bill Bradley eine Chance. Du weißt doch, der Typ, der für Hull arbeitet. Ich würde mir die Farm gern mit ihm teilen.«

Ich wußte nicht, was ich sagen sollte. Davy war mein Freund. Nicht daß ich an das zusätzliche Geld dachte, aber es sah ja wohl so aus, daß Davy mich nicht mehr bei sich haben wollte, nach so langer Zeit zusammen. Davy stand da, und ich schaute auf den Boden. Zuletzt sagte ich: »In Ordnung, Dave, wenn du das möchtest. Ich schaffe zwar beides, aber wenn du's so willst, kann ich mich zurückziehn und heimgehn.«

In dem Jahr bestellte ich zum letzten Mal die Felder mit Davy. Bill und Mrs. Bradley zogen zu Davy, während die Saat noch wuchs. Jeden Sonntag kam Mrs. Bradley raus und schaute über die Ernte. »Ach, was für eine wunderschöne Ernte, Marble«, sagte sie. Sie war keine schlechte Frau.

Eines Tages sagte sie zu Davy: »Mr. Jones, sehen Sie mal die Wolken da hinten, sieht aus, als könnte es Hagel geben.«

»Du weißt nich, wovon du redest, Frau, wir kriegen keinen Hagel hier«, sagte Davy.

Das war am Sonntagmorgen. Um zehn Uhr am Sonntagabend kamen Regen, Donner, Blitz und auch Hagel. Der Hagel erschlug die ganze Ernte. Es blieb nicht eine Ähre zurück, sogar die Bäume waren kahl. Sie sahen aus wie tot, wie sie so ohne Blätter dastanden. Davy hörte den Hagel prasseln. Es war stockdunkel draußen, abgesehen von den Blitzen. Er hatte am Feuer gesessen, als es anfing, und als der Hagel kam, zog er sich nicht mal 'n Mantel an. Zündete nur 'ne Laterne an und rannte raus zur Ernte. Da stand er im strömenden Regen, rannte hin und her, rein und raus, und versuchte zu sehen, wieviel Ähren noch übriggeblieben waren. Man konnte nur seine Laterne auf und ab tanzen sehn. Einmal leuchtete ein Blitz auf, und ich sah ihn. Er war völlig durchgeweicht und konnte nicht glauben, daß es wirklich hagelte.

Ich glaube, Gott muß auf mich aufgepaßt haben. Irgendwas hatte mich dazu gebracht, mich in diesem Jahr zu versichern. Ich war nie zuvor versichert gewesen. Ich kriegte mein Viertel raus, und Davy bekam gar nichts.

Davys Unglück setzte sich fort. Im nächsten Jahr bestellte er die Felder, vergaß aber, sie zu düngen, und alles starb ihm ab. Im Jahr darauf säte Bill Bradley für ihn, aber Davy war in der gleichen Situation wie vorher, als er mit mir zusammen war. Er hatte immer noch kein Gespann, hatte sich nicht drum gekümmert, eins zu kaufen. Das bedeutete, daß er Hulls und Micky Farrells Ernte einbringen mußte, bevor er ihr Gespann benutzen konnte, um seine eigene einzufahren. Er schaffte es mal gerade so.

Wenn Davy mit mir zusammengeblieben wäre, hätte ich seine Ernte rechtzeitig eingeholt und dann auch noch meine eigene. Niemand konnte ein Gespann so arbeiten lassen wie ich. Ich hab ihm seinen Start verschafft.

Ich machte die ganze Arbeit, er lehnte sich einfach zurück und kassierte das Geld.

Als die dreißiger Jahre kamen und die Weltwirtschaftskrise zuschlug, wollte er mich zurückhaben. Aber ich war mittlerweile verheiratet. Ich hatte Verantwortung. Davy sagte: »Du kannst deine Frau auch mitbringen, Arthur.«

Ich lief jetzt unter meinem richtigen Namen. Ich ließ Marble zurück, als ich Davy verließ. Jetzt war ich Arthur Corunna, Farmer von Mukinbudin.

Nachdem ich Davy in den zwanziger Jahren verlassen hatte, passierten für mich einige wichtige Dinge. 1925 fuhr ich nach Perth. Ich hatte gehört, daß meine kleine Schwester Daisy in Ivanhoe lebte. Ivanhoe war ein großes Anwesen in Claremont am Ufer des Swan. Daisy war dort Dienstmädchen und lebte bei unserm Vater, Howden Drake-Brockman, und seiner zweiten Frau Alice. Ich wollte Daisy unbedingt wiedersehn. Sie war meine Schwester, meine Familie. Ich wollte, daß meine kleine Schwester Daisy wußte, daß sie 'n Bruder hatte, der's zu was gebracht hatte.

Ich erkannte sie kaum wieder, als ich sie sah. Als sie mich von Corunna Downs wegholten, war sie noch ein Baby mit weißblondem Haar gewesen. Und jetzt stand sie vor mir, 'ne ausgewachsene Frau mit gekräuseltem, schwarzem Haar. Sie war klein und hübsch wie unsre Mutter Annie. Ich war wirklich froh, sie zu sehn.

Als ich das erste Mal nach Ivanhoe kam, war Mrs. Drake-Brockman aus. Später kam sie nach Hause und fand mich vor der Küchentür sitzen und mit Daisy reden, meine Beine ausgestreckt auf der Veranda. Weißt du, ich war endlich doch noch gewachsen. Ich war ein großer Mann geworden, ich war nicht mehr klein.

Nachdem ich Daisy wiedergesehn hatte, besuchte ich sie so oft ich konnte. In einem Jahr mietete ich öfter 'n Zweispänner für zwei Shilling und nahm sie zur Pferdeschau mit. Wir kamen uns richtig großartig vor, wie wir so in dem Ding rumfuhren. Ich nahm sie mit zu den Rennen und zu Picknicks, überallhin. Daisy liebte Pferde. Sie mochte es sehr, diese wundervollen Tiere auf der Bahn laufen zu sehn. Wir beide liebten Pferde. Helen Bunda, unsre Cousine, kam auch oft mit. Sie war bei 'ner andern weißen Familie in Dienst. Sie machte die wunderschönsten Handarbeiten. Sie hatte sehr geschickte Hände.

Ich freundete mich in Perth mit 'nem Typ namens Mr. McKenzie an. Er war ein richtig netter Mann. Er lieh mir sein Auto, so daß ich die Mädchen abholen und Ausflüge mit ihnen machen konnte. Ich hab das Auto immer wohlbehalten zurückgebracht. Er wußte, daß er mir vertrauen konnte.

Judith, June und Dick Drake-Brockman waren damals noch klein. Ich ließ sie ein wenig reiten, wenn ich in Ivanhoe war, oder scheuchte sie über den Rasen. Daisy war ihr Kindermädchen. Bei einem meiner Besuche in Ivanhoe gab Alice Drake-Brockman mir 'n kleinen Hund. Sie erzählte mir, daß Foulkes-Taylor ihn ihr gegeben hatte, als er Corunna Downs kaufte, aber daß sie ihn nicht wollte. Ich nannte ihn Pixie nach Dudleys Sohn, das war sein Spitzname. Ich nahm den kleinen Hund überallhin mit, wo ich auch hinging. Er war ein guter kleiner Hund. Ich hab immer 'ne Schwäche für so 'ne kleinen Geschöpfe gehabt.

Als ich Daisy 1925 wiedersah, war es auch das erste Mal, daß ich Howden wiedertraf, seit ich weggerannt war. Ich fragte mich, was er zu mir sagen würde. Ich fragte mich, ob ich willkommen war. Mrs. Drake-Brockman sagte, daß ich bei Daisy schlafen könnte. Als Howden nach Hause kam, ging er direkt in Daisys Zimmer. Er klopfte an die Tür und kam rein und schüttelte mir richtig kräftig die Hand. Er hatte sich nicht verändert. Er sah älter aus, müder, aber abgesehen davon war er derselbe geblieben. Ich war jetzt auch ein erwachsener Mann. Wir waren beide Männer. »Ich freu mich, dich zu sehen, Arthur«, sagte er. Ich wußte nicht, was ich sagen sollte.

Danach schlief ich immer bei Daisy, wenn ich in Perth war. Nachts unterhielten wir uns lange und tauschten Neuigkeiten aus. Ich ging zu 'nem Anwalt und machte ein Testament, in dem ich Daisy meinen ganzen Besitz hinterließ. Ich war damals noch nicht verheiratet. Sie war meine einzige Verwandte.

Manchmal wenn ich in Perth war, fuhr ich mit der elektrischen Straßenbahn. Klingelingeling! machte sie, und dann ging's zurück in die andre Richtung. Ich fuhr nie in 'ne bestimmte Richtung, ich hörte einfach so gerne dieses Geräusch. Ich fuhr auch mit dem Zug. Damals konnte man für siebzehn Shilling von Perth nach Merredin fahren. Von Kununoppin nach Perth war's dasselbe. Ich fuhr so gern mit dem Zug. Ich kam mir wie jemand Wichtiges vor, weil ich in der Lage war, einzusteigen, den Fahrpreis zu bezahlen und wie 'n König dazusitzen, bevor ich an der nächsten Haltestelle wieder ausstieg.

1927 bekam ich 'n Brief von Howden. Ich hatte Daisy 'ne Weile nicht gesehn. Ich war zu beschäftigt gewesen auf der Farm. Im Brief fragte er an, ob ich Daisy zu mir nehmen wollte. Er sagte, daß sie sie nicht mehr haben wollten und sich fragten, ob ich kommen könnte und sie abholen. Klar, dachte ich, nichts lieber als das.

Ich ging zu meinem Nachbarn rüber und redete mit ihm. Er war ein Weißer, aber er war ein guter Mann, jung und alleinstehend. Außerdem stand er gut da, und ich wußte, er würde Daisy anständig behandeln. Ich fragte ihn, ob er 'ne Frau haben wollte. Er fragte, wen ich im Kopf hätte. Ich erzählte ihm von Daisy und wie hübsch sie sei und wie hart sie arbeitete und was für 'ne gute Frau sie abgeben würde. Er sagte: »Arthur, deine Schwester ist mir immer willkommen.« Da wußte ich, daß ich ihn überzeugt hatte. Ich wollte nicht, daß Daisy irgendjemand heiratete. Ich wollte jemand, dem ich vertrauen konnte, jemand, der sie wirklich gut behandelte. Sie war ja meine Familie. Meine kleine Schwester.

Ich erledigte meine Farmarbeit und war drauf und dran, loszufahren, um Daisy abzuholen, als noch ein Brief ankam. Es hieß, daß sie ihre Meinung geändert hätten und ich sie nun doch nicht haben könnte. Ich war enttäuscht, ebenso wie der Farmer nebenan.

Im Dezember 1927 hörte ich, daß Daisy ein Töchterchen bekommen hatte. Das war wirklich 'ne Überraschung für mich. Ich fragte mich dann, ob das ihre Meinung geändert hatte. Sie müssen rausgefunden haben, daß sie schwanger war. Ich hätte sie dennoch gewollt. Ich wünschte mir, daß sie zu mir käme, samt Baby und allem. Ich liebe Kinder.

Anfang 1928 starb Howden. Er war einige Zeit krank gewesen. Ich persönlich glaube, daß er sein Herz auf Corunna Downs zurückgelassen hatte. Howden hat Daisys Baby gesehn, bevor er starb. Sie nannten sie Gladys. Er hielt sie im Arm und sagte: »Sie ist sehr schön.« Sie war eins der schönsten Babys, das ich je gesehn habe. Kurz vor seinem Tod schickte Howden mir 'n ganzen Stapel Fotos, die auf Corunna Downs aufgenommen waren. Ich nehm an, Howden dachte sich, daß kein andrer diese alten Fotos haben wollte. Deshalb schickte er sie mir. Das war das einzige, was er mir je gab.

Abgesehen von Daisy war das andre, was ich in den zwanziger Jahren entdeckte, das Boxen. Eigentlich Boxen und Ringen. Ich war in beidem gut, aber ich hatte es bis dahin nicht gewußt. Als ich ein Kind war, hatte mir Fred Stream ein bißchen was beigebracht. Er wußte, daß sie mich in die Mission schicken würden, und er nahm an, daß ich, wenn ich nichts lernte, einige Prügel beziehn würde.

Ich war Farmer, ich war nicht aufs Kämpfen trainiert, aber ein Hieb von mir, und ich konnte Leute flachlegen. Ich lernte Riley kennen. Sein Sohn war Schiedsrichter, und er hatte ein Box- und Ringzelt. Er reiste überall rum in Perth und hoch in den Nordwesten. Riley sagte: »Wenn ich dich trainiere, könntest du Weltmeister im Mittelgewicht werden.« Sie ließen mich immer umsonst bei der Schau rein, weil sie wußten, daß ich ein guter Kämpfer war. Ich wollte aber kein Boxer werden.

Jedesmal, wenn die Landwirtschaftsschau nach Nungarin kam, meldete ich mich zum Boxen und Ringen. Manchmal hatten sie zuviel Angst, um gegen mich anzutreten. Ich weiß noch, wie ein Typ mich lange anschaute und dann sagte: »Ich trete nich gegen dich an, Kumpel. So einen wie dich hab ich schon mal gesehen. Er hat mir furchtbar zugesetzt.« In dem Jahr mußte ich aussetzen.

In einem Jahr in den späten Zwanzigern sagte der Hotelmanager von Mucka: »Arthur, willst du mein Bier auf deinen Lastwagen laden und auf der Schau für mich verkaufen?« Ich war einer der wenigen Männer im Bezirk, die 'n Lastwagen hatten. Ich dachte, warum nicht? Ich belud den Lastwagen, warf 'ne Plane drüber und fuhr nach Nungarin. Ich übernachtete dort im Hotel. Von denen in Mucka war alles reserviert worden, meine Unterkunft und mein Essen. Ich war ein weißer Mann damals, nicht schwarz. Ich lebte wie 'n König.

Sobald ich in der Schau war, verkaufte ich das Bier vom Lastwagen runter, und während der ganzen Zeit konnte ich die Männer schreien hören. Die Boxer und Ringer riefen nach Männern, die sie herausfordern wollten. Als das ganze Bier verkauft war, dachte ich, ich werd's mal versuchen. Ich ging rüber, hob die Hand und rief: »Hey! Hier! Ich versuch's!« Während ich so dastand, kam ein Typ zu mir und stieß mich an die Schulter. Er war einer der Trainer. Ich hatte ihn schon mal gesehn. »Du kannst doch nich ringen Kumpel«, sagte er. Ich schnappte ihn mir nur, mit Kleidern und allem. Hob ihn hoch und ließ ihn fallen. Nagelte ihn einfach auf der Erde fest. »Was sagst du jetzt, Kumpel?« fragte ich. »Wer kann hier nicht ringen?« Er rannte um sein Leben, völlig verdreckt. Die Männer im Ring hatten gesehn, was passiert war, und wollten danach nicht gegen mich antreten. Ich sah zu zäh aus.

An einen Boxer erinnere ich mich gut, Jack Yakem. Er war weiß, und er kämpfte auf der Königlichen Schau und überall. Er lebte, um zu kämpfen. Er streckte die Brust raus und schritt im Ring rum wie ein Hahn um seine Hennen und brüllte: »Ich bin Jack Yakem! Ich knacke sie, ihr stapelt sie!«

Jeder hatte Angst vor ihm. Wie dem auch sei, er hatte ungefähr das gleiche Gewicht wie ich, und ich dachte: Arthur, versuch's doch mal! Als sie mich in den Ring ließen, drängte sich die Menge um uns rum und johlte und feuerte uns an. Sie wollten alle sehn, wie ich geschlagen wurde. Jack verschwendete keine Zeit. Er begann mit seinen Fäusten auf meine Rippen einzuhämmern. Nach ein paar Minuten dachte ich, jetzt hab ich genug davon. Ich traf ihn genau überm Ohr und schlug ihn zu Boden. Er flog lang hin. Die Menge brüllte. Aber er stand wieder auf, und ich schlug ihn wieder zu Boden. Elf Mal ging das so, ich war schnell mit meinen Fäusten. Er wußte nie, wann ich ihn wieder schlagen würde! Ich schlug ihn zu Boden, wartete dann, bis er wieder aufstand, und schlug ihn erneut nieder!

Ich gewann den Kampf, aber sie haben mir nie das Geld dafür gegeben. Es war immer dasselbe. Als ich später nach Hause kam, zog ich mein Unterhemd aus. Ich war schwarz und blau um die Rippen rum, wo er auf mich eingehämmert hatte. Ich möchte nicht wissen, welche Farbe der hatte. Ich war 'ne harte Nuß, als ich jung war. Mein Leben war voller Sport.

Als ich jung war, liefen mir ständig die Mädchen nach. Ich war ein guter Fang, und alle wollten sie mich haben. Das Problem ist, daß ich wie mein alter Großvater bin, gutherzig. Ich ging nicht mit irgend 'nem Mädchen, denn wenn ich sie in Schwierigkeiten gebracht hätte, hätt ich sie auch geheiratet. Andre Männer waren da nicht so. Die gingen mit 'nem Mädchen, brachten sie in Schwierigkeiten und ließen sie dann fallen. Nahmen sich 'ne andre und ließen die fallen. Ich hab keine solchen Bälger rumlaufen. Ich sah zu, daß mir das nicht passierte. Ich nehm nur, was ich behalten will, so bin ich nun mal.

Früher warst du niemand, wenn du nicht jemand Wichtiges warst. Und wenn sie deine Verlobung ankündigten, nahmen sie dein Foto und alles und brachten es in die Zeitung. Ich machte mir Sorgen deshalb. Ich dachte, wenn ich mich verlobe, was kann ich da sagen? Was könnte ich sagen, wer ich bin und wer mein Vater ist? Ich beschloß, sie alle reinzulegen. Wenn sie mich fragten, würde ich sagen: »Mein Vater ist Mr. Corunna von Corunna Downs.« Das würde ich in die Zeitung setzen, und niemand wüßte es besser. Keiner wüßte von Howden und Annie und daß sie nicht verheiratet waren nach Art der Weißen. Na ja, die waren damals sehr eigen mit diesen Dingen.

Es gab Zeiten, da hätte ich mich schützen können mit dem Namen Drake-Brockman, aber das wollte ich nie. Howden hat mir nie was gegeben. Ich hab nur einen richtigen Vater, und der ist im Himmel. Egal, woher der Wind weht, er ist bei mir.

Bevor ich meine Frau Adeline heiratete, kam sie zu mir und sagte: »Arthur, ich war bei 'ner Wahrsagerin, und sie hat mir erzählt, daß ich dich heiraten werde. Sie hat mir auch erzählt, wie dein Leben sein wird und daß dir eines Tages jemand deine Farm rauben wird.«

Ich sagte: »Niemand wird mir meine Farm nehmen. Die kriegen's mit meiner Faust zu tun, wenn sie's versuchen!« Ich wurde langsam älter, war ungefähr fünfunddreißig und hatte schon dran gedacht, daß ich heiraten sollte. Aber als Adeline das sagte, dachte ich, besser nicht heiraten, sonst verlierst du deine Farm. Trotzdem konnte ich ja nun nicht immer alleinstehend bleiben; so dachte ich mir, der einzig faire Weg wäre, die Namen aller Mädchen in 'nen Hut zu tun. Der Name, den ich ziehn würde, wär dann der meiner Frau. Meine Kumpel und ich packten die Namen von allen Mädchen, die wir kannten, in 'n alten Filzhut. Na, dachte ich, Helen Bundas Name konnte dabei rauskommen. Sie war meine Cousine, und ihr Name war dabei. Ich wollte ein schlankes Mädchen, keine dicke Frau. Eine wie meine Mutter.

Einer meiner Kumpel hielt mir den Hut hin, und ich zog 'n Zettel. Auf ihm stand Adeline Wilks!

»Sie kann's nich sein«, sagte ich. »Die ist zu pummelig. Laß mich noch mal versuchen.«

Wir mischten die Schnipsel richtig gut, sie hielten den Hut hin, und ich zog noch mal. Wieder Adeline Wilks.

»Die Zettel sind nich richtig gemischt«, sagte ich. »Gebt mir noch 'ne Chance.« Diesmal mischten wir die Zettel, daß ihnen Hören und Sehn verging. Sie hielten mir den Hut wieder hin.

»Zum letzten Mal«, sagte ich. Ich schloß die Augen, steckte meine Hand in den Hut und zog 'n Zettel: Adeline Wilks! Ich gab auf.

»Na gut, wenn sie diejenige ist, die ich haben soll, sei es so«, sagte ich. Ich glaube, der Geist ihrer Leute muß sie für mich ausgesucht haben.

Wir wurden in den frühen dreißiger Jahren in Perth in der St. Mary's Kathedrale von Bischof Prindiville getraut. Sie war Katholikin und ich Anglikaner. Ich stimmte zu, die Kinder als Katholiken zu erziehen. Es schien mir nicht wichtig, ist schließlich doch alles derselbe Gott.

Kurz nachdem wir geheiratet hatten, war ich auf dem Feld und grub Wurzeln aus. Es war ein heißer Tag, der Schweiß floß in Strömen. Jedenfalls grub und grub ich, als ich plötzlich blind wurde. Ich schloß die Augen und öffnete sie wieder, aber ich konnte nichts sehn. Ich machte die Augen ganz fest zu und öffnete sie noch mal, aber ich konnt immer noch nichts sehn. Ich konnte meine Hand auf dem Gesicht fühlen, aber ich konnt sie nicht sehn. Ich setzte mich hin und schloß die Augen und blieb so für 'ne Weile ganz still.

Dann wußte ich, daß Annie tot war. Meine arme, alte Mutter, die ich nicht mehr gesehn hatte, seit sie mich ihr weggenommen hatten, war tot. Ich stand auf und öffnete die Augen, ich konnte wieder sehn, aber Annie war tot. Meine kleine, hübsche Mutter, ich wünschte, ich hätte sie noch mal gesehn, nur ein einziges Mal.

Die erste Farm, die ich in Mukinbudin hatte, machte viel Arbeit. Mein Haus bestand nur aus 'nem Stück Blech. Ich legte große, dicke Eisenbahnschwellen auf alte Fässer und sägte sie mir mit 'ner Handsäge fürs Dach zurecht. Kein Strom oder Wasser. Wir mußten über die Bahnlinie gehn, wenn wir Wasser brauchten.

Einige Männer neckten mich, als ich die Farm kaufte, sie wollten nicht, daß ein Blackfella einzog. »Wo willste denn Vieh herkriegen?« fragten sie. Ich ignorierte sie einfach. Als ich Schafe haben wollte, gaben sie mir keine, weil ihnen meine Hautfarbe nicht paßte. Alle andern bekamen welche, nur ich nicht. Ich war auf mich alleine gestellt, ein schwarzer Mann ohne irgendwelche Hilfe. Ich setzte alle meine Zäune alleine und kaufte alles, auch den Teich. Bezahlte Männer, die das Land abholzten. Ich hackte alle Zaunpfähle zurecht, grub die Löcher, und wenn nichts andres zu tun war, half ich beim Abholzen. Ich paßte auf, daß ich niemand was schuldig blieb, ich wollte keine Hypothek. Wenn du dein Land beleihst, bist du erledigt. Dann haben sie dich, nur wegen 'nem lausigen bißchen Geld.

Nachdem ich die Farm in Schuß gebracht hatte, wollte sie einer kaufen. Jack Edwards war sein Name. Er besaß schon andre Farmen, und er wollte meine auch noch. Siehst du, der weiße Mann wird habgierig, er will alles haben. Wir verkauften das Land für viertausend Pfund. Er erzählte mir, er wollte die Farm so lange pachten, bis er das Geld zusammenbekäme. Also gab er mir vierhundert Pfund im ersten Jahr und sagte, er könnte mir nicht mehr geben, bis er mehr Geld aus meiner Farm rausgeholt hätte, so daß er sie bezahlen könnte. Es gab keine Klausel in unserm Vertrag, die besagte, daß die Pferde und Maschinen zum Land gehörten, aber bald fand ich raus, daß er meine Pferde und Maschinen nahm und damit auch auf seinen andern Farmen arbeitete.

Er hatte große Ideen und ein großes Gehabe. Er bestellte eine Saison und hatte 'ne gute Ernte, aber im folgenden Jahr schlug die Weltwirtschaftskrise zu, und er sagte, er könnte den Verkauf nicht weiter durchziehn. Ich sagte: »Nun, Jack, wenn du's nich durchziehn kannst, dann ersetz alles auf der Farm, bis sie so ist, wie du sie gekriegt hast, die gleiche Anzahl Pferde, die Maschinen in gutem Zustand, Kummets und Geschirr und alles.« Er tat es, bis auf zwei Pferde, die hat er nie ersetzt, und ich hab sie ihm dann erlassen.

Mit der Weltwirtschaftskrise fiel der Preis für Weizen auf zehn Shilling für 'n Scheffel und dann auf fünf Shilling. Ich hatte mittlerweile zwei Söhne, Arthur und Manfred, und 1934 wurde mein dritter Sohn Albert geboren. Ich erntete zehn Sack auf den halben Hektar in diesem Jahr, aber bei fünf Shilling für ein Scheffel kam da nicht viel zusammen. Wir bekamen gerade mal 'n Kinderwagen für Albert raus.

1936 wurde meine Tochter Norma geboren, und das Leben wurde richtig hart. Ich tat damals alles für 'n paar Shilling, alles, um meine Frau und meine Familie zu erhalten. Ich pflückte Wurzeln für 'n guten Shilling pro halben Hektar, ich holzte zweihundert Hektar Malleebäume für sieben Pfund ab. Die Mallees verbrannte ich dann zu Holzkohle, um sie der Gasgesellschaft zu verkaufen.

Menschenskind, es gab gemeine Kerle damals, sie klauten meine Wurzeln und meine Holzkohle. Ich machte die Arbeit und sie den Reibach.

Seit der Weltwirtschaftskrise hatte ich für Labour gestimmt. Als die Labourpartei an die Macht kam, bekamen wir zwei Shilling mehr pro Scheffel.

In dieser Zeit hatte ich mich für meinen Mähdrescher verschuldet.

Ich war der erste Farmer im Bezirk, der 'n Lastwagen besaß, und ich war der erste, der 'n Mähdrescher kaufte. Mein Mähdrescher kam per Zug. Tug Wilson, der das Postamt in Mucka betrieb und auch Vertreter für Wesfarmers, den Landwirtschaftshandel, war, machte ein Foto davon. Ich hab Geschichte gemacht, weißt du.

Ich glaube, ich muß schon irgendwie außergewöhnlich gewesen sein, daß ich als schwarzer Mann allen andern voraus war.

Wie dem auch sei, Wesfarmers lud mich eines Tages wegen dem Mähdrescher vor. Als Wesfarmers anfing, hab ich meine Säcke, meinen Dünger und alles von denen gekauft, und ich hab jedesmal bezahlt. Kleine Leute wie ich haben Wesfarmers groß gemacht, ich hatte sogar einen von denen, der vorbeikam und meine Maschinen versorgte, und jetzt luden sie mich wegen dem Mähdrescher vor.

Zuerst kam ein Polizist und sagte: »Wir müssen zwangsversteigern!«

»Ach ja«, sagte ich. »Was wollen Sie denn versteigern?«

»Ihr gesamtes Hab und Gut«, sagte er.

Ich lachte. »Da hätten Sie sich keine Gedanken machen müssen«, sagte ich. »Ich besitze kein Hab und Gut!«

Als dann die Vorladung kam, fuhr ich nach Perth, um zu 'nem Anwalt zu gehn, der aus Bunbury kam, Howard Barth. Er rief Wesfarmers an und sagte: »Ich höre, Sie wollen sich mit Corunna anlegen wegen seiner Schulden. Wenn Sie es mit ihm aufnehmen wollen, bekommen Sie es mit mir zu tun!«

Ich hätte den Mähdrescher behalten können, wenn ich gewollt hätte. Ich hatte 'ne gute Ernte und wollte ihn zum Mähen benutzen. Schließlich sagte ich jedoch: »Nehmt das blöde Ding mit!« Ich hab nie zuvor Schulden bei denen gehabt, ich hab immer alles bezahlt. Einmal war ich knapp bei Kasse, und sie halfen mir kein Stück.

Später während der Weltwirtschaftskrise ließ mich die Landwirtschaftsbank vor Gericht laden, weil ich ihnen dreitausend Pfund schuldete. Ich hatte 'ne Hypothek auf die Farm bei ihnen aufgenommen, um über die Runden zu kommen. Sie verkauften alles, meine ganzen Maschinen, nur die Pferde nicht. Ich hatte nichts, um sie unterzustellen, sie streunten überall rum. Und der Kerl, der die Farm von mir übernommen hatte, sagte, er würde sie erschießen, wenn ich mich nicht um sie kümmerte. Ich mußte sie zusammentreiben und für drei Pfund pro Kopf verkaufen. Sie wurden erschossen und zu Schweinefutter verarbeitet. War das vielleicht fair, nach all meiner Pionierarbeit so behandelt zu werden?

Die Weltwirtschaftskrise bekam meinem Nachbarn mit den vier Farmen aber auch nicht gut. Er mußte verkaufen, und er verließ den Bezirk endgültig. Ich mußte meine Familie nehmen und ganz von vorne anfangen auf neuem, unabgeholztem Land. Es ist schwer für den schwarzen Mann, vorwärtszukommen. Ich kämpfte mit allen möglichen Behinderungen und hab unter Entbehrungen auf meinem neuen Land weitergemacht.

Meine Nachbarn in Mucka waren 'ne gemischte Truppe, einige gut, einige schlecht. Es gab da einen Mann, der mir 'ne Menge Schwierigkeiten gemacht hat. Er war gemein, er mochte keine Schwarzen. Er ist jetzt tot, Gott hat ihm sein Ende gesetzt. Dieser Mann hat meine Pferde und Schweine erschossen. Eines Tages kam er in die Stadt und sagte zu einem meiner Nachbarn: »Ist es dir schon gelungen, Arthur von seiner Farm zu vertreiben?« Er redete weiter und weiter, erzählte meinem Nachbarn, wie einfach ein weißer Mann 'n schwarzen Mann loswerden könnte. Mein Nachbar sagte kein Wort, ließ ihn einfach weiterschwafeln. Schließlich sagte er: »Du redest mit dem Falschen. Ich will Arthur gar nich von seiner Farm vertreiben.«

Siehst du, er dachte, er könnte diesen Mann gegen mich aufbringen, aber dieser Mann war mein Freund. Ich half ihm, wenn irgendwas schiefging. Als er im Krankenhaus war, half ich, sein Heu zu mähen und seine Schafe zu scheren. Er war mein Kumpel. Wenn ich 'n Wagen brauchte oder sonst was, sagte er: »Nimm, was du willst, Arthur.« Wenn ich Heu brauchte, gab er es mir. Später hat er geheiratet und ist nach Arthur River gezogen. Er nahm seine Kühe und seine Frau und Familie und zog weg. Sein Name war William Arthur Bird, und er war ein guter Mann.

Nun nimm dagegen den andern Kerl. Er hat mir immer Ärger gemacht. Er lebte nur von dem, was er mir stahl. Er war das eine faule Ei im Nest. Er war niederträchtig. Er war der einzige Mann, den ich kannte, der 'n Penny ausgab und 'n Shilling sparte. Er baute 'n Zaun direkt um den See rum, so daß er meine Schafe stehlen konnte. Brachte seinen Sohn dazu, den unteren Zaun am unteren Teich anzuheben und seine Schafe mit meinen zu vermischen. Ich hab 'ne Menge Schafe verloren auf die Art. Er hatte immer große Versammlungen in seinem Haus, versuchte, 'ne große Nummer zu sein, gab an, er sei die Nummer eins mit Corriedale-Schafen. Zuletzt hatte er überhaupt keine Merino mehr, sondern nur noch Corriedale, meine Corriedale!

Als die Schafe zurück auf mein Land kamen, verklagte er mich. Meine Tiere hatten keine Ohrmarken, nur ein Brandzeichen. Er machte seine Ohrmarken an meine Schafe und beschuldigte mich dann, sie gestohlen zu haben. Die Polizei kam raus und sah meine Corriedale-Schafe zu mir zurücklaufen.

Ich fuhr nach Perth und ging zum Anwalt. Als ich ihm erzählte, was vor sich ging, sagte er: »Überlassen Sie das mir.« Während ich dabeisaß, rief er die Polizei an.

»Was hat es damit auf sich, daß Corunna beschuldigt wird, Schafe gestohlen zu haben?«

Ich weiß nicht, was der Polizist sagte, ich konnte ihn nicht hören, aber mein Anwalt erwiderte: »Wenn Sie noch mal so mit mir reden, Mann, bringe ich Sie ins Gefängnis! Jede weitere Handlung in dieser Angelegenheit geht über mich, ich bin Corunnas Anwalt. Wir werden es mit Ihnen aufnehmen!«

Danach ließen sie die Anklage gegen mich fallen. Sie wußten, daß sie nicht gewinnen konnten. Ich hatte die Schafe nicht gestohlen, die kamen einfach nach Hause. Ich hab den Männern, die mich beraubten, nie was Böses getan. Man muß Gott nur machen lassen.

Keiner konnte mich je zu Recht des Diebstahls beschuldigen, denn ich hab für alles, was ich besitze, bezahlt. Ich wollte nicht, daß jemand zu mir sagt: »Sie haben Schulden, wir müssen zwangsversteigern!« Weißt du, sie kriegen dich, wenn sie können. Die folgen dir bis zum letzten Atemzug, sogar die Regierung. Man muß ein Blackfella sein, um zu wissen, was Druck von der Regierung ist.

Sie haben die Blackfellas noch nicht mal während des Krieges anständig behandelt. Ich hab von diesem Schwarzen gehört, der in Übersee für das Land gekämpft hat, und als er zurückkam, war er immer noch kein Staatsbürger, er mußte eine Sondergenehmigung kriegen. Und er durfte noch nicht mal wählen. Das ist die Gerechtigkeit des weißen Mannes. Siehst du, der schwarze Mann erinnert sich an diese Dinge. Der schwarze Mann hat ein gutes Gedächtnis.

Sie brachten ’ne Menge Aborigines nach Palm Flats, Moore River, während des Krieges, alte Leute und alle. Der Neville war da noch, was sie ›Beschützer der Aborigines‹ nannten. Kein Blackfella, der je mit Neville zu tun hatte, kann auch nur ein gutes Wort über ihn sagen. Es geht auf sein Konto, daß wir Mischlinge von unsern armen schwarzen Müttern weggenommen wurden. Er hat die Aborigines nicht beschützt, er hat sie vernichtet!

Diese armen Blackfellas, die sie mitnahmen, mußten in ’nem Lager leben mit lauter Soldaten drumrum. Sie holten auch Schwarze aus Nungarin und von den Goldminen. Die jungen Mädchen sagten zu den Soldaten: »Warum macht ihr euch über uns Gedanken, wir sind doch nich eure Feinde, Australien ist unser Land.« Die Soldaten konnten nichts machen, sie hatten den Befehl, sie dort zu behalten. Schließlich machten die Mädchen Liebe mit den Soldaten und konnten dann abhauen.

Wenn einer entkam, schickten sie Spurensucher nach ihm. Sie fingen ihn ein, schlugen ihn zusammen und steckten ihn wieder ins Gefängnis. Es war unser eigenes Land, und wir waren nicht frei. Sie ließen bis Kriegsende keinen raus. Ich weiß nicht, warum sie mich nicht auch eingesperrt haben. Vielleicht hielten sie mich nicht für ’n richtigen Blackfella. Sie schienen sich für die richtig Schwarzen zu interessieren, die ohne Arbeit waren und für ihren Lebensunterhalt kämpften. Und für die richtigen Buschleute. Ich hatte auch das Gerücht gehört, die Regierung würde sich Sorgen machen, daß die Japaner die Buschleute in die Hand bekommen und diese sie dann ins Landesinnere führen würden. Ich hätte ihnen nichts genützt. Ich hätte mich wahrscheinlich selber verlaufen.

Ach, es ist komisch, wenn ich jetzt zurückschaue. Mucka war früher ein guter Ort zum Leben. Die Leute waren freundlicher, sie brauchten einander. Der schwarze Mann arbeitete für die Farmer und wurde mit Tee, Mehl und Zucker bezahlt. Blackfellas holzten das Land ab, setzen die Saat, zogen Sandelholz. Ich erinnere mich, wie das Seengebiet voll von Dingos war; die Blackfellas spürten sie auf und jagten sie. Ach ja, niemand kann behaupten, daß der Blackfella nicht seinen Teil der Arbeit geleistet hätte in Mucka. Sie haben dazu beigetragen, es zu dem zu machen, was es heute ist. Ich hoffe, das wird nicht vergessen.

So, ich möchte meine Geschichte hier beenden. Das war der wichtige Teil. Ich hab nun jahrelang in Mucka gelebt. Meine Kinder sind alle herangewachsen, und meine Farm macht sich wirklich gut. Ich bestelle immer noch mein Feld, und ich hab meine Schweine, und es gibt 'ne reiche Tierwelt auf meiner Farm. Tiere haben immer ein Zuhause bei mir.

Ich wünschte, ich könnte den jungen Blackfellas von heute 'n Rat geben, aber ich kann's nicht. Jeder Mensch muß seinen eigenen Weg finden.

Weißt du, das Problem ist, daß der Kolonialismus noch nicht vorüber ist. Wir haben immer noch 'ne Politik des weißen Australien gegen die Aborigines. Ach, es ist immer dasselbe gewesen. Sie behaupten, es gebe keinen Unterschied zwischen Schwarz und Weiß, wir wären alle Australier, aber das ist 'ne Lüge. Ich sage dir, der schwarze Mann hat nichts, die Regierung hat ihn seit Jahren ausgeraubt.

Es gibt so vieles, was die Weißen nicht verstehn. Sie wollen, daß wir uns an sie anpassen, aber das wollen wir nicht. Sie beschweren sich über unsre Landansprüche, aber sie verstehn nicht, wie wir leben wollen. Sie sagen, wir sollen das Land nicht haben. Aber der Weiße hat doch Landrechte, seit er in dieses Land hier eingedrungen ist, unsre Landrechte. Den größten Teil des Landes, das die Aborigines wollen, würde doch sowieso kein weißer Mann anrühren. Die Regierung ist wie 'n großer Hund mit 'nem Knochen ohne Fleisch dran. Sie wollen selber nicht auf diesem Land leben, aber sie wollen auch nicht, daß der schwarze Mann es kriegt. Und wenn man was Wertvolles auf dem Land findet, das den Aborigines gehört, dann haben die Weißen sofort ihre Hände drauf.

Diese Aborigines in der Wüste, die wolln doch gar nicht so leben wie der weiße Mann und dieses besitzen und jenes besitzen. Sie wollen nur ihr Leben frei leben, sie brauchen das Gesetz des weißen Mannes nicht, sie haben ihr eigenes Gesetz. Wenn sie Wasser in der Gibsonwüste wollen, singen sie das Regenlied und füllen die Stellen auf, die sie wollen. Wenn es kalt ist, können sie das warme Wetter bringen wie der Wind. Die brauchen den weißen Mann nicht, daß er sie ins Gefängnis steckt, sie haben ihre eigenen Strafen. Sie brauchen nicht wie besessen zu jagen, die Geister können ihnen die Vögel bringen. Wenn sie 'n wilden Truthahn wolln, kommt der wilde Truthahn vorbei, und sie können ihn aufspießen. Genauso das Känguruh. Sie töten nicht, wenn sie nicht hungrig sind, der weiße Mann ist derjenige, der aus Sport tötet. Ach, da ist so vieles, was die nicht verstehn.

Wenn ich nun als weißer Mann geboren wäre, wär mein Leben anders gewesen. Ich hätte 'ne richtige Erziehung gehabt, ohne die Prügel. So wie es jetzt ist, muß ich meine Papiere zu jemand bringen, der ausgebildet ist, um klarzukommen. Einige Dinge versteh ich einfach nicht. Jetzt hab ich Enkelkinder, die gebildet sind, die helfen mir. Wenn ich ein wohlhabender Farmer gewesen wäre, hätte ich allen meinen Kindern 'ne gute Ausbildung gegeben.

Ich bin jetzt Urgroßvater und stolz darauf. Nur Daisy schlägt mich da, sie hat mehr Urenkel als ich. Ich muß sie noch einholen. Ich bin stolz auf meine Kinder. Ich bin stolz auf meine ganze Familie. Daisys und meine Familie sind was Besonderes. Ich hab Heilkräfte, aber Daisy hat sie stärker als ich. Siehst du, das liegt in der Familie. Wir haben 'n starken Geist in unsrer Familie. Wenn ich sterbe, wird jemand anders meine Kräfte bekommen. Ich weiß nicht, wer. Derjenige muß ein gutes Herz haben und ein einfaches Leben führen. Sonst ist man wie ein Motor ohne Benzin. Unsre Kraft kommt von oben. Man kann sich nicht selber heilen. Man muß seine Kraft benutzen, andern zu helfen.

Ich bin jetzt am Ende meiner Geschichte. Neunzig zu werden, das ist ein Erfolg. Ich merke das Alter nicht wirklich. Natürlich sehe ich nicht mehr ganz so gut, aber meinen Grips hab ich noch gut beisammen. Ich hab wirklich alles erlebt, was ein Mensch sich wünschen kann. Ein bißchen Sport und ein bißchen Musik. Ich bin ein guter Unterhalter. Nimm mich irgendwohin mit, und ich bin dabei, sei's beim Mundorgelspielen oder sonstwas. Jeder mochte mich, das war mein Glück, sogar einige von den Männern, für die ich gearbeitet habe.

Jetzt ist mein Leben fast vorbei, und ich freu mich auf den Himmel. Mir wird's da oben besser gehn. Ich werde ein kleiner Engel sein und rumfliegen, mich um Sterne und Planeten kümmern, den Frühjahrsputz machen. Gott ist der einzige Freund, den wir haben. Gott Vater, Sohn und Heiliger Geist. Zähl auf ihn, er ist der einzige. Hör nicht drauf, was dir andre über Gott erzählen, er ist der beste Kumpel, den ein Mensch haben kann. Wenn du ihn nicht hast, hast du gar keinen Freund. Wenn man sich von Gott abwendet, geht man unter.

Nimm die weißen Leute in Australien. Sie brachten die Religion und das Gebot: »Du sollst nicht stehlen.« Und doch haben sie dieses Land gestohlen. Sie nahmen es von den unschuldigen Menschen hier. Siehst du, die haben die Religion verdreht. So sollte es nicht sein.

Ich blicke zurück auf mein Leben und denke, wieviel Glück ich doch hatte. Ich bin jetzt ein alter Kerl, und eine meiner Enkeltöchter kümmert sich um mich. Das ist schon was heutzutage. Und Daisys Enkelin schreibt meine Geschichte. Ich hab schon seit Jahren versucht, jemand zu finden, der meine Geschichte schreibt. Jetzt bin ich froh, daß ich bisher niemand gefunden habe. Es sollte nämlich jemand aus der Familie sein. Das paßt.

Ich hab keine Wünsche mehr offen für mich. Ich möchte mein Land so absichern, daß die Kinder es bekommen, und ich möchte meine Geschichte beenden. Ich möchte, daß alle sie lesen. Arthur Corunnas Geschichte! Ich könnte berühmt werden. Siehst du, das ist wichtig, denn vielleicht verstehn sie dann, wie schwierig es für 'n Blackfella ist, so zu leben, wie er will. Ich bin ein Teil der Geschichte, so seh ich das. Und einige Leute interessieren sich für Geschichte, oder nicht?

## 27

# Wohin als nächstes?

»Das ist eine wundervolle Geschichte.« Mum hatte Tränen in den Augen, als sie Arthurs Geschichte zu Ende gelesen hatte. Sie fand genau wie ich, daß wir endlich etwas hatten, an dem wir uns festhalten konnten. Und es gab, besonders für Mum, etwas, worauf wir stolz sein konnten.

Merkwürdigerweise empfanden wir jedoch auch so etwas wie einen Verlust. Uns wurde plötzlich bewußt, wie wenig wir von Oma und der Geschichte und den Erfahrungen unserer eigenen Familie wußten. Wir wollten jetzt unbedingt noch mehr erfahren, aber es schienen nur wenige offensichtliche Anhaltspunkte zu bleiben.

Nach langem Nachdenken fand ich, daß es am sinnvollsten wäre, zu Omas und Arthurs Geburtsort, nach Corunna Downs, zu fahren. Paul hielt das für eine wunderbare Idee; er liebte den Norden, und auch er sah keine andere Möglichkeit für uns. Er hoffte, wir könnten Oma überreden, mit uns zu kommen.

Als ich Mum von der Idee erzählte, war sie nicht sehr angetan davon. »Ihr könnt da nicht hinfahren. Das ist eine dumme Idee, ihr kennt doch da niemanden. Oma wird nicht wollen, daß ihr fahrt.«

»Oma will nicht, daß ich überhaupt irgend etwas mache! Alle meine Anhaltspunkte haben sich zerschlagen, Mum, das ist jetzt alles, was übrigbleibt.«

Als ich Oma auf die Idee, in den Norden zu fahren, ansprach, war sie empört. »Du bist genau wie deine Mutter, du wirfst liebend gern das Geld zum Fenster raus. Alles, was du dir da angucken kannst, ist dreckige Erde. Erde und Büsche.«

Ich ignorierte ihre Worte und fuhr fort: »Warum kommst du nicht mit mir? Du könntest manche deiner alten Freundinnen und Freunde da oben treffen.

»Ha!« lachte sie und schüttelte ungläubig den Kopf. »Ich bin zu alt.

Zu alt, um noch in den Busch zu fahren. Glaubst du, meine Beine wären noch so jung? Schau sie dir doch an!«

»Ich finde, die sehen völlig in Ordnung aus, Oma. Sie haben dich über siebzig Jahre getragen, kein Grund anzunehmen, daß sie jetzt versagen. Außerdem wärst du die meiste Zeit sowieso im Auto.«

»Ich mag keine Autos, und ich bin zu alt, um in den Busch zu gehen. Das ist Geldverschwendung, du jagst Hirngespinsten nach. Wenn du da hochfährst, erwischen dich die Zyklone.«

In diesem Moment schaltete sich Mum in die Auseinandersetzung ein. Sie hatte Omas Reaktion die ganze Zeit ruhig verfolgt.

»Oma hat recht, Sally«, sagte sie sehr zu Omas Überraschung. »Du solltest kein Geld ausgeben, nur um dir ein Stück dreckige Erde anzuschauen. Was soll es bringen? Wir kennen niemanden da oben. Was willst du denn machen? Fremde auf der Straße ansprechen und sie fragen, ob sie Daisy oder Arthur Corunna kennen?«

»Genau das«, erwiderte ich. »Ich nehme meinen Kassettenrecorder mit. Wer weiß, was wir alles rausfinden.« Aus Mums ungläubigem Gesichtsausdruck wurde innerhalb von Sekunden ein breites Lachen.

»Du bist fest entschlossen dazu, wie?« fragte sie mit etwas heiserer Stimme.

»Du kennst mich doch, Mum.«

»Weißt du«, sagte Mum wehmütig, »es hat mich immer schon in den Norden gezogen.«

»Wer redet denn davon, dich mitzunehmen? Ich denke, du kannst dir dort nur ein Stück dreckige Erde anschauen. Dafür willst du doch nicht zweitausend Kilometer fahren.«

»Du willst mich doch nicht hierlassen?!«

»Ich will jedenfalls keine widerwillige Mutter mit mir rumschleppen«, sagte ich. »Nein, das wär nichts. Du bleibst hier bei Oma. Ich fahre mit Paul und den Kindern.«

»Ich komme mit, und dabei bleibt es!« sagte sie.

Plötzlich unterbrach Oma uns. »Ihr zwei, ihr seid doch beide verrückt! Und du, Glad, du hängst dein Fähnchen nach dem Wind, mal hierhin, mal dorthin. Du hast keine eigene Meinung.«

»Na, Oma, vielleicht kann Mum die Zyklone verjagen!«

In den folgenden Wochen traf ich Vorbereitungen für unsere Reise. Wir beschlossen, in den Maiferien zu fahren. Auf diese Weise konnten die Kinder mitkommen, und Paul, der Lehrer war, konnte die meiste Zeit am Steuer sitzen. Woche um Woche verging, und Mum wurde immer aufgeregter. »Vielleicht bringen wir ja was in Erfahrung«, sagte sie eines Nachmittags, als wir über einer Karte von Westaustralien hockten.

»Natürlich werden wir das, und wenn nicht, dann haben wir jedenfalls einen schönen Urlaub.«

»Was hoffst du auf Corunna zu finden?«

»Ach, ich weiß nicht.« Es war mir peinlich, darüber zu reden, warum ich Corunna sehen wollte, sogar Mum gegenüber. »Ich glaube, ich will sehen, ob da noch irgendwelche alten Gebäude stehen. Gebäude, die zu Omas Zeit schon dagewesen sind. Und ich möchte das Land sehen. Ich möchte darauf herumlaufen. Ich weiß, daß das albern klingt, aber ich möchte dort sein und mir vorstellen, wie es für die Menschen damals gewesen ist.«

Mum nickte mit Tränen in den Augen. Ich neigte dazu, meine Gefühle hinter meiner eher brüsken Art zu verstecken; Mum nahm Humor zu Hilfe, um die ihren zu verbergen. In letzter Zeit waren wir beide sehr gefühlvoll gewesen.

Nach ein paar Minuten sagte Mum: »Was ist, wenn sie uns nicht auf die Farm lassen? Wir wissen nicht, wem sie jetzt gehört, womöglich haben sie's nicht gerne, wenn Fremde da rumfahren.«

»Am besten ruf ich sie an und regele das, bevor wir aufbrechen.«

»Du meinst, du rufst die Leute auf Corunna an?« sagte Mum überrascht. »Du kannst doch nicht einfach jemanden anrufen, den du überhaupt nicht kennst!«

»Fällt dir vielleicht was Besseres ein? Ich stelle mich einfach vor und erkläre, warum wir kommen möchten.«

»Oh, das könnte ich nicht. Und ich finde auch nicht, daß du das tun solltest. Vielleicht vergessen wir die Sache lieber.«

»Auf keinen Fall. Ich will ja nicht, daß du es tust, Mum, ich tu's ja schon. Es ist dir doch wichtig, diesen alten Ort zu sehen, oder?«

»Doch, sehr wichtig.«

»Dann machen wir's auch.«

Als die Zeit unserer Abfahrt näher rückte, wurde Omas Opposition immer unverblümter. Außer uns mit Zyklonen, über die Ufer tretenden Flüssen und Krokodilen zu drohen, versuchte sie, uns davon zu überzeugen, daß ihr während unserer Abwesenheit etwas Furchtbares zustoßen würde.

»Es gibt niemand, der sich um mich kümmert. Ihr braucht gar nicht zu behaupten, daß die andern nach mir sehen, denn die tun's ja doch nicht. Alles mögliche kann mir passieren. Ich könnte in der Toilette umkippen, und niemand würde es merken.«

»Oma, jetzt sei nicht albern«, redete Mum auf sie ein. »Du hast doch Beryl hier.« Beryl war eine Freundin von Mum und hatte sich schon einmal um Oma gekümmert. »Und Jill und Bill werden beide mehrmals in der Woche vorbeischauen. Und David und Helen werden dich an den Wochenenden besuchen können. Ich lasse dir genug Geld da. Falls du irgendwas brauchst, wird Beryl es dir besorgen.«

»Du weißt doch, daß mein Herz wirklich nicht besonders gut ist, Gladdie. Es wird dir noch leid tun, wenn du wegfährst und ich sterbe.«

»Du stirbst, seit ich dich kenne«, sagte Mum bestimmt. Oma, die spürte, daß Mum dieses Mal nicht von ihrem Vorhaben abgebracht werden konnte, schlurfte mit der Hand auf ihrem angeblich so schwachen Herzen davon.

Erwartungsgemäß begann Oma in der folgenden Woche Schmerzen und Beschwerden sowie andere vage Symptome zu entwickeln. Eines Morgens blieb sie im Bett. »Ich glaub, das ist der Beginn von was Ernstem«, murmelte sie, als Mum ihr das Frühstück hereinbrachte. Die arme Mum konnte nicht anders als Mitleid haben. Oma sah plötzlich so alt aus und nach Mums Ansicht wirklich krank.

»Ich glaube, diesmal ist es echt«, erzählte sie mir verzweifelt am nächsten Abend. »Ich glaube, es stimmt wirklich was nicht mit ihr.«

»Hast du den Arzt angerufen?«

»Natürlich nicht!«

»Du kannst keine richtige Diagnose stellen, ohne den Arzt zu rufen. Wenn sie simuliert, wird sie sich schnell erholen, und wenn sie richtig krank ist, sollte ein Arzt sie sich anschauen.«

»Aber sie regt sich immer so auf, wenn ich davon rede, den Arzt zu holen.«

»Und sie weiß, daß du's nicht drauf ankommen läßt. Sieh mal Mum, seit wie vielen Jahren hat Oma diese praktischen Krankheiten? Jedesmal wenn du wegfahren willst, wird sie krank. Jetzt hör mal zu, wenn sie diesmal wirklich krank ist, kannst du sie natürlich nicht alleine lassen. Aber willst du verpassen, in den Norden zu fahren, nur wegen einer vorgetäuschten Krankheit?«

»Natürlich nicht. Du hast recht, ich bin nie energisch genug mit ihr gewesen.«

Als Mum an diesem Abend nach Hause kam, erzählte sie Oma, daß sie einen Arzt rufen würde, wenn es ihr am nächsten Morgen nicht besser ginge. Oma schwieg. »Das kann doch so nicht weitergehen, meine Liebe«, sagte Mum. »Ich mach mir große Sorgen um dich, du bist die einzige Mutter, die ich habe, und ich muß mich gut um dich kümmern. Es hat keinen Zweck, daß ich mit Sally mitfahre, wenn du krank bist. Ich würde mir nie verzeihen, wenn dir was zustößt. Wenn der Arzt sagt, es ist ernst, dann bleib ich hier und kümmere mich um dich. Ich hoffe nur, daß sie dich nicht ins Krankenhaus stecken.«

»Willst du wirklich den Arzt rufen, Glad?« fragte Oma mit zittriger Stimme. »Ich bin sicher, daß ich nur etwas Ruhe brauche.«

»Du könntest Medikamente brauchen, Antibiotika oder so was. Das ist die einzige Möglichkeit. Jetzt kuschel dich ein, und ich bring dir eine Tasse Tee.«

»Nicht nötig«, schmollte Oma. »Ich hab schon eine. Wenn's nach dir gegangen wäre, hätt ich hier den ganzen Abend durstig rumgelegen.«

»Ich war nur für 'ne halbe Stunde weg, aber abgesehen davon hast du doch gesagt, du wärst zu schwach, um aufzustehen.«

»Ich bin schwach. Ich mußte mich zwingen. Und jetzt geh weg und laß mich in Ruhe, ich brauch meinen Schlaf. Du kommst immer und störst mich, wenn ich versuche zu schlafen.«

Omas Gesundung hatte begonnen.

Während der nächsten Woche organisierten wir die letzten Kleinigkeiten für unsere Reise. Wir kauften eine Videokamera, um unterwegs zu filmen, so daß wir Oma und meinen Geschwistern alles zeigen konnten, wenn wir zurückkamen.

Amber und Blaze waren furchtbar aufgeregt. Zeke war erst sechs Wochen alt, das einzige, was ihn aufregte, war Milch. Die Kinder waren davon überzeugt, daß es genauso abenteuerlich war, in den Norden zu fahren, wie das tiefste, geheimnisvollste Afrika zu erforschen. Oma hatte sie davon überzeugt, daß sie auf Schritt und Tritt gigantischen Schlangen und riesigen Krokodilen begegnen würden. Blaze hatte ein Stückchen Seil in seine Tasche gestopft, er wollte sich ein Haustier fangen.

Seit einer ganzen Weile hatte ich Mum nun schon regelmäßig daran erinnert, daß sie nur ein Minimum an Gepäck mitnehmen könnte. Wir fuhren in einem kleinen Campingbus, und wir brauchten jeden Quadratzentimeter Raum. Aber am Abend vor unserer Abreise kam Mum mit einem Kombi voller Ausrüstung an. Amber und Blaze lachten und lachten, als sie sie vorfahren sahen. Paul fand es überhaupt nicht komisch. Er faßte sich nur an den Kopf und murmelte: »Das darf doch wohl nicht wahr sein«, und betraute mich mit der Aufgabe, das Ganze auseinanderzusortieren.

Während wir alles aus ihrem Auto zerrten, begann ich, trotz hartnäckiger Einwände, zwei Stapel aufzuschichten, einen für Notwendiges, den anderen für Luxusartikel. Ich warf Spitzhacke, Schaufel und Eimer auf den unerwünschten Haufen. Ich war sicher, daß Mum kein Glück haben würde, wenn sie mit dem Zeug nach Gold graben wollte. Auf diesen Stapel kamen auch das Gewehr, das nicht schoß, zwei Daunenbetten, ein Sack Kartoffeln und zwei Koffer mit Kleidern. Mum hatte sich für jede denkbare Gelegenheit passende Kleidung gekauft. Uns wurde klar, daß sich ihre Auffassung vom einfachen Leben sehr von der unseren unterschied. Wir beschlossen, die Kiste Äpfel und den Karton Instant-Kartoffelbrei mitzunehmen wie auch die Kisten mit getrockneten Erbsen und Mais. Es schien eine Verschwendung, sie nicht zu verwenden, obwohl wir uns fragten, wie wir uns durch diese Mengen durchessen sollten.

Am späten Abend waren wir fertig mit Packen. Mum beschloß, im Bus zu schlafen für den Fall, daß jemand ihn stehlen wollte. Paul grinste voller Hoffnung, als sie diese Möglichkeit erwähnte. Am nächsten Morgen um fünf Uhr machten wir uns auf den Weg.

## 28

# Rückkehr nach Corunna

Als wir in Port Hedland ankamen, waren wir gespannt darauf, mit unseren Nachforschungen zu beginnen. Wir hatten den Hinweis auf einen älteren Herrn namens Jack erhalten, der viele Leute aus der Gegend kannte und uns vielleicht helfen könnte.

Wir mochten Jack auf den ersten Blick. Er war sehr freundlich. Ich erklärte, wer wir waren und warum wir ihn sprechen wollten, und fragte ihn, ob er uns irgend etwas über die Familien der Brockmans oder Corunnas erzählen könnte. Wir waren erstaunt, als er uns sagte, daß Albert Brockman ein guter Freund von ihm gewesen sei und sie viele Jahre zusammen gearbeitet hätten. »Jiggawarra, das ist sein Aborigine-Name, so nennen wir ihn hier oben. Tja, der hatte 'n Bruder und 'ne Schwester, die weggeholt wurden. Sie kamen nie zurück. Ich glaube, der Bruder hieß Arthur.«

»Genau!« erwiderte ich aufgeregt, »und die Schwester hieß Daisy, das ist meine Großmutter.«

»Donnerwetter!« sagte er mit Tränen in den Augen. »Da seid ihr also zurückgekommen! Es gibt nich viele, die zurückkommen. Ich glaub, die meisten haben kein Interesse daran. Also so was, daß ihr nach so vielen Jahren zurückkommt!«

»Sind Sie denn mit uns verwandt?«

»Tja nun, das kommt drauf an, ob nach der Sitte der Blackfellas oder der Weißen.«

»Nach den Blackfellas.«

»Dann bin ich euer Großvater«, sagte er, »und eure Mutter wäre meine Nuba, das heißt, ich darf sie heiraten nach unsern Stammesgesetzen.« Mum lachte. Wir waren ganz aufgeregt angesichts dieser Entdeckung.

Jack erklärte dann, daß er in der Tat Omas Cousin sei und daß die Schwester seiner Mutter ganz früher auf Corunna gelebt und einen der

Männer dort geheiratet habe. »Ich könnte selbst dagewesen sein als kleines Baby«, fügte er hinzu, »aber das liegt zu weit zurück, da kann ich mich nich dran erinnern. Ich bin 1903 geboren und hab von 1924 an auf Corunna gearbeitet. Da war schon Foulkes-Taylor der Besitzer. Das war ein richtig guter Klan auf Corunna, aber die gingen nach und nach alle weg. Sie mochten den Boß nich.«

»Wie ist es mit Lily?« fragte Mum, »hast du sie gekannt?« Lily war Omas und Arthurs Halbschwester.

»Lily? Die hab ich ja ganz vergessen. Aber ja, ich kannte Lily, sie war gut befreundet mit mir. Genau wie ihr Mann, Big Eadie. Er war auch ein Corunnamann. Tja, wir hatten 'ne Menge Korroboris damals. Wir haben uns alle getroffen und erst mal 'n guten alten Korrobori abgehalten. Ich kann euch gar nich sagen, was uns das bedeutet hat. Ich hab immer gern gesungen; manchmal fingen wir mit 'nem Lied an, und das ging dann tagelang. Lily war 'ne gute Sängerin, du konntest ihre Stimme hoch über den andern raushören. Tja, die Leute sind jetzt alle nich mehr. Ich nehm an, Arthur und Daisy sind auch tot?«

»Arthur ja, aber meine Mutter lebt noch«, antwortete Mum.

Jack war sehr bewegt. »Warum habt ihr sie denn nich mitgebracht?«

»Wir haben's versucht«, antwortete ich, »aber sie meinte, daß sie zu alt wäre, um so weit in den Norden zu fahren. Sie sagte, ihre Beine würden sie nicht mehr tragen.«

Jack lachte. »Hahaha, das ist typisch für die Mulbas, so heißen die Leute hier aus der Gegend«, sagte er, »die finden für alles und jedes 'ne Entschuldigung! Sie ist eine von den letzten Alten. Donnerlittchen, ich würde sie doch gerne mal sehen!«

»Vielleicht kommt sie beim nächsten Mal mit«, sagte ich hoffnungsvoll. »Hatte Lily Kinder, Jack?«

»Nein. Sie wollte welche. Sie kam gut aus mit Kindern. Kümmerte sich um viele Kinder seinerzeit. Die konnte alles, diese Frau. Wie viele Kinder hat Daisy?«

»Nur mich«, sagte Mum traurig. »Ich wäre so gerne aus einer großen Familie gekommen.«

»Ach, frag nur rum«, lachte Jack, »bald habt ihr so viele Verwandte, daß ihr nich wißt, was ihr mit ihnen anfangen sollt. Ihr seid bestimmt mit 'ner Menge Leute hier oben verwandt.«

»Wirklich?«

»Allerdings. Es könnte euch noch leid tun, daß ihr hergekommen seid.«

»Es gab noch eine andere Schwester«, unterbrach ich, »ich glaube, sie war eine Vollaborigine, aber sie starb jung. Ihr Name war Rosie.«

»Das könnte stimmen. Viele Vollaborigines sind damals jung gestorben.«

»Ich kann's kaum glauben, daß wir dich getroffen haben«, seufzte ich. »All diese Leute waren nur Namen für uns. Wenn wir mit dir reden, werden sie auf einmal ganz real. Wir hätten nicht gedacht, daß sich jemand erinnern würde.«

»Ach, Mulbas haben ein gutes Gedächtnis. Die meisten hier erinnern sich an die Kinder, die weggeholt wurden. Ich hätte selber weggeholt werden sollen, aber unser Polizist nahm mich fest, nachdem meine Mutter gestorben war. Dann hat er mich zu andern Leuten in Pflege gegeben, so daß ich in der Gegend bleiben konnte.«

»Ich nehme an, das ist nicht sehr oft passiert.«

»Nee, ich war einer der wenigen Glücklichen.«

»Kanntest du jemand namens Malteser Sam?« fragte Mum.

»O ja, aber der ist jetzt tot.«

»Kann er der Vater meiner Mutter gewesen sein?«

»Nein, nein, der doch nich. Ich könnt nich sagen, wer ihr Vater ist. Vielleicht der Farmbesitzer. Viele Farmer haben schwarze Kinder rumlaufen.«

Ich fragte Jack, ob es jemand anderen gäbe, mit dem wir sprechen sollten.

»Ihr solltet Elsie Brockman besuchen, sie ist eure Verwandte, Alberts Frau.«

»Bist du sicher?« fragte Mum erstaunt, »ich dachte, die lebten mittlerweile alle nicht mehr.«

»Ja, Albert ist seit einer Weile nich mehr, aber die Elsie, die gibt's noch. Die ist wohl so alt wie du«, sagte er zu Mum. »Dann gibt's da noch 'n großen Klan in Marble Bar, den ihr besuchen solltet, und Tommy Stream in Nullagine. Spricht einer von euch unsre Sprache?«

»Nein«, antwortete ich, »Arthur konnte es zwar und Daisy auch. Aber sie haben es uns nicht beigebracht.«

»Eine Schande! Es gibt Mulbas, die die Sprache können, aber nich sprechen. Ich schäm mich nich wegen meiner Sprache. Ich sprech sie überall, sogar vor weißen Leuten.«

»Sprichst du dieselbe Sprache wie meine Mutter?« fragte Mum.

»Ich spreche vier Sprachen. Naml, Balgoo, Nungamarda und Nybali. Die Sprache deiner Mutter dürfte Balgoo sein, aber sie kann wahrscheinlich auch etwas Naml. Die Leute von Corunna sprechen beides. Die beiden Sprachen sind sich sehr ähnlich.«

Mum und ich tauschten einen Blick. Wir würden Oma darauf ansprechen, wenn wir nach Hause kamen.

»Seid ihr eigentlich sicher, daß eure Oma nie wieder hier gewesen ist?«

»Nicht daß wir wüßten. Wieso?«

»Na, ich erinnere mich, daß ich 1923 eine Daisy getroffen habe. Ich hab damals zwischen Hillside und Corunna gearbeitet. Hatte sie nie zuvor gesehn. Es war, als ob sie aus dem Nichts auftauchte. Ich hab sie von Hillside nach Corunna mitgenommen. Sie hatte Familie dort, die sie besuchen wollte. Sie war Mischling und hübsch. Und sie war schwanger, das Baby muß fast fällig gewesen sein.«

»Ich glaube nicht, daß sie es gewesen ist«, antwortete ich.

»Na ja, ich hab mich nur gewundert.« Ich wunderte mich auch.

Es war alles zu viel. Uns schwirrten die Köpfe, wir wurden geradezu überflutet mit neuen Informationen. Die Kinder wurden unruhig, daher schlug Paul vor, daß wir gehen und zu Mittag essen sollten und dabei besprechen, was nun zu tun sei. Wir verabschiedeten uns von Jack. Es tat uns furchtbar leid, ihn so bald wieder verlassen zu müssen. Wir hatten ihn gerade erst kennengelernt, und wir mochten ihn wirklich gern. Wir versprachen, noch einmal vorbeizuschauen, wenn sich die Gelegenheit bot.

Beim Mittagessen sprachen wir über Elsie Brockman. Mum und ich hatten beide das Gefühl, daß es sich wahrscheinlich um jemand anders handelte. Wir fanden es unwahrscheinlich, daß Onkel Alberts Frau um die Fünfzig sein könnte, da er der Älteste war und ein ganzes Stück älter als Oma. Dann müßte sie mindestens dreißig Jahre jünger sein als Albert. Wir beschlossen, statt dessen nach Marble Bar zu fahren.

Zum Glück kamen wir in Marble Bar gerade am Rentenzahltag an. Das bedeutete, daß die meisten älteren Leute in der Stadt unterwegs waren. Eine Gruppe von alten Männern saß geduldig unter einem hohen, schattigen Baum in der Hauptstraße und wartete auf die Post. Wir parkten in der Nähe, gingen hinüber und stellten uns vor. Jack hatte uns gesagt, daß wir nach Roy fragen sollten.

»Wir suchen Roy«, sagte ich.

»Das bin ich«, antwortete ein älterer Mann mit schneeweißem Bart, »was wollt ihr?«

»Tach auch«, lächelte ich und hielt ihm meine Hand hin. »Ich bin Sally, und das sind Paul und meine Mutter Gladys.« Wir schüttelten rundherum Hände. »Wir versuchen, unsere Verwandten aufzuspüren«, erklärte ich, »sie kamen von Corunna und trugen die Namen Brockman oder Corunna. Wir haben gehört, daß Sie auf Corunna gearbeitet haben.«

»Ich nich! Ich hab auf Roy Hill und Hillside gearbeitet, aber ihr müßtet mit Jiggawarra verwandt sein, nich wahr? Ich hab mit ihm auf Hillside zusammen gearbeitet; er hat das Haus dort gebaut, ein guter Tischler. Ein guter Mann.«

Ein anderer älterer Mann unterbrach. »Wer sind diese Leute?« fragte er offenbar in seiner eigenen Sprache.

»Brockman-Leute«, antwortete Roy.

»O ja«, lächelte der andere, »euer Klan ist von Corunna. Ihr seid wahrscheinlich mit den meisten Leuten hier auf die eine oder andre Art verwandt.«

»Seid ihr auf der Suche nach euren Leuten?« fragte ein anderer freundlich.

»Ja«, antwortete ich. »Meine Großmutter wurde vor vielen Jahren von hier weggeholt.«

»Ach ja«, bestätigte er, »Hunderte von Kindern sind weg von hier. Die meisten sind nie zurückgekommen. Ein paar von denen wollen vielleicht nich zurückkommen. Manche von diesen Hellhäutigen wollen mit uns Dunklen nichts zu tun haben.«

»Über so ’ne wie euch hab ich was im Fernsehn gesehen«, schaltete sich ein anderer ein, »das war richtig traurig. Leute wie ihr, die rumwandern und nich wissen, woher sie kommen. Fast Weiße, die rumlaufen und nich wissen, daß sie unten drunter schwarz sind. Gut von euch, zurückzukommen, ich wünsch euch alles Gute.«

»Danke«, lächelte ich, »wir sind tatsächlich wie diese Leute im

Fernsehen. Wir sind hier oben, um uns über uns selber klar zu werden.« Dann wandte ich mich wieder Roy zu: »Kennen Sie Lily, Roy?«

»Warum wolln Sie das denn wissen?«

»Sie ist meine Tante«, sagte Mum stolz.

Roy war für eine Minute perplex. »Stimmt, das hab ich ganz vergessen.«

»Los, Roy, erzähl ihnen von Lily«, neckten die anderen.

Roy schüttelte den Kopf. »Ich sag überhaupt nichts. Ich sag nich ein Wort über Lily.« Die anderen Männer kicherten. Das Thema Lily war damit beendet.

»Wie ist es mit Malteser Sam?« fragte ich.

»Malteser? Der ist fertig mit dieser Welt.«

»Mir hat jemand erzählt, daß er der Vater meiner Großmutter sei, wissen Sie, der Vater von Jiggawarras Schwester.«

»Nein, nein, das stimmt nich«, widersprach Roy.

»Da habt ihr was Falsches mitgekriegt«, sagten die anderen im Chor. »Wer hat euch das erzählt?«

»Ach, jemand in Perth, den ich kenne.«

»Woher wolln die das wissen, die leben doch gar nich hier«, antwortete ein anderer. »Wir haben den Malteser alle gekannt, der war's nich, hatte das verkehrte Alter.«

»Weiß einer von euch, wer ihr Vater gewesen sein könnte?« fragte ich ruhig.

Schweigen trat ein, während alle nachdachten. Dann sagte Roy: »Tja, sie ist doch Mischling, oder nich?«

»Ja.«

»Dann muß es ein weißer Mann gewesen sein. Vielleicht der Farmbesitzer. Jede Menge schwarze Kinder sind von denen, aber die bekennen sich nich dazu.«

In diesem Augenblick wurden wir von einer Dame um die Fünfzig unterbrochen. »Wer seid ihr?« fragte sie, als sie zur Gruppe hinzutrat.

»Brockman-Leute«, sagte Roy ärgerlich. »Wir sind dabei, uns zu unterhalten!«

»Seid ihr Christen?« fragte sie Mum.

»Ja.«

»Ich hab's gewußt«, antwortete sie aufgeregt. »In meinem Herzen habe ich's gespürt. Ich ging die Straße runter, und als ich euch hier stehen sah, sagte ich mir, Doris, das sind Christen, das sind deine Leute. Von welchen Brockmans kommt ihr denn?«

»Meine Mutter ist die Schwester von Albert Brockman«, erklärte Mum.

»O nein, ich kann's kaum glauben! Ihr seid meine Verwandten. Meine Tante ist mit Albert Brockman verheiratet.«

»Sie lebt wohl nicht mehr, oder?« fragte ich schnell.

»Doch, sie lebt in Hedland. Sie war eine ganze Ecke jünger als er.« Mum und ich schauten einander an. Wir waren zu dumm. Wir hätten Jack glauben sollen.

»Kommt mit und trinkt einen Tee bei mir«, drängte Doris. »Ich ruf Elsie an und erzähl ihr von euch, sie wird's nicht glauben!«

Wir dankten den Männern für ihre Hilfe und verabschiedeten uns. Als wir die Hauptstraße hinuntergingen, sagte Doris: »Ihr habt Glück, daß ihr nicht früher gekommen seid, um nach euren Verwandten zu suchen. Wir sind alle gerade erst bekehrt worden. Diese Warboleute von Warburton kamen hier durch und haben Treffen abgehalten. Das bedeutet so eine Veränderung für die Stadt, es gibt jetzt nicht mehr so viele Betrunkene.«

Doris machte uns Tee, als wir zu ihr nach Hause kamen, und wir ermunterten sie, von früher zu erzählen. Sie sagte, sie könne sich an Annie, Omas Mutter, erinnern aus der Zeit, als sie selber noch ein kleines Kind war. Sie nahm an, daß sie irgendwann in den Dreißigern unten am Shaw gestorben sei. »Die alten Leute hatten ein kleines Lager da draußen am Fluß«, erklärte sie uns. »Sie hatten nichts, wohin sie sonst gehen konnten. Der ganze alte Corunna-Klan ist da draußen gestorben.«

»Lily auch?« fragte Mum.

»Ja, die auch.«

»Roy wollte uns nichts über Lily erzählen.«

Doris kicherte. »Weil sie seine Freundin war. Er redet nicht gerne über seine früheren Freundinnen.« Wir lachten alle.

Dann schaute noch eine Frau herein. Sie wurde uns als Tante Katie vorgestellt. Sie war Elsies Schwester. Wir schüttelten uns die Hände und unterhielten uns weiter. »Lily war hier sehr beliebt«, erzählte uns Tante Katie. »Sie konnte einfach alles. Jeder mochte sie, sogar die weißen Leute. Sie hat immer viel gearbeitet.«

»Wie ist sie gestorben?« fragte Mum.

»Tja, das war 'ne komische Sache«, antwortete Tante Katie, »sie kam eines Tages von der Arbeit zurück und machte gerade was für einen der alten Leute, als sie plötzlich tot umfiel, einfach so! Es gab ein großes Begräbnis, sogar ein paar weiße Leute kamen. Die Gute, wir haben viel an sie gedacht.«

»Sie war mit Big Eadie von Corunna Downs verheiratet, aber sie hatten keine Kinder«, fügte Doris hinzu.

»Wißt ihr, wenn Daisy eure Großmutter ist, dann muß ihre Großmutter die alte Fanny gewesen sein«, sagte Tante Katie. »Ich bin jetzt über siebzig, und ich kann mich gerade noch an sie erinnern. Sie war klein, mit einem sehr runden Gesicht, und sie hatte die Angewohnheit, ein großes Taschentuch mit Knoten drumherum auf dem Kopf zu tragen.«

Ich lächelte. Mum saß nur da. Es war alles zu viel.

Dann traf die übrige Familie ein. Trixie, Amy und May. Wir gaben uns zur Begrüßung die Hand und setzten uns zum Plaudern zusammen. Dabei erfuhren wir, daß Omas Aborigine-Ziehvater Old Chinaman genannt wurde, der in der Tat ein Stammesältester auf Corunna war und diese Machtposition bis zu seinem Tode innehatte. Außerdem hatte Annie eine Schwester namens Dodger gehabt, die verheiratet war, aber keine Kinder bekam. Wir erfuhren auch, daß Albert ein richtiger Hansdampf in allen Gassen war, sogar im Alter noch. Wir lachten und lachten, als die witzigen Geschichten über Alberts Streiche aufkamen, eine nach der anderen. Am Ende des Nachmittags war uns, als würden wir Albert beinahe so gut kennen wie sie.

Als die Sonne unterging, sagte Doris: »Ihr solltet Happy Jack besuchen. Er hat Lily gut gekannt. Sie hat viele Jahre für seine Familie gearbeitet. Er lebt in der Nähe vom Schwimmbad in Marble Bar.«

Wir wollten unbedingt soviel erfahren, wie wir nur konnten, daher nahmen wir Doris' Rat an und machten uns auf die Suche nach Happy Jack.

Ein Blick auf Jacks Haus genügte, um zu erkennen, daß er ein hervorragender Mechaniker war. Überall auf seinem Grundstück lagen alle möglichen Teile verstreut sowie ein halbes Dutzend Landrover, die er gerade in Reparatur hatte. Wir erklärten, wer wir waren, und zeigten ihm ein paar alte Fotos, die Arthur uns gegeben hatte. Zuerst schien er uns nicht ganz zu verstehen, aber als er schließlich begriff, wer wir waren, war er sehr bewegt.

»Ich kann's kaum glauben«, rief er aus, »nach all den Jahren!«

»Ich weiß, daß Sie uns nicht kennen, Jack«, sagte ich, »aber es würde uns so viel bedeuten, wenn Sie uns von Lily erzählen könnten. Wir wissen nur sehr wenig und würden so gerne Daisy was von ihr erzählen können, wenn wir nach Hause fahren.«

»Ich erzähle euch gerne alles, was ich weiß«, sagte er, als wir uns um seinen Küchentisch herum niederließen. »Sie war eine wunderbare Frau. Eine ganz wunderbare Frau. Sie hat viele Jahre für meine Familie gearbeitet. Wißt ihr, sie ist erst seit vielleicht fünfzehn Jahren tot. Wie schade, daß ihr sie nicht kennengelernt habt.«

»Wir wünschten, wir wären früher gekommen«, antwortete ich. »Doris hat uns erzählt, daß so viele Alte erst in den letzten Jahren gestorben sind.«

»Das stimmt. Und in diesem Corunna-Klan gab's ein paar sehr gute Leute. Starke Charaktere, wie man so sagt, und das nach jedermanns Standard, ob Weiß, ob Schwarz. Tja, meine Familie hat mit dem Zinnbergbau hier oben angefangen. Wir sind herumgezogen und haben abgebaut, und die Corunna-Leute kamen hinterher und haben die Reste durchgesiebt. Ich glaube, es ging ihnen ganz gut damit. Von uns aus konnten sie gerne behalten, was sie fanden, denn sie waren ja die Leute, die stammesmäßig in die Gegend hier gehörten. Das war wie eine ungeschriebene Vereinbarung zwischen uns. Hin und wieder haben andere versucht mitzumischen, aber denen haben wir das nicht erlaubt, sondern nur den Leuten von hier. Wir ließen sie kommen und direkt hinter den Bulldozern arbeiten. Das hat ihnen den Lebensunterhalt ermöglicht. Wir waren auch sehr vorsichtig mit ihren heiligen Plätzen und Grabstätten, nicht wie so manche andere, die ich nennen könnte. Die alten Männer wußten das. Manchmal kamen sie zu uns und sagten: ›Hier ist einer von unsern Leuten begraben.‹ Dann fuhren wir mit dem Bulldozer drumrum und ließen das Gebiet unberührt.

Aber nun zu Lilla, so haben wir sie hier genannt, Lilla, nicht Lily. Sie war eine gute Freundin meiner Mutter. Sie hat bei uns gearbeitet und war eine hervorragende Köchin. Als ich später geheiratet habe, hat sie sich auch um die Kinder gekümmert. Sie hatte einen phantastischen Sinn für Humor. Wenn wir Witze erzählten, hat sie sich halbtot gelacht. Die Nachkommen von diesem ganzen Klan hängen jetzt alle irgendwie zusammen, die sind alle miteinander verwandt hier in der Gegend. Ich blicke da nicht durch, das ist schlimmer als in meiner eigenen Familie. Wie sieht Daisy aus, ist sie ziemlich klein?«

»Ja.«

»Ja, Lilla war auch klein. Obwohl sie allerdings in ihren späteren Jahren recht schwer geworden ist, muß gut im Futter gestanden haben. Sie war gut zu den alten Leuten; sogar als sie selber alt war, hat sie schwer gearbeitet und sich um sie gekümmert. Wir nannten sie einen Engel. Sie war so was wie eine schwarze Florence Nightingale, wirklich, ich meine so hingebungsvoll. Einige von den Alten im Shaw-Lager konnten sich nicht von ihren Matratzen rühren, sie waren verkrüppelt. Das machte Lilla nichts aus, sie hievte sie hoch und legte sie wieder hin. Wenn sie Probleme hatte, kam sie zu einem von unserer Familie, weil sie wußte, daß wir ein Funkgerät hatten und den Fliegenden Doktor herholen konnten. Wißt ihr, ich meine, sie war eine wunderbare alte Frau, eine sehr sanfte Frau. Als sie starb, war ich sehr traurig, denn irgendwie hat dann was gefehlt unter den Menschen.«

»Gibt es noch jemand anderen, mit dem wir reden könnten, der uns vielleicht helfen kann?« fragte ich nach einigen Minuten des Schweigens. Ich war erstaunt, wie fest meine Stimme klang. Eigentlich wollte ich nur weinen, aber meine Stimme klang so fest und ruhig, als ob sie jemand anderem gehörte.

»Ja«, antwortete Jack gedankenvoll. »Ihr solltet ins Reservat gehen und Topsy und Old Nancy besuchen. Nancy ist gut über neunzig und Topsy gut über achtzig. Ich meine mich zu erinnern, daß sie sagten, sie wären sehr früh auf Corunna gewesen. Sie könnten eure Großmutter kennen, sie waren gute Freundinnen von Lilla. Das einzige Problem ist, daß sie nur ihre Sprache sprechen, ihr müßtet jemanden zum Dolmetschen haben.«

»Vielen Dank«, sagte ich. »Sie wissen nicht, was uns das bedeutet.« Wir hatten Tränen in den Augen. Während Jack von Lilla gesprochen hatte, war es, als ob wir in die Vergangenheit zurückversetzt worden wären. Als ob wir sie gesehen und mit ihr gesprochen hätten. Lilla war jetzt eine reale Person für uns. Genau wie Albert.

»Jack«, sagte ich, als wir gingen, »würde es Ihnen was ausmachen, wenn ich das ins Buch bringe, was Sie uns erzählt haben?«

»Bringen Sie rein, was Sie wollen. Ich bin sehr stolz darauf, sie gekannt zu haben. Ich bin äußerst stolz, diese Frau gekannt zu haben. Wie sie sich verhalten hat, wie sie sich um andere Leute gekümmert hat, war einfach wundervoll. Ihre Familie hat es verpaßt, diese wundervolle Frau zu kennen.«

»Danke«, flüsterte ich.

Wir fuhren schweigend zurück zum Campingplatz. Sogar die Kinder waren ruhig. Wir entluden den Bus und bauten alles fürs Abendessen auf. Wieder einmal kam das Essen aus der Büchse. Ich glaube, uns war es egal, was wir aßen. Wir hätten ohnehin nichts geschmeckt. Mum und ich konnten nicht anders, als daran denken, was wir über unsere Familie erfahren hatten. Unsere Familie war etwas, auf das wir stolz sein konnten. Es machte uns froh, aber auch traurig. Später am Abend saßen Mum und ich unter dem Sternenhimmel zusammen und redeten.

»Ich wünschte, ich hätte sie gekannt«, seufzte Mum.

»Ich auch.«

»Du scheinst ein bißchen deprimiert zu sein.«

»Bin ich auch.«

»Worüber?«

»Weiß nicht.« Das war nicht wahr. Ich wußte es, und Mum wußte es. Aber ich brauchte ein paar Minuten, um meine Gedanken zu sammeln, so daß ich es erklären konnte, ohne in Tränen auszubrechen. Schließlich sagte ich: »Es ist wegen Lilla. Ich fühle mich ihr sehr verbunden. Ich fühle mich benachteiligt.«

»Wie meinst du das?«

»Darum gebracht, ihr helfen zu können. Wir hätten ihr helfen können mit diesen alten Leuten. Es macht mich ganz betroffen, daß sie das alles alleine getan hat. Sie hatte nie Kinder; wir hätten ihre Kinder sein können. Ich meine, wenn du zusammenbringst, was jeder hier sagt, dann hat sie offensichtlich den ganzen Tag schwer gearbeitet und ist dann raus ins Lager gegangen und hat sich um die Alten gekümmert, sie gefüttert ...« Ich verstummte. Mum sagte nichts.

In dieser Nacht warf ich mich hin und her. Meine Gefühle für Lilla gingen sehr tief, als ob jemand meine Seele mit einem Messer getroffen hätte. Zu tief, um zu weinen. Schließlich wandte ich mich meinem himmlischen Helfer zu. »Wo ist sie jetzt?« fragte ich. »Wo sind Lilla und Annie und Rosie und Old Fanny? Wo sind die Frauen aus meiner Familie, geht es ihnen gut? Ach, wenn ich ihnen doch hätte helfen können.«

Plötzlich war es, als ob ein Fenster im Himmel geöffnet würde, und ich sah eine Gruppe von Aborigine-Frauen beieinander stehen. Sie schauten mich an. Ich wußte instinktiv, daß sie es waren. Drei Erwachsene und ein Kind. Ach, das ist Rosie, dachte ich. Und dann kamen die Tränen. Als ich weinte, sagte eine Stimme sanft: »Hör auf, dich zu sorgen, sie sind jetzt bei mir.« Innerhalb weniger Minuten war ich eingeschlafen.

Am folgenden Morgen wachte ich erfrischt auf und war bereit, das Reservat zu besuchen. Der tiefe Schmerz in mir schwand langsam. Es würde lange dauern, bis er vollständig verschwunden wäre. Ich erzählte Mum nichts von meiner nächtlichen Vision. Ich konnte es nicht. Daher war ich ziemlich überrascht, als sie mich beiseite nahm und ruhig fragte: »Was ist dir letzte Nacht passiert?«

»Ich weiß nicht, wovon du redest.«

»Gestern nacht ist was Wichtiges mit dir passiert. Du hast geschlafen, oder wenigstens dachte ich das, als ich dich plötzlich in einer Gruppe von Aborigine-Frauen stehen sah. Ich glaube, es waren drei und ein Kind. Ich wußte, daß du versucht hast, mir was zu erzählen, etwas Wichtiges, aber ich wußte nicht, was.«

»O Mum«, schluchzte ich, »sie waren es!« Ihr Gesicht fiel in sich zusammen. Sie wußte, wen ich meinte.

»Es geht ihnen gut, Mum, sie sind glücklich.« Sie nickte einfach weiterhin mit dem Kopf. Dann bedeckte sie ihr Gesicht mit den Händen und ging schweigend davon.

Zur Mittagszeit hatten wir uns so weit erholt, daß wir das Reservat besuchen konnten. Wir fragten eine Aborigine namens Gladys Lee, ob sie mitkommen und für uns dolmetschen würde. Jack hatte sie empfohlen, da sie mit den alten Leuten in einem kürzlich gegründeten Stammescenter arbeitete. Sie half uns gern.

Mit unseren alten Fotos in der Hand gingen wir im Reservat von Haus zu Haus und fragten nach Lilla. Wir hatten kein Glück. Ich konnte das nicht verstehen. Schließlich erreichten wir das letzte Haus. Wir betraten eine kleine Veranda, Gladys zeigte die Fotos zwei alten Damen und fragte dann nach Lilla. Nein, sie kannten sie nicht. Plötzlich bekam ich von Gladys Worten mit, daß diese zwei Damen Topsy und Old Nancy waren. Ich bat Gladys, ihnen die Fotos noch einmal zu zeigen.

Topsy schaute etwas genauer hin. Plötzlich lächelte sie, zeigte auf jemanden auf dem Foto und sagte: »Topsy Denmark.« Daraufhin zeigte auch Old Nancy mehr Interesse. Nach ein paar Minuten deutete sie auf die mittlere Person und sagte: »Dr. Gillespie.«

»Das stimmt!« sagte ich aufgeregt zu Gladys. Ich deutete auf das Foto, auf dem Oma als junges Mädchen zu sehen war, und brachte sie dazu, sehr genau hinzuschauen. Plötzlich gab es einen schnellen Wortwechsel in Balgoo. Ich konnte kein Wort verstehen, aber ich spürte, es lag etwas in der Luft. Topsy und Nancy war die Sache nun sehr wichtig geworden. Schließlich wandte sich Gladys mit Tränen in den Augen zu mir und sagte: »Wenn ich gewußt hätte, daß Wonguynon Daisys Schwester war, hätte es keine Probleme gegeben.«

»Wer ist Wonguynon?« fragte ich.

»Das ist Lillas Aborigine-Name. Wir kennen sie alle nur als Wonguynon. Ich hab sie sehr gern gehabt, sie hat sich um mich gekümmert, als ich klein war. Ich bin immer zu ihr gelaufen, und sie gab mir Süßigkeiten und paßte auf mich auf, bis meine Eltern kamen. Sie war mit meinem Vater verwandt. Ich bin auch eure Verwandte.«

Topsy und Nancy begannen zu weinen. Bald umarmten wir uns alle. Gladys und ich hatten Tränen in den Augen, aber es gelang uns, uns zusammenzureißen. Topsy und Nancy hingen über unseren Fotos, und bald kicherten und lachten sie und schüttelten die Köpfe. Sie erklärten durch Gladys, daß sie auf Corunna gewesen waren, als Oma mitgenommen wurde. Sie hatten damals alle geweint, denn sie standen sich sehr nahe.

»Sie lebten damals wie eine Familie zusammen«, erklärte Gladys. »Sie lebten in einer Familiengruppe mit Daisy und Lily und Annie. Das bringt sie euch sehr nahe. Sie sind eure Familie. Daisy war ihre Schwester. Sie nennen sie Schwester, sie lieben sie wie eine Schwester.«

Mittlerweile konnten wir uns alle nur noch mühsam zusammenreißen. Ich versuchte, Gladys nicht anzugucken, wenn sie etwas erklärte, denn ich wollte meine Gefühle so gut es ging beherrschen. Nicht daß es mir etwas ausgemacht hätte zu weinen, aber ich wußte, daß ich nicht so bald würde aufhören können, wenn ich erst einmal anfinge. Anders konnte ich nicht damit umgehen.

Später gingen wir denselben Weg zurück durch das Reservat und blieben noch einmal bei jedem Haus stehen und fragten nach Wonguynon. Diesmal war es völlig anders, offene Arme und offene Herzen. Als wir das andere Ende des Reservats erreichten, hatte man uns umarmt und getätschelt, mit uns geweint und uns gebeten, sie nicht zu vergessen und doch einmal wiederzukommen.

Eine alte Vollaborigine flüsterte mir zu: »Ihr wißt ja nich, was das bedeutet; niemand kommt zurück. Ihr wißt nich, was es bedeutet, wenn ihr mit eurer hellen Haut euch zu uns bekennt.« Wir hatten inzwischen einen Kloß im Hals so groß wie eine Tomate. Ich wollte ihnen unbedingt erklären, wieviel es auch uns bedeutete, daß sie sich zu uns bekannten. Ich bekam meinen Mund nicht auf. Ich umarmte sie nur und versuchte, nicht zu schluchzen.

Wir waren Gladys Lee so dankbar für die freundliche Art, mit der sie uns geholfen hatte. Ohne sie hätten wir nicht ein einziges Wort wechseln können. Unser Leben war so bereichert worden in den letzten paar Tagen. Wir fragten uns, ob wir noch mehr aufnehmen konnten.

Am folgenden Tag beschlossen wir, zur Corunna-Downs-Farm zu fahren. Doris bot sich an, mit uns zu kommen, sie kannte den Manager dort draußen. Außerdem machte sie sich Sorgen, daß wir den falschen Weg nehmen und uns verirren könnten. Die Straße nach Corunna war miserabel, offensichtlich so schlimm wie seit Jahren nicht mehr. Nach einer Stunde von heftigem Auf und Ab bogen wir um eine Kurve, und Doris sagte schnell: »Da ist das Anwesen.«

Als wir beim Haupthaus ankamen, hieß uns Trevor, der Manager, mit Tee und Plätzchen willkommen. Wir erklärten, warum wir da waren, und er führte uns bereitwillig im Haus herum. Zu unserer Überraschung und Freude war es noch dasselbe, das Oma und Arthur in ihrer Zeit gekannt hatten. Wir sahen, wo die alte Küche gewesen war, die Dattelpalme, von der Oma gesprochen hatte, und etwas weiter in einem der hinteren Schuppen die Tankmaschine, in der Albert seine Finger verloren hatte. Ich nehme an, diese Gegenstände wären für die meisten Leute nicht sonderlich interessant gewesen, aber uns waren sie außerordentlich wichtig. Sie stellten den konkreten Beweis dafür dar, daß alles, was Arthur erzählt und Oma beiläufig erwähnt hatte, wahr war.

Heute lebten keine Aborigines mehr auf Corunna. Irgendwie fanden wir das schade. Mum und ich setzten uns auf den alten Zaun und schauten zum fernen Horizont. Wir versuchten beide, uns vorzustellen, wie es für die Leute früher gewesen sein mochte. Sanfte blaue Hügel rahmten die Farm vollständig ein. Sie erschienen uns so magisch und mystisch. Wir konnten uns leicht Oma, Arthur, Rosie, Lily und Albert vorstellen, wie sie genau dort saßen, wo wir jetzt waren, und am Ende des Tages zum Horizont schauten. Träumend, denkend.

»Das ist ein schöner Ort«, seufzte Mum. Ich nickte zustimmend. »Warum hat sie mir erzählt, daß es hier häßlich sei? Sie wollte nicht, daß ich hierherkomme. Sie will einfach keine Aborigine sein.« Wir saßen beide schweigend da.

Wir blieben bis spät am Nachmittag auf Corunna und fuhren dann widerstrebend nach Marble Bar zurück. Wir wären gern noch länger geblieben, aber unsere Zeit war so begrenzt, und wir hatten jetzt viele andere Anhaltspunkte, denen wir folgen konnten. Wir waren alle sehr bewegt, als wir von Doris' Haus wegfuhren. Sie sah traurig aus. Sie hatte Tante Elsie angerufen und ihr erzählt, daß wir sie besuchen würden, bevor wir nach Perth zurückkehrten. Doris hatte außerdem vorgeschlagen, daß wir Tommy Stream in Nullagine und Dolly und Billy in Yandeearra besuchen sollten. Gerade als wir gehen wollten, sagte Doris: »Wißt ihr, ich hab einen Stein von früher. Er ist ein bißchen hohl in der Mitte; sie haben ihn benutzt, um draußen im Busch Samen zu mahlen. Glaubt ihr, daß er Daisy gefallen würde? Sie wird wissen, wofür er war, er könnte ihr was bedeuten.«

»Ich hätte ihn selbst gern«, antwortete Mum.

»Ich auch«, fügte ich hinzu.

Doris lachte. »Dann nehmt ihn doch. Er stammt aus einer Zeit, die wir hier oben nicht mehr erleben werden. Ihr gebt ihn Daisy, es ist richtig, wenn sie ihn hat.«

Mit einem mächtigen Ruck hob Paul ihn auf und packte ihn in den Wagen. Er war sehr schwer.

»Bist du sicher, daß er da richtig liegt, Paul?« fragte Mum besorgt.

»Es ist ein Stein, Mum«, grinste Paul. »Es gibt nicht viel, was einen Stein beschädigen könnte.«

Um sicherzugehen, umwickelte Mum ihn mit einem Küchenhandtuch, um ihn vor den Schlaglöchern in der Straße zu schützen. Sie wollte ihn so bewahren, wie er war. Er war wertvoll.

Wir umarmten und küßten uns alle zum Abschied und fuhren los in Richtung Nullagine. Mum und ich waren beide den Tränen nahe. Wir sagten nichts, aber ich wußte, daß ihr genauso zumute war wie mir. Als wären wir plötzlich nach Hause gekommen und müßten nun schon wieder fort. Aber wir hatten jetzt unseren Ort gefunden.

Tommy Stream war ein reizender alter Mann. Nachdem wir uns vorgestellt hatten, erklärten wir, warum wir gekommen waren. Er erzählte uns, daß er Omas Cousin sei und auf Corunna Downs war, als sie mitgenommen wurde. »Ich kann mich dran erinnern«, sagte er leise, »ich war jünger als sie, daher war ich erst ein kleiner Kerl, als sie ging, aber alle Leute weinten, als sie uns verließ. Sie wußten, daß sie nich wiederkommen würde. Meine Kinder sind verwandt mit dir«, sagte er zu Mum, »sie müßten deine Cousins und Cousinen sein.«

Mum fragte noch einmal nach Malteser Sam. Er war ein Gespenst aus der Vergangenheit, über das sie definitiv Klarheit haben wollte.

»Das stimmt nich«, antwortete Tommy, nachdem sie vorgebracht hatte, daß der Malteser Omas Vater sein könnte. »Ich kannte den Malteser, der war nich ihr Vater. Ich weiß nich, wer ihr Vater war, aber der war's nich.«

Wir sprachen noch ein bißchen mehr über die alte Zeit, und als es langsam dunkel wurde, beschlossen wir, zurück zum Campingplatz in Nullagine zu fahren. Die Kinder waren müde und hungrig. Wir dankten Tommy, daß er sich mit uns unterhalten hatte. Wie Doris schlug er vor, daß wir Billy und Dolly Swan in Yandeearra besuchen sollten. Wir beschlossen, am nächsten Morgen hinzufahren.

Yandeearra war ziemlich weit entfernt, daher brachen wir so früh wie möglich auf. Wir riefen vorher an, um die Leute wissen zu lassen, daß wir in der Gegend waren, und auch um zu fragen, ob wir sie besuchen dürften. Wir wollten nicht einfach hereinschneien. Peter Coppin, der Manager, freute sich auf unseren Besuch und hieß uns bei unserer Ankunft willkommen. Bevor wir sonst noch jemanden zu sehen bekamen, schritt eine ältere Frau auf uns zu.

»Wer seid ihr?« fragte sie. Mum erklärte, wer wir waren. Die Frau lächelte plötzlich breit und umarmte Mum. »Ihr seid meine Verwandten«, rief sie. »Lily war meine Tante, die Gute. Ich wußte, daß ihr meine Leute seid. Als ich euer Auto sah, wußte ich's einfach. Etwas sagte mir, daß ich heute welche von meinen Leuten sehn würde. Niemand hat mir irgendwas erzählt, ich hab's einfach in meinem Herzen gespürt.«

Wir waren überrascht. Dolly deutete dann auf Amber und Blaze und sagte: »Seht euch diese Kinder an, die tragen den Corunnastempel. Sogar wenn ihr's mir nich erzählt hättet, ich hätte es gewußt, einfach wenn ich diese Kinder angeguckt hätte, daß ihr zur alten Corunnasippe gehört.«

Dolly stellte uns Billy vor, und wir setzten uns hin und unterhielten uns über früher und wer mit wem verwandt war. Er war sehr erfreut, daß wir Tommy Stream und die Leute in Marble Bar besucht hatten. Er erklärte, daß schon andere gekommen waren, um herauszufinden, zu wem sie gehörten.

»Wir haben versucht, es rauszubekommen«, erzählte er uns freundlich, »wir haben denen erzählt, soviel wir konnten, aber einige können wir einfach nich einordnen. Und dann sind wir traurig, weil wir denken, sie könnten ja zu uns gehören, aber wir wissen es eben nich. Aber ich weiß genau, wer ihr seid, da gibt's keinerlei Probleme, ich kann's euch gradewegs erzählen. Ihr seid mit vielen Leuten hier oben verbunden. Meine Kinder sind eure Verwandten. Tommy steht euch nah und andre auch, dann gibt's einige, die verwandt sind, aber nich so nah, wenn ihr versteht, was ich meine. Ihr seid trotzdem mit ihnen verwandt.«

Wir blieben über Nacht in Yandeearra. Am nächsten Morgen sagten Billy und Dolly: »Wir konnten nich schlafen. Wir haben uns die ganze Nacht hin und her gewälzt und versucht rauszubekommen, zu welcher Gruppe ihr gehört. Erzählt uns noch mal, wo ihr herkommt.«

Wir gingen noch einmal langsam alles durch, was wir wußten. Dann kam Peter Coppin herüber und beteiligte sich an der Diskussion. Sie fanden heraus, daß Dolly Mums Tante war, daher konnten die Gruppen von dort aus bestimmt werden.

»Es gibt vier Gruppen«, erklärte Peter, »Panaka, Burungu, Carriema und Malinga. Und diese Gruppen sind weit verstreut. Ich kann bis nach Wiluna runterfahren und weiß, mit wem ich verwandt bin, wenn ich nur sage, aus welcher Gruppe ich komme. Wir haben gehört, daß sie weiter oben im Norden acht Gruppen haben. Wir wissen nich, wie die das auseinandersortieren, vier sind schlimm genug.« Wir lachten.

Dann sagte Billy: »Ich glaub, wir haben's jetzt. Du«, sagte er, indem er auf mich zeigte, »müßtest eine Burungu sein, deine Mutter ist Panaka, und Paul würden wir zu Malinga machen. Das ist sehr wichtig, das solltet ihr nich vergessen, denn wir haben versucht, das rauszufinden, seit ihr hier angekommen seid.«

Dolly und Peter stimmten zu, daß dieses unsere Gruppen waren. »Habt ihr das jetzt im Kopf?« fragte Billy.

»Ich glaube schon«, lachte ich, während ich die Namen wiederholte.

»Gut!« sagte er, »denn manche von denen, die hier hochkommen, bringen es völlig durcheinander. Wir möchten, daß ihr das klar habt, denn es ist sehr wichtig. Wir möchten nich, daß ihr euch in der falschen Gruppe verheddert.«

»Nun, ich bin froh, daß wir das gelöst haben«, fügte Peter hinzu, »jetzt könnt ihr immer, wenn ihr wollt, hierherkommen. Wir wissen jetzt, zu wem ihr gehört. Wenn ihr mal herkommt und ich bin nich da und sie sagen euch, ihr sollt weggehen, dann weicht ihr nich von der Stelle. Ihr sagt einfach eure Gruppe und mit wem ihr verwandt seid. Ihr habt das gleiche Recht, hier zu sein, wie andre auch.«

»Das stimmt«, unterstrich Billy energisch. »Ihr habt jetzt euer Zuhause. Wir haben's geklärt. Ihr könnt so oft kommen, wie es euch gefällt. Es gibt hier immer ein Fleckchen für euch alle.«

Wir fühlten uns sehr bewegt und geehrt, daß wir unsere Gruppenzugehörigkeit kannten. Wir würden sie auf keinen Fall vergessen, wir wiederholten sie immer wieder. Es war wertvolles Wissen, das zu unserem Gefühl des Dazugehörens beitrug.

Wir waren traurig, als wir Yandeearra am folgenden Tag verließen. Wir waren sehr beeindruckt von Yandeearra und der Art, wie Peter die Gemeinschaft führte. Es war ein wundervoller Ort.

Unser nächster Halt war Tante Elsies Haus in Hedland. Sie hatte ein schönes Haus direkt am Meer. Ich glaube nicht, daß sie anfangs begriff, wer wir waren. Sie hatte wenig Kontakt mit Arthur und Oma gehabt, obwohl Albert viel von ihnen geredet hatte, wie sie später erzählte. Während wir uns unterhielten, gewannen viele Informationen einen Sinn und Zusammenhang. Wir waren überrascht über die Ähnlichkeit von einigen von Tante Elsies Enkeln mit unserer Familie. Wir erklärten, daß wir gedacht hatten, alle, die mit unserer Familie verwandt waren, müßten schon gestorben sein, und daß wir kaum glauben konnten, daß sie wirklich Onkel Alberts Frau war. Unsere Tante erzählte uns, sie sei viele Jahre jünger als Albert gewesen, als sie heirateten. Sie hatten vier Kinder, Brian, William, Claude und Margaret. Tante Elsie war tatsächlich ungefähr im gleichen Alter wie Mum, daher hatten sie eine Menge gemeinsam. Wir zeigten ihr Fotos von der Familie und lachten noch einmal über die Streiche, die Onkel Albert allen gespielt hatte. Die Tante erzählte uns auch, daß Onkel Albert einen eigenen Lastwagen besaß und was für ein guter Arbeiter er war. Das schien bei uns in der Familie zu liegen.

Als wir schließlich aufbrachen, hatten wir sie recht gut kennengelernt. Sie gab uns einen großen Fisch für unser Abendessen mit. Wir versprachen, daß wir nach Hedland zurückkommen würden, und baten sie, uns in Perth zu besuchen, damit sie unsere ganze Familie kennenlernen könnte. Wir waren sehr befriedigt, als wir sie verließen. Es war, als ob all die kleinen Teile eines riesigen Puzzles zuletzt doch zusammenkamen.

Am folgenden Tag war es an der Zeit, zurück in Richtung Perth zu fahren, aber es gab noch einen letzten Stopp. Billy und Dolly hatten uns erzählt, daß wir Billy Moses in Twelve-Mile, gleich am Stadtrand von Hedland, besuchen sollten. Wir waren mittlerweile alle erschöpft, aber wir wollten nichts verpassen, daher sammelten wir unsere letzten Kräfte und fuhren nach Twelve-Mile hinaus.

Als wir ankamen, hieß es, Billy und Alma seien einkaufen gegangen und niemand wüßte, wann sie zurückkämen, wir könnten aber bei ihrem Haus warten, wenn wir wollten. Es vergingen nur fünf Minuten, bis ein Taxi vorfuhr, in dem Billy und Alma saßen. Sie starrten uns neugierig an und fragten sich offensichtlich, wer wir waren und warum wir an ihrem Haus warteten. Ich schämte mich. Was war, wenn Billy uns nun doch nicht kannte? Ich beschloß, den Stier bei den

Hörnern zu packen. Ich trat vor und streckte ihnen die Hand entgegen.

Nachdem ich mich vorgestellt hatte, erklärte ich langsam, wer wir waren und warum wir gekommen waren. Er hörte ernst zu und versuchte, alles zu verstehen, was ich sagte. Plötzlich leuchtete sein Gesicht mit einem herzerwärmenden Lächeln auf, und er sagte: »Ihr seid meine Verwandten! Ja, ihr seid richtig hier. Ihr seid meine Leute. Ich bin der Cousin eurer Oma.« Er hatte Tränen in den Augen. Ich nahm herzlich seine Hand. Alma lächelte und sagte: »Ihr müßt seine Verwandten sein.«

Wir gingen zurück zum Haus und setzten uns zu einem Plausch zusammen. Billy sagte: »Ich kann's kaum glauben. Einige von meinen Leuten kommen den ganzen Weg von Perth herauf, nur um mich zu besuchen. Ihr kommt jetzt immer her. Ihr könnt kommen und hier leben, ich bin mein eigener Herr. Das ist auch euer Zuhause, merkt euch das.« Wir begannen von früher zu reden, und Billy erklärte, wie auch er in jungen Jahren seinen Eltern weggenommen worden war.

»Ich hab großes Glück gehabt«, erzählte er uns, »ich bin zurückgekommen. Ich hab's mir zur Aufgabe gemacht, zurückzukommen und rauszufinden, wo ich hingehörte. Es war komisch, wißt ihr, als ich zuerst zurückkam, hat keiner hier mit mir geredet. Sie waren sich einfach nich sicher, wer ich war. Sie versuchten, es rauszukriegen. Ich ging die Straße runter, und alle starrten mich nur an. Dann kam eines Tages ein alter Kerl in die Stadt, der hat mich gesehn und wiedererkannt. Er hat für mich gesprochen und gesagt, der gehört zu uns, ich weiß, wer er ist. Ich kenn seine Mutter. Danach hatte ich nie mehr irgendwelche Probleme. Jetzt sprechen alle mit mir. Es ist gut, mit den eigenen Leuten zusammenzusein. Ich bin froh, daß ihr zurückgekommen seid.«

Auch wir waren froh. Und überwältigt bei dem Gedanken, daß wir beinahe nicht hierher gekommen wären. Wie arm wären wir gewesen, wenn wir die Dinge so belassen hätten, wie sie waren. Wir hätten überlebt, aber nicht als ganze Menschen. Wir hätten nie unseren Ort gekannt.

Am Nachmittag brachen wir widerstrebend nach Perth auf. Niemand von uns wollte nach Hause fahren, Paul eingeschlossen. Er war im

Norden aufgewachsen und liebte es hier. Es widerstrebte uns, zurückzukehren und die Fäden unseres alten Lebens wiederaufzunehmen. Wir waren jetzt andere Menschen. Was als eine unverbindliche Suche begann, hatte sich zu einer spirituellen und emotionalen Pilgerfahrt entwickelt. Wir hatten jetzt ein Bewußtsein als Aborigines und waren stolz darauf.

Besonders Mum war tief berührt von der ganzen Reise. »Wenn ich bedenke, daß ich das alles beinahe verpaßt hätte! Mein ganzes Leben lang war ich nur ein halber Mensch. Ich glaube, ich habe wirklich gar nicht wahrgenommen, wie viel ich vermißt habe, bis ich in den Norden kam. Gott sei Dank, daß du so dickköpfig bist, Sally.«

Wir lachten. Dann machten wir es uns bequem und zogen uns in unsere eigenen Gedanken zurück. Es gab so viel nachzudenken. Sich an so viel zu gewöhnen. Ich wußte, daß Mum genauso wie ich über Oma nachdachte. Wir sahen sie jetzt anders. Wir hatten mehr Verständnis für ihre Bitterkeit. Und mehr als alles andere wollten wir, daß sie sich änderte, daß sie stolz wäre auf das, was sie war. Wir hatten so viel von ihr und uns selbst in den Leuten wiedergefunden, die wir getroffen hatten. Wir gehörten jetzt dazu. Wir wollten, daß auch sie dazugehörte.

## *29*

## Jemand wie ich

Als wir nach Perth zurückkamen, war Oma wirklich froh, und Beryl ging es ebenso. Oma hatte das ganze Geld ausgegeben, das Mum ihr dagelassen hatte, und Beryl ununterbrochen herumgeschickt, um Plätzchen zu kaufen oder Pferdewetten abzuschließen.

»Ich wußte, daß ihr alle wohlauf seid«, sagte Oma, als sie uns sah. »Ich hab gebetet, daß die Zyklone euch nicht erwischen.«

Am folgenden Tag versammelten wir die ganze Familie und bestanden darauf, den Videofilm zu zeigen, den wir während der Reise aufgenommen hatten. Sehr zu unserer Bestürzung stellte sich der Film als recht mittelmäßig heraus. Er hatte die Mängel der meisten Heimvideos: mangelnde Schärfe, zu schnelles Zoomen und zu langsames Schwenken. Während der Film über Corunna lief, beobachtete ich Oma. Sie war sehr interessiert an den alten Gebäuden.

»Da ist die alte Dattelpalme«, sagte sie. »Das dort unten war der Garten. Da ist das alte Haus, in dem Teil da drüben hatten sie die Küche.«

Als er zu Ende war, sagte Oma: »Also so was, daß die alten Gebäude noch stehen! Ich hätte nicht gedacht, daß überhaupt noch irgendwas da wäre. Was war mit der Tankmaschine, Sally?«

»Die gibt's auch noch. Aber der Manager hat dafür gesorgt, daß sie nicht benutzt werden kann. Er wollte verhindern, daß eins der Kinder die Finger da reinsteckt.«

»Allerdings, das wär schlimm.«

Mum erzählte Oma, was die Alten über Lily gesagt hatten. Oma lachte und lachte. »Ach ja«, kicherte sie, »das war echt Lily. Sie war diese Art Mensch, die du einfach mochtest. Sie hatte ein gutes Herz, die Lily.« Ich war erstaunt, Oma hatte noch nie zuvor so über Lily geredet.

In den nächsten Tagen sprach Mum lang und breit mit Oma über die verschiedenen Leute, die wir getroffen hatten. Oma täuschte Desinteresse vor, aber wir wußten, daß sie nur bluffte. Sie war über die Maßen an allem interessiert, was wir zu sagen hatten, aber sie wollte ihre Gefühle nicht zeigen. In vieler Hinsicht war sie eine sehr zurückhaltende Frau.

Eines Abends, als sie allein waren, erzählte Mum ihr, wie Annie und viele der anderen Alten von Corunna Downs am Shaw gestorben waren. »Sie hatte Lily«, sagte Mum. »Sie hat sich den Alten gewidmet. Annie war nicht alleine, als sie starb, sie hatte ihre Leute um sich.« Oma nickte. Sie hatte Tränen in den Augen. Ihre Lippen waren fest zusammengekniffen.

»Kann sich einer von denen an mich erinnern?« fragte sie wehmütig.

»Alle«, sagte Mum, »sie alle erinnern sich an dich. Erinnerst du dich an Topsy und eine andere Frau namens Nancy? Sie sagten, daß sie mit dir und Annie auf Corunna gelebt haben.«

Oma war tief betroffen. »Die leben noch?« fragte sie ungläubig.

»Ja.«

Oma schüttelte nur den Kopf. »Ich geh ins Bett«, murmelte sie. Mum ging ebenfalls zu Bett und weinte sich in den Schlaf.

Einige Wochen später sprach ich Oma darauf an, daß sie zwei Sprachen konnte, aber sie war unwillig, mit mir über dieses Thema zu reden. Als ich ihr von den unterschiedlichen Gruppen erzählte, sagte sie abweisend: »Ich weiß das alles, ich bin nicht blöd.« Mehr war nicht von ihr zu erfahren. Ich bemerkte eine leichte Veränderung an ihr, ein Weicherwerden, aber sie war immer noch unwillig, uns die ganz persönlichen Einzelheiten ihres Lebens mitzuteilen.

Wenn Mum und ich zusammenkamen, konnten wir nicht anders, als uns in Erinnerungen an unsere Reise zu ergehen. »Na, etwas haben wir rausgefunden«, sagte Mum, »Malteser Sam war sicherlich nicht Omas Vater.«

»Stimmt. Obwohl das nicht unbedingt bedeutet, daß es Howden war.«

»Ja, ich weiß. Wahrscheinlich werden wir nie erfahren, wer wirklich ihr Vater war.«

»Glaubst du, daß Jack Grime wirklich dein Vater war?«

»Ach, ich weiß nicht, Sally«, seufzte Mum. »Als ich klein war, dachte ich immer, daß Howden mein Vater wäre, ist das nicht dumm?«

»Howden? Wie bist du denn darauf gekommen?«

»Ich nehme an, weil er Judys und Junes und Dicks Vater war. Ich nehme an, weil ich klein war und noch nichts begriff, folgerte ich, daß er auch mein Vater war. Du weißt, wie Kinder so sind.«

»Ja, ich kann's mir vorstellen. Ihr habt ja alle in Ivanhoe gelebt.«

»Eben.«

»Tante Judy sagte allerdings, du sähst Jack Grime sehr ähnlich, das wäre doch eine Art von Beweis, oder?«

»Ach, ich weiß nicht. Leute können sich manchmal sehr ähnlich sehen, aber das bedeutet nicht, daß sie verwandt sind.«

»Ja. Hey, ich weiß was. Ich habe ein Foto von Jack, ein großes Foto. Warum schauen wir's uns nicht an? Mal sehen, ob du ihm ähnelst.«

»Ich möchte das nicht.«

»Doch, bitte. Wir halten es neben den großen Spiegel in meinem

Zimmer, du kannst deinen Kopf daneben halten, und dann wissen wir, ob du ihm ähnlich siehst.«

»Na gut«, kicherte Mum, »warum nicht?«

Wenige Minuten später standen Mum und ich mit dem Foto vor den großen Spiegeln in den Türen meines Kleiderschranks. »Tja, das ist ein böser Reinfall. Du siehst ganz und gar nicht aus wie er, selbst wenn man bedenkt, daß du zugenommen hast. Da gibt's keinerlei Ähnlichkeit.«

»Er sieht auch nicht wie eins von euch Kindern aus, nicht?«

»Nee«, stimmte ich zu. »Warte mal 'n Moment, ich hol ein anderes Bild.« Ich kehrte schnell zurück. »Okay«, sagte ich, »schau in den Spiegel.«

Mum stellte sich vor den Spiegel und versuchte, nicht zu lachen. Sie kam sich albern vor. Plötzlich hielt ich ein Foto von Howden als junger Mann neben ihr Gesicht. Wir waren beide sprachlos.

»Mein Gott«, flüsterte ich. »Gib ihm schwarzes, lockiges Haar und einen großen Busen, und er ist dir wie aus dem Gesicht geschnitten!«

Mum war schockiert. »Ich kann's kaum glauben«, sagte sie. »Warum habe ich das nie zuvor bemerkt? Ich habe das Bild doch schon hundertmal gesehen.«

»Ich nehme an, es ist dir einfach nie in den Sinn gekommen«, antwortete ich.

»Hältst du es für möglich, daß er mein Vater ist?«

»Alles ist möglich. Aber er kann eigentlich nicht deiner und Omas sein. Weißt du, Gesichtszüge können eine Generation überspringen. Auch wenn er Omas Vater ist, kannst du sein Aussehen geerbt haben.«

»Ach, ich weiß nicht, Sally«, seufzte Mum. »Es ist und bleibt ein Rätsel. Weißt du, mein Leben lang habe ich immer unbedingt wissen wollen, wer mein Vater ist, aber im Moment ist es mir völlig egal. Warum sollte ich mich darum kümmern? Wer immer es war, er hat sich ja auch nicht um mich gekümmert.«

»Aber das ist doch genau das Problem für alle Aborigines der jüngeren Geschichte, Mum. So viele Kinder laufen herum und wissen nicht, wer ihr Vater ist. Diese frühen Pioniere haben eine Menge Fragen zu beantworten.«

»Ja, ich weiß. Aber ich glaube, daß es mir jetzt ohne die ganze Geschichte besser geht. All die wunderbaren Leute dort im Norden, sie alle haben sich zu mir bekannt. Und das ist alles, was ich wollte. Das ist genug, weißt du. Ich möchte nicht zu irgend jemand anderem gehören.«

»Ich auch nicht.«

Wir gingen zurück ins Wohnzimmer. Nach ein paar Sekunden Schweigen sagte Mum: »Sal …?«

»Was?«

»Ach, nichts. Es ist egal.«

»Ich hasse es, wenn du so anfängst. Los schon, raus damit!«

»Nun, weißt du, diese Daisy, von der Jack sagte, daß er sie getroffen hat? Meinst du, das könnte Oma gewesen sein?«

»Ich weiß nicht. Ich habe sie neulich gefragt, ob sie jemals wieder im Norden gewesen sei, aber sie wurde nur böse auf mich.«

»Sie könnte es gewesen sein«, sagte Mum vorsichtig. »Alice hat dir doch erzählt, daß sie einmal zurückgefahren ist.«

»Aber wenn sie es war, dann war es 1923, und sie war schwanger. Mum, glaubst du, du hast irgendwo einen Bruder oder eine Schwester?«

Sie nickte.

»Aber Oma hätte dir das doch sicher erzählt?«

»Nicht, wenn sie es nicht behalten durfte.«

»Das ist ja furchtbar.« Ich schaute sie erwartungsvoll an. »Da ist doch was, was du mir nicht erzählst, oder?«

Mum sammelte sich, dann sagte sie: »Neulich abend, als ich im Bett lag, hatte ich eine Art Rückblende in die Zeit, als ich klein war. Ich war Oma damit auf die Nerven gegangen, warum ich weder Bruder noch Schwester hatte, und sie umarmte mich und flüsterte leise: ›Du hast eine Schwester.‹ Dann hielt sie mich ganz fest. Als sie mich losließ, sah ich, daß sie weinte.«

Ich brachte kein Wort heraus. Wir saßen beide schweigend da. Schließlich sagte Mum: »Ich werde sie fragen.«

Einige Tage später schnitt Mum das Thema bei Oma an, aber sie erntete nur Ärger und Beschimpfungen. Oma schloß sich in ihr Zimmer ein und sagte: »Laß doch die Vergangenheit ruhen.«

»Ich werde es nie wissen«, erzählte Mum mir später. »Wenn sie's mir nicht erzählt, werde ich's nie erfahren.«

»Du darfst nicht aufgeben! Was sagt denn deine Intuition dazu?«

»Ach Sally, du und deine Intuition. Du bist wie ein verdammter Detektiv. Woher soll ich wissen, daß meine Intuition mir nicht einen Streich spielt?«

»Was sagt sie dir?« hakte ich nach.

Sie seufzte. »Sie sagt mir, daß ich eine Schwester habe. Ich habe dieses Gefühl mein Leben lang gehabt, schon seit ich sehr klein war, daß ich irgendwo eine Schwester habe. Wenn ich sie nur finden könnte.«

»Dann glaube ich, daß dein Gefühl stimmt.«

Mum lachte. »Du bist so romantisch.«

»Quatsch! Sei doch mal logisch, sie könnte noch leben. Wenn sie 1923 geboren ist, ist sie jetzt über sechzig. Wenn Oma sie außerdem oben im Norden bekommen hat, könnte sie von den Leuten dort oben aufgezogen worden sein, oder eine weiße Familie könnte sie adoptiert haben.«

»Sally, wir haben doch nicht mal einen Namen. Es ist unmöglich! Du redest, als könnten wir sie eines Tages finden, aber das ist unmöglich.«

»Nichts ist unmöglich.«

»Redest du mit Oma?«

»Ja, aber sie wird mir nichts erzählen. Ich laß sie sich erst mal ein bißchen beruhigen.«

»Es gab so viel Trauriges in meinem Leben«, sagte Mum. »Ich glaube nicht, daß ich noch mehr aushalten kann.«

»Willst du darüber reden?«

»Meinst du für das Buch?«

»Ja.«

»Na ja …«, sie zögerte einen Moment. Dann sagte sie mit plötzlicher Entschlossenheit: »Warum eigentlich nicht? Wenn ich schweige wie Oma, sieht es so aus, als ob ich dächte, alles wäre in bester Ordnung gewesen. Die Leute sollen wissen, wie es für eine wie mich gewesen ist.«

Ich lächelte sie an.

»Vielleicht wird meine Schwester es lesen.«

# Gladys Corunnas Geschichte

*1931 bis 1983*

Ich habe keine Erinnerung daran, wie ich meiner Mutter weggenommen und ins Kinderheim nach Parkerville gebracht wurde, aber mein ganzes Leben über habe ich dieses Bild von einem kleinen, dicken Mädchen von etwa drei oder vier Jahren vor Augen. Sie sitzt auf der Veranda des Babyland-Heimes, ihre Nase läuft, und sie weint. Ich glaube, das war ich, als sie mich nach Parkerville brachten.

Parkerville war ein wunderschönes, von anglikanischen Nonnen geführtes Heim. Es lag in den Hügeln der Darlingkette und war von Busch und kleinen Bächen umgeben. Im Frühling kamen wilde Blumen in allen Farben heraus und hunderterlei verschiedene Vögel. Jeden Morgen wachte ich auf vom Lachen der Kookaburras und dem Trillern der Elstern. Diese Seite von Parkerville liebte ich.

Von 1931 an, als ich drei Jahre alt wurde, war es mein Zuhause. Ich durfte nur dreimal im Jahr, während der Ferien, meine Mutter in Ivanhoe besuchen.

Das Heim bestand aus zwei Abteilungen. Eine für die älteren Kinder, deren Häuser nach Leuten benannt waren, die Geld gespendet hatten, und das Babyland-Heim. Ich glaube nicht, daß das nach jemandem benannt war.

Babyland war eigentlich nur ein Häuschen mit einer Veranda ringsrum. Drinnen befand sich die Küche mit einem großen Holzofen, ein paar kleinen Tischen und Stühlen und Kinderstühlen für die ganz Kleinen. Es gab nur einen Schlafsaal, und der war voller kleiner, niedriger Metallbetten. Es ging sehr sauber und ordentlich zu in Babyland. Wir durften nur an richtigen Wintertagen drinnen spielen. Normalerweise mußten wir alle draußen auf der Veranda sitzen, damit wir nicht die Zimmer dreckig machten, wenn sie einmal geputzt waren.

Jeden Morgen kamen die älteren Mädchen herüber, um uns zu baden. Uns war immer kalt von der Nacht, denn wir machten alle noch ins Bett. Ich hatte schreckliche Angst vor dem Baden wegen der

Karbolseife und den harten Scheuerbürsten. Die Hausmutter stand immer auf der Türschwelle und sagte: »Scheuert sie gründlich, Mädchen!« Wir weinten, denn diese Bürsten taten wirklich weh. Unser Weinen schien sie stets zu befriedigen, und sie ging schließlich. Sobald sie verschwunden war, warfen die Mädchen die Bürsten weg und ließen uns spielen. Das ging so weit, daß wir losweinten, sobald die Hausmutter in der Tür erschien.

Unsere Sachen wurden in einem großen Schrank aufbewahrt, und die Mädchen zogen uns an, was gerade paßte. Das war wohl einer der wenigen Momente, in denen es für mich ein Glück war, schwarz zu sein, denn die älteren Aborigine-Mädchen gaben uns schwarzen Kleinen immer einen zusätzlichen Kuß oder schmusten mit uns. Das gab mir ein wundervolles Gefühl der Geborgenheit; ich werde immer dankbar sein für diese Zeit. Denn obwohl wir nicht verwandt waren, entstanden starke Bindungen zwischen uns schwarzen Kindern. Die älteren weißen Mädchen schienen sich um niemanden zu kümmern, und unsere Hausmütter waren nicht wie richtige Mütter, sie kommandierten uns nur herum, sie gaben uns nie einen Kuß oder schmusten mit uns.

Jeden Morgen saß ich mit meiner Freundin Iris auf der Veranda; sie war genauso dick wie ich. Sie hatte eine sehr weiße Haut, und ihre Sommersprossen stachen hervor, als wären sie mit einem Malerpinsel aufgekleckst. Die älteren Mädchen nannten sie Kreidy, weil sie so blaß aussah. Sie schien immer unglücklich; sie hatte einen furchtbaren Husten, und ihre Füße waren blau vor Kälte. Wir hatten keine Schuhe. Sie saß am liebsten nahe bei mir. Wir spielten mit dem Krimskrams von Spielzeug, der auf der Veranda verstreut lag. Wenn wir auf der Veranda herumliefen, hielt sie meine Hand. Wir hielten immer zusammen. Wenn wir zu zweit waren, hackten die anderen nicht soviel auf einem herum.

Nach der Schule kamen die älteren Mädchen zurück und trugen mich herum. Ich saß auf der Veranda und drückte mein Gesicht gegen das hölzerne Geländer, von dem aus man auf den Schulhof sah. Die Zeit wurde mir immer lang, bis sie endlich kamen. Wenn es schließlich klingelte, kamen sie herübergelaufen und stritten sich darum, wer an der Reihe war, mich zu tragen. Dann tat Iris mir leid, keine wollte sie je tragen. Ich wünschte mir, daß die älteren Mädchen auch mit ihr spielten, aber sie hustete immer, und ich war bald so damit beschäftigt, die Aufmerksamkeit zu genießen, die ich bekam, daß ich sie schnell vergaß.

Nach dem Abendessen zogen die Mädchen uns unsere Schlafanzüge an. Das waren einteilige Anzüge mit einem Viereck hinten zum Aufknöpfen, so daß wir auf den Topf gehen konnten. Und sie hatten Füßlinge zum Zehenwärmen. Auf jedem kleinen Bett im Schlafsaal lag eine graue oder dunkelgrüne Decke, und wir mußten uns neben unser Bett knien und unser Gebet sagen. Danach wurde das Licht ausgemacht, und die Wiegen von einigen der kleineren Kinder wurden näher an das Schlafzimmer der Hausmutter geschoben, damit sie sie hören konnte, wenn sie nachts krank wurden.

Ich erinnere mich, wie ich Iris einmal nachts husten und husten hörte. Ich schlief wieder ein und wurde dann davon wach, daß das Licht angeschaltet wurde und Leute hin- und herliefen. Als ich am nächsten Morgen aufwachte, war Iris weg. An diesem Tag fühlte ich mich sehr einsam auf der Veranda. Ich fragte die anderen, ob sie sie gesehen hätten. Sie sagten, sie wäre krank und ins Krankenhaus gebracht worden. Ich war sehr traurig.

Einige Wochen später, als ich allein auf der Veranda spielte, tauchte sie wie aus heiterem Himmel wieder auf. Sie war fein angezogen in einem weißen Spitzenkleid, und sie war glücklich; sie hustete nicht mehr. Sie lächelte mich an, und ich lächelte sie an, und dann ging sie wieder. Ich war danach sehr erleichtert, denn ich wußte jetzt, daß es ihr gutging, wo immer sie jetzt auch sein mochte.

Als ich fünf Jahre alt war, wurde ich nach George Turner geschickt. So hieß das Haus gegenüber von Babyland, am Ende einer weiten Schotterfläche. Mir wurde gesagt, daß ich hinübergehen und mich bei meiner neuen Hausmutter melden sollte. Es gab keinen Abschied von meinen Freundinnen, sie spielten einfach weiter auf der Veranda wie üblich.

Ich stolperte die Stufen hinunter und ging mit meinem kleinen Bündel von Anziehsachen langsam los über den Schotter. Ich versuchte, auf Inseln von Löwenzahn zu treten, um meine Füße sauberzuhalten, aber sie wuchsen bloß bis zum Regenwassertank. Danach gab es nur noch schwarzen Sand.

Als ich schließlich das Tor von George Turner erreichte, hatte ich zuviel Angst, es zu öffnen. Ich stand einfach schüchtern da. Ich machte mir Sorgen wegen meiner Füße. In Babyland war es sehr wichtig gewesen, keine schmutzigen Füße zu haben. Das war der Grund, warum uns nie erlaubt wurde, außerhalb der Veranda zu spielen. Und jetzt stand ich hier mit schwarzen, sandigen Füßen. Ich war sicher, daß meine neue Hausmutter sehr böse auf mich sein würde.

Plötzlich kam eines der älteren Mädchen zum Tor. Ich war froh, als ich sie erkannte, sie war eine von meinen Freundinnen. Sie nahm mich an der Hand und führte mich zu Miss Moore, die auf der Veranda wartete. Miss Moore zeigte mir das Haus. Sie sagte, ich gehörte jetzt zu den fünfundzwanzig Kindern, die hier wohnten. Sie erklärte mir, daß die Jungen auf der einen Seite der Veranda schliefen und die Mädchen auf der anderen, mit einem heruntergelassenen Rollo in der Mitte als Abtrennung. Alle hatten einen kleinen Schrank für die persönlichen Dinge und einen kleinen Spiegel zum Haarekämmen an Morgen. Ich war erstaunt, daß sie in der ganzen Zeit, die sie mit mir redete, nicht einmal meine dreckigen Füße erwähnte. Ich war auch überrascht, daß an den Wänden der Schlafsäle riesige, gerahmte Bilder von Filmstars hingen. Natürlich war ich noch zu klein, um zu begreifen, daß es Filmstars waren. Ich dachte einfach, das seien Bilder von Mummies und Daddies.

Nachdem Miss Moore mit ihren Erklärungen fertig war, sollte ich meine Sachen in den Schrank packen. Ich hatte nicht viel, nur ein bißchen buntes Ostereipapier und einen einbeinigen Teddy, den ich in meinen Kleidern versteckt aus Babyland mitgenommen hatte. Auf dem Weg herüber hatte ich Angst gehabt, daß der Teddy herausfallen könnte und sie ihn sehen und mir wieder abnehmen würden. Ich war froh, daß er immer noch bei mir war. Außerdem besaß ich eine Haarbürste, die meine Mutter mir geschenkt hatte. Sie wollte, daß ich ordentlich aussah.

Mein kleiner Schrank blieb nicht lange so leer; ich wurde eine richtige Sammlerin. Ich sammelte furchtbar gerne das Silberpapier von Ostereiern. Manchmal gaben mir die älteren Kinder ein paar Stücke, und ich saß stundenlang da und versuchte die Falten herauszustreichen. Dann stapelte ich sie vorsichtig in einer alten Schokoladenschachtel. Ich sammelte alles, was die älteren Kinder freiwillig teilten oder hergaben; ich war nicht wählerisch. Ich liebte Haarschleifen. Manchmal half mir eines der älteren Mädchen, mich fein anzuziehen, und band mein Haar mit einer Schleife zusammen, damit ich hübsch aussah. Das gefiel mir sehr. Ich gab an vor den anderen Kindern, die keine hatten.

Ich hatte Alpträume in George Turner, in Babyland hatte ich nie welche gehabt. Vielleicht lag es an dem großen Bett; es war sehr hoch, und wenn ich darin lag, fühlte es sich sehr leer an. Außerdem war ich es nicht gewohnt, auf der Veranda zu schlafen. Da gab es alle möglichen Geräusche, die mich ängstigten. Die alten Leinwandmarkisen knirschten gegen ihre Seilverankerungen, die Nachtvögel riefen einander, und oft hörten wir die Flügel von großen Vögeln im Vorbeiflug schlagen. Mein Bett war das letzte auf der Veranda nahe dem Rollo, das die Mädchenabteilung von den Jungen trennte. Ein großes Fenster war gleich neben meinem Bett. Ich schaute durch das Fenster und sah nur Dunkelheit und unheimliche Schatten.

Manchmal wurde ich mitten in der Nacht wach und hatte ein schweres Gewicht auf der Brust, und mein Mund war völlig ausgetrocknet. Ich war mir sicher, daß jemand an meinem Fußende saß. Ich lag unter meiner Decke und hatte zuviel Angst, mich zu bewegen oder zu atmen. Ich dachte, wenn ich still genug liegen würde, gingen sie vielleicht weg. Ich hoffte, sie würden glauben, das Bett sei leer, weil ich so klein war und nicht viel Platz brauchte. Wenn ich am Morgen aufwachte, schaute ich sofort an das Fußende meines Bettes, um nachzusehen, ob jemand da war. Es war nie jemand da.

Als ich älter wurde, verschwand die Angst. Vielleicht weil ich von Jesus hörte. Wenn ich wirklich große Angst hatte, schaute ich über die Veranda zu einem nahen, hohen Eukalyptusbaum und sah ihn dort, wie er mich beobachtete. Ich fühlte mich sehr beschützt. Manchmal, wenn ich traurig war, schien plötzlich ein Licht in mir und machte mich glücklich. Ich wußte, daß es Gott war.

Abgesehen von diesen Erfahrungen half mir am meisten die Musik, die ich nachts hörte. Später wurde mir klar, daß es sich um Musik der Aborigines handelte, als ob einige Blackfellas einen Korrobori nur für mich veranstalteten. Es war sehr schöne Musik. Ich hörte sie nur nachts, wenn ich sehr niedergeschlagen war. Sobald ich sie gehört hatte, war ich beruhigt und konnte einschlafen. Ich hatte dann das Gefühl, beschützt zu werden.

Ich nehme an, es war gesund, auf der Veranda zu schlafen, aber in Winternächten, wenn es blitzte und donnerte und hereinregnete, war es wirklich unheimlich. Natürlich ließen sie dann überall die Rollos herunter, um uns ein wenig Schutz zu geben, aber es war immer noch furchterregend. Ich war mir sicher, daß ich eines Nachts vom Blitz erschlagen würde. Wenn es zu naß wurde, durften wir unsere Matratzen nach drinnen zerren und auf dem Boden schlafen.

Ich kam mir sehr oft sehr verloren vor. Ich wußte, daß ich kein Baby mehr war und jetzt auf mich selber aufpassen mußte.

Eines Tages, als ich schon über ein Jahr in George Turner lebte, fragten mich welche von den älteren Mädchen, ob ich zu einem Spaziergang mitkommen wollte. Es gefiel mir sehr im Busch. Als ich müde wurde, wechselten sie sich ab, mich huckepack zu tragen.

Wir gingen auf der anderen Seite des Heims tief in den Busch hinein. Manchmal störten wir kleine Känguruhs auf, die sich im Schatten eines roten Eukalyptusbaumes ausruhten. Sie hüpften nur ein kurzes Stück weg, sie waren nicht gerade aufgeregt wegen unserer Anwesenheit, aber ihre weichen, grauen Ohren zuckten, und sie paßten auf, daß wir nicht zu nahe kamen.

»Laßt uns zum Friedhof gehn«, schlug eines der Kinder vor.

»Was ist das?« fragte ich Enid, die mich huckepack trug.

»Da bringen sie einen hin, wenn man stirbt«, antwortete sie, »da sind viele Kinder begraben.«

Sie war oft dort gewesen. Offensichtlich gingen alle Kinder gern dorthin. Sie erzählten mir, daß sie gern die Namen auf den Kreuzen lasen. Manchmal war es nur ein Vorname wie Rosie, und das Alter stand darunter.

Als wir zum Friedhof kamen, sagte ich zu Enid: »Ich dachte, wir kommen zu Jesus in den Himmel, wenn wir sterben.«

»Kommen wir auch«, antwortete sie. »Hier sind wir. Runter mit dir.« Sie ließ mich von ihrem Rücken auf den Boden gleiten.

Ich starrte auf die kleinen Gräber, die hier und da zwischen dem niedrigen grünrosa Gebüsch verteilt lagen. Dann folgte ich Enid, während sie von Grab zu Grab ging und die Namen las. Plötzlich griff sie meine Hand.

»Sieh mal«, sagte sie, »hier, das ist eine kleine Freundin von dir, die aus Babyland. Iris, drei Jahre und zehn Monate.«

Ich blickte erschrocken auf den kleinen Erdhügel unter dem schmalen, weißen Kreuz. Enid ging weiter und las dabei die Namen von anderen kleinen Kindern. Ich stand da und starrte auf Iris' Grab. Ich begriff plötzlich, warum sie nicht nach Babyland zurückgekommen war; sie war gestorben.

Ich pflückte ein paar Butterblumen und legte sie auf das Grab, wie ich es immer tat, wenn ich einen toten Vogel im Busch fand und ihn begrub. Ich versuchte meine Tränen vor den anderen zu verbergen, aber sie merkten es und begannen im Chor zu rufen: »Heulsuse! Heulsuse!« Enid hörte sie und rief: »Laßt sie in Ruhe!« Sie kam zu mir und nahm mich hoch. »Ist ja schon gut«, sagte sie, »deine Freundin ist glücklich im Himmel.«

Jeder Morgen in Parkerville lief gleich ab. Wir wurden früh mit Glockengebimmel geweckt. Die Luft war immer kalt, und uns war nie nach Aufstehen zumute. Wir machten unsere Betten, zogen uns an und fegten die Veranda. Danach war es Zeit fürs Frühstück. Im Eßzimmer stand ein großer Tisch mit Hockern, die genau darunter paßten, so daß sie nicht mehr zu sehen waren, wenn sie nicht benutzt wurden.

Im Winter brannte ständig der große offene Kamin; es wurde sehr kalt in den Hügeln. Ich weiß noch, wie wir es haßten, abends vom Feuer wegzugehen zu unseren Betten auf der Veranda, die immer so kalt waren. Ich versuchte jedesmal, mich hinter einem Stuhl zu verstecken, und hoffte, daß Miss Moore es nicht merken würde. Dann könnte ich die ganze Nacht am Feuer kauern. Aber dieser Trick funktionierte nie; sie zog mich immer hervor und schickte mich mit den anderen hinaus.

Jeden Morgen brachten die Jungen das Holz für den Ofen in die Küche, und die älteren Mädchen kochten Porridge. Ich mochte das Frühstück nie besonders wegen der Getreidekäfer; jeden Morgen starrten sie mich aus meiner Porridgeschüssel an. Ich bedeckte sie, so gut ich konnte, mit Milch und Zucker. Manchmal schloß ich die Augen, wenn ich den Löffel zum Mund führte. Ich verabscheute die Vorstellung, daß sie jetzt in mir waren. Ich hätte furchtbar gerne auf den Brei verzichtet, aber ich war immer zu hungrig, um mir diesen

Luxus zu erlauben. Außer einer Scheibe Brot mit Schmalz war der Haferbrei alles, was wir bekamen.

Nach dem Frühstück machten wir sauber und gingen dann vor der Schule zur Morgenandacht. Zur Mittagszeit stellten wir uns auf und marschierten in den großen Eßsaal. Mittags gab es gewöhnlich eine warme Mahlzeit, so etwas wie Eintopf. Das Fleisch roch manchmal schlecht, besonders im Sommer. Nach der Schule durften wir eine Scheibe Brot mit Schmalz essen, bevor wir zum Nachmittagsgottesdienst gingen. Das Abendessen bestand normalerweise aus kaltem Fleisch und Salat und, wenn wir Glück hatten, Pudding mit Soße.

An jedem Freitagabend gab es Kino. Das waren meist alte Stummfilme, wir mochten sie sehr. Oft brachten sie herzzerreißende Geschichten über Leute aus dem fahrenden Volk, die Kinder von einer Familie stahlen. Natürlich waren sie am Ende des Filmes alle wieder vereint. Ich fand mich wieder in diesen Filmen. Wir alle taten das. Ich stellte mir immer vor, daß ich selber ein gestohlenes Kind wäre. Ich übernahm diese Rolle mit ganzem Herzen, so daß ich eine Ewigkeit brauchte, in die Realität zurückzufinden, wenn der Film zu Ende war. Wir liebten Filme jeder Art über Familien. Bilder wie diese berührten etwas tief in unserem Inneren. Es war der geheime Wunsch jedes Kindes, eine eigene Familie zu haben. Aber darüber redeten wir nie offen. In der Woche spielten wir meist die Filme nach. Eine der schrecklichsten Strafen, die sie im Heim verhängen konnten, war, jemanden vom Freitagsfilm auszuschließen.

Am Samstagmorgen mußten wir uns als erstes für eine Dosis Bittersalz aufstellen. Das war ekelhaft. Danach war es Zeit, sauberzumachen. Wir wischten den Küchenfußboden, putzten den Herd und säuberten das Bad mit einer Mischung aus Holzkohle und Kochsalz. Am meisten haßte ich die Aufgabe, den Frühstückstisch zu scheuern. Er war mit weißem Schweinsleder bezogen, und man sah alles darauf; wir mußten wirklich hart schrubben, um ihn sauber zu bekommen.

Das Eßzimmer in unserem Haus war groß. Eigentlich war es ein Eß- und Wohnzimmer. Am einen Ende stand der große Tisch und am anderen ein kleiner Tisch mit einem Stuhl, wo die Hausmutter saß und frühstückte. Wir beneideten Miss Moore, denn sie bekam richtige Butter zu ihrem Toast und reichlich abgekochte Sahne.

Wenn es um die Arbeit ging, hatten die Jungen es wirklich leicht.

Die Nonnen hielten es für Frauenarbeit, sich um das Haus zu kümmern. Sie dachten ganz altmodisch. Die Jungen halfen noch nicht einmal mit den Fußböden. Obwohl mir das nichts ausmachte, ich polierte gern den Fußboden.

Sie gaben uns große Büchsen mit gelbem Wachs, das im Heim hergestellt wurde. Es war sehr dick. Wir banden uns alte Pullover um die Füße, schwappten riesige Klumpen des gelben Wachses auf den Boden und sausten dann überall herum. Das war besser als Rollschuhlaufen. Wir stießen oft zusammen oder gegen die Wand. Miss Moore kam nur herein, um nachzuschauen, wenn jemand zu weinen begann. Egal, wie sehr du dir wehgetan hattest, du weintest nie, denn dann wurden alle bestraft.

Es zahlte sich nicht aus, Miss Moore zu ärgern, denn sie konnte schrecklich aufbrausen, und wenn sie wütend wurde, konnte sie einen furchtbar verprügeln. Sie arbeitete nie; ihre Aufgabe war es, die Aufsicht zu führen. Sobald wir mit dem Haus fertig waren, marschierten wir alle hinüber zur Waschküche, um unsere Sachen zu waschen. Es gab Frauen, die die Bettwäsche wuschen, aber um unsere persönlichen Sachen mußten wir uns selbst kümmern.

Meine Lieblingszeit im Heim waren die Samstagnachmittage. Sobald wir mit der Arbeit fertig waren, durften wir tun, was uns gefiel. Wenn es zu kalt war zum Schwimmen, gingen wir auf die Jagd nach etwas Eßbarem.

Ich hatte immer Hunger. Ich war wie Pu der Bär, ich konnte nie genug zu essen bekommen. Mein Magen knurrte immer. Wir aßen gerne die wilden Preiselbeeren, die im Busch wuchsen; sie waren süß und saftig. Jahr für Jahr gingen wir zu denselben Büschen, sie trugen immer reichlich Früchte. Das Problem war, daß auch die Echsen sie mochten. Manchmal aßen wir von einer Seite und eine Echse von der anderen, aber wir wußten es nicht, bis wir uns in der Mitte trafen. Ich weiß nicht, wer am meisten erschrak.

Hinter dem Eßzimmer lag eine Kammer, wo Äpfel und Wurzelgemüse gelagert wurden. Die Tür war immer abgeschlossen, aber es gab ein kleines Fenster, durch das wir leicht klettern konnten. Wir stibitzten ein paar Äpfel und Kartoffeln und verschwanden dann in den Busch zu unserem speziellen Baum, wo wir gerne Vater, Mutter und Kind spielten. Es war ein großer, alter roter Eukalyptusbaum. Er war abgestorben, und der Stumpf war gespalten. Drinnen war es wie in einem großen Raum. Wir versteckten Dosen und Stücke von zerbrochenem Porzellan, die hübsch aussahen. Es war ein sehr glücklicher Ort. Wir zündeten mit Hilfe eines dicken Glasstückes, das wir dort versteckt hielten, ein Feuer an. Dazu hielten wir es über ein trockenes Eukalyptusblatt, und es dauerte nicht lange, bis ein zarter Rauch aufstieg. Dann warfen wir noch mehr trockene Blätter darauf und brachten das Feuer gut in Gang, bevor wir die Kartoffeln drauflegten. Wenn wir das Gefühl hatten, daß sie gar waren, holten wir sie aus der Asche, indem wir sie mit einem langen Stock aufspießten. Manchmal verbrannten wir uns die Zunge, weil uns das Wasser im Mund zusammenlief und wir es nicht abwarten konnten. Oft waren die Kartoffeln in der Mitte noch roh, aber das machte uns nichts aus.

Unser bestes Essen waren die Flußkrebse. In den kleinen Teichen und Bächen um das Heim herum wimmelte es nur so von ihnen. Wir fingen sie mit einem Stück alten Fleisch, das wir uns in der Küche erbettelten und an eine Schnur banden. Kaum hielten wir die Schnur ins Wasser, kam schon ein Flußkrebs und biß an. Wenn wir neun oder zehn gefangen hatten, kochten wir sie in einer alten Büchse. Das war das Beste überhaupt.

Meine glücklichste Zeit verbrachte ich allein im Busch, wenn ich Vögel und andere Tiere beobachtete. Wenn ich sehr ruhig dasaß, bemerkten sie mich nicht. Es gab Kaninchen, Känguruhs, große und kleine Echsen, sogar winzige Insekten waren interessant. Ich hatte so großen Respekt vor ihrem kleinen Leben, daß ich mich furchtbar fühlte, wenn ich auch nur auf eine Ameise trat. Wir begegneten allen möglichen Schlangen, grünen, braunen, schwarzen. Wir nahmen die grünen hoch und wedelten mit ihnen herum. Heute würde ich sie nicht mehr anfassen. Die braunen oder schwarzen nahmen wir nie in die Hand. Wenn wir auf sie trafen, gingen wir einfach weg. Manchmal töteten die älteren Jungen die ganz großen schwarzen Schlangen.

Eines Tages, als ich allein war, fand ich unter einem Stein nahe einem Geißblattgewächs ein Nest mit Feldmäusen. Ich ging immer zu diesem Busch, weil man die Blüten auslutschen konnte. Sie waren süß, fast so gut wie ein Bonbon. Ich fand die jungen Feldmäuse wundervoll, sie waren rosa und nackt und sehr klein. Ich beschloß, es für mich zu behalten, damit ihnen niemand etwas antun konnte.

Während ich sie mir anschaute, tauchten plötzlich einige Jungen aus dem Busch auf. Als sie sahen, was ich anguckte, rannten sie herbei und nahmen die Mäuse heraus, hielten sie hoch in die Luft und lachten und neckten mich. Sie warfen sie einigen Kookaburras zu, die sie herunterschlangen. Ich war entsetzt. Ich zerstörte das Nest in der Hoffnung, daß die Mutter nie wieder Junge bekäme. Ich habe noch oft unter dem Busch nachgeschaut, aber es waren nie wieder Mäuse da.

Ich hatte im Busch einen Baum zum Weinen. Er stand am Bach, ein alter, krummer Pfefferminzbaum. Die dicken Äste waren so gewachsen, daß sie einen Sitz formten, und seine herunterhängenden Blätter verdeckten mich fast vollständig. Vor den anderen im Heim zu weinen war bei uns verpönt. Du mußtest dir einen Ort zum Weinen suchen. Viele Kinder weinten jede Nacht in ihren Betten, aber das war nicht zu vergleichen mit solch einem stillen Platz, an dem du soviel Lärm machen konntest, wie du wolltest.

Ich saß meist stundenlang unter diesem Pfefferminzbaum, beobachtete, wie das Wasser über die Felsen gurgelte, und hörte den Vögeln zu. Nach einer Weile füllte der Frieden dieses Ortes mich aus, und ich war nicht mehr traurig. Statt dessen begann ich, die zahlreichen regenbogenfarbenen Libellen zu zählen, die über die Wasseroberfläche glitten. Und bald schlief ich ein. Wenn ich schließlich zum Heim zurückspazierte, fühlte ich mich sehr zufrieden.

Den Samstagabend waren wir damit beschäftigt, unsere Kleider für die Kirche am Sonntag vorzubereiten. Wir bügelten alles mit schweren, flachen Bügeleisen, die auf dem Ofen erhitzt wurden. Das war harte Arbeit, besonders wenn man klein war. Unsere Kleider waren immer gestärkt und gebügelt. Wir mußten sie bügeln und bügeln, bis keine Falte mehr zu sehen war; das dauerte ewig.

Ich erinnere mich, wie ich eines Abends in die Küche rannte, gerade als Miss Moore mit einem rotglühenden Bügeleisen durch die Tür kam. Sie traf mich direkt am Arm. Ich muß ohnmächtig geworden sein, denn als ich aufwachte, befand ich mich im Heimkrankenhaus. Mein Arm war völlig bandagiert, und die Oberschwester saß neben mir. Sie holten den alten Arzt, der für den Mundaringdistrikt zuständig war, um mich anzuschauen. Er kam nur in Notfällen zum Heim. Als er den Verband von meinem Arm nahm, war nur rohes Fleisch zu sehen, die Haut war verschwunden.

Sie behielten mich vier Tage im Krankenhaus. Ich war sehr einsam, niemand sonst war krank. Ich glaube, ich tat ihnen leid, denn sie ließen mich auf der Veranda sitzen mit meinem Arm in einer Schlinge. Die anderen Kinder kamen herübergeschlichen und unterhielten sich mit mir. Das Krankenhaus lag außerhalb des Geländes, und sie mußten durch ein großes Feld mit grünen Erbsen pirschen. Ich war immer böse auf sie, weil sie so lange brauchten, um durch das Feld zu kommen. Ich wußte, daß sie dort auf dem Rücken lagen, Erbsen aßen und mich vergessen hatten.

Ich hatte Glück, daß ich nur selten ernsthaft krank wurde. Es ging dir nicht gut in Parkerville, wenn etwas nicht stimmte und du dich nicht um dich selber kümmern konntest. Die schwächeren Kinder standen immer zurück, die älteren hackten auf ihnen herum. Es gab viele Kinder im Heim, die aufgrund von Kinderlähmung verkrüppelt waren. Sie taten mir leid. Und wir mußten sterbenskrank sein, um die Schule versäumen zu dürfen. Wenn du zu Hause bliebst, gaben sie dir eine Dosis Salz oder Rizinusöl. Das heilte damals einfach alles.

Einer der Tiefpunkte meiner Kindheit war die Zeit, als sie mich ins Kinderkrankenhaus in Perth brachten, um meine Mandeln herauszunehmen. Ich hatte furchtbare Angst. Ich war ganz allein und dachte, ich würde sterben. Ich mußte ein Nachthemd anziehen, das am Rücken offen war. Alles roch nach Karbolseife, sogar die Bettücher. Ich haßte diesen Geruch. Sie steckten mich in ein hohes Metallbett, und kaum jemand sprach mit mir. Ich fühlte mich wie im Leichenschauhaus.

Ich war sehr krank nach der Operation. Ich hatte niemanden, mit dem ich reden konnte, ich weinte und weinte. Ich konnte nicht verstehen, warum meine Mutter mich nicht besuchen kam. Ich dachte, vielleicht hatten sie ihr nicht gesagt, daß ich krank war. Sie erzählte mir später, daß sie sich nicht von der Arbeit freinehmen durfte und abends nicht kommen konnte wegen der Ausgangssperre, die Aborigines verbot, bei Dunkelheit unterwegs zu sein. Es war damals sehr hart für sie und für mich. Sogar wenn ich krank war, gehörte ich dem Ministerium für Ureinwohner. Mir war nicht einmal der Trost meiner Mutter erlaubt.

Aber bald danach passierte etwas, das mich aufmunterte. Mein Onkel Arthur kam mich besuchen. Er hatte mich schon einmal in

Parkerville besucht, als ich noch sehr klein war. Meine Erinnerung an ihn war nur undeutlich, aber sie war wichtig. Ich liebte ihn, und ich wußte, daß er mich liebte. Ich wußte außerdem, daß er mich am liebsten von dort weggeholt hätte. Er war sehr wichtig für mich. Er erinnerte mich an meine Mutter und mein Zuhause. Manchmal dachte ich, wenn er und Mum zusammenleben könnten, wären wir eine richtige Familie. Aber das sollte nicht sein. Er kam mich danach noch einmal besuchen, dann nie wieder. Er war zu sehr damit beschäftigt, den Lebensunterhalt für sich und seine Familie zu verdienen.

Am Sonntagnachmittag durften Besucher kommen. Wir warteten und warteten. Wir wußten, daß es ein langer Fußweg bergauf vom Bahnhof war, und wir wußten nie, ob jemand für uns kommen würde oder nicht. Das war das Schlimmste am Warten. Wir hofften immer bis zur letzten Minute. Ich dachte immer, na, Mum wird gleich hier sein, ich muß nur noch ein bißchen länger warten. Sie war böse, wenn ich auf sie wartete. Ich erinnere mich an manche Jahre, in denen sie nur zweimal ins Heim kam.

Wenn keiner kam, setztest du ein tapferes Gesicht auf und weintest nicht. Du tatest so, als ob es dir egal wäre, zucktest einfach die Schultern und gingst davon. Wenn eine deiner Freundinnen Besuch bekam, warst du eifersüchtig. Wenn du allerdings jemanden für dich den Hügel heraufkommen sahst, warst du so aufgeregt, daß du gleich losranntest. Viele der Kinder in Parkerville hatten Eltern. Einige hatten Mütter, andere hatten Väter. Für solche Kinder tatest du alles, denn du hofftest immer, daß sie dich fragen würden, ob du mitkommen und ihren Besuch teilen wolltest.

Für uns Aborigine-Kinder war es am schlimmsten. Wir hatten niemanden. Einige der Kinder waren ihren Familien weggenommen worden, die Hunderte von Meilen entfernt lebten. Es war zu weit, um für einen Besuch anzureisen. Und außerdem mußten Aborigines eine Reiseerlaubnis haben. Manchmal gab man sie ihnen nicht. Es war denen doch egal, ob die Leute ihre Kinder besuchen wollten. Jedesmal, wenn Mum mich besuchen kam, hatte sie Papiere dabei, die besagten, daß sie reisen durfte. Ein Polizist konnte sie jederzeit anhalten und nach den Papieren fragen, und wenn sie sie einmal nicht dabeihatte, bekam sie großen Ärger.

Wenn Mum mich lange Zeit nicht besuchte, fragte ich mich, ob sie mich vergessen hatte. Aber der einzige Tag, an dem ihr überhaupt ein wenig Freizeit blieb, war der Sonntag, und auch dann mußte sie zuerst für den Braten sorgen. Sie hatte nie Ferien wie manche anderen Bediensteten. Ich erinnere mich, wie sie mir manchmal erzählte, daß sie nicht gekommen war, weil sie die Zugfahrkarte nicht bezahlen konnte. Und einen ganzen freien Sonntag hatte sie nur dann, wenn die Drake-Brockmans einen Tagesausflug machten.

Als ich noch klein war, verließ eine Schwester namens Kate Parkerville und nahm viele Aborigine-Kinder mit sich. Ich war sehr traurig, denn ich verlor viele Freundinnen und Freunde. Es gab einige hellhäutige Aborigine-Jungen, die auf mich aufpaßten. Ich weiß nicht, warum ich nicht zusammen mit ihnen fortgeschickt wurde, vielleicht wegen der Drake-Brockmans, ich weiß es nicht.

Alice Drake-Brockman wird wohl gedacht haben, daß sie etwas Gutes tat, als sie mich nach Parkerville schickte. Manchmal kam sie hoch und brachte Judy, June und Dick mit zu einem Picknick. Das war immer im Frühling, wenn die Wildblumen blühten. Dick und ich kamen sehr gut miteinander aus, wir standen uns sehr nahe. Er behandelte mich wie seine Schwester.

Ich war froh, wenn sie kamen, und die anderen Kinder waren so neidisch. Ich gewann eine Menge Ansehen, weil ich jemanden mit einem Auto kannte. Ich meinte immer vor Freude beinahe zu platzen, wenn ich den schwarzen Chevrolet den Hügel hinaufkriechen und langsam die Straße entlangfahren sah, bis er dann vor George Turner anhielt. Die anderen Kinder drängten sich nah heran in der Hoffnung, daß ich eines von ihnen einladen würde. Ich sprang vom Holzzaun, auf dem wir immer saßen und auf Besuch warteten, und ging langsam zum Auto. Ich war sehr schüchtern, aber ich war mir auch des Neides der anderen bewußt, die noch auf dem Zaun hinter mir saßen. Das gab mir ein Gefühl von Wichtigkeit, das noch die ganze folgende Woche über anhielt. Ich versprach den anderen Kindern jedesmal, daß ich beim nächsten Mal vielleicht eines von ihnen mitnehmen würde. Damit war ich Königin bis zum darauffolgenden Sonntag, wenn vielleicht ein anderes Kind Besuch bekam, der eine Schachtel Kuchen mitbrachte. Dennoch war der Kuchen nie so wichtig wie ein Auto; es war sehr schwierig hinzubekommen, daß ein Kuchen eine Woche lang vorhielt.

Ich betete oft zu Gott, daß er mir eine Familie gibt. Ich tat immer so, als ob ich eine Mutter, einen Vater und Geschwister hätte. Ich tat so, als ob ich in einem großen, tollen Haus wie Ivanhoe lebte und in die St.-Hilda-Mädchenschule ginge wie Judy und June.

Damals war es mir sehr wichtig, einen Vater zu haben. Wenn ich Mum nach meinem Vater fragte, sagte sie nur: »Du brauchst nichts über ihn zu wissen. Er starb, als du noch ganz klein warst, aber er hat dich sehr geliebt.« Sie spürte, daß ich das Gefühl brauchte, irgendwo hinzugehören. Aber sie wußte nichts von all den Hänseleien, die ich abbekam, weil ich keinen Vater hatte, oder von den Bemerkungen, die ich mitanhören mußte über die schlechten Mädchen, die einfach so ein Kind bekamen. Ich wußte, daß das etwas mit mir zu tun hatte, aber ich war noch zu jung, um es zu begreifen.

Ich hatte eine große Narbe auf meiner Brust. Meine Mutter sagte, mein Vater hätte seine Zigarrenasche dort fallenlassen. Ich versuchte ihn mir vorzustellen, wie er mich wiegte und dabei eine große Zigarre im Mund hielt. Ich stellte ihn mir immer wie einen Filmstar vor, wie auf den Fotos der großen Mädchen im Heim. Durch die Narbe fühlte ich, daß ich einen wirklichen Vater gehabt haben mußte. Ich sah sie mir an und war ganz zufrieden. Erst viel später wurde mir klar, daß es eine Initiationsnarbe war. Meine Mutter hatte sie mir beigebracht, um mich zu beschützen.

Wir machten manchmal Ausflüge mit dem Heim. Wir gingen ins Kino, und wir veranstalteten Konzerte an verschiedenen Orten, um Geld zu sammeln.

Eines Morgens waren wir alle sehr aufgeregt; es hieß, wir gingen in den Zoo. Ich brauchte gerade etwas, über das ich mich freuen konnte, denn ich hatte meine Mutter ewig nicht gesehen und war sehr traurig. Eigentlich ging es nicht nur mir so. Kaum eines der Kinder hatte Besuch gehabt, alle waren niedergeschlagen. Es waren noch nicht einmal Leute dagewesen, die Kinder zur Adoption suchten.

Oft kamen nämlich Leute ins Heim, die sich Kinder für eine Adoption ansahen. Ich glaube nicht, daß sie ahnten, wie sehr uns das aus der Fassung bringen konnte. Wir waren voller Erwartung und fragten uns, wer das Glück haben würde, eine Mutter und einen Vater zu bekommen. Bei den Besuchen kam meistens nichts heraus, die Kinder fühlten sich zurückgewiesen und weinten sich nachts in den Schlaf. Eine Freundin von mir wurde tatsächlich adoptiert. Alle waren überrascht, denn normalerweise wollte uns im Alter von acht oder neun Jahren niemand mehr. Meine Freundin war acht, sie war sehr hübsch und blond. Eine wohlhabende Familie nahm sie zu sich, und wir dachten, daß sie wirklich Glück hatte. Sie war erst zwei Jahre fort, als sie plötzlich starb. Es gab ein großes Gerichtsverfahren deswegen. Sie war an einer Arsenvergiftung gestorben. Danach wollte kein Kind im Heim mehr adoptiert werden.

Der Besuch im Zoo munterte uns alle auf. Nach dem Frühstück marschierten wir zum Bahnhof. Als die alte Dampflok hereingetuckert kam, hatten wir alle soviel Angst, nicht mehr mitzukommen, daß wir die Schreie der Hausmutter überhörten und in den noch fahrenden Zug sprangen. Wer zuerst drinnen war, sicherte einen Sitzplatz für seine Freundinnen und Freunde, und alle hofften, daß die eigene kleine Gruppe in dem Abteil ohne die Hausmutter säße. Denn dann konnten wir so laut schreien, wie wir wollten, wenn wir durch den Tunnel bei Swanview fuhren.

Der Zoo war wirklich aufregend, besonders die Elefanten. Ich hatte schon Fotos von Elefanten gesehen, die mit viel Gold geschmückt waren und indische Prinzen auf ihrem Rücken trugen. Ich konnte mir mich gut so vorstellen. Ich achtete darauf, die Elefanten immer anzulächeln, denn ich hatte in einem Buch gelesen, daß sie nie etwas vergaßen, und es gab eine Geschichte über einen Mann, der grausam zu ihnen war und zu Tode getrampelt wurde. Ich wollte auf Nummer sicher gehen.

Nach dem Tag mit den Tieren war ich sehr glücklich. Als wir zurück zur Fähre marschierten, kamen wir an einem Haus am Fluß vorbei, von dem ich wußte, daß Tante Mary und Onkel Ted dort wohnten. Ich hatte sie in den Weihnachtsferien mit meiner Mutter besucht, und irgendwie fühlte ich mich ihr plötzlich nahe.

Wir bestiegen die Fähre und tuckerten bald zurück über den Swan. Ich hatte einen Platz direkt am Wasser und sah zu, wie die kleinen Wellen unter dem Boot hervorkamen und langsam verschwanden. Dann bemerkte ich eine Fähre, die von der anderen Seite herüberkam, und ich lehnte mich über die Reling, um zu sehen, wie nahe sie unserem Boot kommen würde. Zu meiner Überraschung sah ich meine Mutter auf der anderen Fähre sitzen, hübsch wie immer in ihrem blauen Kostüm. Ich konnte es kaum glauben.

Ich rief ihr zu, ich schrie laut und winkte mit den Armen. Sie wußte wohl, daß ich heute in den Zoo ging, dachte ich, aber sie hat sich mit der Zeit vertan, sie wird mich verpassen. Sie geht wahrscheinlich in den Zoo, um mich zu treffen, und ich bin nicht mehr da. Ich sprang hoch und rief und rief. Meine Mutter saß auf der Fähre, aber sie drehte nicht einmal den Kopf in meine Richtung.

Binnen kurzem waren die Boote aneinander vorbeigefahren, und mir wurde klar, daß sie mein Rufen nicht gehört hatte. Ich setzte mich wieder auf den Holzsitz und drückte mich in die Ecke. Die anderen Kinder schauten mich nur an, sie sagten nichts. Ich vergaß die Elefanten, Bären und Löwen. Ich mußte immerzu an meine Mutter denken. Ich war so traurig, ich konnte nicht einmal weinen.

Nach einigen Jahren in George Turner begann ich so abenteuerlustig zu werden wie die anderen Kinder. Ich wurde so etwas wie eine Anführerin und hatte meine eigene kleine Bande. Außerdem bekam ich nachts keine Angst mehr. Ich liebte jetzt sogar den Moment in der Nacht, wenn die wilden Pferde vorbeigerast kamen. Es gab damals viele Pferde in den Bergen. Wenn wir sie kommen hörten, lehnten wir uns über die Veranda und riefen ihnen zu. Sie waren so wunderschön, einige silbrig, einige weiß, andere braun oder schwarz. Sie stürmten zu den saftigen Weiden auf der anderen Seite des Hügels. Auf ihre Art waren sie wohl so wie wir Kinder, sie gehörten nirgendwohin.

Wir hatten an unseren Freitagabenden auch eine Serie von Cowboyfilmen gesehen, und wir waren nun alle sehr interessiert am Wilden Westen. Manchmal taten wir so, als ob der Gepäckkarren des Heimes ein alter Proviantwagen sei. Wir hatten viel Phantasie. Unsere Begeisterung für den Wilden Westen führte auch zu einem neuen Interesse an den Wildpferden. Wenn wir wirklich wie Cowboys sein wollten, so brauchten wir ein Pferd. Also planten wir, eines mit dem Lasso einzufangen, wenn sie nachts vorbeigestürmt kamen. Es gab nur ein Problem: wir hatten kein Seil.

Das einzige Seil, von dem wir wußten, gehörte zu der Fahne, die die Schule an jedem Anzac-Day hißte. Wir wußten, in welchem

Schrank die Fahne aufbewahrt wurde. Wir zogen Hölzchen, um auszumachen, wer sie stehlen würde. Das war ein Brauch, mit dem wir die meisten Probleme lösten. Wer das lange Hölzchen zog, akzeptierte es einfach als Schicksal, auch wenn die Angst riesig war. Harry verlor. Der arme Harry, er geriet immer in Schwierigkeiten. Es war einfach sein Pech.

Nachdem Harry sich zur Schule geschlichen und das Seil von der Fahne geklaut hatte, lehnten wir alle über dem Verandageländer und warteten im Dunkeln, daß die Pferde kämen. Wir waren sehr aufgeregt. Leider kamen sie immer spät, fast um Mitternacht, daher schliefen die meisten kleineren Kinder auf dem Verandageländer ein.

Gegen halb zwölf hörten wir das Trappeln der Hufe und wußten, daß sie auf dem Weg waren. Harry sprang auf das Geländer und machte sein Lasso bereit. Als die Wildpferde vorbeigestürmt kamen, warf er es so hoch und weit aus, wie er konnte, aber als das Seil verschwand, verschwand auch Harry. Wir beobachteten mit ehrfürchtigem Staunen, wie er schreiend über das Geländer segelte. Sobald die Pferde vorbei waren, rannten wir hinunter und fanden ihn mit gebrochenem Arm auf der Erde liegen. Wir schnappten das Seil und versteckten es, dann weckten wir Miss Moore.

»Er ist schlafgewandelt«, erzählten wir ihr unschuldig, »er ist von der Veranda gefallen und hat sich den Arm gebrochen.«

Das stellte sich als eine gute Entschuldigung heraus. Und wir benutzten sie danach noch oft, wenn wir bei waghalsigen Spielen außerhalb des Bettes geschnappt wurden.

Ich liebte die Abenteuer mehr und mehr; ich wußte immer, daß ich mutig sein mußte. Es war nicht gut, vor den Freundinnen und Freunden das Gesicht zu verlieren.

Es gab ein leeres Häuschen, wo die alte Schwester Fanny wohnte. Eigentlich wohnte sie auf einem Teil der Veranda, der mit Sackleinen eingefaßt war. Es war sehr schmutzig dort und muß im Winter sehr kalt gewesen sein. Das Häuschen selbst wurde für Besucher genutzt, die manchmal für einige Nächte blieben. Wir Kinder hatten zuviel Angst, um Schwester Fanny auch nur nahe zu kommen, wir hielten sie für eine Hexe.

Eines Tages forderten mich Kinder von einer rivalisierenden Bande heraus, zu ihr zu gehen. Ich wollte klein beigeben, aber als Anführerin konnte ich das nicht. Außerdem hatte ich den Mund zu voll genommen, wie mutig ich sei. Jetzt mußte ich es beweisen. Ich schlich mich sehr langsam an das Häuschen heran, bis ich mich ganz dicht vor der sackleinenen Tür befand, die vom alten Blechdach herunterhing. Die Flügel schwangen vor und zurück im leichten Wind, und ich konnte hineinsehen. Auf dem Boden lag eine große, schwarze Katze und schlief. Jetzt war ich sicher, daß Schwester Fanny eine Hexe war, denn es war ja bekannt, daß Hexen schwarze Katzen haben.

Ich war so damit beschäftigt, die Katze zu beobachten, daß ich Schwester Fanny nicht bemerkte. Sie zog das Sackleinen beiseite, streckte ihr altes, runzeliges Gesicht heraus und sagte: »Ha!« Ich sprang erschrocken zurück. Sie hatte strähniges, ungekämmtes, schulterlanges Haar und sah sehr schmuddelig aus. Als ich in ihr Gesicht starrte, bemerkte ich, daß sie wirklich ein blaues und ein braunes Auge hatte. Die anderen Kinder hatten es mir erzählt, aber ich hatte ihnen nicht geglaubt.

»Ich wollte nur die Katze streicheln«, sagte ich schnell.

»Komm rein, Kind, komm rein«, sagte sie mit dünner, zittriger Stimme. Ich ging hinein und setzte mich und streichelte die Katze. Ich dachte, wenn ich sie streichle, wird sie mir nicht weh tun. Schwester Fanny murmelte vor sich hin und ging im Raum umher. Sie tat mir immer mehr leid, denn alles bei ihr war so schäbig. Es gab nur ein altes Metallbett und Kisten als Möbel, überhaupt nichts Schönes. Mir wurde klar, daß sie keine Hexe war, sondern nur eine zerbrechliche, alte Frau.

Nach ein paar Minuten stand ich auf, verabschiedete mich und lief zu den anderen Kindern. Sie konnten es nicht glauben, daß ich tatsächlich hineingegangen war, sie hielten mich für wirklich knallhart.

»Du hast die Hexe gesehn«, sagten sie, »du hast die Hexe gesehn. Was glaubst du, ist sie 'ne richtige Hexe?«

»Nein«, antwortete ich, »und schmeißt keine Steine mehr auf ihr Haus. Sie ist nur eine alte Frau.«

»Aber sie hat doch ein braunes Auge und ein blaues«, sagte Tommy, »nur Hexen haben solche Augen!«

Ich konnte das nicht widerlegen, aber in meinem Herzen wußte ich, daß sie nur eine alte Frau war.

In der Umgebung gab es einige Erwachsene, an denen ich hing und die ich regelmäßig besuchte. Ich fand heraus, daß ich gut mit älteren Menschen zurechtkam, vielleicht weil sie oft etwas zu essen hatten, meistens Plätzchen oder Kuchen.

Ich besuchte regelmäßig die Büroangestellte, Miss Button, die in einem kleinen Zimmer hinter dem Büro wohnte, und fragte sie, ob sie irgendwas für mich zu tun hätte. Sie war meine besondere Freundin. Sie ließ mich ihren Kaminsims abstauben, machte mir danach einen Tee und gab mir ein Plätzchen. Ich war sehr aufgeregt, als sie auf eine Reise nach England ging. Sie redete immerzu von England. Einmal zeigte sie mir auf einer Weltkarte, wo es lag. Bevor sie aufbrach, versprach sie, mir eine Postkarte zu schicken. Ich konnte es kaum glauben, als diese Karte dann wirklich eintraf. Alle Kinder dachten, ich müßte wirklich wichtig sein, wenn ich eine Postkarte aus dem Land bekam, wo der König und die Königin lebten, denn nach Gott waren sie gleich die nächsten, vor denen wir große Ehrfurcht hatten.

Ungefähr zur selben Zeit wurde ich von der Landfrauengemeinschaft in Northam als bedürftiges Kind adoptiert. Sie beschlossen, mir jedes Jahr zu Weihnachten und zum Geburtstag ein Geschenk zu schicken. Zu meinem Geburtstag traf ein Paket ein, nicht lange nach Miss Buttons Karte. Ich erzählte allen Kindern, daß Northam in England läge und mein Paket vom König und der Königin käme. Ich hatte Glück, denn mein Geburtstagsgeschenk war eine wunderschöne Puppe, und sie sah englisch aus. Das war der beste Geburtstag, den ich je hatte, auch wenn die älteren Kinder sagten, ich würde lügen und Northam liege nicht in England.

Während Miss Button in England war, verbrachte ich viel Zeit damit, Miss Lindsay zu besuchen, eine andere alte Jungfer, die im Heim lebte. Sie hatte ein winziges Holzhaus auf halbem Weg zwischen dem letzten Haus und dem Krankenhaus. Sie war immer ein Teil von Parkerville gewesen, niemand konnte sich daran erinnern, wann sie hierhergekommen war. Sie war Engländerin, und immer wenn ich sie besuchte, nahm ich ihr eine Blume mit, die ich aus dem Garten stibitzte, denn Miss Moore hatte mir erzählt, daß die Briten Blumen liebten.

Nachdem Miss Lindsay großes Aufheben von meiner Blume

gemacht hatte, ging sie zu ihrem Glasschrank und nahm einen Teller voller kleiner Kuchen mit Zuckerguß heraus. Als ich zum ersten Mal einen Kuchen bei Miss Lindsay bekam, biß ich gleich hinein und stellte zu meinem Entsetzen fest, daß mein rosa Lieblingskuchen voller Spinnweben war. Ich bekam wirklich Angst und wollte mich übergeben. Hatte ich eine Spinne verschluckt? Würde ich sterben? Ich dankte ihr noch schnell und eilte hinaus.

In den nächsten Tagen betete ich, falls ich eine Spinne verschluckt hätte, daß es keine giftige war. Am Ende der Woche lebte ich immer noch, und ich beschloß, Miss Lindsay wieder zu besuchen. Ich war nun ein bißchen klüger, aber immer noch hoffnungsvoll, wenn auch vorsichtig mit ihren Kuchen. Ich aß jetzt nie einen Kuchen bei ihr. Ich bedankte mich nur und rannte hinaus in den Busch, wo ich den Kuchen vorsichtig auseinanderbrach, bevor ich hineinbiß. Ich weiß nicht, warum ich immer wieder zu ihr ging, denn alle ihre Kuchen waren voller Spinnweben. Ich dachte wohl, daß ich zuletzt doch noch einen guten von ihr bekommen würde. Mir wird schlecht bei dem Gedanken, wie alt sie gewesen sein müssen. Es dauerte lange, bis ich aufgab. Ich aß einfach für mein Leben gern.

Ich freute mich wirklich, als Miss Button von ihrer Reise zurückkam. Sie hatte immer nur ganz einfache Kekse, aber wenigstens waren die frisch.

Auf der anderen Seite des Heims, wo Schwester Fanny wohnte, war die Farm. Dort lebte Mr. Pratt, ein anderer erwachsener Freund, und diesmal nicht wegen des Essens, sondern weil er ein Pferd und einen Einspänner besaß. Das Pferd hieß Timmy, es war groß und schwarz und schön. Wenn es angespannt war, stolzierte es wie ein Hahn daher und wartete darauf, bewundert und gestreichelt zu werden. Es war Mr. Pratts Stolz und Freude, niemand sonst durfte es reiten.

Das alte Farmhaus war schon baufällig. Kletterrosen wucherten wild und bedeckten den größten Teil des vorderen Gartens, Müll füllte den hinteren. Rostige Maschinen, Dosen, Geschirre, alte Eisenplatten. Wenn du irgend etwas brauchtest, konntest du es am alten Farmhaus finden. Die älteren Jungen gingen regelmäßig hin, um die Kühe zu melken. Meist folgten wir ihnen. Wir legten uns auf die Strohballen im Kuhstall und baten die Jungen, uns mit Milch zu bespritzen. Ich hatte die ganze Zeit meinen Mund weit geöffnet, und es war ein wunderbares Gefühl, wenn die warme, sahnige Milch herein- und den Hals hinunterschoß. Sie wärmte uns an kalten Tagen.

Wenn Mr. Pratt den Garten bei George Turner versorgte, lief ich mit ihm herum und redete ununterbrochen über dieses und jenes. Ich redete gern mit Erwachsenen, und er war ein lieber alter Mann.

Eines Tages spielte ich mit den anderen auf der Straße Fangen, als plötzlich jemand brüllte, ich würde gesucht. Ich stieg die Treppe zur Veranda hinauf, wo die kleine Faye stand und ängstlich ausschaute. »Die Moore ist in einer furchtbaren Laune«, sagte sie, »was hast du angestellt?« Ich tröstete die kleine Faye ein wenig; sie hing an mir, und ich wußte, daß sie sich jetzt Sorgen um mich machte.

»Es wird schon gutgehen«, antwortete ich. Ich tätschelte ihr den Kopf und ging hinein.

»Wo ist das verdammte Kind?« hörte ich Miss Moore aus der Küche schreien. Was hatte ich getan? Als ich sie sah, war ihr Gesicht wutverzerrt.

Sie griff meinen Arm und begann, mich auf den Kopf zu schlagen. Das war nichts Neues, sie hatte mich schon öfter verprügelt. Manchmal schlug sie mich so hart, daß ich tagelang taub war.

Sie zerrte mich zum großen Kleiderschrank. Ich fing an zu weinen, ich wußte nicht, was ich falsch gemacht hatte. »Nimm deine Sachen, du dummes Gör!« schrie sie. Ich war so bestürzt, und meine Augen waren so voller Tränen, daß ich meine Sachen nicht sehen konnte. Ich griff nach einem Kleid, und sie schlug mich wieder und brüllte: »Deine guten Sachen!« Dann schüttelte sie mich und schrie, ich müsse in einer Viertelstunde fertig sein und ins Auto steigen. Wohin würden sie mich bringen? Ich hatte große Angst. Würden sie mich fortschicken? Was war mit meiner Mutter, würde ich sie je wiedersehen? Ich begann am ganzen Körper zu zittern.

Miss Moore rief nach Pat, meiner Freundin, die mir helfen sollte, meine Sachen zusammenzusuchen. Ich wußte, daß alle anderen Kinder draußen standen und alles mitanhörten. Sie blieben außer Reichweite, wenn Miss Moore in so einer Laune war. Ich versuchte mit dem Weinen aufzuhören, aber ich konnte nicht, ich begann laut zu schluchzen. »Hör auf zu weinen«, brüllte sie, »ich habe dir nicht weh getan!«

Sie schickte mich ins Badezimmer, mich anzuziehen und mein Gesicht zu waschen. Es gelang mir, meine Sachen anzuziehen, dann spritzte ich mir kaltes Wasser ins Gesicht, aber ich konnte immer noch nicht aufhören zu weinen. Es war alles so plötzlich passiert. Ich wußte nicht, was ich falsch gemacht hatte. Ich hatte das Gefühl, ich müßte mich übergeben. Ich hörte das Auto laut vor dem Haus hupen. Miss Moore zerrte mich hinaus, nahm die Tasche mit meinen Sachen und brachte mich zum Auto. »Hör auf zu flennen«, sagte sie. »Du hast nichts falsch gemacht.«

Ich stieg vorne ein zu Willie, dem Fahrer, und Schwester Dora saß auf dem Rücksitz. Willie ließ den Motor an, schaute auf mich herunter und sagte freundlich: »Wein nicht mehr, deiner Mutter wird es sicher schon wieder besser gehen.« Daraufhin bekam ich wirklich Angst.

Als wir in Ivanhoe ankamen, brachte mich Alice Drake-Brockman zu meiner Mutter, die auf dem Balkon im Bett lag. Sie sah furchtbar aus, ihre Augen waren geschlossen, ich dachte, sie sei tot. Ich wollte zu ihr stürmen, aber Alice hielt mich zurück und sagte: »Pst, sie schläft.« Ich ging auf Zehenspitzen hinüber und berührte die Hand meiner Mutter, die auf der weißen Tagesdecke ruhte. Sie öffnete die Augen, Tränen liefen ihr über das Gesicht, sie drückte meine Hand.

Am folgenden Tag erzählte sie mir, was passiert war. Sie hatten meine Tante Helen Bunda ins Krankenhaus gebracht, aber ihr Blinddarm war bereits durchgebrochen, und da war nichts mehr zu machen. Sie hatten meine Mutter gebeten, Blut zu spenden. Sie entnahmen ihr die übliche Menge, aber es war aufgrund von Nachlässigkeit geronnen, daher hatten sie ihr noch mehr abgenommen. »Sie hätten mich beinahe getötet«, flüsterte sie, «ich geh nie wieder in ein Krankenhaus.«

Ich fragte sie nach Tante Helen, und sie sagte: «Tante Helen ist gestorben. Der Arzt hat sich nicht um sie gekümmert. Weißt du, Gladdie, wir sind nichts, einfach gar nichts.« Ich war zutiefst getroffen und irgendwie hoffnungslos. Ich wollte nicht einfach nichts sein.

Ich blieb eine Woche in Ivanhoe. Wenn die anderen schliefen, schlich ich zu meiner Mutter ins Bett. Sie nahm mich in den Arm, und ihr liefen leise Tränen über die Wangen. Sie schien so unglücklich zu sein, daß ich auch anfing zu weinen. Ich fühlte mich so wohl und getröstet in ihren Armen und war doch traurig über ihre Tränen. Der

Tod meiner Tante hatte mich aufgewühlt, aber ich war froh, daß es Mum besser ging. Alice war sehr wütend auf das Krankenhaus. Sie zwang meine Mutter zum Essen, damit sie wieder zu Kräften kam.

Eines Tages, als Mum in ihre Kissen zurückgelehnt saß, kamen Männer von der Daily News, um ein Foto von ihr zu machen. Wir waren alle sehr aufgeregt, als wir die Zeitung bekamen. Judy zeigte Mum ihr Bild und las ihr dann den Artikel vor. Er beschrieb, wie sie beinahe ihr Leben geopfert hatte, um ihre Cousine zu retten, und wie mutig sie sei. Ich war sehr stolz.

Alle wußten, was passiert war, als ich nach Parkerville zurückkam. Einige Kinder hatten das Foto meiner Mutter in der Zeitung gesehen. Miss Moore klopfte mir auf die Schulter und sagte, sie freue sich, daß ich zurück sei, aber ich konnte sie nicht anschauen, nachdem sie mich so behandelt hatte. Ich war enttäuscht.

Kurze Zeit später starb Mr. Pratts Pferd Timmy. Ich spielte gerade im Garten, als Mr. Pratt mit Timmy und dem Einspänner vorbeigefahren kam. Ich rannte zum Zaun und winkte wild hinter ihm her, er winkte zurück.

Plötzlich blieb eines der Wagenräder in einer Spurrille auf der Straße hängen, der Wagen kippte um, und der arme Timmy stürzte und brach sich ein Bein. Ich schrie, als ich es sah. Timmy lag auf der Seite am Boden. Mr. Pratt nahm vorsichtig das Geschirr ab und redete liebevoll mit ihm, um ihn zu beruhigen. Miss Moore kam und zog mich ins Haus. Sie sagte, ich dürfte nicht eher hinausgehen, als bis sie es erlaube. Später hörte ich einen Gewehrschuß knallen, und ich wußte, daß Timmy tot war.

Ein paar Tage später wollte Mr. Pratt gerade die Leiter am Farmhaus hochsteigen, als er plötzlich tot zu Boden fiel. Ich habe mir immer gedacht, daß der Verlust von Timmy zuviel für ihn war.

Ostern war immer eine besondere Zeit für mich. Ich betrachtete den Karfreitag als den traurigsten Tag im Jahr. Ich konnte nicht verstehen, daß ein Mensch so etwas Schreckliches tun konnte, wie Jesus zu töten.

Am Morgen gingen wir in die Kirche. Sie war ganz kahl bis auf ein großes Kreuz, auf das der Messingkörper von Jesus genagelt war. Das Kreuz war vor dem Altar aufgestellt, und darüber ragte ein riesiges

Glasfenster auf, das zum Himmel zeigte. Nach dem Gottesdienst gingen wir feierlich in einer Reihe hinaus.

Auf dem Weg zurück nach George Turner kamen wir an Gräbern von frühen Pionieren vorbei, und das ließ den Karfreitag noch trübseliger erscheinen. Wenn wir wieder im Haus zurück waren, durften wir weder spielen noch irgendeinen Ton von uns geben; es war ein Tag der Feierlichkeit.

Der Ostersonntag veränderte alles, wir bekamen ein besonderes Mittagessen und ein Osterei. Die Kinder, die Verwandte hatten, wurden normalerweise von ihnen besucht und mit weiteren Ostereiern beschenkt. Auch meine Mutter kam beinahe immer an diesem Tag und brachte mir eins mit. Es war ein wirklich glücklicher Tag, und ich war froh, weil Jesus wieder lebte.

Die Maiferien verbrachte ich immer in Ivanhoe. Willie fuhr mich nach Perth, und dort holte Alice mich ab. Ich war froh, meine Mutter zu sehen, und richtig aufgeregt, daß ich nun für zwei ganze Wochen bei ihr bleiben durfte. Sie umarmte mich und nahm mich dann mit in die Küche zu einem Glas Milch und einem Stück Kuchen.

Ich war sehr gerne in Ivanhoe, und ich liebte Judy; sie war so schön, und sie veranstaltete immer einen großen Wirbel um mich. Sie zog mich gern fein an, aber ich weinte, wenn sie darauf bestand, mir große Satinschleifen ins Haar zu binden. Ich wollte nicht wie Shirley Temple aussehen.

Ich weiß noch, wie ich mich dort einmal furchtbar aufregte. Ich war bei meiner Mutter in der Küche. Sie hatte ihre übliche weiße Schürze an und eilte geschäftig hin und her, als plötzlich Alice mit June hereinkam. Ich konnte meine Augen nicht von June lösen. Sie hatte eine wunderschöne Puppe im Arm. Die hatte goldenes Haar und blaue Augen und war in Satin und Tüll gekleidet. Ich wurde neidisch und wünschte, es wäre meine. Sie kam mir vor wie eine Prinzessin.

June sagte zu mir: »Du bekommst auch eine Puppe. Mummy hat sie. Dann zog Alice hinter ihrem Rücken eine schwarze Stoffpuppe hervor, die wie ein Dienstmädchen angezogen war. Sie hatte ein rotkariertes Kleid an und eine weiße Schürze, genau wie Mum. Auf dem Kopf trug sie, was man eine Sklavenkappe nannte. Das war eigentlich nur ein Taschentuch, das an allen vier Ecken zusammengeknotet war. Meine Mutter trug so eines immer an Waschtagen, denn die Waschküche wurde sehr feucht vom vielen Dampf.

Ich starrte eine Minute auf die Puppe. Ich war völlig sprachlos. Das bin ich, dachte ich, aber ich wollte eine Prinzessin sein, kein Dienstmädchen. Ich war so aufgebracht, daß ich, als Alice mir die schwarze Puppe in die Arme legte, nicht anders konnte als sie auf den Boden schmeißen und schreien: »Ich will keine schwarze Puppe, ich will keine schwarze Puppe!« Alice lachte nur und sagte zu meiner Mutter: »Na so was, daß sie keine schwarze Puppe will!«

Ich klammerte mich an die Beine meiner Mutter und weinte und weinte. Sie brummte mich an, ich sei albern und ungezogen Alice gegenüber, aber ich wußte, daß sie es eigentlich nicht meinte. Ich konnte die Traurigkeit in ihrer Stimme hören. Sie verstand, warum ich mich so aufregte.

Sie haben die Geschichte in Ivanhoe oft erzählt. Sie fanden das lustig. Ich kann immer noch nicht darüber lachen.

Es war furchtbar in den dreißiger Jahren. Die Weltwirtschaftskrise beherrschte alles, und die Leute waren arm, besonders die Aborigines. Sie kamen den Fluß herunter und verkauften lange Holzstangen, mit denen die Leute ihre Wäscheleinen abstützten.

Ich glaube, sie kamen gerne nach Ivanhoe, weil Alice meiner Mutter erlaubt hatte, ihnen eine Tasse Tee und ein Stück Kuchen oder Brot zu geben. Alice war immer großzügig mit Essen.

Mir taten die Aborigines leid. Ich fragte mich, wie sie dahin gekommen waren, so arm zu sein. Sie hatten nichts, besonders die Alten. Viele von ihnen waren von den Jüngeren getrennt worden. Ihre Kinder waren ihnen genommen worden, sie hatten niemanden, der sich um sie kümmerte. Meiner Mutter gefiel es, wenn sie kamen; sie setzte sich mit ihnen auf den Rasen und unterhielt sich darüber, wie es früher gewesen war. Sie gab ihnen immer Kleidung und Schuhe, alles, was sie finden konnte. Wenn sie gingen, hatte sie Tränen in den Augen. Es schmerzte sie, ihre Leute so leben zu sehen.

Auch zu Weihnachten fuhr ich nach Ivanhoe. Wir schliefen alle auf dem Balkon an der Rückseite des Hauses. Wir hatten einen wunderbaren Blick über den Swan von dort. Oben im Haus gab es ein großes Dachgeschoß, das June als Spielzimmer benutzen durfte; es war ein schönes Zimmer, mit Sitzgelegenheiten unter den Fenstern und Puppen und einem Puppenhaus. Es gab Teddys und anderes Spielzeug und ein Teegeschirr aus Porzellan. Wir spielten Teeparty und übten, unseren kleinen Finger abzuspreizen wie Erwachsene. Junes Puppen waren wunderschön, ganz aus Porzellan und in Satin und Tüll gekleidet.

Es kam mir seltsam vor, daß im Heim niemand eine Puppe besaß. Ein paar zerbrochene wurden im Schrank aufbewahrt, aber wenn eine von uns darum bat, damit spielen zu dürfen, mußte sie die ganze Zeit über im Eßzimmer bleiben. Wir durften nie eine mit ins Bett nehmen. Ich hatte Glück, denn ich besaß eine Flickenpuppe namens Sally Jane, die meine Mutter mir geschenkt hatte. Ich liebte sie sehr. Sie wurde für mich in Ivanhoe aufbewahrt, und Mum ließ sie mich jeden Abend mit ins Bett nehmen.

Am Weihnachtsmorgen wachten wir früh auf und schauten in den Kopfkissenbezug, den wir am Abend an das Fußende unseres Bettes gebunden hatten. Alice schenkte mir immer ein neues Kleid mit passenden Haarbändern. Mutter nähte mir immer Puppenkleider, und ich zog Sally Jane eines ihrer neuen Kleider an. Wir waren sehr glücklich miteinander, Judy, June, Dick und ich. Es war wie in einer Familie.

Jedes Jahr nach den Ferien fiel es mir schwerer, meine Mutter zu verlassen und nach Parkerville zurückzukehren. Ich konnte nicht verstehen, warum ich nicht in Ivanhoe leben und mit Judy und June zur Schule gehen konnte. Ich hatte nämlich noch nicht so ganz verstanden, wie die Dinge liegen, wenn die Mutter ein Dienstmädchen ist. Ich wußte, daß die Familie mich mochte. Deshalb konnte ich nicht verstehen, warum ich nicht dort mit ihnen leben durfte.

Ich kann nicht behaupten, daß ich es wirklich spannend fand in der Schule. Ich starrte oft aus dem Fenster. Und ich bekam immer irgendwelche Schwierigkeiten. Nicht daß ich ein freches Kind gewesen wäre, alle gerieten damals in Schwierigkeiten. Normalerweise gelang es mir, wieder herauszukommen, indem ich eine gute Geschichte erfand. Es gab nur wenige Anlässe, bei denen ich nicht schnell genug war, mir etwas Überzeugendes auszudenken. Ich glaube, einer der Gründe für mein Überleben war, daß ich so gut lügen lernte.

Wenn es nämlich Streit gab oder etwas kaputtgegangen war und unser Wort gegen das eines weißen Kindes stand, wurde niemals etwa uns geglaubt. Sie gingen davon aus, daß wir schwarzen Kinder im Unrecht waren. Wir begriffen schnell, daß es gescheiter war, nicht die Wahrheit zu sagen, denn das brachte uns nur in noch mehr Schwierigkeiten. Im Heim wurde uns außerdem beigebracht, nie offen darüber zu reden, daß wir Aborigines waren. Man brachte uns dazu, uns dessen zu schämen.

In einem Jahr spielten wir ein Schultheaterstück, das ein großer Erfolg wurde. Wir führten es vor Leuten aus den umliegenden Bezirken auf und wurden begeistert gefeiert. Ich war für die Rolle der Märchenprinzessin auserwählt worden.

Eigentlich hatte ich Glück, daß ich überhaupt für etwas ausgewählt wurde, denn im Jahr zuvor hatte ich mich in der Öffentlichkeit blamiert. Ich sang im Chor und hatte eine recht gute Stimme, daher beschlossen sie, mich ein Solo singen zu lassen. Als wir unser erstes öffentliches Konzert gaben, sah ich die vielen fremden Gesichter und erstarrte. Ich öffnete den Mund, aber es kam kein Ton heraus. Schwester Dora, die Oberin von Parkerville, war furchtbar blamiert.

Schwester Rosemary hatte mich ausgesucht, die Rolle der Märchenprinzessin zu spielen, und als Schwester Dora Einwände erhob, erwiderte sie, man brauche sich keine Sorgen zu machen, denn ich hätte keinen Text zu sprechen. Ich mußte ein langes, fließendes Gewand tragen und eine juwelenbesetzte Krone. Ich mußte bis zur Mitte der Bühne gehen und dann zurück zu meinem Thron, während die Elfen mir huldigten. Ich fand es wunderbar. Ich beschloß daraufhin, später Filmstar zu werden.

Das Stück hatte soviel Erfolg, daß das Heim beschloß, es in einer Halle nahe der Christ-Church-Schule in Claremont aufzuführen. Wir wurden auf einen großen Viehlastwagen geladen und fuhren los. Das Stück lief gut, wir bekamen eine Menge Applaus am Ende. Ich war sehr stolz, denn alle Drake-Brockmans saßen im Publikum und, was noch wichtiger war, meine Mutter. Als es zu Ende war, hatten wir noch einen kurzen Moment Zeit für eine schnelle Umarmung, bevor wir wieder auf den Lastwagen geladen und nach Hause gebracht wurden.

Als ich ungefähr elf war, bekamen wir einen neuen Direktor in Parkerville, Mr. Edwards. Er war anders als der alte Direktor, er brüllte nicht so viel. Er war ein zierlicher Mann mit einem großen, buschigen Schnurrbart und in vieler Hinsicht sehr freundlich, aber sobald er den älteren Mädchen näher kam, konnte er sich einfach nicht beherrschen. Er hatte ständig seine Hände auf ihren Beinen und wollte an ihren Pulten sitzen und ihnen bei der Arbeit helfen. Wir ignorierten ihn einfach. Es hatte keinen Zweck, sich zu beschweren, weil uns sowieso niemand glaubte.

Er förderte mein Interesse an Poesie und führte mich in die Algebra ein; ich liebte beides. Als er mitbekam, daß ich alle Gedichtbände in der Bibliothek gelesen hatte und viele Gedichte auswendig konnte, lieh er mir einige seiner eigenen Bücher, darunter eine Ausgabe von Shakespeares Stücken. Ich las sie alle und mochte jedes sehr. Ich fand plötzlich heraus, daß die Schule letztlich nicht langweilig zu sein brauchte, sie konnte sehr aufregend sein. Ich war nicht länger bloß eine mittelmäßige Schülerin, sondern rückte zur Spitze vor.

Ich glaube, es lag auch an Mr. Edwards, daß ich eines Tages zu den Mädchen gehörte, die zu einem Besuch beim St.-Hilda-College gehen durften. Es war eine große Ehre, die Erlaubnis zum Besuch von St. Hilda zu bekommen. Ich war sehr aufgeregt, denn ich wußte, daß Judy auf dieser Schule gewesen war. Die St.-Hilda-Mädchen sollten uns eigentlich einen Nachmittagstee geben und uns unterhalten. Aber als ich in die Schule kam, sagte einer der Lehrer, da er nun sähe, daß ich so gute Manieren hätte, sei mir erlaubt, einem kranken Mädchen Gesellschaft zu leisten. Ich war zutiefst enttäuscht.

Ihre Eltern holten mich ab und brachten mich zu ihrem Haus. Sie hatte Kaninchen, die wir uns eine Weile anschauten, und dann saßen wir einfach für den Rest des Tages herum. Es war wirklich langweilig. Am späten Nachmittag brachten sie mich dann zurück, so daß ich den Bus nach Parkerville erreichen konnte. Ich hatte bloß versucht, höflich zu sein, und das hatte ich nun davon gehabt.

Auch wenn ich jetzt älter war, kam ich immer noch ab und zu in die Bredouille. Wir zogen in unseren kleinen Banden los und klauten Früchte aus den umliegenden Obstgärten. Ich werde nie vergessen, wie eines Sonntagabends Mr. Tindale, der Priester, seine übliche Höllenfeuer-und-Schwefel-Predigt hielt, sich plötzlich unterbrach und ins Publikum deutete. Dann donnerte er von der Kanzel herab: »Diejenigen, die die Aprikosen von der Johnson-Farm gestohlen haben, werden in die Hölle kommen! Ich möchte, daß die Bande, die das getan hat, morgen nachmittag nach der Schule zu mir kommt. Wenn ihr eure Strafe annehmt, könnte noch Hoffnung für euch bestehen!«

Und er fuhr fort mit seinen Tiraden über den Teufel und schlug mit der Faust auf die Kanzel. Mr. Tindale trug immer lange, schwarze Roben. Ich konnte mir genau vorstellen, wie der Teufel aussah. Schwester Dora liebte seine Predigten. Sie stand fast auf ihrem Sitz, wenn er rief, daß wir alle in die Hölle kommen würden, und ihre Augen leuchteten stets auf, wenn er den Teufel erwähnte.

Diesmal hatte ich allerdings wirklich Angst, denn ich war mir sicher, er wußte, daß meine Bande die Johnson-Farm geplündert hatte. Mein Gehirn arbeitete auf Hochtouren, was konnte ich tun? Ich haßte es, von Tinny mit dem Rohrstock geschlagen zu werden. Er hob den Mädchen immer die Kleider hoch, bevor er sie schlug; es war ziemlich erniedrigend. Es war mir in der Vergangenheit oft gelungen, mich aus Schwierigkeiten herauszureden. Ich überlegte, was für eine Geschichte ich diesmal erfinden könnte.

Als wir aus der Kirche gingen, flüsterte Margaret, ein Mädchen von einer anderen Bande, mir zu: »Wie, zum Teufel, hat er das rausgefunden?«

»Keine Ahnung.«

»Ich war mir sicher, daß uns niemand gesehen hat, als wir das Obst geklaut haben«, sagte sie. »Nehme an, wir müssen diesmal wohl dafür gradestehen, er weiß es offenbar.«

»Ihr!« sagte ich. »Habt ihr die Aprikosen gestohlen?«

»Ja. Und ich kann dir sagen, daß ich mich nicht gerade auf den Stock freue.« Margaret verzog das Gesicht.

Ich fühlte mich ihr in diesem Augenblick sehr nahe, und ich fühlte mich auch sehr schuldig. Als Ausgleich und als Trost gab ich ihr die Hälfte von dem Kaugummi aus meinem Mund. Sie freute sich sehr, Kaugummi war schwer aufzutreiben.

Wenn wir durch die Obstgärten zogen, trafen wir oft alte Landstreicher im Busch. Manche hatten kleine, behelfsmäßige Hütten gebaut, in denen sie schliefen. Einer dieser Landstreicher baute uns Kindern eine Schaukel. Er tat sein Bestes, aber sie war zu hoch, deshalb kletterten wir auf den Baum und sprangen dann darauf und taten so, als wären wir Tarzan.

Eines Tages wurde uns verboten, in diesen Teil des Busches zu gehen. Es ging das Gerücht, daß ein Junge sich dort aufgehängt hätte. Die Hausmütter behaupteten zwar, das sei nicht wahr, aber ich glaube, es stimmte. Sie erzählten, daß der Junge anderswohin geschickt worden sei. Ich war sehr bestürzt. Ich wollte nie wieder zu diesem Baum gehen. Ich glaube, so etwas konnte passieren, weil es dir, wenn du nicht selber auf dich aufpaßtest, sehr schlecht ergehen konnte. Du konntest so trübsinnig werden, daß du sterben wolltest.

Gegen Ende des Schuljahres wurden wir mit unserem jährlichen Kinobesuch belohnt. Wir fuhren mit dem Zug nach Perth, gingen dann die Plaza-Arkaden hinauf zum Royal-Kino in der Hay Street. Die anderen Heime kamen auch dorthin, das ›Schwester Kate‹ und das ›Swanleigh‹. Einige Kinder waren sehr aufgeregt, weil sie Geschwister in den anderen Heimen hatten und dies die einzige Gelegenheit im Jahr war, bei der sie sich sehen konnten.

In diesem Moment war ich froh, ein Einzelkind zu sein. Ich fand es furchtbar, daß sie einem Teil ihrer Familie nur für einen Augenblick winken konnten, bevor wir alle ins Kino geführt wurden.

Während wir uns durch die Kinotüren drängten, wurde uns allen eine Papiertüte mit Butterbroten, Kuchen und Süßigkeiten ausgehändigt. Es war so eine Art Fest. Ich versuchte immer, hinten oder auf dem Balkon zu sitzen, weil du sonst mit Essensresten beworfen wurdest. Das Rufen und Schreien kann man sich nur schwer vorstellen; es gab keinerlei Kontrolle. Die Hausmütter bemühten sich darum, aber es war sinnlos, uns anzuschreien, wir konnten sie einfach nicht hören.

Ich fuhr diesmal über Weihnachten nicht nach Ivanhoe. Ich wurde ins Büro gerufen, und mir wurde mitgeteilt, daß ich nicht hinkönnte, weil sie andere Leute zu Besuch hatten. Ich verstand das nicht, ich brauchte doch nicht so viel Platz. Schwester Rosemary hatte Tränen in den Augen, weil ich so geknickt war. »Mach dir nichts draus, meine Liebe«, sagte sie, »du fährst dafür an den Strand.« Das war kein Trost. Ich war wirklich verletzt, niemand wollte mich.

Das Heim besaß ein Haus in Cottesloe. Es war groß und weitläufig und wurde hauptsächlich in den Ferien für Kinder genutzt, die nirgendwo anders hinfahren konnten. Jedes Kind durfte zwei Wochen bleiben. Wir fuhren mit dem Zug nach Perth und stiegen dort um nach Cottesloe. Das war die längste Zugfahrt, die ich je unternommen hatte. Als wir am Bahnhof von Claremont hielten, steckte ich den Kopf zum Fenster hinaus in der Hoffnung, daß durch irgendeinen komischen Zufall meine Mutter dort wäre. Natürlich war sie nicht da.

Das Haus in Cottesloe lag nur wenige Minuten vom Strand entfernt. Jeder Raum war mit Betten vollgestellt, so daß möglichst viele Kinder hineinpaßten. Das Eßzimmer war voller Holztische und Bänke. Wir hatten jede Menge zu essen, sogar einen Imbiß vor dem Zubettgehen, und das Küchenpersonal erlaubte uns, uns selber zu bedienen, wenn wir Hunger hatten.

Mittlerweile hatte ich mich mit einem Mädchen namens Margot angefreundet. Sie war ein paar Jahre älter als ich und sehr hübsch. Eines Tages rannten wir in die Wellen und lachten, als zwei Jungen dazukamen und mitmachten. Ich brachte keinen Ton heraus, mir fiel einfach nichts ein, was ich hätte sagen können. Margot hatte mehr Selbstvertrauen und erzählte ihnen eine Geschichte nach der anderen, daß wir für die Ferien vom Lande gekommen seien. Wir sagten nie jemandem, daß wir aus einem Heim kamen, denn dann schauten sie uns an, als wären wir kriminell.

Als die anderen Mädchen herausbekamen, daß wir uns mit zwei Jungen trafen, betrachteten sie mich mit anderen Augen. Ich war einfach kein Kind mehr. An diesem Abend verbrachte ich viel Zeit damit, mich im Badezimmerspiegel zu bewundern. In meinem Spiegel in George Turner konnte ich nur Kopf und Schultern sehen, und es war wunderbar, in diesen riesigen Spiegel zu schauen und sich ganz sehen zu können. Es war wirklich eine Überraschung, denn meine Figur hatte sich verändert. Ich war größer geworden, und mein Bauch war fast verschwunden. Ich hatte ihn so lange mit mir herumgetragen, daß ich mich fragte, wie er hatte verschwinden können, ohne daß ich es bemerkte. Meine Haare waren ein wenig länger und schwarz und gelockt. Mir wurde plötzlich klar, daß ich tatsächlich hübsch war; die Leute sagten es nicht nur aus Höflichkeit.

Ich fühlte mich selbstsicherer, nachdem ich mich in diesem neuen Licht sah, aber ich ging nicht mehr mit Margot zum Strand. Ich war nicht interessiert daran, die Jungen wiederzusehen.

Ich fühlte mich verändert, als ich im neuen Jahr von Cottesloe zurückkehrte. Sogar Miss Moore behandelte mich jetzt als ein älteres Mädchen. Ich durfte eine halbe Stunde länger aufbleiben, nachdem die Kleinen ins Bett gegangen waren. Miss Moore ließ mich einige ihrer Zeitschriften lesen, oder sie brachte ihr Radio herein, und wir hörten zusammen die Nachrichten.

Bevor ich ins Bett ging, deckte ich die kleine Faye zu; das war mir über die Jahre zur Gewohnheit geworden. Mir taten die Kleinen in George Turner wirklich leid. Ich hatte nicht vergessen, wie traurig ich gewesen war, als ich von Babyland weg mußte. Sie brauchten oft Trost in der Nacht. Sie versteckten ihre Gesichter im Kopfkissen und weinten leise, denn sie wußten, daß Miss Moore ihnen eine knallen würde, wenn sie sie hörte. Sie haßte es, nachts gestört zu werden.

Ich konnte es nicht mitanhören. Wenn sie zu lange weinten, nahm ich sie mit zu mir ins Bett. Manchmal wenn sie weinten, machten sie ins Bett, und sie hatten furchtbare Angst, deswegen Ärger zu bekommen. Ich stand auf, wechselte ihre Bettwäsche und versteckte die nassen Bettücher und Schlafanzüge ganz unten im Wäschekorb. Sie wollten immer, daß ich ihre Mutter sein sollte. Ich fühlte mich schuldig, denn manchmal hatte ich einfach genug von ihnen. Sie wollten immerzu Babys sein, sie kapierten nicht, daß ich selbst noch ein Kind war.

Eine meiner Lieblingsaufgaben war es nun, nach Babyland zu gehen und mich um die Kleinen zu kümmern. Meine Freundin Pat hatte eine kleine Schwester dort. Vier Kinder aus ihrer Familie waren in Parkerville, und das Fürchterliche war, daß sie alle in verschiedene Häuser gesteckt wurden. Pats kleine Schwester dachte, ich wäre ihre Mutter. Sie nannte mich immerzu Mummy, und sie sagte, daß ich wie die Mummy riechen würde, die sie gehabt hätte und die gestorben wäre.

Manchmal weinte ich um die Kleinen. Sie hatten niemanden.

Obwohl ich jetzt zwölf war, hatte mir kein Mensch etwas über die Dinge des Lebens erzählt. Wir hatten nicht die geringste Ahnung davon, was mit unseren Körpern geschehen konnte. Die älteren Mädchen erzählten gar nichts, sie lachten nur und behielten es als ein Geheimnis für sich. Wir waren so unschuldig, daß es für jeden ganz einfach gewesen wäre, uns reinzulegen. Wir hatten keinerlei Schutz. Es muß Fälle von Kindesmißbrauch gegeben haben, aber ich hatte

Glück, mir passierte so etwas nie. Es glaubte sowieso niemand, wenn wir uns über etwas beschwerten. Erwachsene hatten immer recht, Kinder hatten nichts zu sagen.

Mir wurde bewußt, daß ich mich veränderte und heranwuchs, weil Jungen, mit denen ich zuvor gekämpft hatte, jetzt in meiner Gegenwart verlegen wurden. Mit der alten, lockeren Atmosphäre war es vorbei. Wahrscheinlich, weil sie sich auch veränderten.

Eines Sonntags kam meine Mutter zu Besuch. Als ich sie sah, merkte ich sofort, daß sie aufgebracht war. Wir gingen spazieren, und sie erzählte mir, daß Alice sie aufgefordert habe, Ivanhoe zu verlassen. »Sie sagt, daß sie's sich nicht mehr leisten kann, mich zu behalten«, sagte sie bitter. »Wie viele Jahre hab ich für diese Familie gearbeitet, und jetzt können sie's sich nicht mehr leisten, mich zu behalten!«

Sie war sehr verletzt. Ich war ärgerlich und verwirrt. Ich hatte mich als Teil der Familie betrachtet, und nun würde Mum nichts mehr mit ihnen zu tun haben. Ich fühlte mich auf einmal sehr unsicher.

In Claremont war bekannt, was für eine gute Arbeitskraft meine Mutter war. Ich denke, den Leuten tat es leid, wie sie behandelt wurde. Eine Mrs. Morgan bot Mum einen Job an als Haushälterin mit Unterkunft, und sie sagte, daß ich in den Ferien dort wohnen könnte. Mum war nur zu froh und nahm das Angebot an. Es war das erste Mal, daß sie allein in die Welt hinausging. Sie hatte mir immer erzählt, daß sie zeitlebens in Ivanhoe bleiben würde, daß es ihr Zuhause sei.

Die Morgans waren gut zu Mum. Sie bekam einen höheren Lohn, hatte ein schönes Zimmer und zum ersten Mal in ihrem Leben jährliche Ferien. Zu den Morgans zu kommen, war das Beste, das ihr passieren konnte. Sie entwickelte eine neue Unabhängigkeit. Es herrschte eine andere Atmosphäre. Die Morgans hatten nie zuvor ein Dienstmädchen gehabt. Sie hatten nicht dieses viktorianische Verhalten ihr gegenüber. Außerdem war der neue Job wie eine ordentliche Geschäftsvereinbarung; sie gehörte nicht mehr zur Familie, was bedeutet hatte, nie irgendwelche Freizeit zu haben.

Mir gefiel es sehr, daß sie dort war, denn nun konnte sie ins Heim kommen und ihren Jahresurlaub mit mir verbringen. Die Nonnen ließen sie in einem Zimmer in der Nähe der Schulgebäude übernachten, und mich ebenfalls. Zweimal brachte sie die beiden Morgan-

Mädchen, June und Dianna, mit. Sie waren nette Mädchen, und sie hatten ihre Freude im Busch um das Heim herum.

Morgens gingen wir zum Lebensmittelladen am Fuße des Hügels. Hinter dem Laden floß ein tiefer Bach, dessen Ufer durch eine Holzbrücke verbunden waren. Wir gingen über die Brücke in den Laden. Ich konnte meine Augen nie von den Gläsern mit den Süßigkeiten abwenden. Es gab Gläser über Gläser, sie waren voll mit Süßigkeiten aller Formen und Farben. Hartgekochte, gestreifte Zuckerstangen standen vorne auf der Theke und neben ihnen eine große Dose mit gemischten, losen Keksen. Mum kaufte mir eine Tüte mit Schokoladenkeksen; sie wußte, daß ich die am liebsten mochte.

Während dieser Zeit war ich sehr beliebt bei den anderen Kindern. Sie taten mir leid, sie wollten auch alle eine Mutter haben. Sie kamen herbeigerannt, wenn wir auf dem Rasen saßen, und wollten nahe bei ihr sitzen und sie berühren, besonders die Kleinen. Sie gab ihnen immer ein Bonbon, aber ich glaube, wirklich glücklich waren sie, wenn sie mit ihnen sprach oder sie küßte. Das wünschten sie sich wirklich. Sie war eine sehr freundliche Frau und versuchte, um jedes Kind ein wenig Aufhebens zu machen.

Über Weihnachten fuhr ich zu den Morgans. Obwohl ich Ivanhoe vermißte, mochte ich June und Dianna, und Mum hatte mehr Zeit für mich, weil es weniger Arbeit gab. Ich freute mich für sie, denn mir reichte es, sie so schwer arbeiten zu sehen. Nach dem Abendessen nahm sie mich mit zu einem Besuch bei Eileen und Nellie, zwei ihrer Freundinnen, die auch Dienstmädchen waren. Sie waren immer fröhlich und lachten, und sie hatten schöne Zimmer. Sie veranstalteten immer einen Wirbel um mich, gaben mir Kleider und Plätzchen und Milch.

Nachdem Mum zwei Jahre bei den Morgans war, fragte Alice sie, ob sie zurück nach Ivanhoe kommen wolle. Ich fand, daß sie bei den Morgans bleiben solle, denn es war dort leichter für sie. Aber ich glaube, Mum fühlte sich der Familie noch immer verpflichtet. Es war sehr leicht für die Leute, ihr Mitgefühl zu erregen. Sie war zu gutherzig. Alices Mutter lebte jetzt in Ivanhoe, und es machte viel Arbeit, sich um sie zu kümmern. Ich glaube, deshalb wollten sie Mum zurückhaben. Sie mußte eine Kürzung ihres Lohns und den Verzicht auf ihren Jahresurlaub hinnehmen, aber sie ging trotzdem. Sie erzählte mir, daß es jetzt für immer sei und daß sie nie mehr dort weggehen würde.

Ich fuhr in jenem Jahr über Weihnachten nach Ivanhoe; ich war mittlerweile ungefähr vierzehn. Judy, June und Dick schienen plötzlich sehr viel älter zu sein als ich. Es war nicht mehr wie in unseren sorglosen Kindheitstagen. Auch wenn wir uns als Kinder gern gehabt hatten, jetzt war alles verändert. Wir waren keine Kinder mehr. Judy, June und Dick verhielten sich mehr und mehr wie ihre Mutter. Sie behandelten Mum wie ein Dienstmädchen, da sie nun nicht mehr ihr geliebtes Kindermädchen war.

June hatte eine Freundin, die ein kleiner Snob war, und dieses Mädchen wies mich immer in meine Schranken, weil ich nur die Tochter des Dienstmädchens war. Ich lief in Mums Zimmer und weinte. Ich war plötzlich sehr unsicher über meinen Platz in der Welt. Ich aß noch mit der Familie im Eßzimmer, aber ich fühlte mich als Außenseiterin, besonders wenn Alice eine kleine Messingglocke läutete und meine Mutter hereinkam, um uns zu bedienen. Mir wurde schlagartig klar, daß meine Mutter nicht an einem einzigen Weihnachtsabend mit uns gegessen hatte. Sie aß ihre Mahlzeit in all den Jahren allein in der Küche. Danach wollte ich nie wieder ins Eßzimmer, ich wollte bei meiner Mutter in der Küche sein.

Nach den Sommerferien brachte Mum mich zurück nach Parkerville. Als ich dort ankam, erfuhr ich, daß Miss Moore weggegangen war und ich eine neue Hausmutter bekommen würde. Mir war furchtbar zumute, ich hatte neun Jahre mit Miss Moore zusammengelebt, und jetzt war noch nicht einmal Gelegenheit gewesen, mich von ihr zu verabschieden.

Warum veränderte sich alles? Ich bekam wirklich Angst, denn meine neue Hausmutter stellte sich als eine Feindin Miss Moores heraus, und ich wußte, daß sie das an mir auslassen würde. Auch wenn Miss Moore mich oft verprügelt hatte, galt ich doch als einer ihrer Lieblinge. Mir war klar, daß eine schlimme Zeit vor mir lag.

Außerdem machte ich mir Sorgen, daß ich als Hausangestellte fortgeschickt werden könnte und meine Mutter nie wiedersehen würde. Alle Aborigine-Mädchen wurden als Hausangestellte fortgeschickt, sobald sie vierzehn waren. Nur die weißen Kinder erhielten eine Ausbildung.

Ich weinte und weinte und bat Mum, mich nicht dort zu lassen. Ich hatte das furchtbare Gefühl, ich müßte sterben, wenn sie mich diesmal dort zurückließe. Ich war so außer mir, daß ich mit Mum ins Büro ging, um mit Schwester Dora zu sprechen.

Ich mußte auf einer Holzbank draußen sitzen bleiben und warten, während Mum hineinging. Ich versuchte mitzuhören, was sie sagten, aber sie sprachen zu leise.

Schließlich riefen sie mich herein. Nachdem Miss Button, Schwester Dora und Schwester Rosemary vielsagende Blicke getauscht hatten, sagte Miss Button: »Möchtest du uns verlassen, Gladys? Deine Mutter sagt, daß sie dich mitnehmen möchte.« Sie lächelte mich freundlich an.

»O ja!« antwortete ich. »Ja bitte!« Ich konnte es kaum glauben. Für immer mit meiner Mutter zusammen! Es wäre zu schön, um wahr zu sein! Ich rannte sofort hinüber nach George Turner, um zu packen.

In Windeseile hatte sich die Nachricht, daß ich fortging, herumgesprochen, und alle Kinder umringten mich. Ich verteilte Andenken aus meinem Schrank. Ich gab Pat meinen blauen Mantel, der mir etwas zu eng war, er hatte ihr immer gefallen.

Als wir den Hügel hinuntergingen, winkte ich zum Abschied. Ich war sehr aufgeregt bei dem Gedanken, daß Mum und ich nun endlich in Ivanhoe zusammenleben würden. Vielleicht würde mein Kindheitstraum ja wahr, und ich wäre genauso wie Judy und June. Vielleicht würden wir zuletzt doch noch eine große, glückliche Familie sein. Das wünschte ich mir mehr als alles andere. Es dauerte nicht lange, und all diese Träume lagen in Scherben zu meinen Füßen. Alice war sehr verärgert, daß Mum mich nach Ivanhoe mitbrachte. Sie sagte, ich könnte nicht in Ivanhoe wohnen, ich war nicht erwünscht.

Es dauerte eine Woche, bis meine Mutter eine Familie fand, die mich aufnahm. Die Hewitts hatten drei eigene Jungen und nahmen oft ältere Mädchen auf. Ich kam gut mit den Jungen aus und schrieb mich an der High-School in Claremont ein. Ich versuchte, nicht an Ivanhoe zu denken. Ich durfte auch nicht an den Wochenenden dorthin. Wenn Mum mich sehen wollte, mußte sie mich bei den Hewitts besuchen. Ich war durch all das zutiefst verletzt.

Die Hewitts waren sehr religiös, aber sie hatten eine andere Art von Religion als ich. Ich werde nie den ersten Sonntagmorgen vergessen, an dem sie uns alle nach Fremantle mitnahmen. Ich dachte, wir gingen in die Kirche. Mir war nicht klar, daß sie ein Erweckungstreffen an einer Straßenecke abhalten wollten. Wir standen alle im Kreis, und Mr. Hewitt gab mir ein Liederbuch. Alle fingen an, laut zu singen, die Hände zu erheben und zu rufen: »Lobet den Herrn!« Als die Versammlung richtig in Fahrt kam, sprang der eine oder andere plötzlich in die Luft und rief: »Halleluja, Brüder, lobet den Herrn!«

Viele Leute blieben stehen. Ich bewegte mich langsam rückwärts in die Menge und nahm mein Gesangbuch dabei herunter. Ich dachte, ich könnte so tun, als sei ich eine Zuschauerin. Unglücklicherweise bemerkte Mr. Hewitt, der eigentlich ganz nett war, was ich vorhatte. Er ergriff meinen Arm und zog mich zurück in den wilden Kreis der Betenden. Er flüsterte mir ins Ohr: »Sing, Glad, sing! Erhebe deine Stimme zum Himmel!«

Wir sangen lauthals, mehrere Leute sprangen in die Luft und riefen: »Halleluja!«, und dann mußten wir es ihnen nachtun. Das Treffen wurde immer rasender, und der Priester rief den Umstehenden schließlich zu: »Bereut, bevor es zu spät ist!« Die versammelten Sünder schienen recht beeindruckt von dem Geschehen. Ich fühlte plötzlich einen Stoß in den Rücken, und eine Stimme sagte: »Jetzt!« Ich fand mich mit einem Ruck aus dem Kreis weggezogen. Ich war erstaunt, als ich sah, daß mein Retter ausgerechnet Warren war, der älteste Sohn der Hewitts. Wir bahnten uns einen Weg durch die begeisterte Menge und lehnten uns gegen eine Ladenwand.

»Ich hab gesehen, wie du versucht hast, dich zu verstecken«, sagte Warren. »Ist es nicht beschämend?«

»Ja«, stöhnte ich. »Ich hatte ja keine Ahnung, daß sie so was vorhatten. Ich dachte, wir gingen in die Kirche.«

»Wir machen das jeden Sonntag, und man muß sterbenskrank sein, um drumrumzukommen.«

»O nein«, seufzte ich. »Ich hoffe bloß, daß mich keiner sieht, den ich kenne!«

Ich hatte mir über meinen Eintritt in die High-School Sorgen gemacht. Hoffentlich würde niemand herausfinden, daß ich aus einem

Heim kam! Und ich machte mir Gedanken, ob ich wohl Freundinnen finden würde. Es stellte sich heraus, daß ich mit den anderen Kindern gut zurechtkam, besonders mit Noreen und Doreen, die meine besten Freundinnen wurden. Noreen war Schottin und nur wegen des Krieges in Australien. Es war das Jahr 1940, und sie war mit vielen anderen Kindern hierhergeschickt worden, um in Sicherheit zu sein. Sie hatte einen ausgesprochenen Sinn für Humor. Ich habe viel Zeit bei ihr zu Hause verbracht.

In jeder Mittagspause hatten wir eine Luftschutzübung. In einem Park in der Nähe waren Gräben ausgehoben für den Fall, daß wir bombardiert würden. Mittags ging die Sirene, und wir mußten so schnell wir konnten losrennen und in die Gräben springen. Du kannst dir vorstellen, was das für ein Schlachtfeld war! Wir sprangen alle hinein und bewarfen uns gegenseitig mit Sand. Es herrschte ein einziges Chaos.

Auf eine Art betraf der Krieg tatsächlich unsere Erziehung. Alle jungen Männer hatten sich gemeldet, und viele Frauen waren wohl auch eingesetzt worden, daher waren unsere Lehrer meist ziemlich alt.

Ich werde nie Miss Edwards vergessen; ihr Verlobter war im Ersten Weltkrieg gefallen, und sie war sehr sentimental. Sie las uns gerne alte, romantische Romane vor, besonders Sturmhöhe. Sie setzte sich vor die Klasse, und die Tränen strömten ihr nur so übers Gesicht. Ab und zu mußte sie innehalten, sich die Nase putzen und sich wieder fangen.

Während der Mittagspause gingen Noreen, Doreen und ich zum Einkaufszentrum von Claremont. Ich war immer als letzte zurück, daher ging ich in den Blumenladen und fragte, ob sie ein paar übriggebliebene Blumen hätten, die ich einer kranken, alten Dame schenken könnte. Sie suchten mir immer ein paar zusammen, und ich übergab sie dann Miss Edwards, wenn ich in die Schule zurückkam. »Es tut mir leid, daß ich zu spät komme, Miss Edwards, aber ich habe Ihnen die hier gekauft.« Sie sagte: »Ist schon in Ordnung, Gladys, du kannst dich hinsetzen.« Und die Tränen standen ihr in den Augen.

Eines Tages war ich so müde, daß ich in der Schule einschlief, und Miss Edwards bemerkte es. »Ich glaube, du setzt dich besser eine Weile draußen vor das Klassenzimmer, Gladys«, sagte sie, »die frische Luft wird dich munter machen.«

Ich hatte ziemliche Angst. Wenn Mr. Simms, der Direktor, vorbeikäme und mich da sitzen sähe, wüßte er sofort, daß ich etwas angestellt hatte. Ich wäre am liebsten im Boden versunken, als ich den Direx den Flur herunterkommen sah. Ich saß da mit gesenktem Kopf in der Hoffnung, daß er mich nicht bemerken würde. Ich konnte den Gedanken nicht ertragen, mit dem Rohrstock geschlagen zu werden. Es erinnerte mich zu sehr an Parkerville. Er blieb vor mir stehen und fragte: »Was machst du denn hier draußen, Mädchen?«

Ich starrte zu ihm hoch. Er war ein großer, plumper Mann mit einer kleinen, runden Brille, die ihm auf der Nasenspitze saß. »Mir ist schlecht«, sagte ich, was durchaus der Wahrheit entsprach.

»Du armes Kind«, murmelte er, »du solltest nicht hier draußen sitzen, komm sofort mit in mein Büro.« Ich folgte ihm den Flur entlang in sein Büro. »So, Mädchen«, sagte er, »hast du zu Mittag gegessen? Ich weiß doch, wie ihr jungen Leute seid. Ihr redet und spielt und vergeßt darüber euer Mittagessen.«

Ich dachte an all die tollen Plätzchen und Kuchen, die die Lehrer zum Frühstück gehabt hatten, und ich konnte nicht anders als antworten: »Ich habe nichts gegessen.«

»Das habe ich mir gedacht«, sagte er. »Kein Wunder, daß dir schlecht ist. Setz dich hierhin.«

Er plazierte mich an seinem Schreibtisch und stellte dann ein großes Glas Milch vor mich sowie einen Teller mit glasierten Kuchen und eine riesige Dose mit cremegefüllten Keksen. »Iß!« befahl er. Das mußte man mir nicht zweimal sagen. Ich langte sofort zu.

»Ich muß gehen«, sagte er, »aber wenn du fertig bist, kannst du dich hier auf das alte Korbsofa legen, und wenn es klingelt, kannst du nach Hause gehen.«

Ungefähr eine Stunde später weckte mich die Klingel, und ich stand auf und ging. Als ich den Flur hinunterlief, sah Miss Edwards mich und rief: »Gladys, wo bist du gewesen?«

»Mr. Simms nahm mich mit in sein Büro«, erzählte ich ihr.

»Das geschieht dir recht, Gladys«, sagte sie. »Es macht mir nichts aus, wenn du zu spät kommst, aber du darfst nicht einschlafen, wenn ich Jane Austen vorlese.«

Unsere Chemiestunde war immer interessant. Es gab nicht viele Mädchen, die Chemie mochten, aber mir gefiel es. Doreen hatte mich vor diesem Fach gewarnt. »Paß auf in Chemie«, flüsterte sie mir eines Tages zu, als wir durch die Tür gingen. Ich verstand nicht, was sie meinte, bis ich eines Tages neben unserem Lehrer stand. Er konnte seine Hände nicht bei sich behalten. Er machte gerne Experimente, für die es erforderlich war, das Licht zu löschen, und er wählte immer ein Mädchen aus, ihm behilflich zu sein. Während sie dann den Bunsenbrenner hielt, hielt er alles andere.

Er versuchte es einmal bei Noreen, und sie trat ihm gegen das Schienbein. Als er herausfand, daß Noreen und ich Freundinnen waren, ließ er mich in Ruhe. Er dachte vielleicht, ich würde ihrem Beispiel folgen und ihn auch treten. Er bevorzugte Mädchen, die ein wenig passiver waren.

Während dieses Schuljahres mußte Mum Ivanhoe wieder verlassen. Ich war wirklich sehr böse deswegen. Sie hatte einen guten Job aufgegeben, um zu Alice zurückzukehren, und nun bekam sie einfach zu hören, daß sie nicht mehr gebraucht würde und sich etwas anderes suchen sollte.

Mum war sehr verletzt; sie hatte noch Gehalt ausstehen, das sie, glaube ich, nie bekommen hat. In der Vergangenheit hatten sie mich als Teil der Familie behandelt, aber jetzt war ich froh, nicht dazuzugehören.

Eine von Mums Freundinnen erzählte ihr von einem Jobangebot als Köchin im Colourpatch Restaurant. Das war ein kleiner Laden gegenüber dem Ocean Beach Hotel und gehörte zu einer Erholungsstätte für amerikanische Matrosen. Die meiste Arbeit dort wurde ehrenamtlich getan, denn sie versuchten, Geld für die Armee zu sammeln, aber der Kochjob wurde bezahlt. Mum bewarb sich und bekam ihn. Es war allgemein bekannt in der Gegend, was für eine gute Köchin sie war.

Molly Skinner, die Schriftstellerin, besaß ein Haus direkt hinter dem Hotel und sagte, daß Mum bei ihr zur Untermiete wohnen könnte, wenn sie wollte. Molly war Aborigines sehr wohlgesinnt und behandelte sie freundlich. Mum zog zu ihr. Molly sagte außerdem, ich könnte an den Wochenenden kommen. Ich freute mich sehr darüber, denn ich hatte Mum in den letzten Monaten kaum gesehen.

Ich glaube, Mum hätte es gerne gehabt, wenn ich die ganze Zeit bei ihr gewohnt hätte, aber sie hatte nicht das Selbstvertrauen, mich von den Hewitts weg zu sich zu holen. Sie hatte Angst, etwas könnte schiefgehen und ich würde ihr weggenommen. Sie wußte, daß es Aborigines wie ihr nicht erlaubt war, eine Familie zu haben. Deshalb wollte sie um keinen Preis auffallen.

Ich liebte die Wochenenden mit ihr, sie verwöhnte mich, und Molly Skinner freute sich immer, mich zu sehen. Jeden Samstagnachmittag gab Mum mir drei Pennys, um mit Noreen und Doreen ins Kino zu gehen. Wir hatten großen Spaß. Alle Kinder der Schule waren da, und wir riefen und schrien um die Wette.

Das Colourpatch Restaurant war sehr voll an den Wochenenden, daher setzte Mum mich oft als Aushilfskellnerin ein. Die Amerikaner waren fabelhaft; sie ließen große Trinkgelder für mich unter ihren Tellern zurück. Die anderen Kellnerinnen mußten ihr Trinkgeld abgeben, aber ich durfte meines behalten. Ich glaube, das verdankte ich Mums Kochkünsten. Sie gab allen immer doppelte Portionen, und ihr war nichts zuviel. Ich glaube, ihr taten die meisten Soldaten leid, denn viele von ihnen waren noch halbe Kinder. Es war eine sehr glückliche Zeit für mich.

Eines Sonntagabends kam ich zu den Hewitts zurück und wurde von den ernsten Gesichtern der ganzen Familie empfangen. Mrs. Hewitt brachte Mum ins Wohnzimmer. Ich mußte in der Diele sitzenbleiben.

»Du steckst in großen Schwierigkeiten«, flüsterte Warren. Ich wußte nicht, was ich falsch gemacht hatte. Dann kam der jüngste der Hewitt-Jungen heraus und sagte: »Gladys, du hast gesündigt!«

Einige Minuten später kam Mrs. Hewitt und sagte: »Komm jetzt bitte herein, Gladys!«

Ich schaute Mum an, die auf einem Stuhl neben dem offenen Kamin saß. Sie war völlig sprachlos.

»Nun, Gladys«, sagte Mrs. Hewitt, »ich werde dir eine Frage stellen, und ich möchte, daß du sie ehrlich beantwortest. Bist du ins Kino gegangen, hast du dieses Haus der Sünde am Samstagnachmittag betreten?« Ich wußte nicht, was ich sagen sollte. »Es hat keinen Zweck, es abzustreiten«, sagte sie, »eine der Damen aus unserer Kirche hat dich gesehen.«

Ich senkte beschämt den Kopf. Ich fühlte mich nicht sündig, ich hatte einen Riesenspaß gehabt. Aber ich spürte, daß das von mir erwartet wurde. Mrs. Hewitt wandte sich an Mum und sagte: »Ich glaube nicht, daß es angemessen ist, Gladys noch länger hierzubehalten. Ich versuche sie zu einer guten Christin zu machen, und Sie lassen sie samstags nachmittags sündigen!«

Mum schaute mich nur an. Sie hatte nie zuvor gehört, daß das Kino Sünde war.

Mrs. Hewitt deutete in eine Zimmerecke und sagte: »Gladys, ich habe mir erlaubt, deine Koffer zu packen. Ich glaube, es ist besser, wenn du jetzt gehst.«

Mum und ich fuhren zurück nach Cottesloe. Wir wußten beide nicht, was wir sagen sollten. Zum ersten Mal in unserem Leben waren wir wirklich zusammen. Ich glaube, daß Mum nicht wußte, wie sie damit umgehen sollte. Sie hatte zuviel Angst, um zu begreifen, daß es tatsächlich passiert war. Sie war meine Mutter, und ich war ihre Tochter, und wir konnten jetzt eine Familie sein. Ich glaube, sie hatte Angst, sich daran zu gewöhnen, falls man mich ihr wieder wegnehmen würde. Sie kannte Aborigines, die ihre Kinder nie wiedergesehen hatten.

Miss Skinner war sehr froh, mich da zu haben.

Ende 1943 war ich mit der Schule fertig; ich war sechzehn. Meine Freundinnen gingen alle zur Handelsschule, aber ich wußte, daß das für mich nicht möglich war.

Ich verbrachte meine Zeit damit, Mum im Restaurant zu helfen. Ich war dafür zuständig, Milchshakes zu mixen in einer Bude, die an das Colourpatch angebaut war. Ich war sehr stolz auf meine Arbeit. Leute kamen von weither, um bei mir einen Milchshake zu kaufen. Ich experimentierte die ganze Zeit mit den Zutaten und tat einen Extraschlag Eis hinein, manchmal so viel, daß der Mixer sich nicht mehr drehte. Schließlich wurde ich bei den Milchshakes abgelöst. Ich glaube, sie zahlten sich nicht aus.

Nach einer Weile besorgte Alice mir eine Arbeit auf Probe in einem Blumengeschäft in Claremont für sechs Shilling in der Woche. Das war komisch damals. Wenn du Geld hattest oder einen Namen wie Drake-Brockman, kam das einem ›Sesam, öffne dich!‹ gleich. Die Leute liefen dir hinterher, sie eilten herbei, dich zu bedienen. Ich glaube, das war ein Fimmel vom viktorianischen England, obwohl es auch heute noch viele Leute gibt, die so etwas machen.

Ich war sehr aufgeregt über meinen Job; ich fuhr mit einem alten Fahrrad von Cottesloe nach Claremont. Meine Kollegin dort war großartig. Sie war so hell wie ich dunkel war. Sie warnte mich vor meiner neuen Chefin, Mrs. Sales. »Das ist 'ne alte Kuh«, sagte sie. »Sie legt Geld auf den Boden, nur um zu sehen, ob du's klaust. Also paß auf!«

Tatsächlich wurde ich aufgefordert, den Boden zu fegen, und es lag eine Zweishillingmünze auf dem schwarzen, gewachsten Boden. Ich gab sie der Chefin, sie heuchelte Überraschung und tat das Geld in die Kasse. Eine Woche später lagen noch einmal zwei Shilling auf dem Boden. Ich gab sie wieder ab, und dann wurde mir gesagt, daß ich von nun an zur Belegschaft gehörte und zehn Shilling in der Woche bekäme.

Mrs. Sales führte ein strenges Regiment. Ihr Mann war Schuhmacher und arbeitete hinter dem Laden. Er erinnerte Kathy und mich an eine kleine, ängstliche Maus. Manchmal schlich er sich davon und rauchte eine Zigarette im alten, hölzernen Klohäuschen hinter dem Laden. Mrs. Sales mißbilligte das Rauchen, daher paßte er immer auf, daß sie ihn nicht sah.

Eines Tages stürmte sie in den Laden mit einem alten Zigarettenstummel, den sie gefunden hatte. Sie beschuldigte Kathy und mich, während unserer Arbeitszeit zu rauchen. Sie durchsuchte unsere Taschen nach Zigaretten. Ich rauchte nicht, Kathy schon, aber sie versteckte ihre Zigaretten immer bei der Hintertür. Es kam unserer Chefin wohl nie in den Sinn, daß ihr Mann der Übeltäter sein könnte, denn sie hatte ihm ja das Rauchen verboten. Er stellte ihre Autorität nie in Frage.

Mrs. Sales hatte noch ein anderes Blumengeschäft an der Ecke zum Broadway. Ich fuhr mit dem Trolleybus dorthin und brachte die Blumen für den Verkauf. Die dortige Angestellte hieß Violet. Sie war ein nettes Mädchen, und wir wurden Freundinnen. Kathy, Violet und ich waren ungefähr im selben Alter. Die amerikanischen Soldaten, die immer in den Blumenladen kamen, um Ansteckblumen für ihre Freundinnen zu besorgen, schenkten uns eine Menge Aufmerksamkeit. Sie waren ganz anders als die australischen Männer, viel höflicher.

Ungefähr ein Jahr später verlobte sich Kathy mit einem amerikanischen Matrosen, und so gingen wir oft zusammen mit seinen Freunden ins Kino. Ich hatte einen Riesenspaß – bis es ernst wurde. Die Amerikaner wollten sich immer gleich verloben. Zum ersten Mal in meinem Leben fühlte ich mich frei. Ich mußte nicht alles, was ich tat, ständig rechtfertigen. Natürlich versuchte Mum, streng mit mir zu sein. Sie war so mißtrauisch. Es war alles sehr unschuldig, aber sie sagte mir immer wieder, ich wüßte nicht, wie die Welt sei und wie die Männer seien. Heute ist mir klar, daß sie recht hatte. Ich hatte ein sehr behütetes Leben geführt. Ich hörte dann auf, ihr zu erzählen, wann und mit wem ich ausging, sie machte sich doch immer nur Sorgen.

Nach kurzer Zeit hatte ich mich mit einer der Kundinnen des Blumenladens angefreundet. Sie war eine Engländerin namens Lois, ihr Mann war in Gefangenschaft bei den Japanern. Sie war eine wundervolle Frau, freundlich und offen, aber sie mochte auch ein Bier und hatte immer einen Amerikaner im Schlepptau. Durch Lois lernte ich einen netten schottischen Matrosen kennen. Ich ging eine ganze Weile mit ihm aus, es war eine gute Freundschaft. Diesmal billigte Mum es. Sie wußte, wie wild die Amis waren, und so glaubte sie mich wohl bei einem Schotten in Sicherheit.

An jedem Wochenende hatten die Amis eine wilde Schlägerei am Strand, und die Polizei wurde gerufen. Das war fast ein regelmäßiger Ausflug für sie. Es war eben schwer im Krieg, einige der Männer hatten Furchtbares durchgemacht. Ich glaube, sie mußten einfach mal Dampf ablassen.

Ich erinnere mich, wie ich an einem Sonntag an der Bushaltestelle wartete, um zu meiner Freundin zu fahren, als sich eine Dame zu mir gesellte.

Sie wollte mit demselben Bus fahren, und so fingen wir eine Unterhaltung an.

»Du bist sehr hübsch, meine Liebe«, sagte sie, »welcher Nationalität bist du, indisch?«

»Nein«, lächelte ich, »ich bin Aborigine.« Sie sah mich schockiert an. »Das kann nicht sein«, sagte sie.

»Doch.«

»Ach, du armes Ding«, sagte sie und legte den Arm um mich. »Was, um alles in der Welt, wirst du bloß tun?«

Ich wußte nicht, was ich antworten sollte. Sie schaute mich so mitleidig an, daß ich mich schämte. Ich fragte mich, was falsch daran war, Aborigine zu sein. Ich fragte mich, was ich ihrer Ansicht nach daran ändern sollte.

Ich redete mit Mum darüber, und sie sagte mir, ich dürfte nie jemandem erzählen, was ich wirklich war. Sie jagte mir richtig Angst ein. Ich glaube, damals begann ich, mir zu wünschen, etwas anderes zu sein. Es war schwieriger für Mum als für mich, da sie breite Gesichtszüge hatte und sich nicht als etwas anderes ausgeben konnte. Mir fiel zunehmend auf, daß die Leute sie anstarrten, wenn sie ausging. Ich hatte das vorher nicht bemerkt.

Das Gespräch mit der Dame an der Bushaltestelle hatte mich richtig verwirrt. Ich kam mir plötzlich wie eine Verbrecherin vor. Ich konnte nicht verstehen, warum ich mich so furchtbar fühlte. Wenn ich heute zurückschaue, dann nehme ich an, daß sie mehr als ich darüber wußte, wie Aborigines behandelt wurden. Sie wußte wahrscheinlich, daß ich keine Zukunft hatte, daß ich nie akzeptiert sein würde, nie etwas würde erreichen dürfen.

Eine Zeitlang versuchte ich, mit Mum zu sprechen und sie dazu zu bewegen, mir einiges zu erzählen, besonders über die Vergangenheit und woher sie kam. Es war aussichtslos, wir waren zu lange getrennt gewesen, um uns jetzt richtig nahekommen zu können. Ich wußte, daß sie mich liebte, und ich liebte sie, aber in meiner ganzen Kindheit war sie jemand gewesen, die ich nur in den Ferien sah. Ich konnte ihr meine Sorgen nicht anvertrauen. Sie sagte einfach nur immer wieder: »Dir werden furchtbare Dinge passieren, wenn du den Leuten erzählst, was du bist.« Ich hatte das Gefühl, daß ich sowohl zu ihrem als auch meinem Besten lieber schweigen sollte. Ich hatte große Angst vor Autoritäten. Ich hatte keine Ahnung, was mir passieren könnte.

Molly Skinner verkaufte ihr Haus, und so mußten wir etwas anderes zum Wohnen finden. Es gelang uns, ein Haus nahe dem Ocean Beach Hotel zu mieten. Es war ein nettes, kleines Holzhaus.

Mum und ich waren nun immer öfter unterschiedlicher Meinung. Ich hatte mir einige Sachen von meinem Lohn gekauft, und sie gab sie einfach irgendwelchen Freunden, sogar ohne mich zu fragen. Wenn ihnen etwas gefiel, sagte sie: »Ach, Glad will das nicht, sie kann's sich ja neu kaufen, nimm nur.« Manche Leute kamen und zeigten absichtlich auf etwas, das mir gehörte, und sie gab es ihnen sofort, besonders wenn es Weiße waren. Ich nehme an, sie versuchte, sie zu beeindrucken. Sie versuchte, weiße Freunde zu kaufen. Es regte mich wirklich furchtbar auf. Es gab so vieles damals, was ich nicht verstand.

Eine zweite Frau kam ins Colourpatch, um beim Kochen zu helfen, und ich freundete mich mit einer ihrer Töchter an. Wir gingen viel zusammen aus, und ich blieb oft über Nacht bei ihr. Sie hatte Geschwister, ich beneidete sie darum. Eine ihrer Schwestern verlobte sich, und ich wurde zur Verlobungsfeier eingeladen. Dort lernte ich Bill kennen.

Es war wirklich seltsam, denn ich hatte während all meiner Teenagerjahre von diesem Mann geträumt, den ich eines Tages kennenlernen und heiraten würde. Daher war es ein ganz schöner Schock, als ich ihn auf dieser Party sah. Die Träume, die von ihm handelten, waren ziemlich wirr und kehrten immer wieder. Manchmal wurden Alpträume daraus. Meine spätere Ehe sollte genauso werden, gut und schlecht, nur wußte ich das damals nicht.

Sobald ich Bill vorgestellt worden war, wußte ich, daß meine sorglosen Tage vorbei waren. Ich war eigentlich noch nicht soweit, zu heiraten und einen Hausstand zu gründen, aber ich wußte, daß ich keine andere Wahl hatte, es sollte so sein. Bill war anders als die Männer, mit denen ich bisher ausgegangen war; er war älter, welterfahrener. Ich hörte, daß er Kriegsgefangener in Deutschland gewesen war, aber mir war damals nicht klar, was für eine furchtbare Zeit er hinter sich hatte.

Keine meiner Freundinnen mochte Bill, und Mum war auch nicht mit ihm einverstanden. »Er trinkt zuviel«, sagte sie mir, »du solltest keinen Trinker heiraten.« Meine Freundinnen versuchten mich vor ihm zu warnen. Sie sagten, er wäre wild, manchmal verrückt, aber ich hörte nicht auf sie.

An dem Tag nach der Party, auf der wir uns kennengelernt hatten, sagte Bill zu mir: »Du wirst mich heiraten.«

»Nein, das werde ich nicht«, sagte ich.

»Doch, du wirst.«

Ich war zu der Zeit mit jemand anderem befreundet, und so glaubte ich, daß ich ihn noch eine Weile hinhalten könnte, aber es sollte nicht sein. Wir waren dann aber ein Jahr zusammen, bevor wir heirateten.

Mum hat nie ihre Meinung über ihn geändert. Ich habe ihm erzählt, daß ich Aborigine bin, aber er sagte, das sei ihm egal. Und ich glaube, daß es ihm damals auch wirklich egal war; er änderte sich erst später.

Seine Eltern waren nicht mit mir einverstanden, sie wollten nicht, daß er eine Farbige heiratet. Gleichzeitig waren sie froh, ihn loszuwerden; sie kamen mit ihm nicht mehr zurecht. Sie hatten genug davon, daß er Lastwagen um Telegraphenmasten wickelte.

Es gelang mir, Bill dazu zu bewegen, das Trinken einzuschränken. Ich hoffte, daß dies eine dauerhafte Veränderung wäre. Mum wollte nicht zur Hochzeit kommen und Bills Familie ebensowenig. So gingen wir einfach allein zum Standesamt. Ich war einundzwanzig. Ich glaube, Mum hatte gehofft, daß es sich gäbe und ich mich für jemand anderen interessieren würde. Ich habe ihr nicht erzählt, wann ich heiraten würde, ich ging einfach hin und tat es. Wir hatten zuvor darüber geredet, und es hatte doch nur Streit gegeben. Sie war immer sehr eifersüchtig gewesen, wenn jemand meine Aufmerksamkeit von ihr ablenkte. Sie wollte, daß ich für den Rest meines Lebens zu Hause bliebe und mich um sie kümmerte.

Nach unserer Hochzeit lebten wir bei Mum. Ich war sehr glücklich. Ich arbeitete weiterhin im Blumenladen. Mrs. Sales verkaufte ihn an eine Mrs. Richardson, und sie behielt mich, weil ich meine Arbeit gut machte. Richie, wie wir sie nannten, war ein richtiges Original. Sie lag den ganzen Tag draußen hinter dem Laden auf einem kleinen Sofa und trank Wein. Sie überließ das Geschäft vollständig mir. Zum Ladenschluß weckte ich sie und fuhr mit dem Bus nach Hause.

Die Situation mit Bills Familie verbesserte sich nicht. Sie waren sehr enttäuscht, daß er mich tatsächlich geheiratet hatte. Bills Mutter war sehr engstirnig, sie erzählte Bill alles mögliche hinter meinem Rücken. Ich wußte, daß sie mich nie als gleichwertig akzeptieren würde. Ich weiß nicht, wieviel Gedanken sich Bills Vater darüber machte, daß ich eine Farbige war. Er war immer leicht angeschlagen. Manchmal veranstaltete er einen großen Wirbel um mich, weil ich ihm ein bißchen Geld zuschob. Ich glaube, er mochte jeden, der ihm ein paar Shilling gab.

Ich wußte, daß Bill eine merkwürdige Erziehung gehabt hatte. Ich war richtig unschuldig, verglichen mit ihm. Großvater Milroy reiste herum und stellte Tanksäulen für Shell auf. Bills Mutter schickte Bill hoch in den Norden zu den Goldminen, um seinen Vater aus den Kneipen zu zerren und nach Hause zu bringen. Bills Vater verspielte und vertrank ein Vermögen, und Bill hatte von frühester Jugend an Bier getrunken. Mit vierzehn war er von zu Hause weggelaufen und hatte einen Job als Viehtreiber im Norden angenommen. Er erzählte jedem, er wäre sechzehn. Er konnte dafür gelten, weil er groß war. Er liebte das Leben dort oben und war sehr geknickt, als sein Vater ihn fand und zur Rückkehr nach Perth zwang.

Für mich war es schwierig, mit Bills Brüdern und ihren Freunden etwas anzufangen. Ich war streng erzogen worden, wohingegen sie sich in einer schönen neuen Welt vergnügten, einer Welt auf dem Weg zu großer Freizügigkeit, sogar damals schon.

Bill war anders als seine Brüder. Er hatte große Ideen und ein freundliches Herz. Er hatte religiöse Überzeugungen. Als er jünger war, wollte er Priester werden; seine Mutter war eine strenge Katholikin. Bill verstand ungewöhnlich viel vom Leben, ich glaube, weil er eine Menge gesehen hatte, was andere Leute nicht gesehen haben. Er sprach nie über seine religiösen Überzeugungen, aber ich wußte, daß sie da waren, tief in seinem Innern. Wenn er manchmal vom Krieg sprach, merkte ich, daß eine spirituelle Kraft ihm geholfen hatte, durchzukommen. Er hatte oft sterben sollen, aber es war nicht geschehen. Er hatte zurückkommen sollen.

Als ich meine Schwangerschaft bemerkte, war ich mächtig aufgeregt. Bill war voller Freude, er erwartete einen Sohn, aber es war dann Sally. Ich konnte kaum glauben, daß ich nun eine eigene Familie hatte. Mum freute sich auch sehr. Auf eine seltsame Art fühlte sie sich sicherer, weil sie jetzt Großmutter war.

Nicht lange danach beantragte Bill eine Handwerkerwohnung in Beaconsfield, wo er als Klempner arbeitete. Nach dem Krieg herrschte Wohnungsnot, und deshalb waren viele dieser Holzhaussiedlungen gebaut worden. Sie wurden meist von Engländern bewohnt, die in der Hoffnung auf ein besseres Leben hierher ausgewandert waren. Wir freuten uns darauf, in unser eigenes Haus zu ziehen. Die Umgebung war sehr schön, dort war ursprünglich eine Farm gewesen, und jeder nannte die Gegend immer noch Mulberry Farm. Ein riesiger Maulbeerbaum stand gegenüber unserer Wohnung, und Olivenbäume waren über das ganze Gelände verstreut.

Anfänglich, als wir dort einzogen, waren wir ständig pleite; es machte schon etwas aus, daß wir jetzt Miete zahlen mußten. Ich hatte meine Arbeit aufgegeben, als ich schwanger wurde. Außerdem kamen ständig Leute vorbei, die Geld borgen wollten. Sie taten mir leid, und ich gab ihnen, was ich hatte, aber sie zahlten es nie zurück. Offensichtlich war das die Regel, aber ich wußte das zunächst nicht. Ich mußte mein Verleihen einschränken.

Es war jede Menge los in Mulberry Farm; es gab ständig Ehestreitigkeiten, aber es passierten auch lustige Dinge. Ich hatte immer etwas zu lachen.

Sally war sehr krank, als sie noch ganz klein war. Zweimal hätten wir sie beinahe verloren. Manchmal wachte ich nachts auf und sah die Gestalt einer Nonne neben ihrem Bettchen stehen. Das machte mir keine Angst, ich wußte, daß jemand auf sie aufpaßte, so wie jemand auf mich aufgepaßt hatte, als ich ein Kind war. Ich wußte, daß sie nie kräftig werden würde, aber sie würde nicht jung sterben.

Bills Alpträume fingen wieder an. Er hatte darunter gelitten, seit er aus dem Krieg zurückgekehrt war. Er schrie und schrie in der Nacht, er tat mir leid. Vor unserer Hochzeit hatte ich eine sehr heroische und romantische Vorstellung von einem Kriegsgefangenen gehabt, nun dachte ich anders darüber.

Ich versuchte ihn dazu zu bewegen, über seine Alpträume zu sprechen. Es half ihm ein wenig, aber er ging nie sehr in die Tiefe. Ich glaube, manche Erlebnisse waren zu erniedrigend, als daß er sie jemandem hätte mitteilen können. Ich wußte, daß es einen deutschen Kommandanten gegeben hatte, der ihn besonders schlecht behandelt hatte. Bill haßte ihn gnadenlos; ich glaube, wenn es irgend möglich gewesen wäre, hätte er ihn umgebracht. Bill hat mir nie erzählt, was damals passiert ist. Viele seiner Alpträume hatten mit diesem Kerl zu tun. Er träumte, daß er nicht entkommen konnte.

Einmal kam Bills Mutter vorbei, um ihn etwas zu fragen. Sie arbeitete einige Abende in der Woche auf der Trabrennbahn, und sie erzählte ihm, daß ein großer Mann mit einem Akzent zu ihr gekommen sei und sie gefragt habe: »Haben Sie einen Sohn, der Kriegsgefangener in Deutschland war?«

»Ja«, sagte sie, »woher wissen Sie das?«

»Ihre Augen«, sagte er, »Sie haben dieselben Augen. Ich würde diese Augen überall wiedererkennen.« Dann verschwand er offenbar in der Menge.

Ich werde Bills Gesichtsausdruck nie vergessen, als sie ihn fragte, wer dieser Kerl gewesen sein könnte. Er wurde weiß wie die Wand. Er wußte, wer es war, aber er sagte es uns nicht. Er schloß sich nur in sein Zimmer ein und kam lange nicht heraus.

Nach dem Krieg gab es ein ziemliches Durcheinander, ich glaube, viele Deutsche kamen nach Australien und tarnten sich mit anderen Nationalitäten. Dieser Kerl war Deutscher. Ich glaube, es war der Mann, den Bill haßte, ich bin mir sicher.

Diese Episode verschlimmerte sein Trinken wieder. Seit der Hochzeit war es besser gewesen, er war viel ruhiger geworden. Aber jetzt war er nur noch daran interessiert, mit Hilfe der Flasche die Vergangenheit zu vergessen. Er aß kaum, trank nur. Mum mußte mir Essen vom Restaurant bringen, ich hatte nie Geld. Manchmal verschwand er tagelang, und ich sah ihn nicht. Ich war krank vor Sorgen, ihm hätte alles mögliche passieren können. Ich wußte, daß er bisweilen Filmrisse hatte. Manchmal fragte ich mich, ob er eigentlich selber wußte, wo er die ganze Zeit war.

Zuletzt wurde es so schlimm, daß ich es nicht mehr aushielt. Ich nahm Sally und zog zurück zu meiner Mutter. Sie freute sich, mich bei sich zu haben. Ich glaube, sie hatte sich Sorgen gemacht, was Bill alles anstellen könnte.

Ich war ungefähr zehn Tage bei Mum und hatte ihn immer noch nicht wiedergesehen. Ich konnte nicht anders, ich mußte immer an all das denken, was er mir vom Krieg erzählt hatte, und fragte mich, was er mir wohl alles nicht erzählt hatte. Ich grübelte und war tieftraurig über das, was ihm angetan worden war. Ich liebte ihn immer noch. Ich habe Bills Kriegserlebnisse nie jemandem erzählt, aber vielleicht hilft es, ihn zu verstehen, wenn ich sie aufschreibe.

Bill kämpfte in der Wüste beim sechzehnten Bataillon. Er sagte, er fand es schwer, andere Menschen zu töten. Ich erinnere mich, daß er mir erzählte, wie einmal die Deutschen in den Sandhügeln vor ihm aufgereiht waren wie Enten in einer Schießbude. Bill stand am

Maschinengewehr, und die anderen riefen ihm zu: »Schieß doch, du Mistkerl, solange du noch eine Chance dazu hast!« Er sagte, er konnte es nicht, es war zu einfach. Irgend jemand schob ihn beiseite, griff das Gewehr und mähte sie nieder. Ihm wurde schlecht.

Bill wurde während der Schlacht um eine Stadt verwundet und ins Armeekrankenhaus gebracht. Deshalb blieb er im Nahen Osten zurück, als der Rest seines Bataillons zurückverfrachtet wurde, um in Neuguinea zu kämpfen. Als es ihm wieder besser ging, wurde er dem achtundzwanzigsten Bataillon zugeordnet und kämpfte weiterhin in der Wüste. Ich weiß noch, wie ich ihn nach der Wüste gefragt habe. Ich dachte immer, sie wäre wie ein Strand, aber Bill sagte, der Boden wäre so hart gewesen, daß sie nur flache Schützengräben ausheben konnten.

Bill wurde bei El Alamein gefangengenommen und zusammen mit zweitausend anderen alliierten Gefangenen in die Frachträume der Nino Bixio, eines italienischen Frachters, gesteckt. Er war völlig überfüllt, sie konnten sich nicht ausstrecken. Es war schon ein Glück, irgendwo sitzen zu können. Sie durften kaum die Lukenabdeckung öffnen, um auf die Latrinen zu kommen. Viele Männer hatten Durchfall, du kannst dir vorstellen, wie es zuging.

Am zweiten Tag auf See wurden sie von einem alliierten Unterseeboot torpediert. Bill sagte, er habe in seiner üblichen Stellung, breitbeinig und mit den Ellenbogen auf den Knien dagesessen und mit dem Soldaten neben ihm herumgewitzelt, als der Torpedo direkt an ihm vorbeischwirrte, auf der anderen Seite den Frachtraum traf, explodierte und viele Leute auf ihn warf.

Als er zu sich kam, war er mit Blut und Körpern, Armen und Beinen, Eingeweiden, abgerissenen Fingern bedeckt, er wußte nicht, was zu ihm gehörte und was nicht. Der ganze Frachtraum war mit Einzelteilen von menschlichen Körpern übersät. Er dachte, das war's dann wohl.

Das Schiff füllte sich mit Wasser. Einige Männer versuchten durch das Loch in der Seite, das der Torpedo hinterlassen hatte, herauszukommen, aber der Seegang wusch sie zurück, und sie wurden an den zerfetzten Rändern in Stücke gerissen. Die Stahlleitern, die zum oberen Teil des Frachtraums führten, waren zerstört, daher gab es keinen Weg heraus.

Überlebende vom oberen Teil des Frachtraums warfen Seile herunter, und der Kapitän, ein großer, rothaariger Italiener, rief: »Wenn da unten noch jemand lebt, soll er hier hochklettern!«

Als Bill unter den Leichen hervorgekrochen war, wurde ihm klar, daß er tatsächlich noch ganz war. Einige Stücke Geschoßsplitter steckten ihm in Armen, Beinen und Brust, aber abgesehen davon war er in Ordnung. Er hob den nächsten Kerl auf, der noch halbwegs ganz aussah, und kletterte am Seil hoch. Das war dann Frank Potter. Bill sagte, der Kapitän des Schiffes tat sein Bestes, er rannte schreiend und italienisch fluchend herum und versuchte, den Verwundeten zu helfen.

Am nächsten Tag nahm sie ein italienischer Zerstörer ins Schlepptau. Sie landeten an der griechischen Küste, die Verwundeten wurden an Land gebracht und an den Strand gelegt. Bill sagte, daß über fünfhundert Männer in seinem Frachtraum gewesen waren, als sie getroffen wurden, nur siebzig überlebten den Torpedo, und dann starben viele am Strand.

Manche der Männer waren furchtbar verwundet, und die Situation verschlimmerte sich noch, weil es kein Essen und keine medizinische Versorgung gab. Sanitäter gingen herum und hackten Arme und Beine ab, die nur herumbaumelten. Sie benutzten Tomahawks und gruben die Splitter mit Dolchen heraus. Bill wußte, wenn sie versuchten, die Splitter aus ihm herauszuholen, würde er mit Sicherheit sterben; er war Bluter und hatte eine seltene Blutgruppe.

Diejenigen, die laufen konnten, marschierten zur nächsten Stadt und wurden zur Schau gestellt wie irgendein verdammter großer Preis. Die Männer spuckten sie an, und die Frauen schütteten ihr Spülwasser und Kübel voller Exkremente auf sie. Sie blieben eine Weile in Korinth und wurden dann nach Italien verschifft und in das Campo 57 geschickt.

Bill erzählte, der Kommandant dort war ein richtiger Faschist, er war nicht wie die meisten Italiener, die er später kennenlernte. Er war sehr hart und sah sie gerne leiden. Er brachte ein Schild an, auf dem stand: »Die Engländer seien verflucht, aber noch mehr verflucht seien jene Italiener, die sie gut behandeln!«

Die Alliierten begannen, die Gegend um das Lager herum zu bombardieren, dadurch konnte Bill entkommen. Die Wachen hatten solche Angst, daß sie davonliefen und die Tore weit offenließen. Sämtliche Gefangenen folgten. Bill sagte zu Abercrombe, dem Mann, der mit ihm kam: »Nicht mitten auf die Straße! Die Deutschen werden mitbekommen, daß wir ausgebombt sind, und uns zusammentreiben. Runter in den Graben!«

Tatsächlich kamen kurz darauf die Deutschen und trieben alle wieder in das Lager zurück. Bill und Abercrombe versteckten sich bis zur Dunkelheit im Graben. Abercrombe wollte in Richtung Süden in der Hoffnung, auf die Amis zu treffen, aber Bill überredete ihn, mit ihm nach Norden in Richtung Schweiz zu gehen. Sie bewegten sich hauptsächlich nachts fort, stahlen sich was zu essen und schliefen in den Feldern.

Schließlich kamen sie in eine kleine Ortschaft und trieben sich am Brunnen in der Dorfmitte herum in der Hoffnung, daß jemand Freundliches sie bemerken würde. Sie wußten, daß die Deutschen in der Gegend waren. Bis jetzt hatten sie aber keine gesehen, und so hofften sie, daß ihr Glück anhalten würde.

Ein alter Mann kam vorbei und schaute sie an. Bill hatte ein paar italienische Worte aufgeschnappt und erzählte ihm, wer sie waren. Der alte Mann holte den Dorfvorsteher, der sie mit zu sich nach Hause nahm und ihnen etwas Warmes zu essen und vino gab. Sie hielten ihn für einen netten Kerl, bis er einen Annäherungsversuch machte. Bill packte ihn am Kragen und sagte ihm, er solle sie mit dem Widerstand in Verbindung bringen, ansonsten ... Der Italiener erwiderte, dazu müßten sie ihn ein Telefongespräch führen lassen. Bill hörte genau zu und bekam mit, daß er in Wirklichkeit die Deutschen anrief. Deshalb schnappten und verprügelten sie ihn, griffen sich noch etwas zu essen und hauten ab, bevor die Deutschen eintrafen.

Sie bewegten sich weiterhin in Richtung Norden und hatten jetzt Angst, eine Stadt zu betreten. Schließlich waren sie ausgelaugt und verzweifelt. Sie beobachteten ein paar Tage lang eine Ortschaft, alles schien in Ordnung. Sie gingen hin und trieben sich wieder am Brunnen herum. Als eine Frau kam, um Wasser zu holen, fragte Bill sie, ob sie sie zum Bürgermeister führen könnte. Es stellte sich heraus, daß das ihr Mann war.

Diesmal hatten sie Glück, diese Italiener haßten den Krieg und die Deutschen. Sie brachten Bill und Abercrombe zu einem sicheren Bauernhof, der von Giuseppe und Maria Bosso und ihrer vierzehnjährigen Tochter Edmea bewirtschaftet wurde. Bill sagte, sie waren wundervolle Menschen, voller Mumm in den Knochen. Sie behandelten ihn wie einen Sohn. Er lernte fließend Italienisch, und da er wie ein Norditaliener aussah, ging er manchmal als ein solcher durch, trank vino und sang Lieder mit den Deutschen in der Taverne, genau wie die anderen Italiener auch. Sie versuchten, freundlich zu den Deutschen zu sein. Auf diese Weise hofften die Dörfler, daß sie nicht allzu sorgfältig überprüft wurden, wenn die Deutschen ihre regelmäßigen Touren machten.

Tagsüber arbeitete Bill mit den anderen Arbeitern auf dem Feld. Wenn sie hörten, daß die benachbarten Bauernhöfe nach entflohenen Kriegsgefangenen durchsucht wurden, versteckten sich Bill und Abercrombe an einem kleinen Bach. Manchmal dauerte es Tage, bevor es wieder sicher war. Währenddessen lebten sie von Fröschen, grünen Schlangen und Beeren. Es war viel zu gefährlich für die Italiener, sich hinauszuschleichen und ihnen Essen zu bringen.

Schließlich bekamen sie das Zeichen, daß die Luft wieder rein war, und das ganze Dorf veranstaltete einen großen Tanz in einer der Scheunen, um zu feiern, daß sie die Deutschen wieder einmal ausgetrickst hatten. Sie lachten und tanzten und tranken viel zuviel vino.

Im Winter war es zu kalt, um sich beim Bach zu verstecken, daher baute Giuseppe einen großen Heuschober mit einem Zimmer darin. Die Deutschen steckten immer ihre Bajonette in alle Heuschober, und wenn sie einen Pfosten trafen oder Blut am Bajonett war, zündeten sie den Heuschober an und verbrannten alles und alle, die drin waren.

Eines Morgens war die Bosso-Familie sehr aufgeregt, weil sie gehört hatten, daß von der SS ein ganzes Dorf abgebrannt und abgeschlachtet worden war, weil es Kriegsgefangenen Schutz geboten hatte. Die Leute versammelten sich, um zu beraten, was nun zu tun sei. Sie stimmten ab, daß sie weiterhin alliierte Gefangene verstecken würden, auch wenn das bedeutete, daß sie das ganze Dorf in Lebensgefahr brachten. Bill sagte zu Giuseppe, er würde es nicht zulassen, daß sie ein solches Risiko auf sich nähmen. Alle Kriegsgefangenen im Dorf teilten seine Meinung. Sie beschlossen, ihr Glück zu versuchen und weiterzuziehen.

Giuseppe setzte sich mit dem Untergrund in Verbindung, wo es hieß, daß sie, anstatt sich den Amerikanern anzuschließen, besser daran täten, in Richtung Schweiz zu ziehen. Sie schickten zwei Mitglieder des Widerstandes, um Bill und Abercrombe über die Schweizer Alpen zu führen. Bill feierte seinen einundzwanzigsten Geburtstag in den Bergen. Als sie die Grenze erreichten, gab ihnen die Schweizer Grenzwache heiße Schokolade und etwas Warmes zu essen. Sie erklärten ihnen, wenn sie in die Schweiz gehen wollten, müßten sie bis zum Kriegsende dort bleiben, was noch Jahre dauern könnte, aber wenn sie zurückgingen und sich den Amis anschlössen, dauerte es womöglich nur wenige Monate, denn die Amerikaner machten zu dieser Zeit schnelle Fortschritte.

Bill wollte nicht gerne in der Schweiz herumsitzen, dazu hatte er zuviel Kampfgeist. Daher bat er die Führer, ihn und Abercrombe wieder mit zurück nach Italien zu nehmen. Sie brachten sie also zurück über die Berge und zeigten ihnen dann die Richtung, in der die Amerikaner sein sollten. Bill und Abercrombe machten sich auf den Weg.

In jener Nacht kamen sie an eine Straße und wollten sie gerade überqueren, als Bill plötzlich anhielt und sagte: »Stop, da stimmt was nicht!« Es war nichts zu sehen, aber Bill hatte eine Vorahnung, daß es gefährlich war. Er versteckte sich im Graben und riet Abercrombe, dasselbe zu tun. Abercrombe hatte inzwischen die Nase voll und gab zurück: »Hör mal zu, du blöder Spinner, da ist doch nichts, ich gehe.« Er lief auf die Straße, und als er in der Mitte war, traf ihn ein Scheinwerfer, und er wurde von einem Maschinengewehr niedergeschossen. Bill sagte, er war so geschockt, daß er einfach erstarrte. Er wußte, daß er sich in Bewegung setzen mußte, aber er konnte es nicht.

Schließlich zwang er sich, loszugehen. Er lief die ganze Nacht hindurch, bis er an einen großen Fluß kam. Er setzte sich ins Schilf und zog einen Zigarettenstummel heraus, den der Schweizer Grenzer ihm gegeben hatte. Er legte sich hin und war fast eingeschlafen, als er das Geräusch von bellenden Hunden immer näher kommen hörte. Deutsche, dachte er. Er rannte los, ein Geschoß sauste ihm am Kopf vorbei und verpaßte ihn nur um ein paar Zentimeter. Er blieb stehen und drehte sich mit erhobenen Händen um.

Zu seiner Erleichterung war es nur die italienische Polizei. Er redete schnell auf sie ein und erzählte ihnen, daß er ein Arbeiter auf dem Weg zur Arbeit auf einem nahe gelegenen Bauernhof sei. Sie sagten: »Du bist kein Arbeiter, du bist ein Vergewaltiger und Mörder. Du wirst in Rom gesucht, weil du viele Frauen getötet hast.« Sie zeigten ihm ein Plakat mit einem Foto des Vergewaltigers. Bill erzählte, er konnte es kaum glauben, das war sein Doppelgänger. Er war dann gezwungen, ihnen zu erzählen, wer er wirklich war, er zeigte ihnen seine Erkennungsmarke.

»Sie hätten nicht weglaufen sollen«, sagten sie, »wir hätten Sie laufenlassen. Jetzt können wir's nicht mehr, denn wir müssen den Deutschen über jede verschossene Kugel Rechenschaft ablegen. Wenn wir Sie gehen lassen, werden sie's merken. Wir müssen an unsere Familien denken, tut uns leid.«

Bill wurde der SS übergeben. Sie vernahmen und folterten ihn tagelang und fragten, wo er gewesen war, wer ihm geholfen und wo er sich versteckt gehalten hatte. Bill sagte, er wäre lieber gestorben, als daß er ihnen auch nur eine verdammte Kleinigkeit erzählt hätte. Er war so. Er war ein sehr stolzer Mann und sehr stur.

Jeden Tag hörte er das Tötungskommando in Aktion, und jeden Tag fragte er sich, ob er der nächste sei. Sie gingen mit ihren Opfern immer an seiner Zelle vorbei. Wenn sie sich hinter seiner Zelle nach links wandten, wußte er, es war eine Exekution, gingen sie nach rechts, wurde der Gefangene anderswohin überführt.

Eines Morgens kamen sie, um ihn zu holen. Er dachte, das war's, jetzt werde ich sterben. Am Tag davor waren sie sehr brutal zu ihm gewesen und hatten doch nichts aus ihm herausbekommen. Daher glaubte er, sie hätten beschlossen, aufzugeben und ihn statt dessen zu erschießen.

Am Ende des Korridors sagte der Wärter zu ihm: »Du weißt, wo's langgeht.« Bill ging nach links, und der Wärter stieß ihm das Gewehr in den Rücken und schlug ihn zu Boden. Als Bill aufstehen wollte, trat er ihm mit seinen Armeestiefeln brutal in die Rippen. Bill stand auf und fühlte das Gewehr hart in seinem Rücken. »Nach rechts! Du wirst nach Deutschland verlegt.«

Er wurde ins Büro gebracht, wo er einem anderen Wärter übergeben wurde. Auf dem Weg zum Zug sagte dieser: »Versuchen Sie nicht zu fliehen, dann werden wir uns gut verstehen.« Bill war überrascht, daß der Kerl so gut Englisch sprach. Er hatte den Zug in Begleitung dieses Wärters und zweier SS-Offiziere bestiegen. Der deutsche Wärter gab ihm eine Zigarette und sagte ruhig: »Sprechen Sie englisch, die SS versteht das nicht.« Er vertraute Bill an, daß er in

England studiert und schon im Ersten Weltkrieg gekämpft habe. Er sagte, er hasse die SS, er nannte sie Tiere. Er ermahnte Bill, auf den jüngsten Offizier achtzugeben. »Versuchen Sie nicht zu fliehen«, sagte er, »der sucht nur einen Vorwand, um Sie zu erschießen.«

Dieser Wärter begleitete Bill zum Kriegsgefangenenlager. Bevor er ihn übergab, schenkte er Bill einen dicken Mantel und ein Paar gute Stiefel. »Verhökern Sie die nie«, sagte er, »Sie werden ohne die nicht überleben.« Bill sagte, es täte ihm leid, daß sie sich nicht unter anderen Umständen kennengelernt hätten, er war ein richtig netter Kerl.

Bill wurde ins Stalag 7A bei Moosburg gebracht, aber es dauerte nur ein paar Wochen, bis er ins Stalag 8C in Sagan verlegt wurde. Ich bin mir nicht sicher, welches der Lager, in denen er war, sich in der Nähe eines Konzentrationslagers befand, eines von ihnen auf jeden Fall, denn Bill wechselte ständig zwischen mehreren Lagern hin und her. Er sagte, es wäre schrecklich gewesen, in der Nähe des jüdischen Lagers zu leben, wegen des Geruchs und der Geräusche, die er Tag und Nacht hören konnte. Er wußte, daß dort Menschen waren, aber sie klangen wie gequälte Tiere. Es muß wirklich grauenhaft gewesen sein. Er sagte, die Bedingungen in den Kriegsgefangenenlagern waren wirklich schlimm, und er mochte sich nicht vorstellen, was sie mit den Juden machten.

Bill freundete sich mit einem Mitgefangenen an, der Halbjude war. Die Deutschen behandelten ihn schlecht, sie peitschten ihn ständig aus. Bill versuchte, für ihn einzutreten, und sie sagten: »Wenn du für einen Juden eintrittst, behandeln wir dich wie einen Juden.« Danach wurde es richtig schlimm für ihn.

Im Lager von Sagan mußte er im Kohlenbergwerk arbeiten. Die Arbeitszeit war lang und die Arbeit feucht und gefährlich. Er bekam eine schlimme Lungenentzündung, also beschlossen sie, ihm eine leichtere Arbeit zu geben, und schickten ihn zum Kartoffelnausbuddeln auf die gefrorenen Felder. Bill meinte, es sei im Bergwerk leichter gewesen. Der einzige Vorteil der Feldarbeit war, daß er manchmal eine Kartoffel klauen und sie im Lager zum Tauschen benutzen konnte. Bill sagte, sie wurden mit Gemüsesuppe ernährt, die nur aus Wasser bestand. Einmal im Monat gab es als Fleischeinlage einen Pferdekopf. Das Größte war, die Augen zu bekommen, anderenfalls blieb einem nur eine Schüssel voll von nassem Haar.

Einige der Wärter in Sagan waren sehr brutal. Sie kamen gern mitten in der Nacht hereingeplatzt, befahlen den Männern, sich auszuziehen, und ließen sie dann im Schnee strammstehen. Je schlimmer der Krieg tobte, desto gemeiner wurden sie. Eines Tages versammelten sie die Männer und sagten, daß ihnen Pakete vom Roten Kreuz ausgehändigt würden. Sie kippten Nestlé-Milch, Marmelade, Tee und Zigaretten auf einen Haufen und trampelten dann darauf herum. »Jetzt könnt ihr euch nicht beschweren«, sagten sie, »daß ihr eure Rotkreuzpakete nicht bekommen habt!« Danach wurde den Gefangenen befohlen, das Ganze zu essen. Es war ein großer Spaß für die Wärter.

Eines Tages, gegen Ende des Krieges in Europa, informierten sie die Gefangenen, daß sie in ein anderes Lager marschieren würden. Es hatte Gerüchte gegeben, daß die Russen auf dem Vormarsch seien. Das war wahrscheinlich der Grund für die Verlegung. Sie marschierten fünfzig Meilen nach Spremberg und glaubten, der Marsch sei nun zu Ende, aber statt dessen wurden sie gezwungen, noch dreihundert Meilen weiter nach Duderstadt zu marschieren.

Es war sehr kalt, und sie mußten im Freien im Schnee schlafen. Es gab nichts zu essen, sie mußten sich mit dem begnügen, was sie am Straßenrand finden konnten. Bill erzählte, daß sogar die Deutschen inzwischen fast verhungerten. Als sie bei einem Dorf hielten, kam eine alte deutsche Bauersfrau herbeigelaufen und drückte ihm ein altbackenes Stück Schwarzbrot in die Hand. Ein Wärter schoß ihr in den Rücken. Bill sagte, dieser Wärter war ein richtiger Scheißkerl. Er verprügelte ständig jemanden und nutzte jeden Vorwand, um zu schießen.

Auf dem Marsch erfroren viele Gefangene und wurden einfach am Straßenrand zurückgelassen. Ich glaube, Bill war sehr froh, daß er seinen dicken Mantel nicht eingetauscht hatte, denn jetzt brauchte er ihn wirklich.

Endlich erreichten sie Duderstadt, aber die Bedingungen dort waren fürchterlich. Das Lager war voller Läuse, und überall lagen Exkremente herum. Es gab nur eine primitive Latrine für über tausend Männer. Die Gefangenen starben wie die Fliegen an Dysenterie und Lungenentzündung. Es gab keine Möglichkeit, die Toten zu bestatten, sie wurden einfach am Tor aufgestapelt.

Nach ein paar Tagen ging ein Gerücht um, daß die Amerikaner

nahe seien. Das machte den Deutschen angst, und sie folterten nicht mehr soviel.

Eines frühen Morgens durchbrach ein Panzer die Lagertore. Ein rotblonder Amerikaner tauchte daraus hervor und fragte: »Möchte einer von euch Jungs vielleicht Lebkuchen und Eiscreme?«

Bill sagte, die Männer, die noch ein bißchen Energie übrig hatten, weinten und weinten. Die Amerikaner gaben Essen aus, aber manche Gefangene waren so lange ohne Nahrung gewesen, daß sie schwer krank wurden und starben. Der leitende amerikanische Offizier konnte es nicht fassen, in was für einem Zustand sie alle waren. Er fragte: »Ist unter diesen deutschen Bastarden einer, den ihr gerne töten würdet?«

Ein englischer Soldat, der auf einer Matte lag, hob seine Hand. Er war so entkräftet, daß er nicht mehr stehen konnte. Daher unterstützten ihn zwei amerikanische GIs; sie hielten die Pistole in seiner Hand und halfen ihm, sie auf den deutschen Wärter zu richten, der ihn so fertiggemacht hatte. »Helft mir«, flüsterte der Engländer, und die Amerikaner drückten für ihn ab. Der Engländer starb später am Tag. Bill sagte, daß dort im Lager keiner dabei war, den er hätte töten wollen. Aber wenn er jemals auf den einen bestimmten SS-Offizier getroffen wäre, hätte er ihn erschossen.

Sie wurden mit Lastwagen zu amerikanischen Transportflugzeugen gebracht und nach Frankreich ausgeflogen, wo man sie medizinisch versorgte, bevor sie dann nach England fuhren. Bill verbrachte sechs Monate im Krankenhaus in England, bis er so weit wiederhergestellt war, um mit dem Schiff nach Hause fahren zu können.

Nachdem ich zu meiner Mutter zurückgegangen war, dachte ich über all das nach. Ich wußte, daß dies nur die Spitze des Eisbergs war; er hatte mir nicht die ganze Geschichte erzählt.

Als ich drei Wochen bei meiner Mutter gewohnt hatte, war er ausgenüchtert und kam vorbei, um mich zu bitten, wieder zu ihm zu ziehen. Ich wußte damals, daß es dann für immer sein würde. Ich konnte ihn nicht noch einmal verlassen. Ich mußte zurückgehen. Er hatte niemanden. Ich liebte ihn immer noch. Ich dachte, vielleicht kann ich helfen, ihn ein wenig zu entschädigen für das, was er durchgemacht hat.

Es stellte sich heraus, daß ich mich irrte. Ich konnte seine Seele nicht heilen, sie war zu sehr beschädigt. Sie hatten seinen Mut und seinen Lebenswillen nicht brechen können, aber sie hatten seine Seele gebrochen. Er hatte eine empfindsame Seite, die hatten sie erniedrigt, zerstört. Er konnte nicht von all dem loskommen, was in ihm war. Er konnte seinen Erinnerungen nicht entkommen.

Im Handumdrehen wurde ich zum zweiten Mal schwanger. Sie schickten mich ins Krankenhaus, um die Geburt einzuleiten, da das Kind zu groß sei. Ich mußte bis zum Hals im heißen Badewasser sitzen und biergläserweise Rizinusöl trinken. Das bewirkte nichts, also gaben sie mir einige Pillen und über dreißig Spritzen. Eine Woche später hatte sich immer noch nichts getan. Schließlich band der Arzt mich fest, durchstieß die Fruchtblase und überließ mich den Krankenschwestern.

Als die Wehen anfingen, war ich erschöpft. Ich wußte nicht, woher ich die Kraft nehmen sollte, mein Kind zu gebären. Ich fiel in eine Art Trance und begann, in einer unbekannten Sprache zu sprechen. Niemand konnte verstehen, was ich sagte. Sie riefen den Arzt, und als Jilly schließlich geboren wurde, schoß sie heraus, und einige Liter grünen Wassers ergossen sich über den Arzt.

Sie brachten mich auf die Station; ich war sehr schwach. Ich sah mich durch die Luft schweben und konnte auf meinen Körper im Bett hinunterschauen. Ich konnte die Oberschwester und den Arzt an mir arbeiten sehen, wie sie versuchten, mich wiederzubeleben. Plötzlich war ich zurück in meinem Körper, und die Oberschwester sagte: »Gott sei Dank, wir dachten schon, wir hätten Sie verloren!« Mir wurde geraten, keine Kinder mehr zu bekommen oder wenigstens drei Jahre zu warten bis zum nächsten.

Bill versuchte ernsthaft, sich zusammenzureißen, aber es gab immer noch Zeiten, in denen er auf eine Sauftour verschwand und ich ihn ein paar Tage nicht sah. Bei diesen Gelegenheiten kam dann Mum und blieb bei mir, um mir Gesellschaft zu leisten. Sie war jetzt als Haushälterin angestellt und konnte arbeiten, wann es ihr gefiel. Ich war froh, denn das war einfacher für sie. Sie kaufte den Kindern immer etwas zum Anziehen oder brachte Lebensmittel vorbei. Sie wußte, daß ich kein Geld hatte.

Bill bekam einen Nervenzusammenbruch, und sie schickten ihn ins

Hollywood-Krankenhaus. Er kam mit dem geringsten Druck, der kleinsten Verantwortung nicht zurecht. Ich fand es furchtbar, wenn ich ihn besuchen ging. Es war, als ob die Männer dort zu einem Club gehörten. Anstatt sich zu freuen, daß ich da war, ließ er mich warten und spielte seine Runde Karten mit seinen Kumpeln zu Ende. Ich kam mir wie ein Eindringling vor, sie schienen alle in einer Art von Traumwelt zu leben. Bill wurde schließlich nach Hause geschickt mit zwei Flaschen Medizin, die ihn ruhigstellen sollten.

Als Jill vier Monate alt war, wurde ich wieder schwanger. Ich ging zum Arzt, der mir sagte, ich könne das Baby nicht bekommen, ich müsse es loswerden. Er schickte mich mit ein paar Tabletten nach Hause, die ich einnehmen sollte. Ich erzählte Mum davon, und sie stimmte mit mir darin überein, daß ich sie nicht nehmen sollte. Ich warf sie in den Abfalleimer.

Eine Epidemie von Kinderlähmung brach in Mulberry Farm aus, und ich steckte mich an. Ich konnte mich nicht bewegen, und Mum zog zu uns. Bill arbeitete zu der Zeit, und ich brauchte jemanden, der sich um Sally und Jilly kümmerte. Wie durch ein Wunder erholte ich mich von der Kinderlähmung. Ich ging wieder zum Arzt, als ich im siebten Monat war. Er war sehr ärgerlich, daß ich die Schwangerschaft hatte fortbestehen lassen. Ich habe ihm nie erzählt, daß ich auch noch Kinderlähmung gehabt hatte. Ich konnte mir denken, was er gesagt hätte. Im November gebar ich einen Sohn, es war eine leichte Geburt.

Als Billy geboren wurde, sah ich einen goldenen Engel über mir schweben und hörte wunderschöne Musik. Der Engel war sehr glücklich, daß Billy auf die Welt gekommen war. Natürlich war Bill voller Freude, daß er endlich einen Sohn hatte.

Bill bewarb sich für eine Sozialwohnung in Manning. Mum lebte nun ständig bei uns. Ich brauchte wirklich ihre Hilfe mit den drei Kleinen so nah beieinander und mit Bill, schwierig, wie er nun mal war. Als Billy sechs Monate alt war, zogen wir nach Manning, das damals mitten im Busch lag. Hinter unserem Haus war ein riesiger Sumpf. Die Kinder unternahmen mit Vorliebe Ausflüge dorthin; er war voller wilder Tiere – Schildkröten, Frösche, Flußkrebse, graue Kraniche. Er erinnerte mich an den Busch meiner Kindheit. Ich ermutigte die Kinder, sich für die Natur zu interessieren. Es war gut für sie, etwas über die Natur zu erfahren und zu begreifen, wie wichtig sie für unser Leben ist.

Wir wohnten erst einen Monat in Manning, als Mum sich über die Aborigines zu beschweren begann, die im Sumpf hinter unserem Haus lebten. »Hast du diese Musik gehört heut nacht?« fragte sie. »Die haben da jede Nacht ihre Korroboris. Ich glaube, ich geh da mal runter und sag denen Bescheid.« Danach saß ich oft mit ihr zusammen und hörte ihnen zu. Ich war nie bei einem Korrobori gewesen, aber diese Musik hatte ich immer in mir gehört. Als ich klein war, hatten sie mir erzählt, daß Aborigine-Musik heidnische Musik sei. Aber ich fand sie wunderschön. Immer wenn ich sie hörte, schien sie mir die Botschaft zu bringen, daß ich unterstützt, beschützt würde.

Eines Abends sagte ich Mum, daß es keine Aborigines im Sumpf gebe. Sie hatte sich beschwert, daß sie nicht schlafen könnte und die Nase voll hätte von den Blackfellas, die jede Nacht dort eine Party feierten. Ich denke nicht, daß sie mir glaubte. »Du hast doch die Musik gehört, Glad«, sagte sie. »Da unten ist ein großer Klan von denen.«

»Da ist niemand«, sagte ich ihr, »es ist was Spirituelles.« Danach akzeptierten wir es einfach. Mum saß abends draußen und hörte ihnen zu, und dann ging sie ins Bett. Wir hörten sie nicht jede Nacht, sondern nur hin und wieder, bis Bill starb. Dann hörte es auf.

Mum hörte noch etwas anderes, sie sagte, da wäre ein Krokodil im Sumpf. Wir hörten dieses Geräusch nur nachts. Sie ermahnte die Kinder, vorsichtig zu sein, wenn sie in den Sumpf gingen, und auf das Krokodil achtzugeben. Sally und Jilly waren Lümmel und büxten aus, wann immer sie konnten. Ich weiß noch, wie Mum zu Sally sagte: »Hast du denn keine Angst, dem Krokodil zu begegnen?« Ich mußte lachen, denn ich wußte, daß Sally ja gerade deswegen immer dorthin ging, sie wollte ihm begegnen.

Bill schien sich zusammenzureißen, als wir nach Manning umzogen. Ich hoffte inständig, daß eine bessere Zukunft vor uns läge. Es gelang ihm, einen guten Job zu bekommen und sein Trinken einzuschränken. Seine nächste Abfüllstelle war das Raffles Hotel. Er ging auf ein paar Bier nach der Arbeit dort vorbei und kam dann nach Hause. Ich wußte, daß er sich Sorgen machte, wenn wir allein waren, denn es gab damals noch keine Straßenbeleuchtung.

An den Wochenenden arbeitete er für Italiener an den Marktständen in Spearwood. Er war sehr gerne mit ihnen zusammen und sprach italienisch. Er hat die Freundlichkeit der Bossos während des Krieges nie vergessen. Er kam beladen mit Obst und Gemüse und vino nach Hause. Er arbeitete oft umsonst für sie. Ich glaube, er fühlte sich allen Italienern verpflichtet, weil sie so gut zu ihm gewesen waren.

Recht bald entstanden neue Häuser um uns herum. Eine Witwe mit drei Kindern zog hinter uns ein. Grace war eine sehr nette Frau, und Mum plauderte oft bei einer Tasse Tee mit ihr.

Als Bill eines Morgens auf dem Weg zur Arbeit im Bus saß, sagte der Mann neben ihm: »Du siehst verdammt viel besser aus als beim letzten Mal, als ich dich sah!«

Bill fragte: »Kennen wir uns?«

»Du hast mir bloß das Leben gerettet, du alter Hund«, antwortete der Mann. Es war Frank Potter, einer von den Männern, die Bill aus dem Frachtraum heraufgezogen hatte. Es stellte sich heraus, daß er und seine Frau nur einige Straßen weiter wohnten. Danach haben sie sich oft getroffen.

Dann begannen Bills Alpträume wieder. Es schien, daß, kaum war mal etwas in Ordnung bei uns, der ganze Kreislauf wieder von vorne begann. Die Situation wurde wirklich ernst, wir waren verzweifelt. Wir hatten Mums Ersparnisse durchgebracht, und Bill hatte alles Wertvolle versetzt und das Geld versoffen. Die Ärzte erhöhten die Dosierung seiner Pillen und der anderen Medikamente, aber in Verbindung mit dem Alkohol ging es ihm daraufhin nur noch schlechter. Es gab Zeiten, in denen er mich für einen deutschen SS-Offizier hielt. Wenn er mich anschaute, waren seine Augen so glasig, als ob er mich gar nicht richtig wahrnähme. Eines Nachts erwürgte er mich fast. Er schrie: »SS, SS!« mit den Händen an meiner Kehle.

In diesen Momenten, wenn etwas von ihm Besitz ergriffen zu haben schien, bekam ich große Angst, weil ich nicht wußte, was alles geschehen konnte. Er brüllte und schrie und befahl uns allen, aus dem Haus zu verschwinden, sonst brächte er uns um. Mum und ich rannten mit den Kindern zu Graces Haus. Sie war gut zu uns. Sie wußte, daß wir nirgendwo anders hingehen konnten. Manchmal schliefen wir dort. Manchmal aber schlich ich zum hinteren Zaun und horchte, ob er noch schrie. Im allgemeinen war er wieder normal, sobald er eingeschlafen war. Wir gingen dann zurück. Einige Male, als wir die Nacht bei Grace verbrachten, hörte ich seine Stimme ganz ruhig »Gla-ad, Gla-ad …« rufen, wie um anzudeuten, daß er mir nicht weh täte, wenn ich zu ihm käme. Bei diesen Gelegenheiten ging ich nie hinaus. Ich wußte, er würde mich töten. Ich ängstigte mich so sehr, weil seine Stimme nicht wirklich zu ihm gehörte. Es war, als ob er sich plötzlich in einen Fremden verwandelt hätte.

Wenn wir morgens zurückkamen, hatte Bill keine Ahnung, was geschehen war. Wenn ich es ihm erzählte, bekam er wirklich Angst und ging freiwillig ins Krankenhaus. Er fürchtete, er könnte uns tatsächlich eines Tages alle töten, und er konnte diesen Gedanken nicht ertragen, denn schließlich liebten wir ihn und er uns.

In einem Winter, kurz nachdem Bill aus dem Krankenhaus gekommen war, wurde es sehr kalt. Sally hatte Krupphusten, der Fluß trat über die Ufer, und unser halber Hinterhof stand unter Wasser. Es gab keinen Abfluß, deshalb blieb es einfach stehen. Unser Haus war durch und durch feucht, obwohl wir Tag und Nacht ein Feuer brennen hatten. Mehrere unserer Nachbarhäuser waren geräumt worden, und die Leute hatten Ersatzunterkünfte bekommen. Sogar Grace war zu ihrer Mutter gezogen, sie hatte die Nase voll davon, die Pilze aus ihren Wänden wachsen zu sehen.

»Wir brauchen Decken für die Kinder«, sagte ich zu Bill. »Gibt es nicht diesen Fonds für Ex-Soldaten in Not?« Wir hatten kein Geld für Decken, daher trafen wir uns üblicherweise alle im Doppelbett wieder, was bedeutete, daß uns zwar warm war, wir aber nicht schlafen konnten. Mum gelang es, uns ein paar Wärmflaschen zu besorgen, aber das reichte nicht aus.

Bill war sehr stolz; er haßte es, um Hilfe zu bitten. Schließlich gab er nach und sagte, er würde ihnen schreiben. Wir warteten begierig auf die Antwort. Als sie kam, lautete sie kurz und freundlich, daß unsere Lage noch nicht verzweifelt genug war.

Ich war empört, es war immer dasselbe. Es hatte Jahre gedauert, bis die zuständige Behörde auch nur eine halbe Pension für Bill bewilligte, denn sie hielten ihn für einen Simulanten. Niemand verstand das damals. Wenn man einen Arm oder ein Bein verloren hatte, gab es keine Probleme. Aber wenn etwas verkehrt mit der Seele war, hieß es, man sei ein Simulant. Wenn ich darüber nachdenke, tun mir die Vietnamveteranen heute leid, die kämpfen gegen dieselbe Einstellung.

Bill wurde sehr bitter, nachdem der Fonds uns abgewiesen hatte. Er kam sich vor, als ob jeder auf ihn herabschaute, als ob er sich über nichts und wieder nichts beklagte. Ich fand dann, daß der Krieg dieses Opfer nicht wert gewesen war.

Als Billy gerade zwei Jahre alt war, wurde ich wieder schwanger. Es war eine sehr ungünstige Zeit, um noch ein Kind zu bekommen. Ich lag nachts im Bett und konnte nicht schlafen. Ich betete und betete und bekam keine Antwort. Meine normale Fähigkeit, mit Problemen fertigzuwerden, schien mich verlassen zu haben. Ich wußte, daß ich meinen Teilzeitjob würde aufgeben müssen, und ich fragte mich, wie um alles in der Welt wir Essen auf unseren Tisch bringen sollten. Bill war über Monate immer wieder im Krankenhaus gewesen. Er schien zufrieden damit, auf Wochenendurlaub nach Hause zu kommen, auf diese Art und Weise brauchte er sich nicht zu viele Gedanken zu machen. Er zog sich mehr und mehr in den Schutz des Krankenhauses zurück. Ich hatte zuviel Angst, um jemanden um Hilfe zu bitten. Ich habe mich nie über Bills Trinken beschwert. Ich fand, daß das eine Familienangelegenheit war und ich nicht mit anderen darüber reden sollte.

Eines Nachts, als ich am Tiefpunkt angekommen war, betete ich und fiel erschöpft aufs Bett. Als ich einige Zeit später die Augen öffnete, leuchtete ein Licht in meinem Zimmer. Im Mittelpunkt dieses Lichts standen drei Männer, hinter ihnen lag der gelbe Sand der Wüste, mit kleinen, weißen Häusern darüber verstreut. Die Männer trugen lange Roben, und ihre Köpfe waren bedeckt. Der mittlere war der Sprecher, er war genauso angezogen bis auf eine Art ärmellosen Überwurf in Dunkelgrau, Schwarz, Gelb und Weiß. Er sagte mir, dies seien die Farben meiner Linie, und die reiche weit zurück in alte Zeiten. Er sagte, ein großer Führer werde in mein Haus geboren. Ich fühlte mich mit einem Mal sehr glücklich. Mir war, als hätte ich ein ganz besonderes Geheimnis. Ich fiel danach in einen tiefen Schlaf, und als ich aufwachte, fühlte ich mich wie neu geboren und voller Leben.

Ich habe Mum nie von meiner Vision erzählt. Ich wußte, daß sie sich Sorgen machen würde, auch wenn sie selber von Zeit zu Zeit eine hatte. Ich war ein anderer Mensch danach. Ich wußte, ich hatte die Stärke, allem ins Auge zu sehen. Ich hörte auf zu arbeiten, als mir meine Kleider zu eng wurden. Ich machte mir keine Sorgen mehr. Irgendwie würden wir schon klarkommen; ich freute mich einfach auf die Geburt meines Babys.

Ich glaube, ich habe unbewußt immer Angst gehabt, daß ich sterben könnte und die Kinder allein zurücklassen würde. Mir war klar, daß meiner Mutter nicht erlaubt würde, sie zu behalten. Sie würden ihr weggenommen, und sie dürfte sie wahrscheinlich nie wiedersehen. Ich wußte, daß sie das zugrunde richten würde, sie hätte nicht die Kraft, ihr Leben noch einmal neu aufzubauen. Bills Eltern würden die Kinder nicht nehmen. Nicht daß ich das gewollt hätte, sie wären sowieso unglücklich bei ihnen. Aber das bedeutete sehr wahrscheinlich, daß sie ins Waisenhaus kämen, getrennt und zur Adoption vermittelt würden. Ich konnte die Vorstellung nicht ertragen, daß dies dem wundervollsten Geschenk, das Gott mir gegeben hatte, geschehen sollte. Aber die Versicherung meiner Vision hatte dieses Gespenst zu Grabe getragen.

Bill kam aus dem Krankenhaus, als ich ungefähr im siebten Monat schwanger war. Er hatte wieder eine lange Zeit dort verbracht. Diesmal versuchte er wirklich, sich zusammenzureißen. Ich hoffte, daß er etwas länger auf dem Boden bliebe, und er tat es. Er begann wieder zu arbeiten und freute sich auf das Baby.

Ich hatte nun oft Schmerzen und ging schließlich ins Krankenhaus. Das war nicht der gleiche Schmerz wie bei den anderen Kindern, er war viel akuter. Bill fuhr mich zur Entbindungsstation und ließ mich dort. Er war weiß wie die Wand. Es war wirklich lustig, er bekam die Morgenübelkeit bei den Jungen und ich bei den Mädchen, daher wußte er, daß es ein Sohn werden würde.

Als er wegfuhr, sagte er: »Stirb mir nicht!«

Es war ungefähr neun Uhr abends, und ich war in einem kleinen Privatkrankenhaus, nicht in einem der großen, wo ich die anderen Kinder bekommen hatte. Eine Nachbarin hatte es empfohlen. Sie sagte, die Oberschwester hätte Hunderte von Babys auf die Welt gebracht und sei besser als jeder Arzt.

Es war niemand vorne im Krankenhaus, aber ich konnte ein Licht am Ende des langen Flurs erkennen, der sich durch das ganze Haus erstreckte. Ich ging ihn langsam entlang, ich hatte furchtbare Schmerzen. Am Ende des Flurs stand eine Tür offen. Es war ein Schlafzimmer, und auf einem großen Doppelbett lag die Oberschwester mit einem riesigen Schäferhund neben sich. Sie hatte eine Kippe im Mundwinkel hängen und las die Zeitung. Ich schämte mich; ich wußte nicht, was ich tun sollte. Schließlich klopfte ich schüchtern.

»Wer sind Sie denn?« fragte sie. Der Hund sprang plötzlich hoch und begann mich anzuknurren. »Halt die Klappe!« sagte die Oberschwester und versetzte ihm einen Schlag mit der Zeitung. Sie stand auf und zog einen geblümten Morgenrock über ihr Nachthemd. »Ich bin Mrs. Milroy«, japste ich, die Schmerzen wurden richtig schlimm.

»Wie lange ist das schon so?« fragte sie, während sie mich in ein kleines Untersuchungszimmer führte. »Hieven Sie sich rauf«, befahl sie und deutete auf einen flachen, mit Tüchern bedeckten Tisch. »Ich möchte Sie mir mal angucken.« Sie untersuchte mich und sagte dann: »Sie armes Ding, kein Wunder, daß Sie solche Schmerzen haben, es ist eine Steißgeburt. Ich rufe Ihren Arzt.« Mein Arzt kam, aber er sagte, er könne nichts machen, es läge ganz bei mir.

Ich wußte nicht, daß es solche Schmerzen gibt. Ich drückte und stöhnte, der Schweiß lief mir nur so herunter, ich verlor viel Blut. Ich war davon überzeugt, daß mein ganzes Inneres sich auf den Tisch ergießen würde. Dann war ich völlig erschöpft und lag einfach nur da.

Mein Arzt stand nur in der Ecke und beobachtete mich. Er hatte kein Wort der Ermutigung und hielt nicht meine Hand. Dann fiel mir ein, daß er ein strenger Katholik war. Ich dachte, er wartet darauf, daß ich sterbe; sie geben den Kindern immer den Vorrang vor der Mutter. Ich hörte die Oberschwester ihn einen Mistkerl nennen, dann tätschelte sie mir hart das Gesicht und sagte: »Los jetzt, du faule Schlampe, hör jetzt, verdammt noch mal, nicht auf zu pressen. Ich laß dich jetzt nicht schlappmachen!« Ich war sicher, daß ich sterben würde. Sie packte mich und begann mich anzuschreien, um zu mir durchzudringen: »Du faule Schlampe!« brüllte sie. »Du wirst jetzt pressen, verdammt noch mal! Du gibst jetzt nicht auf nur wegen diesem Mistkerl da in der Ecke. Du schaffst es, los jetzt, ich habe noch nie eine verloren.«

Das Schreien drang durch zu mir, und ich versuchte es noch einmal, aber es hatte keinen Zweck. Dann brachte mich etwas dazu, zur Seite zu schauen. Dort stand der schönste Engel, den ich je gesehen hatte. Ich konnte seine Flügel fühlen, sie waren weich und weiß. Er hatte mir das Gesicht liebevoll zugewandt, lächelte und sagte: »Es ist Sallys Geburtstag.« Ich wiederholte: »Es ist Sallys Geburtstag.« Ich hatte nicht mitbekommen, daß ich die ganze Nacht in diesem Raum gewesen war und jetzt der nächste Morgen anbrach.

Ich spürte neue Kraft; ich preßte, und David war geboren. »Dank Gottes Hilfe«, sagte die Oberschwester, und ich wußte, das war die Wahrheit.

Ich hatte ungeheuer viel Blut verloren, alles war voll damit. Ich wußte, daß ich eine Transfusion brauchte. Ich hörte ein eigenartiges Geräusch und bemerkte die Katzen der Oberschwester an der Tür miauen; sie verlangten wahrscheinlich nach ihrem Frühstück. Die Oberschwester öffnete die Tür und scheuchte sie fort. Einige Minuten später kam sie mit ihrem Mann Clarrie zurück, der einen alten, gestreiften Baumwollschlafanzug anhatte.

»Die Trage paßt nicht durch die Tür«, erklärte sie mir. »Clarrie hebt Sie durch die Tür und dann auf die Trage.« Ich fühlte mich sehr schwach, aber ich mußte fast lachen. Das ganze Krankenhaus kam mir plötzlich furchtbar komisch vor.

Am Nachmittag wurde ich von einem Mädchen mit einer Tasse Tee geweckt. Ich bat darum, mein Baby sehen zu dürfen. Er war wunderschön. Ich stillte ihn zwei Tage lang, aber dann brachten sie ihn ins Kinderkrankenhaus zur Beobachtung. Sie machten sich Sorgen um ihn. Auch wenn ich wußte, daß es ihm gutgehen würde, war ich sehr unglücklich. Es war furchtbar, so abrupt von ihm getrennt zu werden.

Bill kam mich besuchen und war erschüttert, daß ich es so schwer gehabt hatte. Er regte sich sehr darüber auf, daß sie David ins Kinderkrankenhaus gebracht hatten. Er machte sich immer selber Vorwürfe, wenn etwas schiefging. Ich wußte, er würde wieder zu trinken anfangen, nicht zu viel, nur gerade genug, um den Druck der Situation zu mildern, während ich im Krankenhaus war.

Es war furchtbar, allein zu sein. Alle anderen Mütter hatten ihre Babys bei sich. Ich konnte nichts tun, außer mich wie eine Kuh melken zu lassen; die Milch wurde dann im Taxi zum Kinderkrankenhaus gebracht.

Ich beschloß, Elsie, der Krankenhaus-Köchin mittleren Alters, Hilfe anzubieten. Sie beschwerte sich ständig, daß sie zuviel zu tun habe. Sie war eine seltsame Person. Aus irgendeinem Grund schien sie Probleme mit dem Gummiband in ihren übergroßen Unterhosen zu haben, sie hingen ihr immer unter dem Rock hervor, und sie zerrte sie ständig hoch. Zum Frühstück gab Elsie uns Cornflakes, Toast mit Marmelade und eine Tasse Tee. Ich war fast am Verhungern. Ich brauchte mehr zu essen, wenn ich gesund werden sollte. Ich hatte Gelbsucht und war gelb wie eine Narzisse.

»Ich möchte Eier zum Frühstück«, sagte ich ihr eines Morgens.

»Das geht nicht«, sagte sie. »Wenn ich Ihnen Eier gebe, schreien sie bald alle nach Eiern.«

»Aber Sie haben doch genug Eier«, sagte ich. »Hinten liegen sie überall herum, wo die Hühner sie hingelegt haben. Passen Sie auf, ich mache mir selber ein paar Eier, Sie brauchen das nicht zu tun.«

»In Ordnung«, sagte sie, »aber lassen Sie sich nicht bei den anderen damit blicken.«

Ich ging in den Garten hinter dem Krankenhaus. Clarrie schlief noch in seinem alten Metallbett, er schlief gerne draußen. Die Hühner hockten aufgereiht entlang seinem Körper. Ich versuchte, sie vorsichtig zu bewegen, um ihn nicht aufzuwecken. Er mußte gespürt haben, daß da jemand war, denn er sprang plötzlich hoch und warf seine graue Decke herunter. Die Hühner flatterten in die Luft, gackerten aufgeregt und hörten gar nicht wieder auf. »Entschuldigen Sie, Clarrie«, sagte ich, »ich wollte nur ein paar Eier holen.« Er grunzte, zog die Decke wieder über sich und schlief weiter.

Ich mußte lachen. Ich briet mir eine ordentliche Portion Eier mit viel Toast und einer dampfend heißen Tasse Tee. Damit ging ich zurück auf die Station und sagte: »Seht mal, was ich zum Frühstück habe.« Danach war klar, daß alle anderen Mütter auch Eier haben wollten. Elsie war sehr böse auf mich.

Es gab keine Putzfrauen für die Stationen; die Oberschwester sagte, das koste zuviel Geld. Sie ließ statt dessen Bob, ihren Schäferhund, durch die Stationen patrouillieren. Jedes Stück Papier oder Buch, das auf dem Boden lag, schnappte er mit seinem großen Maul und trug es nach draußen. Er rührte nie die Hausschuhe an, daher nehme ich an, daß er seine Pflichten kannte. Außerdem hielt er die Katzen fern.

Elsie lockte die Katzen immer herein. Sie fütterte sie beim Kochen mit Kostproben unseres Abendessens. Sie sprangen auf dem Küchentisch herum und schauten, was Elsie kochte, und sie warf ihnen Bissen aus den Töpfen zu.

Sobald Bob das Essen roch, raste er in die Küche, denn er wußte, daß Elsie die Katzen dort hatte. Wir warteten jeden Abend darauf. Elsie fluchte und schlug auf Bob ein, die Katzen kreischten und krallten und stießen alles mögliche Geschirr um. Der ganze Tumult dauerte nur wenige Minuten. Wenn die Katzen wieder draußen waren, stellte Bob sich ans Ende der Station und knurrte, daß wir es ja nicht wagen sollten, auch nur das kleinste bißchen auf seinen schönen, sauberen Boden fallenzulassen.

Eines Samstagmorgens teilte Elsie uns mit, daß es bis drei Uhr nachmittags kein Essen geben würde.

»Aber bis dahin sind wir verhungert!« sagte ich.

»Ihr könnt ein zweites Frühstück haben«, informierte sie uns und ging.

Ich folgte ihr in die Küche. »Was ist los?« fragte ich. »Warum ist das Essen so spät?«

»Heute wird gewettet«, sagte sie, »wir sind damit beschäftigt, auf die richtigen Pferde zu setzen, da können wir uns um euch nicht kümmern. Hier werden samstags keine Babys geboren.«

Tatsächlich plärrte das Radio den ganzen Morgen, und Clarries alter, gelber Chevrolet flitzte vor dem Fenster hin und her auf dem Weg zur Wettstelle im Como Hotel. Um drei Uhr servierte Elsie uns das Mittagessen. Sie übertraf sich wirklich selber. Es gab einen riesigen Braten mit einem wunderbaren Pudding und einen großen Rührkuchen zum Nachmittagstee. Elsie erzählte uns, daß sie einen guten Gewinn gemacht hatte.

Ich war immer noch sehr gelb, deshalb beschloß die Oberschwester, mir eine Bluttransfusion zu geben. Sie beauftragte eine Krankenschwester, sich neben mich zu setzen, und ich lag da und las, während das Blut in meine Adern tropfte.

Plötzlich fühlte ich mich sehr krank. Ich schaute die Schwester an und sagte: »Ich glaube, ich sterbe.« Sie steckte ein Thermometer in meinen Mund. Als sie es herauszog, sagte sie: »Großer Gott, 41 Grad!« Sie zog die Schläuche aus meinem Arm, und das Blut spritzte über die

Bettücher. »Es tut mir leid«, sagte sie, »sieht so aus, als ob Sie diese Sorte nicht vertragen haben!«

Am nächsten Tag brachten sie David vom Kinderkrankenhaus zurück. Es war wunderbar, mit ihm zu schmusen und ihn füttern zu können wie die anderen Mütter. Nach zwei Tagen ging es mir gut genug, um nach Hause zu gehen. Außerdem vermißte ich die Kinder, und ich wußte, daß Mum mit einer Menge klarkommen mußte.

Als David noch sehr klein war, besuchten uns einmal Mums Bruder Arthur, seine Frau Adeline und ihre Kinder. Es war das erste Mal seit Jahren, daß ich Arthur wiedersah. Mum und ich waren furchtbar aufgeregt. Bill hatte sich gerade hingelegt. Ich ging zu ihm und bat ihn, aufzustehen und sie zu begrüßen. »Komm und lern Arthur und seine Familie kennen«, sagte ich, »du wirst sie mögen.«

»Ich will sie nicht kennenlernen«, sagte er. »Ich will sie überhaupt nicht kennen.«

Ich war sehr verletzt, ich wußte, er hätte sie sofort willkommen geheißen, wenn sie weiß gewesen wären. Bill war ein seltsamer Mann; er hatte keine Vorurteile gegen andere Rassen, nur gegen Aborigines. Er mochte es nie, wenn unsere Leute zu uns kamen. Wir mußten uns von ihnen fernhalten. Ich glaube, es lag an seiner Erziehung. Eine Freundin namens Jean White kam manchmal und wohnte bei uns. Sie machte ihm nichts aus, denn sie war sehr hellhäutig. Jean konnte für alles mögliche gehalten werden. Bill hatte einen großen Teil seiner Kindheit in Kleinstädten verbracht. Ich glaube, das hat seine Haltung gegenüber Aborigines geformt. Unten im Süden schaute man richtig herunter auf Aborigines. Bill ist wohl damit großgeworden.

Bill mußte wieder ins Krankenhaus, und ich besuchte ihn wieder regelmäßig. Ich nahm immer Sally mit, sie war die Älteste, und manchmal auch Billy und Jill. Jedesmal, wenn ich ihn besuchte, stellte ich fest, daß einige vertraute Gesichter fehlten und einige neue dazugekommen waren.

Ich spürte immer, wenn sich jemand das Leben genommen hatte. Die ganze Station war deprimiert, und die Kinder wurden nicht auf die übliche fröhliche Art begrüßt. Bill schwieg. An solchen Tagen blieb ich nie lange. Bill wollte dann keine Besucher; die anderen

Männer ebensowenig, sie wollten unter sich sein. Wahrscheinlich dachten viele von ihnen daran, sich das Leben zu nehmen. Ich war sehr traurig bei diesen Besuchen und sehr unsicher. Die Kinder merkten, daß etwas nicht stimmte, aber sie verstanden es nicht.

Außerdem experimentierten die Ärzte mit verschiedenen Medikamenten und Behandlungsmethoden, und daraus folgten merkliche Gefühls- und Persönlichkeitsveränderungen. Sie baten die Männer, sich freiwillig zur Erprobung neuer Therapien zu melden. Bill bekam ziemlich viele Elektroschockbehandlungen, alles mögliche wurde mit ihm angestellt, aber nichts half.

Ich nehme an, daß viele Leute sich fragen werden, warum, um alles in der Welt, ich nicht einfach die Kinder genommen und ihn verlassen habe. Ich war mehrmals nahe daran, aber Bill drohte mir immer. Er sagte, wenn ich ihn verließe, würde er dafür sorgen, daß man mir die Kinder wegnähme. Er sagte. »Niemand wird zulassen, daß eine wie du die Kinder aufzieht, und du weißt das. Die Kinder werden mir zugesprochen, und ich gebe sie zu meinen Eltern.«

Ich wußte, was er meinte. Mir sank der Magen in die Kniekehlen, wenn er so etwas sagte. Aborigine-Frauen durften keine Kinder von einem weißen Mann behalten. Er hatte recht, ich konnte nicht riskieren, sie zu verlieren. Ich mußte bleiben und irgendwie versuchen, mit der Situation fertigzuwerden. Sie waren alles, was ich hatte.

In einem Jahr war Bill fast nur im Krankenhaus. Damals begann ich, spiritualistische Treffen zu besuchen. Mrs. Davies organisierte diese Treffen. Sie war ein großartiger Mensch, so gut und freundlich. Ich mochte sie auf den ersten Blick, und ich gefiel ihr auch. Sie sagte mir, ich hätte eine wundervolle Aura und ich könnte Menschen helfen, wenn ich wollte.

Ich heilte mit meinen Händen. Manchmal wurde ein Mensch geistig geheilt, manchmal spirituell, manchmal auch körperlich. Ich fühlte eine Kraft in mir, die sich in meinen Händen aufbaute und dann von mir in den Menschen überging, den ich berührte. Diese Kraft kommt von Gott, sie ist sehr positiv. Sie ist reine Liebe, Liebe zu den Menschen. Ich liebe Menschen, ich interessiere mich für alle möglichen Leute. Ich glaube, deshalb hat Gott mir dieses Geschenk gegeben, er liebt die Menschen auch.

Ich gab die Treffen nach einer Weile auf, weil mich das alles zu sehr erschöpfte, und wenn ich auch anderen helfen wollte, hatte ich doch an meine eigene Familie zu denken. Außerdem waren einige wohlhabende Frauen zu den Treffen gekommen, die einen großen Wirbel um mich veranstalteten und mir Geschenke und Geld anboten. Ich haßte das, es war so oberflächlich. Es ist falsch, Geld für diese Art des Heilens anzunehmen.

Im April 1959 wurde meine Tochter Helen geboren. Obwohl Bill damals krank war, schaffte er es, mich ins Krankenhaus zu fahren. Er sah so elend aus, daß ich ganz traurig wurde. Ich sagte ihm, er solle mich nicht besuchen, nur anrufen. Ich wußte, daß es anderenfalls zu viel für ihn würde. Er begann zu weinen – er fühle sich so nutzlos, er sei zu nichts gut. Dieser verdammte Krieg, dachte ich. Ich küßte ihn auf die Wange und tätschelte seine Hand. Ich versuchte, die Botschaft zu übermitteln, daß ich ihn verstand und ihm nichts vorwarf. Ich wußte, Helen würde mein letztes Kind sein.

Die Silvesternacht 1960 werde ich nie vergessen. Ich wachte plötzlich auf und hatte Angst. Ein Licht schimmerte in der Ecke des Schlafzimmers, es war der Geist Christi. Ich hatte ihn nie zuvor als Geist gesehen, seine Arme waren ausgestreckt, als sei er wegen jemandem gekommen. Ich schrie und sagte ihm, er solle weggehen. Es war der Tod, den ich sah. Ich ahnte, ich würde Bill nicht mehr lange haben; das war es, was er mir sagen wollte.

Ich hatte zuviel Angst, um in dieser Nacht noch schlafen zu können. Ich fragte mich, wann es passieren würde.

Eines Abends im Oktober, zehn Monate später, kam Bill ins Wohnzimmer, wo ich alleine saß. Ich brauchte am Tage ein paar Momente für mich allein, um meine Kraft zu erneuern, und ich fand diese Zeit normalerweise nur, wenn die Kinder tief und fest schliefen.

»Ich fühle mich komisch, Glad«, sagte er. »Ich werde einfach nicht warm. Ich fühle mich, als wäre ich nicht richtig hier, als würde ich mich auflösen.« Ich sprang auf und faßte ihn an, er war kalt. Ich fühlte, daß sein Geist seinen Körper verlassen hatte und daß er bald sterben würde. Gott bereitete mich vor, indem er uns diese Zeit miteinander gab.

Bill setzte sich, und wir unterhielten uns bis in die frühen Morgenstunden. Er wirkte seltsam auf mich, als wäre sein altes Ich wieder da, als wäre er von etwas befreit. Wir sprachen über die Kinder und lachten. Bill sagte, er hätte sich schon seit langem nicht mehr so gut gefühlt, und er wisse, daß morgen ein neuer Anfang für uns alle bevorstünde.

Am nächsten Morgen überlegte ich, ob ich seine Mutter anrufen sollte, um ihr zu sagen, daß Bill sterben würde. Ich beschloß, es nicht zu tun. Sie würde mich für verrückt halten. Ich konnte es niemandem sagen.

Bill war so guter Laune beim Frühstück, daß er Billy nicht zur Schule schickte, so daß er mit ihm und David zusammen Fußball spielen konnte.

Ich ging zur Arbeit.

Um zwölf Uhr rief mich ein Nachbar an, um mir zu sagen, daß Bill gestorben sei. Ich war zutiefst betroffen. Ich ging sofort nach Hause, aber ich konnte mir nicht helfen, ich lief wie benommen herum. Wenn Mrs. Mainwaring, eine Nachbarin, nicht gewesen wäre, hätte ich nicht gewußt, was ich tun sollte. Sie erzählte den Kindern von ihrem Vater. Ich erinnere mich nicht, ob sie es verstanden haben oder nicht. Es ist schwer genug für Erwachsene, den Tod zu verstehen.

Später am Abend ging ich in Bills Zimmer. Es kam mir so verlassen vor. Plötzlich bemerkte ich, daß seine Medizinflasche leer war. Mir wurde schlecht. Tief in meinem Innern wußte ich, daß er sich nie das Leben nehmen würde, aber ich machte mir doch Gedanken. Mir war in Parkerville eingehämmert worden, daß solche Menschen direkt in die Hölle kommen. Ich wollte nicht, daß er in die Hölle kam. Ich begann zu weinen, so deprimiert war ich.

Ich bat Gott, mir zu sagen, wohin Bill gegangen war, ich mußte es unbedingt wissen. Ich schloß die Augen. Als ich sie wieder öffnete, war ich umgeben von Licht. Ich sah Bill in einem Garten nahe bei einem Baum. Er sah verwirrt aus. Dann sah ich, wie Jesus, der ein langes, weißes Gewand trug, ihn zu sich winkte. Es waren noch andere Leute dort; sie saßen auf dem Rasen und hörten Jesus zu. Er sprach mit Bill, und plötzlich wirkte Bill nicht mehr verloren, er war glücklich. Er ging zu den anderen auf den Rasen. Als die Vision endete, umgab mich ein Glühen reiner Liebe, ich war so glücklich. Ich wußte, daß es Bill gutging.

Wenn diese Vision nicht gewesen wäre, hätte ich Bills Beerdigung nie überstanden. Bills Mutter kam nicht, sie war gegen die Feuerbestattung, auch wenn Bill es so gewünscht hatte. Jedesmal, wenn ein Freund sich während der Beerdigung an mich wandte, gaben sie mir einen kleinen Schluck Brandy. Ich hatte das Gefühl, als schwebte ich. Normalerweise trinke ich nichts. Jemand drückte mir Riechsalz in die Hand. Ich roch daran und wurde beinahe ohnmächtig, es war sehr stark. Als ich nach Hause kam, steckte Mum mich ins Bett. Am folgenden Morgen hatte ich rasende Kopfschmerzen.

Vierzehn Tage nach Bills Tod ging ich wieder arbeiten. Ich hatte eine Menge Rechnungen zu bezahlen. Meiner Familie wurde ein Beauftragter des Soldatenbundes zugeteilt, der wirklich ein Geschenk des Himmels war. Er erreichte, daß mir meine Versicherung ausgezahlt wurde, die den größten Teil unserer Schulden abdeckte. Ich beantragte eine Kriegerwitwenpension und bekam sie bewilligt. Wenn ich nicht so in Bedrängnis gewesen wäre, hätte ich sie abgelehnt. Ich fand, daß die ganze Behörde zu gemein gegenüber Bill gewesen war. Sie hatten nichts für ihn getan, solange er lebte. Warum mußte jemand erst sterben, bevor sie die Ernsthaftigkeit seines Problems anerkannten?

Obwohl ich noch um Bill trauerte, fühlte ich mich, als wäre mir eine Last von den Schultern genommen. Ich war viel entspannter. Ich mußte mir nicht mehr so viele Sorgen ums Geld machen, und die Kinder konnten so viel Lärm machen, wie sie wollten. Ich ließ sie bei Tag und Nacht durchs Haus rennen und schreien. Ich hatte das Gefühl, sie brauchten das. Oft nahm ich sie alle mit zu mir ins Bett, die armen Kleinen brauchten alle Liebe, die sie bekommen konnten.

Sie mußten mit einer Menge fertigwerden. Die Kinder in der Schule stellten Fragen, und die Lehrer redeten über sie. Sally hatte mir erzählt, sie habe zufällig zwei Lehrer über sie reden hören und sich sehr darüber geärgert. »Was denken die sich eigentlich?« fragte sie mich. »Wir wollen ihr Mitleid nicht. Verstehen die denn nicht, daß es besser ist, daß er nicht mehr lebt?« Sie hatte ihrem Vater sehr nahe gestanden, aber sie wußte auch, wie er war. In gewisser Hinsicht ähnelten sie sich; sie waren beide Rebellen.

Bill war noch nicht lange tot, als eine Frau von der Wohlfahrt uns besuchen kam. Ich hatte große Angst, weil ich dachte, wenn sie mitbekommt, daß wir Aborigines sind, könnte sie uns die Kinder wegnehmen. Wir hatten nur zwei Schlafzimmer und eine Schlafkammer für fünf Kinder und Mum und mich. Die Frau stellte sich als ein richtiges Miststück heraus. Sie fragte mich alles mögliche und ging mit hocherhobener Nase durch das Haus wie ein richtiger Snob. Sie fragte, wo wir alle schliefen, und als ich ihr erzählte, daß Helen bei mir schlief, wurde sie richtig wütend. Sie sagte: »Sehen Sie zu, daß Sie dieses Kind aus ihrem Bett bekommen; wir können das nicht hinnehmen. Lassen Sie sich etwas einfallen, die Kinder haben nicht im selben Raum zu schlafen wie Sie. Ich komme zurück und überprüfe das, um sicherzustellen, daß Sie ein weiteres Bett besorgt haben.«

Ich habe ihr nicht erzählt, daß wir oft alle zusammen schliefen oder daß ich Helen noch stillte. Ich stimmte ihr einfach bei allem zu, was sie sagte. Ich wollte ihr nicht den geringsten Grund dafür liefern, mir die Kinder wegzunehmen.

Nach dem Besuch der Wohlfahrtsfrau beschlossen Mum und ich, den Kindern auf keinen Fall zu erzählen, daß wir Aborigines sind. Wir waren beide davon überzeugt, daß wir und sie es sonst sehr schwer haben würden. Außerdem könnte, wenn es sich herumsprach, womöglich noch mal jemand von der Wohlfahrt kommen und die Kinder mitnehmen. Das hätte uns beide umgebracht.

Mum wollte die Kinder nicht damit heranwachsen lassen, daß die Leute auf sie herabsahen. Ich verstand, was sie meinte. Aborigines wurden als das Niedrigste vom Niedrigen behandelt. Als wären sie die einzige Rasse, die dieser Welt nichts anzubieten hatte.

Als ich noch ein kleines Mädchen war, kniff Mum mich immer in die Nase und sagte: »Zieh deine Nase lang, Gladdie, zieh feste. Du willst doch nicht so 'ne breite Nase kriegen wie ich.« Sie zog auch immer an den Nasen der Kinder. Sie wollte, daß sie einmal wie Weiße aussähen.

Wenn ich jetzt zurückblicke, erscheint es schlimm, daß wir ihnen ihr Erbe vorenthalten haben. Aber damals dachten wir, daß es das einzig Richtige ist. Nachdem Bill nicht mehr lebte, hatten wir so etwas wie eine Hoffnung für die Zukunft, und ich wußte, wie gerne er wollte, daß die Kinder es zu etwas bringen in der Welt.

Ich nahm jeden Job an, der sich bot, ich konnte immer gut zupacken. Manchmal hatte ich vier Jobs gleichzeitig. Ich zwang mich dazu, Auto fahren zu lernen, auch wenn ich vor Schreck erstarrte bei dem Gedanken, tatsächlich auf der Straße zu fahren. Ich brauchte diese Unabhängigkeit und Beweglichkeit dringend, und es bedeutete außerdem, daß ich mit den Kindern Ausflüge machen konnte. Es hatte nicht viele gegeben bis dahin.

Nachdem es mir gelungen war, alle Schulden abzuzahlen, begann sich unser Leben sehr zu verändern. Ich mußte mir keine Sorgen mehr darum machen, woher die nächste Mahlzeit kommen würde, konnte den Kindern Süßigkeiten und Obst kaufen, und wir konnten manchmal sogar ins Kino gehen.

Außerdem merkte ich, daß ich mir nun, da wir alleine waren, weniger Sorgen um Mum machte. Sie würde immer ein Zuhause bei mir haben, und wir hatten genug Geld, um uns alle zu versorgen. Das Beste war, daß sie nun eine eigene Familie hatte. Ihr Leben lang hatte sie anderer Leute Kinder bemuttern müssen; jetzt hatte sie ihr eigenes Fleisch und Blut. Ich hoffte, daß sie das ein wenig für die Vergangenheit entschädigen würde.

Als sich die Gelegenheit bot, ein Blumengeschäft zu kaufen, griff ich zu. Ich hatte immer mein eigener Boß sein wollen. Meine alte Freundin Lois gab mir einen Kredit, sie wußte, daß ich ihn ihr zurückzahlen würde. Ich hatte den Laden bald in Schwung gebracht, und er lief zweimal so gut wie bei den vorhergehenden Besitzern. Das gab mir mehr Unabhängigkeit, und ich hatte etwas, worauf ich stolz sein konnte. Zudem brachte uns das Geschäft ausreichend Geld, um die Kinder durch ihre Teenagerjahre zu bringen. Ich bin sehr stolz auf meine Kinder und was aus ihnen geworden ist.

Ich schäme mich jetzt, wenn ich daran zurückdenke, daß ich mir einmal gewünscht habe, weiß zu sein. Als Kind hoffte ich sogar, daß eine weiße Familie mich adoptierte, eine reiche natürlich. Ich habe mich verändert seit damals.

Ich bin immer noch ein Feigling. Wenn ein fremder Mensch mich nach meiner Nationalität fragt, sage ich manchmal: »Eine bunte Mischung.« Ich fühle mich schlecht, wenn ich das tue. Aber es gibt immer noch Momente, in denen ich Angst habe, Angst zu sagen, wer ich wirklich bin.

Doch immerhin habe ich einen Anfang gemacht. Und ich hoffe, meine Kinder werden stolz sein auf ihre spirituelle Herkunft. Wenn wir immer wieder sagen, daß wir stolz sind, Aborigines zu sein, verstehen vielleicht auch die anderen Australier, daß wir ein Volk sind, auf das man stolz sein kann. Ich nehme an, jede Mutter wünscht sich, daß aus ihren Kindern einmal etwas Großes wird oder wenigstens aus einem. Und was ich vor allem von meinen Kindern erwarte, ist, daß sie ihr Aborigine-Erbe weitergeben.

Ich vermute, in hundert Jahren wird es keine schwarzen Aborigines mehr geben. Unsere Hautfarbe stirbt aus. Da wir uns mit anderen vermischen, werden wir einige körperliche Charakteristika, die uns heute unterscheiden, verlieren. Ich würde aber gerne glauben, daß – egal, was aus uns wird – unsere spirituelle Verbindung mit dem Land und unsere anderen besonderen Eigenschaften sich irgendwie durchschlängeln zu den kommenden Generationen von Australiern. Ich meine, schließlich ist dies unser Land, wir haben bestimmt etwas zu bieten.

Es war keine leichte Aufgabe, meine Seele zu enthüllen. So einiges, was jetzt ans Tageslicht gekommen ist, hätte ich lieber verborgen gehalten. Aber wie bei allem anderen in meinem Leben ist mir auch hierbei klar geworden, daß ich es tun mußte. Ich schäme mich manchmal über das, was ich erzählt habe. Aber ich weiß auch, daß ich nicht mehr zurücknehmen kann, was geschrieben ist. Es ist nicht länger nur meines.

Ich kann das nur mit einer meiner Lieblingsregeln erklären, die ich nicht immer befolgt habe: »Laß mich diesen Weg gehen, so gut ich nur kann, ich werde ihn nicht noch einmal gehen.« Vielleicht geht jemand anders einen Weg, der wie meiner ist.

## 30

# Etwas Ernstes

Es dauerte mehrere Monate, Mums Geschichte durchzuarbeiten, und in dieser Zeit wurden viele Tränen vergossen. Wir kamen uns sehr nahe. Obwohl sie mir schließlich ihre Geschichte mitgeteilt hatte, konnte sie sich immer noch nicht dazu durchringen, sie auch meinen Geschwistern zu erzählen. So war es schließlich meine Aufgabe, sie ihnen stückchenweise zu übermitteln, wie es jeweils angebracht schien. Das war und ist immer noch schwierig für uns alle. Wir hatten so lange in einer Art Kokon gelebt, daß es uns nicht leichtfiel, mit den Erfahrungen zurechtzukommen, die Mum durchgemacht hatte.

Anfang Juni 1983 stand es nicht allzu gut mit Omas Gesundheit. »Du mußt mit ihr zum Arzt gehen«, sagte ich eines Tages zu Mum. »Ihr geht's nicht gut.«

»Du weißt, wie sie Ärzte haßt.«

»Aber wenn es nun was Ernstes ist? Du mußt sie einfach dazu zwingen.«

Mum brachte Oma einige Tage später zu unserem Hausarzt. Sie wurde zum Röntgen ihrer Lunge geschickt, wobei sich herausstellte, daß einer der Lungenflügel zusammengefallen war.

Als Mum mir diese Neuigkeit am Telefon mitteilte, erwiderte ich sanft: »Ich glaube, du mußt dich auf etwas gefaßt machen, Mum. Ich will keine große Sache daraus machen, aber ich glaube, das könnte ernst sein.«

»Du meinst, sie könnte sterben?«

»Ja.«

»Du hast doch keine Ahnung, wovon du redest, Sally! Das ist doch bloß ein zusammengefallener Lungenflügel; das kriegen die wieder hin!«

»Aber sie müssen rausfinden, was das Zusammenfallen verursacht hat, oder nicht?«

»Na ja … Sie muß übermorgen zur Untersuchung ins Krankenhaus.«

An dem Tag, bevor Oma ins Krankenhaus sollte, übernachtete sie bei mir. Mum hatte Wochen zuvor vereinbart, einige ihrer anderen Enkel zu hüten, und sie konnte diese Abmachung nicht rückgängig machen. Ich machte Oma einen Tee, und wir setzten uns ins Wohnzimmer, um uns zu unterhalten. »Ich möchte, daß du dir eine Geschichte anhörst, Oma, sie ist nur zwei Seiten lang. Ist es dir recht, wenn ich sie dir vorlese?«

»O ja, ich liebe gute Geschichten.«

»Sag mir, ob dir die hier gefällt.«

»Okay.«

Ich las ihr den Abschnitt über Arthurs Boxerlebnisse vor. Als ich eine Pause machte, sagte sie: »Das ist 'ne wunderbare Geschichte, wirklich gut. Das hat mir Spaß gemacht, woher hast du die?«

»Die habe ich geschrieben, Oma«, grinste ich. »Das ist Arthurs Geschichte.«

»Nein! Das gibt's doch nicht! Das ist Arthurs Geschichte?«

»Ja.«

»Ich wußte nicht, daß er so 'ne gute Geschichte hat. Die mußt du aber gut aufbewahren. Lies mir noch was vor.«

Ich las ein bißchen weiter, und dann begannen wir über früher zu reden und über das Leben auf Corunna Downs. Aus irgendeinem Grund war Oma darauf aus zu reden. Während sie immer weitererzählte, wurde ihr Atem kürzer und keuchender. Die Worte purzelten fast übereinander, als könne ihre Zunge sie nicht schnell genug herausbringen.

Als ich merkte, daß sie sehr müde war, sagte ich: »Würdest du dich gerne für eine Weile hinlegen?«

»Ja, ich glaub schon«, seufzte sie. »Ich bin müde.«

Unser Wohnzimmersofa war alt und sehr niedrig, daher mußte ich Oma aufhelfen. »Du mußt mir 'nen besseren Sessel besorgen«, beschwerte sie sich.

»Ich weiß, ich bring dir einen von Mum rüber.«

Ich brachte Oma in mein Schlafzimmer, und sie kletterte in das Doppelbett. »Gladdie wird erst spät kommen«, murmelte sie.

»Du kannst schlafen, bis sie kommt. Möchtest du noch 'ne Tasse Tee?«

»Nein danke. Ich glaub, ich will nur hier liegen.«

»Gut. Ich bringe jetzt die Kinder ins Bett. Wenn du irgendwas möchtest, ruf nur.«

Nachdem ich die Kinder schlafen gelegt hatte, ging ich leise zu Omas Zimmertür. Ich erwartete, daß sie schliefe, aber sie war wach. »Sally«, rief sie. »Komm her.«

»Was gibt's?«

»Ich möchte dir mehr von der Farm erzählen«, lächelte sie.

Ich hätte sie am liebsten davon abgehalten, sie konnte kaum atmen. Aber wie hätte ich sie auffordern können, nicht zu sprechen, nachdem sie ihr ganzes Leben gebraucht hatte, um an diesen Punkt zu gelangen?

Ich hörte ihr ruhig zu, als sie über wilde Enten und Vögel sprach, über die blauen Hügel und die Früchte, die am Bach entlang wuchsen. Ihre Augen schauten in die Ferne, und ihr Gesicht war sehr weich. Ich lächelte ihr weiter zu, weil sie mich anlächelte, aber im Innern wollte ich weinen. Ich hatte diesen Gesichtsausdruck schon einmal gesehen, bei Arthur. Ich wußte, daß sie sterben würde. Schließlich legte Oma sich hin und schloß die Augen. Ich deckte sie wieder zu.

»Hmmm, das ist wirklich 'ne gute Decke«, sagte sie verschlafen. »Woher hast du denn so 'ne gute Decke?«

»Mum hat sie mir gegeben«, murmelte ich. Ich machte das Licht aus und ging zurück in die Küche.

»Sie wird sterben, Paul«, sagte ich traurig.

»Ach was, du machst dir nur Sorgen, weil sie morgen ins Krankenhaus kommt«, antwortete er in seiner pragmatischen Art. »Sobald das mit der Lunge geregelt ist und sie den grauen Star aus ihren Augen entfernt haben, wird es ihr wieder gutgehen.«

»Da ist noch was anderes. Ich habe diesen Ausdruck schon mal gesehen, auf Arthurs Gesicht. Sie werden so weich dann. Sie fangen an, über Dinge zu reden, die sie jahrelang versteckt hatten.«

Mum kam zwei Stunden später, um Oma abzuholen. Sie half ihr die Verandastufen herunter, aber auf halbem Weg blieb Oma stehen, drehte sich um und sagte: »Gib mir einen Kuß, Sally. Kann sein, daß du mich nicht wiedersiehst.« Ich küßte sie auf die Wange.

Dann begleitete ich sie zum Auto, die Luft war kühl und feucht. Normalerweise winkte ich ihnen zum Abschied von der Veranda aus zu, aber diesmal hatte ich das Bedürfnis, Oma so lange wie möglich nahe zu sein. Als Mum den Motor anließ, kurbelte Oma ihr Fenster herunter und gab mir eine schwarz-rote, kunstlederne Federmappe.

»Behalt die«, sagte sie.

»Was gibst du Sally da?« fragte Mum.

»Nichts. Nur was für die Kinder.« Sie zwinkerte mir zu. Ich wußte, daß es Geld war.

Als ich Oma am nächsten Abend im Krankenhaus besuchte, war sie hellwach. Mum hatte den ganzen Tag über immer mal hereingeschaut. »Hallo, Oma«, sagte ich, als ich zu ihrem Bett ging. »Wie behandeln sie dich hier?«

»Die Krankenschwestern sind reizend. Und diese alte Dame da neben mir, sie ist jetzt weg, aber sie hat mir Tee bestellt und mir gezeigt, wo das Klo ist.«

»Aha, du wirst verwöhnt!«

»Sie war 'ne reizende, alte Dame, sie ist jetzt nach Hause gegangen; was für ein reizender Mensch sie war.« Oma verzog das Gesicht. Das tat sie immer, wenn sie darüber sprach, wie reizend jemand war.

»Wie ist das Essen?«

»Sehr gut«, antwortete sie, geradezu überrascht. »Sie haben mir Fleisch gegeben, Schmortopf, und 'ne Suppe und leckeren Karamelpudding.« Sie unterbrach ihre Beschreibung, wandte sich Mum zu und sagte: »Gladdie, erinnerst du dich, daß ich den früher auch oft zum Nachtisch gemacht habe?«

»Ja, das stimmt«, antwortete Mum. Sie sah müde aus.

»Eins von den guten alten Rezepten, wie?« bemerkte ich.

»Ja, und sehr lecker.«

»Na, ich bin froh, daß sie dich hier gut behandeln, Oma. Ich habe noch was von Arthurs Geschichte zum Vorlesen mitgebracht. Möchtest du sie hören, oder bist du zu müde?«

»Lies!«

»Bist du sicher, daß du nicht zu müde bist?«

»Ja.« Sie faltete ihre Hände im Schoß, lehnte sich in ihre Kissen zurück und wartete darauf, daß ich begann. Es war ein langes Kapitel, daher las ich es nur halb. Während ich las, sagte Oma »Ah!« und »Oh!« an den entsprechenden Stellen.

»Ich les dir den Rest morgen abend vor«, sagte ich.

»Das ist 'ne gute Idee.«

»Du siehst müde aus, willst du jetzt schlafen?«

»Wär wohl besser. Sie stecken morgen dieses Ding durch meinen Hals.«

»Ich weiß, deshalb brauchst du viel Schlaf, du willst doch stark sein morgen.«

»Du wirst nichts spüren«, versicherte Mum ihr. »Sie geben dir etwas, damit du nicht spürst, wie der Schlauch runtergeschoben wird.«

»Ja, das hast du schon gesagt.«

»Also bis morgen dann, Oma«, sagte ich. »Ich habe noch die Federmappe, die du mir gegeben hast.«

Sie lächelte. »Diese alten Papierchen da drin werden wohl gelegen kommen«, gluckste sie. Oma sprach verschlüsselt. Sie mochte es nicht, wenn Mum wußte, wieviel Geld sie jemandem gab.

Wir mußten einen Tag auf die Ergebnisse der Bronchoskopie warten. Ich beschloß, den Tag bei Jill zu verbringen, weil sie nahe am Krankenhaus wohnte und ich zur Stelle sein wollte, wenn die Ergebnisse kamen. Wir hatten Glück, Mums Traum hatte sich erfüllt, und meine Schwester Helen absolvierte ihr erstes Jahr als Ärztin im Krankenhaus. Sie konnte uns also die Ergebnisse direkt besorgen. Endlich hatten wir doch noch eine Ärztin in der Familie.

Mum und ich saßen am Küchentisch beim Mittagessen, als Jill die Tür öffnete. »Ich glaube, du mußt dich auf was gefaßt machen«, sagte sie zu Mum, als sie in die Küche zurückkam. »Helen kam gerade tränenüberströmt nach Hause, sie ist in ihrem Zimmer. Geh lieber mal zu ihr.«

Mum und ich eilten in Helens Zimmer. Jill brachte die Kinder ins Wohnzimmer und verwickelte sie in ein Spiel mit Schlangen und Leitern.

Helen saß weinend auf ihrer Bettkante. Als sie uns sah, murmelte sie: »Sie hat einen Tumor. Ich hab's die ganze Zeit befürchtet, aber irgendwie hab ich immer noch gehofft, es sei was anderes.«

»Ist er bösartig?« fragte Mum.

»Aber ja, in ihrem Alter und bei ihrem vielen Rauchen, natürlich ist er bösartig!« sagte Helen ärgerlich. Sie war sehr aufgewühlt.

Mum fing an zu weinen. Ich konnte keine Taschentücher finden, und so gab ich ihr ein Handtuch.

»Wie lange noch?« fragte ich.

»Sie haben die Untersuchungen noch nicht abgeschlossen. Wir werden frühestens morgen nachmittag mehr erfahren. Kommt darauf an, ob es ein langsam oder schnell wachsender Tumor ist, aber da sie schon Symptome hat, muß er ziemlich groß sein.«

Ich erzählte Jill die Neuigkeit und machte dann Tee für Mum und Helen. Mum kippte ihren hinunter und ging dann in Jills Zimmer, um dort zu weinen.

Ich ließ sie eine halbe Stunde allein und ging dann zu ihr. Sie lag der Länge nach auf dem Bett und weinte sich die Augen aus.

»Sie erwartet mich heut nachmittag«, schluchzte Mum, als sie mich sah. »Ich habe ihr gesagt, daß ich komme.«

»Möchtest du, daß ich gehe?«

»Bist du sicher, daß du das hinkriegst?«

»Ja.«

»Okay, dann geh du hin. Mir geht's wahrscheinlich heut abend wieder besser. Ich besuche sie dann. Vielleicht kann Helen mit dir zusammen gehen.«

»Ich frage sie.«

Wir brauchten nur fünf Minuten zum Krankenhaus. Als wir die Treppen zu Omas Station hochstiegen, begann Helen wieder zu weinen. »Wirst du dich fassen können?« fragte ich.

»Geht schon in Ordnung«, murmelte sie.

Als wir Omas Zimmer erreichten, lag sie auf dem Rücken im Bett und trug ein kleines, kurzes Krankenhausnachthemd. Sie fühlte sich viel zu warm an, und unter der Sauerstoffmaske ging ihr Atem schwer. Der Arzt war da. Als er Helen sah, sagte er: »Wir glauben, daß Bakterien ins Blut geraten sind, als wir das Bronchoskop hinunterschoben. Es besteht die Gefahr einer Blutvergiftung.«

Helen hielt Omas Hand, wir setzten uns beide an ihr Bett. Oma schien immer wieder das Bewußtsein zu verlieren. Das war zuviel für Helen, die Tränen flossen ihr leise die Wangen hinab. Sie griff nach einem Taschentuch, und als sie sich gerade übers Gesicht wischte, öffnete Oma die Augen und fragte: »Was ist los, Helen?«

»Nichts«, antwortete sie und schaute weg. Oma blickte mich direkt an. Ich blickte zurück. Ich bestätigte nur, was sie im Innern schon wußte. Wir blieben einige Stunden bei ihr und gingen, als sie eingeschlafen war.

Die restlichen Ergebnisse kamen am nächsten Nachmittag, und Mum wurde ins Krankenhaus gerufen, um alles zu besprechen. Ich ging abends wieder hin. Zu meiner Überraschung fand ich Oma im Bett sitzend beim Abendessen vor. Sie sah viel besser aus. »Mensch, das riecht aber nach einem guten Essen«, sagte ich, als ich an ihr Bett trat. Das hörte sich ziemlich dumm an. Sie lag im Sterben – hatte ich ihr nichts Tiefgründigeres zu sagen?

»Es schmeckt sehr gut, Sally«, lächelte Oma. »Und es ist so viel, daß ich's nicht aufessen kann.«

Ich schaute zu Mum, der anzumerken war, daß sie sich zusammenriß. Oma ignorierte uns beide und aß weiter. Ich sah von einer zur anderen. Schweigen. Irgend etwas lag in der Luft. Niemand sagte ein Wort. Schließlich fragte ich: »Also, was ist los?« Oma begann etwas schneller zu essen.

Mum sagte defensiv: »Sie kommt zum Wochenende nach Hause und geht am Montag zurück, um eine Strahlentherapie zu beginnen.«

Mum sah meinem Gesicht an, daß ich dem nicht zustimmte. Sie schaute zu Boden. »Und was meinst du dazu, Oma?« fragte ich.

»Ach, du kennst mich doch, Sally. Ich hab Angst. Ich würde es lieber nicht machen.« Sie zuckte die Schultern und sah Mum an. Es war eine Geste der Verwirrung.

»Aber du wirst besser atmen können, wenn du's machst«, sagte Mum entschlossen.

»Warum muß sie es denn machen?« fragte ich.

»Ach Sally«, sagte Mum ärgerlich, »sie hat nur deshalb Angst, weil sie's nicht kennt. Die Ärzte sagen, daß es ihr helfen wird.«

Und die Leute glauben immer, daß die Ärzte es besser wissen, dachte ich ärgerlich. »Was denkst du, Oma?« fragte ich sie. Sie schüttelte den Kopf. »Weißt du, was sie mit dir vorhaben?«

»Nein.«

Ich war mir sicher, daß der Arzt mit ihr darüber gesprochen hatte, aber ich versuchte, ihr so einfach wie möglich das Gerät und die Strahlen und die Vorteile, die es haben könnte, zu erklären. Als ich fertig war, sagte Mum: »Sie sollte es zumindest versuchen, Sally.«

»Möchtest du's versuchen, Oma?« fragte ich.

»Ich hab Angst davor, Sally. Glad hat den Ärzten gesagt, daß meine Beine schwach sind. Ich kann nicht richtig laufen. Ich weiß nicht.

Helen sagt, ich soll's machen. Sie ist die Ärztin, sie muß es wohl wissen.«

»Nun, Oma«, seufzte ich, »wenn du willst, dann probier es einmal aus. Aber wenn du nicht mehr willst, dann sag es ihnen auch, du mußt für dich eintreten. Wenn du's nicht mehr willst, dann sagst du ihnen: Schluß jetzt!«

»Ich glaub, ich sollte es gar nicht erst probieren«, antwortete sie.

Ich stimmte ihr von ganzem Herzen zu, aber ich konnte sehen, daß Mum von allen Seiten bedrängt wurde, und ich wollte es ihr nicht noch schwerer machen, daher sagte ich nichts.

»Versuch's einmal«, ermutigte Mum sie. »Wenn du es dann nicht willst, brauchst du's nicht noch mal zu machen.«

»Versprochen?«

»Versprochen.«

Danach lachten wir und redeten und scherzten mehr als eine Stunde lang über alte Zeiten. Wir lachten darüber, wie Oma ihr Geld unter der Matratze versteckte und wie sie Curly am falschen Ende füttern wollte. Wir sprachen über den Getränkeverkäufer und den Rasen, der, wenn der Mann zum Rasenmähen nicht bald käme, so hoch wachsen würde, daß wir das Haus nicht mehr sehen könnten.

Schließlich sagte Mum: »Tja, ich glaube, wir sollten besser langsam gehen. Es ist schon spät.«

»Gehst du auch schon, Sally?« fragte Oma. Sie warf mir einen vielsagenden Blick zu, und ich wußte, daß sie mit mir allein reden wollte.

»Ich muß jetzt gehen, Oma«, antwortete ich, »aber ich verspreche dir, daß wir uns am Wochenende in Ruhe unterhalten.«

Am Abend hatten Mum und ich eine Aussprache. Wir waren beide sehr aufgewühlt; es fiel uns schwer, auch nur ein wenig rational zu bleiben. Unsere Hauptmeinungsverschiedenheit war, ob Oma sich dieser Behandlung nun unterziehen sollte oder nicht. Ich war ganz und gar dagegen, denn ich hatte das Gefühl, daß Oma mehr Angst vorm Krankenhaus hatte als vorm Sterben. Mum glaubte, es könnte gut für sie sein; die Ärzte meinten, die Behandlung könnte Oma noch ein halbes Jahr geben, obwohl sie es nicht garantieren mochten.

Ich war auch böse, weil niemand Oma die ganze Wahrheit über die Strahlentherapie gesagt hatte. Sie stand unter dem Eindruck, es gäbe keine Nebenwirkungen und eine Krankenschwester hielte die ganze

Zeit ihre Hand, wenn sie unter dieser Maschine läge. Nichts davon stimmte. Das bestätigte nur die Meinung über Ärzte im allgemeinen, die Oma mir all die Jahre eingeimpft hatte.

Verzweifelt sagte ich schließlich zu Mum: »Weißt du, was Oma letzten Februar zu Margaret gesagt hat?« Margaret war meine Schwiegermutter.

»Was?«

»Sie hat ihr erzählt, sie wüßte, daß sie nicht mehr lange zu leben hätte. Du siehst also, daß sie schon lange mit dem Gedanken ans Sterben lebt. Sie hat vor allem Angst vorm Krankenhaus.«

»Woher weißt du, daß sie das gesagt hat?«

»Margaret hat's mir gestern abend am Telefon erzählt.«

Mum war verblüfft von dieser Enthüllung. »Ich versuch doch nur, das Richtige zu tun«, seufzte sie schwach.

»Ich weiß, daß du das versuchst. Aber siehst du denn nicht ein, daß es Omas Sache ist, was mit ihrem Körper passiert, und nicht die von irgend jemand sonst? Laß sie tun, was sie will, und nicht, was wir für richtig halten.«

Oma sollte am nächsten Morgen vorübergehend aus dem Krankenhaus entlassen werden. Da Helen ihre Schicht um zehn Uhr beendete, würde sie Oma von der Station abholen und zu Jills Haus bringen. Mum wollte sie dort um elf Uhr abholen und dann zu mir zum Mittagessen kommen.

Um ein Uhr waren sie immer noch nicht da. Ich begann mir Sorgen zu machen. Ich fragte mich, ob Omas Zustand sich plötzlich verschlechtert habe. Sie kamen schließlich um halb zwei. Sie waren beide ganz aufgeregt. Oma kam langsam und leise herein, setzte sich ins Wohnzimmer und blickte zu Boden. Aus irgendeinem Grund schoß mir plötzlich ein Bild durch den Kopf von einem unserer alten Hunde, als er verletzt worden war. Ich glaube, ich werde verrückt, dachte ich, und schüttelte den Kopf.

Ich ging in die Küche, um Wasser aufzusetzen, und Mum folgte mir. »Was ist passiert?« flüsterte ich. »Oma sieht furchtbar aus.«

»Du wirst es nicht glauben«, antwortete Mum. »Es ist furchtbar. Ich bin so wütend.« Ich starrte Mum an, sie hatte denselben Ausdruck wie Oma.

»Was, um alles in der Welt, ist denn passiert?« fragte ich eindringlich. Ich wußte, daß etwas ganz und gar nicht stimmte. Mum wischte sich eine Träne weg und sagte leise: »Du weißt doch, daß Helen sie um zehn Uhr in ihrer Station abholen wollte?«

»Ja.«

»Na, als sie in die Station kam, war Oma nicht da.«

»Erzählst du Sally, was passiert ist?« Eine krächzende Stimme aus dem Wohnzimmer unterbrach uns plötzlich.

»Ja«, antwortete Mum.

»Laß uns ins Wohnzimmer gehen und dort reden«, sagte ich. »Ich glaube, Oma möchte, daß wir in ihrer Gegenwart reden.« Ich setzte mich Mum und Oma gegenüber und wartete darauf, daß sie mir erzählten, was geschehen war. »Was ist passiert, Oma?« fragte ich, nachdem wir alle ein paar Sekunden geschwiegen hatten.

»Es war furchtbar, Sally«, sagte sie. »Ich geh nie wieder dahin zurück. Die behandeln einen wie ein Tier.«

Ich saß geduldig da, während Oma sich Mund und Augen mit einem großen Männertaschentuch abwischte. Dann fragte ich: »Hat Helen dich nicht abgeholt?«

»Doch, sie ist gekommen. Aber ich war nicht da! Ich bin dagewesen, fertig angezogen, ich hab gewartet, daß sie kommt und mich abholt. Dann kam dieser Mann rein. Er sagte mir, ich soll mich in den Rollstuhl setzen. ›Wozu?‹ fragte ich. ›Ich geh doch nach Hause!‹ – ›Der Arzt muß Sie für eine Minute sehen‹, sagte er.«

»Wohin hat er dich gebracht?«

»Ach, in so 'nen Raum. Ich mußte mich ganz ausziehen, da war noch nicht mal 'ne Krankenschwester, und sie haben mir noch nicht mal eins von diesen Krankenhaushemden gegeben. Ich mußte mich auf ein Bett legen, und dann begann dieser Mann und noch ein andrer, auf meiner Brust rumzudrücken. Es hat sehr weh getan.«

»War dein Arzt dabei?«

»Nein! Das waren alles Fremde. Fremde Männer gingen ein und aus, und alle drückten auf meiner Brust rum. Ich lag da ohne was an und nichts zum Zudecken!«

»Du hast mir doch versprochen, du sagst ihnen, daß kein Medizinstudent sie mehr zu sehen kriegt!« knurrte ich Mum an.

»Hab ich auch, hab ich doch! Das waren keine Medizinstudenten, das waren Assistenzärzte!«

»Das waren alles Fremde«, unterbrach Oma. »Fremde, Sally! Da lag ich mit nichts an. Ich hab mich so geschämt.«

»Diese Mistkerle«, sagte ich ärgerlich. »Warum um alles in der Welt hast du sie nicht angebrüllt, sie sollen aufhören, Oma?«

»Hab ich ja! Ich hab sie gebeten aufzuhören, aber obwohl ich geschluchzt hab, haben die mich nich in Ruhe gelassen. Es hat wirklich sehr weh getan. Meine Brust fühlt sich ganz wund an. Da war ein Kerl mit einem Bart und großen Händen, der hat mir sehr weh getan. Er hat gesagt, er könnte nich aufhören, weil er rausfinden müßte, was mir fehlt.«

»Blödsinn! Sie haben dir doch schon gestern erzählt, was du hast!«

»Sie sind grausam, Sally, richtig grausam. Ich hab zu einem gesagt: ›Sie tun mir das nur an, weil ich schwarz bin, nich wahr?‹ Er hat gesagt: ›Aber nein, das dürfen Sie nicht denken. Wir versuchen Ihnen doch nur zu helfen.‹ Das war kein Helfen. Die haben das nur gemacht, weil ich schwarz bin! Das ist es, Sally, nur wegen meiner Hautfarbe!«

Mir war nach Weinen zumute. Sie war so verletzt. Ich war so wütend, ich wollte weinen und schreien und diese ganzen Ärzte zusammenschlagen.

»Deshalb kommen wir so spät«, sagte Mum. »Die arme Oma konnte kaum laufen, als Helen sie zu Jill brachte.«

»Warum haben sie das gemacht, weißt du das?«

»Helen glaubt, es war eine Art praktisches Examen für die Assistenzärzte. Offenbar geben sie denen Übungsuntersuchungen, und sie suchen immer Patienten mit deutlichen Krankheitssymptomen aus. Ist das nicht widerlich?«

»Ein praktisches Examen, bei Gott! Diese Mistkerle, was denken die sich denn?«

»Die hätten das nich mit mir machen dürfen, Sally, nich wahr?«

»Nein, hätten sie nicht, Oma. Du hast recht, die haben dich behandelt wie ein Tier. Die sollten sich was schämen. Die würden selber auch nicht gerne so behandelt. Hast du dich beschwert, Mum?«

»Nein.«

»Warum nicht? Gott, denen gehört doch 'ne Bombe untern Hintern, und genau das werde ich tun!«

»Du wirst da nicht hingehen, Sally«, sagte Mum böse. »Ich weiß, wie du bist, du bist eine furchtbare Aufhetzerin, du gehst da hin und verlierst die Beherrschung. Damit machst du es Helen nur schwer, sie hat da zu arbeiten.«

»Keiner darf meine Großmutter so behandeln!«

»Ich wette, mit weißen Leuten machen die so was nicht«, sagte Oma.

»Was hast du vor?« fragte Mum, als ich zum Telefon ging.

»Ich ruf diese Mistkerle an! Und das ist erst der Anfang. Wenn ich mit denen fertig bin, wissen die gar nicht, wie ihnen geschehen ist!«

»Nein, das wirst du nicht!« rief Mum und sprang von ihrem Stuhl auf. Sie riß mir den Hörer aus der Hand und knallte ihn zurück auf die Gabel. »Ich habe dich nie um viel gebeten«, sagte sie unter Tränen, »aber ich bitte dich diesmal, halt dich da raus. Um deiner Schwester willen, laß sie ihre Zeit dort beenden. Ich kümmere mich darum, daß Helen sich beschwert und ihnen erzählt, was wir von ihnen halten, aber du wirst das nicht tun, Sally. Ich habe Angst, was du alles sagen könntest.«

Mein Blut kochte. »Aber das ist so unmenschlich. Das gehört ins Fernsehen und in die Zeitung! Wie viele ältere Menschen machen dieselbe Erfahrung? Keiner will dagegen angehen, weil es Ärzte sind. Das sind doch keine Götter! So behalten die ihre Macht, weißt du, die halten zusammen wie Pech und Schwefel und verlassen sich auf die Apathie der schweigenden Mehrheit!«

»Ich stimme dir ja zu, Sally, wirklich, aber ich denke an Helen. Sie war sehr wütend, als sie Oma nach Hause brachte. Es ist ihre Sache, sich zu beschweren, nicht deine!«

Ich stöhnte laut auf. Wenn es zu solchen Problemen kam, war ich ein Mensch der Tat. Wenn Mum mich bat, nichts zu tun, war es, als würde man mir den rechten Arm abhacken. Ich schaute Oma an, sie sah ein bißchen besser aus.

»Oma«, seufzte ich. »Du entscheidest. Was glaubst du, was ich machen soll?«

Sie dachte einen Moment ernst nach und sagte dann langsam: »Das war falsch, daß sie mich wie ein Tier behandelt haben. Sie waren brutal. Ich hab mich deshalb sehr mies gefühlt, Sally, wirklich mies, aber ich glaub, daß Glad recht hat. Es ist nich Helens Fehler, du solltest es ihr nich schwer machen. Sie ist diejenige, die dort arbeitet, laß sie sich beschweren.«

»Bist du ganz sicher, daß du es so willst?«

»Ja. Ich geh nich dorthin zurück, Sal. Ich werd diese Behandlung nich machen. Man kann ja nich wissen, was sie dann noch mit einem anstellen.«

»Na, lobet den Herrn dafür!« sagte ich. »Dir geht's besser ohne die, Oma.«

»Allerdings!«

»Ärzte sind richtige Arschgeigen, was, Oma?«

Oma gluckste. »Bring mich nich zum Lachen, Sally, das tut mir in der Brust weh.«

*31*

# Gute Neuigkeiten

Am darauffolgenden Montag brachte Mum Oma früh zu mir. Wir hatten beschlossen, daß es das beste sei, wenn Oma während der Woche, solange Mum bei der Arbeit war, tagsüber bei mir bliebe. Oma hatte ihre schwarze Tasche vollgeladen mit Keksen und Süßigkeiten für die Kinder.

»Ich hab 'ne Überraschung für dich, Oma«, sagte ich. »Paul und ich haben die Schlafkammer ausgeräumt.«

»Was habt ihr mit dem ganzen Mist gemacht?«

»Das war kein Mist! Der überflüssige Kram ist jetzt im Schuppen. Wir haben ein Bett für dich reingestellt und einen Tisch, dann kannst du deinen Mittagsschlaf halten, ohne daß die Kinder dich stören.«

»Kann ich's mir anschauen?«

»Ja, komm und sieh's dir an.«

»Ach, ist das nicht wunderbar!« sagte sie lächelnd, als sie durch die Schlafzimmertür schaute. »Wer hätte gedacht, daß dieser ganze Mist einen so schönen Raum verstellt hat?«

»Du hast die Lamellenfenster, also kannst du reichlich frische Luft haben, wenn du willst.«

»Ja, Lamellenfenster sind gut. Deshalb mag ich auch die Schlafkammer in Glads Haus.«

Als Mum am Nachmittag vorbeikam, um Oma abzuholen, fragte sie: »Na, hast du einen schönen Tag gehabt?«

»Einen wunderbar ruhigen Tag, Gladdie.«

»Dann bist du ja jetzt bereit, nach Hause zu fahren.«

Oma schaute von mir zu Mum. »Ich glaub, ich bleib noch ein paar Tage länger.«

Mum war entsetzt. »Du kannst doch nicht die ganze Zeit hier bleiben! Sally muß sich um ihr Baby kümmern. Sie kann dich nicht auch noch da haben.«

»Mir macht das nichts aus, Mum. Sie kann hierbleiben.«

»Das ist dann geklärt«, sagte Oma.

Ich zeigte Mum die Schlafkammer, Oma hatte bereits ihre schwarze Tasche dort abgestellt. »Bist du sicher, daß dir das nicht zuviel wird?« fragte sie mich.

»Ach nee, sie ist prima. Und selbst wenn, es ist ja nicht für lange.«

»Die Ärzte können nicht genau sagen, wie lange. Es können sechs Monate oder auch neun sein.«

»Nein, Mum, ich glaube, sie wird schon lange vor Weihnachten sterben.«

»Ich mag das nicht, wenn du so redest. Es klingt, als ob du willst, daß sie stirbt.«

»Ich nehme an, das stimmt auch auf eine gewisse Art, aber nur, weil ich glaube, daß sie es selber will.«

»Niemand will sterben.«

»Vielleicht kommt man an einen Punkt, wo man gerne geht.«

»Du hast doch über so was nicht mit Oma geredet, oder?«

»Nein.«

Wir gingen zurück ins Wohnzimmer.

»Was hältst du davon?« fragte Oma.

»Sehr schön«, antwortete Mum. »Wann möchtest du, daß ich dich abhole?«

»Ach, sagen wir Mittwoch. Ist dir das recht, Sally?«

»Natürlich, wann immer du willst.«

Als Mum am Mittwoch zum Abholen kam, sagte Oma ihr, daß sie nicht mit nach Hause kommen würde.

»Hier ist nicht dein Zuhause«, wandte Mum ein, »das ist Sallys Haus. Die Hunde vermissen dich, und die Katzen auch.«

»Ach, die werden's schon aushalten.«

»Sally, sag ihr, daß sie mitkommen muß.«

»Sie kann hierbleiben, wenn sie will.«

»Aber Oma …« begann Mum.

»Hör mal, Gladdie«, unterbrach Oma. »Ich schaukle das Baby, wenn es schreit, und ich hab ein bißchen den Garten geharkt. Sally kann das nicht alles machen. Ich bleib hier bis zum Ende der Woche, und dann komm ich übers Wochenende nach Hause.«

Ich begleitete Mum zum Auto. »Mach dir keine Sorgen um sie, Mum«, sagte ich. »Ihr geht's gut hier.«

»Das seh ich. Was macht sie den ganzen Tag?«

»Ach, nicht viel. Wurschtelt so im Haus rum. Ißt wie ein Scheunendrescher. Sogar nachts. Ich muß ihr immer eine Schüssel Cornflakes hinstellen. Morgens ist sie leer.«

»Sie war immer schon eine große Esserin.«

»Sie bat mich, dir zu sagen, daß du ihren Korbstuhl mitbringen sollst.«

»Sie zieht hier noch ganz ein, wenn du nicht aufpaßt.«

Oma hielt ihr Versprechen und ging über das Wochenende nach Hause. Am Sonntag rief Mum an.

»Hallo, Mum, was gibt's? Oma geht's doch nicht schlechter, oder?«

»Nein, sie ist putzmunter. Hör mal, ich komm mir etwas blöd vor, aber sie hat mich das ganze Wochenende damit genervt. Ich hab ihr gesagt, daß sie zwei Tage bei dir und zwei Tage bei Jilly bleiben kann, aber sie meint, sie hat kein eigenes Zimmer bei Jill. Und zu Ruth und David will sie aus demselben Grund auch nicht.«

»Und was will sie statt dessen machen?« lachte ich.

»Sie will wissen, ob sie während der Woche bei dir bleiben kann und an den Wochenenden zu mir nach Hause kommen.«

»Ja, das ist prima«, antwortete ich. »Ich wette, sie hat dir die Hölle heiß gemacht.«

»Na ja, du weißt ja, wie sie ist.« Ich hörte eine Stimme im Hintergrund, dann sagte Mum: »Ja, es geht klar, du kannst bei Sally wohnen.«

»Weißt du, Mum«, sagte ich, »ich glaube, sie ist auch deshalb gerne hier, damit sie sich ein bißchen über dich beklagen kann.«

In den darauffolgenden Wochen lief unser Leben nach einem Muster ab, das sich ganz an Oma und dem Baby ausrichtete. Amber und Blaze fanden es toll, daß Oma bei uns war. Nicht nur daß es nun unbegrenzten Nachschub an Süßigkeiten gab, sie hatten auch ein dankbares Publikum, vor dem sie die ganze Fernsehwerbung aufführen konnten, die sie auswendig gelernt hatten.

Jede Nacht las Amber Oma eine Gutenachtgeschichte vor. Die Geschichten handelten von Aborigine-Kindern in der westlichen Wüste. Oma hörte sie sehr gerne, und wenn Amber fertig war, erzählte sie ihr, was sie als Kind alles gemacht hatte.

Blaze war eines Abends völlig entsetzt, als sie ihm erzählte, wie gut Witchetty-Käfer schmeckten. »Mmmh«, sagte sie, »man schlingt sie einfach so runter. Die sind gut, richtig gut.« Blaze kam mit leicht grünlichem Gesicht zu mir in die Küche.

»Hast du gehört, was sie gesagt hat, Mum?« fragte er.

»Ich hab's gehört.«

»Hast du die jemals gegessen, Mum?«

»Nein. Aber als du ein Baby warst, hast du Schnecken gegessen.«

»Igitt! Erzähl mir sowas bloß nicht mehr!«

»In Ordnung«, lachte ich. Einige Minuten später kam er wieder zurück in die Küche und flüsterte: »Erzähl aber Oma nichts von den Schnecken. Sonst gibt sie mir sowas womöglich statt Bonbons.«

Oma und die Kinder kamen sich sehr nahe. Die drei verbrachten Stunden zusammen hinter verschlossenen Türen in ihrem Zimmer. Obwohl Blaze erst fünf war, behandelte er Oma wie eine richtige Dame, machte sich Gedanken darüber, wo sie am besten sitzen sollte und ob es ihr warm genug wäre. Immer wenn ich etwas von Blaze wollte, wußte ich, wo ich ihn suchen mußte: auf dem Fußende von Omas Bett.

»Blazey«, sagte ich eines Tages zu ihm, »Oma ist müde. Sie sollte ihren Mittagsschlaf halten, und du sitzt hier und redest.«

»Ihr geht's gut, Mum«, sagte er zuversichtlich, »oder nicht, Oma? Ich erzähl ihr Geschichten.«

»Möchtest du, daß ich ihn mit rausnehme?«

»Nee, er ist prima. Erinnert mich an Bill, als er klein war. Laß ihn ruhig hier.«

Eines Nachmittags kam er nach seiner üblichen Sitzung mit Oma in die Küche geschlendert und sprudelte mit etwas heraus, das wie eine fremde Sprache klang.

»Was war das?«

»Das hat Oma mir beigebracht«, sagte er glücklich. Er war offensichtlich sehr stolz auf sich. »Weißt du, wir sprechen doch englisch, und sie aber nicht. Sie spricht so wie ich gerade.«

»Ich verstehe. Und was heißt das?«

»Es heißt, gib mir was zu trinken! Ich warte.«

Ich mußte lachen und mischte ihm einen Saft. Er schüttete ihn so schnell in sich hinein, daß die Hälfte auf seinem Pullover landete. »Ich muß gehen, Mum. Das war nur 'ne Übung. Sie bringt mir noch mehr bei.«

An einem anderen Nachmittag, als wir gerade mit dem Mittagessen fertig waren, fragte Oma: »Schreibst du immer noch an dem Buch?«

»Ja.«

»Ich weiß nicht, ob das was bringt.«

»Vielleicht nicht«, seufzte ich, »aber es ist besser als gar nichts.«

»Arthurs Geschichte war wirklich gut.«

»Deine könnte auch so sein.«

»O nein, ich hab Geheimnisse, Sally. Ich möchte nicht, daß irgend jemand die erfährt.«

»Aber alles kann doch kein Geheimnis sein.«

»Du weißt doch überhaupt nicht, was ein Geheimnis ist.«

»Ich mag keine Geheimnisse. Und schon gar nicht solche, deren Offenlegung anderen Menschen helfen könnte.«

»Das würde doch nichts ändern.«

»Das sagen alle. Niemand will reden. Siehst du das denn nicht ein, Oma, daß ein Mensch reden muß. Anderenfalls bleiben die Dinge, wie sie sind, und nichts wird jemals besser.«

»Natürlich redet niemand, Sally. Die haben Angst. Du weißt nicht, wie das ist. Du bist zu jung.«

»Ich bin nicht zu jung, um es zu verstehen. Wenn du mir nur ein bißchen erzählen würdest.«

»Aber das ist es ja, du weißt ja nicht, was du tust, wenn du dieses Buch schreibst. Das kann dir sehr schlecht bekommen. Wenn ich dir was erzähle, verbreitest du es doch sofort bei allen Leuten; ich weiß doch, wie du bist.«

»Du brauchst dir um mich keine Sorgen zu machen, ich kann auf mich selber aufpassen.«

Oma sagte nichts mehr und schaute mich durchtrieben an. Sie war etwa eine Minute ganz still, dann meinte sie: »Vielleicht erzähl ich dir ein bißchen was.«

»Wirklich?« Ich konnte es kaum glauben. »Ich werde dir nicht alles erzählen.«

»Das mußt du ja nicht. Ich bin mit allem zufrieden, Oma, mit allem.«

»Ich kann meine Geheimnisse für mich behalten?«

»Ja.«

»In Ordnung. Ich erzähl dir ein bißchen was, aber das ist dann alles.«

»Magst du gleich anfangen?«

»Ach«, seufzte sie, »ich bin jetzt müde. Morgen.«

»Okay.«

Als Blaze an diesem Nachmittag aus der Vorschule nach Hause kam, sagte er als erstes zu Oma: »Komm, Oma, wir gehen in dein Zimmer!«

Oma lachte. »Du willst nur wieder Bonbons haben«, sagte sie.

»Nein, bestimmt nicht, Oma, ehrlich. Ich will dir erzählen, was ich heute in der Schule erzählt habe.«

»Na, kann ich das vielleicht auch hören?« fragte ich.

»Okay. Ich stand vorne, weißt du, Mum, und sagte: ›Ich habe gute Neuigkeiten heute morgen. Ich möchte, daß ihr alle wißt, daß ich ein Stückchen Blackfella in mir habe.‹«

Oma und ich brachen in Lachen aus.

»Warum lacht ihr mich aus?«

»Tun wir nicht, Liebling, tun wir nicht«, lächelte ich. »Das waren wirklich gute Neuigkeiten. Was haben die Kinder gesagt?«

»Ach, nichts, aber hinterher wollte Stewart wissen, welches Stück, und ich wußte nicht, was ich sagen sollte.«

An jenem Abend rief Mum wie üblich an, um nachzufragen, wie es Oma ginge. »Ihr geht's prima«, sagte ich. »Und ich habe ein paar gute Neuigkeiten.«

»Was denn?«

»Sie hat sich bereit erklärt zu reden.«

»Das ist doch nicht dein Ernst?«

»Doch. Sie will morgen anfangen. Sie sagt allerdings, daß sie ihre Geheimnisse für sich behalten will, aber immerhin ist es besser als nichts.«

»Weißt du, ich glaube, das tut sie, weil wir uns am Wochenende gestritten haben.«

»Worüber habt ihr euch gestritten?«

»Ach, immer dasselbe, über die Vergangenheit. Ich habe ihr gesagt, daß sie nie kapiert hat, was für ein einsames kleines Mädchen ich war. Ich hab sie gebeten, mir von meiner Großmutter zu erzählen, und sie meinte nur: ›Von der brauchst du nichts zu wissen, die war schwarz!‹«

»Was hast du geantwortet?«

»Ich habe gesagt, daß es mir egal ist, was für eine Hautfarbe sie hatte. Ich habe nichts von ihr gewußt, bis Arthur anfing, von ihr zu erzählen. Ich habe mich immer nach einer Familie gesehnt, und sie hat mir auch noch meine Großmutter vorenthalten.«

»Du nimmst also an, daß sie darüber nachgedacht hat.«

»Ich weiß nicht, ob sie nun darüber nachgedacht hat oder nicht. Ich habe jedenfalls angefangen zu weinen, weißt du, und ich konnte nicht aufhören. Das hat sie ziemlich erschüttert. Vielleicht hat sie darüber nachgedacht.«

»Könnte sein. Hast du noch mal nach deiner Schwester gefragt?«

»Ja, natürlich, aber sie regt sich immer so auf, wenn ich sie danach frage.«

»Dann hat sie dir also nichts erzählt?«

»Nicht eine verdammte Kleinigkeit. Du sagst mir doch, was sie dir erzählt, nicht wahr?«

»Natürlich.«

Am folgenden Morgen baute ich meinen Recorder auf, und nach einer gemeinsamen Tasse Tee fragte Oma: »Was willst du hören?«

»Irgendwas. Erzähl einfach, was du willst. Vielleicht könntest du mit Corunna Downs anfangen.«

»In Ordnung.« Ich wartete geduldig, während Oma dasaß und den Recorder anstarrte. »Bist du sicher, daß das Ding an ist? Ich hör nichts.«

»Du kannst es erst hören, wenn ich es nachher abspiele.«

»Aha. Bist du sicher, daß meine Stimme draufkommt?« Ich brach in Lachen aus. »Worüber lachst du?«

»Über dich! Vor ein paar Wochen hast du mir noch gedroht, den Recorder zu verstecken, und jetzt machst du dir Sorgen, ob du auch draufkommst.«

Oma guckte ein wenig verlegen. »Na ja, so ist es nun mal!« kicherte sie.

# Daisy Corunnas Geschichte

*1900 bis 1983*

Mein Name ist Daisy Corunna, ich bin Arthurs Schwester. Mein Aborigine-Name ist Talahue. Ich kann nicht genau sagen, wann ich geboren wurde, aber ich fühl mich alt. Meine Mutter bekam mich auf der Corunna-Downs-Farm in der Nähe von Marble Bar. Sie sagte, ich wurde unter 'nem großen, alten Eukalyptusbaum geboren, und die Hebamme hieß Diana. Das wird natürlich ihr Whitefellaname sein. Alle Ureinwohner hatten Whitefella- und Stammesnamen. Ich weiß ihren Stammesnamen nicht. Als ich auf die Welt kam, stand ein großer Haufen Kinder rum und wartete drauf, mich zu sehen. Ich wette, die haben's mit der Angst gekriegt.

Ich war glücklich, oben im Norden. Ich hatte meine Mutter, und dann gab's Old Fanny, meine Großmutter. Gladdie erinnert mich an Fanny, sie verzieht den Mund genauso, wenn sie lächelt. Außerdem haben sie beide Mondgesichter. Ich erinnere mich, daß Old Fanny immer ein Taschentuch auf dem Kopf trug, mit kleinen Knoten drumrum. Manchmal erinnert mich auch meine Enkelin Helen an sie. Sie sind beide klein und rund mit dünnen Beinen. Ach, was konnten wir über sie lachen, die Old Fanny. Sie ging gern zum Zinnwaschen. Alle alten Leute gingen zum Zinnwaschen. Man sieht das Zeug dort einfach in der Erde liegen, schwer und dunkel wie schwarze Murmeln. Old Fanny sagte, ich hätte gute Augen, und manchmal nahm sie mich mit. Ich sollte ihr Glück bringen. Wir tauschten das Zinn gegen Zucker oder Mehl ein. Sie gaben uns nie Geld dafür.

Old Fanny ging eines Tages auf Wanderschaft nach Hillside. Ich sah sie nie wieder. Sie erzählten mir, daß sie dort auf der Farm gestorben wäre. Vielleicht wußte sie, daß sie sterben würde. Sie war 'ne gute alte Großmutter.

Auf der Farm lief ich unter dem Namen Daisy Brockman. Erst als ich älter wurde, nahm ich den Namen Corunna an. Jetzt behaupten manche Leute, daß Howden Drake-Brockman nicht mein Vater war, sie meinen, es war dieser Mann aus Malta. Was soll ich sagen? Ich hab noch nie was von diesem Mann aus Malta gehört. Ich glaub, das ist ein großer Witz.

Das ist ja das Problem mit uns Blackfellas. Wir wissen nicht, wo wir hingehören, keiner will uns haben. Ich muß aufpassen, was ich sage. Es dürfen keine Lügen in einem Buch stehen.

Natürlich hatte ich noch 'nen andern Vater, der nicht mein richtiger Vater war, aber der sich um mich gekümmert hat. Er wurde Chinaman genannt. Er war sehr groß und stark. Die Leute hatten Respekt vor ihm. Sie hatten Angst vor ihm. Er war auch Arthurs Aborigine-Vater. Er war ein mächtiger Mann.

Meine arme Mutter hat viele Kinder verloren. Ich hatte zwei Schwestern, die am Leben blieben, Lily und Rosie. Sie waren – wie nennt man das noch? Vollaborigines, ja. Ich war die Helle in der Familie, die Kleine mit den blonden Haaren. Natürlich gab's noch Arthur, aber den nahmen sie weg, als ich noch ein Baby war.

Ich erinnere mich auch an Old Pompee, das war der alte Knabe, der sich um den Gemüsegarten kümmerte. Der hat mir erzählt, daß meine Mutter geweint und geweint hat, als sie ihr Arthur wegnahmen. Sie hat immer nach ihm gerufen. Hat gerufen, daß er zurückkommen soll. Die Leute dachten, daß Arthur 'ne Ausbildung bekommt, so daß er mal die Farm bewirtschaften könnte. Sie dachten, es wär gut, wenn ein Blackfella die Farm bewirtschaften würde. Die haben sich alle geirrt. Meine arme, alte Mutter sah ihn nie wieder.

Rosie und ich standen uns sehr nahe. Lily war älter als ich. Ich war die meiste Zeit mit Rosie zusammen. Ich war sehr traurig, als sie starb. Sie war noch sehr jung. Meine Mutter hat sie gepflegt, hat alles für sie getan, aber wir haben sie verloren. Die gute Rosie, weißt du, ich hab erst kürzlich an sie gedacht. Sie war 'n feines Mädchen.

Ich erzähl dir eine Geschichte über unsre weißen Namen. Meine Mutter war in Hedland mit uns dreien, und da traf sie 'ne englische Kinderschwester am Brunnen. Die fragte: »Hast du Namen für deine drei kleinen Mädchen?«

Mum sagte: »Nein.«

Sie sagte: »Nun, dann geb ich dir Namen, wunderschöne Namen. Wir nennen diese hier Lily, diese Rosie und die Kleine Daisy.« Ich war die Kleine in der Familie. Uns machte es nichts aus, so genannt zu werden, wir hielten uns für hübsche Blumen.

Ich hab dir noch nicht von meinem Bruder Albert erzählt. Er war auch hellhäutig. Er hat mich ständig geneckt. Er hat mich gejagt, dann versteckte er sich hinter 'nem großen Busch und sprang raus und tat, als wär er der Teufel. Mensch, der war frech zu mir. Sie nahmen Albert auch mit, als sie Arthur holten, aber Albert wurde krank und kam zurück auf die Farm. Er war ein guter Arbeiter. Er spielte gern mit mir. Er nannte mich seine kleine Schwester.

Es war ein guter Klan auf Corunna. Ein wirklich guter Klan. Ich hab kürzlich an sie alle gedacht. Da war Peter Linck, der Brunnenbauer. Ich glaube, er war Deutscher, er lebte im Außenlager. Er hatte Rosie, nicht meine Rosie, 'ne andere. Dann gab's Fred Stream, Tod und Teufel, da gab's 'ne ganze Menge Kinder, die zu ihm gehörten. Er hatte Sarah, ihre Kinder waren richtig hell, weiße Blackfellas eigentlich.

Ach, diese Geschichte mit der Hautfarbe ist komisch. Unsere Farbe stirbt aus. Wir werden mit dem weißen Mann gemischt, und bald gibt's keine Blackfellas mehr. Manche von diesen Weißen, die hier rumlaufen, die sind eigentlich schwarz untendrunter. Das kannst du nämlich nie wissen.

Ich bin jetzt alt, und sieh mich an, sieh dir meine Haut an den Armen und Beinen an, sieh doch! Die wird weiß. Ich war viel dunkler, als ich's jetzt bin. Ich weiß nicht, was passiert ist. Vielleicht übernimmt das weiße Blut die Führung, oder es ist von der Medizin, die sie mir im Krankenhaus gegeben haben, ich weiß nicht.

Das große Haus auf Corunna ist von den Ureinwohnern gebaut worden. Sie arbeiteten alle zusammen, haben dieses und jenes gebaut. Wenn die Aborigines nicht gewesen wären, wär gar nichts passiert. Die haben die Farm geschmissen, die Drake-Brockmans haben das nicht alleine gemacht.

Hinter dem Haupthaus war ein großes, tiefes Loch mit Kalktünche drin. Die war dick und schmierig, man konnt sie mit dem Messer schneiden. Wir Kinder mischten die Tünche mit Wasser und machten Farbe draus. Dann beschmierten wir uns von oben bis unten und spielten Korrobori. Jeden Samstagnachmittag spielten wir Korrobori. Wir mischten auch roten Sand mit Wasser und malten uns damit an. Wenn wir fertig waren, wußte man nicht mehr, welche Hautfarbe wir hatten.

Ich erinnere mich an die Küche von Corunna. Sie hatte ein winziges kleines Fenster, wo die Blackfellas sich anstellen mußten, um ihr Essen abzuholen. Meine Mutter machte das nicht gern. Wir bekamen ein bißchen Tee, Mehl und Fleisch, das war alles. Sie läuteten immer mit der Glocke, wenn sie fertig waren und wir kommen sollten. Warum läuten die Weißen bloß so gern mit 'ner Glocke?

Jeden Morgen weckten sie uns mit der Glocke. Es war erst fünf Uhr, vielleicht sogar früher. Wir schliefen alle unten im Lager, ein ganzes Stück vom Haupthaus entfernt. Jeden Morgen zündete jemand 'ne Lampe an, ging in die Schlucht runter und läutete die Glocke. Als ich noch sehr klein war, bekam ich Angst. Ich hab gedacht, der Teufel kommt mich holen.

Es gab auch einen Tennisplatz auf Corunna. Kannst du dir das vorstellen? Ich glaube, die hielten sich für Hochadel, weil sie 'n Tennisplatz bauten. Das ist ein Spiel von den Engländern. Sie malten ihn mit Tünche an, aber der blieb nicht lange weiß, das kann ich dir sagen. Ich hab mal versucht, den Ball zu schlagen. Danach gab ich's auf, was für 'n albernes Spiel.

Ich hab viele Windhosen und Zyklone da oben gesehen. Tod und Teufel, ein Zyklon ist 'ne furchtbare Sache! Wenn einer im Anzug war, hat meine Mutter mich versteckt. Ich durft mich nicht rühren. Sie hatte Angst, daß ich getötet würde. Vom Wind mitgenommen! Ich war ja noch klein. Ich weiß noch, wie ich mal, als wir uns in der Küche versteckten und meine Mutter gerade nicht guckte, zum Fenster schlich und rausspähte. Das hättest du sehen sollen! Da flogen Männerhüte, Äste, leere Tanks, einfach alles flog da durch die Gegend. Es ist witzig, aber diese alten Tanks landeten zuletzt auf dem Tennisplatz.

Es gab einen Lebensmittelladen auf Corunna. Der hatte Wellblechwände, ein Blechdach und fast ganz oben ein winziges Fenster mit Fliegendraht. Kaum zu glauben, was die da alles drin hatten, Säcke voll Aprikosen, Kartoffeln, Tabak, alles. Da läuft einem das Wasser im Mund zusammen, wenn man nur dran denkt. Wenn die anderen ihren Mittagsschlaf hielten, hievten ein paar Kinder mich hoch und schoben mich durchs Fenster. Ich rutschte drinnen an der Wand runter, leise wie 'ne Maus, wenn 'ne Katze hinter ihr her ist. Dann sammelte ich was zu essen zusammen und warf's aus dem Fenster. Wenn die Kinder draußen jemand kommen hörten, husteten sie und rannten weg. Ich versteckte mich hinter den Kartoffelsäcken und wartete, bis sie zurückkamen. An solchen Tagen hatte ich gut zu essen.

Die Leute waren manchmal wirklich hungrig, die Ärmsten. Die bekamen einfach nicht genug zu essen, weißt du. Und sie arbeiteten schwer. Du mußtest hart arbeiten, und wenn du es nicht tatest, holten sie die Polizei, um dich dazu zu zwingen. Wenn das mal wieder der Fall war, steckte mich einer von den Männern wieder durchs Fenster. Ich sollte wohl ein schlechtes Gewissen kriegen, daß ich dieses Essen gestohlen hatte. Hunger ist was Schreckliches.

Ach, weißt du, der Aborigine ist so anders als der weiße Mann. Er würde nicht mal seinen Hund hungern lassen.

Natürlich wollten die Männer auch Tabak haben. Die Weißen nannten es »Niggerrolle«. Das war 'ne Tabakrolle wie Lakritz, nur dicker. Es ist furchtbar, wenn man drüber nachdenkt, daß so was »Niggerrolle« genannt wurde. Ich meine, wir alle nannten es so, weil wir dachten, das wär der richtige Name.

Manchmal klauten wir die Eier, die die Hühner im Heuschuppen legten. Ach ja, der alte Heuschuppen, der hütete 'ne Menge Geheimnisse. Es gab jede Menge Viehtreiber da oben im Norden, und die wollten alle ein Mädchen. Wir haben immer diese Geräusche im Heuschuppen gehört, das Heu ging hoch und runter, die Hennen gluckten, und die Hähne krähten. Dann kamen nacheinander ein Viehtreiber und ein Mädchen raus. Sie waren voller Heu. »Wir haben nur nach Eiern geguckt«, sagten sie.

Ab und zu bekamen wir 'ne Zuteilung von der Regierung. Da war 'ne Decke dabei, die nannten wir Flaggendecke, da war die Krone von Königin Victoria drauf. Kannst du dir das vorstellen? Wir haben immer darüber gelacht. Siehst du, wir haben uns sozusagen in den Hochadel eingewickelt.

Dann gab es noch einen Spiegel und einen Kamm, ein Stück Seife und zwei große, getupfte Taschentücher. Manchmal hatten die Männer Glück und bekamen ein Hemd, die Frauen bekamen nie was dazu.

Ich weiß noch, wie meine Mutter mir mal ein Bild zeigte von 'ner weißen Frau, die schick angezogen war in 'nem langen, weißen Kleid. »Ach Daisy«, sagte sie, »wenn ich nur so ein Kleid haben könnte.« Alle schwarzen Frauen wollten aussehen wie die Weißen, mit schicken Frisuren und schicken Kleidern.

Später lernte meine Mutter nähen, sie war sehr geschickt. Sie konnte alles zeichnen, und sie zeichnete ja so gern. Sie hat immer Bilder für mich in den Sand gezeichnet. Wunderschöne Bilder. Vielleicht hast du's von ihr, Sally.

Wir waren ganz schön gerissen als Kinder. Es gab einen großen Wassertrog auf Corunna, der für die Tiere benutzt wurde, sogar die Kamele tranken daraus. Mrs. Stone hat uns immer ermahnt, nicht an dem Trog zu spielen. Wir warteten, bis sie schlief, dann schlichen wir durch den Garten und sprangen in den Trog. Er war glitschig, und es war 'ne Menge Goona, Kot, im Wasser, aber das machte uns nichts aus. Ich weiß noch, wie ich den Atem angehalten hab und untergetaucht bin. Ich guckte hoch und konnte die ganzen Tiere auf mich runterschauen sehn, als wollten sie sagen: »Was machst du in unserm Wasser, Kind?«

Eine Zeitlang hatten sie eine gute Köchin auf Corunna, Mrs. Quigley. Sie war 'ne Weiße, 'ne gute Frau. Ich glaube, Nell und Mrs. Stone, die Haushälterin, waren ein bißchen neidisch auf sie. Nell war Howdens erste weiße Frau. Die beiden waren richtig verknöchert und mochten es nicht, wenn Mrs. Quigley mit jemand von uns redete.

Diese Köchin hatte 'ne kleine Tochter namens Queenie, und es war meine Aufgabe, mich um sie zu kümmern. Wir waren ungefähr im selben Alter, ach, wir hatten vielleicht Spaß! Wir lachten und kicherten über alles. Wir waren kichernde Lieschen, so hat Queenies Mutter uns immer genannt.

Ich hab Queenie alles über den Busch beigebracht. Nach einem großen Regen gingen wir immer raus. Der Regen oben im Norden ist manchmal so stark, daß es weh tut, wenn er einen trifft. So 'nen Regen hast du dort in der Regenzeit. An einem Tag ist es wie in der Wüste, und am nächsten Tag ist alles grün. Grün und golden, wunderschön, wirklich. Ich nahm Queenie dann mit in den Busch, und wir beobachteten, wie ein kleiner Samen austrieb. »Sieh mal«, sagte ich zu Queenie, »wie er wächst!« Wenn wir fertig waren mit Zugucken, war der Trieb einen Zentimeter lang.

Abends saß ich gerne draußen und beobachtete die Känguruhs und andre Tiere, wie sie zum Trog runterkamen und tranken. Die Krähen und andere Vögel tranken auch dort und machten ein bißchen Goona. Ich saß gern einfach da und beobachtete sie. Weißt du, Corunna ist eingerahmt von blauen Hügeln. Die sahen abends immer ganz weich aus. Manchmal setzte sich meine Mutter auch dazu. Wir wußten damals, wie man dankbar für alles ist, was einem beschert wird.

Ich hab hart gearbeitet auf Corunna. Ich hab mein ganzes Leben lang hart gearbeitet. Als ich klein war, sammelte ich die Käfer vom Blumenkohl und Weißkohl hinten im Garten. Ich bekam Bonbons dafür. Den Blackfellas war's nicht erlaubt, irgendwas im Garten zu ernten. Du kriegtest Prügel, wenn du erwischt wurdest. Old Pompee steckte uns aber immer heimlich Tomaten zu. Und das war nur richtig so, er aß sie selber ja auch.

Wir liebten die verwaisten Lämmer. Wir waren Mutter und Vater für sie. Wir futterten sie mit 'ner kleinen Flasche, in der 'ne Truthahnfeder steckte. Ein Lamm, das ich mal gefüttert hab, war ein liebes, kleines Ding, und es war blind. Es rannte ständig gegen den Zaun und die andern Lämmer. Das arme Ding. Ich war so aufgeregt, daß ich's der Köchin erzählte, und sie erzählte mir folgende Geschichte.

»Weißt du, Daisy, als ich ein kleines Kind war und in Sydney lebte, hatte ich sehr schlechte Augen. Eines Tages hat uns eine alte Dame besucht, und sie fragte meine Mutter, ob sie versuchen sollte, mich zu heilen. Mutter sagte ja. Sie setzten sich hin und taten ein einziges Körnchen Zucker in jedes Auge. Oh, hat das weh getan! Ich habe geweint und geweint, aber ziemlich bald konnte ich sehen. Ich gebe dir ein bißchen Zucker, und du versuchst es bei deinem Lamm.«

Ich tat, wie sie mich geheißen hatte, und schon bald fingen die Augen des Lämmchens furchtbar an zu wässern. Aber sehr bald sprang es rum wie die andern Lämmer und rannte nicht ständig wo gegen. Sie war 'ne kluge Frau, die Köchin.

Ja ja, wir haben alberne Spiele gespielt als Kinder. Ich spielte immer mit Rosie und Topsy. Diese Topsy, das war vielleicht eine, sag ich dir. Einmal gab Mrs. Stone ihr ein Stück Seife und sagte ihr, sie sollte sich waschen im Bad.

Und weißt du, was sie gemacht hat? Sie warf die Seife zurück und sagte: »Ich nehm kein Bad!« Kannst du dir das vorstellen, so frech zu 'ner weißen Frau zu sein? Ja, mit der hatten wir immer unsern Spaß, mit der Topsy.

In der Regenzeit floß ein Bach quer durch Corunna. Wir gingen furchtbar gern da schwimmen und Fische fangen. Die waren wie Sardinen, wir warfen sie in die heiße Asche und schlangen sie dann runter. Sie waren lecker, aber wir mußten mit den Gräten aufpassen.

Am Bach wuchsen alle möglichen wilden Früchte. Es gab einen stacheligen Baum mit Früchten wie Orangen, aber mit vielen großen Kernen. Wir konnten die Kerne lutschen. Dann gab's noch 'ne andre Frucht, die die Form von 'ner Banane hatte, auch voller Kerne. Du hast das Fleisch gegessen und die Kerne ausgespuckt. Da war nicht viel dran, nur Saft. Dann gab's noch diesen stacheligen Baum, der hatte gelbe Blüten wie 'ne Akazie, an dem wuchsen wilde Bohnen. Wenn sie dick wurden, pflückten wir sie und warfen sie in die Asche. Die waren gut.

Der beste von allen war so was wie 'n Stachelbeerbusch. Ach, wenn man 'ne Stelle finden konnte, wo der wuchs und keiner einen sah, konnte man einfach nur dastehn und essen. Man konnte die Früchte von einer ziemlichen Entfernung aus riechen, sie rochen wie reife Honigmelonen. Wir schnupperten und sagten: »Mmmh, da ist was reif irgendwo.« Wir kämmten alle Büsche durch auf der Suche danach, sie waren winzig. Wenn wir sie gefunden hatten, sagten wir: »Mmmmh, Minigimullas, die guten alten Minigimullas.« Ich hab nie wieder 'ne Frucht wie diese Minigimullas gegessen. Sie hatten weiche grüne Blätter wie aus Flanell. Ach, waren die lecker!

Es gab noch einen andern Busch, von dem wir uns Kaugummi machten. Es wuchs an kleinen, weißen Stöcken. Wir sammelten sie und bewahrten sie in 'ner Dose auf. Dann wurden sie hart, wie Lutscher. Weißt du, Geleefrüchte erinnern mich immer an diese Kaugummi, vielleicht mag ich die deshalb so gern.

Rosie und ich waren ganz schön ungezogen. Wir klauten die Eier von wilden Enten und machten ihre Nester kaputt. Und wir gruben Löcher, um an die Eier von Eidechsen ranzukommen. Wir wußten immer, wo die Eidechsen ihre Eier versteckt hielten. Wir gruben sie aus, nahmen die Eier und knackten sie auf. Die armen Geschöpfe. Die haben uns nie was getan, und da kommen wir und zerbrechen ihre Eier. Wir sind schließlich alle Geschöpfe Gottes.

Rosie und ich fingen auch Vögel. Wir organisierten ein bißchen Maschendraht und bauten einen Käfig. Dann brachten wir ihn an den

Bach und warfen Weizen aus. Wir stützten den Käfig auf 'n Stück Holz und banden daran 'ne lange Schnur. Du hättest die Kakadus sehen sollen! Die waren ganz wild auf den Weizen. Wenn ein ganzer Haufen beisammen war, zogen wir an der Schnur. Der Käfig fiel runter, und wir hatten sie alle in der Falle. Das Problem war nur, daß wir nichts mit ihnen anfangen konnten, sie bissen uns andauernd. Schließlich ließen wir sie wieder frei. Wir machten viel dummes Zeug damals.

Als ich älter wurde, bekam ich andere Jobs auf Corunna. Sie ließen mich bald im Haupthaus arbeiten, die Veranden wischen, Toiletten leeren, Tische und Töpfe und Pfannen und den Fußboden schrubben. Damals schrubbte man alles. Morgens mußte ich die Sturmlampen säubern und dann in der Küche helfen.

In den dunklen Ecken der Küche versteckten sich immer giftige Schlangen. Du konntest sie nicht sehen, aber hören. Sssss, sssss, sssss machten sie. Genau so. Wir drängten sie in die Enge und töteten sie mit Stöcken. Es gab 'ne Menge Schlangen auf Corunna.

Seitdem ich im Haupthaus arbeitete, durfte ich nicht mehr ins Lager runtergehen. Wenn ich das gewußt hätte, wär ich geblieben, wo ich war. Ich konnt jetzt nicht mehr bei meiner Mutter schlafen, und ich durfte nicht mehr mit meinen alten Freunden spielen.

Das war das Schlimmste dran, im Haupthaus zu arbeiten, daß ich meine Mutter nicht mehr jeden Tag sah. Ich wußte, daß sie mich vermißte. Sie kam vom Lager raufgelaufen und rief: »Daisy, Daisy!« Genau so. Ich konnte nicht mit ihr reden, ich hatte zuviel zu tun. Das war hart für mich. Ich mußte mich wegschleichen, um meine eigene Familie und meine Freunde zu sehn. Sie waren Lagereingeborene, und ich war 'ne Hauseingeborene.

Ich mußte jetzt auf der Veranda am Haupthaus schlafen. In manchen Nächten war es sehr kalt, eine Decke war zu wenig. In solchen Nächten holten die Aborigines auf der Farm Wolle vom Scherschuppen und legten sie unter sich.

Im Sommer machte es mir nichts aus, auf der Veranda zu schlafen, weil ich neben der alten Kühlkammer schlief. Sie war so groß wie ein offener Kamin. Sie bewahrten Butter und Milch da drin auf. Ich wartete, bis alle eingeschlafen waren, und dann schlich ich in den Kühler und klaute ein Stück Butter. Ich aß sie so gerne, aber ich durfte nie welche haben.

Irgendwie schien ich immer wegen Essen in Schwierigkeiten zu geraten. Ich bin wie ein Lamm, das nie richtig gefüttert wurde. Ich erinnere mich, wie Nell mich mal bat, 'nen Apfelkuchen zu einem Haus weiter draußen auf der Farm zu bringen. Nells richtiger Name war Eleanor, aber alle nannten sie Nell. Wie dem auch sei, ich lief und lief und roch die ganze Zeit diesen Kuchen. Oh, der roch so gut. Ich konnte es nicht länger aushalten, ich versteckte mich in einer kleinen Schlucht und bohrte mit den Fingern ein Loch in den Kuchen. Er schmeckte wunderbar. Ich drückte den Kuchen wieder zusammen und versuchte, ihn so hinzubekommen, als ob er noch ganz wäre. Mmmh, das war gut, sagte ich zu mir, als ich weiterging.

Als ich Mrs. Stone den Kuchen gab, mußte ich ihr auch 'n Zettel übergeben, den Nell mitgeschickt hatte. Wenn ich gewußt hätte, was da drauf stand, hätte ich ihn weggeschmissen. Er besagte: Wenn ein Stück von diesem Kuchen fehlt, schicken Sie diesen Zettel zurück, und ich werde sie bestrafen.

Mrs. Stone schaute auf den Zettel, dann auf den Kuchen und sagte: »Gib diesen Zettel zurück.« Was ich auch tat. Natürlich bekam ich's wieder mit dem Ochsenstock.

Nell war 'ne grausame Frau, die hatte ein hartes Herz. Wenn sie uns Mädchen nicht mit dem Ochsenstock schlug, weil wir nicht schnell genug arbeiteten, haute sie uns auf den Kopf. Sie mochte keine Eingeborenen. Wenn eine von uns ihr im Weg stand und nicht fix genug zur Seite sprang, gab sie ihr 'nen richtig harten Schlag auf den Kopf, einfach so. Oh, das hat weh getan! Weiße Leute sind gut drin, einen auf den Kopf zu schlagen, nicht wahr? Wir waren doch noch Kinder.

Aber ach, das waren auch schöne Zeiten damals. Ich hab so eine Zeit nicht noch mal erlebt. Nachdem sie mich von der Farm wegholten, hab ich solche Tage nie wieder gesehn.

Sie erzählten meiner Mutter, daß ich was lernen würde. Sie erzählten allen, daß ich in die Schule gehen würde. Ich dachte, das wäre gut, in die Schule zu gehn. Ich dachte, ich wäre jemand richtig Wichtiges. Meine Mutter wollte, daß ich lesen und schreiben lernte wie weiße Leute. Sie wollte, daß ich dann zurückkäme und es ihr beibrachte. Auch viele von den älteren Leuten wollten damals lesen und schreiben lernen.

Warum haben sie meiner Mutter diese Lüge erzählt? Warum lügen die Weißen so oft? Ich hatte nichts von ihren Versprechungen. Meine Mutter hätte mich nicht ziehen lassen, nur um zu arbeiten. Gott wird sie zahlen lassen für ihre Lügen. Er nimmt solche Leute unter die Knute. Sie hätten meiner Mutter die Wahrheit sagen sollen. Sie glaubte, daß ich zurückkäme.

Als ich ging, weinte ich, alle Leute weinten, meine Mutter weinte und raufte sich die Haare. Lily weinte. Ich rief: »Mum, Mum, Mum!« Sie sagte: »Vergiß mich nich, Talahue!«

Sie dachten alle, daß ich zurückkommen würde. Ich dachte, ich würde nur für kurze Zeit weggehn. Ich konnte ihr Jammern noch meilenweit hören. »Talahue! Talahue!« Sie riefen immer wieder meinen Namen. Ich konnte nicht aufhören zu weinen. Ich rief immer noch: »Mum! Mum!«

Ich muß vierzehn oder fünfzehn gewesen sein, als sie mich von Corunna fortbrachten. An meinem ersten Tag in Perth mußte ich den Garten in Ordnung bringen, Blätter zusammenharken und die Veranden wischen. Später schnitt ich das Gras mit 'ner alten Sense. Die ganze Zeit über fragte ich mich, wann sie mich zur Schule schicken würden. Ich hab die weißen Kinder in die Schule gehn sehen, aber ich ging nicht. Ich hab nie gefragt, warum sie mich nicht hinschickten, ich hab mich zu sehr geschämt.

Es ist merkwürdig, daß ich der einzige Mischling war, den sie von Corunna mitnahmen. Die Drake-Brockmans ließen alle andern zurück und nahmen nur mich mit. Vielleicht nahm Howden mich, weil ich seine Tochter war, ich weiß es nicht. Ich dachte immerzu an meine arme, alte Mutter und wie sie glaubte, daß ich 'ne Ausbildung bekam. Ich wollte ihr erzählen, was passiert war. Ich wollte ihr erzählen, daß ich immer nur arbeitete. Ich bekam ja keine Ausbildung. Aber wie hätte ich's ihr erzählen können, ich konnte doch nicht schreiben. Und ich hatte niemand, der für mich schrieb.

Ich war nicht zum ersten Mal in Perth. Ich war schon einmal mit Nell, der ersten Frau, hier gewesen. Jetzt war ich bei der zweiten Frau, Alice. Nell war gestorben. Als ich das erste Mal hier war, mußte ich mich um Jack und Betty kümmern, das waren ihre Kinder. Ich war selbst noch ein Kind. Ich war ungefähr zehn, und Jack war etwa sechs.

Ich kann mich nicht daran erinnern, wie alt Betty war. Wir waren alle Kinder, aber ich mußte die Arbeit machen.

Ach, sie war 'ne harte Frau. Sie war auch hart zu ihren eigenen Kindern. Und sie kommandierte Howden rum. Er tanzte nie aus der Reihe, als er mit Nell zusammenlebte. Sie war 'ne mißtrauische Frau. Ich glaube nicht, daß viele Leute sie mochten. Als ich mit ihr in Perth war, gab sie mir nicht mal 'nen Schlafplatz. Ich mußte mir selber einen suchen. Es gab einen großen, leeren Schrankkoffer auf der Veranda des Hauses, wo wir wohnten. Da kletterte ich nachts rein. Der hielt wenigstens den Wind ab.

Weißt du, ich bin mit Nell nach Perth gegangen und wieder zurückgekommen. Meine Mutter wird gedacht haben, daß ich auch diesmal zurückkomme. Sie wird gedacht haben, es wär so wie beim letzten Mal. Aber nein, jetzt war es anders. Sie wollten nur, daß ich für sie arbeite.

Wir zogen nach Ivanhoe, ein großes Haus am Ufer des Swan in Claremont. Ich kümmerte mich wieder um die Kinder, Jack und Betty, Judy, June und Dick. Ich sollte ihr Kindermädchen sein. Weißt du, wie sie die in England haben. Ich mußte mit ihnen spielen, sie anziehn, füttern und abends ins Bett bringen. Ich mußte aber auch noch andre Hausarbeit machen. Ich hab's nie den Kindern angelastet; es war ja nicht ihre Schuld, daß ich so hart arbeiten mußte. Sie taten mir leid.

Nachts lag ich im Bett und dachte an meine Leute. Ich konnte ihr Lagerfeuer und ihre Gesichter sehn. Ich konnte meine Mutter und Lily sehn. Ich vermißte sie sehr. Ich weinte mich jede Nacht in den Schlaf. Manchmal hörte ich sie in meinen Träumen klagen: »Talahue! Talahue!«, und ich wachte auf und rief: »Mum! Mum!« Weißt du, ich brauchte meine Leute. Bei ihnen fühlte ich mich wichtig. Ich gehörte ja zu ihnen. Ich dachte auch an die Tiere. Die Känguruhs und die Vögel. Und natürlich an Lily; ich fragte mich, ob sie 'n neuen Freund hätte. Ich vermißte sie, ich vermißte sie alle.

Alice sagte immer. »Wir sind jetzt deine Familie, Daisy.«

Aber sie waren nicht meine Familie. Ach ja, ich weiß, die Kinder liebten mich, aber sie waren nicht meine Familie. Sie waren weiß, sie wurden größer und gingen eines Tages in die Schule. Ich war schwarz, ich war ein Dienstmädchen. Wie konnten die meine Familie sein?

Die einzige Freundin, die ich damals hatte, war Queenies Mutter, Mrs. Quigley. Sie war damals Haushälterin bei den Cruikshanks in Claremont. Ich schlich rüber und besuchte sie, so oft ich konnte. Sie verstand den Norden, sie wußte, wie schwer es für mich war. Sie sagte nicht viel, aber ich wußte, daß sie mich verstand. Ich blieb nie lange bei ihr, ich hatte Angst, sie könnten merken, daß ich nicht da war. Und außerdem gab's natürlich auch Zeiten, wo man nicht auf der Straße sein durfte. Ein Blackfella konnte damals nicht sein eigenes Leben leben.

Ach, Queenies Mutter war 'ne nette Frau. Sie erzählte richtig gute Geschichten. Manchmal erzählte sie mir was Lustiges, um mich aufzuheitern.

Ich machte die ganze Arbeit in Ivanhoe. Saubermachen, Waschen, Bügeln. Es gab nichts, was ich nicht tat. Vom frühen Morgen, wenn ich aufstand, bis zum Abend, wenn ich ins Bett ging, hab ich gearbeitet. Das war wirklich alles, was ich tat, arbeiten und schlafen.

Tod und Teufel, Waschen war 'ne harte Arbeit damals. Die alte Waschküche lag ungefähr zwanzig Meter vom Haus entfernt, und die Tröge waren immer voll mit schmutziger Wäsche. Sie warfen einfach alles vom Balkon runter ins Gras, ich sammelte es ein, trug's in die Waschküche und wusch es. Manchmal hatte ich das Gefühl, diese Arbeit hätte nie ein Ende. Es ging immer wieder von vorne los, kaum daß ich fertig war. Natürlich wurde damals auch noch alles gestärkt. Bettwäsche, Servietten, Tischdecken, alles mußte gestärkt werden. Ich mußte sogar die Bettücher bügeln. Ist das nicht albern, nur um darauf zu liegen?

Das Haus mußte blitzblank sein. Ich schrubbte, wischte Staub und polierte. Da waren die Böden, die Treppe und der Ballsaal. Alles mußte gemacht werden.

Bald war ich auch noch die Köchin. Ich war aber auch 'ne gute Köchin. Ich hab keinen Mist gekocht. Ach, die weißen Leute haben manchmal 'n komischen Geschmack. Pingelig, pingelig, meine Güte, waren die pingelig. Ich erinnere mich, daß ich Toast auf 'nem Silbertablett servieren mußte. Ich mußte die Ecken von jedem Dreieck mit dem Messer eindrücken. Natürlich ließ man nie die Krusten am Brot, das galt als schlechter Stil. Komisch, nicht? Ich meine, es ist schließlich alles Brot.

Ich aß immer in der Küche, ich aß nie mit der Familie. Wenn die Glocke läutete, wußte ich, daß sie was von mir wollten. Nach dem Abendessen räumte ich ab, machte den Abwasch, trocknete ab und räumte alles weg. Dann begann ich am nächsten Morgen wieder von vorne. Siehst du, es hatte gar keinen Sinn, wenn sie sagten, daß ich eine von der Familie war, weil das einfach nicht stimmte. Ich war ihr Dienstmädchen.

Ich weiß noch, wie sie richtig schicke Vormittags- und Nachmittagstees abhielten. Die Familie saß auf dem Rasen unter 'nem großen Sonnenschirm. Ich brachte das Essen raus und bediente sie. Weißt du, ich hab das mal im Fernsehen gesehn. Das war in England, die saßen auch alle draußen mit schicken Kleidern und hatten Diener, die sie bedienten. Ich dachte, na so was, genau das hab ich auch gemacht. Diese komische Sitte muß es wohl in mehreren Ländern geben.

Ich erinnere mich an die wunderschönen Tassen und Untertassen. Sie waren sehr fein, du dachtest, die gehn kaputt, wenn du sie nur anguckst. Ach, die haben mir gefallen. Einige waren so fein, sie waren wie 'ne Muschel, du konntest durchgucken. Ich hatte immer nur 'ne Blechtasse. Ich schwor mir, daß ich eines Tages auch 'ne schöne Tasse mit Untertasse haben würde. Deshalb hab ich meinen Enkeln, wenn sie mich fragten, was ich zum Geburtstag wollte, immer gesagt: »Eine Tasse mit Untertasse.«

Damals gehörten die Drake-Brockmans wirklich zur Creme der Gesellschaft. Sie hatten Geld, und viele Leute hörten auf sie. Ach, diese Partys, die sie gaben! Ich hatte noch nie solche Partys gesehn. Die Kleider der Frauen waren so hübsch und schick. Ich mußte immer an meine Mutter denken, wenn ich diese Kleider sah. Wie gern hätte sie auch so eins gehabt.

Ich mochte Perth damals nicht besonders. Ich hatte zuviel Angst. Ich war auch zu schüchtern. Ich konnte nicht mit Fremden sprechen. Die Leute schauten dich komisch an, weil du schwarz warst. Ich guckte lieber nach unten. Vielleicht dachten manche der weißen Leute, daß es mir die Sprache verschlagen hätte, ich weiß es nicht. Ich sage nicht, daß sie alle schlecht waren. Einige waren nett. Es gibt überall nette Menschen. Das Problem ist, daß es auch die andern gibt. Weil du schwarz bist, behandeln sie dich wie Dreck. Damals gehörten wir ja jemandem, wie 'ne Kuh oder 'n Pferd. Ich hab sogar manchmal gehört, daß wir was anderes als die Weißen wären. Das ist nicht wahr, wir sind alle Kinder Gottes.

Wenn die weißen Leute allerdings was von dir wollten, dann haben sie nicht etwa so getan, als wärst du Luft. Dann erwarteten sie, daß du sofort angelaufen kamst. Das war manchmal alles, was ich machte: rein- und rausrennen. Irgend jemand läutete immer diese verdammte Glocke.

Heute schäme ich mich. Ich schäme mich für manches, was ich getan hab. Ich wollte gern weiß sein, verstehst du. Ich lag nachts im Bett und dachte, ob Gott mich wohl weiß machen könnte, das wäre das Beste. Dann könnte ich's zu was bringen, was aus mir machen. Also so was, daß ich das dachte! Was ist denn falsch mit meinem eigenen Volk?

Damals wurde es als ein Vorrecht des weißen Mannes angesehen, dich zu nehmen, aber wenn du Kinder bekamst, durftest du sie nicht behalten. Du durftest nur die schwarzen behalten. Die hellen wurden dir weggenommen, weil sie dich nicht für geeignet hielten, ein Kind mit weißem Blut aufzuziehn.

Ich sage dir, das trieb einen Keil zwischen die Menschen. Manche der schwarzen Männer kamen sich richtig minderwertig vor, und manche der eingeborenen Mädchen mit einem bißchen weißen Blut in den Adern schauten keinen schwarzen Mann mehr an. Und ich steckte in der Mitte. Zu schwarz für die Weißen und zu weiß für die Schwarzen.

Ich erinnere mich daran, wie immer mehr Aborigines als Dienstmädchen nach Perth kamen und wie sie zu Nellie und mir aufschauten. Nellie arbeitete für die Familie Courthope, die waren gut zu ihr. Die andern schwarzen Mädchen glaubten, daß wir was Besseres wären, weil wir weißes Blut in uns hatten.

Es war 'ne große Sache, wenn du einen weißen Mann dazu bringen konntest, dich zu heiraten. Viele Aborigines, die hellhäutig waren, versuchten damals als Weiße durchzukommen. Man konnte ihnen das nicht vorwerfen, es war sehr schwer damals, als Eingeborene zu leben. Eine von meinen Freundinnen heiratete einen Slawen, ich glaub, so nennt man die. Er war jedenfalls ein Ausländer. Sie kam vorbei, um sich von Nellie und mir zu verabschieden. Wir weinten. Sie hatte ihrem Mann versprochen, nie wieder mit Eingeborenen zu reden oder sich mit ihnen zu treffen. Wir warfen ihr das nicht vor, wir verstanden sie. Er hätte sie sonst nicht geheiratet.

Nellie stammte von der Lyndon-Farm; sie war die Tochter des Farmaufsehers Mr. Hack, aber der hat sich nie zu ihr bekannt. Die Courthopes bekamen sie aus Mogumber als Dienstmädchen für ihr Haus. Nellie hatte Glück, denn sie wurde freundlich behandelt. Sie arbeitete genauso hart wie ich, aber sie waren gut zu ihr. Sie hatte ein schönes Zimmer.

Ach, mit ihr gab's viel zu lachen, mit der Nellie. Sie wollte immer weiß sein. Sie nahm Bäder in Wasserstoffsuperoxyd und trug immer rot gefärbte Haare. Manchmal vergaß sie die Bäder und wurde wieder schwarz.

Weißt du, ich hab viel drüber nachgedacht. Die Leute dürfen nicht sagen, daß der Blackfella nichts Gutes für dieses Land getan hat. Ich kannte zum Beispiel auch diese schwarze Frau, Tillie, sie war ein Dienstmädchen und ging zur Heilsarmee. Die hat ein richtig gutes Leben geführt und ihren Leuten geholfen, wo sie nur konnte. Sie machte mir immer ein schlechtes Gewissen, wenn ich sonntagabends nicht in die Kirche ging. Ich mochte die Kirche nicht. Die Leute dort verstanden nicht, wie es für Eingeborene war.

Ich erinnere mich, wie der Priester der Christuskirche einen Nähkreis für Aborigine-Dienstmädchen ins Leben rief. Wir mußten da hingehen, und er predigte, während wir nähten. Einmal redete und redete er, daß wir uns aufsparen sollten für die Ehe. Es war sehr peinlich, wir konnten ihn nicht anschaun. Die meisten von uns waren schon längst von weißen Männern genommen worden. Wir schämten uns sehr.

Eines Tages saßen wir im Garten und nähten, als die Jungen von der Christ-Church-Schule vorbeikamen. Sie lachten uns aus und beschimpften uns ganz furchtbar. Dann warfen sie Kieselsteine auf uns. Ich bin da nie wieder hingegangen. Ich schämte mich zu sehr, um zu sagen, warum.

So, Sally, das bleibt jetzt unter uns. Ich möchte nicht, daß Amber uns hört, sie ist noch zu klein. Du mußt auf sie aufpassen, wenn ich nicht mehr bin. Sie wird mal sehr hübsch. Alle Männer werden sie wollen. Manchen Männern kann man nicht trauen. Die sind einfach Bastarde. Sie werfen dich auf den Boden, und dann lassen sie dich nicht mehr aufstehn. Laß dir das nie gefallen von 'nem Mann, und paß auf Amber auf. Du willst doch nicht, daß sie wie 'ne schwarze Frau behandelt wird.

Wir hatten ja keinerlei Schutz, wenn wir in Dienst standen. Ich weiß, daß viele eingeborene Dienstmädchen Kinder von Weißen hatten, weil sie dazu gezwungen wurden. Man möchte heulen, wenn man dran denkt, wie die schwarzen Frauen in diesem Land behandelt wurden. Das ist 'ne furchtbare Geschichte. Die Kerle werden eines Tages für das bezahlen, was sie getan haben.

Da kann man ja nur lachen, wenn die weißen Leute die Eingeborenen schlagen, um ihnen beizubringen, daß sie nicht stehlen sollen. Was ist denn mit ihren eigenen Kindern? Ich hab gesehn, wie weiße Kinder viel Schlimmeres gemacht haben, und keiner hat sie angerührt. Sie sagen, er stößt sich die Hörner ab oder das Kind hat den Teufel im Leib, aber sie werden nicht verprügelt. Wenn ein armer, alter Blackfella dasselbe macht, sagen sie, die Nigger wissen nicht, was recht ist, und schlagen einen! Ich sag dir, das ist die Welt des weißen Mannes.

Das einzige, was ich hatte in Perth, war Arthur. Wenn ich mit meinem großen Bruder Arthur hätte zusammenleben können, hätte er mich beschützt. Er war ein starker Mann. Ich weiß noch, wie ich in der Küche stand und kochte, als ich's klopfen hörte. Ich drehte mich um, und da stand dieses große schwarze Mannsbild und guckte durch den Fliegendraht.

»Bist du das, Daisy?« fragte er.

»Wer bist du?« fragte ich.

»Ach, du bist nich Daisy«, sagte er. »Sie hatte richtig helles Haar. Los, Missus, sag mir, wo Daisy ist.«

»Was willste denn von ihr?« Ich wollte ihn nicht durch die Tür lassen.

»Das ist meine Sache und geht dich nichts an«, sagte er. Aha, dachte ich, der hält sich für wer weiß was.

»Jetzt hör mir mal zu«, brummte ich ihn an. »Wir mögen das nich, wenn hier fremde Blackfellas rumhängen. Du machst lieber, daß du wegkommst, bevor die Herrin nach Hause kommt. Sie wird's dir mit dem Stock beibringen.« Ich versuchte, ihm Angst einzujagen, er war ein großer Mann.

»Jetzt komm mir mal nich so schnippisch, Missus«, sagte er, »glaubst wohl, du bist was Besseres, nur weil du für weiße Leute arbeitest. Ich hab das gute Recht, nach meiner kleinen Schwester Daisy zu gucken. Ich will, daß sie weiß, daß sie 'n Bruder hat, der's zu was gebracht hat.«

Ich konnt's kaum glauben. Kannst du dir das vorstellen? Dieser große, häßliche Blackfella war mein Bruder.

»Bist du Arthur?«

»Wie kommst du denn auf meinen Namen, Missus?«

»Du frecher Teufel«, sagte ich, »ich bin deine Schwester Daisy.« Er stand einfach nur da. »Na, komm schon rein«, sagte ich. Ich wollte nicht, daß er da auf der Veranda rumlungerte.

»Warum hast du dir denn die Haare gefärbt?« fragte er. »Du warst die einzige von uns mit blonden Haaren.«

»Sei nicht blöd. Das ist meine richtige Haarfarbe!«

Der freche Kerl, er zog an meinen Haaren. Vielleicht erwartete er, daß die Farbe abgehn würde. Vielleicht dachte er, ich hätte mir Schuhcreme in die Haare geschmiert, ich weiß es nicht. »Donnerlittchen, du bist aber ein Teufel!« sagte ich zu ihm. Ich hätte wissen müssen, daß er mein Bruder war, ich stritt mich schließlich mit ihm, oder nicht?

Danach wurde es ein bißchen besser. Arthur ging mit mir aus. Manchmal holte er mich sogar im Auto ab. Kannst du dir das vorstellen? Wir Eingeborenen fuhren in Perth in 'nem richtigen Auto rum! Ach, er glaubte wirklich, er wäre schon jemand, dieser Arthur. Alle Mädchen waren damals hinter ihm her. Er war der einzige Blackfella, den sie kannten, mit 'nem bißchen Geld in der Tasche. Er war nett zu allen, war das nicht schlau?

Wir gingen immer zum Pferderennen. Wir liebten Pferde. Einmal nahm er mich mit zur Ringer-Schau. Donnerlittchen, war der zäh. Er nahm's mit jedem auf. Ich sagte zu ihm: »Laß dich nich auf diese Kämpfe ein, wenn du mit mir ausgehst. Das ist nich richtig. Ich geb's dir, wenn du albern wirst!« Aber weißt du, er gab gerne an, dafür lebte er.

Wenn er nicht aufhörte, sagte ich: »Du bist bloß ein alberner alter Blackfella.«

Danach beruhigte er sich ziemlich schnell. Er wollte nicht, daß eins von den Mädchen dachte, er sei alt.

Einmal sagte er zu mir: »Daisy, sprich nich so mit mir, wenn wir zusammen ausgehen. Ich bin dein Bruder, du mußt mir etwas Respekt erweisen.« Ha, so wie der sich aufführte, konntest du glauben, er wär ein Weißer.

Wenn er nicht kam, vermißte ich ihn. Wir konnten immer gut zusammen lachen. Manchmal war er zu beschäftigt mit seiner Ernte, um sich mit mir abzugeben. Er hat schwer gearbeitet, hat alles alleine gemacht.

Konnte er nicht kommen, dann schrieb er mir. Ich kam mir richtig wichtig vor, daß ich 'n Brief bekam mit meinem Namen drauf. Das Problem war, daß ich nicht lesen konnte. Nichts konnte privat bleiben, weil ich immer jemand brauchte, der's mir vorlas.

Ach ja, er war ein kluger Mann. Wir stritten uns die ganze Zeit, aber ich war stolz auf diesen Mann.

Ich hatte Arthur lange nicht gesehn, als ich Gladdie bekam.

Bevor ich Gladdie bekam, trug ich ein andres Kind, aber ich durfte es nicht behalten. So war das damals. Sie nahmen uns unsre Kinder auf die eine oder andre Weise. Ich erzählte dann niemand, als ich mit Gladdie schwanger war.

Wie das alles geschah, ist meine Sache. Ich erzähl nur ein bißchen. Alle wußten, wer der Vater war, aber sie taten so, als wüßten sie's nicht. O ja, die wußten alle Bescheid, alle. Aber man sprach damals nicht über solche Sachen. Die Wahrheit wurde versteckt.

Alice kaufte mir einen Korbkinderwagen, damit ich Gladdie rumfahren konnte. Und sie schenkte Gladdie 'ne Puppe. Ich behielt Gladdie bei mir im Zimmer.

Howden starb kurz nach ihrer Geburt. Als ich aus dem Krankenhaus zurückkam, sagte er: »Bring sie her, laß mich die Kleine halten.« Er wollte Gladdie in seinen Armen wiegen, bevor er starb.

Nach seinem Tod hatte ich nie mehr Zeit für irgendwas. Ich mußte mich um Gladdie und die andern Kinder kümmern. Es gab Zeiten, da aß Gladdie so viel, daß sie mich an die kleinen Ferkel erinnerte, die auf der Farm rumliefen.

Es war ganz schön schwer für mich mit ihr. Manchmal weinte sie und weinte, aber ich konnte einfach nicht zu ihr gehn. Ich hatte zuviel zu tun.

Als Arthur sie sah, fand er sie sehr hübsch. Ich glaube, er war richtig eifersüchtig, er wollte, daß sie ihm gehörte.

Es ist merkwürdig, nicht wahr, daß ich mal bei Arthur leben sollte. Das war, bevor ich Gladdie bekam, da sagten sie, daß sie mich nicht mehr wollten. Dann haben sie ihre Meinung wieder geändert. Arthur hat mir erzählt, daß er 'nen richtig netten Whitefella hatte, der mich heiraten wollte. Als Gladdie geboren war, wollte Arthur, daß wir beide mit ihm kamen. Aber ich durfte ja nirgendwohin gehn. Ich brauchte 'ne Genehmigung, und sie wollten mich nicht gehn lassen. Ich wußte, daß Arthur gut zu Gladdie gewesen wäre, sie konnte ihn um den Finger wickeln. Wenn's um was Kleines ging, war Arthur sehr gutherzig.

Als Gladdie drei Jahre alt war, nahmen sie sie mir weg. Ich hatte es schon so erwartet. Alice sagte mir, Gladdie brauchte eine Erziehung, und deshalb steckten sie sie ins Parkerville-Kinderheim. Was konnte ich machen? Ich hatte zuviel Angst, um irgendwas dagegen zu sagen. Ich wollte sie behalten, sie war alles, was ich hatte, aber sie wollten sie nicht dorthaben. Alice meinte, es kostete zu viel, sie zu ernähren, und daß ich undankbar wäre. Sie wollte, daß ich mein eigen Fleisch und Blut aufgebe und dann auch noch dankbar bin. Dürfen schwarze Menschen keine Gefühle haben?

Ich weinte und weinte, als Alice sie wegbrachte. Gladdie war noch zu klein, um das zu verstehen; sie dachte, sie würde zurückkommen. Sie glaubte, sie würde mit Alice einen Ausflug machen. Ich rannte runter in den wilden Bambus am Fluß und versteckte mich und weinte und weinte und weinte. Wie kann eine Mutter so ihr Kind verlieren? Wie konnte sie mir das antun? Ich mußte wieder an meine arme, alte Mutter denken. Sie hatten ihr Arthur weggenommen und dann mich. Es brach ihr das Herz, Gott segne sie.

Als Gladdie in Parkerville war, versuchte ich, so oft wie möglich zu ihr zu fahren, aber es war ein weiter Weg, und ich hatte kein Geld. Wenn ich bezahlt wurde, nahm Alice immer was von meinem Geld weg und sagte, daß ich ihr das schuldete. Es war ein schweres Leben.

Ich hab Gladdie immer was Leckeres zu essen mitgebracht, wenn ich hinfuhr. Sie aß so gerne; ich glaube, das hat sie von mir.

Parkerville war kein schlechter Ort, es gab jede Menge Kinder für sie zum Spielen, und es lag mitten im Busch. Ich wußte, daß sie den Busch lieben würde. Ich ging immer ein bißchen mit ihr spazieren und zeigte ihr die Vögel und die Tiere dort. Sie freute sich immer, wenn ich kam. Ich wußte, daß sie nicht dort bleiben wollte, aber was hätte ich machen sollen? Es war ja nicht so, daß ich ein eigenes Zuhause gehabt hätte. Es war ja nicht so, daß ich über mein eigenes Leben bestimmen konnte.

In den dreißiger Jahren haben sie Gladdie mal ganz schnell nach Ivanhoe gebracht und ihr erzählt, daß ich vielleicht sterben würde. Meine Cousine Helen war sehr krank. Sie hatten mich gebeten, Blut für sie zu spenden. Ich sagte ja. Sie gehörte ja zu mir, ich mußte ihr Blut spenden, aber ich hatte große Angst.

Man kann nie wissen, was die Ärzte mit einem machen. Die dummen Kerle, die haben die erste Menge Blut verschlampt, also haben sie mir noch mehr abgenommen. Ich war so schwach, daß ich meinen Kopf nicht hochheben konnte. Ich war dermaßen schwach. Ich glaube, ich bin ganz weiß geworden, nachdem sie mir das ganze Blut abgezapft hatten.

Helen starb, und ich hab gehört, wie die Ärzte sagten: »Macht nichts, das war nur 'ne Eingeborene.« Dann schauten sie mich an, und die Krankenschwester sagte: »Sieht so aus, als ob die hier auch bald geht.« Weißt du, die haben einen wie 'n Tier behandelt. Alice kam mich abholen und hat sich mächtig aufgeregt. Sie brachte mich nach Ivanhoe und pflegte mich. Sie war 'ne gute Buschkrankenschwester.

Sie brachten Gladdie von Parkerville zu mir, damit sie mich noch mal sehen konnte. Sie hatte große Angst, als sie mich sah. Aber ich hab sie alle ausgetrickst, ich bin doch nicht gestorben. Ziemlich bald war ich wieder auf den Beinen und machte wieder die ganze Arbeit. Das war das letzte Mal, daß ich Blut gespendet habe.

Helen war eine liebe gute Cousine. Sie war aber auch knauserig. Sie ging fünf Meilen zu Fuß, um 'nen halben Penny zu sparen. Sie hatte geschickte Hände. Niemand konnte so nähen wie sie. Sie hatte ein hartes Leben, Arbeit, Arbeit, Arbeit. Sie schickten sie nach Moore River. Ich weiß nicht, ob du davon mal gehört hast, ein scheußlicher

Ort. Sie hat dort drei Kinder bekommen und wurde gezwungen, sie dort zu lassen und wieder in Dienst zu treten. Ich glaube, die Kinder sind alle gestorben. Es war ein furchtbarer Ort. Niemand wollte nach Moore River gehen, auf keinen Fall. Die arme, alte Bunda. Ich weiß, wie sie sich gefühlt hat, es war ja dasselbe für uns alle.

Als sie starb, dachte ich, daß ich vielleicht ihre Sachen bekommen könnte, ich war ja ihre Familie. Es stellte sich raus, daß ich nichts bekam, nicht mal einen Penny. Die weiße Familie, für die sie arbeitete, hat alles gekriegt. Sie sagten, daß sie ein Testament gemacht hätte, in dem sie alles ihnen hinterlassen hätte. Bunda wußte überhaupt nichts vom Letzten Willen und so. Ich glaube, sie konnte nicht mal richtig schreiben. Die Familie kam sogar zu mir und wollte, daß ich die Brosche zurückgab, die sie mir geschenkt hatte. Also so was Freches! Bunda gehörte zu mir, sie hatte sie mir gegeben, bevor sie starb, und dann kamen die an und wollten sie zurückhaben. »Diese Brosche gehört dir nicht mehr, Daisy«, sagten sie, »das ist jetzt unsere, du mußt sie hergeben.« Ich war sehr bitter deswegen. Tief in meinem Herzen war ich bitter.

Arthur heiratete schließlich in den dreißiger Jahren, und ich verlor ihn aus den Augen. Die Weltwirtschaftskrise kam, und ich wußte, daß er Probleme haben würde, sich durchzuschlagen. Es war ganz gut, daß Gladdie und ich nicht mit ihm gegangen waren. Wir wären nur zwei Mäuler mehr zu stopfen gewesen. Er hat sehr schwer gearbeitet, hat alles gemacht, um Essen auf den Tisch zu bringen. Ich glaube, er hat seine Farm verloren während der Weltwirtschaftskrise. Diese weißen Leute in Mucka, die waren immer hinter seiner Farm her. Komisch, nicht, der weiße Mann hat seit Jahren Landrechte, und wir dürfen überhaupt keine haben. Ach, es ist 'ne komische Welt.

Zweimal hat Arthur Gladdie in Parkerville besucht. Er hatte wirklich 'ne Schwäche für sie. Dann war er zu beschäftigt mit seiner eigenen Familie, um sie noch besuchen zu können. Ich glaube, sie hat ihn vermißt. Sie bekam so gerne Besuch.

Die dreißiger Jahre waren hart für jeden. Nichts wurde weggeworfen, es gab immer jemand, der's noch brauchen konnte. Es brach mir das Herz, wenn ich Männer für Essen anstehen sah. Nicht nur schwarze Männer, auch weiße. Wenn ich wußte, daß jemand Hunger hatte, gab ich ihm was zu essen. Ich gab einiges von meinen Kleidern und Schuhen weg, was ich gerade so finden konnte. Man kann doch nicht knausrig sein zu Menschen, wenn sie in Not sind, das ist nicht die Art von uns Blackfellas.

Als Gladdie ungefähr vierzehn war, verließ sie Parkerville. Sie war in den Ferien bei mir in Ivanhoe gewesen, und als ich sie zurückbrachte, wollte sie da nicht mehr bleiben. Sie erfuhr nämlich, daß sie 'ne neue Hausmutter bekommen sollte und daß das 'ne grausame Frau war. Gladdie bekam es mit der Angst zu tun. Ich sagte zu denen: »Kann sie nich mit mir kommen, sie ist doch jetzt fast erwachsen.«

Sie fragten Gladdie, ob sie Parkerville verlassen wollte, und sie sagte: »Allerdings!« Sie wollte nicht bei der grausamen Frau bleiben.

Ich nahm sie mit zurück nach Ivanhoe. Ich dachte, sie könnte bei mir im Zimmer bleiben, aber nach zwei Tagen sagte Alice: »Sieh mal, Daisy, du kannst sie nich hierbehalten. Du mußt etwas anderes für sie finden.« Ich regte mich furchtbar darüber auf.

Sie hatten mir schon mal gesagt, daß ich gehen sollte, weil sie sich mich nicht mehr leisten könnten. Ich mußte gehn und für Mrs. Morgan arbeiten.

Dann bat mich Alice ein paar Jahre später, wieder zu ihr zurückzukommen Sie sagte, jetzt wäre es für immer und daß Ivanhoe mein Zuhause wäre. Ich dachte, es wär auch Gladdies Zuhause. Ach, siehst du, Versprechungen, Versprechungen. Die Versprechungen von 'ner reichen Familie sind nichts wert.

Ich fand 'ne Familie, die Gladdie aufnahm. Das waren religiöse Leute, und sie nahmen oft Mädchen auf. Ich wußte, daß sie gut zu ihr sein würden. Sie war furchtbar geknickt. Sie konnte nicht verstehen, warum man sie in Ivanhoe nicht haben wollte.

Eines Tages sagten die Hewitts, so hieß die fromme Familie, daß sie Gladdie nicht mehr vertrauen könnten. »Sie ist ins Kino gegangen«, sagten sie. »Kino ist Sünde.« Sie sagten, sie wollten nicht, daß sie 'nen schlechten Einfluß auf die andern Kinder hätte. Sie packten ihre Sachen und sagten, daß ich sie wieder mitnehmen müßte.

Ich lebte mittlerweile in einer eigenen Wohnung. Alice hatte mich wieder rausgeschmissen. Ach, es war dumm von mir gewesen, daß ich ihr geglaubt hatte. Sie schuldete mir noch alten Lohn, ließ mich umsonst arbeiten und schmiß mich dann raus. Ich bin nur ausgenutzt worden. Ich hab für diese Familie all die Jahre geschuftet, seit ich ein kleines Kind war, und so behandelten die mich jetzt. Ich hatte einen guten Job aufgegeben, um nach Ivanhoe zurückzugehn. Ich war wirklich dumm. Ich hätt's besser wissen müssen. Als sie nicht wollten, daß Gladdie im Haus wohnt, hätte ich's wissen müssen.

Ich nehme an, die haben ihr Geld verpraßt. Sie führten so ein aufwendiges Leben. Jeder hielt sie für sehr wichtig. Phh, ich hab nie was von ihrem Geld zu sehen gekriegt. Howden hatte Arthur und mir Geld versprochen. Er sagte, er würde uns was hinterlassen. Ha, so wirst du von den reichen Leuten behandelt, richtig mies. Ich glaube, die werden alle habgierig, die leben nur noch fürs Geld. Alles, was Alice mir je gegeben hat, war ein bißchen Krimskrams und ein alter Besen. Nach all diesen langen Jahren war das alles, was ich bekam. Ich hab gehört, heutzutage bekommst du 'ne goldene Uhr, wenn du 'n Job aufgibst. Das ist besser als ein Besen.

Ich erinnere mich an dieses wunderschöne Bild von Fremantle, das Alice hatte. Sie schickte damals 'ne Menge Zeugs zur Versteigerung. Sie wollten nämlich nach Sydney umziehen. Ich fragte, ob ich das Bild kriegen könnte, aber sie sagten, es würde versteigert. Da waren noch einige andre Bilder, nach denen ich fragte, aber sie machten ein großes Feuer und verbrannten sie. Gott wird sie dafür bezahlen lassen, das waren religiöse Bilder.

Ich dachte, na gut, ich bekomme jetzt Lohn, ich kauf mir meine eigenen Sachen. Manche Leute sieht man besser von hinten. Meine neue Arbeit war, in 'nem Restaurant zu kochen. Soldaten und Matrosen kamen da gerne hin, denn wir servierten gutes Essen, und ich gab ihnen große Portionen. Ich hab nie Mist gekocht. Donnerlittchen, die konnten essen. Die wollten alle 'nen Nachschlag. Sie taten mir leid. Einige von denen waren noch Kinder. Die in den Krieg zu schicken, das ist nicht richtig.

Ich wohnte mit 'ner guten Frau zusammen. Sie mochte Gladdie, sie war gut zu ihr. Gladdie und ich lebten zum ersten Mal zusammen. Sie lernte neue Freunde kennen, und ich auch. Ziemlich bald ging ich auf die Trabrennbahn und anderswohin. Ich hab Pferde für mein Leben gern. Da bin ich wie Arthur, ich hab 'ne Schwäche für alle Geschöpfe Gottes.

Gladdie kam aus der Schule, und Alice besorgte ihr 'nen Job als Floristin. Sie wollten sie nicht nehmen, weil sie 'ne Eingeborene war. Schließlich freuten sie sich aber, daß sie sie doch genommen hatten, denn alle mochten Gladdie.

Vielleicht denkst du jetzt, daß wir uns nach all den Jahren, die wir getrennt waren, nun richtig gut verstanden haben. Tja, so war's leider nicht. Gladdie machte alles gern auf ihre Art und ich auf meine. Wir haben uns ständig gestritten. Tod und Teufel, hatten wir Streit.

Gladdie war dumm damals, sie wollte immer ihre Zukunft wissen. Sie wußte nicht, auf was sie sich da einließ. Du läßt die Geister besser in Ruhe. Wenn du mit denen rumspielst, verbrennst du dir die Finger. Sie ließ sich aus der Hand lesen, aus den Teeblättern, und ich weiß nicht, was noch alles. Ich bin nie mit ihr gegangen zu einem von diesen Wahrsagern. Ich hatte ein komisches Gefühl bei denen. Blackfellas wissen alles über Geister. Wir sind damit aufgewachsen. Da ist der weiße Mann richtig dumm. Er glaubt nur, was er sieht. Da hat er einiges zu lernen. Er lebt nur das halbe Leben.

Gladdie konnte manche meiner Freunde nicht leiden, und ich mochte einige von ihren nicht. Vielleicht hatte sie recht mit einigen von meinen, vielleicht auch nicht, aber ich glaube, es stimmt, daß du nicht allzu viele wahre Freunde im Leben triffst. Es gibt nicht viele, die in Schwierigkeiten zu dir halten. Die sind selten. Gladdie hat immer gesagt, ich wär zu mißtrauisch. Behauptete, daß ich ihr nicht vertrauen würde. Vielleicht tat ich das auch nicht. Vielleicht traute ich den Männern nicht. Gladdie war so unschuldig. Sie wußte nichts vom Leben. Sie wußte ja nicht, was ihr alles passieren konnte.

Eines Tages ging sie einfach auf und davon und heiratete. Sie war erst einundzwanzig. Sie hat's mir wohl nicht erzählt, weil sie wußte, daß ich Bill nicht mochte. Er war ein Trinker. Ich hab Männer, die trinken, noch nie leiden können. Wieso hat sie überhaupt geheiratet? Sie wär besser zu Hause geblieben und hätte sich um ihre Mutter gekümmert.

Na ja, es hat keinen Zweck, sich jetzt noch drüber aufzuregen. Was passiert ist, ist passiert. Sie bekamen eine Sozialwohnung in Mulberry Farm, das liegt bei Beaconsfield. Das war gar kein schlechtes Häuschen. Ich hab sie oft besucht und ihnen was Gutes zu essen mitgebracht. Da wohnten noch ein paar arme Familien. Manchmal gab ich denen auch was von dem Fleisch. Ich kann mich nicht erinnern, daß jemand sich bedankt hat. Trotzdem kannst du die Leute ja nicht hungern lassen.

Ziemlich bald kriegte ich Enkelkinder. Du warst die erste, Sally, und du warst so krank. Jilly war ganz anders, sie war richtig gesund, und sie war nicht frech. Mit Jilly mußten wir nie mitten in der Nacht spielen.

Gladdie hat mir wirklich leid getan. Sie begriff nicht, was mit Bill wirklich los war, als sie ihn heiratete. Er verschwand immer wieder. Sie war krank vor Sorgen. Sie wußte nie, wo er war. Es war der Schnaps, weißt du. Ich sag nicht, daß er ein schlechter Mann gewesen wäre. Er hatte 'ne schwere Zeit im Krieg.

Als Gladdie mit Billy schwanger war, bekam sie Kinderlähmung. Es gab nicht eine Familie in Mulberry Farm, die nicht unter der Kinderlähmung gelitten hätte. Es war furchtbar. Ich machte mir Sorgen, daß ihr Kinder auch krank werden würdet. Dann zog ich zu euch. Gladdie konnte nicht laufen, sie war ans Bett gefesselt. Es gab niemand, der sich um dich und Jilly kümmerte. Bill gefiel es nicht, daß ich da war. Er war eifersüchtig. Er wollte Gladdie für sich alleine. Was hätte sie denn tun sollen? Sie brauchte jemand, der auf die Kinder aufpaßte. Er war doch zu nichts nutze im Haus.

Jetzt erzähle ich dir was, Sally, das ist 'ne heilige Sache, deshalb spreche ich lieber leise. Ich hab deiner Mutter bei dieser Kinderlähmung geholfen. Unsre Familie hat nämlich immer diese Art von Fähigkeiten gehabt. Ich will nicht mehr verraten. Einiges erzähle ich dir, weil ich nicht mehr lange hier sein werde. Und dies ist was, das du wissen solltest.

Gladdie und Bill wurde ein Haus in Manning angeboten. Es war ein Steinhaus und größer als das, in dem wir lebten. Billy war damals ein Baby, und Gladdie war über die Kinderlähmung hinweg. Mir gefiel das neue Haus. Da war überall Busch drumrum. Man sah nichts außer Busch, und es lag nah am Fluß. Ach, die Vögel und Tiere dort waren wundervoll. Das Problem war, daß es nachts stank. Wir waren nah am Sumpf. Diese Nachtluft war schlecht für dich, Sally. Du wurdest krank davon. Du hättest oben im Norden sein sollen, Kälte ist nicht gut für dich.

Jetzt kommt was, was ich noch niemandem erzählt habe. Vielleicht glaubst du mir ja nicht. Erinnerst du dich, wie wir dort draußen gesessen haben? Ein paarmal kamst du abends auf die hintere Veranda und hast Gladdie und mich dort gesehen. Wir saßen da und, weißt du noch, wir schickten dich weg. Du warst immer am falschen Ort zur falschen Zeit. Na ja, wir hörten Musik. Die Blackfellas bliesen ihre Didgeridoos und sangen und lachten unten im Sumpf. Deine Mutter konnte es auch hören. Eines Abends sagte ich zu ihr: »Ich geh da runter und sag diesen Eingeborenen Bescheid. Was denken die sich eigentlich, hier alle weißen Leute aufzuwecken?« Dann aber erklärte Gladdie es mir. Sie sagte: »Geh nich runter, Mum. Da ist niemand, nur Busch.« Wir hörten nämlich Leute aus alter Zeit. Unser Volk lebte dort, bevor der weiße Mann kam. Komisch, sie hörten auf zu spielen, als dein Vater gestorben war. Ich glaube, sie haben uns beschützt. Verrückt, was? Diese lieben, alten Leute. Siehst du, ein Blackfella weiß alles über Geister.

Es war schwer für uns mit Bill. Er kam nicht vom Schnaps los. Wir hatten kein Geld, Schnaps ist ein Fluch. Ich bin froh, daß du keinen Trinker geheiratet hast. Ich weiß noch, wie Bill kleine, rote Teufel am Fußende von seinem Bett sitzen sah. Er bat mich immer, sie wegzunehmen. Ich glaube, er hätte nicht diese Medizin nehmen und dazu Alkohol trinken sollen. Das machte es nur noch schlimmer. Ach, die Ärzte wissen gar nichts. Die schickten ihn immer wieder nach Hause. Er brauchte doch Hilfe. Gladdie und ich konnten ihm nicht helfen.

Es gab immerzu Streit mit Bill. Das weißt du alles, ich sag da nichts mehr zu. Nur unter uns, Bills Eltern konnten Aborigines nicht leiden. Sie redeten schlecht über Gladdie hinter ihrem Rücken. Sie sagten, daß sie nicht gut genug für Bill wäre. Sie machten sie für alle Probleme verantwortlich. Es war aber nicht ihre Schuld, sie tat ihr Bestes.

Erinnerst du dich, wie wir euch Kinder immer außer Reichweite gehalten haben? Wir wollten nicht, daß ihr ihn aufregt. Die kleinste Sache konnte ihn aufregen. Wir hatten Angst, daß er was anstellen könnte.

Ich hab das nie jemandem erzählt, aber du standest deinem Vater nahe, du weißt, wie er war. Ich hab das noch nicht mal deiner Mutter erzählt. Ich hab's einfach für mich behalten. Wenn Gladdie nicht im Haus war, hat Bill mich »verdammter Nigger« genannt. Ich weiß, daß er 'ne schlimme Zeit hatte im Krieg, aber er hätte mich nicht so nennen sollen. Niemand sollte irgend jemanden 'nen verdammten

Nigger nennen. Ich hab das für mich behalten, weil ich nicht noch mehr Probleme heraufbeschwören wollte, aber es hat mich sehr verletzt.

Ich war froh, als er richtig krank wurde. Es bedeutete, daß er Gladdie nicht mehr anfassen konnte. Wir hatten Glück, daß unsere alten Leute auf uns aufpaßten. Bill hätte uns alle umbringen können. Einmal bat er mich, die Axt zu verstecken. Er hörte Stimmen. Sie sagten ihm immer, daß er uns umbringen sollte, sogar euch Kleine. Bill sagte zu mir: »Dais, versteck die Axt heute nacht. Sie wollen wieder, daß ich euch alle töte, und ich hab Angst, daß ich's tue.«

Er war kein schlechter Mann, er war einfach sehr krank. Manchmal ging er von alleine ins Krankenhaus. Manchmal war er die ganze Nacht wach und lief hin und her, auf und ab. Er mußte wirklich schwer mit sich kämpfen, um uns nicht umzubringen. Siehst du, ein Teil von ihm war wirklich gut.

Ich war darauf vorbereitet, als er starb. Ich hatte dieses Gefühl, daß er bald gehen würde. Ich glaube, Gladdie wußte es auch. Wir haben nicht drüber gesprochen. Man redet nicht über diese Dinge. Du weißt ja noch, daß der kleine David die Leiche fand. Der arme kleine Kerl, er war damals gerade erst zwei. Er dachte, Bill würde schlafen, und hat versucht, ihn aufzuwecken.

David und du, ihr seid euch sehr ähnlich, Sal. Er war allerdings nicht so frech wie du, aber ihr habt beide ein Gefühl fürs Spirituelle. Ich erinnere mich, daß du viel alleine gespielt hast. Natürlich warst du nicht allein, oder? Die Engel waren bei dir. Deine Mutter ist genauso und ich auch, nehme ich an. Du kannst nämlich nie wissen, was sich überträgt. Unser Volk hat einen starken Geist.

Ich glaube, Bill wußte auch, daß er sterben würde. Er machte noch seinen Frieden mit sich und der Welt. Weißt du noch, wie er mit Billy und David Fußball spielte? Ach, es war traurig mit Bill. Wenn der Schnaps und der Krieg nicht gewesen wären, wär er ein andrer Mann gewesen. Ein guter Mann.

Bills Eltern benahmen sich wie richtige Schweinehunde nach seinem Tod. Sie halfen Gladdie kein bißchen. Sie interessierten sich nicht für euch Kinder. Wir hatten kein Geld, nichts, was wir hätten verkaufen können. Wir wußten nicht, was wir machen sollten, wir waren verzweifelt. Gladdie schrieb an die Drake-Brockmans in Sydney, ob sie uns 'nen Kredit geben könnten. Aber die antworteten, sie wären auch pleite.

Lois war damals gut zu deiner Mutter. Sie half uns mit Geld aus. Auch Frank Potter war gut zu uns. Es stellte sich raus, daß sein Herz so groß war wie sein Bauch.

Wir machten uns damals Sorgen um euch Kinder. Wir dachten, die Regierung könnte kommen und euch wegholen. Sie mochten nicht, wenn Leute wie wir Kinder aufzogen, die weißes Blut in sich hatten. Es scheint, daß das schwarze Blut nicht zählt. Ihr habt ja zu uns gehört, Bills Familie wollte euch gar nicht. Ihr Kinder liebt den Busch, ihr habt einiges geerbt von Gladdie und mir. Einiges, was ihr nur deshalb bekommen habt, weil wir schwarz sind.

Ich versuchte, außer Sichtweite zu bleiben nach Bills Tod. Gladdie konnte als alles mögliche gelten. Mich brauchten sie nur anzusehen und wußten, daß ich 'ne Aborigine war. Wir mußten sehr vorsichtig sein.

»Erzähl ihnen, sie wären Inder«, sagte ich ihr. »Du willst doch nich, daß sie Schwierigkeiten kriegen.«

Deine Mutter fand Arbeit, und bald hatten wir Essen auf dem Tisch, gutes Essen. Bill vertrank das Geld, und wir aßen es.

Es gab Männer, die sich für Gladdie interessierten, sie war 'ne schöne Frau. Sie wollte keinen. Sie wollte nur euch Kinder. Gute Männer sind selten in dieser Welt.

So, Sally, das ist alles, was ich dir erzähle. Mein Gehirn ist nicht mehr so gut, es ist eben alt. Ich will nicht mehr reden. Ich hab meine Geheimnisse, und die nehme ich mit ins Grab. Über einige Dinge kann ich nicht reden. Nicht mal mit dir, meiner Enkelin. Die sind nur für mich bestimmt. Die sind nicht für dich oder deine Mutter bestimmt.

Ich bin froh, daß ich körperlich nicht mehr hier bin, wenn du das Buch fertigschreibst. Ich bin froh, daß ich gehe. Du bist eine Aufwieglerin, du wirst viel reden müssen. Ich kann nicht für mich selber eintreten, das weißt du. Es ist besser, wenn du das machst. Und paß auf deine Mutter auf, die ist wie ich.

Na ja, frech bist du immer gewesen. Ich hab keine Angst mehr um dich, Sally, du wirst beschützt. Vielleicht ist es ja gut, was du machst. Ich wollte zwar nicht, daß du das machst, aber jetzt glaube ich, vielleicht ist es 'ne gute Sache. Könnte sein, daß es an der Zeit ist zu reden – Zeit zu erzählen, wie's war in diesem Land.

Ich möchte, daß ihr Enkelkinder was aus euch macht. Ihr habt alle Grips. Einer von euch könnte eines Tages so was sein wie Mr. Hawke, unser Premierminister. Ich hoffe, daß ihr euch nie schämt wegen mir. Wenn du diese alten Fellas auf der Erde sitzen siehst, dann denk dran, daß ich auch mal so war.

Ach, ich bin müde von dieser Welt. Ich will weiterkommen in die nächste. Ich hab Angst zu gehen, bevor ich bereit bin. Kannst du das verstehn? Gott hat ein Fleckchen für mich da oben, ich weiß nicht, wie's ist, aber es ist ein Fleckchen. Wahrscheinlich ein Stückchen Busch, wie? Was glaubst du? Der alte Arthur wird bestimmt auf mich warten. Wir können uns wieder richtig gut streiten. Ich wette, der macht Ärger da oben.

Ich bin jetzt müde, Sal, der Kampfgeist ist aus mir raus. Ich hab keine Kraft mehr.

Jetzt fragst du mich nach der Zukunft. Das ist 'ne schwierige Frage. Ich hab nichts gelernt, wie kann ich so 'ne Frage beantworten? Glaubst wohl, ich bin 'ne Wahrsagerin, wie?

Aber ich erzähl dir, was ich mich frage. Ich frage mich, ob sie den Blackfellas Land geben werden. Eine Sache hab ich gelernt auf dieser Welt, und das ist, daß du der Regierung nicht trauen kannst. Sie geben den Blackfellas die Erde, und die Bergbauunternehmen bekommen das Gold. So ist das.

Ich kann dieses Wort »Landrechte« nicht ausstehen. Und die Leute machen ein großes Trara darum. Ich weiß nicht, was es bedeuten soll. Ich hab's in den Nachrichten gehört.

Weißt du, was ich glaube? Die Regierung und der weiße Mann müssen sich zu ihren Fehlern bekennen. Da ist 'ne Menge vertuscht worden. Vielleicht wollen sie, daß wir alle aussterben, damit niemand mehr reden kann. Es hat keinen Zweck, Sally, daß du mich weiter drängst, du kannst es uns Alten nicht vorwerfen, daß wir nicht reden wollen. Wir haben zuviel Angst.

Tja, ich hoffe, die Dinge ändern sich eines Tages. Immerhin gehören wir jetzt niemandem mehr. Ich hab den Drake-Brockmans gehört und der Regierung und jedem, der fünf Shilling im Jahr für mich an Herrn Neville zahlen wollte. Das ist nicht viel, was? Ich weiß, es ist schwer für dich zu verstehen, Sal. Du bist anders als ich. Ich hab mein Leben lang Angst gehabt, Angst, frei heraus zu sprechen. Vielleicht hättest du auch Angst, wenn du mein Leben hättest führen müssen.

Ich kann wirklich nicht sagen, was passieren wird. Ich denke, das geht mich auch nichts mehr an.

Was mein Volk anbetrifft – manche sind frech, die trinken zuviel. Schnaps ist ein Fluch. Ich hab gesehen, was er anrichten kann. Sie müssen das aufgeben. Sie müssen dem weißen Mann zeigen, wer sie wirklich sind.

Meinst du, wir gewinnen etwas Respekt? Ich möchte gern glauben, daß der schwarze Mann eines Tages genauso behandelt wird wie der weiße Mann. Das wäre gut, nicht wahr. Donnerlittchen, wär das gut.

## 32

# Der Vogelruf

Als Oma mit ihrer Geschichte geendet hatte, war ich voller widersprüchlicher Gefühle. Ich freute mich für sie, weil sie jetzt merkte, sie hatte etwas erreicht. Es bedeutete so viel, reden zu können und zu wissen, daß einem geglaubt wird. Aber ich war traurig für mich und meine Mutter. Traurig über all das, was Oma uns nicht hatte mitteilen können.

Ich hatte allerdings etwas entdeckt, was mich ziemlich überraschte. Omas Sprache hatte sich verändert, als sie in Erinnerungen schwelgte. Sie konnte perfekt Englisch, wenn sie wollte, und sprach es auch meistens, verschluckte nur manchmal den Anfang oder das Ende eines Wortes. Aber wenn sie über die Vergangenheit redete, änderte sich ihre Sprache. Es war, als ob sie zurückversetzt wäre und alles noch einmal durchlebte. Das zeigte mir, daß es in einer Phase ihres Lebens schwierig für sie gewesen sein muß, englisch zu sprechen und somit sich auszudrücken.

Aber dadurch wurde mir noch klarer, wieviel wir nicht wußten. Ich ging in Gedanken wieder und wieder ihre Geschichte durch, jedes Wort, jeden Blick. Mir wurde immer mehr bewußt, daß es große, dunkle Tiefen gab, und ich wußte, daß ich sie nie ergründen würde.

Ich hatte das Gefühl, daß ich Mum zuliebe eine letzte Anstrengung unternehmen sollte, etwas über ihre Schwester in Erfahrung zu bringen. Daher sagte ich einige Abende später, als Oma und ich allein waren: »Ich würde dich gerne was fragen. Ich weiß, daß du das nicht magst, aber ich muß es fragen. Es liegt an dir, ob du mir was erzählst oder nicht.«

Oma grummelte. »Aha, diese Art Fragen, wie? Na ja, dann frag einfach.«

»Gut. Hat Mum irgendwo eine Schwester?«

Sie blickte schnell weg. Schweigen, und nach einigen Sekunden ein tiefer, langer Seufzer. Als sie mir schließlich ihr Gesicht zuwandte, waren ihre Wangen naß. »Hast du das immer noch nich begriffen«, sagte sie sanft, »daß da ein paar Dinge sind, über die ich einfach nich sprechen kann.« Sie faßte sich mit dieser charakteristischen Geste an die Brust, die besagte, daß ihr Herz weh tat. Nicht ihr Herz aus Fleisch und Blut. Das Herz ihrer Seele. Damit stand sie auf und verließ das Zimmer.

Ich ging schuldbewußt und mit tränenüberströmtem Gesicht ins Bett. Ich war manchmal so unsensibel. Ich hätte es besser wissen müssen. Erst der frühe Morgen brachte mir ein wenig Frieden. Ich würde sie nie wieder etwas über die Vergangenheit fragen. Aber ich hoffte weiter. Sie hatte mein kleines Fünkchen Hoffnung nicht ausgelöscht. Denn sie hatte doch sogar zugegeben, schwanger gewesen zu sein, bevor sie Mum bekam. Das war schon so viel. Für den Moment mußte ich es genug sein lassen. Ich streckte mich aus und rief zur Zimmerdecke hinauf: »Ich geb nicht auf, Gott. Nicht in einer Million Jahre. Wenn sie lebt, werde ich sie finden, und ich erwarte von dir, daß du mir hilfst!«

Später in der Woche rief Oma mich abends in ihr Zimmer.

»Was, um alles in der Welt, machst du da?« lachte ich, als ich sie mit erhobenen Armen und einem Männerunterhemd über dem Kopf vorfand. »Ich steck fest«, murmelte sie, »hilf mir raus.« Ich zog das Unterhemd weg und half ihr, sich auszuziehen. Das fiel ihr in letzter Zeit schwer. Ihre Arthritis hatte sich verschlimmert, und der graue Star nahm ihr fast völlig die Sehkraft.

»Kannst du mich einreiben?« fragte sie. »Die Vaseline steht da drüben.« Ich nahm das Glas, klatschte einen großen Klecks auf ihren Rücken und begann sie einzureiben. Oma liebte Vaseline. Die ist gut, um den Körper kühl und feucht zu halten, sagte sie immer. Sie hatte jede Menge solcher Theorien. Ich massierte sie schweigend ein paar Minuten lang.

»Ach, das tut gut, Sally«, murmelte sie nach einer Weile. Während ich weiterrieb, stieß sie einen tiefen Seufzer aus und sagte dann langsam: »Weißt du, Sal, ... mein ganzes Leben lang bin ich mies behandelt worden, richtig mies. Niemand hat sich je drum gekümmert, ob ich hübsch aussehe oder häßlich, ob es mir gut geht oder schlecht.

Bin behandelt worden wie ein Tier. Wie ein Tier auf dem Feld. Und jetzt ... bin ich alt. Nur ein dreckiger alter Blackfella.«

Ich weiß nicht, wie lange es dauerte, bis ich ihr antwortete. Mein Herz war wie zerschnitten. Ich konnte wirklich ein Tier auf dem Feld vor mir sehen, ein Arbeitstier, mehr nicht. »Du sollst nicht so über dich reden«, antwortete ich schließlich mit beherrschter Stimme. »Du bist meine Großmutter, und ich möchte nicht, daß du so redest. Deine ganze Familie liebt dich, wir würden alles für dich tun.«

Sie gab keine Antwort. Wie hohl hatten meine Worte geklungen. Wie leer und unzulänglich. Würde je irgend etwas, das ich sagte, helfen können? Ich hoffte, sie würde meine tiefen Gefühle spüren. Worte waren dafür unnötig.

Als ich mit dem Einreiben fertig war, half ich ihr in die Nachtkleider. Eine nicht zu unterschätzende Aufgabe, denn sie trug mehrere. Es war mitten im Winter, und Oma hatte Angst vor der Kälte. Ich zog ihr ein sauberes Männerunterhemd über den Kopf, dann ein flauschiges Nachthemd und eine Bettjacke. Während sie eine Mütze des South Fremantle Footballclubs über ihren Kopf zog, streifte ich zwei Paar Wollsocken über ihre Füße. Danach wickelte sie zwei lange Schals um ihren Hals. »Bist du sicher, daß dir warm genug ist?« fragte ich leicht spöttisch.

»Ich glaub, es ist besser, wenn du mir in die Strickjacke da hilfst«, sagte sie nach nochmaligem Überlegen, »Vorsicht ist besser als Nachsicht.«

Sobald sie sie anhatte, schlug ich die Decken zurück, und sie rollte sich auf ihr Schaffell. Während ich ihr die Wärmflasche reichte, sagte sie: »Weißt du, was ich gemacht hab? Ich hab 'ne Wolldecke unter mein Bettuch gelegt, dann zieht's nich mehr so.«

»Gut«, lächelte ich, während ich sie zudeckte. »Möchtest du, daß ich deinen Heizlüfter anstelle?« Sie ließ ihn oft die ganze Nacht laufen.

»Ich komm ohne den aus, er nimmt den Sauerstoff aus der Luft.«

»Gut. Weißt du noch, wie wir Kinder waren und du immer Zeitungen unter deine Bettücher gepackt hast, um es warm zu haben?« Oma kicherte. »Wir haben jedesmal gehört, wenn du dich umgedreht hast«, lachte ich.

»Das ist 'ne altbewährte Sache mit dem Zeitungspapier. Vergiß das nie.«

»Werd ich nicht.«

»Laß das Licht an heute nacht, vielleicht kann ich dann besser einschlafen.«

»Du hast es doch meistens aus.«

»Ich weiß, aber ich kann nich schlafen, wenn es aus ist, also kann ich's genausogut mal ausprobieren, wenn's an ist.«

Ich hatte die Tür schon halb geschlossen, als sie plötzlich murmelte: »Ach, Sal, du bist zu gut zu mir, zu gut ...«

»Du bist meine Großmutter«, antwortete ich leise, »was denkst du denn, wie ich dich behandeln soll?« Sie antwortete nicht. Ihre Augen waren geschlossen.

Ich ging danach auch gleich ins Bett. Ich rollte mich zusammen und tat so, als liege ich in Gottes Schoß. Ich fühlte mich so verletzt. Ich wollte die tiefen Empfindungen, die mich zu überschwemmen drohten, zurückhalten.

Zum ersten Mal in meinem Leben tröstete mich die Dunkelheit. Ich lag zu einem kleinen, festen Ball zusammengerollt da und dachte über Oma nach.

Ich fragte mich, warum sie nicht schlafen konnte. Ich wußte, daß es nicht ihre Krankheit war. Es war etwas Seelisches. Sicher dachte sie zurück an ihr Leben. Wahrscheinlich liefen ihr Bilder aus der Vergangenheit durch den Kopf. Ich betete, daß nicht eines davon ein Tier auf dem Feld war.

Als Oma sich fertig machte, um übers Wochenende nach Hause zu fahren, sagte sie: »Du bewahrst doch sicher auf, was ich dir erzählt hab, oder?«

»Natürlich tue ich das.«

»Hat's dir gefallen?«

»Ich fand's wirklich gut.«

»Siehst du, Arthur ist nich der einzige mit 'ner guten Geschichte.«

»Das ist er ganz sicher nicht!«

»Ich bin am Montag zurück und bring dir was Leckeres mit. Hier«, sie drückte meine Hand, »kauf den Kindern was.«

»Du sollst mir kein Geld geben«, protestierte ich.

»Nun komm schon, Oma«, rief Mum von der vorderen Veranda, »die Hunde warten auf ihr Abendessen.«

»Ich komm ja schon«, antwortete Oma gereizt. Dann drehte sie sich zu mir um und flüsterte: »Sie hat sich noch nie wegen dem Abendessen der Hunde Sorgen gemacht, Sally.«

»Tja, jetzt hat sie dich nicht mehr, um sie zu füttern.«

»Tut ihr zur Abwechslung mal ganz gut, ein bißchen was zu arbeiten«, gluckste Oma. Sie genoß es, wenn sie Mum gegenüber mal in einer Machtposition war. Immer wenn Mum sie anmeckerte und versuchte, sie zur Eile anzutreiben, konterte sie: »Wenn du so mit mir redest, Gladdie, zieh ich endgültig bei Sally ein. Das wird dir dann noch leid tun.« Die arme Mum konnte nicht gewinnen.

Das Wochenende ging schnell vorüber. Als Oma am Montagmorgen um zehn Uhr noch nicht bei mir war, begann ich mir Sorgen zu machen. Das Telefon klingelte, und ich rannte hin.

»Sally?« Es war Mum.

»Was ist los?«

»Ihr Zustand hat sich plötzlich verschlechtert. Der Arzt sagt, sie ist nicht transportfähig.«

»Ist sie bei Bewußtsein?«

»Sie verliert es immer wieder.«

»Ich komm rüber.«

»Jill kommt auch.«

»Gut.« Ich legte auf. Es kam so plötzlich. Sie hatte über sechs Wochen bei mir gewohnt. Sie war mir nicht wie jemand vorgekommen, die im Sterben liegt.

Seit diesem Tag war Oma bettlägerig. Jill, Mum und ich wechselten uns in vierstündigen Schichten ab, so daß sie nie allein war. Billy und David kamen, wenn sie Zeit hatten. Bill war eine große Hilfe beim Hochheben. Und wenn Helen keinen Dienst hatte, kam sie auch und saß bei Oma. Die arme Helen, Oma hackte immer wieder darauf herum, wie nutzlos Ärzte wären. Das war ein wunder Punkt. Niemand hatte den Mut, ihr zu widersprechen.

Eines Abends saßen Jill und ich da und sahen zu, wie Oma schlief. Jill flüsterte: »Das ist irgendwie ungerecht, findest du nicht?«

»Was meinst du?«

»Na, wir kommen gerade erst mit der ganzen Geschichte klar und entdecken, wer wir wirklich sind. Und jetzt stirbt sie. Sie ist unsere Verbindung zur Vergangenheit, und jetzt geht sie von uns.«

Ich konnte Jill nicht anschauen.

Sie seufzte: »Wenn sie nicht mehr ist, könnten wir uns als alles ausgeben. Griechen, Italiener, Inder ... was für ein schlechter Witz, jetzt wollen wir's nicht mehr. Es ist zu wichtig. Das wäre ja, als hätte sie nie existiert. Als ob ihr Leben nichts bedeutet hätte, nicht mal für ihre Familie.«

»Wir verändern uns alle. Ich weiß es; wir sprechen zwar nicht darüber, aber es geschieht wirklich.«

»Wenn das vorbei ist«, sagte Jill, »werde ich mich immer zu meiner Herkunft bekennen.«

Ich fühlte mich Jill in diesem Moment sehr nahe. Wir blieben beide sitzen und schauten schweigend zu, wie Oma friedlich schlief. Das war ein Versprechen. Ein Versprechen unserer Seele an ihre. Wir würden es nie vergessen.

Dann wurde ich krank. Mum und Jill waren der Meinung, es sei psychisch bedingt, was wahrscheinlich stimmte. Ich war so krank, daß ich nicht aufstehen konnte, weil ich sofort ohnmächtig wurde. Pauls Mutter zog zu uns und kümmerte sich um mich und die Kinder. Ich ärgerte mich sehr über mein Kranksein. Ich hatte das Gefühl, ich sollte bei meiner Familie sein. Sie alle kämpften weiter.

In der ganzen vergangenen Woche hatte große Spannung geherrscht. Wir waren alle körperlich erschöpft. An manchen Tagen liefen wir herum, ohne ein Wort zu sagen, an anderen Tagen witzelten wir über alles und jedes, hin und wieder stritten wir uns. Wir wußten alle, daß mehr starb als Omas Körper. Sie war ein Symbol. Ein Teil von uns ging mit ihr. Wir konnten es uns nicht erklären. Es war einfach ein Geschehen, das wir alle nicht ganz begreifen konnten.

Die Lage spitzte sich schließlich zu, und Mum fragte Ruth, die Frau meines Bruders David, ob sie vielleicht die Nachtschicht übernehmen könnte. Ruth war eine ausgebildete Schwesternhelferin und hatte viele Menschen mit unheilbaren Krankheiten gepflegt. Sie half nur zu gerne. Sie hatte es schon länger gewollt, aber sie wußte, daß wir alle empfindlich waren, und sie hatte sich nicht einmischen wollen.

Ruth verstand mehr als alle anderen Omas Angst zu sterben, bevor sie bereit war. Sie hatten kleinere Gespräche darüber, in denen Ruth sie unterstützte. Oma und Ruth hatten in der Vergangenheit Konflikte gehabt; sie waren beide dickköpfig, aber seit Ruth sie so liebevoll pflegte, bekam sie eine große Bedeutung für Oma.

Als es mir ein bißchen besser ging, besuchte ich Oma wieder. Es war rührend, wie sie fragte: »Wo ist die Schwester, ist sie noch da? Was sollte ich nur ohne sie anfangen, Sally, sie ist so gut zu mir.« Mir war nach Weinen zumute, wenn ich sie so reden hörte. Es kam mir wie ein Sieg vor, daß Oma die Liebe annehmen konnte, die Ruth ihr anbot. Ich war Ruth wirklich dankbar. Ich hoffte, daß ich eines Tages etwas ebenso Wertvolles für sie tun könnte.

Als Oma gut über eine Woche bettlägerig war, fing ich an mir Sorgen zu machen, daß sie einen langwierigen Tod haben könnte. Ich wußte von ihrer Angst, die geistigen Fähigkeiten zu verlieren, bevor sie starb. Ich hatte ihr immer wieder versprechen müssen, ihr zu sagen, wenn ich bemerkte, daß sie ein wenig komisch würde.

Eines Abends vertraute ich Ruth meine Ängste an. »Die Ärzte haben gesagt, daß es im Falle von Lungenkrebs ins Gehirn gehen kann. Ich nehme an, je länger es dauert, desto wahrscheinlicher ist das. Für Oma wäre das das Schlimmste.«

»Meinst du, wir sollten beten?« fragte Ruth.

»Ich bete jede Nacht.«

»Nein, ich meine mit ihr. Es könnte ihr helfen, loszulassen.«

»Vielleicht ist das eine gute Idee, aber wir müssen sie fragen; ich möchte sie zu nichts zwingen.«

Wir rückten näher an Omas Bett heran und griffen nach ihren Händen. »Oma«, sagte Ruth leise, »kannst du mich hören?« Oma nickte. »Sally möchte mit dir reden, Oma.«

Ich drückte ihre Hand und sagte dann leise: »Oma, wir haben uns gefragt, ob du es gerne hättest, wenn wir für dich beten. Wir würden Gott fragen, ob er dich schnell zu sich nimmt, wenn du das möchtest. Du weißt, Ruth hat es dir gesagt, daß du nicht von uns gehen wirst, bevor du nicht bereit bist. Und das ist wahr. Wir werden nicht beten, wenn du's nicht willst. Es liegt bei dir.«

Langsam glitten Tränen unter ihren geschlossenen Augenlidern hervor. Sie lag einige Minuten schweigend da, dann drückte sie unser beider Hände und sagte mit fester Stimme: »Tut es, tut es bitte.«

Ich schaute Ruth an. »Du machst es«, sagte sie.

Wir senkten die Köpfe. Was sollte ich sagen? Ich drückte Omas

Hand fester, räusperte mich und betete: »Gott …, du weißt, es geht um Oma. Wir lieben sie sehr, und wir wissen, daß auch du sie liebst. Sie ist jetzt müde von der Welt, sie ist bereit zu gehen. Wir wissen, daß du einen guten Platz da oben für sie hast. Einen großen, alten Eukalyptusbaum, wo sie sitzen kann und ihre Mundorgel spielen. Arthur wartet auf sie und all die anderen. Bitte laß deine Gnade walten und nimm Oma schnell zu dir.« Als ich das Gebet beendete, konnte ich nichts mehr sehen vor lauter Tränen. Ruth weinte auch.

Oma drückte uns beiden die Hände und ließ sie dann langsam los. Innerhalb weniger Minuten war sie eingeschlafen.

Die Gemeindeschwester besuchte uns an diesem Nachmittag. Als ich sie zur Tür begleitete, sagte sie: »Ihre Großmutter hat sich verändert. Ich glaube, sie hat beschlossen zu sterben.«

»Das hat sie«, stimmte ich zu. »Es wird jetzt nicht mehr lange dauern.«

Sie nahm mich beim Arm und schaute mich mitleidsvoll an. »Sie irren sich, meine Liebe«, sagte sie. »Ich habe das schon sehr, sehr oft gesehen. Sie geben ihren Lebenswillen auf, aber sie sterben nicht, weil ihr Körper sie nicht gehen lassen will. Sie hat ein sehr starkes Herz und einen guten Puls. Das kann noch Wochen dauern.«

»Ihr wird das nicht so gehen«, antwortete ich zuversichtlich. »Sie wird bald sterben.«

Die Schwester zuckte mitfühlend die Achseln. »Verlassen Sie sich nicht darauf, meine Liebe, Sie könnten sonst enttäuscht werden. Es gäbe eine Chance, wenn ihr Puls schwach wäre, aber so … Ich denke, Sie sollten der Tatsache ins Auge sehen, daß es noch eine ganze Weile dauern wird.«

Am folgenden Morgen klingelte sehr früh das Telefon.

»Hallo«, sagte ich, als ich den Hörer abhob.

»Ich habe den Vogel rufen hören.« Es war Jills Stimme.

»Welchen Vogel?«

»Heute morgen ungefähr um fünf Uhr. Ich habe ihn gehört, Sally. Es war ein verrücktes Geräusch, wie ein Vogelruf, aber es war keiner. Das war was Spirituelles, etwas von außerhalb dieser Welt. Ich glaube, sie wird bald sterben.«

Nach dem Frühstück eilte ich hinüber. Es herrschte eine aufgeregte

Stimmung im Haus. Die Bedrückung, unter der wir alle gelitten hatten, schien plötzlich aufgehoben zu sein.

Mum war der Vogelruf ein völliges Rätsel. Ich glaube, sie fühlte sich ein wenig ausgeschlossen. Jill konnte nicht verstehen, warum Mum ihn nicht gehört hatte, er war so laut gewesen und immer wieder gekommen.

Als ich zu Oma ins Zimmer ging, traute ich meinen Augen nicht; sie sah nicht mehr krank aus. Ihr Gesicht strahlte, und sie saß lächelnd im Bett. Irgend etwas war mit Sicherheit geschehen, aber niemand wußte, was. Sogar Mum und Jill waren fröhlicher und eilten geschäftig hin und her wie früher.

»Oma, du siehst richtig gut aus«, sagte ich überrascht.

»Ich fühl mich auch gut, Sal.«

Ich stand nur lächelnd da. Sie schien so zufrieden. Fast als hätte sie ein Geheimnis. Ich wollte sie unbedingt nach dem Vogelruf fragen, aber ich wußte nicht, wie ich anfangen sollte. Ich saß an ihrem Bett und streichelte ihre Hand.

In dem Moment kam Mum herein. »Sieht sie nicht gut aus, Sally«, sagte sie glücklich. »Schau mal ihr Gesicht, es sieht ganz anders aus.«

»Allerdings.«

»Mach mir ein paar Scheiben Toast, Gladdie«, sagte Oma munter, »ich hab Hunger.« Mum eilte mit Tränen in den Augen hinaus.

»Oma«, hob ich zögernd an, als sie mich anguckte, »dieser Ruf des Vogels – du hast doch keine Angst gehabt, als du ihn gehört hast, oder?«

»Natürlich nich«, sagte sie abschätzig, »das war ein Aborigine-Vogel, Sally. Gott hat ihn mir geschickt, um mir zu sagen, daß ich bald nach Hause komme. Heim in mein eigenes Land und zu meinem eigenen Volk. Ich hab ein gutes Fleckchen da oben, sie warten alle auf mich.«

In meinem Hals hatte sich ein so großer Kloß gebildet, daß ich nicht sprechen konnte, geschweige denn schlucken. Schließlich murmelte ich: »Das ist wunderbar, Oma.«

Mum kam mit Tee und Toast zurück. »Wurd aber auch Zeit«, gluckste Oma. Sie aß ein bißchen und lehnte sich dann zurück. »Ich glaub, ich schlaf jetzt«, seufzte sie. Wir schlichen auf Zehenspitzen hinaus.

»Erzähl mir nochmal von diesem Vogelruf«, sagte ich zu Jill.

Jills Gesicht drückte eine Mischung aus Angst, Erstaunen und Triumph aus, als sie Mum und mir beschrieb, was passiert war.

»Ich wünschte, ich hätte es gehört«, seufzte Mum.

»Ich auch«, sagte ich neidisch.

Später flüsterte ich Mum zu: »Weißt du, Jill muß was ganz Besonderes sein, daß sie diesen Ruf gehört hat.« Mum stimmte zu. Wir fragten uns beide, was die Zukunft für Jill bringen würde.

Oma hatte einen sehr friedlichen Tag. Einen glücklichen Tag. Das schwere Gefühl, das so lange in unserem Haus gehangen hatte, war fort. Es war von einer überwältigenden Ruhe abgelöst worden.

Um halb sechs am folgenden Morgen rief Ruth den Krankenwagen. Oma hatte darauf bestanden. Als sie sie herausrollten, nahm sie ein letztes Mal Mums Hand. Eine unausgesprochene Botschaft sprach aus ihren Augen, als sie flüsterte: »Laß mein Licht für ein paar Tage brennen.«

Sie brachten sie in den Krankenwagen, und Ruth kletterte neben sie. Mum stand schweigend da und schaute zu; sie akzeptierte Omas Entscheidung. Sie wußte, daß das ihr letztes Opfer war. Sie wollte ihr altes Familienheim frei vom Tod wissen.

Mein Telefon klingelte um sieben Uhr am selben Morgen. »Sally? Ich bin's, Ruth. Oma ist vor zwanzig Minuten gestorben. Es war sehr friedlich.«

»Danke«, flüsterte ich. Ich legte langsam den Hörer auf die Gabel. Ich war wie erstarrt. Ich konnte mich nicht rühren. Tränen strömten mir plötzlich über das Gesicht. Aus irgendeinem Grund begannen Jills Worte vom Vortag in mir widerzuhallen. Ich hörte den Vogel rufen, ich hörte den Vogel rufen. Wieder und wieder.

»Ach, Oma«, rief ich mit plötzlicher Sicherheit. »Ich habe ihn auch gehört, in meinem Herzen habe ich ihn gehört.«

# Nachwort

Sally Morgan erzählt in diesem Roman über ihre Kindheit und Jugend, über die Suche nach ihrem Platz in der Gesellschaft, die Suche nach Identität. In einem Interview sagte sie: »*Ich hörte den Vogel rufen* zu schreiben hat mein Leben verändert. Ich kannte mich selbst nicht und hatte keine klare Identität. Erst als ich zurückging und die Aborigine-Verwandten meiner Großmutter traf, wußte ich: Das ist mein wahres Ich.« Ihr Schicksal und das von Arthur, Gladys und Daisy Corunna sind in Australien keine Einzelfälle.

*Ich hörte den Vogel rufen* wurde mit zahlreichen Preisen ausgezeichnet und ist das erste schwarz-australische Buch, das ins Deutsche übersetzt wurde. Statt einer Interpretation des Romans möchte ich in diesem Nachwort etwas zum Hintergrund sagen, der diesen Roman möglich und nötig gemacht hat.

Die Aborigines hatten Australien bei Ankunft der ersten Europäer seit ca. 60 000 Jahren friedlich und in Einklang mit der Natur bewohnt. Die etwa 500 verschiedenen Aborigine-Völker lebten als Sammler und Jäger in enger mythologischer Beziehung zum Land. »Das Land ist für uns wie Mutter, Vater, Schwester«, sagt beispielsweise Bill Neidjie, ein alter und respektierter Aborigine vom Volk der Gagadju in seinem 1989 erschienenen Buch *Story about Feeling,* und den Begriff Eigentum gab es in den über 200 verschiedenen Sprachen der Aborigines überhaupt nicht.

Die Aborigines besaßen ein hochentwickeltes Gesellschafts- und Sozialgefüge, das auf einem komplexen System von Verwandtschaftsbeziehungen basierte. Rechte und Pflichten der einzelnen innerhalb der Gesellschaft ergaben sich aus diesem Verwandtschaftssystem. Das Wissen über Kultur, Natur, Religion und Gesetz wurde entsprechend diesem Verwandtschaftssystem in mündlicher Überlieferung von Generation zu Generation weitergegeben. Die Aborigines besitzen die älteste noch lebende Kultur der Welt.

Mit der britischen Eroberung Australiens begann 1788 für die Aborigines die Zeit der Entrechtung und Versklavung. Massaker, eingeschleppte Krankheiten, gegen die die Aborigines keine Abwehrkräfte besaßen, verseuchte Decken und Lebensmittel, die an sie verteilt wurden, sowie Landvertreibung waren die Ursachen dafür, daß die Zahl der Aborigines von schätzungsweise 750 000 bei Ankunft der Briten innerhalb von etwa 100 Jahren auf ca. 60 000 gesunken war. Von den Eroberern wurden die Aborigines in der Regel nicht einmal als Menschen angesehen. Banks, der Biologe, der mit Cook zusammen in Australien landete, beschreibt die Aborigines als »nur ein Grad von wilden Tieren unterschieden«, und George Shaw, ein Zoologe, charakterisiert sie als »weniger über den niederen Tieren stehend als [die Ureinwohner] in irgendeinem anderen Teil der Welt«.

Diese Meinung teilten zahlreiche Zeitgenossen, und auch heute scheint die Ansicht, daß die Aborigines eher zur Fauna und Flora Australiens gehören als zu den Menschen, noch in einigen Köpfen zu herrschen. So zeigte der staatliche Buchladen in Brisbane, der Hauptstadt des Bundesstaates Queensland, Anfang 1990 eine kleine Ausstellung mit Büchern über die Fauna, die Flora und die Aborigines Australiens!

Bis weit in unser Jahrhundert hinein galt die allgemeine Auffassung, die Aborigine-Völker seien zum Aussterben verurteilt. Diese Auffassung war auch innerhalb der christlichen Kirchen verbreitet, die inzwischen Missionsstationen eingerichtet hatten, um den Aborigines Schutz vor Massakern, Nahrung und medizinische Versorgung zu bieten. Diese Missionsstationen retteten vielen Aborigines das Leben. Doch zugleich sagte der anglikanische Bischof Frodsham noch 1906: »Die Aborigines werden immer weniger. Im Laufe von ein oder zwei Generationen höchstens wird der letzte australische Schwarze in den Schoß von Mutter Erde zurückgekehrt sein. [...] Missionsarbeit mag somit nur das Sterben einer Rasse erleichtern, aber ich denke, wenn Jesus Christus nach Australien käme, so wäre er von Mitgefühl für diese armen Ausgestoßenen erfüllt, die am Rande leben, ihres Landes beraubt, verwundet durch Lust und Gier einer stärkeren Rasse und sterbend.« Mit den sozialen Leistungen, die die Missionsstationen anboten, war zugleich der Versuch der Christianisierung verbunden, was zur damaligen Zeit auch »Zivilisierung« und Seßhaftmachung bedeutete sowie das Verbot der Ausübung der eigenen Kultur und Religion.

Der Phase der Massaker zu Beginn der Eroberung Australiens folgte Mitte bis Ende des 19. Jahrhunderts die Phase der Segregation, der Rassentrennung, das heißt der Umsiedlung der überlebenden Aborigines in staatliche Reservate und kirchliche Missionsstationen. Nach und nach wurde die einzige Chance, die Aborigines vor dem Aussterben zu bewahren, darin gesehen, sie zu assimilieren, das heißt der europäischen Lebensweise anzupassen. Dieser Gedanke wird auch in einem 1939 formulierten Programm der australischen Regierung über die Behandlung von Aborigines deutlich, in dem sie ihrem Wunsch Ausdruck gibt, »den Status der Aborigines anzuheben« und ihnen »Charakterfestigkeit« zu verleihen. Die Aborigines wurden in vier Kategorien eingeteilt: 1. die vollständig vom Stammesleben losgelösten; 2. die halb vom Stammesleben losgelösten; 3. Aborigines in ihrem »eingeborenen« Zustand; 4. »Mischlinge«. Die sogenannten »Mischlinge« wurden nochmals unterschieden nach denen, deren Elternteile beide selbst »Mischlinge« waren, und solchen, deren Mutter Aborigine und deren Vater Weißer war. Von ersteren wurde angenommen, daß ihre Eltern in gleicher oder sehr ähnlicher Weise wie weiße Eltern für ihre Kinder sorgten. Aber die »Mischlingskinder«, deren Mutter Aborigine war, wurden unter die Obhut des Staates gestellt. Dies bedeutete in der Praxis, daß sie ihrer leiblichen Mutter mit Gewalt entrissen und in staatliche Einrichtungen, häufig aber auch in Missionsstationen und manchmal zur Adoption in weiße Familien gegeben wurden. Die Möglichkeit, daß der Vater Aborigine und die Mutter Weiße sei, wurde gar nicht erst in Betracht gezogen.

Die ursprüngliche Gesellschaft der Eroberer (Strafgefangene, für die in den britischen Gefängnissen kein Platz war, deren Aufseher, später die ersten freien Siedler) war eine Männergesellschaft. Die Verhältnisse, die weiße Männer mit Aborigine-Frauen hatten, waren nicht öffentlich. Vergewaltigungen von Aborigine-Frauen waren an der Tagesordnung. Von den Kindern wollten die weißen Väter in der Regel nichts wissen. Polizisten, offiziell die »Beschützer« (Protectors) der Aborigines, holten und entrissen die Kinder ihren Familien. Allein im Bundesstaat Neusüdwales wurden so bis 1969 schätzungsweise 5625 Kinder ihren Familien weggenommen. Die Aborigines nennen diese Jahre die Zeit der »gestohlenen Generationen«.

Für einen großen Teil der betroffenen Kinder war die Einlieferung ins Heim der Beginn einer Institutionalisierung, die für manche von ihnen mit Inhaftierung, Gefängnis und mit dem gewaltsamen Tod in der Haft endete. Während die offiziellen Stellen die aufsehenerregend hohe Zahl von Todesfällen von inhaftierten Aborigines auf Selbstmord und natürliche Todesursachen zurückführten, sprachen Familienangehörige und Aborigine-Organisationen in einem Teil der seit 1980 über 100 Todesfälle in Haft von Mißhandlungen und Morden.

Die australische Regierung setzte Ende 1987 eine Königliche Kommission ein, die ungeklärte Todesfälle von Aborigines in der australischen Haft aus dem Zeitraum zwischen Januar 1980 und Mai 1989 untersuchte. Die Kommission stellte fest, daß es sich bei 43 der untersuchten Todesfälle um Aborigines handelte, die während ihrer Kindheit von ihren Familien getrennt worden waren. In einer der 99 Einzelfallprüfungen kommt sie zu dem Ergebnis, daß die Regierungspolitik der »gestohlenen Generationen« unter die moderne Definition von Völkermord fällt, wie sie im Internationalen Abkommen über die Verhütung und Bestrafung des Völkermordes von den Vereinten Nationen 1948 festgelegt wurde. Australien hat dieses Abkommen am 9. Juli 1949 ratifiziert und damit seine Gültigkeit für das eigene Staatsgebiet anerkannt.

Bis in die jüngste Zeit wurde die Eroberung Australiens aus der herrschenden, sprich der weißen Perspektive als friedliche Besiedlung bezeichnet; die Inbesitznahme des Kontinents durch Weiße beruht auf einer juristischen Fiktion – terra nullius –, das heißt auf der Annahme, der Kontinent sei bei Ankunft der Europäer unbewohnt gewesen. Entschädigung für verlorenes Land haben Aborigines damals nicht erhalten. Bis heute gibt es keinen Vertrag zwischen einer australischen Regierung und den Ureinwohnern des Landes. Erst 1967 wurde den Aborigines und Torres Strait Islander, der Bevölkerung der zwischen dem australischen Festland und Papua Neuguinea gelegenen Torres-Strait-Inseln, die australische Staatsbürgerschaft zuerkannt, sie erhielten Wahlrecht und wurden fortan bei Volkszählungen mitgezählt.

Die Aborigines sind jedoch auch heute noch die am meisten benachteiligte Bevölkerungsgruppe des Landes. Sie werden bis zu 29mal häufiger verhaftet als die übrigen Australierinnen und Australier. Die Verhaftungsgründe sind zumeist geringfügige Delikte wie Trunkenheit (in einigen australischen Bundesstaaten noch ein kriminelles Delikt),

Fahren ohne Führerschein oder der Gebrauch ungebührlicher Sprache (Fluchen beispielsweise kann zu Verhaftung und Anklage führen). Die Lebenserwartung der Aborigines liegt ca. 20 Jahre unter der der übrigen australischen Bevölkerung, die Kindersterblichkeit ist wesentlich höher; Wohnungssituation, schlechte medizinische Versorgung, geringe Schulbildung und hohe Arbeitslosigkeit sind weitere Kennzeichen ihrer Benachteiligung.

Von der offiziellen Politik der Rassentrennung und Zwangsassimilierung haben die australische Bundesregierung und die meisten der Regierungen der Bundesstaaten jedoch im Laufe der letzten 20 bis 25 Jahre Abschied genommen; Queensland war mit Amtsübernahme der Labor-Regierung 1989 der letzte Bundesstaat, der hier eine Änderung der Politik einleitete, auch wenn konservative Oppositionspolitiker weiter darauf beharren, die Aborigines sollten sich der europäischen Lebensweise anpassen und so leben wie alle anderen Australier – gemeint sind die Weißen.

Teils mit Unterstützung der australischen Bundesregierung oder einzelner Landesregierungen, teils gegen politischen und bürokratischen Widerstand haben Aborigines in den letzten Jahrzehnten Selbsthilfegruppen gegründet in der Überzeugung, die eigenen Probleme dadurch besser lösen zu können, als allein mit Hilfe weißer Bürokratie. Nachdem Ende der siebziger Jahre der erste Aboriginal Legal Service, eine Rechtshilfeorganisation von Aborigines für Aborigines, und der erste Aboriginal Medical Service, ein eigener Gesundheitsdienst, in Redfern, einem Stadtteil von Sydney, gegründet wurden, gibt es heute in ganz Australien eigene Gesundheitsdienste und Rechtshilfeorganisationen. Aborigines haben Radiostationen sowie eine Fernsehstation gegründet, und sie bauen eigene Schulen auf. In der Malerei verbinden sie traditionelle Motive mit modernen Materialien wie Acrylfarbe und Leinwand und bringen international anerkannte Künstlerinnen und Künstler hervor. Um der Ausbeutung durch weiße Kunsthändler zu entgehen, die den Kunstschaffenden einen Hungerlohn zahlen, die begehrten Werke jedoch in den Großstädten wie Sydney oder Melbourne für Tausende von Dollar verkaufen, gründen Aborigines Kooperativen, über die sie ihre Kunstwerke vertreiben. Sie haben Tanz- und Theatergruppen gegründet, die, wie z.B. das Aboriginal and Islander Dance Theatre, internationalen Ruhm erlangt haben.

In fast allen der acht australischen Bundesstaaten und Territorien haben sich Aborigines inzwischen Landrechte erstritten. Diese Rechte beziehen sich in allen Fällen auf Staatsland, das zudem nicht für eine Nutzung zu öffentlichen Zwecken vorgesehen ist. Privatbesitz ist von allen Landrechtsforderungen ausgeschlossen. Die Garantien und Möglichkeiten, die die Landrechtsgesetze bieten, unterscheiden sich von Bundesstaat zu Bundesstaat, und insbesondere das Recht der Aborigines, gegen die Exploration wie den Abbau von Bodenschätzen ihr Veto einzulegen, falls sie dies wollen, ist dort, wo es überhaupt garantiert wird (z.B. im Landrechtsgesetz des Nordterritoriums), immer wieder in Gefahr, verwässert oder ganz abgeschafft zu werden. Es ist eine Ironie des Schicksals, daß gerade in den Reservatsgebieten, in die die Aborigines in der Vergangenheit abgedrängt wurden, heute wertvolle Rohstoffe (Kohle, Bauxit, Uran, Öl, Gold und andere mehr) gefunden werden. Nationale und transnationale Konzerne halten daher seit etwa Mitte dieses Jahrhunderts zunehmend Einzug in diese Gebiete und stehen in teilweise erbitterter Opposition zu den Bestrebungen der Aborigines, ihr Recht wenigstens auf Teile des Landes zurückzufordern, das ihnen einstmals ganz und gemeinschaftlich gehörte. Bis heute glauben Aborigines, daß sie die Pflicht haben, das Land zu pflegen und in gutem Zustand den kommenden Generationen zu übergeben.

An Orten, wo sich in einer Art Schöpfungszeit Wichtiges ereignete, haben sich nach dem Glauben der Aborigines die Ahnen in der Natur verewigt. Im Englischen wird diese Zeit *dreamtime,* im Deutschen Traumzeit genannt. Aborigines lehnen diesen Begriff oft ab, da er die Assoziation zu Traum im Sinne des Nicht-Wirklichen nahelegt, während für sie diese Zeit doch sehr real ist. Oft benutzen sie daher für diese Zeit lieber die Worte ihrer eigenen Sprache; in einer Sprache der Kimberleys in Westaustralien beispielsweise heißt diese Schöpfungszeit *burgaregara.* Bestimmte Felsen, Bäume, Flußläufe, Wasserstellen usw., in denen sich die Ahnen verewigt haben, sind bis heute heilige Orte. Landrechte bedeuten für die Aborigines ebenso den Erhalt dieser Orte wie die Möglichkeit zu wirtschaftlicher Unabhängigkeit und Selbstbestimmung.

Auch Sally Morgans Buch *Ich hörte den Vogel rufen* ist ein Teil des Bemühens der Aborigines um Selbstbestimmung. Zu lange haben weiße Historiker, Anthropologen und selbsternannte Experten die Geschichte Australiens aus der eigenen Perspektive beschrieben und das Leben von Aborigines aus weißer Sicht und gemäß ihren Kriterien dargestellt. Auch in der Literatur waren es bisher in erster Linie Weiße, die uns über das Leben der Aborigines berichtet haben. So sind beispielsweise die geheimnisvolle und mythologische Elemente der Aborigine-Kultur einsetzenden Romane Bahumir Wongars auf dem deutschen Markt schon früh bekannt geworden. Die Romane sind interessant und sehr lesenswert, doch den Leserinnen und Lesern wird verschwiegen, daß es sich bei Bahumir Wongar nicht um einen Aborigine handelt, sondern um einen unter Pseudonym schreibenden gebürtigen Jugoslawen. Auch Bruce Chatwins Roman *Traumpfade* erweckt den Eindruck, uns aus erster Hand über Leben und Denken der Aborigines zu informieren, während er doch in Wirklichkeit eine kaum voneinander zu trennende Mischung aus Tatsache, Fiktion und Klischee bildet. Lange als Menschen zweiter Klasse oder nicht einmal als Menschen angesehen, werden Aborigines heute allzugern in Literatur und Kunst als »Exoten«, als die »edlen Wilden« vermarktet.

Dem gegenüber steht die Literatur der Aborigines selbst. Hier sind unter anderem ihre seit den sechziger Jahren erscheinenden autobiographischen Bücher zu nennen. Teils sind sie in sehr sachlicher Form geschrieben, wie beispielsweise die vom Australian Institute of Aboriginal and Torres Strait Islander Studies 1989 herausgegebene Autobiographie von Elle Gaffney, einer Frau von den Torres Strait Islands; teils sind sie literarisch anspruchsvoll, wie Sally Morgans *Ich hörte den Vogel rufen,* ein Buch, das neben seinem autobiographischen Wert auch einen eigenen Wert als Roman hat und eine Besonderheit dessen der Wechsel der Erzählperspektive ist, der sich aus den drei Einschüben der Geschichten Arthur, Gladys und Daisy Corunnas ergibt.

Mit *Wild Cat Falling* von Colin Johnson, der heute wieder unter seinem Aborigine-Namen Mudrooroo schreibt, war 1965 der erste Roman eines Aborigine veröffentlicht worden. Weitere Romane und Gedichte von ihm folgten. Mudrooroo, Kath Walker (ihr Aborigine-Name ist Oodgeroo Noonuccal), Jack Davis mit seinen Dramen und Gedichten, Kevin Gilbert mit seinen Gedichten und politischen Essays – sie und viele andere sind inzwischen national und international anerkannte Aborigine-Autorinnen und -Autoren.

Es ist höchste Zeit, daß wir auch in Deutschland beginnen, uns über das Leben der Aborigines aus erster Hand zu informieren. Daß die meisten der autobiographischen Bücher der Aborigines trotz der oft traurigen und empörenden Tatsachen, die sie schildern, ohne Bitterkeit und mit bewundernswertem Humor geschrieben sind, lädt zur Lektüre ein. Daß es auch literarisch beachtenswerte Werke sind, zeigt *Ich hörte den Vogel rufen*.

*Bonn, im Juli 1991* *Elisabeth Strohscheidt-Funken*

Elisabeth Strohscheidt-Funken (geb. 1954) studierte Anglistik, Politische Wissenschaft und Philosophie in Aachen. Sie war mehrere Jahre in der Erwachsenenbildung tätig und engagiert sich seit über fünfzehn Jahren in der Menschenrechtsarbeit. Seit ihrem ersten längeren Australienaufenthalt als Fremdsprachenassistentin beschäftigt sie sich mit dem Thema Menschenrechte in Australien und der Situation der Aborigines.

## 25 Jahre Orlanda Frauenverlag

**Ika Hügel-Marshall** *Daheim unterwegs – Ein deutsches Leben*

Die spannende Autobiographie einer afrodeutschen Frau, die ein bisher wenig beachtetes Kapitel der deutschen Nachkriegsgeschichte behandelt.

»Der Bericht zeichnet zugleich einen Menschen von großer Beharrlichkeit, fähig, den reflexhaften kindlichen Wunsch nach Genugtuung und Rache in Wissensdurst, Strebsamkeit und soziales und politisches Engagement zu verwandeln.« *Frauen Heute*

Hardcover mit Schutzumschlag, 162 Seiten mit Fotos
DM 34.–/sFr. 33.–/öS 248.–, ISBN 3-929823-52-7

**May Ayim** *Blues in schwarz weiss – Gedichte*

»Mit Versen, die kein Gefühl aber auch nicht die Wahrheit scheuen, macht May Ayim vor, wie aus Ausgrenzung Widerstand wird, und daß es notwendig ist zu kämpfen, statt zu schweigen.« *Schnüss, Bonner Stadtmagazin*

Hardcover, 144 Seiten
DM 29.80/sFr. 29.–/öS 218.–, ISBN 3-929823-23-3

**Audre Lorde** *Die Quelle unserer Macht – Gedichte*

Diese Auswahl ihres lyrischen Gesamtwerks stellte Audre Lorde 1992 in Berlin selbst zusammen.

Zweisprachige Ausgabe
Hardcover mit Schutzumschlag, 186 Seiten
DM 36.–/sFr. 35.–/öS 263.–, ISBN 3-929823-16-0